D1520540

1. Cœur d'encre

2. Sang d'encre

3. Mort d'encre

Ce livre a paru en allemand
chez Cecilia Dressler Verlag, Hambourg, 2007,
sous le titre : *Tintentod*

© Cornelia Funke, 2007
© Éditions Gallimard Jeunesse, 2010, pour la traduction française
© Éditions Gallimard Jeunesse, 2011, pour la présente édition

Cornelia Funke

Mort d'encre

Illustrations intérieures de l'auteur

Traduit de l'allemand
par Marie-Claude Auger

GALLIMARD JEUNESSE

Remerciements

Ce sont toujours les mêmes personnes qui m'ont aidée à faire d'un manuscrit un livre : Ursula Heckel, ma lectrice, qui a relu minutieusement mon texte, Martina Petersen, responsable de la fabrication des éditions Cecilie Dressler, qui a confectionné à ce livre un costume magnifique, Anke Metz, la relieuse, qui a eu une fois de plus la gentillesse de lire les épreuves afin que Mo ne commette pas d'erreur majeure lors de la reliure.

Je tiens à remercier aussi particulièrement Katja Muissus, qui à nouveau a assuré à mon livre une publicité très réussie, les correcteurs Jutta Kirchner et Udo Bender – et cette fois aussi Jutta Hävecker, qui, avec Ursula Heckel, m'a soutenue dans le travail de lectorat (et m'a aidée à retrouver des mails perdus !).

Je remercie très chaleureusement ma merveilleuse traductrice anglaise, Anthea Bell, qui a lu mon histoire dès sa deuxième mouture et a été ainsi ma toute première lectrice (avec l'accord de ma fille Anna, submergée par ses lectures scolaires). Chaque soir, j'envoyais un chapitre à Cambridge et, le lendemain matin, je trouvais la réaction d'Anthea dans ma boîte e-mail. Elle m'a accompagnée pendant des semaines et des semaines, a été la première à me suivre dans cette histoire, toujours impatiente d'en apprendre plus. J'espère qu'elle me rendra ce service inestimable aussi pour mon prochain livre !

Je remercie naturellement tous les relieurs, imprimeurs, les représentants des éditions Cecilie Dressler, sans oublier les libraires ! La publication d'un livre implique la contribution de nombreuses personnes avant qu'il arrive entre les mains du lecteur, et mon travail n'est que le premier pas.

Amitiés de Los Angeles

Et si la nostalgie
était le lien entre toute chose…

À Rolf, pour toujours – *it was the best of things
to be married to Dustfinger.*

À Ileen, *qui sait tout de la perte
Et fut à toute heure présente
Pour comprendre la douleur
Et la soulager.*

À Andrew, Angie, Antonia, Cam et James,
*Caroline, Felix, Mikki et
last, but for sure not least,
Lionel et Oliver, qui tous, par leur chaleur
et leur amitié, ont su éclairer les jours sombres.*

Et à la ville des anges
*qui m'a nourrie de beauté, de contrées sauvages,
et donné le sentiment
d'avoir trouvé mon monde d'encre…*

Je suis la chanson qui chante l'oiseau.
Je suis la feuille qui fait pousser la terre.
Je suis la marée qui entraîne la lune.
Je suis le fleuve qui arrête le sable.
Je suis le nuage qui pousse la tempête.
Je suis la terre qui éclaire le soleil.
Je suis le feu qui fait jaillir la pierre.
Je suis l'argile qui façonne la main.
Je suis le mot qui dit l'homme.

Charles Causley, *I Am The Song*

1
Rien qu'un chien
et une feuille de papier

Ce soir mon cœur fait chanter
des anges qui se souviennent…
Une voix, presque mienne,
par trop de silence tentée,

monte et se décide
à ne plus revenir ;
tendre et intrépide,
à quoi va-t-elle s'unir ?

Rainer Maria Rilke, *Vergers*

La lune éclairait le peignoir d'Elinor, sa chemise de nuit, ses pieds nus et le chien couché à ses pieds. Le chien d'Orphée. Comme il la regardait, avec ses yeux perpétuellement tristes ! Il semblait se demander – par toutes les odeurs excitantes qu'il y avait dans le monde ! – pourquoi elle se trouvait là, assise dans sa bibliothèque au beau milieu de la nuit, entourée de livres silencieux, les yeux dans le vide.

– Oui, pourquoi ? demanda Elinor au cœur du silence. Parce que je ne peux pas dormir, pauvre idiot.

Ce qui ne l'empêcha pas de lui caresser la tête. « Voilà où tu en es arrivée, Elinor ! pensa-t-elle en se relevant péniblement de son fauteuil. Tu passes tes nuits à discuter avec un chien. Alors que tu ne peux pas souffrir les chiens, surtout celui-là dont la respiration haletante te rappelle son horrible maître. »

Oui, malgré le souvenir douloureux qu'il éveillait en elle, elle avait gardé le chien ainsi que le fauteuil, bien que la Pie s'y fût prélassée. Mortola… combien de fois, en entrant dans la bibliothèque silencieuse, avait-elle cru entendre sa voix, combien de fois avait-elle vu Mortimer et Resa debout entre les étagères ou Meggie assise devant la fenêtre, un livre sur les genoux, le visage dissimulé derrière sa chevelure blonde et lisse… Des souvenirs, seules traces de leur présence. Aussi insaisissables que les images que font naître les livres. Mais que lui resterait-il si elle devait aussi les perdre ? Elle serait définitivement seule – avec le silence, et ce vide en son cœur. Et cet affreux chien.

Dans le clair de lune blafard, ses pieds avaient l'air très vieux. « Le clair de lune ! » pensa-t-elle en faisant bouger ses orteils. Le nombre d'histoires qui lui conféraient un pouvoir magique ! Mensonges que tout cela ! Elle avait la tête farcie de mensonges imprimés. Même la lune, elle ne pouvait la contempler sans que son regard soit brouillé par le voile des lettres. Ne pouvait-on effacer tous les mots de son cerveau et de son cœur et voir le monde, ne serait-ce qu'une seule fois, avec ses propres yeux ?

« Sapristi, Elinor, te voilà de nouveau de charmante humeur ! pensa-t-elle en se dirigeant vers la vitrine dans laquelle elle conservait ce qu'Orphée, outre son chien, avait laissé derrière lui. Tu te vautres dans ton chagrin, comme cet idiot de chien dans la première flaque d'eau venue. »

La feuille de papier qui se trouvait derrière la vitre ne payait pas de mine, c'était une simple feuille quadrillée tout ce qu'il y a de plus banale, recouverte d'une écriture serrée à l'encre bleu passé. Rien à voir avec les livres aux enluminures magnifiques rangés dans les autres vitrines – même si le tracé de chaque lettre témoignait à quel point Orphée était imbu de lui-même. « J'espère que les elfes de feu ont brûlé sur ses lèvres son sourire prétentieux, pensa Elinor en ouvrant la vitrine. J'espère que les cuirassiers l'ont embroché ou, encore mieux, qu'il est mort de faim à petit feu dans la Forêt sans chemin. » Ce n'était pas la première fois qu'elle s'imaginait la fin pitoyable d'Orphée dans le Monde d'encre. Ces images, plus que tout, réjouissaient son cœur solitaire.

La feuille commençait à jaunir. Du papier bon marché. En plus ! Quant aux mots écrits dessus, rien ne laissait deviner qu'ils avaient emporté leur auteur dans un autre monde, sous les yeux d'Elinor. À côté de la feuille, il y avait trois photos, une de Meggie et deux de Resa, la représentant enfant et quelques mois plus tôt, avec Mortimer. Ils souriaient. Si heureux. Il ne se passait guère de nuit sans qu'Elinor regarde cette photo. Maintenant, au moins, les larmes ne coulaient plus sur son visage mais elles étaient toujours là, dans son cœur. Des larmes salées. Il en était rempli, à ras bord. Un sentiment affreux.

Perdus.

Meggie.

Resa.

Mortimer.

Cela faisait presque trois mois qu'ils avaient disparu. Et quelques jours de plus pour Meggie…

Le chien s'étira, ensommeillé, et trottina dans sa direction. Il fourra son nez dans la poche de son peignoir, certain d'y trouver comme toujours quelques gâteaux pour chien.

– Oui, oui, c'est bon, marmonna-t-elle en glissant une de ces petites choses répugnantes dans sa gueule. Il est où, ton maître, hein ?

Elle lui mit le morceau de papier sous le nez et cet idiot de chien le renifla comme s'il pouvait effectivement sentir Orphée derrière les lettres.

Elinor regardait les mots et les prononçait en silence : *Dans les ruelles d'Ombra…* Combien de fois au cours des dernières semaines s'était-elle retrouvée ici la nuit, au milieu de ses livres qui ne signifiaient plus rien pour elle depuis qu'elle était de nouveau seule avec eux… Ils se taisaient, comme s'ils savaient qu'elle n'aurait pas hésité une seconde à les échanger contre les trois êtres qu'elle avait perdus. Perdus dans un livre.

– Je vais apprendre, bon sang de bonsoir ! dit-elle d'une voix butée d'enfant. Je vais apprendre à lire de telle sorte que les mots m'emporteront aussi, voilà ce que je vais faire !

Le chien la regarda comme si chacune de ses paroles était pour lui parole d'Évangile mais Elinor, elle, n'en croyait rien. Non. Elle n'était pas une langue magique. Même si elle s'y essayait depuis une douzaine d'années et plus, les mots ne résonnaient pas quand elle les prononçait. Ils ne chantaient pas. Pas comme quand Meggie ou Mortimer, ou ce maudit, trois fois maudit Orphée, lisaient. Ces mots que pourtant, sa vie durant, elle avait tant aimés.

La feuille trembla entre ses doigts quand elle se mit à pleurer. Les larmes qu'elle avait retenues si longtemps revenaient, toutes les larmes de son cœur qui débordait. Elinor sanglotait si fort que le chien s'aplatit, effrayé. Que c'est bête, cette eau qui vous coule des yeux quand le cœur a de la peine ! Dans les livres, les héroïnes tragiques sont, en général, terriblement belles. Pas question d'yeux bouffis ou de nez rouge. « J'ai toujours le nez rouge quand je pleure, songea Elinor. C'est sûrement pour ça que je ne figure jamais dans un livre. »

– Elinor ?

Elle sursauta et s'empressa d'essuyer ses larmes. Darius se tenait dans l'embrasure de la porte, dans le peignoir beaucoup trop grand qu'elle lui avait offert pour son dernier anniversaire.

– Qu'est-ce qu'il y a ? demanda-t-elle d'un ton bourru.

Où était passé ce satané mouchoir ? Elle le tira de sa manche en reniflant et se moucha.

– Trois mois, ça fait trois mois qu'ils ont disparu, Darius ! Ce n'est pas une raison de pleurer, peut-être ? Ne me regarde pas avec tes yeux de hibou apitoyé. Nous avons beau acheter une multitude de livres – elle montra d'un geste ample les étagères qui débordaient –, en acheter aux enchères, en échanger, en voler, il n'en est aucun qui me raconte ce que je veux savoir ! Des milliers de pages et pas une qui contienne un seul mot sur ceux dont je veux avoir des nouvelles ! Que m'importent toutes les autres histoires ? C'est la leur que je veux entendre ! Comment va Meggie ? Comment vont Resa et Mortimer ? Sont-ils heureux, Darius ? Sont-ils encore en vie ? Les reverrai-je jamais ?

Darius parcourut les livres des yeux, comme s'il pouvait

13

trouver dans l'un d'eux la réponse à ses questions. Mais, comme toutes les pages imprimées, il resta silencieux.

– Je vais te préparer un verre de lait au miel, dit-il enfin en disparaissant dans la cuisine.

Et, une fois de plus, Elinor se retrouva seule avec les livres, le clair de lune et l'horrible chien d'Orphée.

2
Juste un village

Le vent était un torrent d'obscurité parmi les arbres
    courbés
La lune était un vaisseau fantôme lancé sur des mers
    de nuages
La route était un ruban de lumière de lune au-dessus
    de la lande violette
Et le bandit de grand chemin galopait
Galopait – galopait –
Et le bandit de grand chemin galopait vers la vieille
    auberge.

Alfred Noyce, *The Highwayman*
(Le Bandit de grand chemin)

Les fées commençaient déjà à danser au milieu des
arbres, un essaim de minuscules corps bleus. Leurs ailes
captaient la lumière des étoiles et Mo vit que le Prince noir
regardait le ciel d'un air inquiet. Il était encore aussi sombre
que les collines environnantes, mais les fées ne se trom-
paient jamais. Seule l'aube pouvait les attirer hors de leurs
nids par une nuit si froide et le village dont les brigands

voulaient sauver la récolte était situé un peu trop près d'Ombra. Ils devaient être partis au lever du jour.

Une douzaine de cabanes, quelques malheureux champs rocailleux et un mur qui n'aurait même pas retenu un enfant, sans parler d'un soldat… c'était tout. Un village comme beaucoup d'autres. Trente femmes sans mari, et trois douzaines d'enfants sans père. Dans le village voisin, deux jours plus tôt, les soldats du nouveau gouverneur avaient emporté l'ensemble de la récolte. Les brigands étaient arrivés trop tard. Mais ici, on pouvait encore faire quelque chose. Depuis des heures, ils creusaient, montraient aux femmes comment cacher sous terre bêtes et outils…

L'hercule apportait le dernier sac de pommes de terre fraîchement déterrées. Son visage aux traits grossiers était rouge de fatigue. Comme quand il se battait ou avait bu. Ils firent descendre le sac dans la cachette qu'ils avaient construite juste derrière les champs. Dans les collines environnantes, on entendait les crapauds coasser très fort, comme s'ils appelaient le jour à se lever ; Mo tira au-dessus de l'entrée le tas de branches entrelacées qui dissimulerait la cachette aux yeux des soldats et des collecteurs d'impôts. Les hommes qui montaient la garde à proximité des cabanes étaient nerveux. Eux aussi avaient vu les fées. Oui, il était temps de partir, de retourner dans la forêt où l'on pouvait se cacher, même si le nouveau gouverneur envoyait toujours plus de patrouilles dans les collines. Le Gringalet, comme l'avaient baptisé les veuves d'Ombra. Un surnom qui seyait au beau-frère maigrelet de Tête de Vipère. Mais son avidité pour le peu de biens que possédaient ses sujets était insatiable.

Mo passa son bras devant ses yeux. Il tombait de fatigue.

Cela faisait des jours et des jours qu'il n'avait pas vraiment dormi. Il y avait encore trop de villages dans lesquels ils pouvaient devancer les soldats.

– Tu as l'air épuisé, lui avait dit Resa la veille en se réveillant.

Elle était loin de se douter qu'il n'était venu s'allonger près d'elle qu'au petit matin. Il lui avait parlé de ses mauvais rêves, lui avait raconté qu'il profitait de ses moments d'insomnie pour travailler au livre qu'il reliait à partir des dessins de fées et d'hommes de verre qu'elle avait faits. Aujourd'hui encore, il espérait que Resa et Meggie dormiraient quand il rentrerait à la ferme isolée où le Prince noir les avait logés, à une heure de route à l'est d'Ombra et loin du pays où Tête de Vipère, rendu immortel par le livre que Mo avait relié de ses mains, régnait encore.

« Bientôt, songea Mo. Bientôt, il cessera de le protéger. » Mais combien de fois s'était-il dit cela ? Et Tête de Vipère était toujours immortel.

Une fillette approchait d'un pas hésitant. Quel âge pouvait-elle avoir ? Six ans ? Sept ans ? Meggie avait été petite comme elle, il y avait longtemps.

Intimidée, la fillette restait à un pas de lui. Monseigneur sortit de l'ombre et se dirigea vers elle.

– Oui, tu peux le regarder ! murmura-t-il. C'est bien lui ! Le Geai bleu ! Les enfants comme toi, il n'en fait qu'une bouchée !

Monseigneur adorait ce genre de blagues. Mo ravala les mots qui lui montaient aux lèvres. La fillette était blonde comme Meggie.

– N'en crois pas un mot, lui chuchota-t-il. Pourquoi ne dors-tu pas comme les autres ?

L'enfant le regarda. Puis elle remonta la manche de Mo jusqu'à ce que la cicatrice apparaisse. La cicatrice dont parlaient les chansons… Elle écarquilla les yeux, le contempla avec ce mélange de respect et de crainte qu'il avait décelé dans tant de regards. Le Geai bleu. La fillette repartit en courant vers sa mère et Mo se redressa. Chaque fois que sa poitrine lui faisait mal à l'endroit où Mortola l'avait blessé, il avait la sensation que le brigand auquel Fenoglio avait prêté son visage et sa voix s'était introduit en lui. Ou avait-il toujours été une part de lui-même, qui avait dormi jusqu'à ce que le monde de Fenoglio la réveille ?

Parfois, quand ils apportaient dans l'un des villages touchés par la famine de la viande ou des sacs de céréales qu'ils avaient volés aux administrateurs du Gringalet, les femmes lui baisaient les mains. « Allez remercier le Prince noir », leur disait-il. Ce qui faisait rire le Prince. « Procure-toi un ours, affirmait-il, et elles te laisseront tranquille. »

Dans l'une des cabanes, un enfant se mit à pleurer. Le ciel virait au rouge et Mo crut entendre des bruits de sabots. Des cavaliers, une bonne douzaine, peut-être plus. Les oreilles apprenaient vite à reconnaître les bruits, bien plus vite que les yeux à déchiffrer les mots. Les fées s'éparpillèrent et les femmes se précipitèrent en criant vers les cabanes où dormaient les enfants. La main de Mo, comme mue par un ressort, dégaina son épée. Comme si ce geste lui était, depuis toujours, naturel. C'était l'épée qu'il avait ramassée au château de la Nuit, l'épée qui avait appartenu à Renard Ardent.

L'aube. Ne racontait-on pas qu'ils venaient toujours à l'aube, parce qu'ils aimaient le ciel rouge ? Il fallait espérer qu'ils soient ivres, après l'une des interminables fêtes de leur maître.

Le Prince fit signe aux brigands d'aller se mettre à couvert derrière le mur d'enceinte du village, réduit à quelques pierres plates empilées. Les cabanes, elles non plus, n'offraient guère d'abri. L'ours se mit à grogner et à gémir. C'est alors qu'ils surgirent de l'obscurité : des cavaliers, plus d'une douzaine, qui portaient le nouveau blason d'Ombra sur la poitrine, un basilic sur fond rouge. Naturellement, ils ne s'attendaient pas à tomber sur des hommes. Des femmes qui crient, des enfants en pleurs, oui, mais pas des hommes, et armés de surcroît. Surpris, ils retinrent leurs chevaux.

Oui, ils étaient ivres. Bon. Ça ralentirait leurs réflexes.

Ils n'hésitèrent pas longtemps. Ils virent tout de suite qu'ils étaient mieux armés que ces brigands en haillons. Et ils avaient des chevaux. Les imbéciles. Ils mourraient avant d'avoir compris que ce n'était pas la seule chose qui comptait.

– Tous ! chuchota Monseigneur à Mo d'une voix rauque. Nous devons les tuer tous, le Geai bleu. J'espère que ton cœur tendre sait cela. Si un seul d'entre eux rentre à Ombra, c'est le village tout entier qui brûlera demain.

Mo hocha la tête. Comme s'il l'ignorait !

Les chevaux hennirent quand leurs cavaliers les lancèrent à l'assaut des brigands. Et Mo ressentit de nouveau l'étrange état d'esprit qui l'avait envahi sur la montagne aux Vipères, quand il avait tué Basta : un implacable sang-froid. Froid comme la rosée à ses pieds. La seule peur qu'il ressentait était la peur de lui-même. Puis il y eut les cris. Les gémissements. Le sang. Les battements de son cœur, sonores et bien trop rapides. Frapper et enfoncer l'épée dans des chairs inconnues, la retirer, sentir l'humidité d'un sang inconnu sur ses vêtements, des visages grimaçants de haine (ou était-ce de peur ?). Heureusement, sous les casques, on ne voyait pas grand-chose. Ils étaient si jeunes !. Des membres brisés, des hommes brisés. « Attention, derrière toi. Vite. Pas un seul ne doit en réchapper. »

– Le Geai bleu.

Un des soldats murmura le nom avant qu'il ne le transperce. Peut-être avait-il pensé, en poussant son dernier soupir, à l'argent qu'il recevrait au château d'Ombra en échange du corps de son adversaire, plus d'argent que l'on ne pouvait en piller pendant toute une vie de soldat. Mo retira son épée de sa poitrine. Ils étaient venus sans leurs cuirasses. Avait-on besoin de cuirasses contre des femmes et des enfants ? Comme on devenait froid en tuant, si froid, alors que la peau brûlait, que le sang battait aux tempes comme quand on avait la fièvre.

Oui, ils les tuèrent tous. Quand ils poussèrent les corps dans la pente, dans les cabanes, tout était silencieux. Parmi eux, il y avait deux des leurs ; désormais, leurs os seraient mêlés à ceux des ennemis. On n'avait pas le temps de les enterrer.

Le Prince noir avait une vilaine estafilade à l'épaule. Mo la banda du mieux qu'il put tandis que l'ours, assis à côté du Prince, le regardait d'un air inquiet. Une enfant sortit d'une cabane : c'était la fillette qui avait remonté la manche de Mo. De loin, elle ressemblait vraiment à Meggie. Meggie, Resa, pourvu qu'elles dorment encore quand il rentrerait. Sinon, comment leur expliquer ce sang ? Tout ce sang… « Les nuits finiront par jeter une ombre sur les journées, Mortimer », pensa-t-il. Des nuits sanglantes, des journées paisibles, durant lesquelles Meggie lui montrait tout ce dont elle n'avait pu que lui parler dans la tour du château de la Nuit : des nymphes à la peau écailleuse dans des étangs couverts de fleurs, des traces de pas de géants disparus depuis longtemps, des fleurs qui chuchotaient quand on les touchait, des arbres qui se dressaient vers le ciel, des Femmes de la Forêt qui surgissaient entre leurs racines comme si elles se détachaient de l'écorce... des journées paisibles. Des nuits sanglantes.

Ils emmenèrent les chevaux avec eux et effacèrent du mieux qu'ils purent les traces du combat. Aux remerciements que bredouillaient les femmes quand ils partirent se mêlait un accent de peur. Car elles avaient vu de leurs propres yeux que leurs défenseurs, tout autant que leurs ennemis, étaient experts dans l'art de tuer.

Monseigneur rentra au campement avec les chevaux et la plupart des hommes. Ils changeaient d'emplacement presque tous les jours. Pour le moment, le camp se trouvait dans une gorge sombre où la lumière ne pénétrait pratiquement pas, même le jour. Ils enverraient quelqu'un quérir Roxane pour qu'elle soigne les blessés. Tandis que Mo irait retrouver Meggie et Resa qui dormaient dans la ferme abandonnée que le Prince avait trouvée pour eux : Resa ne voulait pas vivre dans le campement des brigands et Meggie, après toutes ces semaines passées loin de chez elle, avait envie d'avoir une maison.

Le Prince noir accompagna Mo, comme il le faisait très souvent.

— Bien entendu, le Geai bleu ne voyage jamais sans escorte ! lança Monseigneur d'un ton sarcastique avant qu'ils se séparent.

Mo faillit le désarçonner. Son cœur battait encore trop vite après cette tuerie, mais le Prince le retint. Ils se mirent en route, à pied. Le chemin était sans doute long et pénible pour leurs membres fatigués, mais leurs traces étaient plus difficiles à suivre que celles des chevaux. Et la ferme devait rester un lieu sûr car c'est là que se trouvaient les êtres que Mo aimait.

La maison d'habitation et les écuries délabrées surgissaient chaque fois à l'improviste entre les arbres, comme si quelqu'un les avait égarées là. Il ne restait plus rien des champs qui avaient nourri jadis les habitants de la ferme. De même, le chemin qui menait autrefois au village voisin avait disparu depuis longtemps. La forêt avait tout envahi. On ne l'appelait plus la Forêt sans chemin, comme au sud d'Ombra. Ici, elle avait des noms divers, comme les villages qui s'y trouvaient : la Forêt des fées, la Forêt obscure, celle des Femmes de la Forêt. Là où se cachait le repaire du Geai bleu, elle s'appelait la Forêt aux alouettes, au dire de l'hercule.

– La Forêt aux alouettes ! C'est n'importe quoi ! s'exclamait Meggie. L'hercule donne des noms d'oiseau à tout ! Avec lui, même les fées portent des noms d'oiseau, alors qu'elles ont horreur des oiseaux ! Baptiste dit qu'elle s'appelle la Forêt aux lumières. Ça convient beaucoup mieux. As-tu déjà vu dans une forêt autant de vers luisants et d'elfes de feu ? Et toutes les lucioles posées sur la cime des arbres, la nuit…

Quel que soit le nom de la forêt, la paix qui régnait sous les arbres rappelait à Mo que le Monde d'encre, c'était aussi cette sérénité, au même titre que les soldats du Gringalet. Les premières lueurs du jour filtraient à travers les branches, constellant les arbres de taches dorées et les fées dansaient, comme grisées, dans les rayons du soleil automnal. Elles se cognaient contre le museau poilu de l'ours qui finit par les chasser ; le Prince attrapa une de ces petites créatures et la mit contre son oreille en souriant, comme s'il comprenait les récriminations de la petite voix stridente.

L'autre monde était-il ainsi ? Pourquoi s'en souvenait-il à peine ? La vie y était-elle ainsi faite de ce mélange envoûtant d'obscurité et de lumière, de cruauté et de beauté – tant de beauté qu'il en avait parfois le vertige ?

Le Prince noir faisait surveiller la ferme par ses hommes jour et nuit. Aujourd'hui, Gecko était un des leurs. Il sortait de la porcherie en ruine, l'air morose, quand ils surgirent entre les arbres. Gecko, un petit homme aux yeux légèrement écartés, ce qui lui avait valu son nom, était constamment en mouvement. Une de ses corneilles apprivoisées était juchée sur son épaule. Le Prince les utilisait comme messagères ; la plupart du temps, elles chapardaient sur les marchés pour le compte de Gecko. Mo était toujours épaté de voir tout ce qu'elles pouvaient transporter dans leur bec.

En découvrant le sang sur leurs vêtements, Gecko pâlit. Mais apparemment, les ombres du Monde d'encre avaient épargné, cette nuit encore, la ferme isolée. Épuisé, Mo trébucha en se dirigeant vers le puits et le Prince le rattrapa par le bras, bien qu'il titubât de fatigue, lui aussi.

– On leur a échappé de justesse, chuchota-t-il, comme s'il avait peur que sa voix, tel un revenant, ne trouble la paix ambiante. Si nous n'y prenons garde, dans le prochain village, ce sont les soldats qui nous attendront. Pour le prix que Tête de Vipère a offert en échange de ta tête, on pourrait acheter tout Ombra. Je n'ai plus vraiment confiance en mes propres hommes et maintenant même les enfants te reconnaissent. Tu devrais peut-être rester ici pendant quelque temps.

Mo chassa les fées qui bourdonnaient au-dessus du puits et fit descendre le seau en bois.

– C'est absurde. Toi aussi, ils te connaissent.

Au fond, l'eau étincelait comme si la lune était venue s'y réfugier au lever du jour. Comme le puits devant la cabane de Merlin, pensa Mo tout en se rafraîchissant le visage à l'eau claire et en nettoyant la blessure que le soldat lui avait faite à l'avant-bras. «Il ne manque plus qu'Archimède vienne se poser sur mon épaule et que Moustique sorte de la forêt clopin-clopant.»

– Qu'est-ce qui te fait sourire? demanda le Prince, qui s'adossa à côté de lui contre le puits tandis que son ours se roulait en grognant sur la terre humide de rosée.

– Une histoire que j'ai lue il y a longtemps, répondit Mo en tendant un seau d'eau à l'ours. Je te la raconterai. C'est une belle histoire, même si la fin est triste.

Mais le Prince secoua la tête en passant la main sur son visage fatigué.

– Non, si la fin est triste, je ne veux pas l'entendre.

Gecko n'était pas le seul à garder la ferme endormie. Mo sourit en voyant Baptiste sortir de la grange en ruine. Baptiste n'aimait pas beaucoup les batailles mais il était, avec l'hercule, le brigand que Mo préférait, et la nuit, il partait plus tranquille quand l'un de ces deux hommes veillait sur le sommeil de Resa et de Meggie.

Baptiste présentait toujours ses numéros de bouffon sur les marchés, même si les spectateurs n'avaient plus guère de pièces à lui donner.

– Qu'ils ne perdent pas le goût de rire, au moins ! disait-il quand Monseigneur se moquait de lui.

Il dissimulait volontiers son visage marqué par la variole derrière l'un des masques qu'il confectionnait lui-même, des masques qui riaient ou pleuraient au gré de son humeur. Mais lorsqu'il rejoignit Mo près du puits, ce n'est pas un masque qu'il lui tendit mais un paquet de vêtements noirs.

– Je te salue, le Geai bleu, dit-il en s'inclinant bien bas comme pour saluer le public. Ne m'en veux pas de t'avoir fait attendre si longtemps ta commande. J'étais à court de fil. On en manque à Ombra, comme du reste d'ailleurs, mais par chance, Gecko – il se tourna vers lui et s'inclina de nouveau – a envoyé une de ses amies aux plumes noires afin qu'elle en subtilise quelques bobines à l'un des marchands qui, grâce à notre nouveau gouverneur, sont toujours riches.

– Des vêtements noirs ? s'étonna le Prince. Pour quoi faire ?

– Des vêtements de relieur. C'est toujours mon métier, tu as oublié ? Et la nuit, le noir est un bon camouflage. Celle-ci, ajouta Mo en enlevant sa chemise maculée de sang, je ferais mieux de la teindre en noir. Elle ne sera guère portable autrement.

Le Prince le regarda d'un air songeur.

– Je te le répète, même si tu ne veux pas l'entendre, reste quelques jours ici. Oublie le monde extérieur, tout comme il a oublié cette ferme.

L'inquiétude qui se lisait sur son visage toucha Mo et, l'espace d'un instant, il faillit même rendre le paquet à Baptiste.

Faillit.

Quand le Prince fut parti, Mo cacha la chemise et le pantalon tachés de sang dans l'ancienne cuisine qu'il s'était aménagée en atelier et revêtit les vêtements noirs, qui lui allaient parfaitement ; il les garda sur lui en entrant dans la maison, en même temps que le matin qui pénétrait par la fenêtre sans vitre. Meggie et Resa dormaient encore. Une fée s'était égarée dans la chambre de Meggie. Mo prononça quelques mots à voix basse, qui attirèrent la fée sur sa main.

– Regardez-moi ça, avait coutume de dire Monseigneur. Même ces satanées fées sont séduites par sa voix. Je dois être vraiment le seul qu'elle n'ensorcelle pas.

Mo approcha la fée de la fenêtre et la laissa s'envoler. Il remonta la couverture sur les épaules de Meggie et contempla son visage. Quand elle dormait, elle avait toujours l'air si jeune ! Éveillée, elle paraissait beaucoup plus adulte. Elle murmura un nom dans son sommeil. Farid. Est-on adulte quand on est amoureux pour la première fois ?

– Où étais-tu ?

Mo sursauta. Resa était sur le pas de la porte et frottait ses yeux gros de sommeil.

– J'ai assisté à la danse matinale des fées. Les nuits sont de plus en plus froides. Bientôt, elles ne pourront plus guère quitter leurs nids.

Au moins, il ne mentait pas et les manches de la blouse noire étaient assez longues pour dissimuler sa blessure à l'avant-bras.

– Viens, sinon nous allons réveiller notre grande fille.

Il l'entraîna dans la chambre où ils dormaient.

– Qu'est-ce que c'est que ces vêtements ?

– Des habits de relieur. Baptiste les a confectionnés pour

moi. Noirs comme de l'encre. C'est bien pour moi, tu ne trouves pas ? Je lui ai demandé de vous tailler aussi quelque chose, à Meggie et à toi. Tu auras bientôt besoin d'une nouvelle robe.

Il posa la main sur son ventre. Ça ne se voyait pas encore. Un nouvel enfant. Conçu dans l'autre monde, mais dont la venue avait été annoncée dans celui-ci. Cela faisait à peine une semaine que Resa lui avait révélé son état.

– Qu'est-ce que tu aimerais mieux, une fille ou un fils ?

– J'ai le choix ? demanda-t-il à son tour en essayant de s'imaginer comment ce serait de tenir de nouveau de petits doigts dans sa main, si petits qu'ils pourraient à peine faire le tour de son pouce.

Juste au bon moment – avant que Meggie ne soit trop grande pour qu'il puisse encore l'appeler une enfant.

– J'ai de plus en plus de nausées. Demain, j'irai chez Roxane. Elle saura sûrement me conseiller.

– Sûrement.

Mo l'attira contre lui.

Des journées paisibles. Des nuits sanglantes.

3
Argent gravé

Et comme il savourait surtout les sombres choses,
Quand, dans la chambre nue aux persiennes closes,
Haute et bleue, âcrement prise d'humidité,
Il lisait son roman sans cesse médité,
Plein de lourds ciels ocreux et de forêts noyées,
De fleurs de chair aux bois sidérals déployées,
Vertige, écroulements, déroutes et pitié !

Arthur Rimbaud, *Les Poètes de sept ans*

Naturellement, Orphée ne creusait pas lui-même. Il était là, dans ses vêtements élégants, et regardait Farid suer sang et eau. Il l'avait déjà fait creuser à deux endroits différents et le trou qu'il creusait maintenant lui arrivait déjà à la poitrine. La terre était humide et lourde. Les jours précédents, il avait beaucoup plu et la bêche que Gros Lard s'était procurée ne valait rien. En plus, un pendu se balançait au bout d'une corde pourrie au-dessus de la tête de Farid, au gré du vent froid. Et s'il tombait et l'ensevelissait sous ses os putrides ?

Aux potences qui se trouvaient sur sa droite se balançaient encore trois autres pauvres bougres. Le nouveau gouverneur adorait les pendaisons. On racontait que le Gringalet se faisait faire des perruques avec les cheveux des pendus – et les veuves d'Ombra chuchotaient que c'était pour cette raison qu'on avait même pendu des femmes…

– Tu en as encore pour longtemps ? Le jour se lève ! Allez, dépêche-toi de creuser, plus vite ! lança Orphée en envoyant dans le trou, d'un coup de pied, des crânes qui, comme des fruits horribles, jonchaient le sol sous les potences.

En effet, le jour pointait. Maudit Tête de Camembert ! Farid avait dû creuser presque toute la nuit ! Ah, si seulement il avait pu lui tordre le cou !

– Plus vite ? Mais tu n'as qu'à faire travailler ton charmant garde du corps, pour changer ! cria Farid du fond de son trou. Qu'au moins ses muscles servent à quelque chose !

Gros Lard croisa ses gros bras et lui adressa un sourire condescendant. Orphée avait trouvé le géant au marché. Son rôle était de tenir les clients du barbier quand celui-ci leur arrachait des dents gâtées. « Qu'est-ce que tu racontes ? avait répliqué Orphée d'un air dédaigneux quand Farid lui avait demandé pourquoi il avait encore besoin d'un domestique. Même les commerçants les plus miteux d'Ombra ont un garde du corps, avec toute la racaille qui traîne dans les ruelles. Et je suis nettement plus riche qu'eux ! » En quoi il avait sûrement raison – et comme Orphée payait mieux que le barbier et que Gros Lard avait mal aux oreilles à force d'entendre les cris de douleur des patients, il les avait suivis sans mot dire. Il se faisait appeler Oss, un bien petit nom pour un type aussi grand, mais qui seyait à un être aussi laconique. Il parlait si rarement qu'au début, Farid aurait juré que cette affreuse bouche ne contenait pas de langue. En revanche, elle mangeait pour deux et il arrivait de plus en plus souvent que Gros Lard engloutisse aussi la part que les servantes d'Orphée destinaient à Farid. Au début, Farid s'en était plaint, mais depuis qu'Oss l'avait guetté dans l'escalier de la cave, il préférait aller dormir le ventre vide ou commettre quelques larcins au marché. Oui, Gros Lard avait rendu son existence au service d'Orphée plus misérable encore. Une poignée de bris de verre cachés dans la paillasse de Farid, un croc-en-jambe en bas d'un escalier, quelqu'un qui vous attrapait tout à coup par les cheveux… Il fallait constamment se méfier d'Oss. On n'était tranquille que la nuit quand il dormait, soumis comme un chien, devant la chambre d'Orphée.

— Les gardes du corps ne creusent pas ! déclara Orphée d'une voix lasse.

Impatient, il se mit à aller et venir entre les trous.

— Mais si tu continues à traîner comme ça, je vais devoir en trouver un autre d'urgence. On doit pendre deux braconniers avant midi !

— Je n'arrête pas de te le répéter, c'est derrière ta maison qu'il faut chercher les trésors !

Les collines aux potences, les cimetières, les fermes incendiées – Orphée adorait les endroits qui faisaient frissonner Farid. Tête de Camembert n'avait vraiment peur de rien, il fallait le reconnaître. Farid essuya la sueur qui lui coulait dans les yeux.

— Tu pourrais au moins décrire plus précisément sous

quelle maudite potence se trouve le trésor. Et pourquoi, par tous les diables, doit-il être enterré si profond ?

– Pas si profond ! Derrière ma maison ! railla Orphée, qui tordit ses lèvres bien ourlées en une mimique méprisante. Comme c'est original ! Tu trouves que ça va avec cette histoire ? Même Fenoglio n'aurait pas une idée aussi absurde. Mais je me demande pourquoi je m'acharne à te l'expliquer ! Tu ne comprends rien, de toute manière.

– Ah bon ?

Farid enfonça la bêche dans la terre humide avec une telle force qu'elle y resta plantée.

– Il y a une chose que je comprends. C'est que tu t'inventes des trésors, que tu joues au riche commerçant et cours après les servantes pendant que Doigt de Poussière, lui, est toujours chez les morts !

Farid sentit les larmes lui monter aux yeux, une fois de plus. La douleur était toujours aussi vive que la nuit où Doigt de Poussière s'était sacrifié pour le ramener à la vie. S'il avait seulement pu oublier son visage figé ! S'il avait seulement pu se souvenir de lui vivant ! Mais il le revoyait constamment avec sa mine défaite, si froid, si silencieux, le cœur transi.

– J'en ai assez de jouer les esclaves ! cria-t-il.

Dans sa colère, il en oubliait les pendus, qui n'aimaient sûrement pas que l'on crie à l'endroit où ils étaient morts.

– Toi non plus, tu n'as pas rempli ta part du contrat ! Tu t'incrustes dans ce monde-ci comme un asticot dans la graisse au lieu de le faire enfin revenir. Tu l'as enterré comme tous les autres ! Fenoglio a raison : tu es aussi utile qu'une vessie de porc parfumée ! Je vais dire à Meggie de te renvoyer d'où tu viens ! Elle le fera, tu verras !

Oss jeta à Orphée un regard interrogateur, un regard qui le suppliait de l'autoriser à attraper Farid et à lui flanquer une raclée dont il se souviendrait, mais Orphée l'ignora.

– Nous y revoilà ! dit-il en s'efforçant de garder son sang-froid. L'incroyable, l'inégalable Meggie, fille d'un homme tout aussi extraordinaire, qui répond désormais à un nom d'oiseau et se cache dans la forêt avec une bande de brigands pouilleux pendant que des ménestrels en haillons écrivent sur lui des chansons à la pelle.

Orphée rajusta ses lunettes et leva les yeux au ciel, comme s'il voulait dénoncer tant d'honneurs immérités. Il aimait le surnom que lui avaient valu ses lunettes : Œil Double. À Ombra, on le murmurait avec dégoût et frayeur, ce qui flattait Orphée. De plus, les lunettes témoignaient que les prétendus mensonges qu'il racontait sur son origine étaient la pure vérité, à savoir qu'il était venu de l'autre côté de la mer, d'une terre lointaine où les princes avaient tous des yeux doubles, ce qui leur permettait de lire les pensées de leurs sujets. Il était, soutenait-il, le fils naturel du roi de ce pays, et avait dû fuir le courroux de son propre frère après que la femme de celui-ci était tombée éperdument amoureuse de lui. « Par le dieu des livres, quelle histoire minable ! s'était exclamé Fenoglio quand Farid l'avait raconté aux enfants de Minerve. Ce type est un écrivaillon de romans à l'eau de rose ! Il n'y a pas l'ombre d'une idée originale dans son cerveau borné. Il ne fait que subtiliser les idées des autres. »

Cependant, Fenoglio passait ses jours et ses nuits à se torturer l'esprit tandis qu'Orphée, lui, s'appliquait en toute tranquillité à mettre son empreinte sur cette histoire, une histoire sur laquelle il semblait en savoir plus que son auteur lui-même.

– Sais-tu quel est le vœu le plus cher du lecteur qui aime tellement un livre qu'il ne cesse de le relire ? avait-il demandé à Farid lorsqu'ils étaient arrivés pour la première fois devant la porte de la ville d'Ombra. Non, bien sûr que non. Comment pourrais-tu le savoir ? Toi, quand tu vois un livre, tu penses qu'il pourrait te procurer un peu de chaleur les nuits où il fait froid. Mais je vais quand même te le dire. Nous, les lecteurs, voulons jouer un rôle dans nos histoires préférées ! Pas celui du malheureux poète de cour, bien sûr. C'est un rôle que je laisse volontiers à Fenoglio, même s'il y fait bien piètre figure !

Dès la troisième nuit, Orphée s'était mis au travail, dans une auberge sordide près de la porte de la ville. Il avait ordonné à Farid de voler du vin et une bougie, il avait tiré un morceau de papier sale et un crayon d'ardoise de sous sa cape – et le livre, ce livre trois fois maudit. Comme des pies en quête d'objets brillants, ses doigts s'étaient promenés sur les pages et avaient relevé des mots çà et là, de plus en plus de mots. Et Farid avait été assez bête pour croire que ces mots, dont Orphée recouvrait la feuille de papier avec une telle ardeur, guériraient la blessure de son cœur et ramèneraient Doigt de Poussière. Mais Orphée poursuivait un tout autre but. Avant de se mettre à lire à voix haute ce qu'il avait écrit, il avait renvoyé Farid, et avant même que le jour se lève, Farid avait dû déterrer le premier trésor sorti de la terre d'Ombra dans le cimetière derrière l'hospice. En voyant les pièces d'argent, Orphée s'était réjoui comme un enfant. Mais Farid, lui, avait regardé les tombes et senti sur sa langue le goût des larmes.

Avec l'argent, Orphée s'était procuré une nouvelle garde-robe, il avait embauché deux servantes, une cuisinière et acheté la luxueuse maison d'un négociant en soie. L'ancien propriétaire était parti à la recherche de ses fils, qui avaient suivi Cosimo dans la Forêt sans chemin et n'étaient jamais revenus.

Orphée se faisait passer pour un commerçant, un marchand de souhaits originaux – et le Gringalet n'avait pas tardé à entendre parler de l'inconnu aux fins cheveux blonds et à la peau blanche, blanche comme celle des princes, auprès duquel on pouvait se procurer des choses extraordinaires : des kobolds tachetés, des fées multicolores, des bijoux fabriqués à partir d'ailes d'elfe de feu, des ceintures garnies d'écailles de nymphe de rivière, des chevaux à taches dorées pour les carrosses princiers et d'autres créatures qu'à Ombra on ne connaissait jusque-là que dans les contes. Dans son livre, Fenoglio avait trouvé les mots justes pour beaucoup de choses. Il suffisait à Orphée de les combiner autrement. Il arrivait que ce qu'il avait créé meure prématurément ou se révèle de nature agressive (Gros Lard avait souvent les mains bandées), mais cela ne dérangeait pas Orphée. Que lui importait que, dans la forêt, quelques douzaines d'elfes de feu meurent de faim parce qu'ils n'avaient plus d'ailes, ou qu'un matin une poignée de nymphes sans écailles flottent sur la rivière, mortes ? Il tirait un à un les fils de l'entrelacs subtil que le vieil homme avait tissé, dessinait ses propres motifs qu'il intégrait comme des pièces grossières dans la tapisserie de Fenoglio et s'enrichissait avec ce que sa voix faisait surgir à partir des mots d'un autre.

Qu'il soit maudit. Mille fois maudit. C'en était trop !

– Je ne fais plus rien pour toi ! Plus rien ! lança Farid en essuyant ses mains pleines de terre humide.

Il essaya de grimper hors du trou mais Oss, sur un signe d'Orphée, le repoussa.

– Creuse ! grogna-t-il.

– Creuse toi-même !

Dans sa blouse trempée de sueur, Farid tremblait, de froid ou de rage, il n'aurait su le dire.

– Ton maître distingué n'est qu'un imposteur ! Ils l'ont déjà mis en prison à cause de ses mensonges et ils recommenceront !

Orphée fronça les sourcils. Il n'aimait pas qu'on évoque ce chapitre de sa vie.

– Je parie que tu étais de ceux qui soutiraient l'argent des vieilles dames avec tes mensonges. Et ici, tu fais l'important, tu te pavanes comme un paon, tout ça parce que tes mensonges deviennent soudain réalité, tu lèches les bottes du beau-frère de Tête de Vipère et tu te crois plus malin que les autres ! Mais qu'est-ce que tu sais faire ? Écrire des textes qui font surgir en ce monde des fées qui ont l'air d'être tombées dans le seau d'un teinturier, des caisses pleines de trésors, des bijoux en ailes d'elfe pour le Gringalet. Mais ce que tu étais censé faire quand on t'a envoyé ici, tu en es incapable. Doigt de Poussière est mort. Il est mort. Il est – toujours – mort !

Et voilà qu'elles revenaient, ces maudites larmes. Farid les essuya avec ses doigts sales pendant que Gros Lard le regardait, l'air inexpressif. Comment aurait-il pu comprendre ? Que savait Oss des mots qu'Orphée volait et assemblait, que savait-il du livre et de la voix d'Orphée ?

– Personne-ne-m'a-fait-venir ! martela Orphée en se

penchant au-dessus du trou comme s'il voulait cracher ses paroles au visage de Farid. Et ce n'est sûrement pas celui qui est cause de la mort de Doigt de Poussière qui va me faire des discours sur lui ! Je connaissais son nom alors que tu n'étais pas encore né, et moi seul pourrais le faire revenir, même si c'est toi qui l'as rayé de cette histoire… mais comment et quand, c'est moi qui en décide et personne d'autre. Et maintenant, creuse ! À moins que tu ne sois persuadé, toi qui es l'incarnation de la sagesse arabe – Farid crut sentir ces paroles s'incruster dans sa chair –, que j'écrirai mieux si je ne peux plus payer mes servantes et si je dois laver mon linge moi-même !

Maudit soit-il. « Celui qui est cause de la mort de Doigt de Poussière… » Farid baissa la tête pour cacher ses larmes.

– Dis-moi pourquoi je paie les ménestrels en bel or pour leurs chansons minables ! Parce que j'ai oublié Doigt de Poussière, peut-être ? Non. Parce que tu n'as toujours pas réussi à découvrir pour moi comment et où on peut parler en ce monde avec les Femmes blanches ! Alors, je continue à écouter de mauvaises chansons, je me retrouve au chevet de mendiants à l'agonie et je soudoie les guérisseuses des hospices pour qu'elles me préviennent quand un malade va passer. Évidemment, ce serait beaucoup plus simple si, comme ton maître, tu pouvais faire apparaître les Femmes blanches avec le feu, mais nous avons assez essayé, et sans succès, n'est-ce pas ? Si seulement elles te visitaient parfois, comme elles en ont coutume, paraît-il, avec ceux qu'elles ont touchés une fois… Mais non ! Même le sang frais de poulet que j'ai mis devant la porte n'y a rien fait, pas plus que les os d'enfant que m'a remis un fossoyeur en échange d'une bourse pleine de pièces d'argent. Tout ça parce que les gardes de la ville t'avaient raconté que ça suffirait pour faire surgir aussitôt une douzaine de Femmes blanches !

Farid aurait voulu se boucher les oreilles. Orphée avait raison. Ils avaient tout essayé. Mais les Femmes blanches ne se montraient pas en leur présence, tout simplement, et qui d'autre pouvait révéler à Orphée comment il pouvait rappeler Doigt de Poussière du royaume des morts ?

Sans un mot, Farid attrapa la bêche et se remit à creuser.

Il avait des ampoules aux mains quand il tomba enfin sur du bois. Le coffre qu'il tira de terre n'était pas très grand mais, comme le précédent, il était rempli de pièces d'argent. Farid avait épié Orphée quand il lisait les mots créateurs : *Sous les potences de la Colline obscure, bien avant que le Prince insatiable en fasse abattre les chênes pour le cercueil de son fils, une bande de voleurs de grand chemin avait enterré une cassette contenant des pièces d'argent. Par la suite, au cours d'une dispute, ils s'étaient entre-tués mais l'argent était toujours là, dans la terre sur laquelle leurs os blanchissaient.*

Le bois du coffre était pourri et, comme pour les autres trésors qu'il avait déterrés, Farid se demanda si l'argent ne se trouvait pas déjà sous la potence avant qu'Orphée n'écrive son texte. Quand il lui posait la question, Tête de Camembert souriait d'un air entendu, mais Farid n'était pas certain qu'il connaisse vraiment la réponse.

– Eh bien ! Qu'est-ce que je disais ! Pour le mois prochain, ça devrait suffire.

Le sourire d'Orphée était si suffisant que Farid lui aurait bien envoyé une pelletée de terre en pleine figure. Pour un mois ! Avec l'argent que Gros Lard et lui entassaient dans des sacs en cuir, on aurait pu rassasier les ventres affamés de tout Ombra pendant une année entière.

– Combien de temps cela va-t-il encore durer ? J'imagine que le bourreau est déjà en route avec du gibier de potence frais.

Quand Orphée était nerveux, sa voix n'était guère impressionnante. Farid noua sans un mot un sac plein à craquer, repoussa du pied le coffre vide dans le trou et jeta un dernier regard en direction des pendus. Il y avait toujours eu des potences sur la Colline obscure, mais le Gringalet avait été le premier à en faire le principal lieu d'exécution. En effet, le vent emportait un peu trop souvent jusqu'au château la puanteur des cadavres accrochés aux potences situées devant les portes de la ville, et cette odeur ne s'harmonisait pas très bien avec les mets choisis que le beau-frère de Tête de Vipère dégustait pendant qu'Ombra avait faim.

– Tu as commandé les ménestrels pour cet après-midi ?

Farid suivait Orphée en portant ses lourds sacs. Celui-ci fit oui de la tête.

– Celui d'hier était vraiment un concentré de laideur ! déclara Orphée en se hissant sur son cheval avec l'aide d'Oss. Un épouvantail incarné ! Et de sa bouche édentée sortaient toujours les mêmes rengaines : belle princesse aime pauvre ménestrel, lalalala, beau fils de prince tombe amoureux d'une fille de paysan, lalalala… Pas un mot sur les Femmes blanches.

Farid l'écoutait d'une oreille distraite. Il n'avait plus de sympathie particulière pour les ménestrels depuis que la plupart d'entre eux chantaient et dansaient pour le Gringalet et qu'ils avaient destitué leur roi, le Prince noir, sous prétexte qu'il s'attaquait trop souvent aux sbires du tyran.

– Il n'empêche que cet épouvantail connaissait de nouvelles chansons sur le Geai bleu, poursuivit Orphée. Ça m'a coûté assez cher ! Il les a chantées à voix basse et en se faisant prier, comme si le Gringalet en personne était sous ma fenêtre, mais je ne les avais jamais entendues. Tu es sûr que Fenoglio n'a pas recommencé à écrire ?

– Absolument sûr.

Farid mit son sac à dos en bandoulière et siffla entre ses dents, comme le faisait toujours Doigt de Poussière. Louve surgit de derrière une potence, une souris morte dans la gueule. Seule la jeune martre était restée avec Farid. Gwin était chez Roxane, à croire qu'elle ne voulait pas quitter l'endroit où Doigt de Poussière avait le plus de chances de revenir si jamais la mort le libérait de l'emprise de ses doigts exsangues.

– Comment peux-tu en être si sûr ?

Orphée fit une grimace de dégoût en voyant Louve sauter sur l'épaule de Farid et disparaître dans son sac. Tête de Camembert détestait la martre. Mais il la supportait, sans doute parce qu'elle avait appartenu par le passé à Doigt de Poussière.

– L'homme de verre de Fenoglio dit qu'il n'écrit plus, et il est bien placé pour le savoir, non ?

Cristal de Rose, depuis que Fenoglio n'habitait plus au château, mais dans la mansarde de Minerve, se plaignait continuellement de la dureté de son existence, et Farid maudissait lui aussi l'escalier raide et branlant, chaque fois qu'Orphée l'envoyait chez Fenoglio avec ses questions : quels pays se trouvent au sud de la mer qui borde le royaume de Tête de Vipère ? Le prince qui règne au nord d'Ombra est-il cousin avec la femme de Tête de Vipère ? Où les géants vivent-ils exactement s'ils n'ont pas disparu ? Les poissons rapaces qui peuplent les rivières mangent-ils aussi les nixes ?

Certains jours, Fenoglio ne laissait même pas entrer Farid, alors que le garçon s'était donné le mal de grimper jusque là-haut; d'autres fois, il avait tellement bu que le vin le rendait plus loquace. Ces jours-là, le vieillard l'abreuvait d'un tel flot d'informations que Farid en avait la tête farcie quand il rentrait retrouver Orphée, qui le bombardait à nouveau de questions. C'était à devenir fou. Mais chaque fois que les deux hommes essayaient de communiquer directement, ils recommençaient à se disputer au bout de quelques minutes.

– Bien. Très bien ! Si le vieux se remettait à préférer les mots au vin, ça ne ferait que compliquer les choses ! Ses dernières idées ont déjà suffisamment semé le trouble, déclara Orphée en attrapant les rênes et en levant les yeux vers le ciel. (Une fois de plus, la journée s'annonçait pluvieuse, grise et triste comme les visages à Ombra.) Des brigands masqués, des livres qui rendent immortel, un prince qui revient du royaume des morts !

Il secoua la tête et dirigea son cheval sur le chemin qui menait à Ombra.

– Qui sait ce qui lui serait encore passé par la tête ! Non, Fenoglio peut continuer à noyer dans le vin le peu de raison qui lui reste. Je vais m'occuper de son histoire. De toute manière, je la comprends beaucoup mieux.

Farid ne l'écoutait plus, il tirait sur son âne pour le faire sortir des buissons. Tête de Camembert pouvait toujours parler. Peu lui importait lequel des deux écrirait les mots qui feraient revenir Doigt de Poussière. Du moment qu'il revienne enfin ! Et cette maudite histoire pouvait bien aller au diable.

Comme toujours, l'âne essaya de mordre Farid quand il sauta sur son dos. Orphée montait le plus beau cheval d'Ombra – en dépit de sa silhouette assez lourde, Tête de Camembert était un bon cavalier – mais évidemment, radin comme il était, il avait, pour Farid, acheté un âne, qui mordait de surcroît, et tellement vieux qu'il n'avait plus un poil sur la tête. Quant à Gros Lard, même deux ânes n'auraient pas pu le porter : il trottinait à côté d'Orphée comme un énorme chien, le visage dégoulinant de sueur à force de monter et descendre sur les chemins étroits qui sillonnaient les collines d'Ombra.

– Comme ça, Fenoglio n'écrit plus…

Orphée adorait exprimer tout haut ses pensées. Parfois, on avait presque l'impression qu'il ne pouvait les ordonner qu'en entendant sa propre voix.

– Mais alors, d'où viennent toutes les histoires qu'on entend sur le Geai bleu ? La protection des veuves, l'argent déposé sur le seuil des cabanes des pauvres, le gibier dans les assiettes des orphelins… Tout cela serait l'œuvre de Mortimer Folchart, sans que Fenoglio y ait contribué en écrivant quelques mots ?

Une charrette arrivait en sens inverse. Orphée poussa en jurant son cheval dans les ronces et Gros Lard leva les yeux, avec un ricanement idiot, vers les deux jeunes garçons blêmes de peur agenouillés sur la charrette, les mains attachées dans le dos. L'un d'eux avait les yeux encore plus clairs que ceux de Meggie, et ils n'étaient pas plus vieux que Farid. Naturellement. Sinon, ils auraient suivi Cosimo en campagne et seraient morts depuis longtemps. Mais ce matin-là, ce n'était sans doute pas une consolation pour eux. On verrait leurs cadavres depuis Ombra, comme exemple pour tous ceux que la faim poussait à braconner, mais le nez du Gringalet, lui, ne les sentirait pas.

Mourait-on si vite, sur la potence, que les Femmes blanches ne surgissaient pas ? Farid porta instinctivement la main à son cou, à l'endroit où le couteau de Basta s'était enfoncé. Dans son cas, elles n'étaient pas venues, à moins que… ? Il ne savait plus. Il ne se souvenait même pas de la douleur, il se souvenait seulement du visage de Meggie quand il était revenu à lui, et du moment où il s'était retourné et avait vu Doigt de Poussière gisant près de lui…

– Pourquoi n'écris-tu pas qu'elles viennent me chercher à sa place ? avait-il demandé à Orphée.

Mais celui-ci s'était contenté de rire.

– Toi ? Tu crois sérieusement que les Femmes blanches échangeraient le danseur de feu contre un petit voleur comme toi ? Non, il va falloir leur offrir un appât plus consistant.

Les sacs pleins de pièces d'argent rebondirent contre la selle d'Orphée quand il éperonna sa monture. Sous l'effort, Oss devint cramoisi, comme si sa tête allait exploser d'une seconde à l'autre sur son cou épais.

Ce maudit Tête de Camembert ! Oui, il fallait que Meggie le renvoie d'où il venait ! pensa Farid, en donnant des coups de talon dans les flancs de l'âne. Le plus vite possible ! Mais qui pouvait lui écrire le texte ? Et qui, à part Orphée, était capable de faire revenir Doigt de Poussière de chez les morts ?

« Il n'en reviendra jamais ! murmurait une petite voix en lui. Doigt de Poussière est mort, Farid. Mort. »

« Et après ? poursuivait la petite voix. Qu'est-ce que ça veut dire dans ce monde-ci ? J'en suis bien revenu, moi. »

Si seulement il pouvait se rappeler le chemin !

4

Habits d'encre

Il me semble que c'était hier,
Sous ma peau je croyais
Que ce n'était que lumière.
Que si l'on me coupait, je rayonnerais.
Mais quand je tombe aujourd'hui
Sur le chemin de la vie
Et m'ouvre le genou, je saigne.

Billy Collins, *On Turning Ten*

La lumière du matin réveilla Meggie, une lumière pâle
qui caressait son visage et un air si frais qu'elle eut la sensation d'être la première à le respirer. Devant ses fenêtres,
les fées gazouillaient comme des oiseaux qui auraient appris
à parler et quelque part, un geai bleu jasait – si toutefois
c'était bien un geai bleu. Car l'hercule imitait l'oiseau à s'y
méprendre, à croire qu'il nichait dans sa large poitrine. Et
tous les autres lui répondaient : les alouettes, les merles
moqueurs, les pics, les rossignols et les corneilles apprivoisées de Gecko.

Mo aussi était déjà réveillé. Elle entendait sa voix dehors, et celle de sa mère. Farid avait-il enfin pu venir ? Elle se dépêcha de se lever du sac de paille sur lequel elle dormait (comment était-ce de dormir dans un lit ? Elle s'en souvenait à peine) et courut à la fenêtre. Depuis combien de jours attendait-elle Farid ? Il avait promis de venir. Mais dans la cour, elle ne vit personne d'autre que ses parents et l'hercule qui lui sourit en l'apercevant à la fenêtre.

Mo aidait Resa à seller un des chevaux qu'ils avaient trouvés dans l'écurie à leur arrivée. Ils étaient si beaux qu'ils avaient dû appartenir autrefois à l'un des amis nobles du Gringalet mais, comme pour beaucoup de choses que leur procurait le Prince noir, Meggie évita de se demander trop précisément comment ils étaient tombés entre les mains des brigands. Elle aimait le Prince noir, Baptiste et l'hercule, mais d'autres lui faisaient froid dans le dos, Monseigneur et Gecko par exemple, même si ces hommes les avaient sauvés, ses parents et elle, sur la montagne aux Vipères. « Les brigands sont des brigands, disait souvent Farid. Ce que le Prince fait, il le fait pour les autres, mais la plupart de ses hommes veulent juste se remplir les poches sans devoir pour autant travailler dans les champs ou dans un atelier. » Ah, Farid… il lui manquait tant qu'elle en avait honte.

Sa mère était pâle. Ces derniers temps, elle avait souvent des nausées. Elle voulait sans doute aller voir Roxane. Pour ce genre de choses, personne n'était d'aussi bon conseil que la veuve de Doigt de Poussière, hormis peut-être le Chat-huant mais, depuis la mort de Doigt de Poussière, il n'allait pas tellement bien non plus – surtout depuis qu'il avait entendu dire que Tête de Vipère avait fait incendier l'hospice qu'il avait dirigé pendant tant d'années, de l'autre côté de la forêt. Nul ne savait ce qu'étaient devenues Bella et les autres guérisseuses.

Une souris, à cornes comme la martre de Doigt de Poussière, détala quand Meggie sortit et une fée se précipita sur elle pour lui attraper les cheveux, mais Meggie savait maintenant comment s'en débarrasser. Plus il faisait froid, moins elles sortaient de leurs nids, mais elles étaient toujours en quête de cheveux humains. « Il n'y a rien qui leur tienne aussi chaud ! avait coutume de dire Baptiste. Excepté les poils d'ours. Mais c'est dangereux de les arracher. »

La matinée était si fraîche que Meggie serra ses bras autour d'elle en frissonnant. Les vêtements que les brigands leur avaient procurés étaient loin d'être aussi chauds que les pulls dans lesquels elle aurait aimé s'envelopper par un jour comme celui-ci, et elle pensa avec une certaine nostalgie aux chaussettes chaudes qui l'attendaient dans les armoires d'Elinor.

Mo se retourna et sourit en l'apercevant. Il avait l'air fatigué mais heureux. Il ne dormait pas beaucoup, travaillait souvent tard dans la nuit dans son atelier de fortune, avec le peu d'outillage que Fenoglio lui avait procuré, et retournait toujours dans la forêt, avec ou sans le Prince. Il pensait que Meggie n'en savait rien, mais elle avait déjà vu les brigands venir le chercher, quand elle était à la fenêtre, incapable de dormir, à attendre Farid. Ils appelaient Mo en imitant le cri du geai bleu. Meggie l'entendait presque toutes les nuits.

– Tu vas mieux ? demanda-t-elle à sa mère, inquiète. Finalement, c'était peut-être les champignons que nous avons trouvés il y a quelques jours.

– Non, certainement pas, répondit Resa en souriant à Mo. Roxane va bien trouver une plante pour me soulager. Tu veux venir avec moi ? Brianna sera peut-être là. Elle ne travaille pas tous les jours chez Orphée.

Brianna. Pourquoi devrait-elle avoir envie de la voir ? Parce qu'elles étaient presque du même âge ? Après la mort de Cosimo, Brianna avait été renvoyée par la Laide, pour la punir de ce que son mari avait préféré sa compagnie à celle de sa femme. Brianna avait d'abord aidé Roxane aux travaux des champs et maintenant, elle travaillait pour Orphée. Tout comme Farid. Désormais, Orphée avait une demi-douzaine de servantes. Farid disait, moqueur, qu'il ne coiffait même pas tout seul ses cheveux ébouriffés. Orphée n'employait que de jolies filles. Or Brianna était très belle, si belle qu'à côté d'elle, Meggie se sentait comme un canard à côté d'un cygne. Et le pire, c'est que Brianna était la fille de Doigt de Poussière. « Et alors ? répondait Farid quand elle l'interrogeait à ce propos, je ne lui parle même pas. Elle me déteste, tout comme sa mère. » N'empêche… il les voyait presque tous les jours, Brianna et toutes les autres. Les plus jolies filles d'Ombra travaillaient dans la maison d'Orphée. Et il n'était pas venu voir Meggie depuis presque quinze jours.

– Alors, tu viens avec moi ? insista Resa, et Meggie se sentit rougir, comme si sa mère avait lu dans ses pensées.

– Non, répondit-elle, je crois que j'aime mieux rester ici. L'hercule t'accompagne, n'est-ce pas ?

– Bien sûr, répondit ce dernier.

L'hercule s'était donné pour mission de les protéger, Resa et elle. Meggie n'était pas certaine que Mo le lui ait demandé ; peut-être voulait-il ainsi assurer le Geai bleu de son dévouement.

Il aida Resa à grimper sur sa monture. Elle se plaignait souvent que ce soit si peu pratique de monter à cheval en robe, ajoutant qu'elle aurait mille fois préféré porter des vêtements d'homme dans ce monde-ci, même si cela lui avait valu jadis d'être prisonnière de Mortola.

– Je serai de retour avant la nuit, dit-elle à Mo. Roxane aura peut-être aussi un remède contre tes insomnies.

Elle disparut entre les arbres avec l'hercule et Meggie se retrouva seule avec Mo, comme avant, quand il n'y avait qu'eux deux.

– Elle ne va vraiment pas bien !

– Ne t'inquiète pas, Roxane saura la conseiller, dit Mo en regardant en direction de l'ancienne cuisine dans laquelle il s'était aménagé un atelier. (Mais pourquoi portait-il ces drôles d'habits noirs ?) Je dois partir aussi. Je serai de retour ce soir. Gecko et Baptiste sont dans l'étable et le Prince va envoyer Jambe de Bois ici pendant que l'hercule sera absent. À eux trois, ils veilleront sur toi mieux que moi.

Que percevait-elle dans sa voix ? Un mensonge ? Depuis que Mortola avait tiré sur lui, il avait changé. Il était plus renfermé et souvent absent, comme si une part de lui-même était restée dans la grotte où il avait failli mourir, ou dans le cachot de la tour du château de la Nuit.

– Où vas-tu ? Je viens avec toi.

Meggie le sentit tressaillir quand elle glissa son bras sous le sien.

– Qu'est-ce que tu as ? demanda-t-elle.

– Rien, rien du tout, répondit-il en passant la main sur sa manche noire tout en évitant son regard.

– Tu es encore parti avec le Prince noir. Je l'ai vu cette nuit dans la cour. Qu'est-il arrivé ?

– Rien, Meggie, je t'assure.

Il se frotta la joue, l'air absent, puis fit demi-tour et se dirigea vers l'ancienne cuisine.

– Rien du tout ? répéta Meggie en le suivant. (La porte était si basse qu'il fallait baisser la tête.) Où as-tu trouvé ces habits noirs ?

– Ce sont des vêtements de relieur. Baptiste me les a confectionnés.

Il s'approcha de sa table de travail. Dessus, il y avait du cuir, quelques rouleaux de parchemin, du fil, un couteau et le petit livre de dessins de Resa qu'il avait relié au cours des dernières semaines, des dessins de fées, d'elfes de feu et d'hommes de verre, du Prince noir et de l'hercule, de Baptiste et de Roxane. Il y en avait aussi un de Farid. Le livre était entouré d'une ficelle, comme si Mo voulait l'emporter en voyage. Le livre, les habits noirs...

Oh, elle le connaissait bien.

– Non, Mo !

Meggie attrapa le livre et le cacha derrière son dos. Il pouvait peut-être raconter des histoires à Resa, mais pas à elle.

– Qu'est-ce qu'il y a ?

Il se donnait vraiment du mal pour jouer l'innocence et réussissait mieux qu'avant à faire semblant.

– Tu veux aller à Ombra, chez Balbulus. Tu es devenu fou ! C'est bien trop dangereux !

Un instant, Mo eut envie de continuer à lui mentir, mais il se ravisa.

– Bon, je ne peux toujours rien te cacher. Je pensais que ce serait plus facile maintenant que tu es grande. C'était idiot.

Il passa le bras autour d'elle et lui prit doucement le livre des mains.

– C'est vrai, je veux aller trouver Balbulus avant que le Gringalet ait vendu tous les livres dont tu m'as parlé. Fenoglio va m'introduire comme relieur au château. À ton avis, combien de tonneaux de vin le Gringalet reçoit-il en échange d'un livre ? Il paraît que la moitié de la biblio-thèque a déjà disparu pour payer ses fêtes !

– Mo ! C'est trop dangereux ! Et si quelqu'un te recon-naît ?

– Qui veux-tu qui me reconnaisse ? À Ombra, personne ne m'a jamais vu.

– Un des soldats du château de la Nuit... Et il paraît qu'Oiseau de Suie est là-bas ! Tes pauvres habits noirs n'y feront rien.

– Tu parles ! La dernière fois qu'Oiseau de Suie m'a vu, j'étais à moitié mort. Et il vaudrait mieux pour lui qu'il ne souhaite pas me rencontrer.

Son visage, familier à Meggie comme nul autre, était devenu, et pas pour la première fois, celui d'un étranger. Froid. Tellement froid.

– Ne t'inquiète pas ! lança-t-il avec un sourire qui chassa la froideur.

Mais son sourire ne dura pas.

– Sais-tu que mes propres mains me deviennent étran-gères, Meggie, déclara-t-il en les lui montrant, comme si elle pouvait voir la métamorphose. Elles font des choses dont je ne les savais même pas capables, et elles les font bien !

Mo contemplait ses mains comme si c'étaient celles d'un autre. Meggie les avait tant de fois regardées en train de couper le papier, de brocher les pages, de tendre le cuir...

ou encore de lui mettre un sparadrap au genou. Mais elle ne savait que trop bien de quoi Mo parlait. Elle l'avait assez souvent vu s'entraîner avec Baptiste et l'hercule derrière les écuries. Avec l'épée qu'il portait depuis le château de la Nuit, l'épée de Renard Ardent. Il pouvait la faire danser, elle était devenue aussi familière à ses mains qu'un couteau à papier ou un plioir.

Le Geai bleu.

– Je crois que je devrais rappeler à mes mains quel est leur véritable métier, Meggie. Je voudrais moi-même me le rappeler. Fenoglio a raconté à Balbulus qu'il a trouvé un relieur qui saura habiller ses ouvrages comme ils le méritent. Mais Balbulus veut voir ce relieur avant de lui confier ses livres. C'est pour ça qu'il faut que j'aille au château et que je lui prouve que je connais mon métier aussi bien que lui le sien. C'est ta faute si je suis si impatient de voir enfin son atelier de mes propres yeux ! Tu te souviens, dans la tour du château de la Nuit, quand tu me parlais des pinceaux et des plumes de Balbulus ?

Il imita sa voix :

– C'est un enlumineur, Mo ! Au château d'Ombra ! Le meilleur qui existe. Tu pourrais voir les pinceaux et les couleurs… !

– Oui, murmura-t-elle, oui, je me souviens.

Elle savait même encore ce qu'il avait répondu : « J'aimerais vraiment bien les voir, ces pinceaux. » Mais elle n'avait pas oublié non plus la peur qu'elle avait eue de le perdre.

– Resa sait où tu veux aller ? demanda-t-elle en posant sa main sur sa poitrine, où seule une cicatrice rappelait qu'il avait failli mourir.

Il n'eut pas besoin de répondre. Son regard coupable disait clairement qu'il n'avait pas parlé de ses projets à sa femme. Meggie regarda les outils sur la table. Il avait peut-être raison. Il était peut-être temps que ses mains se souviennent. Il pouvait peut-être jouer en effet, dans ce monde-ci, le rôle qu'il avait tant aimé dans l'autre. Même si l'on racontait que le Gringalet pensait que les livres étaient aussi utiles qu'un furoncle au milieu du visage. Mais Ombra appartenait à Tête de Vipère. Ses soldats étaient partout. Et si l'un d'eux reconnaissait l'homme qui, quelques mois plus tôt, était encore le prisonnier de leur sinistre maître ?

– Mo.

Les mots se pressaient sur les lèvres de Meggie. Durant les derniers jours, ils lui avaient souvent traversé l'esprit, mais elle n'avait jamais osé les prononcer car elle n'était pas sûre de penser vraiment ce qu'elle dirait.

– Ça ne t'arrive jamais de te dire que nous devrions rentrer, aller retrouver Elinor et Darius ? Je sais, c'est moi qui t'ai persuadé de rester, mais… Tête de Vipère te cherche toujours et, la nuit, tu sors avec les brigands. Peut-être que Resa ne s'en aperçoit pas, mais moi, si ! Nous avons déjà tout vu, les fées et les nymphes, la Forêt sans chemin et les hommes de verre…

C'était si difficile de trouver les mots justes, des mots qui l'éclaireraient aussi sur ce qui se passait en elle.

– Peut-être… peut-être qu'il est temps. Je sais que Fenoglio n'écrit plus, mais nous pourrions demander à Orphée. Il est jaloux de toi, il serait sûrement content de nous voir partir et de demeurer le seul lecteur dans son histoire !

Mo la regarda sans répondre, mais Meggie savait ce qu'il pensait. Ils avaient échangé leurs rôles : maintenant, c'est lui qui ne voulait plus rentrer. Sur la table, entre le papier de texture grossière et les couteaux que lui avait procurés Fenoglio, il y avait la plume de la queue d'un geai bleu.

– Viens ici ! dit Mo en s'asseyant sur le rebord de la table.

Il l'attira près de lui, comme il avait fait d'innombrables fois quand elle était encore une petite fille. C'était si loin, tout ça. Si loin. Comme une autre histoire dans laquelle Meggie aurait été une autre Meggie. Mais quand Mo passa son bras autour de ses épaules, elle se retrouva l'espace d'un instant dans sa vieille histoire, en sécurité, protégée, sans ce désir nostalgique au cœur qui l'habitait comme s'il avait toujours été là… le désir de revoir un jeune garçon aux cheveux noirs et aux doigts couverts de suie.

– Je sais pourquoi tu veux rentrer, murmura Mo.

Il avait peut-être changé, mais il savait toujours aussi bien lire dans ses pensées qu'elle dans les siennes.

– Depuis combien de temps Farid n'est-il pas venu ici ? Cinq jours ?

– Douze, répondit Meggie d'une petite voix, en cachant son visage contre l'épaule de Mo.

– Douze ? Tu veux qu'on demande à l'hercule de lui faire quelques nœuds à ses petits bras ?

Meggie ne put s'empêcher de rire. Que deviendrait-elle si un jour Mo n'était plus là pour la faire rire ?

– Je n'ai pas encore tout vu, Meggie, dit-il. Je n'ai pas encore vu le plus important, les livres de Balbulus. Des livres manuscrits, Meggie, des livres enluminés, pas tachés par la poussière des ans, pas jaunis ni déchirés, non, la couleur de leurs pages vient juste de sécher, la reliure est souple... qui sait, Balbulus m'autorisera peut-être à le regarder travailler. Tu t'imagines ! J'ai si souvent rêvé de voir, juste une fois, comment un de ces minuscules visages est fixé sur le parchemin, comment les vrilles commencent à s'enrouler autour d'une initiale, et...

Meggie sourit malgré elle.

– C'est bon, c'est bon, dit-elle en lui mettant la main sur la bouche. C'est bon, nous allons aller voir Balbulus, mais ensemble.

« Comme avant, poursuivit-elle en pensée. Rien que toi et moi. » Et comme Mo s'apprêtait à protester, elle lui ferma de nouveau la bouche.

– C'est toi qui l'as dit ! Dans la mine désaffectée !

La mine dans laquelle était mort Doigt de Poussière... Meggie répéta les paroles de Mo à voix basse. Elle semblait se souvenir de chaque mot qui avait été prononcé durant ces jours-là :

« Montre-moi les fées, Meggie. Et les nixes. Et l'enlumineur du château d'Ombra. Allons voir si ses pinceaux sont vraiment aussi fins. »

Mo se redressa et commença à trier les outils qui s'étalaient sur la table, comme il l'avait toujours fait dans son atelier, chez Elinor.

– Oui, oui. Ce sont en effet mes propres paroles, dit-il sans la regarder. Mais maintenant, c'est le beau-frère de Tête de Vipère qui gouverne Ombra. Tu imagines ce que ta mère dirait si je t'exposais à un tel danger ?

Sa mère. Oui...

– Resa n'a pas besoin de le savoir. S'il te plaît, Mo ! Il faut que tu m'emmènes ! Sinon, je chargerai Gecko de dire au Prince noir ce que tu as l'intention de faire. Et tu n'arriveras jamais à Ombra !

Mo détourna les yeux, mais Meggie l'entendit rire en sourdine.

– Mais c'est du chantage ! C'est moi qui t'ai appris ça ?

Il se tourna vers elle en soupirant et la fixa un long moment.

– Bon, dit-il enfin. Nous irons voir tous les deux les plumes et les pinceaux. Au fond, nous sommes déjà allés ensemble au château de la Nuit. En comparaison, celui d'Ombra ne peut pas être si sinistre, qu'en penses-tu ?

Il passa la main sur sa manche noire.

– Je suis vraiment content qu'ici, les relieurs ne portent pas d'habits jaunes, dit-il en glissant le livre avec les dessins de Resa dans une sacoche. Quant à ta mère, j'irai la chercher chez Roxane après notre visite au château, mais ne lui souffle pas mot de notre escapade. J'imagine que tu as deviné la raison de ses nausées matinales, non ?

Meggie le regarda, stupéfaite… et se sentit au même moment bête, tellement bête.

– Un frère ou une sœur ? Que préférerais-tu ? demanda Mo. (Il avait l'air si heureux.) Pauvre Elinor. Tu sais qu'elle attendait qu'on lui annonce ça depuis que nous sommes chez elle ? Et maintenant, nous avons emporté cet enfant dans un autre monde.

Un frère ou une sœur… Quand Meggie était petite, elle s'était inventé une sœur invisible. Elle lui faisait des tisanes aux pâquerettes et des gâteaux de sable.

– Mais… depuis quand le savez-vous ?

– Il vient de la même histoire que toi, si c'est ce que tu veux savoir. De la maison d'Elinor, pour être précis. Un enfant en chair et en os, pas un être né de mots, d'encre et de papier. Quoique… qui sait ? Nous sommes peut-être passés tout simplement d'une histoire dans une autre ?

Meggie regarda autour d'elle, regarda la table, les outils, les plumes… et les habits noirs de Mo. Tout cela était fait de mots, non ? Des mots de Fenoglio. La maison, la cour, le ciel au-dessus d'eux, les arbres, les pierres, la pluie, le soleil et la lune. « Oui, qu'en est-il de nous ? pensa Meggie. De quoi sommes-nous faits ? Resa, moi, Mo et l'enfant qui va naître. » Elle ne connaissait plus la réponse. L'avait-elle jamais connue ?

Elle avait l'impression qu'autour d'elle, les choses chuchotaient, parlaient de tout ce qui serait et de tout ce qui avait été. Meggie regarda ses mains et eut l'impression de pouvoir y lire des mots, des mots qui disaient : *et un nouvel enfant vit le jour.*

5

Fenoglio s'apitoie
sur lui-même

Le souvenir de ce qui s'était passé lui revint à l'esprit, comme une bouffée de chaleur vous monte à la tête, et le fit rougir.

Louis Pergaud, *La Guerre des boutons*

Fenoglio était couché, comme cela lui arrivait souvent ces dernières semaines. Ou ces derniers mois ? Peu importait. Morose, il leva les yeux vers les nids de fées au-dessus de sa tête. Ils étaient presque tous abandonnés, sauf un, d'où s'échappait un flot ininterrompu de jacasseries et de rires. Et des reflets multicolores comme une tache d'huile sur l'eau. Orphée ! Dans ce monde, les fées étaient bleues, bon sang ! C'était écrit noir sur blanc. Qu'est-ce qu'il avait, avec sa tête de veau, à les rendre multicolores comme un arc-en-ciel ? Ce qui était pire encore, c'est qu'elles chassaient les bleues, partout où elles s'installaient. Des fées multicolores, des kobolds tachetés, et même, à ce qu'on racontait, des hommes de verre à quatre bras ! Rien que d'y penser, Fenoglio avait mal à la tête. Et il ne se passait pas une heure sans qu'il y pense, sans qu'il se demande ce qu'Orphée était encore en train de mijoter dans sa grande maison luxueuse où il tenait sa cour, comme un des hommes les plus importants d'Ombra !

Il y envoyait presque chaque jour Cristal de Rose en espion, mais on ne pouvait pas dire que l'homme de verre fût particulièrement doué pour ce genre de mission. Fenoglio le soupçonnait de s'introduire subrepticement dans la ruelle des couturières pour faire des avances à ses congénères au lieu d'aller chez Orphée. « C'est ta faute, Fenoglio, se disait-il, grincheux, tu aurais dû mettre au cœur de tes bonshommes en verre un plus grand sens du devoir. Mais hélas, ce n'est pas ta seule omission… »

Pour se consoler de ce triste bilan, il tendait le bras vers la cruche de vin rouge qui se trouvait près de son lit quand une petite silhouette, légèrement essoufflée, apparut à la lucarne de sa mansarde. Enfin ! Les membres de Cristal de Rose, rose pâle d'habitude, avaient viré au rouge carmin. Les hommes de verre ne transpirent pas. Quand ils font trop d'efforts, ils changent de couleur (encore une règle qu'il avait lui-même fixée, et avec la meilleure volonté du monde, il n'aurait su dire pourquoi), mais aussi, qu'avait-il, cet idiot, à grimper sur les toits ? Quelle inconscience, avec des membres qui se cassaient quand ces imbéciles tombaient du haut d'une table ! Oui, un homme de verre n'était sans doute pas l'espion idéal mais, d'un autre côté, avec leur petite taille, ils passaient inaperçus, et leurs membres avaient beau être fragiles, leur transparence était sans aucun doute une qualité pour des missions de reconnaissance secrètes.

– Alors ? Qu'est-ce qu'il écrit ? Allez, raconte !

Fenoglio attrapa la cruche et se dirigea, pieds nus, vers

l'homme de verre. Un dé de vin rouge, voilà ce que demandait Cristal de Rose en échange de ses activités d'espionnage qui, comme il ne se lassait pas de répéter, n'entraient nullement dans les fonctions classiques d'un homme de verre et devaient être rémunérées à part. Le dé de vin n'était pas un prix très élevé, Fenoglio devait bien l'admettre mais, jusque-là, Cristal de Rose ne rapportait pas non plus d'informations intéressantes. Et d'ailleurs, le vin ne lui réussissait pas. Boire le rendait encore plus récalcitrant… et le faisait roter pendant des heures.

– Puis-je reprendre mon souffle, pour une fois, avant de faire mon rapport ? demanda Cristal de Rose d'une voix pointue.

Ben voyons. Récalcitrant. Et toujours très susceptible !

– Apparemment, tu respires, tu es donc aussi en mesure de parler ! rétorqua Fenoglio.

Il attrapa l'homme de verre sur la corde qu'il avait fixée à la lucarne pour qu'il puisse descendre, et le porta jusqu'à la table qu'il avait achetée récemment au marché, pour un prix honnête.

– Bon, je recommence, dit-il en remplissant son dé de vin. Qu'est-ce qu'il écrit ?

Cristal de Rose renifla le vin et fronça son nez qui avait viré au rouge foncé.

– Ton vin est de plus en plus mauvais ! constata-t-il d'un ton offusqué. Je devrais songer à me faire rémunérer autrement !

Agacé, Fenoglio lui prit le dé de ses mains de verre.

– Tu n'as pas encore mérité celui-ci ! gronda-t-il. Avoue. Tu n'as toujours rien appris, rien de rien !

L'homme de verre croisa les bras.

– Ah, bon ?

C'était à devenir fou. Et on ne pouvait même pas le secouer, de peur de lui casser un bras ou même la tête.

L'air sombre, Fenoglio reposa le dé sur la table. Cristal de Rose plongea le doigt dedans et le lécha.

– Il a encore écrit un texte pour faire surgir un trésor.

– Encore ! Nom d'une pipe, il consomme encore plus d'argent que le Gringalet !

Fenoglio s'en voulait de ne pas en avoir eu l'idée lui-même. D'un autre côté, il aurait eu besoin d'un lecteur pour transformer ses mots en bel argent et il n'était pas certain que Meggie ou son père lui auraient prêté leur voix dans un dessein aussi prosaïque.

– Bon, un trésor, quoi d'autre ?

– Oh, il écrit diverses choses mais n'en a pas l'air très satisfait ! Vous ai-je déjà raconté qu'il a embauché deux hommes de verre ? Vous vous souvenez de celui qui avait quatre bras, dont il était si fier – Cristal de Rose croisa les bras comme pour se protéger d'un pareil sort –, on raconte que, de colère, il l'a lancé un jour contre le mur ! À Ombra, tout le monde en a entendu parler, mais Orphée paie bien.

Fenoglio ignora le regard lourd de reproches que lui lança l'homme de verre.

– Et maintenant, poursuivit Cristal de Rose, deux frères travaillent pour lui, Jaspis et Éclat de Fer. L'aîné est une horreur ! Il…

– Deux ? Pourquoi aurait-il besoin de deux hommes de verre, avec sa tête de veau ? Magouille-t-il dans mon histoire au point de n'avoir pas assez d'un homme de verre pour lui tailler ses plumes ?

Fenoglio sentit que la colère lui donnait des aigreurs d'estomac, même s'il se réjouissait que l'homme de verre à quatre bras ait rendu l'âme. Orphée allait peut-être finir par comprendre que ses créatures ne valaient pas le papier sur lequel il les inventait !

– Bien. Quoi encore ?

Cristal de Rose garda le silence. Il avait croisé les bras. Il n'aimait pas du tout qu'on l'interrompe.

– Et maintenant, cesse de te faire prier ! s'exclama Fenoglio en poussant le dé de vin dans sa direction. Qu'est-ce qu'il écrit d'autre ? Des gibiers exotiques pour le Gringalet ? De petits chiens à cornes pour ces dames de la cour ? À moins qu'il n'ait décidé que des nains tachetés manquaient dans mon monde ?

Cristal de Rose plongea de nouveau le doigt dans le vin.

– Il faut que tu m'achètes un pantalon, constata-t-il, j'ai déchiré le mien à force de grimper à droite et à gauche. De toute façon, il est usé. Toi, tu peux te déguiser comme tu veux, mais moi, je ne vis pas parmi les hommes pour être plus mal habillé que mes cousins de la forêt.

Il y avait des jours où Fenoglio l'aurait volontiers brisé en deux, celui-là !

– Ton pantalon ! Qu'est-ce que tu veux que ça me fasse, ton pantalon ? lança-t-il à l'homme de verre.

Cristal de Rose but une grande gorgée dans le dé… et recracha le vin sur ses pieds de verre.

– C'est pire que du vinaigre ! maugréa-t-il. Dire que c'est pour ça que je me suis fait bombarder d'os ! Que je me suis faufilé entre les crottes de pigeon et les tuiles cassées ! Oui, tu peux ouvrir de grands yeux ! Cet Éclat de Fer m'a lancé des os de poule quand il m'a surpris en train de fouiller dans les papiers d'Orphée ! Il a même essayé de me jeter par la fenêtre !

Il essuya en soupirant le vin qui tachait ses pieds.

– Il était question de sangliers à cornes, mais j'ai eu du mal à déchiffrer. Après, il y avait quelque chose sur des elfes qui chantent, pas bien malin, il faut le dire, et encore d'autres choses sur les Femmes blanches. Œil Double rassemble tout ce que les ménestrels peuvent chanter…

– Oui, oui, mais ça, tout Ombra le sait ! C'est pour me raconter ces sornettes sans intérêt que tu es resté si longtemps dehors ?

Fenoglio prit sa tête dans ses mains. Ce vin était vraiment mauvais. Sa tête lui semblait de plus en plus lourde. Maudit vin. Cristal de Rose en reprit une gorgée, tout en faisant la grimace. Quel idiot, cet homme de verre ! Demain, il aurait des crampes d'estomac.

– Quoi qu'il en soit, c'est mon dernier rapport, déclara-t-il entre deux rots. C'est la dernière fois que je joue à l'espion ! En tout cas, pas tant que cet Éclat de Fer travaillera là-bas. Il est fort comme un kobold et, à ce qu'on dit, il aurait déjà cassé les bras de deux hommes de verre.

– J'ai compris ! Tu me fais un bien piètre espion, marmonna Fenoglio en revenant vers son lit d'un pas chancelant. Avoue-le, tu es nettement plus empressé auprès des femmes de verre de la ruelle des couturières. Ne t'imagine pas que je ne le sais pas.

Il s'étira en soupirant sur sa paillasse et leva les yeux vers les nids vides des fées. Est-il pire destin que celui d'un poète dont l'inspiration est tarie ? Est-il pire destin que de voir un autre s'emparer de vos propres mots et doter de couleurs criardes le monde que vous avez créé ? La chambre au château, le coffre rempli de vêtements élégants, le cheval particulier pour M. le poète de cour, c'était fini, il n'avait plus que la mansarde sous le toit de Minerve. Un miracle qu'elle ait bien voulu l'accueillir de nouveau, car c'était à cause de ses textes et de ses chansons qu'elle avait perdu son mari et le père de ses enfants. Oui, tout Ombra connaissait le rôle qu'avait joué Fenoglio dans la guerre de Cosimo. Il était même étonnant qu'elle ne l'ait pas encore tiré du lit et frappé à mort, mais les femmes d'Ombra avaient déjà bien assez à faire pour ne pas mourir de faim.

– Où veux-tu aller ? lui avait juste dit Minerve en le trouvant devant sa porte. Au château, ils n'ont plus besoin de poète. Désormais, ce sont les chansons du Fifre qu'ils chantent.

Elle avait raison, bien sûr. Le Gringalet aimait les vers sanglants de l'homme au nez d'argent. Quand il ne se mettait pas lui-même à coucher sur papier ses mauvaises rimes sur ses aventures de chasse. Heureusement, il arrivait que Violante fasse appel à Fenoglio. Sans se douter qu'il lui rapportait des mots empruntés aux poètes d'un autre monde. Mais, de toute façon, la Laide ne payait pas particulièrement bien. La fille de Tête de Vipère était plus pauvre que les dames de la cour du nouveau gouverneur ; Fenoglio devait donc travailler comme écrivain public sur le marché, ce qui était pour Cristal de Rose matière à raconter à qui voulait l'entendre que son maître était tombé bien bas. Mais qui donc allait écouter la voix fluette d'un homme de verre ? Ce bougre d'idiot transparent pouvait toujours parler ! Il avait beau lui mettre tous les soirs sur la table un parchemin vierge pour l'inciter à écrire, Fenoglio avait renoncé pour toujours aux mots. Il n'en écrirait plus un seul – excepté ceux qu'il volait aux autres, et les fadaises creuses qu'on écrivait sur du papier ou sur du parchemin pour les testaments, les actes de vente et autres futilités. Le temps des mots vivants était révolu. Ils étaient devenus perfides et assassins, des monstres d'encre noire avides de sang, qui n'engendraient que du malheur. Il ne leur apporterait pas sa contribution. Il lui suffisait de faire un tour dans les ruelles sans hommes d'Ombra ; après, il avait besoin de toute une cruche de vin pour chasser la mélancolie qui, depuis la défaite de Cosimo, lui avait ôté le goût de vivre.

Des jeunes imberbes, des vieux décrépits, des infirmes et des mendiants, des marchands ambulants qui ne savaient pas encore qu'on ne pouvait pas récolter de pièces de cuivre à Ombra ou qui faisaient des affaires avec les sangsues du château, voilà à peu près ce qui restait dans les ruelles d'Ombra autrefois si animées. Des femmes aux yeux rouges, des enfants orphelins de père, des hommes de l'autre côté de la forêt qui espéraient trouver ici une jeune veuve ou un atelier abandonné... et des soldats. Oui, les soldats ne manquaient pas à Ombra. Ils prenaient ce dont ils avaient besoin, le jour comme la nuit. Aucune maison n'était sûre. Ils appelaient ça des dettes de guerre... et n'avaient-ils pas raison ? Car enfin, Cosimo les avait attaqués, Cosimo, sa créature la plus belle, la plus innocente... du moins l'avait-il cru. Maintenant, il gisait, mort, dans le sarcophage que le Prince insatiable avait fait fabriquer pour son fils. Le corps de l'homme au visage brûlé qui s'y trouvait auparavant (sans doute le premier, le vrai Cosimo) avait été enterré parmi ses sujets dans le cimetière au-dessus de la ville... ce qui n'était pas une mauvaise place, pensait Fenoglio, en tout cas pas aussi solitaire que le caveau sous le château. Même si Minerve racontait que Violante y descendait tous les jours, officiellement pour pleurer son défunt mari mais en réalité (chuchotait-on) pour y rencontrer ses espions. On racontait que la Laide n'avait même pas besoin de les payer. La haine qu'inspirait le Gringalet lui en amenait par douzaines. Naturellement. Il suffisait de le regarder, ce bourreau parfumé au poitrail de poulet, devenu gouverneur par la grâce de son beau-frère. Il suffisait de peindre un visage sur n'importe quel œuf pour déceler une ressemblance frappante avec lui. Oh, non, Fenoglio n'avait pas inventé le Gringalet ! C'est l'histoire qui, d'elle-même, l'avait généré.

Dès qu'il était entré en fonction, il avait fait accrocher près de la porte du château une liste des châtiments qui seraient désormais infligés pour divers délits, avec des dessins pour que ceux qui ne savaient pas lire comprennent ce qui les attendait. Un œil pour ceci, une main pour cela, des coups de fouet et le pilori, le bûcher, la potence… chaque fois qu'il passait devant, Fenoglio secouait la tête et quand il devait se rendre avec les enfants de Minerve sur la place du marché (où la plupart des châtiments avaient lieu), il leur mettait la main devant les yeux, malgré les protestations d'Ivo. Mais ils entendaient les cris. Heureusement, les délits étaient rares dans cette ville sans hommes. Beaucoup de femmes avaient même quitté la ville avec leurs enfants, loin de la Forêt sans chemin qui ne protégeait plus Ombra contre le prince qui vivait de l'autre côté, Tête de Vipère.

« Oui, Fenoglio, c'était ton idée, indéniablement. » Mais les rumeurs proliféraient, selon lesquelles le Prince argenté ne se réjouissait guère de son immortalité.

On frappa à sa porte. Par tous les diables, où avait-il la tête ? Où était donc passé ce satané morceau de papier que lui avait apporté la corneille la nuit dernière ? Cristal de Rose avait eu la peur de sa vie en la voyant se poser sur la lucarne. Mortimer voulait venir à Ombra ! Aujourd'hui ! Mais ne lui avait-il pas donné rendez-vous devant la porte du château ? Une belle imprudence, cette visite. Il y avait à tous les coins de rue des avis de recherche au nom du Geai bleu. Heureusement, le dessin n'avait pas la moindre ressemblance avec Mortimer, mais quand même !

On frappa à nouveau. Cristal de Rose ne retira pas son doigt du verre de vin. Cet homme de verre n'était même pas bon à servir de portier ! Orphée, lui, n'avait sûrement pas besoin d'aller ouvrir sa porte lui-même. On disait que son nouveau garde du corps était si grand qu'il arrivait à peine à passer par la porte de la ville. « Garde du corps ! Si jamais je me remets à écrire un jour, songea Fenoglio, je demanderai à Meggie de lire et de faire surgir un géant, on verra ce qu'il dira, Tête de Veau. »

Les coups à la porte se faisaient plus impatients.

– Oui, oui, j'arrive ! s'exclama Fenoglio.

Il trébucha sur une cruche de vin vide en cherchant son pantalon qu'il finit par enfiler non sans mal. Ses rhumatismes le faisaient souffrir. Au diable la vieillesse ! Pourquoi n'avait-il pas écrit une histoire dans laquelle les gens restent éternellement jeunes ? « Parce que ce serait ennuyeux, pensa-t-il en sautillant vers la porte avec une seule jambe dans son pantalon rugueux. Ennuyeux à mourir. »

– Désolé, Mortimer ! s'écria-t-il. L'homme de verre ne m'a pas réveillé à temps !

Cristal de Rose commença à ronchonner dans son dos,

mais la voix qui lui répondit derrière la porte n'était pas celle de Mortimer, même si elle était presque aussi belle. Orphée. « Quand on pense au diable ! » Que venait-il faire ici ? Se plaindre que Cristal de Rose l'ait espionné ? « Si quelqu'un a une raison de se plaindre, c'est bien moi ! pensa Fenoglio. Car enfin, c'est mon histoire qu'il pille et déforme ! Tête de Veau, Face de Lait, Petit Paon, Blanc-Bec… » Fenoglio disposait d'une flopée de noms pour Orphée et aucun n'était flatteur.

Fallait-il maintenant qu'il vienne en personne ? Envoyer le garçon ne lui suffisait-il pas ? Il allait encore poser des centaines de questions idiotes. « C'est ta faute, Fenoglio ! » Combien de fois ne s'était-il pas maudit pour les mots qu'il avait écrits dans la mine à la demande de Meggie… *C'est ainsi qu'il en appela un autre, plus jeune que lui, répondant au nom d'Orphée, habile avec les mots, même s'il ne les maîtrisait pas aussi magistralement que Fenoglio, et décida de lui enseigner son art, comme les maîtres le font tous un jour. Pendant un temps, Orphée devrait jouer avec les mots à sa place, s'en servir pour séduire et mentir, créer et détruire, bannir et faire revenir, pendant que Fenoglio attendrait que sa fatigue se dissipe, que son désir de mots se réveille, qu'il puisse renvoyer Orphée dans le monde d'où il l'avait fait venir, afin qu'il redonne vie à son histoire avec des mots nouveaux, intacts.*

– Je devrais écrire un texte pour le renvoyer là-bas ! marmonna-t-il en envoyant promener la cruche de vin sur son passage. Maintenant !

– Écrire ? J'ai entendu le mot écrire ? répéta Cristal de Rose, sarcastique, dans son dos.

Il avait retrouvé sa couleur normale. Fenoglio jeta un morceau de pain sec dans sa direction, mais il rata la tête rose pâle d'une bonne dizaine de centimètres et l'homme de verre poussa un soupir compatissant.

– Fenoglio ? Fenoglio, je sais que tu es là ! Ouvre-moi !

Mon Dieu, comme il haïssait cette voix ! Elle se propageait dans son histoire comme la mauvaise herbe. Avec ses propres mots !

– Non, je ne suis pas là, grommela Fenoglio, pas pour toi, Tête de Veau.

« Fenoglio, la mort est-elle un homme ou une femme ? Les Femmes blanches ont-elles été un jour des êtres humains ? Fenoglio, comment puis-je faire revenir Doigt de Poussière si tu ne peux pas m'expliquer les règles les plus simples de ce monde ? » Par tous les diables, qui lui avait demandé de faire revenir Doigt de Poussière ? De toute façon, celui-ci aurait dû être mort depuis longtemps si tout s'était produit comme Fenoglio l'avait écrit à l'origine. Quant aux « règles les plus simples », depuis quand la vie et la mort étaient-elles choses simples ? Comment, par le bourreau (et il y en avait désormais bien trop à Ombra), aurait-il pu savoir comment ça fonctionnait dans ce monde ou dans un autre ? Il ne s'était jamais posé de questions sur la mort ou sur ce qui advenait après. À quoi bon ? Tant qu'on était vivant, on n'y pensait pas. Et quand on était mort… cela ne devait plus nous intéresser non plus.

– Bien sûr qu'il est là ! Fenoglio ?

C'était la voix de Minerve. Nom d'une pipe, la tête de veau l'avait appelée à son secours. Pas bête. Oh, il était loin d'être bête, l'animal ! Fenoglio dissimula les cruches de vin vides sous son lit, enfila tant bien que mal sa deuxième jambe de pantalon et déverrouilla la porte.

– Ce n'est pas trop tôt ! s'exclama Minerve en regardant

d'un œil critique ses cheveux en bataille et ses pieds nus. J'ai dit à ton visiteur que tu étais là.

Comme elle avait l'air triste. Et fatiguée. Elle travaillait désormais à la cuisine du château. Fenoglio avait demandé à Violante de la faire embaucher, mais comme le Gringalet avait un faible pour les orgies nocturnes, Minerve ne rentrait bien souvent qu'au petit matin. Elle finirait sans doute par tomber morte de fatigue, en laissant de petits orphelins. Quel malheur ! Quand il voyait ce qu'était devenue sa merveilleuse Ombra !

– Fenoglio !

Orphée passa devant Minerve, arborant le sourire innocent, insupportable, derrière lequel il avait coutume de se dissimuler. Bien entendu, il avait de nouveau apporté des bouts de papier, des bouts de papier couverts de questions. Mais comment faisait-il pour payer les vêtements qu'il portait ? À l'époque fastueuse où il était lui-même poète à la cour, Fenoglio n'en avait pas de pareils. « As-tu oublié les trésors qu'il fait surgir en écrivant, Fenoglio ? »

Minerve redescendit sans un mot l'escalier raide ; derrière Orphée, un homme se faufila tant bien que mal par la porte, en rentrant la tête pour ne pas se cogner. Ah ah, le fameux garde du corps ! La modeste chambre de Fenoglio sembla encore plus exiguë une fois que ce gros tas de chair fut à l'intérieur. Farid, lui, prenait toujours aussi peu de place, alors que son rôle dans cette histoire était loin d'être négligeable. Farid, l'ange de la mort… Il suivit son maître d'un pas hésitant, peut-être honteux d'être en sa compagnie.

– Fenoglio, je suis tout à fait désolé – le sourire arrogant d'Orphée contredisait ses paroles –, mais je crains d'avoir découvert encore quelques incohérences.

Incohérences !

– Je t'avais déjà envoyé Farid avec quelques questions à ce sujet, mais tu lui as fourni de bien étranges réponses.

Il rectifia la position de ses lunettes et tira un livre de sous son lourd manteau de velours. Oui, Tête de Veau avait emporté avec lui le livre de Fenoglio dans ce monde qui était le sien : *Cœur d'encre*, le tout dernier exemplaire. Mais l'avait-il rendu à son auteur ? Oh, non.

– Ce livre m'appartient, avait-il déclaré, abandonnant le masque de l'élève zélé. Tu ne prétendrais quand même pas sérieusement que l'auteur est le propriétaire naturel de chaque exemplaire des livres qu'il a écrits ?

Ce blanc-bec bouffi d'orgueil, avec son teint laiteux ! Comment osait-il lui parler, à lui qui était à l'origine de tout ce qui l'entourait, jusqu'à l'air qu'il respirait !

– Tu veux encore une fois que je te parle de la mort ? demanda Fenoglio en essayant de chausser ses bottes éculées. Pourquoi ? Pour pouvoir continuer à faire croire à ce pauvre garçon que tu pourras faire revenir Doigt de Poussière de chez les Femmes blanches, tout ça pour qu'il continue à te servir ?

Farid serra les dents. La martre de Doigt de Poussière clignait des yeux, somnolente, sur son épaule – ou était-ce une autre ?

– Quelle ânerie ! s'exclama Orphée, visiblement vexé (il était très facile de le vexer). Ai-je l'air d'avoir du mal à trouver des domestiques ? J'ai six servantes, un garde du corps, une cuisinière et ce garçon. Je pourrais trouver sans problèmes de nouveaux serviteurs si j'en avais besoin. Tu sais parfaitement que ce n'est pas pour le garçon que je veux faire revenir Doigt de Poussière. Il fait partie de cette histoire. Sans lui, elle perd la moitié de son intérêt, comme une fleur sans pétales, un ciel sans étoiles…

– Une forêt sans arbres ?

Orphée devint rouge comme un coquelicot. Fenoglio prenait un réel plaisir à se moquer de lui – un des derniers plaisirs qui lui restaient.

– Tu es ivre, vieillard ! lança Orphée, furieux.

Sa voix pouvait devenir très désagréable.

– Ivre ou pas, pour ce qui est d'écrire, je m'y connais cent fois mieux que toi. Tu ne travailles qu'avec des mots empruntés. Tu tries ce que tu trouves et le tricotes autrement, comme si une histoire était comparable à une paire de vieilles chaussettes ! Alors ne viens pas me raconter, à *moi*, le rôle que Doigt de Poussière joue dans cette histoire. Tu te souviens peut-être que je l'avais déjà fait mourir avant qu'il choisisse lui-même de partir avec les Femmes blanches ? Qu'est-ce qui te prend de débarquer ici pour m'apprendre des choses sur ma propre histoire ? Regarde plutôt ça !

Furieux, il montra du doigt le nid de fées aux reflets chatoyants.

– Des fées de toutes les couleurs ! Depuis qu'elles ont construit cet affreux nid au-dessus de mon lit, la nuit, je fais des cauchemars ! Et en plus, elles dérobent aux fées bleues leurs provisions d'hiver !

– Et alors ? s'exclama Orphée en haussant les épaules. Moi, je trouvais monotone qu'elles soient toutes bleues.

– Monotone ! répéta Fenoglio d'une voix si tonitruante qu'une fée interrompit ses bavardages et se pencha hors de son nid bariolé. Eh bien, invente-toi ton propre monde ; celui-ci est le mien, compris ? Le mien ! J'en ai assez que tu viennes y mettre ton grain de sel. J'admets que j'ai commis des erreurs dans ma vie, mais la pire, et de loin, est de t'avoir fait venir ici !

Orphée contemplait ses ongles d'un air las. Ils étaient rongés jusqu'à la chair.

– J'en ai vraiment assez d'entendre ces âneries, murmura-t-il d'un air menaçant. Tu m'as fait venir ici grâce à elle, à son talent de lectrice ? Le seul qui lise et écrive ici, c'est moi. Il y a longtemps que les mots ne t'obéissent plus, vieillard, et tu le sais !

– Ils vont recommencer à m'obéir ! Et la première chose que je vais écrire, c'est ton billet de retour pour le monde d'où tu viens !

– Ah oui ! Et qui lira ces mots fantastiques ? Car, autant que je le sache, tu as besoin d'un lecteur, contrairement à moi.

– Et alors ? rétorqua Fenoglio en s'approchant si près d'Orphée que celui-ci dut plisser ses yeux de myope. Je vais demander à Mortimer ! Ce n'est pas par hasard qu'on l'appelle Langue Magique, même si actuellement, il porte un autre nom. Demande au garçon ! Sans Mortimer, il serait encore dans le désert en train de ramasser le fumier des chameaux.

– Mortimer ! s'exclama Orphée en grimaçant un sourire méprisant. Tu as la tête à ce point dans ta cruche de vin que tu ne sais même plus ce qui se passe dans ton monde ? Il ne lit plus. Le relieur préfère désormais jouer au brigand – un rôle que tu lui as taillé sur mesure.

Le garde du corps émit un grognement, ce qui devait être sa manière à lui de rire. Quel être répugnant ! Était-ce lui ou bien Orphée qui l'avait inventé ? Perplexe, Fenoglio contempla ce tas de muscles, puis se tourna vers Orphée.

– Je ne le lui ai pas taillé sur mesure ! Au contraire, j'ai pris Mortimer comme modèle pour le rôle… et il le joue bien, à ce qu'on raconte. Mais cela ne veut nullement dire que le Geai bleu n'a pas une langue magique. Sans parler des dons de sa fille.

Orphée regarda à nouveau ses ongles pendant que son garde du corps s'attaquait aux restes du petit déjeuner de Fenoglio.

– Ah oui ? Et tu sais où il est ? demanda-t-il d'un air désinvolte.

– Bien sûr. Il arrive…

Fenoglio dut s'interrompre, car le garçon, se dressant comme un ressort, lui avait mis la main sur la bouche. Le garçon… pourquoi oubliait-il toujours son nom ? « Parce que tu es gâteux, Fenoglio… »

– Personne ne sait où est le Geai bleu ! lança Farid en le foudroyant de ses yeux noirs. Personne !

Évidemment. Quel idiot, quel abruti aviné ! Avait-il oublié qu'Orphée devenait vert de jalousie chaque fois qu'il entendait le nom de Mortimer, et qu'il avait ses entrées chez le Gringalet ? Fenoglio s'en mordit la langue.

Mais Orphée, lui, souriait.

– Ne prends pas cet air affolé, vieillard ! Alors, comme ça, le relieur vient ici. Il n'a peur de rien ! Veut-il rendre véridiques les chansons qui vantent son audace, avant d'être pendu ? Car c'est bien ainsi qu'il finira. Comme tous les héros. Nous deux, nous savons ça, pas vrai ? Ne t'inquiète pas, je n'ai pas l'intention de le livrer à la potence. D'autres s'en chargeront. Non, je veux juste parler des Femmes blanches avec lui. Rares sont ceux qui les ont rencontrées et y ont survécu, voilà pourquoi je voudrais vraiment discuter avec lui. On raconte des choses très intéressantes sur de tels survivants.

– Je le lui dirai, si jamais je le vois, répondit sèchement Fenoglio. Mais ça m'étonnerait qu'il ait envie de discuter avec toi. Car il n'aurait jamais fait la connaissance des Femmes blanches si tu ne t'étais pas empressé de le faire venir ici à la demande de Mortola. Cristal de Rose ! (Il se dirigea vers la porte, aussi dignement que ses bottes éculées le lui permettaient.) J'ai quelques courses à faire. Raccompagne ces messieurs et ne t'approche pas de la martre !

Fenoglio descendit l'escalier presque aussi vite que le jour où Basta lui avait rendu visite. Mortimer devait déjà l'attendre à la porte du château ! Qu'arriverait-il si jamais Orphée tombait sur lui en se rendant là-bas pour raconter au Gringalet ce qu'il avait entendu ?

Le garçon le rattrapa au milieu de l'escalier. Farid ! Oui, c'est ainsi qu'il s'appelait. « Naturellement. Vieux gâteux. »

– Langue Magique va vraiment venir ici ? chuchota-t-il, hors d'haleine. Ne t'inquiète pas, Orphée ne le trahira pas. Pas déjà ! Mais Ombra est bien trop dangereuse pour lui ! Il amène Meggie avec lui ?

– Farid !

Du haut de l'escalier, Orphée les toisait avec morgue.

– Si jamais ce vieil idiot oublie de dire à Mortimer que je veux lui parler, fais-le pour lui. Compris ?

« Vieil idiot ! pensa Fenoglio. Oh, dieux des mots, rendez-moi mon pouvoir, que je puisse enfin chasser ce maudit Tête de Veau de mon histoire ! »

Il voulut faire à Orphée la réponse adéquate, mais sa langue ne trouva pas les mots justes, et le garçon l'entraîna à sa suite, impatient.

6

Triste Ombra

Mes courtisans m'appelaient le Prince heureux, et heureux je l'étais vraiment, si le plaisir peut être de la joie. C'est ainsi que je vécus, et c'est ainsi que je mourus. Et maintenant que je suis mort, on m'a mis ici à une hauteur telle que je puis voir toute la laideur et toute la misère de ma ville, et, bien que mon cœur soit de plomb, je ne puis m'empêcher de pleurer.

Oscar Wilde, *Le Prince heureux*

Farid avait raconté à Meggie combien il était devenu difficile d'entrer dans Ombra et elle avait répété chacune de ses paroles à Mo. « Les gardes ne sont plus les idiots inoffensifs qu'ils étaient autrefois. S'ils te demandent ce que tu viens faire à Ombra, réfléchis bien avant de répondre. Quoi qu'ils demandent, reste humble et soumis. Il est rare qu'ils vous fouillent. Quand on a de la chance, ils vous font juste signe de passer ! »

La chance n'était pas de leur côté. Les gardes les arrêtèrent, et Meggie aurait bien aimé retenir Mo quand l'un d'eux lui demanda sèchement un échantillon de son art.

Tandis qu'il observait le livre que Mo avait relié avec les dessins de sa mère, Meggie se demanda, affolée, si elle n'avait pas déjà vu au château de la Nuit le visage de l'homme qui apparaissait sous le casque, ou s'il allait trouver le couteau que Mo dissimulait dans sa ceinture. Rien que pour le couteau, ils auraient pu le tuer. À Ombra, nul n'avait le droit de porter une arme, excepté les occupants, mais Baptiste avait cousu si habilement la ceinture que la sentinelle ne trouva rien de suspect.

Meggie était contente que Mo ait le couteau sur lui quand ils passèrent la porte de la ville, devant les lances des gardes, et entrèrent dans Ombra qui appartenait désormais à Tête de Vipère. La jeune fille n'y était plus revenue depuis qu'elle avait suivi Doigt de Poussière au campement secret des saltimbanques. Elle avait l'impression qu'une éternité s'était écoulée depuis qu'elle avait couru à travers les ruelles avec la lettre de Resa, la lettre qui annonçait que Mortola avait tiré sur Mo. L'espace d'un instant, elle appuya son visage contre le dos de son père, heureuse de l'avoir de nouveau auprès d'elle, sain et sauf, et de pouvoir lui montrer enfin l'atelier de Balbulus et les livres du Prince insatiable. Durant cet instant précieux, toute peur en elle disparut et ce fut comme si le Monde d'encre leur appartenait, à lui et à elle, seuls.

Ombra plaisait à Mo. Meggie le lisait sur son visage, à la manière qu'il avait de regarder autour de lui, retenant son cheval et explorant des yeux les ruelles. Même si les traces des occupants étaient évidentes… les portes, les colonnes et les voûtes que les tailleurs de pierre avaient sculptées, c'était toujours Ombra. Détruites, elles n'auraient pas eu plus de valeur que les pavés des ruelles, aussi les fleurs de pierre ornaient-elles toujours les fenêtres et les balcons d'Ombra. Les sarments s'enroulaient autour des colonnes et des corniches et, sur les murs ocre, des visages tiraient la langue de leurs bouches grotesques et grimaçantes et pleuraient des larmes de pierre.

Seules les armes du Prince insatiable avaient été partout martelées et on ne reconnaissait le lion qui figurait dessus qu'aux restes de sa crinière.

– La ruelle là-bas, à droite, mène à la place du marché, souffla Meggie à Mo et il hocha la tête comme un somnambule.

Sans doute les mots qui lui avaient raconté jadis ce qui l'entourait à présent résonnaient-ils dans sa tête. Meggie n'avait entendu parler du Monde d'encre que par sa mère, mais Mo avait lu le livre de Fenoglio d'innombrables fois, toutes les fois où il avait essayé de retrouver Resa entre les mots.

– C'est comme tu te l'imaginais ? lui demanda-t-elle à voix basse.

– Oui, murmura Mo. Oui… et non.

Sur la place du marché, des gens se pressaient comme si le paisible Prince insatiable régnait toujours sur Ombra, mais il y avait très peu d'hommes dans la foule et les bateleurs étaient revenus. Le beau-frère de Tête de Vipère autorisait la présence des saltimbanques dans la ville. Cependant, le bruit courait que seuls se produisaient ceux qui acceptaient d'espionner pour le compte du Gringalet.

Mo retint son cheval pour éviter un attroupement d'enfants. Il y avait beaucoup d'enfants à Ombra, même si leurs pères étaient morts. Meggie aperçut une torche qui tournoyait au-dessus des petites têtes, puis deux, trois, quatre torches, et des étincelles qui se consumaient dans l'air froid. «Farid?» pensa-t-elle, bien qu'elle sût que depuis la mort de Doigt de Poussière il ne se donnait plus en spectacle, mais Mo rabattit brusquement sa capuche pour dissimuler son visage à l'instant où elle reconnaissait le sempiternel sourire du jongleur.

Oiseau de Suie.

Meggie s'aggripa à la cape de Mo, mais il continua d'avancer comme si la présence de l'homme qui l'avait trahi le laissait de marbre. Le fait qu'Oiseau de Suie ait connu l'existence du campement secret avait coûté la vie à une douzaine de saltimbanques, et Mo avait failli en être. À Ombra, tout le monde savait qu'Oiseau de Suie avait ses entrées au château de la Nuit, qu'il avait monnayé sa trahison avec le Fifre en personne et qu'il était au mieux avec le Gringalet... ce qui ne l'empêchait pas d'être là, souriant, sur la place du marché, car il n'avait plus de concurrents depuis que Doigt de Poussière était mort et que Farid avait perdu le goût de danser avec le feu. Oui, Ombra avait vraiment de nouveaux maîtres. Rien n'aurait pu mieux le démontrer à Meggie que le visage d'Oiseau de Suie arborant son sourire figé. On racontait que les alchimistes de Tête de Vipère lui avaient appris certaines choses sur le feu, que le feu avec lequel il jouait était un feu sombre, perfide et mortel comme la poudre qu'il utilisait pour l'apprivoiser car sinon, il ne lui obéissait pas. L'hercule avait raconté à Meggie que la fumée ensorcelait les sens et donnait aux spectateurs l'impression qu'Oiseau de Suie était le plus grand des cracheurs de feu.

Quoi qu'il en soit, les enfants d'Ombra applaudissaient, même si les torches étaient loin de monter aussi haut que celles de Doigt de Poussière ou de Farid, mais elles leur fai-saient oublier la tristesse de leurs mères et le travail qui les attendait chez eux.

– Mo, s'il te plaît, supplia Meggie en s'empressant de détourner les yeux quand Oiseau de Suie regarda dans leur direction. Faisons demi-tour ! S'il te reconnaît ?

Ils fermeraient la porte de la ville. Ils les chasseraient à travers les ruelles comme des rats pris au piège !

Mais Mo secoua imperceptiblement la tête et fit passer son cheval derrière une des échoppes du marché.

– N'aie pas peur, Oiseau de Suie est bien trop occupé à garder le feu à distance de son joli minois ! chuchota-t-il. Nous allons mettre pied à terre, nous nous ferons moins remarquer.

Le cheval prit peur quand Mo l'entraîna dans la foule, mais il réussit à le calmer en lui parlant doucement. Meg-gie découvrit parmi les échoppes un jongleur qui avait suivi autrefois le Prince noir. De nombreux saltimbanques avaient changé de maître depuis que le Gringalet leur rem-plissait les poches. Ce n'était pas une mauvaise période pour eux, et les commerçants faisaient eux aussi de bonnes affaires sur le marché. Les femmes d'Ombra, en revanche, ne pouvaient acheter aucune des marchandises exposées sur les étals, alors que le Gringalet et ses amis, avec ce qu'ils avaient extorqué à Ombra, s'offraient des bijoux, des armes et des mets délicats dont Fenoglio lui-même ne con-naissait sans doute pas le nom. On pouvait même acheter des chevaux… et Mo regardait ce monde bariolé et vivant comme si Oiseau de Suie n'existait pas. Il semblait ne vou-loir rien perdre, aucun visage, aucune marchandise offerte à la vente mais, finalement, son regard se posa sur les tours qui surplombaient les toits et le cœur de Meggie se serra. Il était toujours décidé à aller au château et elle se maudissait de lui avoir parlé de Balbulus et de son art.

Quand ils passèrent devant l'avis de recherche du Geai bleu, elle retint son souffle, mais Mo se contenta de jeter un coup d'œil amusé en direction de l'image et passa sa main dans ses cheveux bruns, coupés court comme ceux d'un paysan. Il croyait peut-être que son insouciance rassurait Meggie, mais elle lui faisait peur. Quand il se comportait ainsi, il était pour elle le Geai bleu, un étranger qui avait le visage de son père.

Et si un des soldats qui les avaient gardés au château de la Nuit était ici ? L'autre, là-bas, ne regardait-il pas dans leur direction ? Et cette ménestrelle… ne ressemblait-elle pas à une des femmes qui avaient franchi avec eux les portes du château de la Nuit ? « Ne t'arrête pas, Mo ! » pensa-t-elle. Elle allait essayer de l'entraîner sous une des arches, dans une ruelle quelconque, loin de tous ces regards. Deux enfants s'accrochèrent à sa jupe en tendant leurs mains sales pour mendier. Meggie leur sourit, gênée. Elle ne possédait pas la moindre pièce, et ils avaient l'air d'avoir tellement faim ! Un soldat se frayait un chemin à travers la foule. Il poussa brutalement les deux petits mendiants sur le côté. « Si seulement nous étions déjà chez Balbulus ! » pensa Meggie, et elle buta contre Mo qui s'était arrêté brusquement.

Près de l'échoppe d'un barbier qui, avec le soutien de deux saltimbanques, vantait bruyamment ses remèdes miraculeux, des jeunes s'étaient rassemblés autour d'un pilori auquel était attachée une femme, la tête et les mains coincées dans le bois, sans défense, comme une poupée.

Elle avait des légumes pourris collés sur le visage et sur les mains, du fumier frais, tout ce que les enfants avaient trouvé entre les échoppes. Meggie avait déjà vu ça, avec Fenoglio, mais Mo observait ce spectacle comme s'il avait oublié pourquoi il était venu à Ombra. Il était presque aussi pâle que la femme, dont le visage était couvert de souillures et de larmes mêlées et, l'espace d'un instant, Meggie eut peur qu'il s'empare du couteau caché dans sa ceinture. « Mo ! » Elle l'attrapa par le bras et le tira à sa suite, dans la ruelle qui menait au château, loin des jeunes spectateurs qui commençaient à se retourner sur lui.

– Tu as déjà vu une chose pareille ? s'exclama-t-il, l'air effaré.

Visiblement, il n'arrivait pas à croire qu'elle puisse supporter un tel spectacle avec sang-froid.

– Oui, répondit Meggie, honteuse devant son regard, oui, plusieurs fois. Il y avait aussi un pilori à l'époque du Prince insatiable.

Mo la dévisageait toujours.

– Ne me dis pas qu'on peut s'habituer à ce genre de choses.

Meggie baissa la tête. Si, on pouvait.

Mo prit une profonde inspiration, à croire qu'il avait oublié de respirer en voyant la femme pleurer. Puis il continua à avancer sans rien ajouter jusqu'à ce qu'ils arrivent sur la place du château. Juste à côté de la porte se trouvait un autre pilori exposant un jeune garçon. Des elfes de feu étaient posés sur sa peau sans protection. Mo passa les rênes à Meggie et, avant qu'elle ait eu le temps de le retenir, il se dirigea vers le prisonnier. Sans s'occuper des gardes qui le scrutaient depuis la porte ni des femmes qui détournaient la tête au passage, effrayées, il chassa les elfes du bras maigre. Le garçon le regarda d'un air incrédule. Sur son visage, on ne lisait que la peur, la peur et la honte. Et Meggie se souvint d'une histoire que Farid lui avait racontée, selon laquelle Doigt de Poussière et le Prince noir avaient été tous deux attachés à un pilori comme celui-ci, alors qu'ils n'étaient l'un et l'autre guère plus âgés que le garçon qui regardait son protecteur avec des yeux apeurés.

– Mortimer !

Meggie ne reconnut pas au premier coup d'œil le vieil homme qui entraînait Mo loin du pilori. Les cheveux gris de Fenoglio tombaient sur ses épaules ; ses yeux étaient injectés de sang, il n'était pas rasé. Il avait l'air vieux – Meggie n'avait encore jamais pensé cela de Fenoglio, mais là…

– Tu es devenu fou ? admonesta-t-il Mo à voix basse. *Hello*, Meggie ! poursuivit-il, l'air absent.

Meggie sentit le sang lui monter aux joues quand Farid surgit derrière lui.

Farid.

« Reste calme, pensa-t-elle mais, déjà, un sourire se dessinait sur ses lèvres. Arrête de sourire ! » Mais comment faire, c'était si bon de revoir son visage ! Louve était juchée sur son épaule. À moitié endormie, elle remua la queue.

– Bonjour, Meggie. Comment vas-tu ? demanda Farid en caressant la fourrure touffue de la martre.

Douze jours. Douze jours qu'il n'avait pas donné signe de vie. Ne s'était-elle pas promis de ne pas lui parler la prochaine fois qu'elle le verrait ? Mais elle n'arrivait pas à lui en vouloir. Il avait l'air si triste. Il n'y avait plus la moindre trace de son rire qui faisait autrefois partie de son visage autant que ses yeux noirs. Le sourire qu'il lui adressa n'en était qu'un triste reflet.

– J'ai si souvent voulu venir te voir… mais Orphée ne m'a pas laissé partir.

Il entendait à peine lui-même ce qu'il disait. Il n'avait d'yeux que pour Mo. Le Geai bleu.

Fenoglio avait aussitôt entraîné ce dernier loin du pilori, loin des soldats. Meggie les suivit. Le cheval était nerveux, mais Farid le calma. Doigt de Poussière lui avait appris à parler avec les animaux. Il marchait près d'elle, tout près, mais il était ailleurs, très loin.

– Qu'est-ce qui te prend ? lança Fenoglio sans lâcher Mo, comme s'il avait peur de le voir retourner au pilori. Tu veux que les gardes y mettent aussi ta tête ? Que dis-je ? Ils l'embrocheraient directement sur une de leurs lances !

– Ce sont des elfes de feu, Fenoglio ! Ils lui brûlent la peau ! répondit Mo, la voix rauque de colère.

– Tu crois que tu as besoin de m'expliquer ça ? C'est moi qui les ai inventées, ces furies ! Il ne va pas en mourir. C'est sûrement un voleur… je ne veux pas en savoir davantage.

Mo se dégagea de son emprise et lui tourna le dos brusquement, comme s'il se retenait de le frapper. Il contempla les gardes et leurs armes, les murs du château et le pilori comme s'il cherchait un moyen de les faire tous disparaître. «Ne regarde pas les gardes, Mo !» pensa Meggie. C'était la première chose que lui avait apprise Fenoglio dans ce monde : ne pas regarder les gardes dans les yeux, ni les soldats, ni les nobles, personne qui soit autorisé à porter une arme.

– Tu veux que je leur fasse passer le goût de sa peau,

Langue Magique ? demanda Farid qui s'était faufilé entre Fenoglio et Mo.

Louve feula en direction du vieil homme, comme si elle voyait en lui l'origine de tous les maux de ce monde. Sans attendre la réponse de Mo, Farid se précipita vers le pilori. Les elfes s'étaient empressés de revenir se poser sur la peau du garçon ; d'une pichenette, il fit jaillir des étincelles qui brûlèrent leurs ailes irisées et les forcèrent à s'envoler avec des bourdonnements furieux. Un des gardes saisit sa lance mais, avant qu'il ait pu s'en servir, Farid dessina d'un doigt un basilic de feu sur le mur du château, s'inclina devant les gardes qui regardaient, médusés, le blason en flammes de leur maître, et s'en alla retrouver Mo d'un pas nonchalant.

– Très audacieux, mon ami ! grommela Fenoglio d'un air désapprobateur.

Farid l'ignora.

– Qu'est-ce que tu es venu faire ici, Langue Magique ? chuchota-t-il. C'est dangereux.

Mais ses yeux brillaient. Farid avait le goût du risque et il aimait Mo parce qu'il était le Geai bleu.

– Je suis venu voir des livres.

– Des livres ? répéta Farid, l'air tellement stupéfait que Mo ne put s'empêcher de sourire.

– Oui, des livres. Des livres très particuliers.

Mo leva les yeux vers le donjon. Meggie lui avait décrit exactement l'emplacement de l'atelier de Balbulus.

– Que devient Orphée ? demanda Mo en lorgnant du côté des gardes qui fouillaient la carriole de livraison d'un boucher sans avoir l'air de savoir eux-mêmes précisément ce qu'ils cherchaient. Je me suis laissé dire qu'il était de plus en plus riche.

– On peut le dire, oui !

Farid passa la main dans le dos de Meggie. Quand Mo était là, il se contentait de caresses discrètes. Il avait un grand respect pour les pères. Mais Meggie rougit, ce qui n'échappa pas à Mo.

– Il s'enrichit, mais n'a toujours rien écrit pour Doigt de Poussière ! Il ne pense qu'à ses trésors et à ce qu'il peut vendre au Gringalet : des sangliers à cornes, des bichons dorés, des papillons-araignées, des hommes-feuilles et tout ce qu'il peut imaginer.

– Des papillons-araignées, des hommes-feuilles, répéta Fenoglio en regardant Farid d'un air perplexe, mais celui-ci ne lui accorda aucune attention.

– Orphée veut te parler ! chuchota-t-il à Mo. À propos des Femmes blanches. S'il te plaît, accepte ! Tu sais peut-être quelque chose qui fera revenir Doigt de Poussière !

Meggie lut la compassion sur le visage de Mo. Il ne croyait pas plus qu'elle que Doigt de Poussière puisse un jour revenir.

– C'est absurde, dit-il en tâtant instinctivement l'endroit où Mortola l'avait blessé. Je ne sais rien. Rien que les autres ne sachent aussi.

Entre-temps, les gardes avaient laissé passer le boucher et l'un d'entre eux regardait à nouveau dans la direction de Mo. Sur le mur du château, le basilic que Farid avait dessiné brûlait toujours.

Mo tourna le dos au soldat.

– Écoute-moi, chuchota-t-il à Meggie. Je n'aurais pas dû t'amener ici. Que dirais-tu de rester avec Farid pendant que je vais voir Balbulus ? Il peut te conduire chez Roxane et je vous retrouverai là-bas, toi et Resa.

Farid passa son bras autour des épaules de Meggie.

– Oui, vas-y, je veillerai sur elle.

Mais Meggie se dégagea avec brutalité. L'idée que Mo veuille la laisser derrière lui lui déplaisait, même si elle devait bien admettre qu'elle serait très contente de rester avec Farid. Le visage du garçon lui avait tellement manqué !

– Veiller sur moi ! Tu n'as pas besoin de veiller sur moi ! lui lança-t-elle sur un ton plus agressif qu'elle n'aurait voulu.

Ça rend si bête d'être amoureux !

– Elle a raison. Meggie n'a pas besoin qu'on veille sur elle.

Mo lui prit doucement les rênes des mains.

– Si je réfléchis bien, elle a plus souvent veillé sur moi que moi sur elle. Je ne resterai pas longtemps, je te le promets. Et pas un mot à ta mère, d'accord ?

Meggie se contenta de hocher la tête.

– Ne t'inquiète pas, lui murmura Mo d'un air de conspirateur. Les chansons ne disent-elles pas que le Geai bleu ne fait presque rien sans sa fille ? Je suis bien moins suspect sans toi !

– Oui, mais les chansons mentent, rétorqua Meggie à voix basse. Le Geai bleu n'a pas de fille. Ce n'est pas un père, c'est un brigand.

Mo la regarda longuement, puis il l'embrassa sur le front comme pour effacer ce qu'elle venait de dire et se dirigea vers le château avec Fenoglio qui s'impatientait. Meggie ne le quittait pas des yeux. Dans ses habits noirs, il avait vraiment l'air d'un étranger... Un artisan d'un pays très lointain qui avait parcouru un long, long chemin pour donner aux enluminures du célèbre Balbulus les reliures qui leur convenaient. Qui se souciait qu'il soit devenu un brigand en chemin ?

Dès que Mo eut le dos tourné, Farid attrapa la main de Meggie.

– Ton père est courageux comme un lion, lui dit-il à l'oreille, mais il est aussi un peu fou, si tu veux mon avis. Si j'étais le Geai bleu, jamais je ne franchirais cette porte, et surtout pas pour voir des livres !

– Tu ne comprends pas ça, lui répondit Meggie à voix basse. Lui, il ne le ferait que pour les livres.

Ce en quoi elle se trompait, mais elle l'apprendrait plus tard.

Les soldats laissèrent passer le poète et le relieur. Mo se retourna vers Meggie avant de franchir la porte, surmontée d'une herse imposante, munie d'une bonne douzaine de pointes acérées tournées vers ceux qui entraient. Depuis que le Gringalet résidait au château, les gardes la baissaient dès la tombée de la nuit, ou quand sonnait l'une des cloches d'alarme. Meggie avait déjà entendu ce bruit et, malgré elle, elle crut l'entendre de nouveau quand Mo disparut derrière le mur d'enceinte : le tintement des cloches, le cliquetis des chaînes qui laissaient descendre la herse, le bruit des pointes en fer…

– Meggie ?

Farid passa la main sous son menton et tourna son visage vers lui.

– Crois-moi ! Il y a longtemps que je serais venu te voir, mais Orphée me fait travailler toute la journée. La nuit, je me rends en cachette à la ferme de Roxane. Elle va toutes les nuits à l'endroit où elle cache Doigt de Poussière, je le sais ! Mais elle me surprend chaque fois avant que je puisse la suivre. Sa stupide oie se laisse corrompre avec du pain aux raisins, mais quand le linchetto ne me mord pas dans l'étable, c'est Gwin qui me trahit. Roxane la laisse même entrer dans sa maison, alors qu'avant elle lui jetait des pierres !

Qu'est-ce qu'il racontait ? Elle ne voulait pas parler de Doigt de Poussière ou de Gwin. « Si je t'ai vraiment manqué, pensait-elle, pourquoi n'es-tu pas venu me voir une seule fois au lieu d'aller en cachette chez Roxane ? Au moins une fois ! » Il n'y avait qu'une réponse à cette question : parce qu'elle ne lui avait pas manqué tant que ça ! Il aimait Doigt de Poussière plus qu'elle. Il l'aimerait toujours, même mort. Et pourtant, elle le laissa l'embrasser, alors qu'à quelques pas de là, le garçon était toujours au pilori, des elfes de feu posés sur sa peau. « Ne me dis pas qu'on peut s'habituer à ce genre de choses. »

Quand Meggie aperçut Oiseau de Suie, il était déjà à la porte du château.

– Qu'est-ce qu'il y a ? demanda Farid en la voyant regarder derrière son épaule. Ah, Oiseau de Suie ! Oui. Il a ses entrées au château. Le sale traître ! Chaque fois que je le vois, j'ai envie de lui trancher le cou !

– Il faut prévenir Mo !

Les gardes laissèrent passer le cracheur de feu, comme un vieil ami. Meggie fit un pas dans leur direction, mais Farid l'arrêta.

– Où veux-tu aller ? Il ne verra pas ton père ! Le château est grand et Langue Magique va chez Balbulus. Ce n'est pas le genre d'endroit que fréquente Oiseau de Suie ! Il a trois maîtresses parmi les dames de la cour, c'est elles qu'il va voir, à moins que Jacopo ne l'intercepte au passage. Il doit lui donner deux représentations par jour ; il est pourtant toujours aussi mauvais, malgré ce qu'on raconte sur lui et sur son feu. Ce maudit mouchard ! Je me demande bien pourquoi le Prince noir ne l'a pas encore tué… ou ton père. Ne me regarde pas comme ça ! s'écria-t-il devant l'air médusé de Meggie. C'est bien Langue Magique qui a tué Basta, non ? Je ne l'ai pas vu mais…

Quand il évoquait ces heures durant lesquelles il avait été mort, Farid détournait toujours les yeux. Meggie, elle, ne quittait pas la porte du château du regard. La voix de Mo résonnait dans son esprit : « Tu parles… la dernière fois qu'Oiseau de Suie m'a vu, j'étais à moitié mort. Et il vaudrait mieux pour lui qu'il ne souhaite pas me rencontrer. »

« Le Geai bleu. Arrête de l'appeler comme ça, pensa Meggie, arrête ! »

– Viens, dit Farid en prenant sa main. Langue Magique m'a dit de t'accompagner chez Roxane. Elle ne va pas être contente de me voir ! Mais si tu es là, elle se forcera à être gentille.

– Non ! répondit Meggie.

Elle retira sa main de celle de Farid, malgré le plaisir que ce contact lui procurait.

– Je reste ici. Je n'en bouge pas avant que Mo revienne.

Farid soupira et leva les yeux au ciel, mais il la connaissait assez bien pour ne pas la contredire.

– Parfait ! dit-il à voix basse. Et comme je connais Langue Magique, il va sûrement passer des heures à regarder ces maudits livres. Alors, laisse-moi au moins t'embrasser, sinon les gardes vont finir par se demander ce qu'on fait là.

7

Une visite risquée

> De savoir si la noble prescience de Dieu
> M'oblige nécessairement à faire telle chose –
> J'entends par là par nécessité simple –
> Ou s'il m'est donné de choisir librement
> Entre faire cette chose et ne pas la faire
>
> Geoffrey Chaucer, *Les Contes de Canterbury*

L'humilité. L'humilité et la soumission. Ce n'était pas la spécialité de Mo. « As-tu déjà vu ça dans l'autre monde, Mortimer ? se demandait-il. Courbe la tête, ne te tiens pas si droit, laisse-les te regarder de haut, même si tu es plus grand qu'eux. Fais comme si tu trouvais normal qu'ils règnent et que les autres travaillent ! »

– Alors, comme ça, tu es le relieur que Balbulus attend, lui avait lancé un garde en voyant ses habits noirs. Qu'est-ce qui t'a pris, avec le garçon ? Notre pilori ne te plaît pas ?

« Baisse la tête, Mortimer ! Allez ! Fais semblant d'avoir peur d'eux. Oublie ta colère, oublie le garçon et ses gémissements. Ça ne se reproduira plus. »

– Il vient de loin ! s'était empressé de répondre Feno-glio. Il faut qu'il s'habitue à notre art de gouverner. Mais permettez… nous devons vous laisser. Balbulus peut se montrer très impatient.

Puis il s'était incliné et s'était dépêché d'entraîner Mo à sa suite.

Le château d'Ombra… Il était difficile de ne pas tout oublier en entrant dans la vaste cour. Tant de scènes du livre de Fenoglio lui revenaient à l'esprit !

– On a eu chaud ! maugréa le vieil homme à voix basse tandis qu'ils conduisaient le cheval à l'écurie. Je ne veux pas avoir à te le rappeler : tu es ici en tant que relieur. Si tu recommences une seule fois à jouer au Geai bleu, tu es un homme mort ! Bon sang, Mortimer, je n'aurais jamais dû accepter de t'amener ici. Regarde tous ces soldats. On se croirait au château de la Nuit !

– Oh, non ! Crois-moi, il y a toujours une différence, dit Mo doucement tout en essayant de ne pas lever les yeux vers les têtes embrochées qui ornaient les murs.

Deux d'entre elles appartenaient aux hommes du Prince noir, mais il ne les aurait pas reconnus si l'hercule ne lui avait pas conté le sort qui leur avait été réservé.

– D'après la description que tu en faisais dans *Cœur d'encre*, je m'étais imaginé ce château autrement, chuchotat-t-il à Fenoglio.

– À qui le dis-tu ? rétorqua celui-ci. D'abord Cosimo a tout fait transformer et maintenant, c'est le Gringalet qui imprime sa marque. Il a fait arracher tous les nids des oiseaux moqueurs dorés, et regarde toutes ces baraques qu'ils ont construites juste pour emmagasiner le butin de leurs pillages ! Je me demande si Tête de Vipère a déjà remarqué que seule une bien maigre part de ce butin arrive au château de la Nuit. Si oui, son beau-frère va avoir des ennuis.

– Oui, le Gringalet est culotté.

Mo baissa la tête en voyant des valets d'écurie venir vers eux. Eux aussi étaient armés. Son couteau ne lui serait pas d'un grand secours si quelqu'un venait à le reconnaître.

– Nous avons arrêté quelques transports destinés au château de la Nuit, reprit-il une fois qu'ils furent passés, et chaque fois, le contenu des coffres était plutôt décevant.

Fenoglio le dévisagea.

– Alors, comme ça, c'est vrai !

– Quoi donc ?

Le vieil homme jeta un coup d'œil alentour, inquiet, mais personne ne semblait les remarquer.

– Mais toutes ces choses que racontent les chansons ! murmura-t-il. Je veux dire… la plupart des chansons sont mal écrites, mais le Geai bleu est toujours mon personnage, alors… quel effet ça fait ? Quel effet ça fait de le jouer ?

Une servante passa près d'eux, portant deux oies égorgées. Le sang gouttait sur le sol. Mo détourna la tête.

– Jouer ? Parce que pour toi… c'est toujours un jeu ? interrogea-t-il sèchement.

Parfois, il aurait beaucoup donné pour lire dans les pensées de Fenoglio. Qui sait, peut-être un jour parviendrait-il à lire ses pensées imprimées en noir sur du papier blanc, et qu'il s'y retrouverait lui-même, entouré de mots tissés, comme une mouche dans la toile d'une vieille araignée ?

– J'avoue que c'est devenu un jeu dangereux mais je suis vraiment content que tu aies repris le rôle ! Car n'avais-je pas raison ? Ce monde a *besoin* du Ge…

Mo l'arrêta du regard. Une troupe de soldats se dirigeait vers eux et Fenoglio ravala le nom qu'il avait écrit pour la première fois sur un morceau de parchemin il n'y avait pas si longtemps. Mais le sourire qu'il arborait en suivant les soldats des yeux était celui d'un homme qui a caché une bombe dans la maison de ses ennemis et jubile de se promener au milieu d'eux sans être reconnu comme l'auteur du méfait.

Incorrigible vieillard.

À l'intérieur de l'enceinte, le château ne ressemblait plus guère à celui que Fenoglio avait décrit. Mo répéta à mi-voix les mots qu'il avait lus un jour :

– *La femme du Prince insatiable avait aménagé un jardin, car elle en avait assez d'être entourée de pierres grises. Elle planta des fleurs qui poussaient dans des pays lointains, des fleurs qui la faisaient rêver de mers lointaines, de villes et de montagnes inconnues, au milieu desquelles vivaient des dragons. Elle fit couver des oiseaux à la gorge dorée qui étaient comme des fruits à plumes posés dans les arbres, fit planter de jeunes arbres de la Forêt sans chemin dont les feuilles parlaient avec la lune.*

Fenoglio écarquilla les yeux.

– Oui, je connais ton livre par cœur, dit Mo. Je l'ai lu d'innombrables fois après que tes mots ont englouti ma femme, l'as-tu oublié ?

Les oiseaux à gorge dorée avaient disparu de la cour intérieure. Dans un bassin en pierre se reflétait la statue du Gringalet et l'arbre qui parlait avec la lune, s'il avait jamais existé, avait été abattu. À l'endroit où se trouvait jadis un jardin, il y avait maintenant des chenils et les chiens de chasse du nouveau maître d'Ombra collaient

leurs museaux en reniflant contre le grillage argenté.
«Cela fait bien longtemps que ce n'est plus ton histoire,
vieillard», pensa Mo en se dirigeant avec Fenoglio vers
l'intérieur du château. Mais alors, qui la racontait? Orphée
peut-être? À moins que Tête de Vipère s'en soit chargé à
sa manière, en remplaçant l'encre et la plume par le sang
et le fer?

Tullio les conduisait jusqu'à Balbulus, Tullio, le serviteur au visage poilu dont Fenoglio, en le créant, avait sup-
posé qu'il était fils d'un kobold et d'une Femme de la Forêt.

– Comment vas-tu? lui demanda le poète tandis qu'il les
conduisait à travers les couloirs.

Comme si ça l'intéressait de savoir ce que devenaient
ses créatures!

Tullio répondit par un haussement d'épaules.

– Ils me chassent, dit-il d'une voix à peine perceptible.
Les amis de notre nouveau maître… et il en a beaucoup.
Ils me poursuivent dans les couloirs et m'enferment avec
les chiens, mais Violante me protège. Oh, oui, elle me protège, bien que son fils soit presque le pire.

– Son fils? chuchota Mo à Fenoglio.

– Meggie ne t'en a pas parlé? chuchota Fenoglio à son
tour. Jacopo, un vrai petit diable. Son grand-père en
miniature, même s'il ressemble toujours plus à son père.
Il n'a pas versé une larme quand Cosimo est mort. Au
contraire. Il paraît qu'il a barbouillé son buste en pierre
dans le caveau avec les couleurs de Balbulus et, le soir, on
le voit assis à côté du Gringalet ou sur les genoux d'Oiseau
de Suie et non avec sa mère. Il paraît même qu'il espionne
pour le compte de son grand-père.

Dans le livre de Fenoglio, Mo n'avait rien lu à propos de

la porte devant laquelle Tullio s'arrêta, après avoir grimpé un nombre incalculable de marches raides. Il tendit instinctivement la main et la passa sur les lettres qui l'ornaient.

– Elles sont si belles, Mo, lui avait chuchoté Meggie quand ils étaient tous deux prisonniers dans le donjon du château de la Nuit, elles s'entrecroisent comme si on les avait écrites sur le bois avec de l'argent liquide.

Tullio leva sa petite tête poilue et frappa. La voix qui leur cria d'entrer ne pouvait être que celle de Balbulus. Froide, orgueilleuse et arrogante… Pour décrire le meilleur enlumineur de ce monde, Meggie n'avait pas choisi les mots les plus doux. Tullio se hissa sur la pointe des pieds, attrapa la poignée… et se laissa retomber, apeuré.

– Tullio !

La voix qui résonnait dans l'escalier était très jeune mais on la sentait habituée à commander.

– Tullio, où es-tu passé ? Oiseau de Suie a besoin de toi pour tenir les torches.

Jacopo ! Tullio chuchota ce nom comme s'il était porteur d'une maladie contagieuse et se recroquevilla, cherchant protection, d'instinct, derrière le dos de Mo. Un garçon de six ou sept ans montait l'escalier en courant. Mo n'avait jamais vu Cosimo le Beau. Le Gringalet avait fait détruire toutes ses statues, mais Baptiste possédait encore quelques pièces de monnaie à son effigie. Un visage presque trop beau pour être réel, comme tous le décrivaient. Apparemment, son fils avait hérité de sa beauté, mais elle commençait juste à s'épanouir sur son visage rond d'enfant. Ce n'était pas un visage attachant. Les yeux étaient vigilants et la bouche revêche comme celle d'un vieil homme. Sur sa tunique noire était brodé le blason de son grand-père,

Tête de Vipère. Sa ceinture était garnie de ferrures d'argent, mais au cordon de cuir qu'il portait au cou se balançait un nez en fer-blanc, emblème du Fifre.

Fenoglio lança à Mo un coup d'œil inquiet et se planta devant lui comme pour le dissimuler aux yeux du garçon.

« Oiseau de Suie a besoin de toi pour tenir les torches. » Et maintenant, Mo ? Il regarda malgré lui vers le bas de l'escalier, mais Jacopo était venu seul et le château était grand. Il ne put pourtant s'empêcher de porter la main à sa ceinture.

– Qui est-ce ?

Seul le ton de défi de la voix claire avait quelque chose d'enfantin.

Jacopo était essoufflé d'avoir grimpé les marches.

– Euh, c'est… le nouveau relieur, mon prince ! répondit Fenoglio en faisant une révérence. Vous vous souvenez sûrement que Balbulus s'est toujours plaint des maladresses de notre relieur local !

– Et lui, il est meilleur ? demanda Jacopo en croisant ses petits bras. Il n'a pas une tête de relieur. Les relieurs sont vieux et pâles, parce qu'ils restent toujours à l'intérieur !

– Il nous arrive quand même de sortir, répliqua Mo, pour aller acheter le meilleur cuir, de nouveaux tampons, de bons couteaux, ou pour faire sécher le parchemin au soleil quand il est humide.

Il ne pouvait avoir peur de l'enfant, malgré tout le mal qu'il avait entendu sur lui. Le fils de Cosimo lui rappelait un garçon qui était allé à l'école avec lui et avait le malheur d'être le fils du directeur. Il se pavanait dans la cour de l'école comme la copie conforme de son père… et avait peur de tout et de tout le monde.

« Sans doute, Mortimer, se dit Mo. Mais ce n'était que le fils d'un directeur d'école. Lui, c'est le petit-fils de Tête de Vipère, alors, méfie-toi. »

Jacopo fronça les sourcils et le regarda d'un air désapprobateur. Mo était bien plus grand que lui, ce qu'apparemment il n'appréciait pas.

– Tu ne t'es pas incliné devant moi ! Tu le dois !

Mo sentit le regard appuyé de Fenoglio et baissa la tête.

– Mon prince !

Il aurait volontiers chassé Jacopo à travers les couloirs du château, comme il le faisait avec Meggie dans la maison d'Elinor, juste pour voir s'il retrouverait ainsi l'enfant qui se cachait derrière les poses de son grand-père.

Jacopo accueillit sa révérence avec un hochement de tête magnanime et Mo serra les lèvres pour réprimer un sourire.

– Mon grand-père a des problèmes avec un livre, déclara Jacopo d'une voix hautaine, de gros problèmes. Tu pourras peut-être lui venir en aide.

Des problèmes avec un livre. Mo sentit son cœur cesser de battre durant une seconde. Revoir le livre devant lui, sentir le papier entre ses doigts. Toutes ces pages blanches.

– Mon grand-père a déjà fait pendre beaucoup de relieurs à cause de ce livre, lança Jacopo en observant Mo comme s'il se demandait quelle corde conviendrait à la taille de son cou. Il a même fait écorcher vif un prétentieux qui avait promis de le remettre en état. Tu veux quand même essayer ? Mais il faudrait que tu viennes avec moi au château de la Nuit, pour que mon grand-père voie que c'est *moi* qui t'ai trouvé et pas le Gringalet.

Mo n'eut pas à répondre. La lourde porte s'ouvrit et un homme apparut sur le seuil, l'air irrité.

– Que se passe-t-il ici ? lança-t-il à Tullio. D'abord on frappe et personne n'entre, ensuite on bavarde à me faire trembler le pinceau ! Étant donné que cette visite ne m'est visiblement pas destinée, je serais très reconnaissant à tous les participants d'aller poursuivre ailleurs leur conversation. Il y a en ce château suffisamment de salles dans lesquelles on ne travaille pas sérieusement.

Balbulus… Meggie l'avait parfaitement décrit. Le léger zézaiement, le nez court, les bajoues, les cheveux brun foncé qui commençaient à se raréfier sur le front, bien que l'homme fût encore jeune. Un enlumineur – d'après ce que Mo avait vu de son travail, l'un des meilleurs qui soit dans ce monde et dans l'autre. Mo oublia Jacopo et Fenoglio, oublia le pilori et le garçon, les soldats dans la cour et Oiseau de Suie. Il ne voulait plus qu'une chose : franchir cette porte. Il jeta un coup d'œil par-dessus l'épaule de Balbulus et sentit son cœur s'emballer comme celui d'un écolier – il avait battu tout aussi fort la première fois qu'il avait tenu entre ses mains un livre de Balbulus, quand il était prisonnier au château de la Nuit, et menacé de mort. Le travail de cet homme lui avait fait tout oublier. Ces lettres qui s'enchaînaient si aisément, comme s'il n'était d'activité plus naturelle pour la main humaine que l'écriture, et puis les illustrations ! Du parchemin qui vivait, qui respirait !

– Je parle où je veux et quand je veux ! Je suis le petit-fils de Tête de Vipère ! s'écria Jacopo d'une voix aiguë. Je vais raconter sur-le-champ à mon oncle combien tu as été impertinent ! Je vais lui dire de te confisquer tous tes pinceaux !

Il jeta un dernier coup d'œil à Balbulus et fit demi-tour.

– Viens, Tullio ! Sinon, je te fais enfermer avec les chiens !

Le domestique rentra la tête et lui emboîta le pas. Le petit-fils de Tête de Vipère dévisagea une dernière fois Mo avant de se précipiter dans l'escalier, comme un enfant impatient d'assister à un spectacle.

– Nous devrions partir, Mortimer ! chuchota Fenoglio. Tu n'aurais jamais dû venir ! Oiseau de Suie est ici ! Ce n'est pas bon, pas bon du tout.

Mais Balbulus faisait déjà signe au nouveau relieur de se dépêcher d'entrer dans son atelier. Comment Mo aurait-il pu se soucier d'Oiseau de Suie ? La seule chose à laquelle il pouvait encore penser, c'était à ce qui l'attendait derrière la porte tapissée de mots. Combien d'heures de sa vie avait-il passées à contempler l'art des enlumineurs, penché sur des pages tachées jusqu'à en avoir mal au dos, suivant à la loupe chaque trait du pinceau et se demandant comment on pouvait fixer sur du parchemin de telles merveilles – tous ces visages, ces créatures, ces paysages, ces fleurs fantastiques… de minuscules dragons, de minuscules insectes, si vrais qu'ils semblaient sortir des pages, des lettres enchevêtrées avec tant d'habileté, comme si les lignes n'avaient pris forme qu'une fois posées sur le parchemin.

Était-ce tout cela qui l'attendait sur les pupitres qu'il apercevait ?

Peut-être. Mais Balbulus se tenait debout devant son travail comme s'il en était le gardien et ses yeux étaient si inexpressifs que Mo se demanda comment un homme qui regardait le monde avec une telle froideur pouvait être l'auteur de semblables images. Des images si pleines de force et de feu…

– Tisseur de Mots.

Balbulus fit un signe de tête à Fenoglio, l'enveloppant d'un regard auquel rien n'échappait, ni le menton pas rasé, ni les yeux injectés de sang, ni la fatigue au cœur du vieillard. « Et chez moi, qu'est-ce qu'il va voir ? » se demanda Mo.

– Alors, c'est vous le relieur ? s'enquit Balbulus en l'observant comme s'il voulait fixer son portrait sur le parchemin. Fenoglio prétend que vous faites des merveilles.

– Vraiment ?

Mo essayait en vain de ne pas avoir l'air intéressé. Il brûlait du désir de contempler les illustrations mais, comme par hasard, l'enlumineur lui bouchait la vue. Qu'est-ce que ça voulait dire ? « Laisse-moi voir ton travail ! pensa Mo. Tu devrais être flatté que je vienne ici au péril de ma vie. » Ces pinceaux étaient vraiment incroyables. Et les couleurs…

Fenoglio lui donna un coup de coude ; Mo se détourna à contrecœur de toutes ces merveilles et fixa les yeux inexpressifs de Balbulus.

– Pardonnez-moi. Oui, je suis relieur. Vous souhaitez sans doute voir un échantillon de mon travail. Je ne disposais pas du matériel adéquat mais…

Il plongea la main sous le manteau que Baptiste lui avait confectionné (il n'avait pas dû être facile de voler tant de tissu noir), mais Balbulus secoua la tête.

– Vous n'avez pas besoin de me prouver ce que vous savez faire, dit-il sans quitter Mo des yeux. Tadeo, le bibliothécaire du château de la Nuit, m'a raconté que vous y avez fait preuve d'un talent exceptionnel.

Perdu.

Il était perdu.

Mo sentit le regard horrifié de Fenoglio. « Oui, tu peux me regarder, pensa-t-il. Est-il déjà inscrit sur mon front, à l'encre noire : imbécile inconscient ? »

Mais Balbulus souriait. Son sourire était aussi inexpressif que ses yeux.

– Oui, Tadeo m'a beaucoup parlé de vous. (Meggie avait parfaitement imité le zézaiement de l'enlumineur.) C'est quelqu'un de très réservé, mais il est allé jusqu'à chanter vos louanges par écrit. Car enfin, dans votre corporation, rares sont ceux qui sont capables de relier la Mort dans un livre, n'est-ce pas ?

Fenoglio serra le bras de Mo si fort que celui-ci sentit la peur du vieil homme. Qu'est-ce qu'il croyait ? Qu'ils allaient pouvoir faire demi-tour et sortir de la pièce ? Un gardien devait être embusqué derrière la porte. Ou bien les soldats les attendaient au pied de l'escalier. Comme on s'habituait vite à les voir surgir à n'importe quel moment, ces spadassins qui avaient tout pouvoir d'emmener n'importe qui avec eux, de l'enfermer, de le tuer !

Les couleurs de Balbulus brillaient d'un tel éclat ! Vermillon, terre de Sienne, terre d'ombre. Elles étaient si belles. D'une beauté qui l'avait mené droit dans ce piège. La plupart des oiseaux, on les attirait avec du pain et des graines mais, pour le Geai bleu, des lettres et des illustrations suffisaient.

– Je ne sais vraiment pas de quoi vous parlez, vénéré Balbulus ! balbutia Fenoglio toujours agrippé au bras de Mo. Le… heu… bibliothécaire du château de la Nuit ? Non. Non, Mortimer n'a jamais travaillé de ce côté de la forêt. Il vient… du nord. Oui. Du nord.

Quel piètre menteur il faisait ! Quand on inventait des

100

histoires, ne devait-on pas savoir mentir ? Quoi qu'il en soit, Mo, qui n'avait aucune compétence en ce domaine, se tut. Sous le regard observateur de Balbulus, il maudissait sa curiosité, son impatience, sa légèreté. Comment avait-il pu croire un seul instant qu'il lui suffirait de revêtir des habits noirs pour se défaire du rôle qui lui avait été attribué en ce monde ? Comment avait-il pu croire qu'étant impliqué corps et âme dans cette histoire, il pourrait cependant redevenir pour quelques heures Mortimer, le relieur, au château d'Ombra ?

— Taisez-vous, Tisseur de Mots ! lança Balbulus. Vous me prenez pour qui ? Bien sûr que j'ai tout de suite su de qui il était question quand vous m'avez parlé de lui. Un véritable maître en son art. N'est-ce pas ce que vous avez dit ? Les mots peuvent être traîtres, vous devriez le savoir.

Fenoglio se tut. Et Mo porta la main à son couteau. Le Prince noir le lui avait offert quand ils avaient quitté la montagne aux Vipères. « Désormais, veille à l'avoir toujours sur toi, lui avait-il dit, même quand tu dors. » Il avait suivi son conseil ; mais à quoi lui servirait un couteau dans ces circonstances ? Il serait mort avant d'avoir atteint le pied de l'escalier. Qui sait, Jacopo l'avait peut-être reconnu et avait donné l'alarme. Vite, venez ! Le Geai bleu est entré de plein gré dans la cage. « Je suis désolé, Meggie, pensa Mo. Ton père est un imbécile. Tu l'as tiré du château de la Nuit… pour qu'il aille se faire prendre dans un autre château ! » Pourquoi ne l'avait-il pas écoutée quand elle avait aperçu Oiseau de Suie sur la place du marché ?

Fenoglio avait-il jamais écrit de chanson sur la peur du Geai bleu ? Il n'avait pas peur quand il devait se battre. Oh, non. La peur venait quand il pensait aux cordes, aux chaînes, aux cachots et au désespoir derrière les portes barricadées. Comme maintenant. Il sentait le goût de la peur sur sa langue, dans son estomac et dans ses genoux. «Enfin, pour un relieur, l'atelier d'un enlumineur est l'endroit idéal pour mourir», pensa-t-il. Mais le Geai bleu était revenu et il maudissait le relieur pour son inconscience.

– Vous savez ce qui a particulièrement impressionné Tadeo?

Balbulus enleva un peu de poudre de couleur de sa manche. Jaune comme le pollen des fleurs, elle était collée sur le velours bleu foncé.

– Vos mains, poursuivit-il. Il trouvait tout à fait étonnant que des mains si expertes à tuer puissent manier les pages des livres avec tant de délicatesse. Vous avez de belles mains, en effet. Regardez les miennes, à côté!

Balbulus écarta ses doigts et les contempla avec dégoût.

– Des mains de paysan. De grosses mains rustiques. Vous voulez voir de quoi elles sont quand même capables?

Il s'écarta et les convia d'un geste à s'avancer dans l'atelier, tel un magicien qui lève le rideau. Fenoglio voulut retenir Mo, mais en pure perte; du moment qu'il s'était laissé prendre au piège, celui-ci voulait au moins savourer l'appât qui lui coûterait la vie.

Elles étaient là. Des pages enluminées, plus belles encore que celles qu'il avait vues au château de la Nuit. Sur l'une d'entre elles, Balbulus avait orné ses propres initiales. Le B se déployait sur le parchemin, vêtu d'or et de vert foncé, et abritait un nid d'elfes de feu. Sur la page voisine, des feuilles et des fleurs s'enroulaient autour d'une image grande comme une carte à jouer. Mo suivait les vrilles des yeux, découvrait des péricarpes, des elfes de feu, des fruits bizarres, de minuscules créatures pour lesquelles il n'avait pas de nom. L'image décorée avec tant de talent représentait deux hommes entourés de fées. Ils se tenaient devant un village; derrière eux, une troupe d'hommes en haillons. L'un était noir, et un ours le suivait. L'autre portait un masque d'oiseau; le couteau qu'il avait à la main était celui d'un relieur.

– La main noire et la main blanche de la justice. Le Prince et le Geai bleu, déclara Balbulus en contemplant son œuvre avec une fierté à peine dissimulée. Je vais devoir le modifier légèrement. Vous êtes encore plus grand que je pensais, et votre allure… Mais qu'est-ce que je raconte? Vous n'avez sûrement aucune envie que cette image vous ressemble trop, même si elle est destinée, bien entendu, aux seuls yeux de Violante. Notre nouveau gouverneur ne la verra jamais car, par chance, il n'a aucune raison de grimper les marches qui conduisent à mon atelier. Pour le Gringalet, la valeur d'un livre se définit par le nombre de tonneaux de vin que l'on doit donner en échange. Et si Violante ne cache pas cette feuille avec soin, elle ne sera bientôt plus, comme tout ce que mes mains ont créé, qu'une vulgaire monnaie d'échange contre ces fameux tonneaux ou une nouvelle perruque poudrée d'argent. Il peut s'estimer heureux que moi je sois Balbulus, l'enlumineur, et non pas le Geai bleu, sinon, je transformerais sa peau parfumée en parchemin.

La haine qui vibrait dans la voix de Balbulus était noire comme la nuit sur ses illustrations et, l'espace d'un instant, Mo vit dans ses yeux inexpressifs le feu qui faisait de l'enlumineur un tel maître en son art.

Dans l'escalier, des pas se firent soudain entendre, des pas lourds et réguliers, comme Mo en avait si souvent entendu au château de la Nuit. Des pas de soldats.

– Dommage. J'aurais vraiment bien aimé bavarder plus longtemps avec vous ! soupira Balbulus quand la porte s'ouvrit avec fracas. Mais je crains qu'il y ait dans ce château des personnes de plus haut rang que moi qui souhaitent s'entretenir avec vous.

Bouleversé, Fenoglio vit les soldats entourer Mo.

– Vous pouvez partir, Tisseur de Mots ! dit Balbulus.

– Mais c'est un terrible malentendu !

Fenoglio s'appliquait à ne rien laisser paraître de sa peur, mais il ne pouvait tromper Mo.

– Vous n'auriez peut-être pas dû le décrire avec tant de précision dans vos chansons, déclara Balbulus d'un air las. Regardez mes illustrations. Je lui laisse toujours le masque !

Mo entendit encore Fenoglio protester quand les soldats le poussèrent dans l'escalier. Resa ! Non, il n'avait pas à s'inquiéter pour elle. Pour le moment, elle se trouvait en sécurité chez Roxane, et l'hercule veillait sur elle. Mais qu'en était-il de Meggie ? Farid l'avait-il déjà conduite à la ferme ? Le Prince noir s'occuperait d'elles. Il le lui avait assez souvent promis. Et qui sait ? Ils trouveraient peut-être un moyen de rentrer chez Elinor, dans la vieille maison remplie de livres jusque sous le toit, de retrouver ce monde dans lequel la chair n'était pas faite de mots. À moins que… peut-être ?

Où il serait alors, Mo essaya de ne pas y penser. Il ne savait avec certitude qu'une seule chose : le Geai bleu et le relieur auraient la même mort.

8
La douleur de Roxane

L'espoir… dit Slit, amer. J'ai appris à vivre sans lui.

Paul Stewart, *Chroniques du bout du monde :*
Minuit sur Sanctaphrax

Resa se rendait souvent à cheval chez Roxane, bien que la ferme fût située à une certaine distance et les routes autour d'Ombra de jour en jour moins sûres. L'hercule était un vaillant protecteur, et Mo la laissait partir : il n'ignorait pas qu'elle avait réussi à se débrouiller seule dans ce monde-ci pendant de nombreuses années, sans lui ni l'hercule.

Resa s'était liée d'amitié avec Roxane quand elles avaient soigné ensemble les blessés dans la mine sous la montagne aux Vipères, et le long chemin qu'elles avaient parcouru ensemble à travers la Forêt sans chemin en compagnie d'un mort n'avait fait que renforcer cette amitié. Roxane ne demandait jamais pourquoi Resa avait pleuré presque autant qu'elle la fameuse nuit où Doigt de Poussière avait conclu son pacte avec les Femmes blanches. Leur amitié ne s'était pas forgée à travers les mots, mais en partageant ce pour quoi il n'y avait pas de mots.

C'est Resa qui était allée rejoindre Roxane quand elle l'avait entendue pleurer, loin des autres, sous les arbres, qui l'avait prise dans ses bras et l'avait consolée tout en sachant qu'il n'y avait pas de consolation pour ce chagrin-là. Elle ne lui avait pas parlé du jour où Mortola avait tiré sur Mo et l'avait laissée seule avec la peur de l'avoir perdu pour toujours. Car elle ne l'avait pas perdu, même si, pendant quelques instants interminables, elle l'avait cru. Elle s'était seulement figuré comment ce serait de ne plus jamais le revoir, ne plus jamais le toucher, ne plus jamais entendre sa voix, des journées entières, des nuits entières, tout en lui rafraîchissant le front dans la sinistre grotte. Mais la peur de la douleur est autre chose que la douleur elle-même. Mo vivait. Il parlait avec elle, dormait près d'elle, la prenait dans ses bras. Doigt de Poussière ne prendrait plus jamais Roxane dans ses bras. Pas dans cette vie. Il ne lui restait plus rien, en dehors des souvenirs. Et c'était parfois pire encore que rien.

Elle savait que Roxane ressentait cette douleur pour la deuxième fois. La première fois – c'est ce que le Prince noir avait raconté à Resa – le feu n'avait même pas laissé à Roxane le corps de Doigt de Poussière. Peut-être était-ce pour cette raison qu'elle le gardait si jalousement. Personne ne savait où elle l'avait emporté, où elle allait le voir quand la nostalgie l'empêchait de dormir.

Quand Mo avait de nouveau souffert de la fièvre la nuit, Resa s'était rendue à la ferme à cheval. Quand elle était au service de Mortola, elle avait souvent dû cueillir des plantes, mais seulement celles qui tuaient. Roxane lui avait appris à trouver celles qui guérissaient; elle lui avait montré les feuilles qui combattent l'insomnie, les racines contre la douleur d'une vieille blessure. Elle lui avait appris que dans son monde, il valait mieux, pour chaque cueillette, déposer une soucoupe de lait ou un œuf entre les racines d'un arbre : c'était la seule manière de se concilier les elfes qui y habitaient. Certaines plantes dégageaient une odeur si étrange que Resa en avait le vertige. Elle en avait vu d'autres dans le jardin d'Elinor sans se douter du pouvoir qui se cachait dans leurs tiges et leurs feuilles en apparence insignifiantes. Le Monde d'encre lui apprenait ainsi à voir le sien avec d'autres yeux et lui rappelait ce que Mo avait dit un jour, longtemps auparavant : « Tu ne penses pas comme moi que de temps en temps on devrait lire des histoires dans lesquelles tout est différent de notre monde ? Rien ne nous apprend mieux à nous demander pourquoi les arbres sont verts et non rouges et pourquoi nous avons cinq doigts et non six. »

Naturellement, Roxane connaissait des remèdes contre les nausées. Elle était justement en train de lui expliquer quelles plantes provoqueraient une montée de lait le moment venu quand Fenoglio entra dans la cour sur son cheval. Resa, qui ne se doutait de rien, se demanda d'où venait la mauvaise conscience plaquée comme un masque triste de Baptiste sur son visage ridé. C'est alors qu'elle vit Farid et Meggie – et la peur dans les yeux de sa fille.

Roxane passa son bras autour des épaules de Resa tandis que Fenoglio racontait, d'une voix saccadée, ce qui s'était passé. Mais Resa ne savait que ressentir. De la peur ? Du désespoir ? De la colère ? Oui, de la colère, devant l'inconscience dont Mo avait fait preuve.

– Comment as-tu pu le laisser y aller ? lança-t-elle à Meggie si rudement que l'hercule sursauta.

Les mots étaient sortis avant qu'elle ait eu le temps de les regretter. Mais la colère demeurait, à l'idée que Mo soit allé au château malgré le danger, et qu'il l'ait fait dans son dos. Il ne lui avait rien dit de son projet, pas un mot, mais il avait emmené sa fille. Roxane lui caressa les cheveux quand elle éclata en sanglots. C'étaient des larmes de colère et de peur. Elle était si lasse d'avoir peur !

Peur de connaître, à son tour, la douleur de Roxane.

9
Le signe révélateur

– Vous voulez mettre fin à la cruauté ? demanda-t-elle. Et à l'avidité et toutes ces choses ? Je ne crois pas que vous le puissiez. Vous êtes très malin mais ça, vous ne pourriez pas, non.

Mervyn Peake, *La Trilogie de Gormenghast : Titus d'enfer*

Ce qui l'attendait, c'était un cachot, bien sûr. Et après ? Mo ne se souvenait que trop bien de la mort promise par Tête de Vipère. *Cela peut durer des jours, des jours et des nuits entières.* L'absence de peur qui l'avait si fidèlement accompagné au cours des dernières semaines, l'implacabilité que la haine et les Femmes blanches avaient semée en lui se trouvaient balayées d'un coup. Depuis qu'il avait rencontré les Femmes blanches, il n'avait plus peur de la mort. Elle lui était devenue familière, parfois même presque désirable. Mais mourir, c'était autre chose et ce qu'il redoutait plus encore, c'était d'être enfermé. Il n'avait pas oublié le désespoir qui l'attendait derrière les portes barricadées et le silence au cœur duquel sa propre respiration devenait assourdissante, la moindre pensée douloureuse et où, à toute heure, on était tenté de se taper la tête contre les murs pour ne plus rien entendre, ne plus rien sentir.

Depuis les jours qu'il avait passés dans le donjon du château de la Nuit, Mo ne supportait plus les portes et les fenêtres fermées. Et si Meggie semblait avoir laissé derrière elle sa détention comme une libellule sa vieille peau, Resa en revanche réagissait comme lui ; quand la peur les réveillait, ils ne pouvaient retrouver le sommeil que dans les bras l'un de l'autre.

« Non, pas le cachot, par pitié ! »

C'était facile de se battre : on avait toujours le choix entre la prison ou la mort.

Il pourrait peut-être arracher l'épée d'un des soldats, dans un couloir sombre, loin des autres sentinelles. Mais ils étaient partout, le blason du Gringalet sur la poitrine. Mo devait serrer les poings pour empêcher ses mains d'accomplir sans plus attendre ce qu'il avait en tête. « Pas encore, Mortimer ! » Encore un escalier, des torches allumées de chaque côté. Ils le conduisaient dans les entrailles du château, bien sûr. Les cachots se trouvaient tout en haut et tout en bas. Resa lui avait parlé du château de la Nuit, qui s'enfonçait si profondément dans la roche qu'elle avait souvent cru étouffer.

En tout cas, ils ne le brutalisaient pas, comme l'avaient fait les autres soldats. Étaient-ils aussi plus polis quand ils torturaient ou écartelaient les gens ?

Ils descendaient toujours, toujours plus bas. Un devant lui, deux derrière : il sentait leur souffle sur sa nuque. Maintenant. « Mortimer ! Essaie ! Ils ne sont que trois ! » Ils avaient des visages si jeunes, des visages d'enfant, imberbes, qui dissimulaient leur peur derrière une fausse rudesse.

Depuis quand laissait-on des enfants jouer aux soldats ? Il connaissait la réponse : depuis toujours. Ils sont les meilleurs soldats parce qu'ils se croient encore immortels.

Rien que trois. Mais ils crieraient, même s'il les tuait très vite, et alerteraient les autres.

L'escalier aboutissait à une porte. Le soldat qui le précédait l'ouvrit. « Maintenant ! Qu'est-ce que tu attends ? » Les doigts de Mo se tendirent, se préparèrent. Les battements de son cœur s'accélérèrent, comme s'ils voulaient lui donner le rythme.

– Le Geai bleu.

Le soldat se tourna vers lui, l'air confus, et s'inclina pour le laisser passer. Surpris, Mo observa les deux autres. Admiration, peur, respect, ce mélange d'émotions et de sentiments qu'il avait si souvent rencontré et qui n'était pas dû à ses actes mais aux mots de Fenoglio. D'un pas hésitant, il franchit le seuil de la porte et comprit enfin où ils l'avaient conduit.

Dans le caveau des princes d'Ombra. Mo avait lu sa description dans *Cœur d'encre*. Fenoglio avait trouvé les mots pour ce lieu des morts, des mots très beaux, qui laissaient penser que le vieil homme rêvait de reposer lui-même en un tel endroit. Mais dans le livre, le sarcophage n'apparaissait pas. Des bougies se consumaient aux pieds de Cosimo, de grandes bougies couleur miel. Leur parfum embaumait la pièce et son gisant de pierre, entouré de roses d'albâtre, souriait comme s'il faisait un beau rêve.

Près du sarcophage, une jeune femme vêtue de noir, les cheveux tirés en arrière, se tenait debout, droite comme un I, comme pour compenser ainsi sa fragilité. Les soldats s'inclinèrent devant elle, murmurèrent son nom. Violante.

La fille de Tête de Vipère. Ils l'appelaient toujours la Laide, bien que la marque qui lui avait valu ce surnom ne soit plus qu'une ombre sur sa joue. On racontait qu'elle s'était estompée le jour où Cosimo était revenu de chez les morts. Pour y retourner peu de temps après.

La Laide. Comment vivait-on avec un surnom pareil ? Mais les sujets de Violante le prononçaient avec tendresse. On disait qu'elle faisait porter les restes de la cuisine du château dans les villages affamés, que pour nourrir les démunis d'Ombra, elle vendait de la vaisselle en argent et des chevaux des écuries du Prince, bien que le Gringalet le lui fît payer en l'enfermant dans ses appartements pendant des journées entières. Elle intervenait en faveur des condamnés qu'on emmenait à la potence et de ceux qui pourrissaient dans les cachots, même si ses paroles ne trouvaient aucun écho. Violante n'avait pas le moindre pouvoir dans son château, le Prince noir l'avait assez souvent raconté à Mo. Même son fils ne lui obéissait pas. Pourtant, le Gringalet la redoutait, car elle était toujours la fille de son beau-frère immortel.

Pourquoi l'avait-on amené ici, auprès d'elle, en ce lieu où reposait son mari défunt ? Voulait-elle obtenir l'argent de la mise à prix du Geai bleu avant que le Gringalet ne s'y emploie ?

– A-t-il la cicatrice ? demanda-t-elle sans le quitter des yeux.

L'un des soldats, gêné, fit un pas vers Mo, mais celui-ci le devança et souleva sa manche, comme l'avait fait la fillette la nuit précédente. La cicatrice que lui avaient faite les chiens de Basta, dans une autre vie, il y avait bien longtemps – Fenoglio l'avait introduite dans son histoire. Parfois, Mo avait l'impression que c'était le vieil homme qui l'avait dessinée sur sa peau, avec de l'encre délavée.

Violante s'avança vers lui. Le tissu lourd de sa robe traînait sur les dalles. Elle était petite, plus petite que Meggie. Quand elle attrapa l'étui brodé qu'elle portait à la ceinture, Mo s'attendit à voir surgir le béryl dont lui avait parlé sa fille, mais Violante en sortit des lunettes. Des verres polis, une monture en argent. Les lunettes d'Orphée avaient dû servir de modèle. Ce n'était sûrement pas facile de trouver un artisan qui sache polir ainsi le verre.

– C'est bien ça. La fameuse cicatrice. Le signe révélateur.

Les verres des lunettes grossissaient les yeux de Violante. Ce n'étaient pas ceux de son père.

– Balbulus avait donc raison. Tu sais que mon père a encore augmenté la prime pour ta capture ?

Mo rabattit la manche sur sa cicatrice.

– J'en ai entendu parler.

– Et tu es quand même venu ici pour voir les enluminures de Balbulus. Ça me plaît. Apparemment, ce que les chansons racontent à ton sujet est vrai : tu n'as peur de rien, tu aimes même le danger.

Elle le dévisagea comme si elle le comparait avec l'homme des illustrations de Balbulus. Mais quand il soutint son regard, elle rougit, Mo n'aurait su dire si c'était parce qu'elle était gênée ou furieuse qu'il ait osé la regarder dans les yeux. Elle se détourna brusquement, se dirigea vers le sarcophage de son mari et passa la main sur les pétales des roses de pierre, délicatement, comme si elle voulait les ramener à la vie.

– À ta place, j'aurais agi de même. J'ai toujours pensé

113

que nous nous ressemblions. Dès l'instant où, chez les ménestrels, j'ai entendu la première chanson sur toi. Ce monde génère le malheur comme un étang génère des moustiques, mais on peut le combattre. Nous l'avons compris, toi et moi. J'avais déjà volé de l'or dans la caisse des impôts quand personne encore ne chantait tes louanges. Pour un nouvel hospice, une auberge pour les mendiants ou un foyer pour les orphelins… J'ai fait en sorte qu'un des administrateurs soit soupçonné. De toute façon, ils méritent tous la potence.

Elle se tourna de nouveau vers lui en levant le menton d'un air têtu, un peu comme Meggie. Elle avait l'air très vieille et très jeune à la fois. Qu'avait-elle l'intention de faire ? Le livrer à son père pour nourrir les pauvres avec la récompense ou pour procurer enfin assez de parchemin et de couleurs à Balbulus ? Tout le monde savait qu'elle avait même mis son alliance en gage pour lui acheter ses pinceaux. Qu'est-ce qui serait le plus approprié ? se demanda Mo. Vendre la peau d'un relieur pour avoir de nouveaux livres ?

L'un des soldats était toujours derrière lui. Les deux autres gardaient la porte. Apparemment, c'était le seul accès au caveau. Trois. Ils n'étaient que trois…

– Je connais toutes les chansons à ta louange. Je me les suis fait recopier.

Derrière les lunettes, ses yeux étaient gris et curieusement clairs. Comme s'ils laissaient voir leur faiblesse. Non, ils ne ressemblaient pas aux yeux de reptile de Tête de Vipère. Elle devait avoir les yeux de sa mère. Le livre dans lequel la mort était enfermée avait été relié dans la chambre où sa mère avait vécu avec sa petite fille laide, après être tombée en disgrâce. Violante se souvenait-elle encore de cette chambre ? Certainement.

– Les nouvelles chansons ne sont pas très bonnes, poursuivit-elle, mais Balbulus compense avec ses enluminures. Depuis que mon père a nommé le Gringalet seigneur de ce château, il y travaille généralement la nuit et je garde toujours les livres dans mes appartements pour qu'on ne les vende pas comme les autres. Quand le Gringalet donne ses fêtes dans la grande salle, je les lis à voix haute, pour que ma voix couvre le bruit : les cris des ivrognes, les rires bêtes, les pleurs de Tullio quand ils l'ont chassé une fois de plus… Et chaque mot remplit mon cœur d'espoir, l'espoir qu'un jour tu vas surgir dans la salle avec le Prince noir, et les tuer tous. Les uns après les autres. Et moi, je serai là, les pieds dans leur sang.

Les soldats de Violante restaient impassibles. Ils semblaient avoir l'habitude des discours de leur maîtresse.

Violante fit un pas dans sa direction.

– Je t'ai fait rechercher depuis que les hommes de mon père m'ont dit que tu te cachais de ce côté de la forêt. Je voulais te trouver avant eux, mais tu sais te rendre invisible. Je suppose que les fées et les kobolds te cachent, comme le disent les chansons, et que les Femmes de la Forêt guérissent tes blessures…

Mo ne put s'empêcher de sourire. L'espace d'un instant, le visage de Violante lui rappela beaucoup celui de Meggie quand elle lui racontait une de ses histoires préférées.

– Pourquoi souris-tu ?

Violante fronça les sourcils et Mo devina le regard de Tête de Vipère derrière ses yeux clairs. « Prends garde à toi, Mortimer. »

– Oh, je sais. Tu penses, ce n'est qu'une femme, à peine une femme, sans pouvoir, sans mari, sans soldats. Oui, la plupart de mes soldats gisent dans la forêt, morts parce que mon mari était trop pressé d'entrer en guerre contre mon père. Mais je ne suis pas si bête ! « Balbulus, lui ai-je dit, fais courir le bruit que tu cherches un nouveau relieur. Peut-être que par ce biais, nous trouverons le Geai bleu. S'il ressemble au portrait qu'en a brossé Tadeo, il viendra, juste pour voir tes enluminures. Et alors, quand il sera dans mon château, mon prisonnier, comme il a été prisonnier par le passé au château de la Nuit, je lui demanderai s'il veut bien m'aider à tuer mon père immortel. »

Mo jeta un coup d'œil furtif aux soldats, ce qui arracha un petit sourire amusé à Violante.

– Ne t'inquiète pas ! Mes soldats me sont dévoués, car les hommes de mon père ont tué leurs frères et leurs pères dans la Forêt sans chemin !

– Votre père ne sera plus longtemps immortel.

Les mots étaient sortis de sa bouche tout seuls. « Quel idiot tu es ! se morigéna-t-il, furieux contre lui-même. As-tu oublié qui tu as devant toi, tout ça parce que son visage te rappelle ta fille ? »

Mais Violante sourit.

– Ce que m'a fait savoir le bibliothécaire de mon père est donc vrai, dit-elle à voix basse comme si les morts pouvaient l'entendre. Quand mon père a commencé à se sentir mal, il a d'abord cru qu'une de ses servantes avait voulu l'empoisonner.

– Mortola.

Chaque fois qu'il prononçait son nom, il la voyait lever le fusil.

– Tu la connais ?

Comme lui, Violante semblait avoir du mal à prononcer ce nom.

– Mon père l'a fait torturer pour qu'elle lui dise quel poison elle lui avait administré et, comme elle n'avouait pas, il l'a fait enfermer dans un cachot du château de la Nuit mais, un jour, elle a disparu. J'espère qu'elle est morte ; il paraît qu'elle a empoisonné ma mère.

Violante passa la main sur le tissu noir de sa robe, comme si elle parlait de la qualité de la soie et non de la mort de sa mère.

– Entre-temps, mon père a compris à qui il doit de voir sa chair pourrir sur ses os. Peu après ton évasion, Tadeo a remarqué que le livre commençait à avoir une drôle d'odeur. Et que les pages gonflaient, ce que les fermoirs ont dissimulé pendant un laps de temps que tu avais sans doute prévu. Mais maintenant, les couvertures en bois ne tiennent plus fermées. Le pauvre Tadeo a cru mourir de peur quand il a découvert dans quel état était le livre. À l'exception de mon père, Tadeo est le seul qui ait le droit de le toucher et qui sache où il est caché… Il connaît même les trois mots que l'on doit y écrire. Il paraît que mon père a fait supprimer tous les dépositaires de ce secret, à part lui. Mais il fait confiance au vieil homme, peut-être parce que Tadeo a longtemps été son précepteur et l'a protégé contre son grand-père quand il était enfant. Qui sait ? Bien entendu, Tadeo n'a pas parlé de l'état du livre à mon père. Pour d'aussi mauvaises nouvelles, il aurait fait pendre sur-le-champ son vieux précepteur. Non. Tadeo a fait venir en secret au château de la Nuit tous les relieurs qui existent entre la Forêt sans chemin et la mer, et comme aucun ne pouvait l'aider, il a fait relier sur les conseils de Balbulus un deuxième livre parfaitement identique qu'il montrait à mon père quand celui-ci le lui demandait. Son état de santé n'a cessé d'empirer. Maintenant, tout le monde le sait. Son haleine a l'odeur fétide des eaux dormantes des étangs et il grelotte comme s'il sentait le souffle des Femmes blanches autour de lui. Quelle vengeance, le Geai bleu ! L'immortalité avec une souffrance sans fin. Cela ne ressemble pas aux actes d'un ange mais plutôt d'un diable très malin. Lequel des deux es-tu ?

Mo ne répondit pas. « Ne lui fais pas confiance ! » chuchota une voix en lui. Mais curieusement, son cœur lui disait autre chose.

– Comme je l'ai dit, pendant très longtemps, mon père n'a soupçonné que Mortola, poursuivit Violante. Il en a même oublié de te rechercher. Mais un jour, l'un des relieurs que Tadeo avait appelés à son secours lui a révélé dans quel état était le livre, sans doute dans l'espoir d'être payé en pièces d'argent. Il veut que personne ne sache ce qu'il en est de son immortalité, mais les nouvelles vont bon train. Désormais, il n'y a plus aucun relieur vivant de l'autre côté de la forêt. La potence est le châtiment pour quiconque n'a pu restaurer le livre. Quant à Tadeo, il l'a fait enfermer dans le cachot, sous le château de la Nuit, pour que sa chair pourrisse aussi lentement que la sienne. J'ignore s'il est encore vivant. Tadeo est un vieil homme et les cachots du château de la Nuit viennent à bout des captifs les plus jeunes et les plus forts.

Mo sentit monter en lui la nausée, comme jadis au château de la Nuit quand, pour sauver Resa, Meggie et lui-même, il avait relié le livre vide. À l'époque, déjà, il avait deviné qu'il échangeait leur vie contre celle de beaucoup d'autres. Pauvre Tadeo! Mo se l'imaginait, accroupi dans un des cachots sans fenêtre. Les relieurs aussi, il les voyait clairement, des silhouettes perdues qui se balançaient au bout d'une corde… il ferma les yeux.

– Regardez. C'est exactement comme dans les chansons, disait Violante. *Un cœur, compatissant comme nul autre, bat dans sa poitrine.* D'autres meurent à cause de toi, et tu en éprouves du remords. Ne sois pas bête. Mon père aime tuer. S'il n'avait pas choisi les relieurs, il en aurait fait pendre d'autres! Et d'ailleurs, ce n'est pas un relieur mais un alchimiste qui a trouvé le moyen de conserver le livre. Ce doit être un moyen peu appétissant et il n'a pas pu effacer les dommages que tu lui as causés mais, au moins, le livre ne pourrit plus. Mon père te recherche activement, car il est plus convaincu que jamais que toi seul peux le délivrer de la malédiction que tu as si habilement cachée dans les pages vides. N'attends pas qu'il te trouve. Devance-le! Allie-toi avec moi. Toi et moi, le Geai bleu, sa fille et le brigand qui l'a déjà berné. Nous pourrions lui être fatals! Aide-moi à le tuer! Ensemble, ce sera très facile!

Comme elle le regardait, pleine d'espoir comme une enfant qui vient d'exprimer son vœu le plus cher! Allez, le Geai bleu, tuons mon père! «Que faut-il avoir fait à sa fille, pensa Mo, pour susciter en elle un tel désir?»

– Toutes les filles n'aiment pas leur père, le Geai bleu, déclara Violante comme si elle lisait dans ses pensées – là encore, elle ressemblait à Meggie. Il paraît que ta fille t'adore, et que toi aussi tu l'adores. Mais mon père les tuera, ta fille, ta femme, tous ceux que tu aimes… et toi, pour finir. Il ne souffrira pas plus longtemps que tu fasses de lui la risée de ses sujets. Tu auras beau te cacher comme un renard dans son terrier, il te trouvera, car son corps lui rappelle à chaque instant ce que tu lui as fait. Sa peau souffre à la lumière du soleil, ses membres sont si enflés qu'il ne peut plus monter à cheval. Il a même du mal à marcher. Il passe ses journées et ses nuits à imaginer comment se venger, sur toi et les tiens. Il a demandé au Fifre d'écrire des chansons sur ta mort, des chansons si terribles à ce qu'on dit que ceux qui les écoutent ne peuvent plus dormir, et il doit bientôt envoyer l'homme au nez d'argent les chanter ici. Il y a longtemps que le Fifre attend qu'on lui en donne l'ordre et il te trouvera. Ta pitié pour les pauvres sera son appât. Il en tuera tant que leur sang finira par te faire sortir de la forêt. Mais si je t'aide…

Une voix interrompit Violante, une autoritaire voix d'enfant. Elle résonnait dans l'escalier interminable qui menait au caveau.

– Il est sûrement avec elle, tu vas voir !

Jacopo avait l'air tout excité.

– Balbulus est un excellent menteur, le meilleur de tous, surtout quand il ment pour ma mère ! Mais quand il ment, il tripote ses manches et prend des airs encore plus arrogants que d'habitude. Mon grand-père m'a appris à faire attention à ce genre de choses.

Les soldats à la porte regardèrent leur maîtresse, perplexes. Mais Violante les ignora. Elle écoutait une autre voix qui lui parvenait à travers la porte et, pour la première fois, Mo lut la peur dans ses yeux. Il avait lui aussi reconnu la voix, bien qu'il ne l'ait entendue qu'à travers les brumes de la fièvre, et sa main chercha, à sa ceinture, son couteau.

Le feu avec lequel il jouait si maladroitement semblait avoir attaqué les cordes vocales d'Oiseau de Suie. « Sa voix est comme une mise en garde, avait dit Resa une fois, une mise en garde contre son joli visage et son sempiternel sourire. »

– Tu es un petit malin, Jacopo ! (Le garçon percevait-il l'ironie contenue dans la voix ?) Mais pourquoi n'allons-nous pas dans les appartements de ta mère ?

– Parce qu'elle ne serait pas assez bête pour l'y recevoir. Ma mère est maligne, bien plus maligne que vous tous !

Violante s'approcha de Mo et lui prit le bras.

– Range ce couteau ! lui chuchota-t-elle, le Geai bleu ne mourra pas dans ce château. Je ne veux pas avoir à entendre cette chanson-là. Suis-moi.

Elle fit signe au soldat qui se trouvait derrière Mo, un grand gaillard aux épaules carrées qui n'avait pas l'air de s'être servi souvent de l'épée qu'il avait à la main, et se faufila entre les cercueils de pierre. Ce n'était sans doute pas la première fois qu'elle devait cacher quelque chose à son fils. Sous la voûte étaient alignés une douzaine de cercueils. Sur la plupart d'entre eux étaient sculptés des gisants, l'épée sur la poitrine, des chiens à leurs pieds, des coussins de marbre ou de granit sous la tête. Violante les dépassa sans leur accorder un regard et s'arrêta devant un cercueil dont le couvercle tout simple était fendu juste au milieu. Comme si le défunt avait tenté de l'ouvrir.

– Si le Geai bleu n'est pas là, nous allons faire un peu peur à Balbulus, d'accord ? Nous retournons le voir et tu laisses le feu lécher un peu ses livres !

Jacopo prononçait le nom de Balbulus avec jalousie, comme s'il parlait d'un grand frère que sa mère lui préférait.

Le jeune visage du soldat rougit sous l'effort quand il repoussa le couvercle du cercueil. Mo, qui avait gardé son couteau à la main, s'introduisit dans le sarcophage. Il était vide, mais Mo eut néanmoins du mal à respirer quand il s'allongea dans l'espace froid et étroit. À l'évidence, le cercueil avait été conçu pour un homme plus petit. Violante avait-elle fait disparaître ses os pour pouvoir y cacher ses espions ? Lorsque le soldat remit le couvercle fendu en place, l'obscurité devint presque totale. Seuls quelques trous en forme de fleur laissaient passer un peu d'air et de lumière. «Respire, Mo, calmement. » Il ne lâchait pas le couteau. Dommage que les épées de pierre que tenaient les gisants ne puissent servir. « Tu crois vraiment que ça vaut le coup de risquer ta vie pour quelques peaux de chèvre peintes ? » lui avait demandé Baptiste quand il l'avait prié de lui confectionner les habits et la ceinture.

« Oh, Mortimer, quel fou tu fais. Ce monde ne t'avait-il pas assez démontré combien il est dangereux ? » Mais les enluminures étaient si belles…

On frappa à la porte. Un verrou fut tiré. Les voix devinrent plus sonores. Des pas… Mo essaya de voir à travers les trous mais il ne distingua qu'un autre cercueil et l'ourlet noir de la robe de Violante, qui disparut quand elle s'éloigna. Non, ses yeux ne lui seraient d'aucun secours. Il laissa sa tête retomber sur la pierre froide. Sa respiration était bruyante. Y avait-il bruit plus suspect parmi les morts ? Ce n'était peut-être pas un hasard si Oiseau de Suie débarquait justement ce jour-là, chuchotait une voix en lui. Et si Violante n'avait fait que l'attendre ? « Toutes les filles n'aiment pas leur père. » Et si la Laide voulait faire un cadeau très exclusif à son père ? Regarde qui j'ai capturé pour toi ! Le Geai bleu. Il s'est déguisé en corneille. Qui s'imaginait-il duper de la sorte ?

– Votre Altesse !

La voix d'Oiseau de Suie résonnait sous la voûte, comme s'il était tout près du cercueil dans lequel se trouvait Mo.

– Pardonnez-moi de vous déranger dans votre deuil, mais votre fils voulait absolument que je rencontre un de vos visiteurs. Il croit que c'est une de mes vieilles connaissances, un homme très dangereux.

– Un visiteur ? reprit Violante d'une voix aussi glaciale que la pierre sous la tête de Mo. Le seul visiteur présent ici, c'est la mort contre laquelle il n'est nul besoin de me mettre en garde, vous ne pensez pas ?

Oiseau de Suie eut un rire gêné.

– Bien sûr, mais Jacopo m'a parlé d'un visiteur en chair et en os, un relieur, grand, cheveux bruns…

– Balbulus a reçu un relieur aujourd'hui, répondit Violante. Cela fait longtemps qu'il cherche un artisan plus compétent que les relieurs d'Ombra.

Quel était ce bruit ? Jacopo sautait sur les dalles, bien sûr. Il lui arrivait donc de jouer comme les autres enfants. Le bruit se rapprocha. La tentation était grande de se lever. Ce n'était pas facile de rester immobile, comme un mort, quand on respirait encore. Mo ferma les yeux pour ne pas voir la pierre autour de lui. « Respire, Mortimer, aussi légèrement que possible, en silence, comme le font les fées. »

Le bruit cessa, tout près de lui.

– Tu l'as caché !

La voix de Jacopo lui parvint comme si ces paroles lui étaient adressées, à lui seul.

– Si on regardait dans les cercueils ? suggéra Jacopo.

Cette idée semblait lui plaire, mais Oiseau de Suie émit un rire nerveux.

– Ce ne sera pas nécessaire si nous expliquons à ta mère à qui elle a affaire. Ce relieur pourrait bien être l'homme que votre père recherche si désespérément…

– Le Geai bleu ? Le Geai bleu ici au château ? s'exclama Violante d'une voix si incrédule que même Mo crut à son étonnement. Mais bien sûr ! Je n'ai pas arrêté de répéter à mon père qu'un jour, l'audace de ce brigand lui serait fatale ! Ne t'avise pas d'en parler au Gringalet ! Je veux capturer le Geai bleu pour que mon père comprenne enfin à qui revient le trône d'Ombra ! As-tu renforcé la garde ? As-tu envoyé des soldats dans l'atelier de Balbulus ?

– Euh, non… (Oiseau de Suie semblait troublé.) Mais… il n'est plus chez Balbulus, il…

– Quoi ? Imbécile ! s'écria Violante d'une voix aussi cinglante que celle de son père. Qu'on abaisse la herse. Immédiatement ! Si mon père apprend que le Geai bleu était au château, dans ma bibliothèque, et en est reparti sans être inquiété…

Ses paroles résonnaient comme une menace. Oh, oui, elle était maligne, son fils avait raison.

– Sandro ! (Ce devait être un de ses soldats.) Dis à la sentinelle de la porte principale d'abaisser la herse. Que personne ne quitte le château. Personne, tu entends ? Espérons qu'il n'est pas trop tard ! Jacopo !

– Oui ?

La peur et le défi se mêlaient dans la voix claire, ainsi qu'un soupçon de méfiance.

– Où le Geai bleu pourrait-il se cacher une fois la porte

fermée ? Tu connais toutes les cachettes de ce château, n'est-ce pas ?

– Bien sûr ! Je peux te les montrer toutes.

Jacopo avait l'air flatté.

– Bien ! Va chercher trois des gardes dans la salle du trône et montre-leur les meilleures cachettes que tu connais. Je vais parler à Balbulus. Le Geai bleu ! Dans mon château !

Oiseau de Suie balbutia quelques mots. Violante l'interrompit rudement et lui ordonna de la suivre. Les pas et les voix s'éloignèrent. Mais, pendant un moment encore, Mo crut les entendre résonner sur l'interminable série de marches qui ramenaient à la surface, loin des morts, dans le monde des vivants, à la lumière du jour où l'on pouvait enfin respirer… Même après que tout fut redevenu silencieux, il resta allongé, anxieux, prêtant l'oreille, jusqu'à ce qu'il ait le sentiment d'entendre les morts respirer. Alors, il tenta de repousser des deux mains le couvercle de pierre… et s'empressa de saisir son couteau en entendant de nouveau des pas.

– Le Geai bleu !

Ce n'était qu'un murmure. Le couvercle fendu glissa sur le côté et le soldat qui l'avait aidé à s'installer dans la cachette lui tendit la main.

– Nous devons nous dépêcher ! chuchota-t-il. Le Gringalet a déclenché l'alarme. Il y a des gardes partout, mais Violante connaît des accès au château que même Jacopo n'a pas encore trouvés. Espérons-le, ajouta-t-il.

Mo, son couteau toujours à la main, s'extirpa du sarcophage, les jambes engourdies.

Le garçon écarquilla les yeux.

– Combien en avez-vous tués ?

Il y avait un certain respect dans sa voix. Comme si le meurtre était un art comparable à celui de Balbulus. Quel âge pouvait-il avoir ? Quatorze ans ? Quinze ans ? Il avait l'air plus jeune que Farid. Combien ? Que pouvait-il répondre ? Quelques mois plus tôt, la réponse aurait été facile, une question aussi absurde l'aurait même fait rire. Il se contenta de dire :

– Pas autant qu'il y a de morts ici.

Sans être certain que ce soit la vérité.

Le garçon examinait les cercueils, comme s'il les comptait.

– C'est facile ?

À son regard curieux, on devinait qu'il ne connaissait pas la réponse à sa question, malgré l'épée à son flanc et la cuirasse sur sa poitrine.

« Oui, pensa Mo. Oui, c'est facile, quand tu as tout à coup un deuxième cœur dans la poitrine, un cœur froid et tranchant comme l'épée que tu portes. Un peu de haine et de colère, quelques semaines de peur et de fureur impuissante, et déjà cela monte en toi et te donne le rythme quand il s'agit de tuer, vite, sauvagement. Et ton autre cœur, celui qui est tendre et chaud, tu ne le retrouves que plus tard. Il frémit à l'idée de ce que le rythme de l'autre t'a fait faire. Il souffre et tremble... après. »

Le garçon le regardait toujours.

– C'est trop facile, dit Mo. Mourir est plus dur.

Même si le sourire de Cosimo semblait suggérer autre chose.

– Mais tu as dit que nous devions nous dépêcher, non ?

Le garçon rougit sous son casque étincelant.

– Oui... oui, bien sûr.

Devant une niche, un lion en pierre montait la garde, le

blason d'Ombra sur la poitrine – sans doute le seul exemplaire que le Gringalet n'ait pas fait détruire. Le soldat passa son épée entre les dents du lion et le mur de la crypte s'ouvrit juste assez pour laisser passer un homme. Fenoglio n'avait-il pas décrit cet accès ? Des mots revenaient à la mémoire de Mo, des mots lus il y avait bien longtemps, qui parlaient de ce passage… il avait sauvé la vie d'un des ancêtres de Cosimo. « Les mots viennent à nouveau au secours du Geai bleu, pensa-t-il. Pourquoi pas ? Les mots lui ont donné vie. » Il passa la main sur la pierre comme pour s'assurer que les murs du caveau n'étaient pas faits que de papier.

– Le passage débouche au-dessus du château, lui chuchota le garçon. Violante n'a pas pu faire sortir votre cheval des écuries. C'était trop dangereux. Il y en a un autre qui vous attend là-bas. La forêt sera pleine de soldats, faites attention ! Je dois vous remettre ceci.

Mo passa la main dans les sacoches qu'il lui tendait. Des livres.

– Violante vous fait dire que c'est un cadeau pour vous, dans l'espoir que vous conclurez avec elle une alliance.

Le passage était interminable, presque aussi étroit et oppressant que le sarcophage ; Mo fut soulagé de revoir enfin la lumière du jour. La sortie n'était qu'une fente entre des rochers. Le cheval l'attendait sous les arbres. En contrebas, il aperçut le château d'Ombra, les sentinelles sur les murailles, les soldats qui se précipitaient en masse à travers les portes de la ville comme un essaim de sauterelles. Oui, il allait devoir être très prudent. Néanmoins, il fouilla dans les sacoches, se cacha entre les rochers et ouvrit un des livres.

10
Comme si de rien n'était

Que la terre est cruelle, les saules brillent
Les bouleaux se plient et soupirent.
Qu'elle est cruelle, et infiniment tendre.

Louise Glück, *Lament*

Farid tenait la main de Meggie, blottie contre son épaule,
et lui murmurait que tout allait s'arranger. Mais le Prince
noir n'était toujours pas rentré et les corneilles que Gecko
avait envoyées aux nouvelles disaient toutes la même
chose que Doria, le plus jeune frère de l'hercule (Doria
espionnait pour le compte des brigands depuis que, grâce à
Monseigneur, la potence lui avait été épargnée, à lui et
à son ami) : l'alarme avait été déclenchée au château,
ils avaient abaissé la herse et les gardes de la porte se vantaient que la tête du Geai bleu serait bientôt accrochée
aux créneaux du château d'Ombra. L'hercule avait mis
Meggie et Resa à l'abri dans le campement des brigands,
bien qu'elles aient toutes deux exprimé le souhait de
retourner à Ombra.

– Le Geai bleu l'aurait voulu ainsi ! s'était-il contenté de dire.

Le Prince noir s'était rendu avec Baptiste à la ferme qui était devenue leur demeure durant les dernières semaines, des semaines de bonheur, si paisibles, dans le monde de Fenoglio qui l'était si peu.

– Nous allons chercher vos affaires, avait répondu le Prince quand Resa lui avait demandé ce qu'il voulait faire là-bas, vous ne pouvez pas y retourner.

Ni Resa ni Meggie ne demandèrent pourquoi. Elles connaissaient la réponse : le Gringalet allait interroger le Geai bleu et personne ne pouvait être sûr que Mo ne révélerait pas à un moment ou à un autre où il s'était caché les dernières semaines. Les brigands, eux aussi, changèrent leur campement de place quelques heures après avoir eu vent de la capture de Mo.

– Le Gringalet dispose de quelques tortionnaires très doués, fit remarquer Monseigneur.

Resa alla s'asseoir sous les arbres et cacha son visage dans ses mains.

Fenoglio, lui, était resté à Ombra.

– Je serai peut-être autorisé à aller voir Violante, et cette nuit, Minerve travaille aux cuisines du château. Elle apprendra peut-être quelque chose, je vais faire ce que je peux, Meggie ! lui avait-il assuré avant son départ.

– Tu parles ! Il va aller se coucher et boire ses deux pichets de vin, avait déclaré Farid avant de se taire, penaud, quand Meggie s'était mise à pleurer.

Pourquoi donc avait-elle laissé Mo aller à Ombra ? Si seulement elle était entrée avec lui au château ! Mais elle avait voulu rester avec Farid. Dans les yeux de sa mère, elle lisait le même reproche : toi seule, Meggie, aurais pu l'en empêcher.

Quand le soir tomba, Jambe de Bois – sa jambe raide lui avait valu ce surnom – leur apporta quelque chose à manger. Ce n'était pas le plus rapide des brigands, mais il était bon cuisinier. Mais ni Meggie ni Resa ne purent avaler une bouchée. Le froid tomba et Farid essaya de convaincre la jeune fille de venir s'asseoir avec lui près du feu, mais elle se contenta de secouer la tête. Elle voulait rester dans l'obscurité, seule avec elle-même. L'hercule lui apporta une couverture. Son frère Doria l'accompagnait.

– Il ne vaut rien pour le braconnage mais c'est un espion de première classe, lui avait murmuré l'hercule.

Les deux frères avaient les mêmes cheveux bruns et Doria était très fort pour son âge (ce qui rendait Farid jaloux), mais ils ne se ressemblaient guère. Farid n'était pas très grand, alors que Doria arrivait à l'épaule de son frère aîné ; il avait les yeux bleus comme la peau des fées de Fenoglio ; ceux de l'hercule étaient marron foncé.

– Nous avons deux pères différents, avait expliqué l'hercule à Meggie qui s'étonnait de leur peu de ressemblance, mais ils ne valent pas mieux l'un que l'autre.

– Ne t'inquiète pas, lui dit Doria.

Il avait une voix très virile pour son âge. Meggie leva la tête. Il remonta la couverture que son frère avait apportée autour des épaules de Meggie et recula, gêné, quand elle leva les yeux vers lui, mais sans éviter son regard. Doria regardait tout le monde dans les yeux, même Monseigneur devant lequel la plupart rentraient la tête dans les épaules.

– Il n'arrivera rien à ton père, crois-moi. Il les vaincra tous, le Gringalet, Tête de Vipère et le Fifre.

– Quand ils l'auront pendu ? demanda Meggie.

Sa voix vibrait d'amertume, mais Doria se contenta de hausser les épaules.

– Bien sûr que non ! Moi aussi, ils voulaient me pendre. Il est le Geai bleu ! Lui et le Prince noir nous sauveront tous. Tu verras.

Il parlait comme si les choses ne pouvaient se passer autrement. Comme si lui seul avait lu l'histoire de Fenoglio jusqu'au bout. Mais Monseigneur, qui était assis sous les arbres, à quelques mètres de là, avec Gecko, émit un petit rire narquois.

– Ton frère est aussi bête que toi, lança-t-il à l'hercule. Malheureusement pour lui, il n'a pas ta force, c'est pourquoi il ne fera pas de vieux os. Le Geai bleu, c'est fini ! Et qu'est-ce qu'il nous laisse en héritage ? L'immortel Tête de Vipère !

L'hercule serra les poings, prêt à se précipiter sur Monseigneur, mais Doria le retint. Ce qui n'empêcha pas Gecko de tirer son couteau et de se diriger vers l'hercule, l'air menaçant – les deux hommes se disputaient souvent – mais, soudain, ils levèrent ensemble la tête et tendirent l'oreille. Dans le chêne au-dessus d'eux, un geai jasa.

– Il est revenu ! Meggie ! Il est revenu !

Farid descendit si précipitamment de son poste d'observation qu'il faillit perdre l'équilibre. Le feu s'était éteint, seules les étoiles éclairaient la gorge sombre dans laquelle les brigands avaient installé leur nouveau campement, et Meggie ne reconnut Mo, accompagné du Prince noir, qu'à l'instant où Jambe de Bois boitilla à leur rencontre avec une torche. Baptiste les accompagnait. Tous sains et saufs… Doria se tourna vers Meggie. « Alors, la fille

131

du Geai bleu, semblait dire son sourire, n'avais-je pas raison ? »

Resa se leva d'un bond et se prit les pieds dans la couverture que l'hercule lui avait apportée, avant de se frayer un chemin entre les brigands qui entouraient Mo et le Prince. Meggie la suivit. C'était trop beau pour être vrai : elle avait l'impression de rêver. Mo portait toujours les habits noirs que Baptiste lui avait confectionnés. Il avait l'air fatigué mais indemne.

– Tout va bien. Tout va bien ! l'entendit-elle chuchoter alors qu'il embrassait les joues couvertes de larmes de sa mère.

Quand il vit Meggie, il lui sourit simplement, comme s'il rentrait d'une petite tournée de restauration de livres et non d'un château où l'on avait voulu le tuer.

– Je t'ai rapporté quelque chose, dit-il.

Mais quand il la serra contre lui à l'étouffer, Meggie comprit qu'il avait eu aussi peur qu'elle.

– Laissez-le tranquille ! lança le Prince noir à ses hommes.

Ceux-ci entouraient Mo, impatients de savoir comment le Geai bleu, après s'être évadé du château de la Nuit, avait pu cette fois sortir du château d'Ombra.

– Il vous racontera tout demain. Doublez la garde !

Ils obéirent à contrecœur et retournèrent s'asseoir en maugréant autour du feu presque éteint. Certains disparurent dans les tentes rafistolées avec des morceaux de tissu et de vieux vêtements, qui n'offraient qu'un abri précaire par les nuits toujours plus froides. Mais Mo fit signe à Meggie et Resa de le suivre jusqu'à son cheval (ce n'était pas le même que celui qu'il avait au départ) et fouilla dans les sacoches. Il en tira deux livres, délicatement, comme si c'étaient des êtres vivants. Il en donna un à Resa, un autre à Meggie, et ne put s'empêcher de rire quand la jeune fille le lui prit des mains si brusquement qu'elle faillit le laisser tomber.

– Cela fait longtemps que nous n'avons pas eu de livre entre les mains, toi et moi, n'est-ce pas ? chuchota-t-il d'un air de conspirateur. Ouvre-le. Je te jure que tu n'as jamais rien vu d'aussi beau.

Resa aussi avait pris le livre qu'il lui avait tendu, mais elle ne le regarda même pas.

– Fenoglio a raconté que cet enlumineur a joué le rôle d'appât, dit-elle d'une voix éteinte. Il a dit qu'ils t'ont arrêté dans son atelier.

– Ce n'était pas ce qu'on a pu croire. Tu vois bien qu'il ne m'est rien arrivé. Sinon, je ne serais pas là !

Mo n'en dit pas plus et Resa ne posa plus de questions. Elle resta silencieuse quand Mo s'assit dans l'herbe devant les chevaux et attira Meggie près de lui.

– Farid ? s'écria-t-il.

Farid planta là Baptiste, à qui il essayait visiblement de tirer les vers du nez et, arborant la même expression admirative que Doria, se dirigea vers Mo.

– Tu peux faire de la lumière ? lui demanda Mo.

Le garçon s'accroupit entre eux et fit danser le feu entre ses mains. Meggie voyait bien qu'il ne comprenait pas que le Geai bleu n'ait rien de mieux à faire que de montrer un livre à sa fille, alors qu'il venait d'échapper aux soldats du Gringalet.

– As-tu déjà vu quelque chose d'aussi beau, Meggie ? lui chuchota Mo quand elle passa le doigt sur une des feuilles dorées. En dehors des fées, bien sûr, ajouta-t-il avec un sourire quand l'une d'entre elles, d'un bleu délavé comme le ciel de Balbulus, se posa avec nonchalance à côté d'eux.

Mo la chassa comme Doigt de Poussière le faisait toujours : en soufflant doucement entre ses ailes chatoyantes. Meggie se pencha avec lui au-dessus des pages du livre et oublia la peur qu'elle avait eue pour lui. Elle oublia Monseigneur, et même Farid qui n'avait pas un regard pour ce qui la fascinait tant : des lettres couleur sépia, si aériennes qu'on eût dit que Balbulus les avait posées sur le papier dans un souffle, les dragons et les oiseaux au long cou qui se dressaient en haut des pages, les lettrines dessinées à la feuille d'or, tels des boutons brillants entre les mots… Et les mots dansaient avec les images, les images chantaient pour les mots, chantaient leur chanson bariolée.

– C'est la Laide ? demanda Meggie en posant le doigt sur une silhouette de femme aux traits d'une grande finesse.

Elle se tenait entre les lignes, mince, le visage à peine plus gros que l'ongle du petit doigt de Meggie et pourtant, on pouvait distinguer la tache sur sa joue.

– Oui. Balbulus a veillé à ce qu'on la reconnaisse encore dans des centaines de siècles, précisa Mo en lui montrant le nom que l'enlumineur avait écrit à la peinture bleu foncé, de manière lisible, au-dessus de la minuscule tête : Violante. (Le V avait une bordure en or de la finesse d'un cheveu.) Je l'ai rencontrée aujourd'hui. Je trouve qu'elle ne mérite pas son surnom, poursuivit Mo. Elle est un peu trop pâle et je crois qu'elle peut être très rancunière. Mais elle est courageuse.

Une feuille tomba sur le livre ouvert. Mo voulut l'enlever mais elle s'accrocha à son doigt avec ses tout petits bras.

– Tiens, tiens, fit Mo en la regardant de plus près. N'est-ce pas là un des hommes-feuilles d'Orphée ? Apparemment, ses créatures se répandent vite.

– Et elles sont rarement sympathiques, ajouta Farid. Fais attention, ceux-là, ils crachent.

– Vraiment ?

Mo émit un petit rire et chassa l'homme-feuille au moment où il s'apprêtait à lui cracher dessus. Resa suivit des yeux la drôle de créature… et se leva brusquement.

– Ce ne sont que mensonges ! s'exclama-t-elle d'une voix qui, à chaque mot, tremblait un peu plus. Toute cette soi-disant beauté, mensonges ! Elle est censée nous faire oublier l'obscurité de ce monde, tout le malheur… et la mort.

Mo posa le livre sur les genoux de Meggie et se leva, mais Resa se détourna.

– Ceci n'est pas notre histoire ! lança-t-elle, assez fort pour que quelques brigands se tournent vers elle. Elle nous épuise le cœur avec tous ces sortilèges. Je veux rentrer à la maison. Je veux oublier ce cauchemar, n'y repenser qu'une fois allongée sur le canapé d'Elinor !

Gecko la regardait avec curiosité, tandis que sa corneille essayait de chiper un morceau de viande dans sa main. Monseigneur tendait l'oreille, lui aussi.

– Nous ne pouvons pas rentrer, Resa, dit Mo en baissant la voix. Fenoglio n'écrit plus, l'as-tu oublié ? Et on ne peut se fier à Orphée.

– Fenoglio essaiera de nous renvoyer dans notre monde si tu le lui demandes. Il te doit bien ça ! Je t'en prie, Mo ! Ici, ça ne peut que mal finir !

Mo regarda Meggie, toujours accroupie à côté de Farid

avec le livre de Balbulus sur les genoux. Qu'espérait-il donc ? Qu'elle contredise sa mère ? Farid lança à Resa un regard peu amène et éteignit le feu entre ses doigts.

– Langue Magique ?

Mo se tourna vers lui. Il avait désormais beaucoup de noms. Comment était-ce quand il n'était que Mo ? Meggie l'avait oublié.

– Il faut que je rentre. Que dois-je dire à Orphée ? demanda le garçon en regardant Mo d'un air presque implorant. Tu lui parleras des Femmes blanches ?

Son visage s'empourpra de nouveau… cet espoir fou !

– Je te l'ai déjà dit. Il n'y a rien à raconter, répondit Mo.

Farid baissa la tête et contempla ses mains couvertes de suie comme si Mo lui avait enlevé tout espoir, jusqu'au bout des doigts. Il se leva. Il marchait toujours pieds nus, bien qu'il y ait parfois du gel la nuit.

– À bientôt, Meggie, murmura-t-il en lui donnant un baiser furtif.

Puis il fit demi-tour sans rien ajouter. En le voyant grimper sur son âne, Meggie sentit qu'il lui manquait déjà. Oui. Il vaudrait peut-être mieux qu'ils rentrent… Elle sursauta quand Mo lui posa la main sur l'épaule.

– Quand tu auras fini de le regarder, enveloppe le livre dans un morceau de tissu, lui recommanda-t-il. Les nuits sont fraîches.

Puis il passa devant Resa et se dirigea vers les brigands qui, assis en silence autour du feu, semblaient l'attendre. Resa resta immobile, les yeux fixés sur le livre qu'elle tenait, comme s'il s'agissait du livre qui l'avait emportée plus de dix ans plus tôt, comme si sa main lui était étrangère. Puis elle se tourna vers Meggie.

– Et toi, que veux-tu faire ? demanda-t-elle. Tu veux rester ici, comme ton père ? Tes amies ne te manquent donc
pas, et Elinor, et Darius ? Ton lit chaud, sans puces, le café
au bord du lac, les rues paisibles ?

Meggie aurait tant aimé lui donner la réponse qu'elle
attendait ! Mais elle en était incapable.

– Je ne sais pas, répondit-elle à voix basse.

Et c'était la vérité.

11
Malade de nostalgie

Âme, cours ton risque,
Être avec la Mort
Vaudrait mieux qu'avec toi ne pas être

Emily Dickinson, *Quatrains et autres poèmes brefs*

Elinor avait lu une multitude d'histoires dans lesquelles, un jour ou l'autre, le personnage principal était si malheureux qu'il en tombait malade. Elle avait toujours trouvé cette idée très romantique, mais l'avait écartée, considérant que c'était une pure invention de l'univers des livres. Tous ces héros et ces héroïnes qui rendaient l'âme tout d'un coup, à cause d'un amour malheureux ou parce qu'ils avaient la nostalgie de quelque chose qu'ils avaient perdu ! Elinor, en bonne lectrice, avait toujours pris part avec le plus grand plaisir à leur souffrance. Car c'était exactement ce qu'on cherchait dans les livres : les grands sentiments jamais ressentis, que l'on pouvait laisser derrière soi en refermant le volume quand la lecture devenait trop pénible. La mort et la désolation semblaient délicieusement vraies lorsque quelqu'un trouvait les mots justes pour les évoquer, et l'on pouvait les savourer à volonté pour les oublier ensuite, sans risque, entre les pages.

Oui, Elinor s'était complu dans la souffrance décrite dans les livres ; elle n'avait jamais pensé que dans sa vraie vie, terne et monotone comme elle l'avait été pendant des années, son cœur puisse connaître un jour une douleur comparable. « Maintenant, tu paies le prix, Elinor ! se disait-elle parfois. Tu paies le prix du bonheur de ces derniers mois. Les livres ne t'ont-ils pas appris que le bonheur a un prix ? » Comment avait-elle pu croire qu'elle pourrait si facilement le trouver et le garder ? Stupide. Stupide Elinor.

Quand elle commença à ne plus avoir envie de se lever le matin, que de plus en plus souvent son cœur se mit à faire des siennes, comme s'il était trop fatigué pour battre régulièrement, qu'elle cessa d'avoir de l'appétit au petit déjeuner (alors qu'elle avait toujours dit que le petit déjeuner était le repas le plus important de la journée) et que Darius, avec son air de chien battu, vint de plus en plus souvent prendre de ses nouvelles, elle commença à se demander si on ne pouvait pas vraiment, en dehors des livres, tomber malade de nostalgie. Ne sentait-elle pas en effet, au plus profond d'elle-même, que c'était cela qui lui enlevait la force et le goût, voire le plaisir de lire ? La nostalgie…

Darius lui proposa de voyager, de se rendre à des ventes aux enchères, dans des librairies célèbres où elle n'était plus allée depuis longtemps. Il lui fit une liste de livres qui manquaient dans sa bibliothèque, des listes que, un an plus tôt, Elinor aurait consultées avec un plaisir fébrile. Mais à présent, ses yeux effleuraient les titres, indifférents, comme si elle lisait une banale liste de courses. Où était-il passé, son amour pour les pages imprimées et les volumes précieux, pour les mots tracés sur le parchemin ou imprimés sur le papier ? Qu'étaient devenus l'émotion qu'elle ressentait jadis à la vue de ses livres, le besoin de caresser doucement leur dos, de les ouvrir et de se perdre en eux ? C'était comme si son cœur ne pouvait plus apprécier, sentir, comme si la douleur l'avait rendue insensible à tout ce qui n'était pas la nostalgie qu'elle avait de Meggie et de ses parents. Oh, oui, Elinor avait compris maintenant que la nostalgie des livres n'est rien à côté de la douleur d'être séparé de ceux que l'on aime. Les livres parlaient de ce sentiment-là. Les livres parlaient de l'amour et c'était merveilleux de les écouter, mais ils ne pouvaient remplacer ce dont ils parlaient. Ils ne pouvaient embrasser comme Meggie, vous étreindre comme Resa, rire comme Mortimer. Pauvres livres, pauvre Elinor.

Elle commença à rester des journées entières au lit. Elle mangeait tantôt pas assez, tantôt trop. Elle avait des palpitations, mal à l'estomac, à la tête. Elle était grincheuse, absente, se mettait à pleurer à la moindre histoire sentimentale – car elle continuait à lire quand même. Que pouvait-elle faire d'autre ? Elle lisait, lisait, mais elle se goinfrait de mots comme un enfant de chocolats. Ce n'était pas mauvais, mais elle était toujours aussi malheureuse. Et l'horrible chien d'Orphée, couché au pied de son lit, bavait sur son tapis et la regardait de ses grands yeux tristes. Il semblait être la seule créature en ce monde qui puisse comprendre son chagrin.

Ce n'était peut-être pas tout à fait vrai. Darius devait ressentir lui aussi le chagrin qui la submergeait.

– Elinor ! Tu ne veux pas faire une petite promenade ? demandait-il quand il lui apportait le petit déjeuner au lit parce qu'à midi elle n'était toujours pas descendue dans la cuisine. Elinor, regarde, j'ai découvert cette magnifique édition d'*Ivanhoé* dans un de tes catalogues. Si nous allions la voir ? Ce n'est pas loin d'ici.

Ou encore, comme il y a quelques jours :

– Elinor, je t'en supplie, va voir un médecin, tu ne peux pas rester comme ça !

– Un médecin ? avait-elle rétorqué au pauvre garçon. Que veux-tu que je lui raconte ? Oui, docteur, c'est mon cœur. Il a la nostalgie idiote de trois personnes qui se sont perdues dans un livre. Vous avez des médicaments pour soigner ça ?

Évidemment, Darius n'avait rien répondu. Il avait déposé près de son lit, entre les montagnes de livres qui s'amoncelaient sur sa table de nuit, le thé qu'il lui avait apporté, avec du miel et du citron, comme elle l'aimait, et était redescendu, si triste qu'Elinor en avait eu mauvaise conscience. Mais elle ne s'était pas levée.

Elle resta encore trois jours au lit et quand, le quatrième jour, elle se glissa dans sa bibliothèque en robe de chambre et chemise de nuit pour faire provision de lectures, elle tomba sur Darius, tenant à la main la feuille qui avait expédié Orphée dans le monde où Resa, Meggie et Mortimer se trouvaient toujours.

– Qu'est-ce que tu fais là ? demanda Elinor, stupéfaite. Personne ne touche à cette feuille, compris ? Personne !

Darius remit la feuille à sa place et essuya la vitrine avec sa manche.

– Je l'ai juste regardée, dit-il d'une voix douce. Orphée

n'écrit vraiment pas mal… Même si ça ressemble beaucoup au style de Fenoglio.

– C'est bien pour ça qu'on ne peut guère parler d'écriture, constata Elinor d'un air méprisant. C'est un parasite. Un pou dans la fourrure d'autres écrivains, sauf qu'il ne se nourrit pas de leur sang, mais de leurs mots… Jusqu'à son nom, qu'il a volé à un autre poète. Orphée !

– Oui, tu as sûrement raison, dit Darius en refermant la vitrine avec précaution. Mais tu devrais plutôt le traiter de faussaire. Il imite le style de Fenoglio si parfaitement qu'au premier coup d'œil on remarque à peine la différence. Ce serait intéressant de voir comment il écrit quand il doit travailler sans modèle. Est-il capable de produire ses propres images ? Des images qui ne sont pas celles d'un autre ?

Darius regarda les mots à travers la vitre, comme s'ils pouvaient lui donner la réponse.

– Que veux-tu que ça me fasse ? Je souhaite qu'il soit mort, mort et piétiné.

Elinor s'approcha des étagères, l'air furieux, et attrapa une demi-douzaine de livres en guise de provisions pour la journée morose de plus qu'elle passerait au lit.

– Oui, piétiné ! Par un géant. Ou non, attends ! Encore mieux : je souhaite que sa langue envoûtante lui sorte de la bouche, toute bleue, parce qu'ils l'auront pendu !

Un sourire apparut sur le visage de hibou de Darius.

– Elinor, Elinor ! dit-il. Je crois que tu pourrais apprendre la peur à Tête de Vipère lui-même. Même si Resa racontait toujours qu'il n'avait peur de rien.

– Bien sûr que je pourrais ! répliqua-t-elle. À côté de moi, les Femmes blanches sont une troupe de sœurs de la

Miséricorde ! Mais je vais passer la fin de ma vie dans une histoire dans laquelle il n'est d'autre rôle pour moi que celui de la vieille extravagante !

Darius ne répondit pas. Mais quand Elinor redescendit le soir pour chercher un autre livre, il était de nouveau devant la vitrine en train de regarder les mots d'Orphée.

12
Au service d'Orphée

Que le vers soit comme une clef
Qui ouvre mille portes.
Une feuille tombe ; quelque chose vole ;
Que tout ce que voient les yeux soit créé,
Et que l'âme de celui qui écoute en tremble toujours.

Vicente Huidobro, *Art poétique*

Bien entendu, la porte d'Ombra était fermée quand Farid engagea son âne têtu dans le dernier tournant. Un croissant de lune brillait sur les tours du château et les gardes tuaient le temps en lançant des pierres sur les squelettes qui se balançaient aux potences devant les remparts. Le Gringalet avait interdit de les décrocher même si, par égard pour son nez sensible, les potences n'étaient plus utilisées. Il devait trouver qu'une potence vide était un spectacle trop rassurant pour ses sujets.

– Voyons qui va là ? grommela un des gardes, un grand maigre qui s'accrochait à sa lance comme si ses jambes n'arrivaient pas à le porter. Regardez-moi le petit basané, lança-t-il en attrapant rudement les rênes de Farid, qui se promène tout seul avec son âne en pleine nuit ! Tu n'as pas peur que le Geai bleu te le subtilise ? Figure-toi qu'il a dû abandonner son cheval au château ; un âne pourrait lui être utile. Et toi, il te donnera en pâture à l'ours du Prince noir !

– Je me suis laissé dire que l'ours ne mange que des cuirassiers, parce qu'ils croquent délicieusement sous la dent, rétorqua Farid en portant par prudence sa main à son couteau.

Il était trop fatigué pour se montrer servile… et le fait que le Geai bleu ait réussi à sortir indemne du château du Gringalet lui donnait de l'audace. Langue Magique… Il l'appelait de plus en plus souvent ainsi. Bien que Meggie entrât en fureur chaque fois qu'elle l'entendait.

– Écoute-moi ce petit morveux, Rizzo ! lança le garde à l'autre sentinelle. Si ça se trouve, il a lui-même volé cet âne pour le brader aux charcutiers avant que la malheureuse bête ne s'écroule, morte, sous son poids.

Rizzo s'approcha en grimaçant et leva sa lance jusqu'à ce que l'horrible pointe vienne toucher la poitrine de Farid.

– Je le connais, dit-il. (Il lui manquait deux dents de devant, ce qui lui donnait une élocution sifflante.) Je l'ai déjà vu plusieurs fois cracher le feu sur le marché. Ce n'est pas toi qui as appris le métier auprès du danseur de feu ?

– Oui. Et alors ?

Farid avait l'estomac serré chaque fois que quelqu'un mentionnait Doigt de Poussière.

– Et alors ? répéta Rizzo en poussant sa lance contre la poitrine du garçon. Descends de ton âne branlant et distraisnous. Après ça, nous te laisserons peut-être entrer dans la ville.

Ils finirent par lui ouvrir la porte, après qu'il eut, pendant presque une heure, transformé pour eux la nuit en jour et fait naître des fleurs de feu, comme le lui avait appris Doigt de Poussière. Farid aimait toujours les flammes, même si leurs voix crépitantes lui rappelaient douloureusement celui qui lui avait tout appris. Mais il ne les faisait plus danser que pour lui seul, jamais en public. Les flammes étaient la seule chose qui lui restait de Doigt de Poussière, et parfois, quand son absence se faisait trop cruellement sentir, il écrivait son nom en lettres de feu sur n'importe quel mur d'Ombra et regardait les lettres jusqu'à ce qu'elles s'éteignent et le laissent seul, comme l'avait fait son maître.

La nuit, depuis qu'elle avait perdu ses hommes, Ombra était silencieuse comme une ville morte. Mais ce soir-là, Farid tomba plusieurs fois sur des gardes. Le Geai bleu les avait dérangés dans leur sommeil et ils tournaient en rond, furieux comme un essaim de guêpes dans leur nid, comme si leur agitation allait faire revenir cet intrus insolent. Farid passa près d'eux en baissant la tête et fut content d'arriver enfin devant la maison d'Orphée.

C'était une maison somptueuse, l'une des plus belles d'Ombra, et la seule dans cette nuit agitée où une fenêtre était encore éclairée. Près de l'entrée, il y avait des torches allumées – Orphée avait peur des voleurs – qui, de leur lumière frémissante, animaient les visages de pierre grimaçants au-dessus du porche. Farid ne pouvait s'empêcher de frissonner chaque fois qu'il voyait leurs yeux exorbités et leurs bouches grandes ouvertes, leurs narines dilatées comme s'ils voulaient lui cracher dans la figure. Il essaya d'endormir les torches par un murmure, comme Doigt de Poussière l'avait si souvent fait, mais le feu ne lui obéissait pas. Cela lui arrivait de plus en plus souvent – à croire que le feu voulait lui rappeler qu'un élève dont le maître est mort restait pour toujours un élève.

Il était si fatigué ! Les chiens se mirent à aboyer quand il traversa la cour pour mener l'âne à l'écurie. Il était revenu au service d'Orphée. Il aurait pourtant préféré rester auprès de Meggie, la tête posée sur ses genoux, ou avec son père et le Prince noir autour du feu. Mais pour Doigt de Poussière, il revenait toujours.

Farid laissa Louve sortir du sac à dos et grimper sur son épaule, puis il leva les yeux vers les étoiles comme s'il pourrait y découvrir le visage balafré de Doigt de Poussière. Pourquoi ne lui apparaissait-il pas en rêve, pour lui révéler le secret de son possible retour ? Les morts ne faisaient-ils pas de telles choses, parfois, pour ceux qu'ils aimaient ? Ou Doigt de Poussière visitait-il seulement Roxane, comme il le lui avait promis, et sa fille ? Non. Si Brianna recevait la visite d'un mort, ce serait celle de Cosimo. Les autres servantes disaient qu'elle murmurait son nom dans son sommeil et qu'il lui arrivait de tendre la main vers lui, comme s'il était couché près d'elle.

« Peut-être qu'il ne m'apparaît pas en rêve parce qu'il sait que j'ai peur des esprits ! » pensa Farid en montant l'escalier qui menait à la porte de derrière. L'entrée principale de la maison, qui donnait directement sur la place, était réservée à Orphée et à ses clients de marque. Quant aux domestiques, ménestrels et fournisseurs, ils devaient se frayer un chemin à travers les détritus de la cour et faire tinter la cloche près de la porte, une porte quelconque dissimulée à l'arrière de la maison.

Farid sonna trois fois, sans le moindre écho. Par tous les démons du désert, où était passé Gros Lard ? Il n'avait rien d'autre à faire que d'ouvrir une porte de temps à autre. Ronflait-il une fois de plus comme un chien devant la chambre d'Orphée ? Quand le verrou fut enfin tiré, Farid ne découvrit pas Oss, mais Brianna. Depuis deux semaines, la fille de Doigt de Poussière était entrée au service d'Orphée, mais Tête de Camembert était sûrement loin de se douter de l'identité de la fille qui lui lavait son linge et frottait ses casseroles. Orphée était tellement aveugle !

Brianna ouvrit la porte sans un mot et Farid passa devant elle sans rien dire non plus. Il n'y avait pas de mots entre eux, hormis ceux qu'on ne prononçait pas : « Mon père est mort pour toi. C'est pour toi qu'il nous a laissées seules, uniquement pour toi. » Aux yeux de Brianna, il était responsable de chaque larme que versait sa mère ; elle le lui avait murmuré le premier jour qu'elle avait passé au service d'Orphée : « De chaque larme ! » Et cette fois encore, quand il lui tourna le dos, il crut sentir son regard sur sa nuque, comme une malédiction.

– Où as-tu été si longtemps ?

Oss l'attrapa au moment où il se faufilait dans la cave où se trouvait sa couche. Louve feula et disparut. La dernière fois qu'il lui avait donné un coup de pied, Oss avait failli lui casser les côtes.

– Il t'a réclamé une centaine de fois ! J'ai dû faire toutes les ruelles pour te chercher. Je n'ai pas dormi de la nuit, par ta faute !

– Et alors ? Tu dors bien assez !

Gros Lard le frappa au visage.

– Tais-toi, insolent ! Et presse-toi, ton maître t'attend.

Dans l'escalier qui menait aux étages, Farid croisa une servante. Elle rougit en le frôlant. Comment s'appelait-elle déjà ? Dana ? Elle était gentille, et chaque fois qu'Oss lui volait son repas, elle lui faisait toujours parvenir de délicieux morceaux de viande. Une fois, Farid l'avait embrassée dans la cuisine pour la remercier, mais elle était loin d'être aussi jolie que Meggie. Ou que Brianna.

— J'espère qu'il m'autorisera à te flanquer une raclée ! lui murmura Oss avant de frapper à la porte du bureau d'Orphée.

C'est ainsi qu'il avait baptisé la pièce, bien qu'il passât le plus clair de son temps à mettre la main sous les jupes des servantes ou à se goinfrer des mets copieux que la cuisinière devait lui préparer jour et nuit. Mais, cette nuit-là, il était effectivement à son pupitre, la tête penchée sur une feuille de papier, tandis que ses deux hommes de verre discutaient à voix basse pour savoir s'il valait mieux touiller l'encre de gauche à droite ou de droite à gauche. Jaspis et Éclat de Fer étaient frères, mais aussi différents que le jour et la nuit. Éclat de Fer, l'aîné, aimait faire la leçon à son frère et lui donner des ordres. Farid avait souvent envie de lui tordre son cou de verre. Il avait eu lui aussi deux frères aînés, et c'était une des raisons pour lesquelles il s'était enfui de chez lui pour aller retrouver les voleurs.

— Taisez-vous ! lança Orphée aux hommes de verre qui se querellaient. Vous êtes ridicules ! De gauche à droite, de droite à gauche ! Vous feriez mieux de faire attention de ne pas éclabousser mon pupitre avec votre encre, comme la dernière fois.

Éclat de Fer lança à Jaspis un regard accusateur. Si quelqu'un avait éclaboussé le pupitre d'Orphée, ce ne pouvait être que son petit frère ! Il se tut, furibond, tandis qu'Orphée posait de nouveau sa plume sur le papier.

« Farid, il faut que tu apprennes à lire ! » Meggie le lui avait assez répété. Elle lui avait appris quelques lettres, tant bien que mal, O comme ours, R comme Resa (« Tu vois, Farid, cette lettre est aussi dans ton nom ! »), M comme Meggie, F comme feu (N'était-ce pas formidable que son nom commence par la même lettre ?) et D… D comme Doigt de Poussière. Les autres, il les confondait toujours. Comment pouvait-on retenir tous ces étranges et minuscules griffonnages ? AOUIKTNP… Rien que de les voir, ça lui donnait mal à la tête, mais il devait apprendre à les lire ! Comment pourrait-il savoir, sinon, si Orphée essayait vraiment de faire revenir Doigt de Poussière ?

– Gribouillages, ce ne sont que des gribouillages !

Orphée écarta Jaspis en jurant quand le petit homme de verre s'approcha pour jeter du sable sur l'encre fraîche et, furieux, déchira la feuille en mille morceaux. Ce spectacle était familier à Farid. Orphée était rarement satisfait de ce qu'il écrivait. Il froissait, déchirait, jetait ce qu'il avait écrit dans le feu en jurant, menaçait les hommes de verre et buvait trop. Mais quand il était content de lui, c'était pire. Il se pavanait à travers Ombra, fier comme un paon, embrassait les servantes avec ses lèvres humides et prétentieuses et déclarait qu'il n'y en avait pas deux comme lui.

– Ils peuvent continuer à appeler le vieux Tisseur de Mots ! hurlait-il dans la maison, oui, ça lui va bien ! Ce n'est jamais qu'un artisan. Moi, je suis un magicien. Le magicien de l'encre, c'est ainsi qu'ils devraient m'appeler, et c'est ainsi qu'ils m'appelleront un jour !

Mais cette nuit-là, visiblement, le charme n'avait pas opéré.

– Foutaises ! Verbiage et bavardage ! Des mots vides !

grondait-il sans lever la tête. Une bouillie de mots, voilà ce que tu griffonnes sur le papier aujourd'hui, Orphée, une bouillie de mots, fade, glauque et mielleuse !

Les deux hommes de verre se laissèrent glisser en vitesse le long des pieds du pupitre et commencèrent à ramasser les pages déchirées.

– Maître ! Le garçon est rentré.

Nul ne pouvait se montrer aussi obséquieux qu'Oss. Sa voix se courbait comme son corps massif, tandis que ses doigts s'enroulaient autour du cou de Farid comme un étau de chair. Orphée tourna vers Farid son visage sombre et le dévisagea comme s'il avait enfin découvert la raison de son échec.

– Où étais-tu passé, bon sang ? Tu n'as pas été tout ce temps chez Fenoglio ? Ou as-tu aidé le père de ta bien-aimée à s'introduire en douce au château pour s'éclipser de la même manière ? Oui, j'ai entendu parler de son dernier exploit. J'imagine que dès demain ils vont se mettre à chanter leurs mauvaises rengaines sur le sujet. Cet imbécile de relieur joue le rôle ridicule que le vieux lui a écrit avec une passion vraiment touchante.

Jalousie et mépris se mêlaient dans la voix d'Orphée, comme souvent quand il parlait de Langue Magique.

– Il ne joue pas. Il est le Geai bleu.

Farid marcha sur le pied d'Oss, si fort que celui-ci le lâcha. Mais quand il essaya de le rattraper, le garçon le repoussa. Gros Lard leva son poing en grognant, mais Orphée l'arrêta du regard.

– Vraiment ? As-tu déjà rejoint la troupe de ses admirateurs ?

Il posa une nouvelle feuille de papier sur son pupitre et

la contempla d'un air concentré, comme s'il pouvait ainsi la couvrir de mots justes.

– Jaspis, qu'est-ce que tu fabriques là-dessous ? lança-t-il à l'homme de verre. Combien de fois devrai-je te le répéter ? Les servantes sont là pour ramasser les morceaux de papier. Taille-moi encore une plume !

Farid souleva Jaspis et le posa sur le pupitre, ce qui lui valut un sourire reconnaissant. Le plus jeune des hommes de verre devait se charger de toutes les corvées : ainsi en avait décidé son frère. Tailler les plumes était la pire de toutes, car la minuscule lame qu'ils utilisaient glissait très facilement. Récemment, elle s'était enfoncée profondément dans le bras de Jaspis, aussi fin qu'une allumette, et Farid avait appris ce jour-là que les hommes de verre saignaient aussi. Le sang de Jaspis était transparent. Il avait goutté sur le papier d'Orphée comme du verre liquide. Éclat de Fer avait giflé son petit frère et l'avait traité d'imbécile et de maladroit. Pour le punir, Farid avait mélangé de la bière avec le sable qu'il mangeait. Depuis, les membres limpides d'Éclat de Fer, dont il était si fier, étaient jaunes comme de la pisse de cheval.

Orphée alla à la fenêtre.

– Si tu t'avises de traîner encore de la sorte, dit-il en se tournant vers Farid, je donnerai à Oss l'ordre de te battre comme un chien.

Gros Lard sourit et Farid gratifia les deux hommes de jurons silencieux. Mais Orphée regardait le ciel noir comme la nuit d'un air morose.

– Quand je pense que Fenoglio, ce vieux fou, n'a même pas pris la peine de donner un nom aux étoiles dans ce monde ! s'exclama-t-il. Pas étonnant que je ne trouve pas mes mots ! Quel nom porte la lune ici ? On pourrait penser qu'il a un peu creusé sa vieille tête gâteuse, mais non ! Il l'a appelée lune, tout simplement, comme si c'était la même qu'il voyait de sa fenêtre dans l'autre monde.

– C'est peut-être la même lune. Dans mon histoire, elle n'était pas différente, objecta Farid.

– Ne dis pas d'âneries, bien sûr qu'elle est différente !

Orphée se tourna de nouveau vers la fenêtre comme s'il devait expliquer à ce monde, dehors, à quel point il était mal fait.

– Je lui demande, poursuivit-il de la voix arrogante qu'Éclat de Fer écoutait toujours avec ferveur, comme si elle proclamait des vérités inouïes : « Fenoglio, en ce monde-ci, la Mort est-elle une femme ou un homme ? Ou bien n'est-ce peut-être rien d'autre qu'une porte par laquelle on entre dans une tout autre histoire que, malheureusement, tu as oublié d'écrire ? » « Qu'est-ce que j'en sais ? me répond-il. Qu'est-ce que j'en sais ? » Qui donc peut le savoir à part lui ? En tout cas, dans son livre, il n'en dit rien.

Dans son livre. Éclat de Fer, qui avait grimpé sur le rebord de la fenêtre à côté d'Orphée, jeta un regard plein de respect sur le pupitre où se trouvait le dernier exemplaire de *Cœur d'encre*, à côté de la feuille de papier sur laquelle Orphée écrivait. Farid n'était pas certain que l'homme de verre ait compris que tout son univers était sorti de ce livre, et lui avec. La plupart du temps, il était là, ouvert, car quand il écrivait, Orphée le feuilletait sans arrêt, nerveusement, en quête des mots justes. Il n'utilisait jamais un seul mot qu'il n'ait lu dans *Cœur d'encre*, car il était persuadé que seuls des mots issus du livre de Fenoglio apprenaient à respirer dans ce monde. Tous les autres n'étaient que de l'encre sur du papier.

– « Fenoglio, je lui demande, les Femmes blanches ne sont-elles que des servantes ? continua-t-il. (Éclat de Fer était suspendu à ses lèvres au dessin trop mou.) Les morts restent-ils là où elles demeurent, ou les conduisent-elles dans un autre endroit ? » « Probablement, m'a répondu le vieux fou. J'ai parlé une fois d'un château d'os aux enfants de Minerve pour les consoler, à cause de Danseur de Nuage, mais j'ai dit ça comme ça »… juste comme ça ! Ah !

– Vieux fou ! répéta Éclat de Fer en écho – un écho peu impressionnant compte tenu de sa petite voix d'homme de verre.

Orphée retourna à son pupitre.

– J'espère qu'à force de traîner tu n'as pas oublié de dire à Mortimer que je voulais lui parler. Ou était-il trop occupé à jouer les héros ?

– Il dit qu'il n'y a rien à dire, que sur les Femmes blanches, il ne sait rien de plus que ce que tout le monde sait.

– Voyons donc ! s'exclama Orphée.

Il attrapa une des plumes que Jaspis s'était donné tant de mal à tailler et la fit voler en éclats.

– Lui as-tu demandé, au moins, s'il les voyait encore de temps en temps ?

– Sûrement, intervint Jaspis d'une voix aussi frêle que ses membres. Les Femmes blanches ne laissent plus jamais en paix quelqu'un qu'elles ont touché une fois. C'est du moins ce que disent les Femmes de la Forêt.

– Je sais ! rétorqua Orphée avec impatience. J'ai déjà essayé d'interroger une de ces bonnes femmes, à propos de cette rumeur, mais cette immonde créature a refusé de me parler. Elle s'est contentée de me regarder avec ses yeux de souris et a déclaré que ma nourriture était trop riche et que je buvais trop !

– Elles parlent avec les fées, reprit Jaspis, et les fées parlent avec les hommes de verre. Enfin, pas avec tous, ajouta-t-il en coulant un regard oblique vers son frère. Je me suis laissé dire que les Femmes de la Forêt racontent encore d'autres choses à propos des Femmes blanches. Elles disent que quand elles ont touché le cœur d'un homme de leurs doigts glacés, celui-ci peut toujours les appeler !

– Vraiment ? lança Orphée en regardant l'homme de verre d'un air pensif. Je n'ai jamais entendu parler de ça.

– Ce n'est pas vrai ! Moi, j'ai déjà essayé de les appeler, dit Farid. Plein de fois.

– Toi ! Combien de fois faudra-t-il que je t'explique que tu es mort bien trop vite ? répliqua Orphée d'un ton méprisant. Tu étais aussi pressé de mourir que de revenir. Et puis, tu es une proie tellement inintéressante que les Femmes blanches ne se souviennent sans doute même pas de toi ! Non. Tu n'es pas celui qu'il me faut.

Il revint à la fenêtre.

– Va me préparer une tisane, ordonna-t-il à Farid sans se retourner. J'ai besoin de réfléchir.

– Une tisane ? Quelle sorte de tisane ?

Farid posa Jaspis sur son épaule. Chaque fois qu'il le pouvait, il l'emmenait avec lui pour le mettre à l'abri de son grand frère. Les membres de Jaspis étaient si fins ! Farid avait toujours peur qu'Éclat de Fer lui casse quelque chose au cours d'une dispute. Même Cristal de Rose, l'homme de verre de Fenoglio, avait une bonne tête de plus que Jaspis. Parfois, quand Orphée n'avait pas besoin d'eux – il s'amusait avec une des servantes ou passait des heures à se faire confectionner de nouveaux habits par son tailleur –, Farid emmenait Jaspis dans la ruelle des couturières où les femmes de verre aidaient les femmes d'humains à enfiler leurs aiguilles, à aplatir les ourlets avec leurs pieds minuscules ou à poser de la dentelle sur de la soie précieuse. Car Farid avait aussi appris une chose : si les hommes de verre saignent, ils tombent aussi amoureux. Jaspis était très amoureux d'une demoiselle aux membres jaune pâle, qu'il adorait regarder en cachette par la fenêtre de l'atelier de sa maîtresse.

– Quelle sorte de tisane ?

– Qu'en sais-je ? Une de celles qui soulagent les maux d'estomac ! répondit Orphée avec humeur. Depuis ce matin, j'ai le ventre qui gargouille comme s'il hébergeait une armée de cerfs-volants. Comment pourrais-je écrire quelque chose de valable dans des conditions pareilles ?

Naturellement. Quand il n'arrivait pas à écrire, Orphée se plaignait toujours d'avoir mal à l'estomac ou à la tête.

« J'espère qu'il aura mal toute la nuit, pensa Farid en refermant derrière lui la porte du bureau. J'espère qu'il souffrira jusqu'à ce qu'il écrive enfin quelque chose pour Doigt de Poussière. »

13

En plein cœur

À ses yeux, jusqu'à présent, pas la moindre particule de chagrin n'était venue troubler la surface gaie et douce de ce monde scintillant de rosée.

T. H. White, *La Quête du roi Arthur : La Sorcière de la forêt*

— Au moins, il ne t'a pas demandé d'aller chercher le barbier !

Jaspis faisait tout son possible pour dérider Farid en descendant avec lui l'escalier qui menait à la cuisine.

Le barbier derrière la porte de la ville… Orphée l'avait envoyé chez lui quelques jours avant. Il lançait des bûches sur ceux qui venaient le chercher la nuit, ou il arrivait à la porte avec une des pinces qui lui servaient à arracher les dents.

— Mal à la tête ! Mal à l'estomac ! gronda Farid. Tête de Camembert a trop mangé, voilà tout !

— Trois moqueurs dorés rôtis, farcis de chocolat, des noix de fée grillées dans le miel et une moitié de porcelet fourré de marrons, énuméra Jaspis.

Il s'accroupit, apeuré, en apercevant Louve près de la porte de la cuisine. Farid avait beau lui répéter que les martres aimaient bien donner la chasse aux hommes de verre mais ne les mangeaient en aucun cas, l'animal le rendait nerveux. Il n'y avait plus qu'une servante dans la cuisine. Reconnaissant Brianna, Farid s'arrêta sur le seuil, hésitant. Il ne manquait plus qu'elle ! Elle frottait les casseroles du dîner, son beau visage gris de fatigue. Pour les servantes d'Orphée, la journée de travail commençait avant le lever du soleil et ne finissait souvent que lorsque la lune était haute dans le ciel. Orphée, chaque matin, inspectait la maison de la cave au grenier, à la recherche de la moindre toile d'araignée, du moindre grain de poussière, d'une tache sur l'un des nombreux miroirs accrochés dans toute la maison, d'une cuillère en argent oxydée ou d'une chemise encore tachée après la lessive. S'il trouvait quelque chose, il réduisait aussitôt leurs maigres salaires. Et Orphée trouvait presque toujours quelque chose.

– Qu'est-ce que tu veux ?

Brianna se retourna et essuya ses mains mouillées sur son tablier.

– Orphée a mal à l'estomac, murmura Farid sans la regarder, il voudrait que tu lui prépares une tisane.

Brianna se dirigea vers le buffet et attrapa un pot en terre sur la plus haute étagère. Farid ne savait où poser les yeux pendant qu'elle versait l'eau sur les plantes. Ses cheveux étaient de la même couleur que ceux de son père, mais ils ondulaient et brillaient à la lueur de la bougie comme les bagues d'or rouge que le gouverneur aimait à porter sur ses petits doigts maigres. Les ménestrels chantaient des chansons sur la beauté de la fille de Doigt de Poussière et sur son cœur brisé.

– Qu'est-ce que tu as à me regarder comme ça ?

Elle fit brusquement un pas vers lui. Sa voix était si cinglante que Farid recula.

– Je lui ressemble, hein ?

Elle semblait avoir aiguisé les mots dans le silence qu'elle avait gardé durant ces dernières semaines, jusqu'à ce qu'ils soient devenus acérés comme des lames qu'elle pouvait lui enfoncer dans le cœur.

– Mais toi, tu n'as rien de lui ! Je n'arrête pas de le répéter à ma mère : « Ce n'est qu'un vagabond qui a joué la comédie du fils aimant, jusqu'à ce qu'il croie devoir mourir pour mon père ! »

Chaque mot une lame, et Farid sentait qu'elles lui déchiraient le cœur. Brianna n'avait pas les yeux de son père, mais ceux de sa mère et ils regardaient Farid avec la même hostilité que ceux de Roxane. Il avait envie de la frapper ou de bâillonner sa jolie bouche, mais elle ressemblait vraiment trop à Doigt de Poussière.

– Tu es un démon, un mauvais esprit qui n'apporte que du malheur ! s'écria-t-elle en lui tendant la tisane. Tiens, porte ça à Orphée et dis-lui de moins manger, il épargnera son estomac !

Les mains de Farid tremblaient ; il prit la tasse.

– Tu ne sais rien du tout, se défendit-il d'une voix rauque. Rien du tout ! Je ne voulais pas qu'il me fasse revenir. J'aimais bien mieux être mort.

Mais Brianna le regarda sans rien dire, avec les yeux de sa mère. Et le visage de son père.

Et Farid remonta en trébuchant, avec la tasse bouillante, dans la chambre d'Orphée. Jaspis, plein de compassion, lui caressa les cheveux de sa minuscule main de verre.

14

Des nouvelles d'Ombra

> Et presque jeune fille alors et de surgir
> de ce bonheur uni du chant et de la lyre
> et sous ses voiles de printemps de resplendir,
> si claire, et de se faire un lit dans mon oreille.
>
> Rainer Maria Rilke, *Sonnets à Orphée*

Meggie se sentait bien au campement des brigands. Resa avait presque l'impression que sa fille avait toujours rêvé de vivre au milieu de vieilles tentes déchirées. Meggie regardait Baptiste fabriquer un nouveau masque, apprenait avec l'hercule à imiter le chant de l'alouette, et gratifiait d'un grand sourire son plus jeune frère pour le remercier des fleurs des champs qu'il lui apportait. Cela faisait du bien de la voir sourire de nouveau, bien que Farid fût toujours chez Orphée.

Mais Resa regrettait la ferme isolée. Elle regrettait le calme et le bonheur d'être seule avec Mo et Meggie, après les longues semaines pendant lesquelles ils avaient été séparés. Les semaines, les mois, les années… Parfois, quand elle les voyait tous les deux assis près du feu avec les brigands, elle s'imaginait que, pour eux, tout cela était un jeu – un jeu inventé pendant les années qu'elle avait passées loin d'eux. «Viens, Mo, on va jouer aux brigands.»

Le Prince noir conseilla à Mo de rester pour le moment au campement et, au début, Mo suivit son conseil. Mais, dès la troisième nuit, il s'éclipsa de nouveau dans la forêt, seul, comme s'il partait en quête de lui-même. Et la quatrième nuit, il suivit les brigands. Baptiste leur avait chanté les chansons qui circulaient à Ombra depuis le passage de Mo. Le Geai bleu s'était évadé, disaient-elles, en s'envolant sur le meilleur cheval du Gringalet. Il avait abattu dix gardes, enfermé Oiseau de Suie dans le caveau et volé les plus beaux livres de Balbulus.

– Qu'y a-t-il de vrai dans tout ça? avait demandé Resa à Mo.

Il s'était mis à rire.

– Je ne sais pas voler, lui avait-il murmuré en caressant son ventre dans lequel, presque imperceptiblement, grandissait l'enfant.

Puis il était parti avec le Prince noir. Et Resa, chaque nuit, écoutait de sa couche les chansons que chantait Baptiste dehors, devant la tente, et elle tremblait pour son mari.

Le Prince noir avait fait monter pour eux deux tentes près de la sienne, avec des restes de vêtements que les brigands avaient teints pour qu'ils ne contrastent pas trop avec les arbres environnants : une pour Meggie, une pour le Geai bleu et sa femme. Les matelas en mousse séchée sur lesquels ils dormaient étaient humides et, quand Mo partait la nuit, Resa partageait la couche de sa fille pour qu'elles puissent se tenir chaud.

– L'hiver va être rude, annonça l'hercule en découvrant un matin sur l'herbe de la gelée si blanche qu'on pouvait y distinguer les empreintes des hommes de verre.

Le campement était installé dans une gorge où l'on trouvait encore des traces de pas de géant. Avec la pluie des dernières semaines, il s'était transformé en un marécage dans lequel nageaient des grenouilles à taches dorées. Les arbres, sur les versants de la gorge, étaient presque aussi hauts que ceux de la Forêt sans chemin. Leurs feuilles fanées donnaient au sol frais de l'automne des reflets or et rouge flamboyant et les nids de fées pendaient de leurs branches comme des fruits trop mûrs. En regardant vers le sud, on apercevait au loin un village, dont les murs se détachaient, clairs comme des champignons, entre les arbres qui commençaient à perdre leurs feuilles. C'était un village pauvre, si pauvre que même les collecteurs du Gringalet ne s'y aventuraient pas. Des loups hurlaient la nuit dans les forêts environnantes. Des hiboux volaient au-dessus des misérables tentes, blanc-gris comme de petits esprits, et des écureuils chapardaient ce qu'ils pouvaient trouver à manger entre les feux.

Une cinquantaine d'hommes vivaient au campement. Il leur arrivait d'être plus nombreux. Les plus jeunes étaient les deux garçons que Monseigneur avait sauvés de la pendaison et qui espionnaient maintenant pour le compte du Prince : Doria, le frère de l'hercule, qui apportait des fleurs des champs à Meggie, et son ami Luc, l'orphelin, qui aidait Gecko à apprivoiser ses corneilles. Six femmes faisaient la cuisine et raccommodaient les habits des brigands, mais aucune ne se joignait aux hommes quand ils partaient la nuit en expédition. Resa les dessinait presque tous, les jeunes, les hommes et les femmes (Baptiste lui avait procuré du papier et des pastels, elle ignorait comment) et pour chaque portrait, elle se demandait si les mots de Fenoglio avaient pu créer, à eux seuls, ce visage ou si, dans ce monde, un destin s'accomplissait indépendamment du vieil homme.

Les femmes étaient rarement présentes quand les hommes se retrouvaient pour discuter. Resa sentait leurs regards de désapprobation quand Meggie et elle allaient s'asseoir sans complexe avec Mo et le Prince noir. Parfois, elle soutenait leurs regards, fixait avec insolence Monseigneur, Gecko et tous les autres qui ne supportaient les femmes au campement que pour faire la cuisine ou du raccommodage. Elle maudissait ses nausées incessantes qui l'empêchaient d'accompagner Mo quand il parcourait les collines environnantes pour trouver une cachette plus abritée en prévision de l'hiver.

Ils étaient depuis cinq jours au campement, que Meggie avait baptisé le «campement des géants disparus», quand Doria et Luc revinrent d'Ombra vers midi, porteurs d'une si mauvaise nouvelle que Doria n'osa même pas l'annoncer à son frère, et se rendit directement sous la tente du Prince noir. Peu après, celui-ci fit appeler Mo et Baptiste rassembla les hommes.

Avant d'entrer dans le cercle des brigands, Doria jeta un coup d'œil à son robuste frère, comme pour se donner du courage avant d'annoncer la nouvelle. Mais quand il commença à parler, sa voix sonna, claire et assurée.

– Le Fifre est sorti hier de la Forêt sans chemin, commença-t-il, sur la route qui vient de l'ouest. Il incendie, pille et fait savoir partout qu'il est là pour encaisser les impôts car le Gringalet en envoie, au château de la Nuit, une part insuffisante.

– Combien de cuirassiers a-t-il avec lui ?

Monseigneur s'exprimait toujours avec sécheresse. Resa n'aimait pas sa voix. Elle n'aimait rien de lui. Au regard qu'il lui lança, on pouvait deviner que Doria ne portait pas non plus dans son cœur l'homme qui lui avait sauvé la vie.

– Ils sont très nombreux. Plus que nous, beaucoup plus, ajouta-t-il. Je ne connais pas le nombre exact. Les paysans dont le Fifre a incendié les maisons n'ont pas eu le temps de les compter.

– Même s'ils en avaient eu le temps, ça n'aurait pas servi à grand-chose ! rétorqua Monseigneur. Tout le monde sait que les paysans ne savent pas compter.

Gecko se mit à rire, et d'autres brigands l'imitèrent, ceux qui se trouvaient toujours à proximité de Monseigneur : Escroc, Détrousseur, Charbonnier, Fléau des Elfes… Doria serra les lèvres. L'hercule et lui étaient fils de paysans et Monseigneur le savait. Il prétendait que son père avait été mercenaire.

– Dis-leur ce que tu as appris d'autre, Doria.

Resa perçut la lassitude du Prince noir, une lassitude inhabituelle.

Une fois de plus, le garçon jeta un coup d'œil à son frère.

– Ils comptent les enfants, dit-il. Le Fifre fait établir une liste de tous ceux qui ont plus de six ans et mesurent moins de cinq pieds.

Un murmure parcourut l'assistance des brigands ; Resa vit Mo se pencher vers le Prince noir et lui chuchoter quelque chose à l'oreille. Comme ils avaient l'air proches tous les deux ! Pour Mo, cela semblait évident d'être là, au milieu des brigands en haillons. Ils semblaient faire partie de sa famille, autant que Meggie et elle.

Le Prince noir se redressa. Lorsque Resa l'avait rencontré pour la première fois, il avait les cheveux longs, mais trois jours après la mort de Doigt de Poussière, il s'était fait raser la tête. C'était la coutume, dans ce monde, à la mort d'un ami. Car le troisième jour, disait-on, l'âme du défunt entrait dans le royaume d'où l'on ne revient pas.

— Nous avions la certitude que le Fifre viendrait un jour ou l'autre, dit le Prince noir. Tête de Vipère allait forcément s'apercevoir que son beau-frère gardait la plus grande partie des impôts pour lui. Mais, comme on vous l'a dit, les impôts ne sont pas le seul motif de sa visite. Nous ne savons que trop bien pourquoi on a besoin d'enfants de l'autre côté de la forêt.

— Pourquoi ?

Au milieu de ces voix d'hommes, celle de Meggie était si claire ! Qui aurait pu deviner qu'avec quelques phrases, elle avait déjà plusieurs fois transformé ce monde ?

— Pourquoi ? Les galeries dans les mines d'argent sont étroites, fille du Geai, répondit Monseigneur. Tu peux être contente d'être déjà trop grande pour être utile là-bas.

Les mines. Resa posa instinctivement la main sur son ventre dans lequel grandissait l'enfant à naître et Mo se tourna vers elle, comme s'il avait eu la même idée.

— Tête de Vipère a déjà envoyé beaucoup d'enfants dans les mines. Ses paysans commencent à se défendre. On dit que le Fifre vient tout juste de réprimer une révolte, expliqua Baptiste d'une voix aussi lasse que celle du Prince. Ils n'étaient pas assez nombreux pour lutter contre toutes les injustices. Les enfants meurent vite là-bas. C'est étonnant que Tête de Vipère n'ait pas pensé plus tôt à nos enfants, qui n'ont pas de père, mais des mères sans défense et sans armes.

– Eh bien, il faut les cacher ! s'écria Doria avec l'intrépidité de ses quinze ans. Comme vous avez fait avec la récolte !

Resa vit un sourire s'ébaucher sur les lèvres de Meggie.

– Les cacher, mais bien sûr ! railla Monseigneur. Quelle idée fabuleuse ! Gecko, dis à ce blanc-bec combien il y a d'enfants rien qu'à Ombra ! C'est un fils de paysan, il ne sait pas compter, tu sais.

L'hercule fit mine de se lever, mais Doria l'arrêta du regard.

– Je peux le soulever d'une seule main, dit l'hercule, mais il est cent fois plus intelligent que moi !

Apparemment, Gecko n'avait pas la moindre idée du nombre d'enfants qui vivaient à Ombra, sans parler du fait qu'il ne savait pratiquement pas compter.

– Il y en a beaucoup ! bafouilla-t-il en arrachant quelques plumes à la corneille perchée sur son épaule, sans doute dans l'espoir de trouver des puces. Des mouches et des enfants, voilà tout ce qui reste en nombre suffisant à Ombra.

Personne ne rit, ni ne prononça le moindre mot. Si le Fifre voulait des enfants, il viendrait les chercher.

Un elfe de feu se posa près du bras de Resa. Elle le chassa et, soudain, éprouva une telle nostalgie de la maison d'Elinor que son cœur lui fit mal, comme si l'elfe l'avait brûlé. Elle avait envie de revoir la cuisine où bourdonnait le réfrigérateur bien trop grand, l'atelier de Mo dans le jardin et le fauteuil de la bibliothèque, dans lequel on s'asseyait pour se transporter dans des mondes inconnus sans pour autant s'y perdre.

— Ce n'est peut-être qu'un piège ! dit soudain Baptiste, brisant le silence. Vous savez combien le Fifre aime donner le change, et il sait que nous ne le laisserons pas emmener nos enfants. Il espère peut-être pouvoir capturer ainsi le Geai bleu, ajouta-t-il en se tournant vers Mo.

Resa vit que Meggie, instinctivement, se rapprochait de Mo. Mais il demeura impassible, comme si le Geai bleu était un parfait étranger pour lui.

— Violante m'a prévenu que le Fifre ne tarderait pas à venir par ici, dit-il. Mais elle n'a pas parlé d'enfants.

La voix du Geai bleu – la voix qui avait abusé Tête de Vipère et ensorcelait les fées ! Mais sur Monseigneur, elle ne produisait pas le même effet. Elle lui rappelait seulement que la place occupée par Mo aux côtés du Prince noir avait été la sienne, naguère.

— Alors, tu as parlé avec la Laide ? Voyez-vous ça ! Voilà ce que tu as fait au château d'Ombra ! Le Geai bleu bavarde avec la fille de Tête de Vipère, s'exclama Monseigneur avec une grimace de désapprobation. Évidemment, elle ne t'a rien dit à propos des enfants ! Pourquoi le ferait-elle ? Sans parler du fait qu'elle n'est sûrement pas au courant ! Au château, la Laide n'a pas plus voix au chapitre qu'une fille de cuisine. Ça a toujours été ainsi et ça ne changera pas.

— Je te l'ai dit souvent, Monseigneur, répondit le Prince noir d'une voix coupante, Violante a plus de pouvoir que tu ne crois. Et plus d'hommes, même s'ils sont très jeunes, ajouta-t-il avec un signe de tête à Mo. Raconte-leur ce qui s'est passé au château. Il est temps qu'ils l'apprennent.

Resa regarda Mo. Que savait le Prince noir, qu'elle-même ignorait ?

– Oui, le Geai bleu, raconte-nous comment tu as réussi à te tirer d'affaire cette fois !

La voix de Monseigneur était si ouvertement hostile que quelques-uns des brigands se regardèrent, mal à l'aise.

– Ça frôle la magie ! Ils t'ont laissé t'enfuir indemne du château de la Nuit, et cette fois du château d'Ombra. Ne me dis pas que pour y parvenir tu as dû *aussi* accorder l'immortalité au Gringalet !

Certains brigands se mirent à rire. Resa était persuadée que beaucoup d'entre eux prenaient Mo pour un sorcier, pour l'un de ces hommes dont il vaut mieux prononcer le nom à voix basse parce qu'ils pratiquent la magie noire et peuvent ensorceler d'un regard le commun des mortels. Comment expliquer sinon qu'un homme semblant surgi du néant manie l'épée mieux que la plupart d'entre eux ? Et sache aussi écrire et lire ?

– À ce qu'on dit, Tête de Vipère n'apprécie pas tant que ça son immortalité ! jeta l'hercule.

Doria, l'air sombre, alla s'asseoir près de lui, sans quitter Monseigneur des yeux. Non, il n'aimait vraiment pas son sauveur. Son ami Luc, en revanche, suivait Gecko et Monseigneur comme un chien.

– Et après ? Qu'est-ce que ça nous fait ? Le Fifre pille et tue plus que jamais ! cracha ce dernier. La vipère est immortelle. Son beau-frère fait pendre l'un d'entre nous presque tous les jours. Et le Geai bleu se rend à Ombra et en revient indemne.

168

Il y eut un silence, un grand silence. Pour beaucoup d'entre eux, le marché que le Geai bleu avait conclu avec Tête de Vipère au château de la Nuit était inquiétant même si, en fin de compte, c'était Mo qui s'était joué du Prince argenté. N'empêche que Tête de Vipère était immortel. Et quand le Fifre lui amenait un captif, il prenait plaisir à lui mettre une épée dans les mains et à s'offrir à ses coups, pour infliger ensuite à son attaquant, avec la même arme, des blessures telles que le malheureux agonisait longtemps – assez longtemps pour susciter l'apparition des Femmes blanches. C'était sa manière de démontrer qu'il n'avait plus peur des filles de la mort. Même s'il évitait, à ce qu'on disait, de les approcher de trop près. *La mort est le serviteur de la vipère.* Telle était la devise qu'il avait fait inscrire au-dessus de la porte du château de la Nuit, en lettres d'argent.

– Non. Je n'ai pas eu à rendre le Gringalet immortel, répondit Mo à Monseigneur d'une voix glaciale. C'est Violante qui m'a fait sortir sain et sauf du château. Après m'avoir demandé de l'aider à tuer son père.

Resa posa la main sur son ventre comme pour conjurer ses paroles et protéger son enfant à naître. Mais dans son esprit, il n'y avait place que pour une seule pensée : « Il a raconté au Prince noir ce qui s'était passé au château de la Nuit, et pas à moi. » Elle se souvint à quel point Meggie s'était sentie blessée quand Mo leur avait enfin révélé ce qu'il avait fait du livre vide avant de le remettre à Tête de Vipère : « Tu as mouillé une page sur dix ? Mais ce n'est pas possible ! J'ai toujours été avec toi ! Pourquoi n'as-tu rien dit ? »

Bien que Mo lui ait caché où se trouvait sa mère durant

toutes ces années, Meggie croyait encore qu'il ne pouvait avoir de secrets pour elle. Resa, elle, ne l'avait jamais cru. Et pourtant, qu'il se confie au Prince noir plutôt qu'à elle lui faisait mal. Si mal.

– La Laide veut tuer son père ? répéta Baptiste, incrédule.

– Qu'y a-t-il d'étonnant à ça ? répondit Monseigneur à la cantonade. Elle est bien la fille de son père. Que lui as-tu répondu, le Geai bleu ? Que tu dois d'abord attendre que ton maudit livre ne le protège plus de la mort ?

« Il déteste Mo ! pensa Resa. Oui, il le déteste ! » Mais le regard que Mo lança à Monseigneur n'était pas moins hostile et Resa se demanda une fois de plus si elle avait jadis choisi de ne pas voir la colère qui brûlait en lui ou si elle était nouvelle, comme la cicatrice sur sa poitrine.

– Le livre protégera encore longtemps le père de Violante, déclara Mo avec amertume. Tête de Vipère a trouvé un moyen de le sauver.

Un murmure courut de nouveau dans l'assemblée. Seul le Prince noir n'avait pas l'air surpris. Mo l'avait donc déjà mis au courant – lui, et pas elle. « Il est en train de changer ! pensa Resa. Les mots le changent. Cette vie le change. Même si ce n'est qu'un jeu. Si c'est un jeu… »

– Mais c'est impossible ! Si tu l'as mouillé, il moisit, et tu l'as souvent répété : le moisi détruit les livres, tout comme le feu ! lança Meggie sur un ton de reproche.

Les secrets. Rien ne détruit l'amour plus vite que les secrets.

Mo regarda sa fille. « C'était dans un autre monde, Meggie », disait son regard. Mais sa bouche disait autre chose.

– Tête de Vipère m'a appris que le livre le protégera de la mort, à condition que ses pages restent vierges…

«Non!» pensa Resa. Elle savait ce qui allait suivre et aurait bien voulu se boucher les oreilles, bien qu'elle n'aimât rien au monde autant que la voix de Mo. Pendant les années qu'elle avait passées au service de Mortola, elle avait presque oublié son visage, mais jamais sa voix. Mais à présent, ce n'était plus la voix de son mari, c'était celle du Geai bleu.

– Tête de Vipère croit que je suis le seul à pouvoir restaurer le livre.

Mo ne parlait pas fort, mais sa voix semblait remplir le Monde d'encre tout entier, comme si elle avait toujours été là, au milieu des arbres immenses, des hommes en haillons, des fées qui somnolaient dans leurs nids.

– Il me le donnerait, ajouta-t-il, si j'allais le trouver en lui promettant de le sauver. Et alors, un peu d'encre, une plume, quelques secondes suffisent pour écrire trois mots! Supposons que sa fille m'octroie ces quelques secondes?

Sa voix rendait la scène vivante et les brigands écoutaient, comme s'ils la voyaient se dérouler sous leurs yeux. Mais Monseigneur rompit le charme.

Tu es fou! Complètement fou! dit-il d'une voix rauque. On dirait que tu crois ce que les chansons disent de toi, que tu es invincible, le Geai bleu invincible. La Laide te vendra et son père t'écorchera vif si tu tombes entre ses mains. Oui, il le fera et cela durera plus de quelques secondes! Mais que tu veuilles jouer au héros nous coûtera la vie!

Resa vit les doigts de Mo se refermer autour du pommeau de son épée; le Prince noir posa une main apaisante sur son bras.

– Il serait peut-être moins souvent obligé de jouer au

171

héros, si toi et tes hommes preniez parfois le relais, Monseigneur, dit-il.

Monseigneur se leva lentement, l'air menaçant, mais avant qu'il ait eu le temps de dire quoi que ce soit, l'hercule éleva la voix, empressé comme un enfant qui veut empêcher ses parents de se disputer :

– Supposez que le Geai bleu ait raison ! Peut-être que la Laide veut vraiment nous aider ! Elle a toujours été bonne avec les ménestrels ! Autrefois, elle venait même nous rejoindre au campement ! Elle donne à manger aux pauvres, et appelle le Chat-huant au château quand le Gringalet a fait trancher la main ou le pied d'un pauvre malheureux !

– Oh, quelle générosité !

Gecko, comme à son habitude, tournait les paroles de l'hercule en dérision. Sur son épaule, la corneille émit un criaillement railleur.

– En quoi est-ce généreux de faire cadeau des restes de la cuisine et des vêtements qu'on ne veut plus porter ? La Laide se promène-t-elle en haillons, comme ma mère et mes sœurs ? Non ! La vérité, c'est que Balbulus doit être à court de parchemin ; elle en achètera avec l'argent promis en échange de la tête du Geai bleu !

Quelques rires fusèrent ; l'hercule regarda en direction du Prince noir, l'air inquiet. Son frère lui chuchota quelque chose à l'oreille et lança à Gecko un regard hostile. « S'il te plaît, Prince ! pensa Resa. Conseille à Mo d'oublier ce que Violante lui a dit. Toi, il t'écoutera ! Et aide-le à oublier le livre qu'il a relié pour son père ! Je t'en prie ! » Le Prince noir tourna les yeux vers elle, comme s'il avait entendu sa prière. Mais son visage sombre resta impénétrable, aussi impénétrable que celui de Mo l'était, de plus en plus souvent, pour elle.

– Doria ! Est-ce que tu penses que tu peux franchir les portes du château et écouter un peu ce que disent les soldats de Violante ? Peut-être que l'un d'entre eux aura entendu parler de la mission du Fifre.

L'hercule ouvrit la bouche pour protester. Il aimait son frère et voulait le protéger. Mais Doria avait atteint l'âge où personne n'a plus envie d'être protégé.

– Bien sûr. C'est facile, renchérit-il avec un sourire qui révélait à quel point il serait heureux de s'acquitter de cette mission. Je connais certains d'entre eux depuis que je suis gamin. Ils ne sont, pour la plupart, guère plus âgés que moi.

– Bien, approuva le Prince noir en se levant. (Il s'adressait à Mo, même s'il ne le regardait pas.) En ce qui concerne la proposition de Violante, je suis de l'avis de Gecko et de Monseigneur. Violante a beau avoir un faible pour les ménestrels et pitié de ses sujets, il n'empêche qu'elle est la fille de son père. Nous ne devrions pas lui faire confiance.

Tous les regards se tournèrent vers le Geai bleu, mais Mo garda le silence. Pour Resa, ce silence était plus éloquent qu'un long discours. Elle le connaissait, tout comme Meggie. Resa lut la peur sur le visage de sa fille quand elle commença à essayer de convaincre Mo. Oui. Meggie sentait bien, elle aussi, combien son père était impliqué dans cette histoire alors que naguère c'est lui qui l'avait mise en garde contre ce monde de papier. Les mots l'entraînaient toujours plus loin, plus profond, comme une spirale d'encre. Une fois de plus, Resa affronta la terrible pensée qui l'assaillait sans cesse depuis des semaines : le jour où Mo avait été blessé à mort dans la forteresse incendiée de Capricorne, les Femmes blanches avaient emporté une part de lui-même, là où Doigt de Poussière avait lui aussi disparu et, cette part, elle ne la retrouverait que là-bas, en ce lieu où finissent toutes les histoires.

15
Des mots sonores, des mots feutrés

Quand tu pars, l'espace se referme derrière toi comme
 de l'eau,
Ne regarde pas en arrière : il n'y a rien d'autre que toi,
L'espace n'est que le temps qui se manifeste autrement
 à nos yeux
Nous ne pouvons jamais quitter les lieux que nous
 aimons.

Ivan V. Lalíc, *Places We Love*

– Je t'en prie, Mo ! Demande-lui !

Meggie pensa d'abord avoir entendu la voix de sa mère
en rêve, un de ces rêves sombres que lui envoyait encore
parfois le passé. Resa avait l'air si désespéré ! Mais Meggie
continua d'entendre la voix après avoir ouvert les yeux.
Elle jeta un coup d'œil à l'extérieur de la tente et vit ses
parents debout au milieu des arbres, à quelques pas d'elle,
deux ombres dans la nuit. Le chêne contre lequel s'appuyait Mo était immense – il n'en existait de tels que dans
le Monde d'encre – et Resa s'accrochait au bras de son
mari comme si elle devait le forcer à l'écouter.

– Ne l'avons-nous pas toujours fait ? Quand une histoire ne plaisait plus à l'un d'entre nous, nous refermions le livre ! Mo, as-tu oublié combien de livres il existe ? Nous en trouverons un autre qui nous racontera son histoire, un livre dans lequel les mots resteront des mots et ne nous dévoreront pas !

Meggie regarda en direction des brigands couchés à quelques mètres de là, sous les arbres. Beaucoup d'entre eux dormaient à la belle étoile, bien que les nuits fussent déjà très froides, mais la voix désespérée de sa mère ne semblait avoir réveillé aucun d'entre eux.

– Si je me souviens bien, je voulais refermer ce livre, et depuis longtemps.

La voix de Mo était aussi froide que l'air qui entrait dans la tente de Meggie entre les pans de tissu déchirés.

– Mais Meggie et toi, vous ne vouliez rien entendre.

– Comment aurais-je pu savoir ce que cette histoire allait faire de toi ?

Meggie eut l'impression que Resa pouvait à peine retenir ses larmes. « Va te recoucher, se dit-elle. Laisse-les tranquilles. » Mais elle resta assise, transie dans l'air froid de la nuit.

– Qu'est-ce que tu racontes ? Qu'a-t-elle bien pu faire de moi ?

Mo parlait très bas, comme pour ne pas troubler le silence de la nuit. Resa, elle, semblait avoir oublié où elle se trouvait.

– Ce qu'elle a fait de toi ? (Elle parlait de plus en plus fort.) Tu portes une épée à la ceinture ! Tu passes tes nuits dehors. Tu ne crois pas que je puisse faire la différence entre le cri d'un geai bleu et celui d'un homme ? Je sais combien de fois Baptiste ou l'hercule sont venus te chercher quand nous étions encore à la ferme… Et le pire, c'est que je sais que cela te faisait plaisir de les suivre. Tu as pris goût au danger ! Tu t'es rendu à Ombra malgré les mises en garde du Prince. Et tu reviens, après avoir failli te faire prendre, comme si tout cela n'était qu'un jeu !

– Qu'est-ce d'autre ? demanda Mo dans un murmure. As-tu oublié de quoi ce monde est fait ?

– Peu m'importe de quoi il est fait ! Tu peux y mourir. Tu le sais mieux que moi. À moins que tu n'aies oublié les Femmes blanches ? Non. Tu parles d'elles en rêve. Je me demande parfois si tu ne les regrettes pas…

Mo se tut, mais Meggie savait que Resa avait raison. Mo ne lui avait parlé qu'une seule fois des Femmes blanches. « Elles ne sont faites que de nostalgie, avait-il dit. Elles t'en emplissent le cœur, jusqu'à ce que tu ne désires plus qu'une chose : les suivre n'importe où. »

– Mo, je t'en prie ! reprit Resa d'une voix tremblante, demande à Fenoglio d'écrire un texte qui nous renvoie dans l'autre monde ! Pour toi, il essaiera. Il a une dette envers toi !

L'un des brigands toussa dans son sommeil, un autre se rapprocha du feu – et Mo se taisait. Quand il répondit enfin, on aurait dit qu'il s'adressait à un enfant. Même à Meggie, il ne parlait plus ainsi.

– Fenoglio n'écrit plus, Resa. Je ne suis même pas certain qu'il en soit encore capable !

– Alors, va voir Orphée ! Tu as entendu ce que Farid a dit ! Il a fait surgir en ce monde des fées de toutes les couleurs, des licornes…

– Et alors ? Orphée a peut-être le pouvoir d'ajouter de

temps en temps un détail à l'histoire de Fenoglio. Mais pour nous renvoyer chez Elinor, il devrait écrire quelque chose qui lui soit propre ; or, je doute qu'il en soit capable. Et même si c'était le cas… D'après ce que raconte Farid, la seule chose qui l'intéresse, c'est de devenir l'homme le plus riche d'Ombra. As-tu assez d'argent pour lui acheter un texte ?

Cette fois, ce fut Resa qui resta silencieuse – longtemps, comme si elle était redevenue muette, comme autrefois, quand elle avait laissé sa voix en ce monde.

Mo rompit enfin le silence :

– Resa ! dit-il. Si nous rentrions maintenant, je passerais mes journées dans la maison d'Elinor à me demander quelles voies emprunte cette histoire. Mais aucun livre du monde ne pourrait me le raconter !

– Tu ne veux pas seulement savoir comment l'histoire continue, répliqua Resa, cinglante, tu veux y jouer un rôle ! Mais qui te dit que tu pourras sortir de ce monde de mots, si tu t'y perds de plus en plus ?

– De plus en plus ? Comment ça ? J'ai vu la mort en face ici, Resa, et commencé une nouvelle vie.

– Si tu ne veux pas le faire pour moi (elle avait du mal à continuer, Meggie le percevait), fais-le pour Meggie et pour notre bébé. Je veux qu'il ait un père ! Je veux qu'il soit vivant quand cet enfant naîtra, et que ce soit le même homme que celui qui a élevé sa sœur.

Cette fois encore, Resa dut attendre longtemps la réponse de Mo. Un chat-huant cria. Somnolentes, les corneilles de Gecko croassaient dans l'arbre dans lequel elles s'installaient pour la nuit. Le monde de Fenoglio semblait si paisible ! Mo caressa l'écorce de l'arbre contre lequel il était appuyé avec la même tendresse que jadis lorsqu'il lissait le dos d'un livre.

– Qui te dit que Meggie ne veut pas rester ? C'est presque une adulte. Et elle est amoureuse. Crois-tu qu'elle voudra rentrer si Farid reste ici ? Et il restera.

Amoureuse. Le visage de Meggie s'empourpra. Elle ne voulait pas que Mo exprime ce qu'elle-même n'avait jamais mis en mots. Amoureuse – c'était comme une maladie incurable. N'était-ce pas aussi la sensation qu'elle avait parfois ? Oui, Farid resterait. Combien de fois ne se l'était-elle pas répété quand elle avait ressenti le désir de rentrer : « Farid restera, même si Doigt de Poussière ne revient pas de chez les morts. Il continuera à le chercher, il lui manquera, bien plus que toi, Meggie. » Mais ne jamais le revoir... Comment vivrait-elle ? Avec un trou dans la poitrine, à la place du cœur laissé dans ce monde ? Resterait-elle seule, comme Elinor, n'éprouverait-elle d'amour qu'à travers les livres ?

– Elle s'en remettra, disait Resa. Elle tombera amoureuse d'un autre.

Qu'est-ce que sa mère racontait ? « Elle ne me connaît pas, pensa Meggie. Elle ne m'a jamais connue. Comment aurait-elle pu ? Elle n'était pas là. »

– Et ce bébé ? insistait Resa, tu veux qu'il naisse ici ?

Mo regarda autour de lui, et Meggie sut – elle le savait depuis longtemps, en fait – que son père aimait désormais ce monde autant qu'elle l'aimait, et que Resa l'avait aimé jadis. Peut-être même encore plus.

– Pourquoi pas ? répondit-il. Tu veux qu'il naisse dans un monde où tout ce dont il pourra rêver n'existe que dans les livres ?

La voix de Resa tremblait encore quand elle reprit la parole, mais cette fois c'était de colère.

– Comment peux-tu dire une chose pareille ? Tout, ici, a été engendré dans notre monde. Où veux-tu que Fenoglio l'ait pris ?

– Comment veux-tu que je le sache ? Tu crois qu'il n'y a qu'un seul monde réel et que les autres n'en sont qu'un pâle reflet ?

Quelque part, un loup hurla et deux autres répondirent. Un garde surgit entre les arbres et remit des branches dans le feu qui s'éteignait. Il s'appelait Vagabond. Aucun brigand ne portait son véritable nom. Il jeta un regard curieux en direction de Mo et Resa, et disparut à nouveau dans l'ombre.

– Je ne veux pas rentrer, Resa. Pas maintenant ! lança Mo d'une voix résolue, mais aussi persuasive, comme s'il espérait pouvoir convaincre sa femme qu'ils étaient bien là. Nous avons encore des mois devant nous avant la naissance de cet enfant, et d'ici là, nous serons peut-être tous rentrés dans la maison d'Elinor. Mais aujourd'hui, ce monde est l'endroit où je veux être.

Il embrassa Resa sur le front et se dirigea vers les gardes qui étaient au milieu des arbres à l'autre bout du campement. Resa se laissa tomber dans l'herbe et enfouit son visage dans ses mains. Meggie aurait voulu la consoler, mais que pouvait-elle lui dire ? « Je veux rester près de Farid, Resa. Je ne veux pas en trouver un autre. » Non, cela n'aurait guère consolé sa mère. Et Mo ne revint pas non plus lui apporter le réconfort dont elle avait besoin.

16
L'offre du Fifre

Il arrive un moment où un personnage fait ou dit quelque
chose que tu n'avais pas prévu. À ce moment-là, il est
vivant et tu le laisses faire.

Graham Greene, in *Advice to Writers*

Enfin. Ils arrivaient. Les fanfares résonnaient depuis la
porte de la ville, métalliques, d'une solennité prétentieuse.
Fenoglio trouvait qu'elles ressemblaient à celui dont elles
annonçaient l'arrivée, le Gringalet. Le peuple trouvait
toujours les meilleurs surnoms. Même lui n'en aurait pas
inventé de meilleur, mais il est vrai que l'idée de créer ce
pâle arriviste ne lui serait pas venue ! Tête de Vipère lui-
même n'annonçait pas toujours son arrivée à grand renfort
de trompettes, mais il suffisait que son ridicule beau-frère
fasse le tour du château pour qu'aussitôt elles retentissent.

Fenoglio attira Despina et Ivo plus près de lui. Despina
se laissa faire docilement, mais son frère échappa à l'étreinte
de Fenoglio et grimpa, preste comme un écureuil, sur un
mur. De là, il verrait le Gringalet et sa suite, surnommée
la Meute, remonter la rue. La visite du beau-frère de Tête

de Vipère avait-elle été annoncée ? Certainement, car presque toutes les femmes d'Ombra l'attendaient.

« Pourquoi le Fifre compte-t-il nos enfants ? » Cette question les avait amenées devant la porte du château. Elles l'avaient déjà posée aux gardes, qui s'étaient contentés de pointer leurs lances sur les femmes en colère. Mais elles n'étaient pas rentrées chez elles pour autant.

C'était vendredi, jour de chasse, et elles attendaient depuis des heures le retour de leur nouveau maître qui, depuis son arrivée, s'acharnait à dépeupler la Forêt sans chemin. Une fois de plus, ses domestiques allaient traverser la ville affamée d'Ombra en portant des douzaines de perdrix ensanglantées, des sangliers, des cerfs et des lièvres, devant des femmes qui ne savaient pas où elles allaient trouver de quoi manger pour le lendemain. C'est pourquoi Fenoglio mettait rarement un pied dehors le vendredi mais, ce jour-là, la curiosité l'avait poussé à sortir. La curiosité, un sentiment désagréable...

– Fenoglio, lui avait demandé Minerve, tu peux surveiller Despina et Ivo ? Il faut que j'aille au château. Tout le monde y sera. Nous voulons les obliger à nous dire pourquoi le Fifre compte nos enfants.

« Vous connaissez la réponse », faillit-il lui dire. Mais Minerve avait l'air si désespérée qu'il se tut. « Qu'elle continue de croire que ses enfants ne finiront pas dans les mines d'argent ! Le Gringalet et le Fifre se chargeront bien de lui enlever ses derniers espoirs. »

Ah, qu'il en avait assez de tout ça ! La veille, il avait de nouveau essayé d'écrire, car le sourire arrogant du Fifre faisant son entrée dans Ombra à cheval l'avait mis hors de lui. Il avait attrapé l'une des plumes taillées que l'homme de verre continuait de lui préparer, l'invitant à écrire, s'était assis devant une feuille de papier vierge et s'en était pris à Cristal de Rose qui attendait en vain depuis une heure, sous prétexte que le papier qu'il avait acheté avait été fabriqué, visiblement, à partir de vieux pantalons.

« Ah, Fenoglio, auras-tu besoin encore longtemps de prétextes aussi bêtes pour cacher que tu es devenu un vieillard, un vieillard qui ne trouve plus ses mots ? » Oui, il l'admettait. Il voulait rester le maître de cette histoire, bien qu'il l'ait nié haut et fort depuis la mort de Cosimo. Il essayait régulièrement de retrouver avec sa plume et de l'encre la magie passée, la plupart du temps quand l'homme de verre ronflait dans son nid de fée, parce qu'il ne supportait pas que Cristal de Rose soit le témoin de son échec ! Il s'y essayait quand Minerve devait servir aux enfants une soupe qui avait un goût d'eau de lessive, quand les horribles fées multicolores jacassaient si fort dans leurs nids qu'il ne pouvait trouver le sommeil, ou quand l'une de ses créatures, comme le Fifre, lui rappelait les jours où, enivré par son propre talent, il avait tissé ce monde de mots.

La feuille resta blanche, à croire qu'Orphée s'était accaparé tous les mots de Fenoglio, en les prenant dans sa bouche, en les savourant. La vie avait-elle jamais eu un goût aussi amer ? Dans sa détresse, il avait même envisagé de rentrer dans l'autre monde, de retrouver son village si paisible, où les gens étaient bien nourris – son village sans fées où il ne se passait jamais rien d'extraordinaire. Il y retrouverait ses petits-enfants, à qui ses histoires devaient manquer (et toutes les histoires fantastiques qu'il leur rapporterait !). Mais où trouverait-il les mots pour se renvoyer là-bas ? Sûrement pas dans sa vieille tête vide ; et il ne pouvait guère demander à Orphée de les lui écrire. Oh non, il n'était pas tombé si bas !

Despina le tira par la manche. Cosimo lui avait offert sa tunique mais, depuis le temps, elle était mangée aux mites et aussi poussiéreuse que son cerveau rebelle. Que faisait-il ici, devant ce maudit château dont la vue le déprimait ? Pourquoi n'était-il pas dans son lit ?

– Fenoglio ? C'est vrai que quand on creuse dans la mine, on crache du sang sur l'argent qu'on trouve ?

La voix de Despina lui rappelait celle d'un petit oiseau.

– Ivo dit que j'aurais juste la bonne taille pour les galeries où se trouvent les meilleures veines d'argent.

Ce sale gosse ! Pourquoi fallait-il toujours qu'il raconte des histoires pareilles à sa petite sœur ?

– Combien de fois t'ai-je dit de ne pas croire un mot de ce que te raconte ton frère !

Fenoglio passa la main dans l'abondante chevelure brune de Despina et jeta à Ivo un regard lourd de reproches. Pauvre petite orpheline !

– Pourquoi je lui raconterais pas ? C'est elle qui me l'a demandé !

Ivo était à un âge où l'on méprise même les mensonges qui consolent.

– Toi, ils ne t'emmèneront sûrement pas, affirma-t-il en se penchant vers sa petite sœur. Les filles meurent trop vite. Mais moi oui, et Beppo et Lino, et même Mungus, bien qu'il boite. Le Fifre va tous nous emmener. Et ils nous ramèneront quand nous serons morts, comme nos…

Despina s'empressa de lui fermer la bouche, comme si le mot fatal pouvait empêcher le retour de son père.

Fenoglio se retint d'attraper le garçon et de le secouer un bon coup. Mais Despina se serait mise à pleurer. Est-ce que toutes les petites sœurs admirent ainsi leurs frères ?

– Maintenant, ça suffit ! Arrête de rendre ta sœur malade ! lança-t-il à Ivo. Le Fifre est ici pour capturer le Geai bleu, c'est tout. Et pour demander au Gringalet pourquoi il n'envoie plus d'argent au château de la Nuit.

– Ah bon ! Alors, pourquoi ils nous comptent ?

Le garçon avait beaucoup mûri au cours des dernières semaines ; l'inquiétude semblait avoir effacé de son visage les marques de l'enfance. À tout juste dix ans, Ivo était devenu le père de famille – même si Fenoglio essayait parfois de jouer à sa place ce rôle accablant. Le garçon travaillait chez les teinturiers, aidait à sortir le tissu mouillé des cuves nauséabondes et ramenait l'odeur le soir à la maison. Mais il gagnait ainsi plus que Fenoglio comme écrivain public au marché.

– Ils nous tueront tous ! poursuivit-il, imperturbable, les yeux rivés sur les gardes dont les lances étaient toujours pointées sur les femmes qui attendaient. Et le Geai bleu, ils le mettront en pièces, comme ils ont fait la semaine dernière avec le ménestrel qui avait jeté des légumes pourris sur le gouverneur. Ils ont donné ses restes en pâture aux chiens.

– Ivo !

C'était trop. Fenoglio essaya de lui tirer les oreilles, mais le garçon fut plus rapide et s'écarta d'un bond avant qu'il ait pu l'attraper. Despina lui serra la main de toutes ses forces, comme si c'était le seul recours dans ce monde chaotique.

– Ils ne vont pas le capturer ? demanda la fillette d'une

toute petite voix. (Fenoglio dut se pencher vers elle pour la comprendre.) L'ours protège le Geai bleu aussi bien que le Prince noir, non ?

– Bien sûr !

Fenoglio caressa à nouveau les cheveux noirs comme la nuit. Des chevaux remontaient les ruelles et des voix se faisaient entendre entre les maisons, si enjouées qu'elles semblaient défier le silence des femmes qui attendaient tandis que, derrière les collines environnantes, le soleil se couchait, colorant en rouge les toits d'Ombra. Les nobles seigneurs rentraient bien tard de la chasse aujourd'hui, leurs habits brodés d'argent éclaboussés de sang, le cœur distrait de l'ennui par la tuerie. Oui, la mort pouvait être une distraction fantastique, quand il s'agissait de celle des autres.

Les femmes se serrèrent les unes contre les autres. Les gardes les repoussèrent pour dégager la porte, mais elles restèrent devant les murs du château : des femmes jeunes et des vieilles, des mères, des filles, des grands-mères. Minerve était au premier rang. Durant ces dernières semaines, elle avait maigri. Son histoire la rongeait, son histoire cannibale ! Mais elle avait souri en entendant dire que le Geai bleu était allé regarder des livres au château et avait pu en ressortir indemne.

– Il va nous sauver ! avait-elle murmuré.

Le soir, elle avait chanté à voix basse les mauvaises chansons qui faisaient le tour d'Ombra. Sur la main noire et la main blanche de la justice, sur le Geai et le Prince… un relieur de livres et un lanceur de couteaux pour affronter le Fifre et son armée d'incendiaires cuirassés. Pourquoi pas, au fond ? Ça pourrait finir par être vraiment une bonne histoire…

Quand les soldats qui escortaient la compagnie de chasseurs passèrent à cheval, Fenoglio prit Despina dans ses bras. Des ménestrels descendaient la ruelle derrière eux, des fifres, des tambours, des jongleurs, des dresseurs de kobolds et bien entendu Oiseau de Suie qui ne ratait jamais une partie de plaisir (même si l'on racontait qu'aveugler et écarteler les gens lui donnait la nausée). Suivaient les chiens, tachetés comme la lumière dans la Forêt sans chemin, avec les valets qui veillaient à ce qu'ils soient affamés les jours de chasse, et enfin les chasseurs. À leur tête chevauchait le Gringalet, un petit homme maigrichon sur une monture bien trop grande pour lui, aussi laid que sa sœur était belle, à ce qu'on racontait, avec un nez pointu qui semblait trop court pour son visage et une grande bouche pincée. Nul ne savait ce qui avait poussé Tête de Vipère à faire de lui le seigneur d'Ombra. Peut-être avait-il accédé à la demande de sa sœur, qui avait donné au Prince argenté son premier fils. Mais Fenoglio pensait plutôt que Tête de Vipère avait choisi son chétif beau-frère parce qu'il était sûr qu'il ne se dresserait jamais contre lui.

« Quel pâle personnage ! » pensait Fenoglio, méprisant, tandis que le Gringalet passait devant lui d'un air hautain. Visiblement, cette histoire donnait désormais des rôles principaux à des personnages de second plan.

Comme on pouvait s'y attendre, le tableau de chasse de ces messieurs était abondant : des perdrix se balançaient, tels des fruits récemment tombés de l'arbre, à des barres auxquelles les valets les avaient attachées, une demi-douzaine de chevreuils que Fenoglio avait imaginés spécialement pour ce monde, avec un pelage brun-roux tacheté comme celui d'un faon, même à un âge avancé (non que ces bêtes

187

fussent bien vieilles !), des lièvres, des cerfs, des sangliers…
Les femmes d'Ombra regardaient le gibier d'un air impassible. Certaines se trahissaient en posant la main sur leur ventre vide ou en jetant un coup d'œil furtif en direction de leurs enfants toujours affamés, qui les attendaient devant les portes des maisons.

Puis il vit la licorne.

Maudit Tête de Camembert ! Dans le monde qu'avait créé Fenoglio, il n'y avait pas de licornes, mais Orphée en avait fait surgir une, juste pour que le Gringalet puisse l'abattre. Fenoglio s'empressa de mettre la main devant les yeux de Despina quand les chasseurs passèrent devant eux, afin de lui dissimuler la robe blanche transpercée et sanguinolente. Une semaine auparavant, Cristal de Rose lui avait parlé de cette commande du Gringalet. Le prix en avait été prohibitif et tout Ombra s'était demandé dans quel pays Œil Double avait été chercher sa créature fantastique.

Une licorne ! Quelles histoires n'aurait-on pas pu raconter à ce sujet ! Mais le Gringalet ne payait pas pour des histoires. D'ailleurs, Orphée n'aurait pas pu les écrire. « Il l'a créée avec mes mots ! pensa Fenoglio. Avec mes mots ! » Il sentait la colère peser comme une pierre dans son estomac. Si seulement il avait eu l'argent pour charger des voleurs d'aller dérober le livre qui fournissait ses mots à ce parasite ! Son propre livre ! Si seulement il avait pu faire surgir quelques trésors pour lui-même ! Mais même ça, il n'y arrivait pas. Lui, Fenoglio, ancien poète de Cosimo le Beau et créateur de ce monde extraordinaire ! Des larmes de pitié lui montèrent aux yeux ; il s'imagina Orphée passant devant lui, transpercé et ensanglanté comme la licorne par la seule puissance de son verbe. Oui !

– Pourquoi comptez-vous nos enfants ? Arrêtez avec ça !

La voix de Minerve tira Fenoglio de son rêve vengeur. En voyant sa mère s'avancer entre les chevaux, Despina s'accrocha si fort à son cou de ses petits bras maigres qu'il en eut presque le souffle coupé. Minerve était-elle devenue folle ? Voulait-elle que ses enfants deviennent vraiment orphelins ? Une femme qui se trouvait juste derrière le Gringalet la désigna de son doigt ganté, montrant, pour s'en moquer, ses pieds nus et sa pauvre robe. Minerve, par tous les diables ! Le cœur de Fenoglio battait à tout rompre. Despina se mit à pleurer, mais ce ne furent pas ses sanglots qui firent reculer Minerve. Le Fifre venait d'apparaître entre les créneaux qui surplombaient la porte.

– Pourquoi nous comptons vos enfants ? Vous voulez le savoir ? lança-t-il aux femmes.

Debout entre les créneaux, étincelant comme un paon, quatre arbalétriers à ses côtés, il portait, comme à son habitude, des habits somptueux. À côté de lui, même le Gringalet avait l'air d'un valet de chambre. Il était peut-être làhaut depuis un moment, à observer comment le beau-frère s'en sortait avec les femmes. Sa voix rauque portait loin dans le silence qui régnait soudain sur Ombra.

– Nous comptons tout ce qui nous appartient ! cria-t-il. Les moutons, les vaches, les poules, les femmes, les enfants, les hommes, même s'il ne vous en reste guère. Nous comptons les champs, les granges, les étables, les maisons, chaque arbre de votre forêt. Tête de Vipère voudrait quand même savoir sur quoi il règne.

Son nez argenté pointait comme un bec au milieu de son visage. Des histoires racontaient que Tête de Vipère avait fait forger un cœur en argent pour son héraut, mais

Fenoglio était certain que c'était un cœur humain qui battait dans la poitrine du Fifre. Il n'est rien de plus cruel qu'un cœur de chair et de sang, car il sait ce qui fait mal.

– Vous ne voulez pas les faire travailler dans les mines ? s'enquit une voix plus effrayée qu'insolente.

Cette fois, la voix qui avait parlé ne s'élevait pas comme celle de Minerve mais se dissimulait au milieu des autres.

Le Fifre ne répondit pas immédiatement. Il contempla ses ongles. Le Fifre était fier de ses ongles roses, soignés comme ceux d'une femme. Fenoglio les avait décrits ainsi et c'était toujours excitant de voir un de ses personnages se comporter exactement comme il l'avait voulu.

« Tu les baignes chaque soir dans de l'eau de rose, crapule ! pensa-t-il tandis que Despina fixait le Fifre comme un oiseau regarde le chat qui veut le dévorer. Et tu les portes longs comme les femmes qui tiennent compagnie au Gringalet. »

– Dans les mines, mais c'est une excellente idée !

Le silence était tel que l'homme au nez argenté n'eut pas besoin d'élever la voix. Le soleil couchant projetait son ombre sur les femmes, une ombre longue et noire. « Impressionnant », pensa Fenoglio. Le Gringalet avait vraiment l'air bête. Le Fifre le faisait attendre devant sa propre porte, comme un domestique. Quelle drôle de scène. Mais elle n'était pas de lui…

– Je comprends ! Vous croyez que Tête de Vipère m'a envoyé ici pour cela !

Le Fifre s'appuya des deux mains sur le mur et abaissa son regard sur les femmes et le Gringalet, comme un rapace qui se demande quelle proie le régalera le mieux.

– Mais non, poursuivit-il. Je suis ici pour capturer un

oiseau, et vous connaissez tous la couleur de son plumage. Même s'il était, à ce qu'on m'a dit, déguisé en corbeau lors de sa dernière impertinence. Dès que cet oiseau sera pris, je retournerai de l'autre côté de la forêt. N'est-ce pas, gouverneur ?

Le Gringalet leva les yeux vers lui et remit au fourreau son épée sanglante.

– Si vous le dites ! s'écria-t-il en maîtrisant à grand-peine sa voix.

Il jeta aux femmes devant la porte un regard irrité, comme s'il n'avait encore jamais vu une chose pareille.

– Je le dis, reprit le Fifre en regardant le Gringalet avec un sourire condescendant. Cependant (il regarda à nouveau les femmes et marqua une pause qui sembla interminable), s'il s'avérait que cet oiseau ne se laisse pas attraper...

Nouvelle pause, comme s'il voulait observer attentivement chacune d'entre elles.

– S'il s'avérait que certaines d'entre vous, ici présentes, lui offrent un abri, l'avertissent du passage d'une patrouille ou écrivent des chansons sur sa manière de se moquer de nous (il poussa un profond soupir), je me verrais obligé d'emmener à sa place vos enfants car vous comprenez bien que je ne peux rentrer au château de la Nuit les mains vides !

« Maudit soit ce bâtard au nez argenté ! Pourquoi ne l'as-tu pas fait plus bête, Fenoglio ? Parce que les méchants qui sont bêtes sont mortellement ennuyeux. » Le vieil homme sentit la honte le brûler en voyant le désespoir s'inscrire sur le visage des femmes.

– Tout dépend de vous !

La voix rauque avait gardé cette intonation sirupeuse qui plaisait tant à Capricorne naguère.

– Aidez-moi à capturer l'oiseau que Tête de Vipère aimerait tant entendre chanter dans son château et vous pourrez garder vos enfants. Sinon (il fit un signe nonchalant aux gardes et le Gringalet, blême de colère, dirigea son cheval vers la porte qui s'ouvrait), sinon, je serai, hélas, contraint de me souvenir du besoin constant que l'on a de petites mains dans nos mines d'argent.

Les yeux que les femmes levaient vers lui étaient vides, comme s'il n'y avait plus de place en elles pour un surcroît de désespoir.

– Qu'est-ce que vous faites encore là ? leur cria-t-il au moment où les valets franchissaient la porte avec le gibier. Filez ! Ou je vous fais arroser d'eau bouillante. Un bain ne vous ferait sûrement pas de mal.

Les femmes reculèrent, assommées, sans quitter des yeux les créneaux, comme si les bouilloires chauffaient déjà.

La dernière fois que le cœur de Fenoglio avait battu si vite, c'était dans l'atelier de Balbulus, quand les soldats étaient arrivés et avaient emmené Mortimer. Il examina le visage des femmes, les mendiants assis près du pilori devant le mur du château, les enfants effrayés, et la peur l'envahit. Malgré les récompenses que le Prince argenté avait promises en échange de la tête de Mortimer, il n'avait réussi à soudoyer personne à Ombra. Mais maintenant ? Quelle mère refuserait de trahir le Geai bleu pour sauver son enfant ?

Un mendiant se frayait un chemin entre les femmes ; quand il passa en boitant près de Fenoglio, il reconnut en lui un espion du Prince noir. « Bon ! se dit-il. Mortimer va bientôt être au courant du marché que le Fifre a proposé aux femmes d'Ombra. Mais que se passera-t-il alors ? »

Les chasseurs s'engouffrèrent à la suite du Gringalet par la porte du château et les femmes se retirèrent la tête basse, comme si elles avaient honte à l'avance de la trahison à laquelle les avait conviées le Fifre.

– Fenoglio !

Une femme s'arrêta devant lui. Il la reconnut quand elle enleva le foulard qu'elle avait noué comme une paysanne sur ses cheveux relevés.

– Resa ? Que fais-tu ici ?

Fenoglio, inquiet, jeta un coup d'œil alentour. La femme de Mortimer était venue seule, semblait-il.

– Je t'ai cherché partout !

Despina s'accrocha au cou de Fenoglio et regarda l'inconnue avec curiosité.

– Elle ressemble à Meggie, chuchota-t-elle.

– C'est sa mère, expliqua-t-il.

Il reposa Despina en voyant Minerve se diriger vers lui. Elle marchait lentement, comme si elle était sur le point de s'évanouir. Ivo courut vers elle et passa le bras autour de sa taille, d'un air protecteur.

– Fenoglio ! s'exclama Resa en l'attrapant par le bras, il faut que je te parle !

De quoi ? Ce ne pouvait être rien de bon.

– Minerve, rentre à la maison, je te rattrape ! Ne t'inquiète pas, tout va bien se passer, ajouta-t-il avec maladresse, mais Minerve se contenta de le regarder comme s'il était un de ses enfants.

Puis elle prit la main de sa fille et suivit son fils qui

ouvrait la marche, d'un pas incertain, comme si les mots du Fifre devenaient autant d'éclats de verre sous ses pieds.

– Dis-moi que ton mari est caché bien loin dans la forêt et qu'il n'a pas l'intention de faire d'autres bêtises, comme la visite à Balbulus ! chuchota Fenoglio tout en entraînant Resa dans la ruelle des boulangers, d'où montait toujours une odeur de pain frais et de gâteaux, une odeur pénible pour la plupart des habitants d'Ombra qui ne pouvaient plus s'offrir de telles douceurs.

Resa remit son foulard sur sa chevelure et regarda autour d'elle, comme si elle avait peur que le Fifre ne soit descendu des créneaux pour la suivre, mais elle ne vit qu'un chat maigre. Autrefois, beaucoup de cochons s'ébattaient dans les ruelles mais ils avaient tous été mangés, pour la plupart là-haut, au château.

– J'ai besoin de ton aide !

Comme elle avait l'air désespérée !

– Il faut que tu nous renvoies dans l'autre monde ! Tu nous dois bien ça ! C'est à cause de tes chansons que Mo est en danger, et ça empire de jour en jour ! Tu as entendu ce que le Fifre a dit…

– Doucement, doucement !

Il avait beau se faire des reproches, il n'aimait pas les entendre quand ils venaient de quelqu'un d'autre. Et celui-ci était mérité.

– C'est Orphée qui a fait venir Mortimer ici, pas moi ! Je ne pouvais pas prévoir que mon modèle pour le Geai bleu se promènerait tout à coup en chair et en os dans ce monde-ci !

– Mais c'est arrivé !

L'un des gardes de nuit chargé d'allumer les réverbères

descendait la ruelle. La nuit tombait vite à Ombra. Au château, la fête n'allait pas tarder à commencer et les feux d'Oiseau de Suie à s'élever dans le ciel avec leur odeur nauséabonde.

– Si tu ne le fais pas pour moi, fais-le pour Meggie ! (Resa s'efforçait de garder son calme mais Fenoglio vit qu'elle avait les larmes aux yeux.) Et pour le frère ou la sœur qu'elle aura bientôt.

Un enfant ? Involontairement, Fenoglio fixa le ventre de Resa, comme s'il y voyait déjà un nouveau personnage. Les complications ne s'arrêteraient-elles donc jamais ?

– Fenoglio, je t'en prie !

Que pouvait-il lui répondre ? Allait-il lui parler de la feuille toujours blanche sur son pupitre, ou lui avouer qu'il aimait le rôle que jouait son mari et qu'il lui avait écrit, que le Geai bleu était sa seule consolation en ces heures sombres, la seule de ses idées qui fonctionnait vraiment ? Non.

– C'est Mortimer qui t'envoie ?

Elle évita son regard.

– Resa, il veut partir ?

« Quitter *mon* monde ? ajouta-t-il pour lui-même. Mon monde fantastique, même si actuellement, il est un peu chaotique ? » Il aimait ce monde, malgré tous ses aspects obscurs, peut-être même à cause d'eux. Non. Non, pas à cause d'eux… à moins que ?

– Il faut qu'il rentre ! Tu ne le vois donc pas ?

Les dernières lueurs du jour déclinaient dans les ruelles. Le froid était tombé sur les maisons serrées les unes contre les autres, et aussi le silence, comme si tous, à Ombra, méditaient la menace du Fifre. Resa referma en frissonnant la cape autour de ses épaules.

– Tes mots… ils le changent !

– Qu'est-ce que tu racontes ? Les mots ne changent pas les hommes ! s'exclama Fenoglio, plus haut qu'il n'aurait voulu. Il se peut qu'à travers ces mots ton mari ait appris sur lui-même des choses qu'il ne savait pas encore, mais elles étaient là et s'il y prend plaisir, ce n'est quand même pas ma faute ! Alors retourne d'où tu viens, raconte-lui ce que le Fifre a dit, dis-lui d'éviter dans les jours à venir de faire des visites comme celle qu'il a rendue à Balbulus et, au nom du ciel, ne te fais pas de souci. Il joue très bien son rôle ! Il le joue mieux que tous les autres que j'ai inventés, à l'exception du Prince noir. Ton mari est un héros en ce monde ! Quel homme ne voudrait pas être à sa place ?

Elle le regardait comme s'il était un vieux fou gâteux.

– Tu sais très bien comment finissent les héros, dit-elle d'une voix entrecoupée. Ils n'ont ni femmes ni enfants et ne font pas de vieux os. Cherches-en un autre pour jouer au héros dans ton histoire ! Il faut que tu nous renvoies dans l'autre monde ! Cette nuit même.

Il ne savait où poser ses yeux. Elle avait un regard limpide, comme celui de sa fille. Meggie l'avait toujours regardé de cette manière. À une fenêtre, une bougie brûlait. Son monde sombrait dans l'obscurité. La nuit tombait… Rideau ! Demain, la vie reprendrait.

– Je suis désolé, mais je ne peux pas t'aider. Je n'écrirai plus jamais, ça ne fait que porter malheur et du malheur, il y en a assez ici.

Qu'il était lâche. Trop lâche pour la vérité. Pourquoi ne lui disait-il pas que les mots l'avaient déserté, qu'elle devait s'adresser à quelqu'un d'autre ? Mais Resa semblait le savoir de toute manière. Divers sentiments se mêlaient

sur son visage limpide : la colère, la déception, la peur…
et le défi. «Comme sa fille, pensa Fenoglio une fois encore.
Si inflexible, si forte. » Les femmes étaient différentes.
Oui, sans aucun doute. Les hommes se brisaient bien plus
vite. Le chagrin ne brisait pas les femmes. Il les usait, les
vidait, petit à petit, comme Minerve.

– Bien ! (La voix de Resa semblait ferme, bien qu'elle
tremblât.) Dans ce cas, je vais aller trouver Orphée. Il
arrive à faire surgir des licornes, il nous a tous fait venir
ici. Pourquoi ne pourrait-il pas nous renvoyer dans l'autre
monde ?

« Si tu as l'argent nécessaire », pensa Fenoglio, mais il
resta silencieux. Orphée l'enverrait promener. Il gardait
ses mots pour ces messieurs du château qui lui payaient ses
beaux vêtements et ses servantes. Non, elle allait devoir
rester, avec Mortimer et Meggie – et c'était bien ainsi,
car qui d'autre pourrait lire ses mots si jamais un jour ils
recommençaient à lui obéir ? Et qui tuerait Tête de Vipère,
si ce n'était pas le Geai bleu ?

Oui, ils devaient rester. C'était mieux comme ça.

– Eh bien, va voir Orphée, dit-il. Je te souhaite bonne
chance.

Et il lui tourna le dos pour ne pas voir plus longtemps le
désespoir dans ses yeux. Ou bien était-ce du mépris ?

– Mais il vaut mieux que tu attendes qu'il fasse jour pour
rentrer, ajouta-t-il. Les routes sont de moins en moins
sûres.

Et il s'en alla. Minerve devait l'attendre pour dîner. Il
ne se retourna pas. Il savait trop bien quelle serait l'expression de Resa. Exactement celle de sa fille.

17
La fausse peur

Tu souhaites quelque chose que tu ne veux pas vraiment,
  dit le rêve.
Mauvais rêve. Punis-le. Chasse-le de la maison.
Attache-le aux chevaux, laisse les chevaux partir.
Pends-le. Il l'a mérité.
Nourris-le de champignons, de champignons vénéneux.

Paavo Haavikko, *Les arbres respirent doucement*

Deux jours et deux nuits durant, Mo avait cherché, avec Baptiste et le Prince noir, un endroit où cacher au moins une centaine d'enfants. Finalement, avec l'aide de l'ours, ils avaient trouvé une grotte. Mais le chemin qui y menait était long. Le flanc de colline dans lequel se dissimulait la grotte était raide et impraticable, surtout pour des pieds d'enfant, et dans la gorge voisine vivait une harde de loups, mais on pouvait espérer que ni les chiens du Gringalet ni ceux du Fifre ne viendraient les dénicher là. Même si l'espoir était minime.

Pour la première fois depuis longtemps, Mo se sentait le cœur un peu plus léger. L'espoir. Rien n'était aussi grisant.

Et presque aucun espoir n'avait un goût plus doux que celui de réserver au Fifre une mauvaise surprise et de l'humilier devant son maître immortel. Ils ne pourraient pas mettre tous les enfants à l'abri, bien sûr, mais ils en cacheraient beaucoup. Si leur plan fonctionnait, les enfants, après les hommes, auraient bientôt déserté Ombra. Pour mener à bien ses projets d'enlèvement, le Fifre se verrait obligé d'aller chercher les enfants dans des villages retirés, en espérant que les hommes du Prince noir ne seraient pas arrivés avant pour aider les femmes à cacher leurs petits. Oui. S'ils parvenaient à sauver les enfants d'Ombra… Mo se sentait presque euphorique en rentrant au campement. Mais, quand Meggie vint au-devant de lui, il remarqua son air inquiet et son humeur changea aussitôt. Visiblement, les nouvelles étaient mauvaises.

La voix de l'adolescente tremblait quand elle lui rapporta le marché que le Fifre avait proposé aux femmes d'Ombra : le Geai bleu contre leurs enfants… Le Prince n'avait pas besoin d'expliquer à Mo ce que cela voulait dire. Au lieu de les aider à cacher leurs petits, il allait devoir se cacher lui-même, se cacher de toutes les femmes qui avaient un enfant en âge de travailler dans les mines.

– Le mieux serait que tu vives dans les arbres ! bredouilla Gecko.

Il avait bu, sans doute de ce vin qu'ils avaient volé la semaine précédente à des amis chasseurs du Gringalet.

– Tu n'as qu'à voler jusqu'à leur cime. Ils racontent bien que tu as réussi à t'échapper de l'atelier de Balbulus, non ?

Mo eut envie de frapper cette bouche d'ivrogne, mais Meggie saisit sa main et la colère qui l'avait envahi retomba quand il lut la peur sur le visage de sa fille.

– Qu'est-ce que tu vas faire maintenant, Mo ? murmura-t-elle.

Oui, qu'allait-il faire ? Il ne connaissait pas la réponse. Il savait seulement qu'il aurait préféré se rendre au château de la Nuit, au lieu de se terrer comme un lièvre. Il se détourna à la hâte pour que Meggie ne puisse lire ses pensées, mais elle le connaissait si bien ! Trop bien…

– Resa a peut-être raison ! chuchota-t-elle.

Gecko fixait Mo de ses yeux injectés de sang, et même le Prince noir ne pouvait dissimuler son inquiétude.

– On devrait peut-être vraiment rentrer, Mo ! poursuivit-elle d'une voix à peine audible.

Elle l'avait entendu se disputer avec Resa. Instinctivement, il chercha cette dernière des yeux, mais ne la vit nulle part.

– Qu'est-ce que tu vas faire maintenant, Mo ?

Oui, qu'allait-il faire ? La dernière chanson sur le Geai bleu serait-elle : *Ils eurent beau le chercher partout, ils ne capturèrent jamais le Geai bleu. Il disparut sans laisser de traces, comme s'il n'avait jamais existé. Mais il laissait derrière lui le livre, le livre vide qu'il avait relié pour Tête de Vipère, et avec lui une tyrannie immortelle.* Non ! Pas cela ! Ah, non, Mortimer ? Quoi, alors ? *Mais un jour, une mère qui avait peur pour ses enfants dénonça le Geai bleu. Et il mourut de la mort la plus atroce qu'un homme pût connaître au château de la Nuit.* Était-ce une meilleure fin ? Y en avait-il une meilleure ?

– Viens ! dit Baptiste en lui pressant l'épaule. Allons boire pour oublier cette nouvelle, en espérant que les autres n'ont pas bu tout le vin du Gringalet. Oublie le Fifre, oublie Tête de Vipère, oublie les enfants d'Ombra, noie-les tous dans le vin rouge !

Mais Mo n'était pas d'humeur à boire. Même si le vin aurait peut-être enfin fait taire la voix qu'il entendait au fond de lui-même depuis sa dispute avec Resa : « Je ne veux pas rentrer ! Non. Pas maintenant… »

Gecko repartit en titubant vers le feu et se glissa entre Monseigneur et Fléau des Elfes. Ils ne tarderaient pas à se battre, comme toujours quand ils étaient ivres.

– Je vais me coucher, le sommeil rend la tête plus claire que le vin, dit le Prince noir. Nous parlerons demain.

L'ours s'allongea devant la tente de son maître et regarda Mo.

Demain.

Et maintenant, Mortimer ? Il faisait de plus en plus froid et dans la nuit, son haleine était blanche. Il chercha encore une fois Resa des yeux. Où était-elle passée ? Il lui avait rapporté une fleur, plate et bleu pâle, une des rares fleurs qu'elle n'avait pas encore dessinées. On les appelait miroir-des-fées : il y avait tant de rosée entre leurs tendres feuilles que les fées s'en servaient pour contempler leur propre image.

– Meggie, tu as vu ta mère ? demanda-t-il.

Meggie ne répondit pas. Doria lui avait apporté un morceau du sanglier qui rôtissait sur le feu. Apparemment un morceau de choix. Le garçon lui chuchota quelque chose – se l'imaginait-il ou sa fille venait-elle de rougir ? En tout cas, elle n'avait pas entendu sa question.

– Meggie… tu sais où est Resa ? répéta Mo en se forçant à ne pas sourire quand Doria lui lança un bref coup d'œil inquiet.

C'était un beau garçon, pas très grand mais plus fort que Farid. Il devait se demander si ce que les chansons rapportaient du Geai bleu, à savoir qu'il protégeait sa fille comme la prunelle de ses yeux, était vrai. « Non, plutôt comme le plus beau de tous les livres, pensa Mo, et j'espère bien que tu ne lui causeras pas autant de chagrin que Farid, car sinon, le Geai bleu n'hésitera pas à te donner en pâture à l'ours du Prince ! »

Par chance, cette fois, Meggie n'avait pas lu dans ses pensées. Resa ? Elle goûta la viande grillée et remercia Doria d'un sourire.

– Elle est allée chez Roxane.

– Chez Roxane ? Mais Roxane est ici.

Mo se tourna vers la tente des malades. Un des brigands s'y tordait de douleur : il avait dû manger des champignons toxiques. Roxane, devant la tente, parlait avec les deux femmes qui s'occupaient de lui. Meggie la regarda à son tour, troublée.

– Mais Resa a dit qu'elle avait rendez-vous avec Roxane.

Mo fixa sur la robe de sa fille la fleur destinée à Resa.

– Depuis combien de temps est-elle partie ? demanda-t-il d'une voix qui se voulait insouciante.

Meggie ne fut pas dupe. Pas de sa part.

– À midi ! Mais si elle n'est pas chez Roxane, où est-elle alors ?

Elle ne connaissait pas la réponse à sa question. Il oubliait toujours qu'elle connaissait Resa moins bien que lui. Un an, ce n'était pas beaucoup pour connaître une mère. « As-tu oublié notre dispute ? voulut-il répondre. Elle est chez Fenoglio. » Mais il ravala ces mots. La peur l'oppressait, et il aurait bien aimé croire qu'il se faisait du souci pour la sécurité de Resa. Mais il ne savait pas plus se mentir à lui-même qu'il ne savait mentir aux autres. Non, il n'avait pas peur pour sa femme, même s'il aurait eu toutes les raisons de se tourmenter à son sujet. Il redoutait que quelqu'un lise les mots qui le renverraient dans son ancien monde, comme un poisson capturé dans un fleuve et rejeté dans la mare d'où il vient… « Ne sois pas bête, Mortimer ! » se dit-il, agacé. « Même si Fenoglio écrit ces mots pour Resa, qui pourrait les lire ? Qui donc ? » chuchotait une voix en lui.

Orphée.

Meggie le regardait d'un air inquiet. Doria ne la quittait pas des yeux. Mo fit demi-tour et se dirigea vers les chevaux.

– Je ne serai pas long, dit-il.

– Où vas-tu ? Mo !

Meggie courut derrière lui, mais il ne se retourna pas.

« Pourquoi es-tu si pressé, Mortimer ? se moquait la petite voix. Tu crois vraiment que tu peux aller plus vite, sur ton cheval, qu'Orphée avec ses mots sur une langue onctueuse ? » L'obscurité tomba comme un nuage du ciel, un nuage sombre qui étouffait tout, les couleurs, le chant des oiseaux… Resa. Où était-elle ? Encore à Ombra ou déjà sur le chemin du retour ? Et soudain, une autre peur l'envahit – aussi terrible que celle des mots. La peur des bandits de grand chemin et des esprits de la nuit, le souvenir des femmes trouvées mortes dans les buissons. Avait-elle au moins emmené l'hercule avec elle ? Mo jura à voix basse. Non, bien sûr que non. Il était assis devant le feu avec Baptiste et Vagabond et il était déjà si saoul qu'il commençait à chanter.

Il aurait dû le savoir. Resa était restée très silencieuse depuis leur dispute. Avait-il oublié ce que ça voulait dire ? Il connaissait ce silence, il savait ce qu'il signifiait. Mais il avait suivi le Prince noir, au lieu de parler avec elle de ce qui la rendait muette, presque autant qu'autrefois, quand elle avait perdu sa voix.

– Mo ! Qu'est-ce que tu fais ?

La voix de Meggie faiblissait sous le coup de la peur. Elle chuchota quelque chose à Doria, qui l'avait suivie, et il fonça vers la tente du Prince.

– Bon sang, Meggie, qu'est-ce que tu fais ?

Mo serra la sangle de la selle. Si seulement ses doigts n'avaient pas tremblé ainsi !

– Où veux-tu aller la chercher ? Tu ne peux pas partir d'ici ! Tu as oublié le Fifre ?

Elle le retint. Doria arrivait avec le Prince. Mo jura à nouveau et lança les rênes sur l'encolure du cheval.

– Qu'est-ce que tu fais ?

Le Prince noir était derrière lui, flanqué de son ours.

– Il faut que j'aille à Ombra.

– À Ombra ?

Avec douceur, le Prince écarta Meggie et attrapa les rênes. Que pouvait-il lui dire ? « Prince, ma femme veut demander à Fenoglio de lui écrire des mots qui me feront disparaître, des mots qui ramèneront le Geai bleu à ce qu'il était jadis – rien d'autre que le produit de l'imagination d'un vieil homme, aussi vite disparu qu'il était venu. »

– C'est du suicide. Tu n'es pas immortel, contrairement à ce que les chansons racontent. Ceci est la vraie vie. Est-ce que tu commences à l'oublier ?

« La vraie vie. Qu'est-ce que c'est, Prince ?

– Resa est partie pour Ombra, il y a plusieurs heures. Elle est seule et la nuit est tombée. Il faut que j'aille la chercher.

« … et savoir si les mots ont déjà été écrits, écrits et lus. »

– Mais le Fifre est là-bas ! Tu veux lui faire un cadeau ? Je vais envoyer quelques hommes.

– Qui ? Ils sont tous saouls.

Mo tendit l'oreille dans la nuit. Il croyait déjà entendre les mots qui le renverraient dans l'autre monde – des mots aussi puissants que ceux qui l'avaient protégé contre les Femmes blanches. Il entendait, au-dessus de lui, le bruissement du vent dans le feuillage jauni et les voix avinées des brigands autour du feu. L'air sentait la résine, les feuilles d'automne et la mousse parfumée qui poussait dans la forêt de Fenoglio. Même en cette saison, de minuscules fleurs blanches parsemaient encore le sol, et quand on les pressait entre les doigts, elles avaient un goût de miel. « Je ne veux pas rentrer, Resa. »

Dans les montagnes, un loup hurlait. Meggie tourna la tête, effrayée. Elle avait peur des loups, comme sa mère. « Pourvu qu'elle soit restée à Ombra ! » pensa Mo. Même si cela voulait dire qu'il lui faudrait passer devant les sentinelles. « Rentrons, Mo. Je t'en prie ! »

Il sauta sur son cheval. Avant qu'il ait pu la retenir, Meggie avait sauté derrière lui. Résolue comme sa mère… Elle passa les bras autour de sa taille et le serra si fort qu'il n'essaya pas de la convaincre de rester.

– Tu vois ça, l'ours ? dit le Prince. Tu sais ce que ça signifie ? Qu'il y aura bientôt une nouvelle chanson – sur l'obstination du Geai bleu, sur le fait que le Prince noir, parfois, doit le protéger contre lui-même.

Il se trouva encore deux hommes en état de monter à cheval. Doria les accompagna. Sans un mot, il sauta derrière le Prince. Il portait une épée trop grande pour lui mais il savait s'en servir, et il était aussi téméraire que Farid. Ils seraient à Ombra avant le lever du jour, bien que la lune fût déjà haut dans le ciel.

Mais les mots sont bien plus rapides qu'un cheval.

18

Un allié dangereux

Tout le jour il suait d'obéissance ; très
Intelligent ; pourtant des tics noirs, quelques traits,
Semblaient prouver en lui d'âcres hypocrisies.
Dans l'ombre des couloirs aux tentures moisies,
En passant il tirait la langue, les deux poings
À l'aine [...].

Arthur Rimbaud, *Les Poètes de sept ans*

Quand Resa frappa à la porte, Farid venait d'apporter à Orphée sa deuxième bouteille de vin. Tête de Camembert avait quelque chose à arroser. Sa propre personne et son génie, comme il le nommait.

– Une licorne ! Une licorne parfaite, qui s'ébrouait et piaffait, prête à poser à tout moment sa stupide tête sur les genoux d'une vierge ! Pourquoi crois-tu qu'il n'y en avait pas en ce monde, Oss ? Parce que Fenoglio n'avait pas su l'écrire ! Des fées volantes, des kobolds poilus, des hommes de verre, oui. Mais pas de licorne.

Farid aurait bien aimé renverser le vin sur la chemise blanche d'Orphée, qu'elle se colore en rouge comme la robe de la licorne que ce crétin avait créée uniquement pour que le Gringalet puisse la tuer. Farid l'avait vue. Il se rendait chez le tailleur d'Orphée pour lui donner à retoucher les pantalons de ce dernier, encore trop petits. Quand il avait vu passer les chasseurs avec la licorne, il avait dû s'asseoir dans l'embrasure d'une porte tant le spectacle des yeux éteints lui avait soulevé le cœur. Des assassins.

Farid était là quand Orphée avait lu les mots qui la feraient surgir en ce monde, des mots tellement beaux qu'il était resté figé à la porte du bureau… *Elle s'avança au milieu des arbres, blanche comme les fleurs de jasmin sauvage. Les fées voltigeaient autour d'elle, des nuées de fées qui semblaient avoir attendu, impatientes, sa venue…*

Grâce à la voix d'Orphée, il avait vu la corne, la crinière ondulée, entendu la licorne s'ébrouer et gratter l'herbe gelée avec ses sabots. Trois jours durant, il avait cru qu'en fin de compte, faire venir Orphée à Ombra n'avait pas été une si mauvaise idée. Trois jours, s'il avait bien compté – le temps qu'avait vécu la licorne avant que les chiens du Gringalet la harcèlent jusqu'à ce qu'elle coure s'empaler sur les lances des chasseurs. Mais peut-être les choses ne s'étaient-elles pas passées ainsi : Brianna, à la cuisine, racontait qu'une maîtresse d'Oiseau de Suie l'avait attirée avec un sourire.

Oss ouvrit la porte. Quand Farid se faufila pour voir qui frappait à une heure si tardive, il prit tout d'abord le visage pâle qui émergeait de l'obscurité pour celui de Meggie, tant l'adolescente ressemblait à sa mère.

– Orphée est là ?

Resa parlait très bas, comme si elle avait honte de ses paroles ; quand elle aperçut Farid derrière Gros Lard, elle lui lança un regard furtif puis baissa la tête, telle une enfant surprise à faire quelque chose de défendu.

Que lui voulait-elle donc, à Tête de Camembert ?

– Dis-lui, s'il te plaît, que la femme de Langue Magique veut lui parler.

Oss la fit entrer dans le vestibule. Gros Lard lui fit signe d'attendre et monta l'escalier d'un pas lourd. Comme Resa lui tournait ostensiblement le dos, pour bien lui faire comprendre qu'elle ne lui dirait rien sur la raison de sa visite, Farid suivit Oss dans l'espoir d'en apprendre davantage.

Quand son garde du corps vint lui annoncer cette visiteuse nocturne, Tête de Camembert n'était pas seul. Trois filles, pas plus vieilles que Meggie, lui tenaient compagnie. Elles roucoulaient depuis des heures, lui répétant combien il était intelligent, important et irrésistible. La plus jeune était assise sur ses gros genoux ; Orphée l'embrassait et la tripotait si grossièrement que Farid dut se retenir de lui taper sur les doigts. Orphée voulait les plus jolies filles d'Ombra et c'était au garçon de les lui dénicher. « Ne fais pas tant de manières ! avait-il lancé à Farid, qui s'était d'abord refusé à exécuter ce genre d'ordre. Elles m'inspirent. Tu n'as jamais entendu parler des muses ? Alors dépêche-toi, sinon je ne trouverai jamais les mots que tu attends avec tant d'impatience ! »

Et Farid obéissait ; il ramenait dans la maison d'Orphée les filles qui, au marché et dans les ruelles, le suivaient des yeux. Elles étaient nombreuses à le suivre des yeux. À Ombra, presque tous les garçons de son âge étaient morts, ou au service de Violante. La plupart des filles acceptaient de l'accompagner pour quelques pièces de monnaie. Elles avaient toutes des frères, des sœurs, des mères qui avaient faim et besoin d'argent. Et certaines voulaient simplement s'offrir enfin une nouvelle robe.

La femme de Langue Magique ? À l'intonation de sa voix, on devinait qu'Orphée avait déjà dû absorber une bouteille entière de vin rouge mais, derrière les verres de ses lunettes rondes, ses yeux étaient étonnamment clairs. L'une des filles toucha les lunettes du doigt, très délicatement, comme si elle avait peur d'être changée sur-le-champ en femme de verre.

– Intéressant. Fais-la entrer, et vous trois, disparaissez !

Orphée repoussa la fille assise sur ses genoux et défroissa ses vêtements. « Quel coq vaniteux ! » pensa Farid en prenant tout son temps pour déboucher la seconde bouteille. Il ne voulait pas être renvoyé, lui aussi.

Alors qu'Oss introduisait Resa, les trois filles se dépêchèrent de sortir, comme si leur mère les avait découvertes sur les genoux d'un homme.

– En voilà une surprise ! Assieds-toi !

Orphée désigna l'un des sièges qu'il avait fait orner de ses initiales, et haussa les sourcils comme pour donner plus de poids encore à l'étonnement qu'il prétendait être sien. C'était une mimique qu'il étudiait – et ce n'était pas la seule. Farid avait souvent surpris Orphée devant son miroir, à grimacer.

Oss ferma la porte et Resa s'assit, hésitante. Elle semblait ne pas savoir si elle voulait vraiment rester.

– J'espère que tu n'es pas venue seule !

Orphée passa derrière son bureau et regarda sa visiteuse comme l'araignée regarde la mouche.

– Ombra n'est pas un lieu très sûr la nuit, surtout pour une femme.

– Il faut que je te parle, souffla Resa. Seule, ajouta-t-elle en jetant un coup d'œil vers Farid.

– Farid ! ordonna Orphée sans le regarder, file, et emmène Jaspis. Il s'est barbouillé d'encre, une fois de plus. Lave-le.

Farid ravala le juron qu'il avait sur le bout de la langue, posa l'homme de verre sur son épaule et se dirigea vers la porte. Resa baissa la tête quand il passa près d'elle ; il vit que ses doigts tremblaient tandis qu'elle défroissait sa robe toute simple. Que venait-elle faire ici ?

Oss essaya de lui faire un croc-en-jambe à la porte, comme toujours, mais Farid s'attendait à ce genre de plaisanteries et savait y parer. Il avait même trouvé le moyen de se venger. Un sourire de sa part et les servantes faisaient en sorte que Gros Lard ne digère pas bien son prochain repas. Le sourire de Farid était bien plus beau que celui de son éternel adversaire. Quant à son intention d'écouter à la porte, Farid pouvait faire une croix dessus. Oss s'était posté en faction devant le battant. Mais Farid connaissait un autre endroit d'où l'on pouvait écouter ce qui se disait dans la chambre d'Orphée. (Les servantes prétendaient que la femme de l'ancien propriétaire s'y cachait pour espionner son mari.)

Jaspis s'affola lorsque Farid se dirigea vers l'escalier au lieu de descendre avec lui dans la cuisine. Mais Oss ne soupçonna rien car Farid montait souvent à l'étage pour chercher une chemise propre ou cirer les bottes d'Orphée. Les vêtements du maître de maison occupaient une pièce entière sous les toits, juste à côté de la mansarde où le garçon dormait, et le trou pour épier se trouvait juste sous les tringles auxquelles étaient suspendues les chemises

211

d'Orphée. Elles sentaient la rose et la violette, si fort que Farid réprima un haut-le-cœur en s'accroupissant entre elles. L'une des servantes, qui l'avait attiré dans la pièce pour l'embrasser, lui avait montré ce trou. Il était gros comme une pièce de monnaie et, quand on posait l'oreille dessus, on entendait tout ce qui se disait dans le bureau. Si on y mettait son œil, on voyait le pupitre d'Orphée.

– Si je peux ? (Orphée riait comme s'il n'avait jamais entendu de question plus absurde.) Ça ne fait pas l'ombre d'un doute ! Mais ce que j'écris a un prix, et il est élevé.

– Je sais…

Resa semblait détester chaque mot qu'elle prononçait.

– Je n'ai pas d'argent comme le Gringalet, mais je peux travailler pour vous !

– Travailler ? Oh, non, merci beaucoup. Je ne manque pas de servantes.

– Vous voulez mon alliance ? Elle doit avoir de la valeur. L'or est rare à Ombra.

– Non, garde-la. Je ne manque pas d'or ni d'argent, mais il y a autre chose…

Orphée laissa échapper un petit rire. Farid connaissait ce rire. Il ne présageait rien de bon.

– C'est vraiment étonnant, comme les choses s'arrangent bien parfois, poursuivit Orphée. Oui, vraiment. Tu tombes à pic !

– Je ne comprends pas.

– Évidemment. Excuse-moi, je m'explique. Ton mari… je ne sais pas exactement par quel nom l'appeler, il en a tellement…

Orphée se mit de nouveau à rire, comme s'il était le seul à comprendre sa plaisanterie.

– Il n'y a pas si longtemps – et, je dois l'avouer, j'y suis pour quelque chose –, il a senti les doigts des Femmes blanches sur son cœur mais hélas, il refuse de parler avec moi de cette expérience singulière.

– Quel rapport avec ma requête ?

Farid remarquait pour la première fois à quel point la voix de Meggie ressemblait à celle de sa mère. La même fierté et, bien dissimulée, la même fragilité.

– Te souviens-tu qu'il y a à peine deux mois, sur la montagne aux Vipères, j'ai juré de faire revenir un ami commun de chez les morts ?

Le cœur de Farid se mit à battre si fort qu'il eut peur d'alerter Orphée.

– Je suis décidé à tenir ma promesse mais, malheureusement, j'ai bien dû constater que dans ce monde, on ne voit pas plus clair dans le jeu de la mort que dans l'autre. Personne ne sait rien, personne ne dit rien et les Femmes blanches que l'on appelle, non sans raison, les filles de la mort ne se montrent jamais, où que je les cherche. De toute évidence, elles ne parlent pas aux mortels en bonne santé, même s'ils disposent de talents aussi exceptionnels que les miens ! Tu as certainement entendu parler de la licorne…

– Oh, oui ! Je l'ai même vue !

Orphée percevait-il le dégoût dans sa voix ? Si oui, il devait s'en trouver flatté.

Farid sentait que Jaspis lui enfonçait nerveusement ses doigts de verre dans l'épaule. Il l'avait presque oublié. Le petit homme avait affreusement peur d'Orphée, plus encore que de son grand frère. Farid le posa à côté de lui sur le sol poussiéreux et posa un doigt sur sa bouche.

– Oui, elle était parfaite, poursuivit Orphée tout gonflé de vanité, absolument parfaite… mais peu importe. Revenons aux filles de la mort. On raconte à leur propos qu'elles n'apprécient guère que des mortels leur glissent entre les doigts, qu'elles les poursuivent alors jusque dans leurs rêves, les réveillent en sursaut avec leurs murmures, oui, leur apparaissent même lorsqu'ils sont éveillés. Mortimer a-t-il du mal à dormir depuis qu'il a échappé aux Femmes blanches ?

– Pourquoi toutes ces questions ?

La voix de Resa était agacée – et anxieuse.

– Il dort mal ? insista Orphée.

– Oui, répondit Resa d'une voix à peine audible.

– Bien ! Très bien ! Que dis-je… excellent !

Orphée avait parlé si fort que Farid décolla son oreille du trou, pour reprendre aussitôt son poste.

– Dans ce cas, ce que j'ai entendu raconter est peut-être bien vrai, ce qui nous ramène à la question de mes honoraires !

L'excitation d'Orphée n'avait apparemment rien à voir avec l'argent.

– Des bruits courent et, comme tu le sais, dans ce monde comme dans l'autre, les bruits contiennent toujours une part de vérité cachée… (Orphée avait pris sa voix de velours, comme s'il voulait que Resa savoure chacune de ses paroles.) Il paraît qu'un homme dont les Femmes blanches ont touché le cœur (il fit une petite pause calculée) peut les appeler à tout moment. Ni le feu, comme avec Doigt de Poussière, ni la peur de la mort ne sont nécessaires, juste la voix connue, le battement de cœur familier à leurs doigts… et aussitôt elles surgissent ! Je pense que tu devines où je veux en venir ? Je voudrais que ton mari, en échange des mots que je dois écrire pour toi, appelle les Femmes blanches. Pour que je puisse les interroger à propos de Doigt de Poussière.

Farid retint son souffle ; il avait le sentiment d'entendre marchander le diable en personne. Il ne savait que penser ou sentir. Indignation, espoir, peur, joie se mêlaient en lui. Puis une seule pensée balaya toutes les autres : « Orphée veut faire revenir Doigt de Poussière ! Il le veut vraiment ! » Dans la pièce du bas régnait un tel silence que le garçon colla son œil contre le trou. Mais il ne vit que la raie qu'Orphée traçait avec soin chaque matin dans ses cheveux blond fade. Jaspis s'agenouilla près de lui, l'air soucieux.

– Le mieux serait de faire l'essai dans un cimetière. (Orphée avait l'air sûr de lui, comme si le marché était déjà conclu.) Si les Femmes blanches se montrent, personne ne les remarquera, et les ménestrels pourront écrire une chanson pleine d'atmosphère sur cette nouvelle aventure du Geai bleu.

– Mo avait raison, tu es abominable, chevrota Resa.

– Ah, il dit ça ? Je le prends comme un compliment. Et tu sais quoi ? Je crois qu'il va être content de les appeler ! Comme je te l'ai dit, on peut écrire là-dessus une chanson magnifique ! Une chanson à la louange de son courage et du charme de sa voix…

– Appelle-les toi-même, si tu veux leur parler !

– Je ne peux pas, hélas. Je pensais avoir été assez clair !

Farid entendit une porte claquer. Resa ! Il attrapa Jaspis, se fraya un chemin au milieu des vêtements et descendit l'escalier quatre à quatre. Oss fut si surpris de le voir filer devant lui qu'il en oublia même de lui faire un croche-pied. La jeune femme était déjà dans le vestibule. Brianna lui tendait sa cape.

– S'il te plaît ! s'écria Farid en barrant le passage à Resa.

Il ignora le regard hostile de Brianna et le cri affolé de Jaspis glissant de son épaule.

– S'il te plaît ! Peut-être que Langue Magique peut vraiment les invoquer ? Qu'il le fasse, et Orphée leur demandera comment nous pouvons rappeler Doigt de Poussière ! Tu veux sûrement qu'il revienne, non ? Il t'a protégée contre Capricorne. Il s'est introduit pour toi dans les cachots du château de la Nuit. C'est son feu qui vous a tous sauvés quand Basta vous guettait sur la montagne aux Vipères !

Basta – la montagne aux Vipères… L'espace d'un instant, ce souvenir rendit Farid muet, comme si la mort s'était à nouveau emparée de lui. Mais il se remit aussitôt à bredouiller, malgré le visage fermé de Resa.

– S'il te plaît ! Ce n'est pas comme autrefois, quand Langue Magique était blessé… et même là, elles n'ont rien pu contre lui. Il est le Geai bleu !

Brianna regardait Farid avec de grands yeux, comme s'il avait perdu la raison. Elle croyait, comme tous les autres, que Doigt de Poussière était parti pour toujours, ce qui mettait le garçon hors de lui !

– J'ai eu tort de venir ici !

Resa essaya de l'écarter mais Farid repoussa sa main.

– Il n'a qu'à les appeler ! lui cria-t-il. Demande-lui !

Resa l'écarta de nouveau, si rudement cette fois qu'il heurta le mur, tandis que l'homme de verre s'agrippait à sa chemise.

– Si jamais tu racontes à Mo que je suis venue ici, s'exclama-t-elle, je jurerai que tu mens !

Elle était déjà sur le seuil quand la voix d'Orphée la cloua sur place. Il devait guetter depuis un moment du haut de l'escalier, attendant de voir qui l'emporterait. Oss se tenait derrière lui, l'air impassible – ce qui signifiait qu'il ne comprenait pas ce qui se passait.

– Laisse-la partir ! Elle ne veut pas qu'on lui vienne en aide, ça crève les yeux.

Chaque mot était chargé de mépris.

– Ton mari va mourir dans cette histoire. Tu le sais, sinon tu ne serais pas venue. Fenoglio a peut-être écrit lui-même la chanson adéquate avant que sa source soit tarie, *La Mort du Geai bleu*, émouvante et très dramatique… héroïque, comme il se doit pour un tel personnage. Mais elle ne finit sûrement pas par ces mots : *et ils vécurent heureux jusqu'à la fin de leur vie*. Quoi qu'il en soit… le Fifre a entonné aujourd'hui la première strophe. Et malin comme il est, pour tresser le nœud coulant destiné à un si noble brigand, il a fait appel à l'amour maternel. Rien de plus sûr ! Ton mari donnera dans le piège, le plus héroïquement du monde, tant il a à cœur le rôle que Fenoglio lui a écrit, et sa mort inspirera une autre chanson à tirer des larmes aux pierres. Mais quand tu verras sa tête au bout d'une lance au-dessus de la porte du château, j'espère que tu te souviendras que j'aurais pu lui sauver la vie.

La voix d'Orphée avait un tel pouvoir d'évocation que Farid crut voir le sang de Langue Magique dégouliner le long des murs du château. Resa resta immobile sur le pas de la porte, la tête basse, comme si les paroles d'Orphée lui avaient brisé la nuque.

Un instant, l'histoire de Fenoglio sembla retenir son souffle, puis Resa releva la tête et regarda Orphée.

– Maudit sois-tu, cracha-t-elle. Je voudrais pouvoir appeler moi-même les Femmes blanches pour qu'elles viennent te chercher sur-le-champ.

Elle descendit les marches du perron de la maison d'Orphée d'un pas incertain, mais elle ne se retourna pas.

– Ferme la porte, il fait froid ! ordonna Orphée.

Brianna obéit, mais Tête de Camembert resta un moment en haut de l'escalier, sans quitter des yeux la porte fermée. Perplexe, Farid leva les yeux vers lui.

– Tu crois vraiment que Langue Magique peut faire venir les Femmes blanches ?

– Ah, tu as écouté. Bon.

Bon, qu'est-ce que ça voulait dire encore ?

Orphée se passa la main dans les cheveux.

– Tu sais sûrement où Mo se cache, hein ?

– Bien sûr que non ! Personne…

– Épargne-moi tes mensonges. Va le trouver, raconte-lui pourquoi sa femme est venue me voir et demande-lui s'il est prêt à payer le prix que j'exige en échange des mots qu'on me demande d'écrire. Si tu veux revoir Doigt de Poussière, il vaudrait mieux que tu me ramènes une réponse positive. Compris ?

– Le danseur de feu est mort !

À entendre Brianna, personne n'aurait pu croire qu'il s'agissait de son père.

Orphée émit un petit rire.

– Farid aussi était mort, ma belle, mais les Femmes blanches ont accepté un marché. Pourquoi ne recommenceraient-elles pas ? Il suffit de leur rendre le marché alléchant et je crois avoir trouvé comment. C'est comme à la pêche. Il te faut le bon appât.

De quel appât parlait-il ? Que pouvait-il y avoir de plus tentant pour les Femmes blanches que le danseur de feu ? Farid ne voulait pas connaître la réponse. Il ne voulait penser qu'à une chose : peut-être tout pouvait-il encore s'arranger. Ils avaient eu raison, après tout, de faire venir Orphée…

– Qu'est-ce que tu fais planté là ? Dépêche-toi de filer ! lui cria Orphée du haut de l'escalier. Et toi, lança-t-il à Brianna, apporte-moi quelque chose à manger. Je crois que le moment est venu d'écrire une nouvelle chanson à la gloire du Geai bleu. Et, cette fois, c'est Orphée qui va l'écrire !

Farid l'entendit fredonner alors qu'il retournait dans son bureau.

19

Des mains de soldats

> – Le marcheur choisit-il le chemin ou le chemin le
> marcheur ?
>
> Garth Nix, *Sabriël*

Resa retourna à l'écurie où elle avait laissé son cheval. Chemin faisant, elle constata que la ville semblait plus morte que jamais. Dans le silence, elle entendait les paroles d'Orphée résonner aussi distinctement que s'il marchait derrière elle : « Mais quand tu verras sa tête au bout d'une lance au-dessus de la porte du château, j'espère que tu te souviendras que j'aurais pu lui sauver la vie. »

Les larmes l'aveuglaient presque tandis qu'elle trébuchait dans l'obscurité. Que pouvait-elle faire ? Retourner chez Orphée ? Non. Jamais.

Elle s'arrêta. Où était-elle ? Ombra était un labyrinthe de pierre et l'époque où elle connaissait bien toutes les ruelles était révolue depuis longtemps. Quand elle se remit en marche, ses propres pas résonnèrent à ses oreilles. Elle portait toujours les mêmes bottes que le jour où la voix d'Orphée les avait transportés ici, elle et Mo. Il avait déjà failli tuer Mo. L'avait-elle oublié ?

Un sifflement, au-dessus de sa tête, la fit sursauter. Un crépitement sourd suivit et la nuit se teinta de rouge écarlate au-dessus du château, comme si le ciel s'était embrasé. Oiseau de Suie amusait le Gringalet et ses hôtes en nourrissant les flammes de poison alchimique et de méchanceté jusqu'à ce qu'elles se tordent, au lieu de danser comme avec Doigt de Poussière.

Doigt de Poussière. Oui, elle aussi souhaitait qu'il revienne et son cœur se glaçait quand elle se l'imaginait gisant parmi les morts. Mais à l'idée que les Femmes blanches pourraient tendre encore une fois leurs mains vers Mo, il cessait de battre. Pourtant… ne viendraient-elles pas aussi le chercher s'il restait en ce monde ? « Ton mari va mourir dans cette histoire… »

Que pouvait-elle faire ?

Le ciel vira au vert soufre. Le feu d'Oiseau de Suie prenait diverses couleurs ; la ruelle qu'elle suivait d'un pas pressé déboucha sur une place qu'elle n'avait encore jamais vue. Les maisons donnaient une impression de pauvreté. Sur le seuil de l'une d'entre elles gisait un chat mort. Perplexe, elle se dirigea vers la fontaine située au milieu de la place… et sursauta en entendant des pas dans son dos. Trois hommes sortirent de l'ombre entre les maisons. Des soldats, arborant les couleurs de Tête de Vipère.

– Regardez-moi qui se promène si tard ? s'exclama l'un d'entre eux tandis que les deux autres lui barraient le passage. Je vous avais bien dit qu'à Ombra, il y avait plus intéressant que les numéros d'Oiseau de Suie.

« Et maintenant, Resa ? » Elle avait un couteau sur elle,

mais qui ne lui servirait guère contre trois épées, d'autant que l'un des soldats portait une arbalète. Elle ne savait que trop bien quelles blessures pouvaient causer leurs flèches. « Tu aurais dû t'habiller en homme, Resa ! Roxane ne t'a-t-elle pas assez souvent répété qu'aucune femme d'Ombra ne sort une fois la nuit venue, de peur de tomber sur les hommes du Gringalet ?

– Alors ? Ton mari doit être mort, comme tous les autres, non ?

Le soldat devant elle n'était guère plus grand qu'elle, mais les deux autres la dépassaient de plus d'une tête. Resa leva les yeux vers les maisons. Qui viendrait à son secours ? Fenoglio habitait de l'autre côté d'Ombra, et Orphée – même s'il pouvait l'entendre d'ici – lèverait-il le petit doigt pour l'aider après le refus qu'elle lui avait opposé ? « Essaie, Resa. Crie ! Peut-être que Farid te portera secours. » Mais sa voix, comme à l'époque où elle s'était perdue pour la première fois en ce monde, ne lui obéissait pas.

Autour de la place, une seule fenêtre était éclairée. Une vieille femme passa la tête au-dehors et s'empressa de rentrer en voyant les soldats. « As-tu oublié de quoi ce monde est fait ? » avait dit Mo. Mais s'il était vraiment fait de mots, que disaient les mots sur elle ? *Il y avait une femme qui s'était perdue deux fois derrière les mots et, la deuxième fois, elle ne retrouva plus le chemin pour rentrer…*

Deux des soldats étaient juste derrière elle. L'un d'eux posa les mains sur ses hanches. Resa eut la sensation d'avoir déjà lu cette scène quelque part. « Cesse de trembler ! Frappe-le, enfonce-lui les doigts dans les yeux. » N'avait-elle pas expliqué à Meggie comment se défendre dans une telle situation ? Le plus petit des trois s'approcha d'elle, souriant à l'idée de ce qui l'attendait. Quel plaisir pouvait-on prendre à la peur des autres ?

– Laisse-moi tranquille !

Sa voix, au moins, lui obéissait de nouveau. Mais ce n'était sûrement pas le genre de voix qu'on entendait souvent à Ombra…

– Et pourquoi on te laisserait tranquille ?

Le soldat sentait le feu d'Oiseau de Suie. Ses mains remontaient vers sa poitrine. Les autres riaient – leur rire était peut-être pire que les doigts baladeurs. Soudain, Resa crut entendre encore des pas, légers, rapides. Farid ?

– Enlevez vos mains ! cria-t-elle aussi fort qu'elle put.

Les hommes sursautèrent, mais c'est une autre voix qu'ils avaient entendue.

– Lâchez-la. Tout de suite.

Meggie avait une voix si adulte que Resa ne réalisa pas tout de suite que sa fille venait de parler. Elle surgit entre les maisons, aussi droite qu'autrefois, sur la place de Capricorne. Mais, cette fois, elle ne portait pas l'affreuse robe blanche que Mortola l'avait forcée à mettre.

Le soldat, penaud, laissa retomber ses mains mais, quand il vit la très jeune fille sortir de l'ombre, il empoigna Resa encore plus rudement.

– Une autre ? s'exclama le plus petit en jetant à Meggie un regard méprisant. Encore mieux. Vous voyez ? Je vous l'avais bien dit. Ombra est un nid bourré de femmes.

Ce furent ses dernières paroles – stupides. Le Prince noir lui lança son couteau dans le dos et, telle une ombre revenue à la vie, émergea de l'obscurité, Mo sur ses talons. Le soldat qui tenait Resa la repoussa et dégaina son épée. Il cria pour prévenir son acolyte mais Mo les tua tous les deux, si vite que Resa eut à peine le temps de reprendre son souffle. Ses genoux chancelaient ; elle dut s'appuyer contre le mur de la maison la plus proche. Meggie courut vers elle et lui demanda, l'air inquiet, si elle était blessée. Mais Mo se contenta de la regarder.

– Alors ? Fenoglio est déjà en train d'écrire ?

C'est tout ce qu'il dit. Il savait pourquoi elle était venue. Évidemment.

– Non, murmura-t-elle. Non ! Et il n'écrira rien. Ni lui ni Orphée.

Comme il la regardait ! Il semblait ne pas savoir s'il devait la croire. Il ne l'avait encore jamais regardée ainsi. Puis il se détourna sans un mot et aida le Prince à traîner les morts dans une ruelle.

– Nous allons partir par la ruelle des teinturiers ! lui chuchota Meggie. Mo et le Prince ont tué les gardes qui s'y trouvaient.

« Tous ces morts, Resa ! Tout ça parce que tu veux rentrer… » Le pavé luisait de sang frais ; les yeux ouverts du soldat tué semblaient encore la regarder. Avait-elle pitié de lui ? Non. Mais Meggie parlait de tuer avec un tel détachement ! Elle en avait le frisson. Et Mo ? Que ressentait-il en tuant ? Plus rien ? Elle le vit essuyer le sang de son épée avec la cape d'un mort et regarder dans sa direction. Pourquoi ne pouvait-elle plus lire dans ses yeux comme avant ?

Parce que le Geai bleu, et non Mo, se tenait devant elle. Et cette fois, c'est elle qui l'avait appelé.

Le trajet jusqu'à la ruelle des teinturiers lui sembla interminable. Au-dessus de leurs têtes, le feu d'Oiseau de Suie embrasait toujours le ciel et, par deux fois, ils durent se cacher pendant que passait une troupe de soldats ivres.

Enfin, elle sentit l'odeur âcre de la teinture. Ils arrivaient au ruisseau qui, à travers une grille scellée dans le mur d'enceinte, emportait les eaux usées jusqu'au fleuve. Resa mit sa manche devant sa bouche et son nez et suivit Mo dans cette eau fétide, malgré la nausée qui la saisit quand elle dut prendre sa respiration avant de plonger sous la grille.

Quand le Prince noir l'aida à grimper sur la rive, elle aperçut l'un des gardes morts gisant entre les buissons. Le sang sur sa poitrine était comme de l'encre dans une nuit sans étoiles, et Resa se mit à pleurer. Elle pleurait toujours quand ils arrivèrent enfin au fleuve et purent rincer leurs cheveux et leurs vêtements.

Deux brigands attendaient avec des chevaux plus en aval, là où nageaient les nymphes et où les femmes d'Ombra faisaient sécher le linge sur des pierres plates. Doria aussi était là, mais son frère, l'hercule, ne l'accompagnait pas. Il passa sa cape élimée autour des épaules trempées de Meggie. Mo aida Resa à monter en selle, sans lui adresser un mot. Son silence la fit frissonner, plus encore que ses vêtements mouillés. Le Prince noir lui apporta une couverture. Mo lui avait-il révélé les raisons de sa présence à Ombra ? Non, certainement pas, car il aurait été obligé alors de lui expliquer le pouvoir que les mots possédaient en ce monde.

Meggie savait, elle aussi, ce qui avait poussé sa mère à se rendre en ville. Resa le lisait dans ses yeux. Ils étaient vigilants comme si sa fille se demandait ce qu'elle allait faire maintenant. Et si Meggie apprenait qu'elle était allée trouver Orphée ? Comprendrait-elle que seule la peur pour la vie de son père l'y avait poussée ?

Ils se mirent en route sous la pluie. Le vent leur envoyait ses gouttes glacées en pleine figure ; au-dessus du château, le ciel était rouge foncé, comme si Oiseau de Suie leur adressait une mise en garde. Sur l'ordre du Prince, Doria fermait la marche pour effacer leurs traces ; Mo chevauchait en tête, silencieux. Quand il se retourna, il ne regarda que Meggie et Resa remercia la pluie car ainsi, personne ne pouvait voir les larmes couler sur son visage.

20
Une nuit blanche

Quand je désespère du monde et que,
dans la crainte de ce que pourrait être ma vie et celle
de mes enfants,
Je m'éveille la nuit au moindre bruit,
Je sors et vais m'allonger là où le canard carolin
Repose sur l'eau dans toute sa beauté
Et où le héron argenté vient manger.
Alors, je retrouve la paix des créatures sauvages,
qui ne se rendent pas la vie plus pesante
en anticipant le chagrin à venir.
Je retrouve la présence de l'eau immobile
Et sens au-dessus de moi les étoiles, aveugles diurnes,
Qui attendent, avec leur lumière.
Je repose un moment dans la grâce du monde
Et je suis libre.

Wendell Berry, *The Peace of Wild Things*

– Je suis désolée.

Resa pensait ce qu'elle disait. « Je suis désolée. » Trois mots. Trois mots qu'elle répétait dans un murmure, mais Mo devinait sa véritable pensée : elle était à nouveau prisonnière. La forteresse de Capricorne, son village dans les montagnes, les cachots du château de la Nuit… autant de prisons. À présent, c'était le livre qui la retenait prisonnière, ce livre qui l'avait capturée autrefois. Quand elle avait tenté de s'en échapper, il l'avait ramenée ici.

– Moi aussi, je suis désolé, répétait-il aussi souvent qu'elle, tout en sachant qu'elle attendait d'autres mots.

« Rentrons, Resa. Nous allons bien trouver un chemin ! » Mais il ne les prononça pas et ces mots creusèrent entre eux un silence d'une sorte qu'ils n'avaient jamais connue, même à l'époque où Resa avait perdu sa voix.

Le jour allait bientôt se lever quand ils allèrent se coucher, épuisés par la peur, une peur dont ils ne parlaient pas. Resa sombra très vite dans le sommeil ; en contemplant son visage endormi, il se souvint de toutes ces années durant lesquelles il lui avait tellement manqué. Mais même ce souvenir ne put l'apaiser et il finit par laisser Resa seule avec ses rêves.

Il sortit dans l'obscurité, passa devant les gardes qui se moquèrent de lui à cause de l'odeur de teinture qui collait toujours à ses vêtements, et traversa la gorge dans laquelle se trouvait le campement, comme si le Monde d'encre pouvait lui murmurer, s'il se montrait attentif, ce qu'il devait faire. Car ce qu'il voulait faire, il ne le savait que trop bien…

Il finit par s'asseoir au bord d'une mare qui avait été autrefois l'empreinte du pied d'un géant et regarda les libellules voltiger au-dessus de l'eau trouble. En ce monde, elles ressemblaient à de minuscules dragons ailés ; Mo aimait suivre des yeux leurs drôles de silhouettes, tout en s'imaginant la taille que devait avoir le géant qui avait laissé derrière lui une telle empreinte. Quelques jours auparavant, avec Meggie, il avait sondé le fond d'une mare pour connaître la profondeur de ces empreintes. À ce souvenir, il se prit à sourire, même s'il n'était guère d'humeur à cela. Le frisson mortel durait : il avait tué. Le Prince noir ressentait-il encore ce frisson, après toutes ces années ?

Le jour se levait, timide, comme si du lait se mélangeait peu à peu à l'encre ; Mo n'aurait pu dire combien de temps il était resté assis là, à attendre que le monde de Fenoglio lui chuchote ce qu'il devait faire, quand une voix familière prononça son nom à voix basse.

– Tu ne devrais pas rester ici seul ! le réprimanda Meggie en s'asseyant à côté de lui dans l'herbe blanche de givre. C'est dangereux, si loin des gardes.

– Et toi ? Je devrais être un père plus sévère et t'interdire de faire un seul pas sans moi en dehors du campement.

Elle lui sourit d'un air entendu et passa les bras autour de ses genoux.

– C'est absurde. J'ai toujours un couteau sur moi et Farid m'a appris à m'en servir.

Elle avait l'air tellement mûre ! Il était fou de vouloir encore la protéger.

– Tu t'es réconcilié avec Resa ?

Son regard inquiet le mit mal à l'aise. C'était parfois tellement plus facile d'être seul avec elle !

– Oui, bien sûr.

Il tendit le doigt et une libellule bleu-vert vint se poser dessus, scintillante.

– Et alors ? Elle a demandé aux deux, n'est-ce pas ? À Fenoglio et à Orphée.

– Oui, mais elle n'a pu s'entendre avec aucun des deux.

La libellule courba son corps mince, recouvert de minuscules écailles.

– Évidemment. Qu'est-ce qu'elle s'imaginait ? Fenoglio n'écrit plus et Orphée est hors de prix.

Meggie plissa le front d'un air méprisant. Mo, en souriant, lui caressa la tête.

– Fais attention, sinon tu vas avoir des rides ! C'est un peu tôt, non ?

Il aimait tant son visage. Il l'aimait tant. Et il voulait qu'elle ait l'air heureuse. Il n'y avait rien qu'il souhaitât plus au monde.

– Dis-moi une chose, Meggie. Dis-le-moi franchement, très franchement. (Elle savait mentir beaucoup mieux que lui.) Tu veux aussi rentrer ?

Elle baissa la tête et tripota ses cheveux.

– Meggie ?

Elle ne le regardait toujours pas.

– Je ne sais pas, répondit-elle à voix basse. Peut-être. C'est fatigant d'avoir si souvent peur, peur pour toi, peur pour Farid, peur pour le Prince noir, pour Baptiste, pour l'hercule !

Elle releva la tête et le fixa droit dans les yeux.

– Tu sais que Fenoglio aime les histoires tristes. Peut-être que tout le malheur vient de là. C'est une histoire comme ça…

Une histoire. Oui. Mais qui la racontait ? Pas Fenoglio. Mo contempla le givre sur ses doigts. Froid et blanc. Comme les Femmes blanches… Parfois, il se réveillait en sursaut, croyant les entendre chuchoter. Parfois, il sentait leurs doigts froids contre son cœur et, parfois même, il aurait presque souhaité les revoir. Il leva les yeux vers les arbres, loin de tout ce blanc. Le soleil perçait à travers la brume matinale et sur les branches dénudées, les dernières feuilles miroitaient comme de l'or pâle.

– Et Farid ? N'est-il pas une raison de rester ?

Meggie s'efforça de se montrer indifférente.

– Farid, ça lui est égal que je sois là ou pas. Il ne pense qu'à Doigt de Poussière. Et depuis qu'il est mort, c'est encore pire.

Pauvre Meggie. Elle n'avait pas choisi le bon amoureux. Mais depuis quand l'amour se posait-il ce genre de questions ?

– Qu'est-ce que tu crois, Mo ? Que nous manquons à Elinor ? demanda Meggie, qui luttait pour dissimuler sa tristesse.

– Toi et ta mère, sûrement. Moi… je n'en suis pas si sûr. (Il imita la voix d'Elinor.) « Mortimer ! Tu n'as pas remis le Dickens à sa place. Pourquoi faut-il que j'explique à un relieur qu'on ne mange pas de tartine de confiture dans une bibliothèque ? »

Meggie se mit à rire. C'était déjà ça. Car il devenait toujours plus difficile de la faire rire. Puis son visage redevint grave.

– Elinor me manque beaucoup. Sa maison me manque, la bibliothèque et le café au bord du lac où elle m'emmenait toujours manger des glaces. L'atelier me manque, et aussi quand tu m'emmenais à l'école : tu imitais les disputes de Darius et d'Elinor pendant le trajet, et mes amies adoraient venir à la maison parce que tu les faisais rire… J'aimerais leur raconter tout ce qui nous est arrivé, même si elles n'en croiraient pas un mot. Quoique… je pourrais peut-être emporter un homme de verre, comme preuve.

L'espace d'un instant, elle sembla absente, loin, très loin, retournée dans son monde, non pas grâce aux mots de Fenoglio ou d'Orphée, mais grâce aux siens. Mais ils étaient toujours assis au bord d'une mare dans les collines d'Ombra ; une fée atterrit dans les cheveux de Meggie et les tira si fort qu'elle poussa un cri. Mo s'empressa de chasser la petite intruse. C'était une fée de couleur, une créature d'Orphée – Mo crut déceler dans le minuscule visage un peu de la méchanceté de son créateur. En gloussant de plaisir, elle emporta son butin dans son nid qui, comme elle, avait des reflets multicolores. L'hiver qui approchait ne semblait pas endormir les créatures d'Orphée. L'hercule prétendait même qu'elles dévalisaient les fées bleues dans leurs nids pendant leur sommeil.

Une larme était accrochée aux cils de Meggie. La cause en était peut-être la fée. Mais peut-être pas. Mo l'essuya doucement.

– Je vois. En fait, tu veux rentrer.

– Non ! Je te l'ai dit, je ne sais pas !

Elle le regardait d'un air si malheureux…

– Qu'arrivera-t-il à Fenoglio si nous partons comme ça ? Et que penseront le Prince noir, et l'hercule, et Baptiste ? Que deviendront-ils ? Et Minerve et ses enfants, et Roxane… et Farid ?

– Qui le sait ? répondit Mo. Qu'adviendra-t-il de cette histoire sans le Geai bleu ? Le Fifre viendra prendre les enfants, sous prétexte que leurs mères n'ont pas été capables de le dénicher. Le Prince noir essaiera, bien sûr, de sauver les enfants : ce sera lui le véritable héros de cette histoire et il tiendra bien son rôle. Mais il a déjà joué trop longtemps les héros, il est fatigué, et il n'a pas assez d'hommes. Alors, les cuirassiers les tueront les uns après les autres : le Prince, Baptiste, l'hercule et Doria, Gecko et Monseigneur même si, pour ces deux-là, la perte ne sera pas si grande. Le Fifre enverra sûrement le Gringalet au diable et il régnera pendant un temps sur Ombra. Orphée fera surgir pour lui des licornes ou quelques machines de guerre… Fenoglio sera si malheureux qu'il noiera son chagrin dans le vin jusqu'à en mourir. Et Tête de Vipère, immortel, régnera un jour sur un peuple de morts. Je pense que ce sera la fin de l'histoire, non ?

Meggie le regarda. Dans la lumière du matin, ses cheveux étaient comme de l'or tissé. Les cheveux de Resa avaient la même couleur, la première fois qu'il l'avait vue dans la maison d'Elinor.

– Oui. Peut-être, murmura Meggie. Mais l'histoire serait-elle tellement différente si le Geai bleu restait ? Comment pourrait-il à lui seul s'assurer qu'elle finisse bien ?

– Le Geai bleu ?

Des crapauds sautèrent dans l'eau, apeurés : l'hercule se frayait un chemin à travers le sous-bois. Mo se releva.

– Tu ne devrais peut-être pas prononcer ce nom si fort dans la forêt, dit-il d'une voix feutrée.

L'hercule regarda autour de lui, alarmé, comme si les cuirassiers les guettaient déjà entre les arbres.

– Excuse-moi, murmura-t-il. Il est trop tôt pour que ma tête fonctionne et avec tout le vin d'hier soir… C'est à propos du garçon. Tu sais, celui qui travaille chez Orphée et que Meggie – il s'interrompit en voyant le regard de la jeune fille. Ah, je ne dis que des bêtises ! soupira-t-il en pressant ses mains contre son visage rond. Que des bêtises.

Mais les mots sortent comme ça de ma bouche, je n'y peux rien !

– Farid. Il s'appelle Farid. Où est-il ?

Le visage de Meggie s'éclaira, bien qu'elle s'efforçât d'affecter l'indifférence.

– Farid, naturellement. Drôle de nom. Comme dans une chanson, hein ? Il est au campement, il veut parler à ton père.

Le sourire de Meggie s'effaça. Mo lui passa les bras autour des épaules, mais la tendresse d'un père ne peut rien contre un chagrin d'amour. Maudit Farid.

– Il est tout excité. Son âne ne tient presque plus debout, tant il est venu vite. Il a réveillé tout le campement. « Où est le Geai bleu ? Je dois lui parler ! » On n'a rien pu tirer d'autre de lui.

– Le Geai bleu ! (Mo n'avait encore jamais perçu tant d'amertume dans la voix de Meggie.) Je lui ai dit cent fois de ne pas t'appeler comme ça. Quel idiot !

Pas choisi le bon. Mais le cœur se posait-il ce genre de questions ?

21
Des mots méchants

Un garçon qui a lu tout seul *Les Grandes Espérances* et *David Copperfield*, chacun deux fois, – et en a entendu la lecture à haute voix également deux fois –, est davantage préparé, sur le plan mental, que la plupart des enfants.

John Irving, *L'Œuvre de Dieu, la part du Diable*

– Darius !

Elinor ne supportait plus sa propre voix. Elle la trouvait affreuse – grincheuse, impatiente… Elle n'avait quand même pas toujours été ainsi ?

Darius faillit laisser tomber les livres qu'il portait et le chien leva la tête du tapis qu'elle lui avait acheté pour qu'il n'abîme pas le parquet avec sa bave. En outre, on glissait constamment dessus.

– Où est le Dickens que nous avons acheté la semaine dernière ? Bon sang de bon sang, combien de temps te faut-il pour mettre un livre à sa place ? Est-ce que je te paie pour te prélasser en lisant dans mon fauteuil ? Avoue que c'est ce que tu fais quand je ne suis pas là !

Oh, Elinor ! Elle détestait les mots qui sortaient de sa bouche, si amers, si méchants, crachés par son cœur malheureux.

Darius baissa les yeux, pour lui dissimuler à quel point il était blessé.

– Il est à sa place, Elinor, répondit-il de sa voix douce, qui exaspérait Elinor.

Avec Mortimer, c'était un plaisir de se disputer, et Meggie était aussi une vraie petite guerrière. Mais Darius ! Même Resa, quand elle était muette, avait plus de répondant. Ce lâche, avec ses yeux de hibou ! Pourquoi ne disait-il rien ? Pourquoi ne l'insultait-il pas, pourquoi ne lui lançait-il pas à la figure les livres qu'il serrait amoureusement contre son torse maigrichon, comme s'il devait les protéger contre elle ?

– À sa place ? répéta-t-elle. Parce que tu crois que je ne sais plus lire ?

Cet imbécile de chien la regarda d'un air inquiet, puis laissa retomber sa grosse tête sur le tapis en grognant. Mais Darius posa la pile de livres qu'il portait sur la plus proche vitrine, s'approcha d'une étagère sur laquelle s'étalaient les Dickens, entre Defoe et Dumas (cet homme avait écrit trop de livres, c'est tout) et attrapa sans hésiter l'exemplaire en question. Sans un mot, il le tendit à Elinor, puis il se mit à trier les livres avec lesquels il était entré dans la bibliothèque.

Si bête. Elinor avait horreur de se sentir bête. C'était presque pire que de se sentir triste.

– Il est sale !

« Arrête, Elinor. » Mais elle ne pouvait pas. Les mots sortaient de sa bouche malgré elle.

– Quand as-tu épousseté les livres pour la dernière fois ? Faut-il aussi que je m'en charge ?

Darius lui tournait le dos. Il acceptait ce qu'elle disait sans broncher, comme il eût fait d'une raclée imméritée.

– Qu'est-ce qu'il y a ? Tu n'arrives même plus à bafouiller trois mots ? Je me demande parfois pourquoi tu as une langue ! C'est toi que Mortola aurait dû emmener à la place de Resa – même muette, elle était plus loquace que toi.

Darius rangea le dernier livre sur l'étagère, en remit un autre en place et se dirigea vers la porte d'un pas résolu.

– Darius ! Reviens !

Il ne se retourna même pas. Sapristi ! Elinor lui emboîta le pas, sans lâcher le Dickens qui, elle devait bien l'admettre, n'était pas tellement poussiéreux. Pour être tout à fait franche, il n'était pas poussiéreux du tout. « Bien sûr que non, Elinor ! pensa-t-elle. Comme si tu ne savais pas avec quelle ferveur Darius enlève le moindre grain de poussière des livres, tous les mardis et tous les vendredis ! » La femme de ménage ne manquait jamais de se moquer du fin pinceau dont il se servait à cette occasion...

– Darius ! Pour l'amour du ciel !

Pas de réponse. Cerbère dépassa Elinor dans l'escalier et la regarda du haut de la dernière marche, la langue pendante.

– Darius !

Par la bave de ce stupide chien... où était-il passé ? Sa chambre était juste à côté de l'ancien bureau de Mortimer. La porte était ouverte et, sur le lit, il y avait la valise qu'elle lui avait achetée pour leur premier voyage ensemble. Acheter des livres avec Darius avait toujours été un plaisir (et elle devait admettre qu'il l'avait souvent empêchée de faire des bêtises).

– Qu'est-ce que… ?

Comme sa langue perfide était devenue lourde tout à coup !

– Qu'est-ce que tu fais, bon sang de bon sang ?

À son avis ? De toute évidence, il était en train de mettre dans la valise le peu de vêtements qu'il possédait.

– Darius !

Il posa sur le lit le dessin de Meggie que Resa lui avait offert, le carnet que Mortimer avait relié pour lui et le marque-page que Meggie lui avait confectionné avec les plumes d'un geai bleu.

– Le peignoir, demanda-t-il d'une voix hésitante tout en mettant dans la valise la photo de ses parents qu'il posait toujours près de son lit, ça t'embête si je l'emporte ?

– Ne pose pas de questions idiotes ! Bien sûr que non ! C'était un cadeau, nom d'une pipe ! Mais où veux-tu l'emporter ?

Cerbère entra dans la chambre en trottinant et se dirigea vers la table de nuit. Darius gardait des petits gâteaux dans le tiroir.

– Je ne sais pas encore…

Il plia le peignoir avec autant de soin que les autres vêtements (il était beaucoup trop grand pour lui, mais comment aurait-elle pu connaître sa taille ?), rangea le dessin, le carnet et le marque-page dans la valise et la referma. Bien entendu, il ne réussit pas à fermer les serrures. Il pouvait être si maladroit !

– Défais-moi cette valise ! Immédiatement ! C'est stupide.

Mais Darius secoua la tête.

– Pour l'amour du ciel, tu ne peux pas me laisser toute seule !

Elinor eut un choc en entendant le désespoir qui vibrait dans sa voix.

– Avec moi, tu es seule aussi, Elinor, répondit Darius d'une voix étouffée. Tu es si malheureuse ! Je ne le supporte plus !

Le stupide chien renonça à renifler la table de nuit et s'immobilisa, l'air triste. « Il a raison », disaient ses yeux humides. Comme si elle ne le savait pas ! Elle ne le supportait plus elle-même. Était-elle déjà comme ça avant – avant que Meggie, Mortimer et Resa emménagent chez elle ? Peut-être. Mais à l'époque, elle vivait seule avec ses livres et ils ne se plaignaient pas. Mais si elle voulait être franche, elle devait bien admettre qu'elle n'avait jamais été aussi grossière avec ses livres qu'avec Darius.

– Va-t'en si tu y tiens ! lança-t-elle d'une voix qui commençait à trembler d'une manière affreusement ridicule. Laisse-moi toute seule. Tu as raison. Pourquoi perdrais-tu ton temps à me regarder devenir plus insupportable de jour en jour et à attendre qu'ils reviennent par je ne sais quel miracle ? Au lieu de sombrer d'une façon aussi pitoyable, je ferais peut-être mieux de me tirer une balle dans la tête ou d'aller me noyer dans le lac. Les écrivains le font de temps à autre et, dans les histoires, ça passe très bien.

Comme il la regardait de ses yeux de myope ! (Elle aurait vraiment dû lui acheter depuis longtemps une autre paire de lunettes. Celles-ci étaient tout simplement ridicules.) Puis il ouvrit la valise et contempla ce qui constituait toute sa fortune. Il prit le marque-page que Meggie lui avait confectionné et caressa les plumes aux taches bleues. Des plumes de geai bleu. Meggie les avait collées sur une bande de carton bleu pâle. C'était très joli…

Darius se racla la gorge. Trois fois de suite.

– Bon ! dit-il enfin d'une voix faussement calme. Tu as gagné, Elinor. Je vais essayer. Va me chercher la feuille. Sinon, je suppose que tu finiras par te tirer une balle un jour ou l'autre.

– Quoi ? Qu'est-ce que tu racontes ?

Le cœur d'Elinor s'emballa, comme s'il voulait la précéder de l'autre côté, dans le Monde d'encre où se trouvaient les fées et les hommes de verre et ceux qu'elle aimait, tellement plus que n'importe quel livre.

– Tu veux dire… ?

Darius hocha la tête, résigné comme un guerrier qui aurait connu trop de batailles. Trop de batailles.

– Oui, dit-il. Oui, Elinor.

– J'y vais !

Elle fit demi-tour. Le chagrin qui, durant les dernières semaines, avait rendu son cœur lourd comme du plomb et ses membres gourds comme ceux d'une vieille femme avait disparu sans laisser de trace. Mais Darius l'arrêta.

– Elinor ! Il faut que nous emportions quelques carnets de Meggie… et des objets pratiques comme… comme un briquet par exemple.

– … et un couteau ! ajouta Elinor.

Car Basta vivait lui aussi dans ce monde qu'ils voulaient découvrir ; elle s'était juré que, lors de leur prochaine rencontre, elle serait armée elle aussi.

Elle dévala l'escalier et faillit tomber dans sa hâte de regagner la bibliothèque. Cerbère la suivit, haletant, excité. Pressentait-il, dans son cœur de chien, qu'ils se rendaient là où avait disparu son vieux maître ?

« Il va essayer ! Il va essayer ! » Elinor ne pouvait penser à rien d'autre. Ni à la voix perdue de Resa, à la jambe raide de Cockerell ou au visage déformé de Nez Aplati. « Tout va s'arranger ! pensait-elle simplement en prenant d'une main tremblante, dans sa vitrine, la feuille où les mots d'Orphée étaient tracés. Cette fois, il n'y a pas de Capricorne pour faire peur à Darius. Cette fois, il va lire à la perfection. Mon Dieu, Elinor, tu vas les revoir ! »

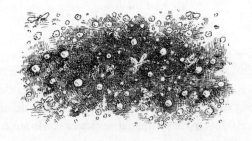

22

Tombé dans le piège

> – Il y a des gens qui connaissent la lecture, l'écriture et toutes ces fadaises, s'emporta-t-il, et il y en a d'autres qui vivent des aventures.
>
> Michael Ende, *Jim Bouton et les Terribles 13*

Un nain, environ deux fois plus grand qu'un homme de verre et surtout pas poilu comme Tullio… non, il devait avoir une peau d'albâtre, une tête trop grosse et des jambes arquées. Au moins, le Gringalet savait exactement ce qu'il voulait – même si ses commandes se faisaient plus rares depuis que le Fifre était en ville. Orphée était en train de se demander si ce nain aurait des cheveux roux, à moins qu'il ne fût albinos, quand Oss frappa. Il attendit qu'Orphée crie « Entrez » pour passer la tête. Oss avait des manières repoussantes à table et ne se lavait pas volontiers, mais il n'oubliait jamais de frapper.

– Il y a encore une lettre pour vous, maître !

Ah, comme cela faisait du bien de s'entendre appeler ainsi ! Maître…

Oss entra, inclina sa tête rasée (par moments, il se montrait un peu trop obséquieux) et tendit à Orphée une lettre sous pli cacheté. Du papier ? C'était étrange. D'habitude, ces messieurs envoyaient leurs commandes sur parchemin ; le sceau non plus ne lui disait rien. Peu importait. C'était la troisième commande de la journée, les affaires marchaient bien. L'arrivée du Fifre n'y avait rien changé. Ce monde était fait pour lui, tout simplement ! Ne l'avait-il pas toujours su, dès l'instant où, avec ses doigts moites d'écolier, il avait ouvert le livre de Fenoglio pour la première fois ? Ici, on ne l'envoyait pas en prison en le traitant de faussaire ou d'imposteur à cause de ses mensonges grandioses, on appréciait ses talents – et tout Ombra s'inclinait sur son passage quand il traversait le marché dans ses habits élégants. Fantastique.

– De qui est cette lettre ?

Oss haussa ses épaules ridiculement larges.

– Je ne sais pas, maître. C'est Farid qui me l'a donnée.

– Farid ? s'exclama Orphée en se redressant. Tu ne pouvais pas le dire plus tôt ?

Il arracha la lettre des grosses mains d'Oss.

Orphée (évidemment, il n'écrivait pas « Cher ami » ou « Cher monsieur », le Geai bleu ne mentait pas, même sur l'en-tête d'une lettre !), *Farid m'a fait savoir ce que tu exiges pour le texte que ma femme t'a prié d'écrire. J'accepte ton marché.*

Orphée relut les mots trois, quatre, cinq fois mais oui, c'était bien écrit là, noir sur blanc : *J'accepte ton marché.*

Le relieur avait mordu à l'hameçon ! Était-ce vraiment aussi facile ? Oui ! Pourquoi pas ? Les héros sont des idiots. Ne l'avait-il pas toujours dit ? Le Geai bleu était tombé dans le piège, il n'avait plus qu'à le refermer. Avec une plume, un peu d'encre… et sa langue.

– Va-t'en ! Je veux être seul ! lança-t-il à Oss qui bombardait les hommes de verre avec des noix pour se désennuyer de l'attente. Et emmène Jaspis !

Orphée savait qu'il avait tendance à parler tout haut quand il développait des idées. Il fallait donc que l'homme de verre sorte de la pièce. Jaspis était bien trop souvent perché sur les épaules de Farid ; le garçon ne devait en aucun cas avoir vent de ce qu'Orphée voulait écrire. Certes, ce petit imbécile rêvait, plus encore que lui, de revoir Doigt de Poussière en ce monde, mais de là à sacrifier le père de sa bien-aimée, il y avait un pas qu'il ne franchirait sans doute pas. Non. Maintenant, le Geai bleu exerçait sur Farid la même fascination que sur tous les autres.

Éclat de Fer lança à son frère un regard narquois quand Oss, de sa grosse main boudinée, cueillit Jaspis sur le pupitre.

– Du parchemin ! ordonna Orphée dès que la porte se fut refermée sur eux.

Éclat de Fer lui tendit aussitôt la meilleure feuille. Mais Orphée s'approcha de la fenêtre et contempla les collines d'où venait sans doute la lettre du Geai bleu. Langue Magique, le Geai bleu – ils lui avaient donné des noms magnifiques. Sans aucun doute, Mortimer était bien plus noble et courageux qu'Orphée, mais ce modèle de vertu ne saurait rivaliser avec lui sur le plan de l'intelligence, car la vertu rend bête.

« Remercie sa femme, Orphée ! pensa-t-il en se mettant à arpenter la pièce (rien n'est meilleur pour la réflexion).

Si elle n'avait pas eu aussi peur de le perdre, elle ne t'aurait jamais donné l'appât dont tu as besoin ! »

Oh, ça allait être fantastique. Son plus grand triomphe ! Des licornes, des nains, des fées multicolores... tout ça n'était pas mal, mais ce n'était rien à côté de ce qu'il allait accomplir ! Il allait faire revenir le danseur de feu. Orphée... Jamais encore il n'avait si bien mérité le nom qu'il s'était lui-même donné ! Mais il serait plus malin que son modèle. Il en enverrait un autre à sa place dans le royaume des morts... et il veillerait à ce qu'il n'en revienne jamais.

– Doigt de Poussière, m'entends-tu dans le froid pays où tu es ? murmura Orphée tandis qu'Éclat de Fer remuait l'encre avec énergie. J'ai trouvé l'appât qui sera le prix de ta liberté, le plus magnifique de tous les appâts, orné des plumes bleu pâle les plus somptueuses qui soient !

Il se mit à fredonner, comme toujours quand il était content de lui, puis regarda à nouveau la lettre de Mortimer. Qu'est-ce que le Geai bleu écrivait encore ?

Il en sera fait selon ta volonté (par les sabots du diable, il écrivait dans le style des communiqués officiels, comme les brigands de l'ancien temps) : *je vais essayer de faire venir les Femmes blanches et, en retour, tu écriras le texte qui renverra ma femme et ma fille dans la maison d'Elinor. Mais en ce qui me concerne, qu'il soit convenu que je les suivrai plus tard.*

Qu'est-ce que cela voulait dire ? Surpris, Orphée laissa retomber la feuille. Mortimer voulait rester ? Pourquoi ? Parce que son noble cœur ne l'autorisait pas à disparaître après les menaces du Fifre ? Ou n'était-ce pas plutôt qu'il aimait trop jouer au brigand ?

– Quoi qu'il en soit, noble geai, murmura Orphée (Ah,

comme il aimait le son de sa propre voix !), les choses vont se dérouler autrement que tu te l'imagines. Orphée a des projets pour toi !

Quel valeureux idiot ! N'avait-il jamais lu une histoire de brigands jusqu'au bout ? Pas de happy end pour Robin des bois, ni pour Angelo Duca, Louis Mandrin et tous les autres. Pourquoi en serait-il autrement pour le Geai bleu ? Non. Ce serait son dernier rôle : celui de l'appât accroché à l'hameçon, savoureux – condamné à une mort certaine. «Et je vais lui écrire sa dernière chanson !» pensa Orphée en continuant à arpenter la pièce d'un pas léger, comme s'il sentait déjà les mots dans ses talons. *Braves gens, oyez l'histoire incroyable du Geai bleu qui ramena le danseur de feu du royaume des morts et ce faisant, hélas, succomba lui-même.* Bouleversant. Comme la mort de Robin des bois par la main de la nonne traîtresse ou la fin d'Angelo Duca sur la potence, l'ami mort près de lui et sur ses épaules le bourreau qui l'achève. Oui. À chaque héros sa fin. Même Fenoglio ne lui en aurait pas trouvé de meilleure.

Oh, cette lettre n'était toujours pas terminée ! Qu'écrivait-il encore, le plus noble de tous les brigands ? *Accroche un morceau de tissu bleu à la fenêtre, quand tu auras écrit ton texte* (Que c'était romantique ! Une véritable idée de brigand. Il semblait se fondre de plus en plus dans le rôle que Fenoglio lui avait taillé sur mesure !), *et nous nous retrouverons la nuit suivante au cimetière des ménestrels. Farid sait où il se trouve. Viens seul, ou juste avec un serviteur. Je sais que tu as d'excellentes relations avec le nouveau gouverneur et je ne me manifesterai que lorsque je serai certain qu'aucun de tes hommes ne t'accompagne. – Mortimer* (Il signait de son ancien nom. Qui voulait-il impressionner ?)

« "Viens seul !" Oh, oui, je vais venir seul, pensa Orphée. Car tu ne pourras voir les mots qui m'auront précédé ! »

Il roula la lettre et la mit sous son pupitre.

– Éclat de Fer, tout est prêt ? Une douzaine de plumes taillées, l'encre remuée pendant soixante-cinq inspirations, une feuille du meilleur parchemin ?

– Une douzaine. Soixante-cinq. Le meilleur qui soit, confirma l'homme de verre.

– Et où en est la liste ? demanda Orphée en contemplant ses ongles rongés.

Depuis quelque temps, il les faisait tremper tous les matins dans de l'eau de rose mais ils n'en étaient que plus appétissants.

– Ton bon à rien de frère a laissé ses traces de pied sur les mots en B.

La liste. Le répertoire, classé par ordre alphabétique, de tous les mots que Fenoglio avait utilisés dans *Cœur d'encre*. Depuis peu, il avait ordonné à Jaspis de s'en charger – son frère avait une écriture épouvantable. Mais malheureusement, l'homme de verre n'en était qu'à la lettre D. Orphée devait donc consulter le livre de Fenoglio s'il voulait s'assurer que les mots qu'il employait figuraient bien dans *Cœur d'encre*. C'était pénible, mais il le fallait, et la méthode avait fait ses preuves.

– Tout est prêt ! répondit Éclat de Fer avec empressement.

Bon ! Les mots venaient déjà. Orphée sentit comme un picotement sous son crâne. Il prit sa plume et eut tout juste le temps de la tremper dans l'encre. Doigt de Poussière. Les larmes lui montaient aux yeux quand il pensait à lui, gisant mort dans la mine. Sans aucun doute l'un des pires moments de sa vie. Et la promesse qu'il avait faite à Roxane, Doigt de Poussière mort à ses pieds, la promesse qui le poursuivait (même si elle n'en avait pas cru un mot) : « Je trouverai des mots aussi délicieux et envoûtants que le parfum d'un lys, des mots qui étourdiront la mort et ouvriront les doigts glacés qui se sont saisis de son cœur chaud ! »

Depuis son arrivée en ce monde, il les avait cherchés – même si Farid et Fenoglio croyaient qu'il n'écrivait que pour faire surgir des licornes et des fées multicolores. Mais dès ses premiers essais infructueux, il avait bien dû admettre que la sonorité à elle seule ne suffisait pas, que des mots au parfum de lys ne ramèneraient jamais Doigt de Poussière et que la mort exigeait un prix de chair et de sang.

Incroyable qu'il n'ait pas pensé plus tôt à Mortimer, l'homme qui, avec un livre vide, avait fait de la mort la risée des vivants ! Oui, il devait disparaître ! Ce monde n'avait besoin que d'une langue magique et c'était celle d'Orphée. Une fois que Mortimer aurait été donné en pâture à la mort, le cerveau de Fenoglio détruit par l'alcool, il serait le seul à continuer d'écrire cette histoire, encore et encore – avec un rôle à la hauteur pour Doigt de Poussière et un autre, non négligeable, pour lui-même.

– Oui, invoque pour moi les Femmes blanches, Mortimer ! murmura Orphée tout en couvrant le parchemin de sa belle écriture. Tu n'apprendras jamais ce que j'aurai chuchoté avant à leurs oreilles blêmes. Regardez qui je vous ai amené ! Le Geai bleu. Conduisez-le à votre maître glacial avec le bonjour d'Orphée et donnez-moi en échange le cracheur de feu. Ah, Orphée, Orphée, on peut dire beaucoup de choses sur toi, mais sûrement pas que tu es bête !

Avec un rire étouffé, il plongea la plume dans l'encre… et sursauta quand la porte s'ouvrit derrière lui. Farid entra. Sapristi, où était passé Oss ?

— Qu'est-ce que tu veux ? l'apostropha-t-il. Combien de fois faudra-t-il te répéter de frapper avant d'entrer ? La prochaine fois, je t'envoie l'encrier à la figure, imbécile. Apporte-moi du vin ! Le meilleur.

Le garnement lui lança un mauvais regard avant de refermer la porte derrière lui. « Il me hait ! » pensa Orphée. Cette idée lui plut. D'après son expérience, on ne haïssait que les puissants, et c'est ce qu'il avait l'intention de devenir en ce monde.

Puissant.

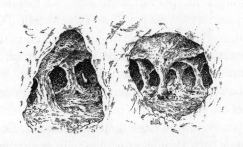

23
Le cimetière des ménestrels

Il s'installe sur une colline et chante. Ce sont des chansons magiques, qui ont un tel pouvoir qu'elles peuvent ramener les morts à la vie. Son chant s'élève, avec douceur et prudence, puis avec plus de force et d'exigence, jusqu'à ce que le sol tourbeux s'ouvre et que la terre froide montre des failles.

Tor Age Bringsværd, *The Wild Gods*

Le cimetière des ménestrels surplombait un village abandonné, Carandrella. Il avait gardé son nom, bien que ses habitants l'aient déserté depuis longtemps. Pourquoi et pour aller où, plus personne ne le savait… une épidémie, affirmaient les uns, la faim, disaient les autres. Beaucoup parlaient de deux familles ennemies qui s'étaient exterminées et chassées mutuellement. Quelle que soit la véritable histoire, elle ne figurait pas dans le livre de Fenoglio, pas plus que le cimetière dans lequel les habitants disparus avaient enterré leurs morts avec ceux du Peuple nomade, si bien qu'ils reposaient tous côte à côte pour l'éternité.

Depuis les maisons abandonnées, un chemin pierreux

grimpait en serpentant le long de la colline couverte de genêts et débouchait sur un promontoire d'où l'on pouvait voir, très loin vers le sud, au-delà des cimes de la Forêt sans chemin, des collines derrière lesquelles s'étendait la mer. Les morts de Carandrella, disait-on à Ombra, avaient la plus belle vue qui soit.

Un mur écroulé entourait les tombes. Les pierres tombales étaient les mêmes que celles qui servaient à construire les maisons. Des pierres pour les vivants, des pierres pour les morts. Sur certaines d'entre elles, des noms étaient gravés, maladroitement, comme si celui qui s'était attelé à cette tâche avait appris à écrire uniquement pour arracher au silence de la mort la sonorité d'un nom chéri. Meggie avait l'impression que les pierres lui chuchotaient des noms quand elle passait devant les tombes – Farina, Rosa, Lucio, Renzo... Les pierres sans nom étaient comme des bouches fermées, des bouches tristes et muettes. Mais peut-être que le nom qu'ils avaient porté jadis était indifférent aux morts ?

Mo parlait avec Orphée. L'hercule jetait fréquemment des coups d'œil au garde du corps de ce dernier, comme s'il voulait mesurer lequel d'entre eux avait le torse le plus large.

« Ne le fais pas, Mo. S'il te plaît ! » Meggie fixa sa mère – et détourna aussitôt les yeux quand Resa répondit à son regard. Elle lui en voulait. Si Mo était là, c'était uniquement à cause des larmes de Resa, et parce qu'elle était allée trouver Orphée.

Il n'y avait pas que l'hercule, le Prince noir les accompagnait, ainsi que Doria, bien que son frère le lui eût interdit. Comme Meggie, il regardait les objets posés devant les pierres tombales... des fleurs fanées, un jouet en bois, une chaussure, une flûte. Sur une des tombes, Doria vit une fleur récente. Il la ramassa. La fleur était blanche, comme les femmes qu'ils attendaient. Quand il remarqua que Meggie le regardait, il vint vers elle. Il ne ressemblait pas à son frère. L'hercule avait des cheveux bruns coupés court, tandis que ceux de Doria tombaient en boucles sur ses épaules. Pour Meggie, il semblait sortir d'un vieux livre de contes que Mo lui avait offert quand elle venait tout juste d'apprendre à lire. Les illustrations en étaient jaunies, mais la fillette les avait contemplées pendant des heures, persuadée que c'étaient les fées dont parlaient certaines histoires qui les avaient dessinées avec leurs mains minuscules.

– Tu peux lire les lettres qui sont sur les pierres ?

Quand il s'arrêta devant elle, Doria tenait toujours à la main la fleur blanche. Deux des doigts de sa main gauche étaient raides. Son père les lui avait cassés un soir d'ivresse, alors que Doria essayait de s'interposer entre lui et sa sœur. C'est du moins ce qu'avait raconté l'hercule.

– Oui, bien sûr.

Meggie regarda encore une fois du côté de Mo. Fenoglio lui avait fait parvenir un message par l'intermédiaire de Baptiste. *Tu ne peux pas faire confiance à Orphée, Mortimer !* En vain.

« Ne le fais pas, Mo. S'il te plaît ! »

– Je cherche un nom.

Doria avait l'air gêné.

– Mais je ne sais… Je ne sais pas lire. C'est le nom de ma sœur.

– Comment s'appelle-t-elle ?

Si l'hercule avait raison, Doria avait tout juste quinze ans le jour où le Gringalet avait voulu le pendre. Meggie trouvait qu'il paraissait plus âgé. « C'est possible, avait dit l'hercule, c'est possible qu'il soit plus vieux. Ma mère ne sait pas très bien compter ! Elle ne se rappelle plus du tout mon anniversaire. »

– Elle s'appelait Susa, répondit Doria en regardant les tombes comme si le nom pouvait à lui seul faire revenir celle dont il parlait. Mon frère dit qu'elle doit être enterrée ici. Il ne se souvient pas où.

Ils trouvèrent la pierre. Elle était recouverte de lierre, mais on distinguait encore bien le nom. Doria se pencha et écarta les feuilles.

– Elle avait des cheveux aussi blonds que les tiens, dit-il. Lazaro dit que ma mère l'a chassée de chez nous parce qu'elle voulait vivre avec les ménestrels. Il ne le lui a jamais pardonné.

– Lazaro ?

– Mon frère. L'hercule, comme vous l'appelez.

Doria suivit les lettres du doigt. On aurait dit que quelqu'un les avait gravées au couteau dans la pierre. Dans le premier S poussait de la mousse.

Orphée tendit une feuille à Mo : le texte que Resa lui avait commandé. Mo allait-il lire cette nuit même, si les Femmes blanches apparaissaient ? Seraient-ils chez Elinor avant les premières lueurs du jour ? Meggie ne savait pas si cette idée la remplissait de tristesse ou de soulagement. Elle ne voulait pas y penser. Elle ne voulait qu'une chose : que Mo monte sur son cheval et s'en aille, que les larmes de sa mère ne l'aient jamais amené ici.

Farid se tenait un peu à l'écart, Louve sur son épaule. Pour lui, le cœur de Meggie était aussi froid que lorsqu'elle pensait à la trahison de Resa. Farid avait transmis à Mo les exigences d'Orphée, sachant parfaitement à quel danger il exposait son père – sans parler du fait qu'ils ne se reverraient peut-être jamais. Mais ça lui était égal. Pour Farid, un seul être comptait : Doigt de Poussière.

– Ils racontent que vous venez de très loin, toi et le Geai bleu.

Doria avait tiré son couteau de sa ceinture et grattait la mousse sur le nom de sa sœur.

– Là-bas, c'est différent d'ici ?

Que pouvait-elle lui répondre ?

– Oui, murmura-t-elle enfin. Complètement différent.

– Vraiment ? Farid dit qu'il y a des calèches qui roulent sans être tirées par des chevaux, et de la musique qui sort de minuscules boîtes noires.

Meggie ne put s'empêcher de sourire.

– Oui, c'est vrai, dit-elle à voix basse.

Doria posa la fleur blanche sur la tombe de sa sœur et se redressa.

– C'est vrai que dans ce pays, il y a des machines volantes ? demanda-t-il en la regardant avec curiosité. J'ai déjà essayé de me construire des ailes. J'ai même réussi à voler un tout petit peu avec, mais pas loin.

– Oui… des machines volantes, il y en a aussi là-bas, répondit Meggie d'une voix absente. Resa peut te les dessiner.

Mo avait plié la feuille de papier qu'Orphée lui avait donnée. «Il n'y a pas d'autre possibilité, Meggie, s'était-il contenté de dire quand elle l'avait supplié de ne pas accepter l'offre d'Orphée. Ta mère a raison. Il est temps de rentrer. Ça devient de jour en jour plus dangereux. » Qu'aurait-elle pu objecter ? Au cours des derniers jours, les brigands avaient changé trois fois d'endroit, à cause des patrouilles du Fifre ; on racontait que des femmes prétendant avoir vu le Geai bleu demandaient audience chaque jour au château d'Ombra, espérant ainsi sauver leurs enfants.

Ah, Mo !

– Il ne lui arrivera rien, dit Doria dans son dos. Tu verras, même les Femmes blanches aiment sa voix.

Absurde. Des bêtises de poète !

Quand Meggie se dirigea vers Mo, ses bottes laissèrent des traces sur le givre, comme si un esprit avait traversé le cimetière. Mo avait l'air si grave ! Avait-il peur ? « Qu'est-ce que tu crois, Meggie ? Il va appeler les Femmes blanches ! » « Elles ne sont faites que de nostalgie, Meggie. »

Farid détourna les yeux, gêné, quand elle passa près de lui.

– S'il te plaît ! Tu n'es pas obligé de le faire !

La voix de Resa résonnait bien trop fort au milieu des morts ; Mo lui mit doucement la main sur les lèvres.

– Je veux le faire. Tu n'as pas besoin d'avoir peur. Je connais les Femmes blanches mieux que tu ne penses. (Il glissa la feuille pliée dans la ceinture de sa femme.) Tiens. Fais-y bien attention. Si pour une raison ou une autre, je ne pouvais pas lire, Meggie le fera.

« Si pour une raison ou une autre, je ne pouvais pas lire… si elles me tuent, comme elles ont fait avec Doigt de Poussière, avec leurs mains blanches glacées. » Meggie ouvrit la bouche… et la referma en croisant le regard de Mo, un regard qu'elle connaissait bien. « Pas de discussion. N'insiste pas, Meggie. »

– Bon, pour ma part, j'ai rempli mon contrat. Je… heu, je pense que nous n'avons pas besoin d'attendre plus longtemps.

Orphée s'impatientait. Il sautait d'une jambe sur l'autre et arborait un sourire mielleux.

– On raconte qu'elles aiment quand la lune brille, avant qu'elle disparaisse derrière les nuages…

Mo hocha la tête et fit un signe à l'hercule, qui entraîna doucement Resa et Meggie loin des tombes, sous un chêne vert qui se dressait à la lisière du cimetière. Sur un signe de son frère, Doria les rejoignit. Orphée, lui aussi, fit quelques pas en arrière comme s'il était déjà dangereux de se tenir trop près de Mo.

Celui-ci échangea un regard avec le Prince noir. Que lui avait-il raconté ? Qu'il voulait faire venir les Femmes blanches à cause de Doigt de Poussière ? Le Prince était-il au courant du marché passé avec Orphée ? Non, sûrement pas.

Ils s'avancèrent côte à côte entre les tombes. L'ours trottinait derrière eux. Orphée, flanqué de son garde du corps, rejoignit le chêne vert sous lequel se trouvaient Meggie et Resa. Seul Farid resta à sa place, immobile. Sur son visage se lisait la peur que lui inspiraient celles que Mo allait appeler, et la nostalgie de celui qu'elles avaient emporté avec elles.

Un vent léger se leva sur le cimetière, frais comme le souffle de celles qu'ils attendaient ; Resa fit instinctivement un pas en avant, mais l'hercule la retint.

– Non, murmura-t-il.

Resa s'immobilisa à l'ombre des branches et, comme Meggie, ne quitta plus des yeux les deux hommes debout au milieu des tombes.

– Montrez-vous, filles de la mort !

La voix de Mo était calme, comme s'il les avait déjà appelées maintes fois.

– Vous vous souvenez de moi, n'est-ce pas ? Vous vous souvenez de la forteresse de Capricorne, de la grotte dans laquelle vous m'avez suivi et aussi de mon cœur qui battait si faiblement contre vos doigts blancs. Le Geai bleu voudrait vous interroger sur un ami. Où êtes-vous ?

Resa porta la main à son cœur. Il devait battre aussi fort que celui de Meggie.

La première Femme blanche apparut tout près de la tombe où se trouvait Mo. Elle n'avait qu'à tendre le bras pour le toucher et elle le fit, très doucement, comme si elle saluait un ami. L'ours soupira et baissa la tête. Puis il recula, un pas après l'autre et, pour la première fois de sa vie, quitta son maître. Mais le Prince noir resta immobile à côté de Mo, malgré la peur qui s'inscrivait sur son visage sombre, une peur que Meggie n'y avait jamais lue auparavant.

Mo demeura impassible quand les doigts blêmes lui caressèrent le bras. La deuxième Femme blanche apparut à sa droite. Elle posa la main sur sa poitrine, là où battait son cœur. Resa poussa un cri et fit de nouveau un pas en avant.

– Elles ne lui font rien. Tu vois bien ! lui murmura l'hercule.

Une autre Femme blanche apparut, puis une quatrième, une cinquième. Elles entourèrent Mo et le Prince noir jusqu'à ce que les deux hommes se fondent comme des ombres entre les silhouettes nébuleuses. Elles étaient si belles... et si terribles que Meggie aurait aimé que Fenoglio puisse les voir. Elle savait combien il aurait été fier de ce spectacle, fier des anges sans ailes qu'il avait créés.

Il en venait toujours plus. Elles semblaient surgir du souffle blanc qui émanait des lèvres de Mo et du Prince. Pourquoi y en avait-il tant ? Meggie vit sur le visage de

257

Resa la fascination qu'elle-même ressentait, ainsi que Farid, qui avait pourtant tellement peur des esprits. C'est alors que les chuchotements se firent entendre – des voix qui semblaient tout aussi immatérielles que les Femmes blanches elles-mêmes. De plus en plus fort. Et l'envoûtement se mua en peur. La silhouette de Mo disparut, comme s'il était absorbé par tout ce blanc. Doria lança à son frère un regard inquiet. Resa cria le nom de Mo. L'hercule essaya de nouveau de la retenir, mais elle se dégagea et se mit à courir. Meggie fila à sa suite, s'enfonçant dans le brouillard des corps translucides. Des visages se tournèrent vers elle, blêmes comme les pierres contre lesquelles elle trébuchait. Où était son père ? Elle essaya d'écarter les silhouettes blanches, mais elle ne sentait que le vide, encore et encore, jusqu'à ce qu'elle se heurte au Prince noir. Il était là, livide, son épée dans sa main tremblante, et regardait autour de lui comme s'il avait oublié qui il était. Les Femmes blanches cessèrent leurs chuchotements. Elles s'évanouirent comme la fumée que le vent emporte, et la nuit sembla plus noire encore. Si noire. Et terriblement froide.

Resa ne cessait de crier le nom de Mo et le Prince regardait autour de lui, l'air désespéré, son épée inutile à la main.

Mais Mo avait disparu.

24
À qui la faute ?

Ô temps, laisse-moi disparaître. Alors ce que nous séparons par notre propre présence sera réuni.

Audrey Niffenegger, *The Time Traveller's Wife*

Resa attendit au milieu des tombes jusqu'aux premières lueurs du jour, mais Mo ne revint pas. La douleur de Roxane était devenue sienne. Sauf qu'il ne lui restait même pas un mort à pleurer. Mo s'était évaporé comme s'il n'avait jamais existé. L'histoire l'avait englouti, et c'était sa faute.

Meggie pleurait. L'hercule la tenait dans ses bras, les larmes ruisselaient aussi sur son large visage.

– C'est votre faute ! n'avait cessé de crier Meggie.

Elle avait repoussé Resa et Farid et n'avait même pas laissé le Prince la consoler.

– C'est vous qui l'avez convaincu ! À quoi bon l'avoir sauvé autrefois, pour qu'elles le reprennent maintenant ?

– Je suis désolé. Vraiment, je suis terriblement désolé !

Resa sentait la voix d'Orphée lui coller à la peau, comme un poison suave. Quand les Femmes blanches avaient disparu, il était resté là, semblant attendre quelque chose, il avait du mal à dissimuler le sourire qui revenait constamment sur ses lèvres. Mais Resa l'avait vu. Oh, oui… et Farid aussi.

– Qu'est-ce que tu as fait ?

Il avait attrapé Orphée par ses vêtements élégants et avait martelé sa poitrine de ses poings. Le garde du corps avait voulu se saisir de lui mais l'hercule s'était interposé.

– Sale menteur ! avait crié Farid en sanglotant. Langue de vipère ! Pourquoi n'as-tu rien exigé ? Avoue que tu n'en avais aucune intention ! Tu voulais uniquement qu'elles emportent Langue Magique. Demandez-lui ! Demandez-lui ce qu'il a écrit d'autre. Je l'ai vu ! Il n'a pas seulement écrit le texte qu'il avait promis à Langue Magique. Il y avait une deuxième feuille ! Il croit que je ne me rends pas compte de ce qu'il fait parce que je ne sais pas lire, mais je sais compter. Il y avait deux feuilles… et son homme de verre dit que, la nuit dernière, il a lu à voix haute !

« Il a raison, chuchotait à Resa une voix intérieure. Mon Dieu, Farid a raison ! »

Mais Orphée s'efforçait de prendre un air navré.

– Qu'est-ce que c'est que ces âneries ! s'écria-t-il. Vous ne croyez pas que je suis déçu, moi aussi ? Est-ce ma faute si elles l'ont emmené ? J'ai rempli ma part du contrat ! J'ai écrit exactement ce que Mortimer a exigé ! M'ont-elles laissé l'occasion de leur demander quoi que ce soit sur Doigt de Poussière ? Non ! Je ne vais pas pour autant réclamer qu'on me rende mon texte. Mais j'espère qu'il est clair pour chacun d'entre vous – il regardait le Prince noir, qui brandissait toujours son épée – que, dans cette affaire, c'est moi qui reviens bredouille !

La feuille de papier se trouvait toujours dans la ceinture de Resa. Elle avait voulu la lancer à Tête de Camembert quand il était parti sur son cheval, mais elle l'avait remise en place. Les mots censés les renvoyer dans l'autre monde… elle ne les avait même pas lus. Ils avaient été trop cher payés. Mo avait disparu et Meggie ne le lui pardonnerait jamais. Elle les avait perdus tous les deux, une fois de plus.

Elle appuya son front contre une pierre tombale. C'était celle d'un enfant : une chemise minuscule avait été déposée sur la tombe. « Je suis si désolé. » Elle crut entendre de nouveau la voix douce et grave d'Orphée se mêlant aux sanglots de sa fille. Oui, Farid avait raison. Orphée mentait. Il avait écrit ce qui s'était produit et l'avait rendu réel grâce à sa voix, il avait voulu supprimer Mo, par jalousie, comme Meggie l'avait toujours dit – et elle l'y avait aidé.

D'une main tremblante, elle déplia le papier. Il était humide de rosée et le blason d'Orphée se déployait au-dessus des mots. Selon Farid, Tête de Camembert l'avait commandé chez un dessinateur de blasons d'Ombra – une couronne pour le mensonge selon lequel il venait d'une famille royale, des palmiers pour le pays lointain d'où il prétendait venir et une licorne, la corne spiralée noir d'encre.

La marque de Mo était aussi une licorne. Resa sentit une fois de plus les larmes lui monter aux yeux. Les lignes se brouillèrent. La description de la maison d'Elinor était un peu guindée, mais Orphée avait trouvé les mots justes pour évoquer sa nostalgie du pays natal et sa peur concernant cette histoire, qui risquait de transformer son mari en un autre homme… Comment savait-il ce qu'elle ressentait au fond de son cœur ? « Il le tient de toi, Resa, pensa-t-elle avec amertume. Tu lui as dit ton désespoir. » Elle continua à lire et s'arrêta soudain : *la mère et la fille se mirent en route pour la maison pleine de livres, mais le Geai bleu resta… en promettant de les suivre quand le moment serait venu et qu'il aurait joué son rôle…*

« J'ai écrit exactement ce que Mortimer a exigé ! »

Orphée, vexé et affectant l'innocence…

Non. Ce n'était pas possible. Mo ne voulait-il pas rentrer avec elles ? « Tu ne connaîtras jamais la réponse, Resa », pensa-t-elle en se courbant au-dessus de la petite tombe, tant son cœur lui faisait mal. Elle croyait entendre l'enfant, en elle, pleurer lui aussi.

– Rentrons, Resa !

Le Prince noir lui tendit la main. Elle ne lut aucun reproche sur son visage, seulement de la tristesse. Il ne lui posa pas de question sur le texte qu'Orphée avait écrit. Il croyait peut-être qu'en fin de compte, le Geai bleu était un magicien. Le Prince noir et le Geai bleu, les deux mains de la justice, une noire et une blanche. Et désormais, il n'y avait plus que celle du Prince.

Resa se releva tant bien que mal. « Rentrer ? Où ça ? voulait-elle demander. Rentrer au campement, où m'attend une tente vide et où tes hommes me regarderont avec plus d'hostilité encore ? »

Doria lui amena son cheval. L'hercule cajolait toujours Meggie ; son visage aux traits grossiers était bouffi de chagrin, comme celui de sa fille. Il détourna les yeux. Lui aussi la rendait responsable de ce qui s'était passé.

Où aller ? Resa tenait toujours en main la feuille remise par Orphée. La maison d'Elinor. Rentrer sans Mo… c'était difficile à imaginer. En supposant que Meggie veuille bien lire. « Elinor, j'ai perdu Mo. Je voulais le protéger mais… » Non, elle ne voulait pas raconter cette histoire. Il n'y avait plus de retour. Il n'y avait plus rien.

– Meggie, viens.

Le Prince fit signe à la jeune fille de venir le rejoindre. Il voulut la hisser sur le cheval de Resa, mais Meggie recula.

– Non. Je rentre avec Doria, dit-elle.

Farid aida Meggie à monter et lança au garçon un regard peu aimable.

– Qu'est-ce que tu fais encore là ? l'apostropha Meggie. Tu espères toujours voir surgir Doigt de Poussière devant toi ? Il ne reviendra pas, pas plus que mon père, mais en revanche Orphée t'accueillera à bras ouverts, après tout ce que tu as fait pour lui !

À chaque mot, Farid se courbait comme un chien battu. Sans répondre, il fit demi-tour et se dirigea vers son âne. Il appela Louve, mais la martre ne semblait pas décidée à le suivre ; Farid partit sans elle.

Meggie ne le suivit pas des yeux. Elle se tourna vers Resa.

– Ne t'imagine pas que je vais rentrer avec toi ! Si tu as besoin d'un lecteur pour ton précieux texte, va voir Orphée. Tu l'as déjà fait une fois !

Le Prince noir montra la même discrétion et ne demanda pas de quoi parlait Meggie, même si Resa put lire la question sur son visage las. Il resta à côté d'elle sur le chemin du retour, un très long chemin. Le soleil éclairait les collines, une à une, mais Resa savait que, pour elle, la nuit ne finirait jamais. Désormais, elle habiterait son cœur. La même nuit, éternellement. Noire et blanche à la fois, comme les femmes qui avaient emmené Mo.

25

Fin et commencement

Une brève remarque en passant
Vous allez mourir.

Markus Zusak, *La Voleuse de livres*

À leur contact, le souvenir de la douleur et de la peur, de la chaleur de la fièvre et du froid de leurs mains sur son cœur, remonta. Mais cette fois, tout était différent. Les Femmes blanches touchaient Mo et il n'éprouvait aucune crainte. Elles murmuraient le nom qu'elles croyaient être le sien, comme un souhait de bienvenue. Oui, elles lui souhaitaient la bienvenue de leurs voix douces, nostalgiques, qu'il avait si souvent entendues en rêve, et l'accueillaient comme un ami enfin revenu, après une longue absence.

Elles étaient nombreuses, si nombreuses. Leurs visages pâles l'entouraient comme un brouillard derrière lequel tout disparaissait… Orphée, Resa, Meggie et le Prince noir qui, l'instant d'avant, se tenaient encore à ses côtés. Les étoiles disparurent. Il sentit le sol se dérober sous ses pieds et se retrouva soudain sur des feuilles pourries qui répandaient dans l'air frais une odeur lourde et douceâtre. Parmi elles, il aperçut des ossements, blancs et brillants. Des crânes. Des membres. Où était-il ?

« Elles t'ont emmené, Mortimer, pensa-t-il. Comme Doigt de Poussière. »

Pourquoi cette idée ne lui faisait-elle pas peur ? Il entendait des oiseaux au-dessus de lui, beaucoup d'oiseaux, et quand les Femmes blanches reculèrent, il leva la tête et vit des racines aériennes semblables à des toiles d'araignée qui pendaient d'une hauteur obscure. Il était à l'intérieur d'un arbre, creux comme un tuyau d'orgue, haut comme les tours du château d'Ombra. Des champignons poussaient sur ses flancs de bois, répandant une lumière vert pâle sur les nids des oiseaux et des fées. Mo tendit la main vers les racines ; avait-il perdu le sens du toucher ? Non. Il passa la main sur son visage, sentit sa propre peau, inchangée, chaude. Qu'est-ce que cela voulait dire ? N'était-ce pas la mort ?

Mais sinon, qu'était-ce ? Un rêve ?

Il se retourna, se mouvant comme un somnambule, et découvrit des lits de mousse. De petites Femmes de la Forêt y reposaient : leurs visages ridés, dans la mort comme dans la vie, étaient sans âge. Mais il reconnut l'homme couché sur le dernier lit – les traits figés, tel qu'il l'avait vu la dernière fois : Doigt de Poussière.

Roxane avait tenu sa promesse : « Et il aura toujours l'air de dormir quand mes cheveux auront depuis longtemps blanchi, car l'Ortie m'a appris comment préserver le corps bien après que l'âme s'en est allée. »

Mo se dirigea d'un pas hésitant vers la silhouette immobile. Les Femmes blanches s'écartèrent en silence pour le laisser passer.

« Où es-tu, Mortimer ? Est-ce encore le monde des

vivants, même si les morts y dorment ?» Doigt de Poussière avait vraiment l'air de dormir. Paisible, sans rêves. Roxane venait-elle le voir ici ? Sans doute. Mais comment y était-il arrivé ?

– C'est bien l'ami dont le sort te préoccupait, n'est-ce pas ?

La voix venait d'en haut et quand Mo leva les yeux, il distingua dans l'obscurité un oiseau, posé sur l'enchevêtrement des racines, un oiseau doré, avec une tache rouge sur la poitrine, qui le fixait de ses yeux ronds. La voix qui sortait de son bec était celle d'une femme.

– Ton ami est un hôte très apprécié chez nous. Il nous a apporté le feu, le seul élément qui ne m'obéisse pas. Mes filles aimeraient tant t'avoir auprès d'elles ! Elles aiment ta voix, mais elles savent que cette voix a besoin du souffle de la chair. Et quand je leur ai ordonné d'aller te chercher, pour te punir d'avoir relié le livre vide, elles m'ont persuadée de t'épargner ; selon elles, tu œuvreras à notre réconciliation en me rendant un service.

– Et de quoi s'agit-il ?

Sa propre voix lui semblait étrangère.

– Tu ne le sais pas ? Alors que tu es prêt à te séparer de tout ce que tu aimes ? Tu vas m'amener celui que tu m'as enlevé. Amène-moi Tête de Vipère, le Geai bleu.

– Qui es-tu ?

Mo jeta un coup d'œil furtif vers les Femmes blanches et le visage figé de Doigt de Poussière.

– Devine.

Les plumes de l'oiseau se hérissèrent ; Mo constata que la tache sur sa poitrine était du sang.

– Tu es la Mort.

Mo sentit le poids du mot sur sa langue. En était-il de plus lourd?

– Oui, c'est ainsi que l'on m'appelle, alors que j'aurais mérité tant d'autres noms!

L'oiseau se secoua et des plumes dorées tombèrent sur les feuilles aux pieds de Mo. Elles tombèrent sur ses cheveux et ses épaules et, quand il leva à nouveau les yeux, il ne vit plus que le squelette d'un oiseau pris dans les racines.

– Je suis le commencement et la fin.

De la fourrure apparut sur les os. Des oreilles pointues poussèrent sur le crâne dénudé. Un écureuil baissa les yeux vers Mo. Il s'accrochait aux racines avec ses minuscules griffes et de sa petite gueule sortait la même voix que celle de l'oiseau.

– La grande métamorphose, voilà un nom qui me plaît!

L'écureuil se secoua à son tour, perdit sa fourrure, sa queue et ses oreilles, se métamorphosa en papillon, en chenille, en chat tacheté comme la lumière dans la Forêt sans chemin… et enfin en martre. L'animal sauta sur le lit de mousse où reposait Doigt de Poussière et se roula en boule à ses pieds.

– Je suis le commencement de toute histoire et sa fin, dit la martre avec la voix de l'oiseau, avec celle de l'écureuil. L'éphémère et le renouveau. Sans moi, rien ne naît, car rien ne meurt sans moi. Mais tu as compliqué ma tâche, le Geai bleu, en reliant ce livre qui me lie les mains. C'est pourquoi j'étais en colère contre toi, terriblement en colère.

La martre montra les dents et Mo sentit que les Femmes blanches se rapprochaient de lui. La mort venait-elle, maintenant? Il fut soudain oppressé, comme naguère, quand il l'avait sentie tout près.

– Oui, j'étais en colère, murmura la martre. (La voix était à présent celle d'une vieille femme.) Mes filles m'ont calmée. Elles aiment ton cœur comme elles aiment ta voix. Elles disent qu'il est grand, très grand. Que ce serait dommage de le briser déjà.

La martre se tut; les chuchotements que Mo n'avait jamais oubliés revinrent. Ils l'entouraient, envahissants.

– Prends garde! Prends garde, le Geai bleu!

Pourquoi? Les visages diaphanes le regardaient. Ils étaient beaux, mais s'évanouirent dès qu'il voulut s'approcher.

– Orphée! murmurèrent les lèvres blêmes.

Et soudain, Mo entendit la voix d'Orphée. La beauté de son intonation emplissait l'arbre creux comme un doux parfum. « *Écoute-moi, maître du froid*, disait le poète. *Écoute-moi, maître du silence. Je te propose un marché. Je t'envoie le Geai bleu, qui t'a ridiculisé. Il croira qu'il est juste censé appeler tes filles blafardes, mais je te l'offre en échange du danseur de feu. Prends-le et renvoie en retour Doigt de Poussière parmi les vivants, car son histoire n'est pas encore achevée. À celle du Geai bleu, il ne manque plus qu'un chapitre, que les Femmes blanches devront écrire.* » Ainsi lut et écrivit le poète et ses mots devinrent réalité, comme toujours. Le Geai bleu, dans sa présomption, appela les Femmes blanches, et la Mort ne le laissa jamais repartir. Le danseur de feu, lui, revint et son histoire prit une autre tournure.*

« Prends garde… »

Mo mit un certain temps à comprendre. Puis il maudit sa bêtise : ne s'était-il pas fié à celui qui avait déjà failli le tuer? Il essaya désespérément de se souvenir des mots qu'Orphée avait écrits pour Resa. Et s'il voulait se débarrasser aussi de Meggie et de Resa ? « Rappelle-toi, Mo ! Qu'a-t-il écrit ? »

– Oui, tu as été vraiment bête, railla la voix de femme. Mais il a été encore plus bête que toi. Croire qu'il pouvait me contraindre par des mots, moi qui règne sur le pays dans lequel les mots n'existent pas et dont pourtant ils sont issus ! Rien ne peut m'obliger à quoi que ce soit, hormis le livre vide, parce que tu as rempli ses pages de silence blanc. Celui qu'il protège m'envoie presque chaque jour un homme qu'il a abattu, comme messager de ses sarcasmes ! Je pourrais faire fondre ta chair sur tes os pour cela ! Mais mes filles, depuis qu'elles l'ont touché, lisent dans ton cœur comme dans un livre et elles m'assurent que tu n'auras de repos avant que celui que ton livre protège ne m'appartienne de nouveau. Est-ce vrai, le Geai bleu ?

La martre se coucha sur la poitrine immobile de Doigt de Poussière.

– Oui, murmura Mo.

– Bien. Dans ce cas, retourne d'où tu viens et fais disparaître le livre de ce monde. Remplis-le de mots avant que le printemps ne revienne, sinon, l'hiver pour toi n'aura pas de fin. Et je ne prendrai pas seulement ta vie à la place de celle de Tête de Vipère, mais aussi celle de ta fille, car elle t'a aidé à relier le livre. Tu as compris, le Geai bleu ?

– Pourquoi deux vies ? demande Mo d'une voix rauque. Comment peux-tu exiger deux vies en échange d'une seule ? Prends la mienne, c'est assez.

Mais la martre se contenta de le regarder.

– C'est moi qui fixe le prix, dit la Mort. Toi, tu n'as qu'à payer.

269

« Meggie. Non. Non. Rentre, Resa ! pensa Mo. Que Meggie lise les mots d'Orphée. Tout vaut mieux que ça, ici. Rentre ! Vite ! »

La martre se mit à rire. Et, de nouveau, sa voix fut celle d'une vieille femme.

– Toutes les histoires finissent avec moi, le Geai bleu, dit-elle. Tu me rencontreras partout.

Comme pour le prouver, elle se métamorphosa en chat, le même que celui qui n'avait qu'une oreille et aimait tant se faufiler dans le jardin d'Elinor pour chasser ses oiseaux. Il sauta lestement de la poitrine de Doigt de Poussière et vint se frotter contre les jambes de Mo.

– Alors, le Geai bleu, qu'en dis-tu ? Tu acceptes mes conditions ?

« Et je ne prendrai pas seulement ta vie à la place de celle de Tête de Vipère, mais aussi celle de ta fille. »

Mo regarda Doigt de Poussière. Dans la mort, son visage était bien plus paisible que dans la vie. Avait-il retrouvé sa fille cadette de ce côté-ci, et Cosimo, et le premier mari de Roxane ? Les morts étaient-ils tous au même endroit ? Le chat s'assit devant lui et le contempla.

– J'accepte, répondit Mo d'une voix si rauque qu'il perçut à peine ses propres paroles. Mais je pose une condition : laisse le danseur de feu repartir avec moi. Ma voix lui a coûté dix ans de sa vie, il y a bien longtemps. Laisse-moi les lui rendre. D'ailleurs… les chansons ne disent-elles pas que Tête de Vipère périt par le feu ?

Le chat se tapit. Son pelage tomba, laissant une tache rouge sur les feuilles pourries. Les os se couvrirent de nouveau de chair et de plumes et le moqueur doré à la poitrine sanglante s'envola et vint se poser sur l'épaule de Mo.

– Tu aimes que les chansons deviennent réalité, n'est-ce pas ? chuchota-t-il. Bien. Je te l'accorde. Que le danseur de feu retourne à la vie ! Mais si le printemps revient sans que Tête de Vipère soit redevenu mortel, alors son cœur s'arrêtera de battre en même temps que le tien et celui de ta fille.

Mo fut pris de vertige. Il aurait voulu attraper l'oiseau et tordre son cou doré pour ne plus entendre cette voix, vieille, impassible et moqueuse. Meggie. Il faillit trébucher en retournant vers Doigt de Poussière. Cette fois, les Femmes blanches hésitèrent à s'écarter pour le laisser passer.

– Tu vois, mes filles ont beau savoir qu'il reviendra, elles ne le laissent pas partir de bon cœur, dit la voix de la vieille femme.

Mo regarda le corps sans vie, le visage si paisible. Tout à coup, il ne fut pas certain de faire plaisir à Doigt de Poussière en le ramenant à la vie.

L'oiseau était toujours perché sur son épaule – si léger.

– Qu'est-ce que tu attends ? demanda la Mort. Appelle-le ! Et Mo obéit.

26

Une voix familière

Que lui reste-t-il ? se demande Langschatten. Quelles pensées et quelles rumeurs, quels noms ? Ou n'a-t-il dans la tête que de vagues sensations et un tas de mots sans suite ?

Barbara Gowdy, *L'Os blanc*

Elles avaient disparu. L'avaient laissé seul avec tout ce bleu, qui s'accordait si mal avec le rouge du feu. Bleu comme le ciel du soir, bleu comme les fleurs de clématite, bleu comme les lèvres des noyés, bleu comme le cœur d'une flamme qui brûle trop fort. Oui, parfois, il faisait chaud en ce monde. Chaud et froid, clair et sombre, terrible et beau, il était tout cela à la fois. Il n'était pas vrai que l'on ne sentait rien au pays de la mort. On sentait, on entendait et on voyait, mais le cœur restait bizarrement placide – comme s'il se reposait avant que la danse reprenne.

Paisible. Était-ce le mot juste ? Les gardiennes de ce monde le ressentaient-elles ainsi ou avaient-elles la nostalgie de l'autre monde ? De la douleur qu'elles ne connaissaient pas, de la chair qu'elles n'habitaient pas. Peut-être.

Ou peut-être pas. Il ne pouvait le déceler sur leurs visages. Il y trouvait la paix et la nostalgie, la joie et la douleur. Comme si elles étaient au courant de tout, en ce monde et dans l'autre, de même que leurs corps immatériels étaient faits de toutes les couleurs réunies, qui se fondaient en une lumière blanche. Elles lui racontaient que le royaume des morts compte d'autres endroits, plus sombres, et que personne ne restait longtemps là où elles l'avaient amené, excepté lui. Parce qu'il appelait le feu…

Les Femmes blanches craignaient le feu et l'aimaient. Il réchauffait leurs mains blêmes et elles riaient comme des enfants quand il le faisait danser pour elles. Elles étaient des enfants, à la fois jeunes et vieilles, si vieilles. Elles lui demandaient de donner au feu la forme d'arbres et de fleurs, du soleil et de la lune, mais avec les flammes, il dessinait aussi des visages, les visages qu'il voyait quand les Femmes blanches l'emmenaient au bord du fleuve dans lequel elles lavaient le cœur des morts. « Regarde dans l'eau ! lui chuchotaient-elles. Regarde dans l'eau et ceux qui t'aiment te verront dans leurs rêves. » Et il se penchait au-dessus de l'eau claire et bleue et contemplait le garçon, la femme et la fille dont il avait oublié le nom, et les voyait sourire dans leur sommeil.

« Pourquoi ai-je oublié leurs noms ? » demandait-il.

« Parce que nous avons lavé ton cœur, répondaient-elles. Parce que nous l'avons lavé dans l'eau bleue qui sépare ce monde-ci de l'autre. Elle te fait oublier. »

C'était vrai. Car il avait beau essayer de se souvenir, il ne voyait que le bleu, doux et rafraîchissant. Mais quand il appelait le feu et que le rouge se propageait, les images revenaient, les images qu'il voyait dans l'eau. Mais la nostalgie qu'elles lui inspiraient s'estompait avant qu'il se réveille.

« Quel était mon nom ? » demandait-il parfois, et elles riaient.

« Danseur de feu, lui chuchotaient-elles. C'était ton nom, ce sera toujours ton nom, car tu resteras parmi nous pour l'éternité, tu ne repartiras pas comme tous les autres pour une autre vie… »

Parfois, elles lui amenaient une fille, une petite fille qui lui caressait les joues en souriant comme la femme aperçue dans l'eau et dans les flammes.

« Qui est-ce ? » demandait-il.

« Elle était là et elle est repartie, disaient-elles. C'était ta fille. »

Sa fille… Ce mot lui évoquait une souffrance dont son cœur se souvenait, mais qu'il ne ressentait pas. Il ne ressentait que de l'amour, rien d'autre. Il n'y avait rien d'autre.

Où étaient-elles ? Elles ne l'avaient jamais laissé seul depuis qu'il était ici, ici… où que ce fût. Il s'était habitué à leurs visages blêmes, à leur beauté, à leurs voix basses.

Soudain, il entendit une autre voix. Il la connaissait. Il connaissait aussi le nom de celui qu'elle appelait.

Doigt de Poussière.

Il détestait cette voix… Ou l'aimait-il ? Il l'ignorait. Il ne savait qu'une chose : elle faisait resurgir tout ce qu'il avait oublié, comme une douleur violente qui relançait les battements de son cœur immobile. Cette voix ne l'avait-elle pas déjà fait souffrir, au point de presque lui briser le cœur ? Oui, il se souvenait ! Il se boucha les oreilles mais, dans le royaume des morts, on n'entendait pas qu'avec les oreilles et la voix s'insinua au plus profond de lui, comme le sang nouveau qui recommençait à couler dans ses veines figées.

– Réveille-toi, Doigt de Poussière ! disait la voix. Reviens. L'histoire n'est pas encore finie.

L'histoire… Il sentit que le bleu le chassait, il sentit de la chair ferme s'enrouler autour de lui et un cœur battre dans sa poitrine bien trop étroite. « Langue Magique, pensa-t-il. C'est la voix de Langue Magique. » Et, soudain, tous les noms lui revinrent : Roxane, Brianna, Farid – et la douleur fut là de nouveau, et le temps, et la nostalgie.

27

Perdu et revenu

Car il se trouve que je n'ai jamais pu me persuader que les morts sont complètement morts.

Saul Bellow, *Le Faiseur de pluie*

Il faisait encore nuit quand Gwin réveilla Roxane. La jeune femme n'aimait toujours pas la martre, mais elle n'avait pas le cœur de la chasser. Elle l'avait vue trop souvent posée sur l'épaule de Doigt de Poussière, et croyait parfois sentir encore la chaleur de ses mains sur son pelage roux. Depuis que son maître était mort, la martre laissait Roxane la caresser. Avant, elle s'attaquait à ses poules. Maintenant, elle les épargnait, comme si la basse-cour faisait partie de l'accord tacite qui s'était établi entre elles – sa gratitude pour l'avoir laissée, elle et elle seule, l'accompagner quand elle allait voir son maître. Gwin était la seule à partager le secret de Roxane, à lui tenir compagnie quand, assise près du défunt, une heure, parfois deux, elle se perdait dans la contemplation de son visage immobile.

« Il est revenu ! » dit le pelage hérissé de Gwin quand la martre sauta sur la poitrine de Roxane, mais celle-ci ne comprit pas. Voyant qu'il faisait encore nuit, elle chassa l'animal qui persista, feulant et grattant à la porte. Bien entendu, elle pensa tout de suite aux patrouilles que le Gringalet se plaisait tant à envoyer la nuit dans les fermes isolées. Le cœur battant, elle prit le couteau caché sous son oreiller et enfila sa robe tandis que la martre grattait, de plus en plus impatiente, à la porte. Heureusement, elle n'avait pas encore réveillé Jehan. Son fils avait le sommeil profond. L'oie n'avait pas non plus donné l'alarme, ce qui était bizarre.

Roxane, le couteau à la main, se dirigea vers la porte sur ses pieds nus et tendit l'oreille ; tout était silencieux. Quand elle sortit, elle eut le sentiment d'entendre la nuit respirer, profondément et régulièrement, telle une femme endormie. Les étoiles étincelaient au-dessus d'elle comme des fleurs de lumière et leur beauté blessa son cœur las.

– Roxane…

La martre passa à côté d'elle à toute allure.

Ce n'était pas possible. Les morts ne reviennent pas, même quand ils l'ont promis. Mais la silhouette qui se détachait de l'ombre près de l'étable était si familière !

Gwin feula en apercevant l'autre martre sur l'épaule de son maître.

– Roxane.

Il prononça son nom comme s'il voulait le sentir sur sa langue, comme quelque chose dont il avait longtemps perdu le goût. C'était un rêve, un de ces rêves qui revenaient presque toutes les nuits : elle y voyait son visage si distinctement qu'elle le touchait dans son sommeil et que, le lendemain, ses doigts se souvenaient encore de sa peau. Et quand il passa ses bras autour d'elle, tout doucement,

277

comme s'il avait peur d'avoir oublié, elle resta immobile… car ses mains ne croyaient pas qu'elles allaient vraiment le toucher, ses bras ne croyaient pas pouvoir l'enlacer de nouveau. Mais ses yeux le voyaient. Ses oreilles l'entendaient respirer. Sa peau sentait la sienne, si chaude, comme si le feu était en lui, lui qui avait été si froid, si affreusement froid.

Il avait tenu sa promesse. Et même si ce n'était qu'un rêve, c'était mieux que rien, tellement mieux.

– Roxane ! Regarde-moi !

Il prit son visage entre ses mains, le caressa, essuya les larmes qu'elle sentait si souvent sur ses joues en se réveillant. Alors seulement, elle l'attira contre elle et laissa ses mains lui prouver qu'elle n'étreignait pas un fantôme. Ce n'était pas possible. Elle pleurait en pressant son visage contre le sien. Elle aurait voulu le battre pour l'avoir quittée à cause du garçon, pour toute la souffrance qu'il lui avait fait subir, une si grande souffrance – mais son cœur la trahit, comme à son premier retour. Il la trahissait chaque fois.

– Qu'est-ce qu'il y a ?

Il l'embrassa encore.

Les balafres. Elles n'étaient plus là, comme si les Femmes blanches les avaient effacées avant de le rendre à la vie.

Elle prit les mains de Doigt de Poussière et les lui posa sur les joues.

– Est-ce possible ? dit-il en passant ses doigts sur sa propre peau comme si c'était celle d'un inconnu. Elles ont vraiment disparu. Ça ne plairait pas du tout à Basta.

Pourquoi l'avait-on laissé partir ? Qui avait payé le prix, comme il l'avait fait pour le garçon ? Il était de retour. Rien d'autre ne comptait. Il était revenu de l'endroit d'où l'on ne revient pas. Où tous les autres, sa fille, Jehan, le père de son fils, Cosimo… étaient restés. Tant de morts. Mais il était revenu. Même si elle voyait bien dans ses yeux que cette fois, il avait été si loin qu'une part de lui-même lui avait été dérobée.

– Combien de temps vas-tu rester cette fois ? murmura-t-elle.

Il ne répondit pas tout de suite. Gwin frotta sa tête contre son cou et le regarda comme si elle aussi voulait connaître la réponse.

– Aussi longtemps que la mort le permettra, répondit-il enfin en posant la main de Roxane sur son cœur battant.

– Qu'est-ce que ça veut dire ? murmura-t-elle.

Mais il lui ferma la bouche d'un baiser.

28
Une nouvelle chanson

Dans l'obscure forêt
L'espoir soudain surgit,
les cheveux noirs comme jais
Il nargue les nantis
Sous les plumes du geai
il cache son visage,
et de tous les sujets
il venge les outrages.

Fenoglio,
Les Chansons du Geai bleu

— Le Geai bleu est revenu de chez les morts !

C'est Doria qui apporta la nouvelle au Prince noir. Peu avant le lever du jour, il fit irruption sous sa tente, hors d'haleine.

— Une Femme de la Forêt l'a vu, du côté des arbres creux, là où les guérisseuses enterrent leurs morts. Elle dit qu'il a ramené le danseur de feu. S'il te plaît ! Je peux prévenir Meggie ?

Des paroles inconcevables. Bien trop extraordinaires pour être vraies. Ce qui n'empêcha pas le Prince noir de

280

se mettre aussitôt en route – après avoir fait promettre à Doria de ne rien répéter, ni à Meggie ni à sa mère, ni à Monseigneur ou à un autre brigand, pas même à son frère, lequel dormait à côté du feu.

– Mais il paraît que le Fifre est déjà au courant ! balbutia le garçon.

– Pas de chance ! répliqua le Prince. Espérons que je le trouverai avant lui.

Il partit au galop, si vite que l'ours ne tarda pas à s'essouffler et à regarder son maître d'un air désapprobateur. Pourquoi une telle hâte ? À cause d'un espoir fou ? Pourquoi son cœur voulait-il toujours croire à la lumière dans toute cette obscurité ? Où puisait-il cet espoir malgré les multiples déceptions ? « Tu as un cœur d'enfant, Prince. » Doigt de Poussière ne le lui avait-il pas toujours dit ? « Et il a ramené le danseur de feu. » Ce n'était pas possible. Ces choses-là n'arrivent que dans les chansons, dans les chansons et dans les histoires que les mères racontent le soir à leurs enfants, pour chasser la peur de la nuit…

L'espoir rend imprudent, il aurait dû le savoir. Le Prince noir ne vit les soldats qu'au moment où ils surgirent devant lui. Ils étaient nombreux, une dizaine. Une Femme de la Forêt les suivait, son cou maigre écorché par la corde avec laquelle ils la tiraient derrière eux. Ils l'avaient sans doute capturée pour qu'elle les conduise aux arbres creux, car peu de gens connaissaient l'endroit où les guérisseuses enterraient leurs morts. On disait qu'elles veillaient à ce que les sous-bois obstruent tous les accès, mais le Prince noir connaissait le chemin depuis qu'il avait aidé Roxane à y emmener Doigt de Poussière.

C'était un lieu sacré mais, dans sa terreur, la Femme de la

Forêt avait conduit les cuirassiers au bon endroit. On distinguait de loin les cimes des arbres morts. Elles pointaient au milieu des chênes au feuillage jauni par l'automne, comme si le matin les avait dépouillées de leurs feuilles. Le Prince pria pour que le Geai bleu ne s'y trouve pas. Mieux valait être prisonnier des Femmes blanches que du Fifre.

Trois cuirassiers se dirigèrent vers lui, leur épée à la main. La Femme de la Forêt tomba à genoux quand ses gardiens dégainèrent à leur tour et se tournèrent vers leur nouvelle proie. L'ours se dressa sur ses pattes arrière en montrant les dents. Les chevaux reculèrent, ainsi que deux soldats, mais ils étaient encore nombreux, trop nombreux pour un couteau et quelques griffes.

– Regardez-moi ça ! On dirait que le Fifre n'est pas le seul à être assez stupide pour croire les sornettes d'une Femme de la Forêt !

L'homme de tête était presque aussi pâle que les Femmes blanches, et son visage était couvert de taches de rousseur.

– Le Prince noir ! Moi qui haïssais le sort qui m'envoyait dans cette maudite forêt capturer un fantôme. Et je tombe sur qui ? Sur son frère noir ! La rançon n'est pas aussi importante que pour le Geai bleu, mais elle fera quand même de nous des hommes riches !

– Tu te trompes. Si tu le touches, tu es un homme mort.

Et sa voix tire les morts de leur sommeil et le loup vient se coucher près de l'agneau... Le Geai bleu surgit de derrière un hêtre, aussi naturellement que s'il avait attendu les soldats. *« Ne m'appelle pas ainsi, c'est un nom pour les chansons. »* Il l'avait répété maintes fois au Prince... mais quel nom lui donner, sinon celui-ci ?

Le Geai bleu. Comme ils murmuraient son nom, la voix

rauque de peur ! Qui était-il ? Combien de fois le Prince s'était-il posé la question ? Venait-il réellement du pays où Doigt de Poussière était resté tant d'années ? Et quel était donc ce pays ? Le pays dans lequel les chansons devenaient réalité ?

Le Geai bleu. L'ours poussa un grognement de bienvenue qui fit se cabrer les chevaux, et le Geai, très lentement, dégaina l'épée qui avait appartenu jadis à Renard Ardent et avait tué tant d'hommes du Prince noir. Sous ses cheveux bruns, son visage paraissait pâli, mais le Prince n'y décelait aucune peur. On oublie sans doute ce qu'est la peur quand on a connu la mort.

– Oui, comme vous voyez, la Mort m'a laissé partir. Même si je sens encore ses griffes.

Il semblait absent, comme si une part de lui-même était restée parmi les Femmes blanches.

– Je vous montrerai volontiers le chemin si vous voulez. Tout dépend de vous. Mais si vous préférez vivre encore un peu (le Geai bleu brandit son épée comme s'il écrivait leurs noms), laissez-le partir. Lui et l'ours.

Ils le regardaient en silence, mais leurs mains posées sur leur épée tremblaient comme si c'était leur propre arrêt de mort qu'elles signaient. Rien n'effraie plus que l'absence de peur. Le Prince noir rejoignit le Geai bleu et sentit que les mots s'élevaient devant eux comme un bouclier, les mots que l'on chantait à voix basse dans le pays : la main blanche et noire de la justice.

« Désormais, on chantera une nouvelle chanson », pensa le Prince en dégainant son arme. Son cœur bondit, brûlant d'ardeur juvénile : il aurait pu se battre contre une armée entière. Mais les hommes du Fifre firent volter leurs chevaux et décampèrent – devant deux hommes… et des mots. Quand ils eurent disparu, le Geai bleu se dirigea vers la Femme de la Forêt toujours agenouillée dans l'herbe, les mains devant son visage couleur d'écorce, et enleva la corde qu'elle avait au cou.

– Il y a quelques mois, l'une des vôtres m'a fait une méchante blessure, dit-il. Ce n'est pas toi ?

La femme accepta son aide, mais le fixa d'un œil torve.

– Que veux-tu dire par là ? Que pour des yeux humains, nous sommes toutes pareilles ? demanda-t-elle sèchement. Pour nous, c'est la même chose. Comment pourrais-je savoir si je t'ai déjà vu ?

Et elle s'éloigna en boitillant, sans un regard pour son sauveur.

– Combien de temps ai-je été absent ? demanda Mo au Prince noir.

– Plus de trois jours.

– Si longtemps ? (Oui, il avait été loin, très loin – naturellement.) Le temps n'est plus le même quand on rencontre la mort. N'est-ce pas ce qu'on dit ?

– Sur ce chapitre, tu en sais plus que moi, répondit le Prince.

Le Geai bleu n'ajouta rien.

– Tu sais qui j'ai ramené avec moi ? demanda-t-il enfin.

– J'ai du mal à croire les bonnes nouvelles, murmura le Prince.

Le Geai bleu sourit et passa sa main sur les cheveux courts de son ami.

– Tu peux les laisser repousser, déclara-t-il. Celui pour lequel tu les avais coupés respire à nouveau. Il n'a laissé que ses balafres chez les morts.

Était-ce possible ?

– Où est-il ?

Le cœur du Prince était encore meurtri de la nuit passée avec Roxane à veiller Doigt de Poussière.

– Je suppose qu'il est chez Roxane. Je ne lui ai pas demandé où il allait. Nous n'étions pas particulièrement bavards, ni l'un ni l'autre. Ce qui reste après les Femmes blanches, c'est le silence, Prince, pas des mots.

– Le silence ? (Le Prince noir éclata de rire et l'attira vers lui.) Qu'est-ce que tu racontes ? Le bonheur, voilà ce qu'elles laissent derrière elles, rien que du bonheur ! Et de l'espoir, enfin ! Je me sens jeune à nouveau ! Je me sens de taille à déplacer des montagnes. Dès ce soir, tout le monde va chanter que le Geai bleu craint si peu la Mort qu'il va lui rendre visite et, de rage, le Fifre s'arrachera son nez d'argent.

Le Geai bleu sourit de nouveau mais son regard était grave – bien grave pour quelqu'un qui était revenu indemne du royaume des morts. Et le Prince noir comprit que derrière les bonnes nouvelles s'en cachait une mauvaise, une ombre occultant la lumière. Mais ils n'en parlèrent pas. Pas encore.

– Et ma femme… ma fille ? Elles sont déjà… parties ?

– Parties ? répéta le Prince, surpris. Non, où veux-tu qu'elles aillent ?

Le soulagement et l'inquiétude se mêlaient à parts égales sur le visage du Geai bleu.

– Un jour, je t'expliquerai cela aussi, dit-il. Un jour. Mais c'est une longue histoire.

29
Visite dans la cave d'Orphée

Tant de vies
Tant de choses à se souvenir
J'étais une pierre au Tibet.
Un bout d'écorce
Au cœur de l'Afrique
Qui devenait toujours plus sombre…

Derek Mahon, *Vies*

Oss attrapa Farid par le cou, lui annonça qu'Orphée voulait lui parler sur-le-champ et monta en même temps deux bouteilles de vin. Depuis qu'il était rentré du cimetière des ménestrels, Tête de Camembert buvait comme un trou ; contrairement à Fenoglio, le vin ne lui déliait pas la langue mais le rendait particulièrement méchant et imprévisible.

Quand Farid entra dans le bureau, Orphée était à la fenêtre, titubant légèrement et tenant à la main la feuille de papier qu'il avait tant de fois contemplée, maudite, chiffonnée et défroissée à nouveau.

– C'est écrit là, noir sur blanc, chaque lettre aussi belle qu'une image, des mots qui sonnent merveilleusement bien… Comment est-ce possible, bon sang ? marmottait-il tandis que ses doigts tapotaient sans arrêt sur les lignes. Pourquoi, par tous les esprits de l'enfer, le relieur aussi est-il revenu ?

De quoi parlait Tête de Camembert ? Farid posa la bouteille sur la table et attendit.

– Oss dit que tu veux me parler ?

Jaspis, assis à côté du pot de plumes, lui adressait des signes désespérés auxquels Farid ne comprenait rien.

– Ah, oui. L'ange de la mort de Doigt de Poussière !

Orphée posa la feuille sur son pupitre et se tourna vers le garçon avec un sourire mauvais.

« Pourquoi suis-je revenu chez lui ? se demanda Farid – il lui suffisait de revoir le visage haineux de Meggie au cimetière pour trouver la réponse à sa question. Parce que tu ne savais pas où aller, Farid ! »

– Oui, je t'ai fait appeler, lança Orphée en regardant vers la porte.

Oss était entré dans la pièce derrière Farid, silencieux en dépit de sa corpulence et, avant que Farid ait saisi le manège de Jaspis, les mains boudinées l'avaient à nouveau attrapé.

– Alors tu n'as pas encore appris la nouvelle ! s'exclama Orphée. Bien entendu. Sinon, tu te serais précipité pour le voir.

Qui donc ? Farid tentait vainement de se libérer mais Oss l'empoigna si rudement par les cheveux que les larmes lui montèrent aux yeux.

– Il ne le sait vraiment pas. Comme c'est touchant !

Orphée s'approcha si près de Farid que son haleine avinée lui donna la nausée.

– Doigt de Poussière, dit-il de sa voix de velours, Doigt
de Poussière est revenu.

Farid oublia aussitôt les gros doigts d'Oss et le sourire
mauvais d'Orphée. Il n'y avait plus place en lui que pour
le bonheur, si aigu qu'il en devenait douloureux, trop grand
pour son cœur.

– Oui, il est revenu, poursuivit Orphée, grâce à mon
texte ! Mais la populace – il désigna la fenêtre d'un geste
méprisant – raconte que le Geai bleu l'a ramené ! Qu'ils
soient maudits ! Que le Fifre donne leur chair en pâture
aux vers !

Farid n'écoutait pas. Ses oreilles sifflaient. « Doigt de
Poussière est revenu ! » Il était revenu !

– Lâche-moi, Gros Lard !

Farid donna des coups de coude dans le ventre d'Oss et
se démena pour s'arracher à son étreinte.

– Doigt de Poussière lâchera le feu sur vous, cria-t-il,
quand il apprendra que vous m'avez empêché de courir le
retrouver !

– Ah, vraiment ? s'écria Orphée en lui soufflant de nouveau son haleine avinée dans la figure. Je crois plutôt qu'il
me sera reconnaissant. Tu ne crois quand même pas qu'il
souhaite te revoir pour mourir une deuxième fois, oiseau
de malheur ? Je l'avais déjà mis en garde contre toi. Mais
à l'époque, il ne voulait rien savoir. Maintenant, il est plus
malin, tu peux me croire. Si j'avais en ma possession le
livre dont tu es issu, il y a longtemps que je t'aurais renvoyé dans ta vieille histoire mais hélas, en ce monde, il est
épuisé.

Orphée se mit à rire. Il aimait rire de ses propres plaisanteries.

– Enferme-le dans la cave, ordonna-t-il à Gros Lard. Quand la nuit sera tombée, emmène-le sur le mont aux potences et tords-lui le cou ! Quelques os de plus ou de moins, là-bas, ne feront aucune différence.

Jaspis mit ses mains devant ses yeux quand Oss lança Farid sur son épaule, comme un sac. Le garçon cria et donna des coups de pied ; Gros Lard le frappa si brutalement en plein visage qu'il faillit perdre connaissance.

– Le Geai bleu ! Le Geai bleu ! C'est MOI qui l'ai envoyé chez les Femmes blanches. C'est moi ! (La voix d'Orphée résonnait dans l'escalier.) Par la queue du diable, pourquoi la Mort ne l'a-t-elle pas gardé ? Pourquoi n'ai-je pas su, avec mes mots les plus beaux, éveiller son intérêt pour ce noble imbécile ?

Au pied de l'escalier, Farid tenta encore une fois de se libérer. Oss lui assena un coup sur le nez et le balança sur son autre épaule. Farid saignait. Une servante passa la tête, apeurée, à la porte de la cuisine. C'était la brunette qui lui murmurait toujours des mots d'amour, mais elle ne pouvait le secourir. Comment aurait-elle pu ?

– Dégage ! lui lança Oss.

Dans la cave, la brute attacha le garçon à l'un des piliers qui supportaient la maison, le bâillonna avec un chiffon sale et le laissa seul, après un dernier coup de pied.

– Nous nous reverrons cette nuit ! lui chuchota-t-il.

Farid resta seul, ligoté à la pierre froide. Le goût de ses propres larmes lui emplissait la bouche. Doigt de Poussière était de retour… et il ne pouvait même pas le voir ! « C'est pourtant comme ça, Farid ! pensa-t-il. Qui sait, Tête de

Camembert a peut-être raison. Peut-être que tu le ferais mourir une deuxième fois ! »

Les larmes brûlaient son visage meurtri par les coups qu'Oss lui avait donnés. Si seulement il avait pu appeler le feu, qu'il dévore Orphée, sa maison et Gros Lard, même si lui, Farid, devait brûler aussi ! Mais ses mains étaient attachées et sa langue ne pouvait prononcer un seul mot de feu, aussi resta-t-il assis, sanglotant, comme la nuit de la mort de Doigt de Poussière, attendant que le soir tombe et qu'Oss vienne le chercher pour lui tordre le cou au pied de la potence sous laquelle il avait creusé sur l'ordre d'Orphée.

Heureusement, la martre avait disparu. Oss avait dû la tuer aussi. Louve, quant à elle, devait être depuis longtemps auprès de Doigt de Poussière. La martre avait senti qu'il était rentré. « Pourquoi ne l'as-tu pas senti, Farid ? » Peu importait. Louve au moins était en sécurité. Mais qu'allait devenir Jaspis s'il n'était plus là pour le protéger ? Combien de fois Orphée avait-il enfermé l'homme de verre sans lumière ni sable dans un tiroir, sous prétexte qu'il s'était montré maladroit en coupant le papier ou avait éclaboussé d'encre sa manche ?

Doigt de Poussière ! Murmurer son nom, savoir qu'il était vivant était un soulagement. Farid s'était si souvent imaginé leurs retrouvailles ! Sa nostalgie était telle qu'il tremblait comme s'il avait la fièvre. Qui avait sauté la première sur l'épaule du danseur de feu pour lécher son visage balafré ? Gwin ou Louve ?

Les heures passèrent et Farid réussit à cracher son bâillon. Il essaya de ronger ses liens, mais même une souris aurait été plus habile. Le chercheraient-ils quand il serait mort et enterré sur le mont aux potences ? Doigt de Poussière, Langue Magique, Meggie… Oh, Meggie ! Plus jamais il ne l'embrasserait. Certes, ces derniers temps, cela ne lui était pas arrivé très souvent. Mais quand même… Maudit Tête de Camembert ! Le fourbe ! Farid prononça contre lui toutes les malédictions dont il se souvenait, de ce monde-ci, de son ancien monde et de celui dans lequel il avait rencontré Doigt de Poussière. À voix haute, parce qu'elles ne pouvaient avoir d'effet qu'ainsi, et se tut, effrayé, en entendant la porte de la cave s'ouvrir.

Était-ce déjà le soir ? Comment le savoir, dans ce trou moisi ? Oss allait-il lui briser la nuque comme à un lapin, ou presser ses grosses mains sur sa bouche jusqu'à ce qu'il meure étouffé ? « N'y pense pas, Farid, tu le sauras bien assez tôt ! » Il appuya son dos contre le pilier. Il arriverait peut-être, en visant bien, à lui décocher un coup de pied dans le nez quand il le détacherait. Un coup de pied en plein milieu de son visage d'idiot : son nez casserait comme une branche de bois mort.

Désespéré, il tira sur la corde rugueuse. Par malchance, Oss s'y connaissait pour ligoter quelqu'un. « Meggie ! Tu ne pourrais pas m'envoyer quelques mots qui me sauveraient ? » La peur le paralysait. Il écouta les pas dans l'escalier. Gros Lard avait vraiment le pied léger… soudain, deux martres se précipitèrent vers lui.

– Par toutes les fées, Face de Lune s'est vraiment enrichi, chuchota une voix dans l'obscurité. Quelle maison magnifique !

Une flamme commença à danser, puis une deuxième, une troisième, une quatrième, une cinquième… cinq flammes, juste assez claires pour illuminer le visage de Doigt de Poussière – et de Jaspis, juché sur son épaule, l'air confus.

Doigt de Poussière ! Le cœur de Farid devint si léger qu'il n'aurait pas été surpris de le voir s'envoler. Mais qu'était-il arrivé au visage de son maître ? Il avait changé. Comme si toutes ces années terribles, solitaires, s'étaient effacées et…

– Tes balafres… elles ont disparu !

Farid ne pouvait que murmurer. Le bonheur lui donnait une voix feutrée. Louve sauta sur lui et lécha ses mains liées.

– Figure-toi que Roxane les regrette !

Doigt de Poussière descendit les dernières marches et s'accroupit près de lui. Il tira un couteau de sa ceinture et trancha les liens du garçon. En haut résonnaient des voix excitées.

– Tu entends ? Je crains qu'Orphée n'apprenne bientôt qu'il a de la visite.

Farid frotta ses poignets endoloris. Il ne pouvait détacher les yeux de Doigt de Poussière. Et si ce n'était qu'un fantôme ou, encore pire, un rêve ? Mais aurait-il senti sa chaleur, les battements de son cœur quand il s'était penché vers lui ? Il ne restait plus rien de ce silence affreux qui avait enveloppé Doigt de Poussière dans la mine. Et il sentait le feu. Le Geai bleu l'avait ramené. Oui, c'était sûrement ça, quoi qu'en dise Orphée. Oh, il écrirait son nom sur les murs d'Ombra, Langue Magique, ou le Geai bleu, peu importait ! Farid tendit la main et effleura timidement le visage à la fois familier et étranger. Doigt de Poussière émit un petit rire et lui marcha sur les pieds.

– Qu'est-ce qu'il y a ? Tu veux que je te persuade que je ne suis pas un esprit ? Tu as toujours eu peur des esprits, n'est-ce pas ? Et si j'en étais un ?

Pour toute réponse, Farid l'étreignit avec tant de fougue que Jaspis poussa un cri et glissa de l'épaule de Doigt de Poussière. Par chance, celui-ci attrapa l'homme de verre avant Gwin.

– Doucement ! Doucement ! chuchota-t-il en posant Jaspis sur l'épaule de Farid. Tu es toujours aussi fougueux qu'un jeune chien. C'est grâce à ton ami de verre que je suis ici. Il a raconté à Brianna ce qu'Orphée comptait faire de toi et elle est partie au galop chez Roxane.

– Brianna ? Merci, Jaspis !

L'homme de verre rougit.

Il sursauta. La voix d'Orphée retentissait dans l'escalier de la cave.

– Un étranger ? Qu'est-ce que tu me chantes ? Comment se serait-il introduit ici ?

– C'est la faute de la servante, protestait Oss. La rousse l'a fait entrer par la porte de derrière !

Doigt de Poussière sourit – ce sourire qui avait tant manqué à Farid. Des étincelles se mirent à danser sur ses épaules et sur ses cheveux. Elles semblaient briller sous sa peau, et la peau de Farid aussi était brûlante comme si le feu l'avait léchée.

– Le feu, murmura-t-il. Il est en toi ?

– Peut-être, répondit Doigt de Poussière à voix basse. Je ne suis plus tout à fait le même mais je sais encore faire quelques trucs intéressants.

– Des trucs ?

Farid le regarda avec de grands yeux, mais la voix d'Orphée s'éleva à nouveau :

– Il sent le feu ? Laisse-moi passer, espèce de rhinocéros humain ! Son visage est-il balafré ?

– Non ! Pourquoi ?

Oss semblait vexé.

Un pas, lourd et maladroit cette fois, se fit entendre. Orphée avait horreur des escaliers ; Farid l'entendit jurer.

– Meggie a fait venir Orphée en ce monde ! chuchota-t-il en se serrant contre Doigt de Poussière. C'est moi qui le lui ai demandé : je pensais qu'il pouvait te faire revenir !

– Orphée ? (Doigt de Poussière rit.) Non. Je n'ai entendu que la voix de Langue Magique.

– Sa voix peut-être, mais ce sont mes mots qui t'ont fait revenir !

Orphée dégringola les dernières marches, le visage rougi.

– Doigt de Poussière. C'est bien toi ! s'exclama-t-il avec une joie bien réelle.

Oss, une expression de peur et de colère inscrite sur son visage aux traits grossiers, suivait son maître.

– Regardez ! lança-t-il. Ce n'est pas un homme, c'est un démon ou un esprit de la nuit. Vous voyez les étincelles sur ses cheveux ? Quand j'ai voulu l'arrêter, j'ai failli me brûler les doigts – comme si le bourreau avait posé mes mains sur des charbons incandescents !

– Oui, oui, se contenta de dire Orphée. Il vient de loin, de très loin. Un tel voyage peut transformer n'importe qui.

Il fixa Doigt de Poussière, comme s'il avait peur de le voir se dissoudre dans les airs ou, plus vraisemblablement, se réduire à quelques mots sans vie sur une feuille de papier.

– Je suis si content que tu sois revenu ! balbutia-t-il maladroitement d'une voix nostalgique. Et tes balafres ont disparu ! Comme c'est étonnant… je n'avais rien écrit à ce

294

sujet. Mais peu importe… tu es de retour ! Ce monde a perdu la moitié de son intérêt sans toi. Maintenant, tout va redevenir aussi fantastique qu'autrefois, quand j'ai lu ton histoire pour la première fois. C'est toujours la meilleure des histoires, mais désormais, c'est toi qui en seras le héros ! Grâce à mon talent qui a exigé de la mort qu'elle te laisse repartir…

– Ton talent ? Tu veux dire grâce au courage de Langue Magique.

Doigt de Poussière fit danser une flamme sur sa main. Elle prit la forme d'une Femme blanche, si nette qu'Oss, horrifié, s'aplatit contre le mur de la cave.

– Tu dis des bêtises ! lança Orphée, vexé.

Mais il eut tôt fait de se ressaisir.

– Des bêtises, répéta-t-il, plus sûr de lui mais la langue pâteuse. Je ne sais pas ce qu'il t'a raconté, mais c'est faux. C'était moi.

– Il ne m'a rien raconté. Il n'en a pas eu besoin. Il était là, lui… et sa voix.

– C'est moi qui en ai eu l'idée – et qui ai écrit les mots ! Il n'a été qu'un instrument.

Orphée cracha le dernier mot, furieux, comme si sa vindicte pouvait atteindre Langue Magique.

– Oh oui… tes mots ! Particulièrement sournois, d'après ce que je crois savoir.

Sur la main de Doigt de Poussière brûlait toujours l'image de la Femme blanche.

– Je devrais peut-être les apporter à Langue Magique pour qu'il puisse lire encore une fois le rôle que tu lui avais attribué.

Orphée se raidit.

– Je les ai écrits uniquement pour toi ! s'écria-t-il, offusqué. La seule chose qui comptait, c'était que tu reviennes. Que m'importait le relieur ? Il fallait bien que je lui offre quelque chose en échange !

Doigt de Poussière souffla sur la flamme qui brûlait dans sa main.

– Oh, je comprends très bien ! dit-il doucement tandis que le feu prenait la forme d'un oiseau, un oiseau doré avec une tache rouge sur la poitrine. Je comprends un certain nombre de choses depuis que je suis passé de l'autre côté, et il y a deux choses dont je suis certain : c'est que la Mort se moque des mots et que ce n'est pas toi, mais Langue Magique qui est allé chez les Femmes blanches.

– Lui seul avait le pouvoir de les appeler. Que pouvais-je faire ? s'écria Orphée. Et il l'a fait pour sa femme, pas pour toi !

– C'est une bonne raison, non ? (L'oiseau de feu se désintégra dans la main de Doigt de Poussière.) Quant aux mots, franchement… Sa voix me plaît bien plus que la tienne, même si elle ne m'a pas toujours apporté le bonheur. La voix de Langue Magique est pleine d'amour. La tienne ne parle que de toi. Sans même évoquer le fait que tu as un peu trop tendance à lire en douce des mots forgés pour ton propre contentement, ou à omettre ceux que tu avais promis de lire. Pas vrai, Farid ?

Farid, le visage grimaçant de haine, fixait Orphée sans rien dire.

– Quoi qu'il en soit, continua Doigt de Poussière tandis que la flamme renaissait de la cendre et prenait la forme d'un minuscule crâne, je vais emporter les mots. Et le livre.

– Le livre ? s'exclama Orphée en reculant comme si le

feu dans la main de Doigt de Poussière s'était métamorphosé en serpent.

– As-tu oublié que tu l'as volé à Farid ? Il ne t'appartient pas pour autant, bien que tu t'en serves assidûment, à ce que je me suis laissé dire. Des fées multicolores, des kobolds tachetés, des licornes… On raconte qu'au château, il y a même des nains. Qu'est-ce que ça veut dire ? Les fées bleues ne te suffisaient pas ? Le Gringalet donne des coups de pied aux nains et toi, tu fais mourir les licornes !

– Non ! Non ! (Orphée leva les mains.) Tu ne comprends pas. J'ai de grands projets avec cette histoire. J'y travaille encore mais, crois-moi, ce sera merveilleux ! Fenoglio a laissé tant de choses inachevées, a omis tant de détails – je veux changer, améliorer tout ça…

Doigt de Poussière retourna sa main et fit tomber la cendre sur le sol de la cave d'Orphée.

– J'ai l'impression d'entendre parler Fenoglio, mais tu es pire que lui. Ce monde tisse ses fils lui-même. Vous ne faites que les brouiller : vous rassemblez des éléments qui ne vont pas ensemble, au lieu de laisser à ceux qui vivent cette histoire le soin de l'améliorer eux-mêmes.

– Ah, oui, qui par exemple ? dit Orphée d'une voix mauvaise. Le Geai bleu ? Depuis quand en fait-il partie ?

Doigt de Poussière haussa les épaules.

– Qui sait ? Peut-être que nous appartenons à la même histoire, tous autant que nous sommes. Et maintenant, apporte-moi le livre ! Ou dois-je demander à Farid d'aller le chercher ?

Orphée le regarda, amer comme un amant éconduit.

– Non ! lança-t-il enfin. J'en ai besoin. Le livre reste ici. Tu ne peux pas l'emporter. Je te préviens. Fenoglio n'est pas le seul qui sache écrire des mots qui auraient le pouvoir de te nuire ! Moi aussi, je peux…

– Je n'ai plus peur des mots, l'interrompit Doigt de Poussière avec impatience. Pas plus des tiens que de ceux de Fenoglio. Ils n'ont pas pu déterminer comment je mourrais. Tu l'as oublié ?

Il fit un geste dans le vide et une torche enflammée surgit dans sa main.

– Va chercher le livre, dit-il en la tendant à Farid. Et rapporte tout ce qu'il a écrit. Le moindre mot.

Farid hocha la tête. Il était revenu. Doigt de Poussière était revenu !

– Il faut aussi que vous emportiez la liste ! (La voix de Jaspis était aussi fluette que ses membres.) La liste qu'il me fait faire. De tous les mots que Fenoglio a utilisés ! J'en suis déjà à la lettre F.

– Ah, pas bête ! Une liste ! Je te remercie, homme de verre.

Doigt de Poussière sourit. Non, son sourire n'avait pas changé. Farid était si heureux qu'il ne l'ait pas laissé chez les Femmes blanches ! Il déposa Jaspis sur son épaule et se dirigea vers l'escalier. Louve bondit à sa suite. Orphée voulut l'empêcher de passer, mais la flamme de la torche roussit sa chemise en soie ; ses lunettes s'embuèrent et il recula. Oss se montra plus courageux que son maître. Sur un chuchotement de Doigt de Poussière, la torche le saisit entre ses mains de feu et, avant que la brute se soit remise de sa frayeur, Farid s'était déjà éclipsé. Il grimpa l'escalier quatre à quatre, le cœur léger et un goût de douce vengeance sur la langue.

– Jaspis ! cria Orphée dans son dos. Je te briserai en

mille morceaux, si petits qu'on ne reconnaîtra même pas ta couleur !

L'homme de verre se cramponna à l'épaule de Farid, mais il ne se retourna même pas.

– Et toi, sale petit traqueur de chameau, fourbe ! (Orphée s'étrangla de rage.) Tu ne perds rien pour attendre ! Je te ferai disparaître dans une histoire horrible, conçue spécialement pour toi !

Sous la menace, Farid se figea puis il entendit la voix de Doigt de Poussière :

– Fais attention à ce que tu dis, Orphée ! S'il devait lui arriver quoi que ce soit ou s'il disparaissait soudain, je reviendrais te voir. Et comme tu le sais, je ne viens jamais sans le feu.

– Pour toi ! cria Orphée. J'ai fait tout ça pour toi et c'est ainsi que tu me remercies ?

Quand Éclat de Fer comprit ce que Farid et son frère cadet cherchaient dans le bureau de son maître, il les abreuva d'injures. Mais Jaspis, impassible, aida Farid à rassembler le livre et les morceaux de papier sur lesquels Orphée avait écrit. Éclat de Fer leur lança du sable, des plumes taillées, il souhaita à Jaspis toutes les maladies qu'un homme de verre puisse attraper et se jeta, non sans héroïsme, sur la dernière feuille que son frère roulait, mais Farid le repoussa sans ménagement.

– Traître ! cria Éclat de Fer quand Farid tira derrière eux la porte du bureau. Je te souhaite de finir en morceaux, en mille morceaux !

Mais Jaspis ne se retourna pas. Doigt de Poussière attendait déjà devant la porte de la maison. Farid courut vers lui.

– Où sont-ils ? demanda-t-il, inquiet.

Il entendait des éclats de voix. Orphée et Oss restaient invisibles.

– Dans la cave, répondit Doigt de Poussière. J'ai égaré un peu de feu dans l'escalier… nous serons loin dans la forêt avant qu'il ne s'éteigne.

Farid hocha la tête. L'une des servantes apparut en haut de l'escalier, mais ce n'était pas Brianna.

– Ma fille n'est pas ici, expliqua Doigt de Poussière qui semblait avoir lu dans les pensées du garçon, et je ne crois pas qu'elle revienne dans cette maison. Elle est chez Roxane.

– Elle me déteste ! balbutia Farid. Pourquoi m'a-t-elle aidé ?

Doigt de Poussière ouvrit la porte et les martres se précipitèrent dehors.

– Peut-être déteste-t-elle Orphée encore plus, dit-il.

30
Le feu d'Oiseau de Suie

La vie n'est qu'une ombre qui passe, un pauvre acteur
Qui s'agite et parade une heure, sur la scène,
Puis on ne l'entend plus. C'est un récit
Plein de bruit, de fureur, qu'un idiot raconte
Et qui n'a pas de sens.

William Shakespeare, *Macbeth*

Fenoglio était heureux. Oh, oui, il était heureux, bien qu'Ivo et Despina se soient mis dans la tête de le traîner jusqu'à la place du marché où Oiseau de Suie se donnait une fois de plus en spectacle. Depuis plusieurs jours, les hérauts annonçaient les représentations et, bien entendu, Minerve ne voulait pas laisser les enfants y aller seuls. Le Gringalet avait fait installer une estrade pour que chacun puisse admirer les maladroites prouesses du cracheur de feu agréé par la cour. Espérait-il faire oublier ainsi au peuple que le danseur de feu était revenu ? Quoi qu'il en soit, même Oiseau de Suie n'aurait pu altérer l'humeur de Fenoglio. Il n'avait pas eu le cœur aussi léger depuis l'expédition au château de la Nuit avec Cosimo. Il ne voulait plus penser à ce qui s'était passé après, non, le chapitre était clos. Son histoire avait pris une autre tournure et grâce à qui ? À lui ! Qui d'autre y avait introduit le Geai bleu, l'homme qui se riait du Fifre et du Gringalet, l'homme qui avait fait revenir le danseur de feu de chez les morts ? Un personnage pareil ! Comme les créations d'Orphée étaient grotesques en comparaison ! Des fées aux couleurs criardes, des licornes mortes, des nains aux cheveux bleutés… Voilà le genre de créatures que Tête de Veau inventait tandis que lui, Fenoglio, créait des héros comme le Prince noir et le Geai bleu. Certes, il devait admettre que c'était Mortimer qui avait transformé le Geai en un être de chair et de sang. Mais à l'origine, il y avait le mot, et les mots, il les avait écrits, tous !

– Ivo ! Despina !

Sapristi, où étaient-ils passés ? Il était plus facile de rattraper les fées multicolores d'Orphée que ces enfants-là ! Ne leur avait-il pas ordonné de ne pas s'éloigner ? La ruelle grouillait d'enfants. Ils venaient de partout, pour oublier une heure ou deux le poids qui pesait sur leurs frêles épaules. Ce n'était pas drôle d'être enfant en ces temps sinistres. Les garçons étaient devenus des hommes trop tôt et les filles devaient supporter la tristesse de leurs mères.

D'abord, Minerve avait voulu garder Ivo et Despina à la maison. Il y avait trop de soldats dans la ville. Et trop de travail à faire. Fenoglio avait réussi à la convaincre, même si l'odeur nauséabonde qu'Oiseau de Suie répandait autour de lui l'écœurait. Mais un jour où il était si heureux, les enfants devaient l'être aussi, et pendant qu'Oiseau de Suie massacrerait son numéro, lui rêverait de revoir Doigt de Poussière cracher le feu au marché d'Ombra. Ou il s'imaginerait le Geai bleu faisant son entrée à cheval dans la cité, chassant le Gringalet hors des murs comme un chien galeux, arrachant son nez d'argent au Fifre et fondant avec le Prince noir un royaume de justice, sous la souveraineté du peuple… Enfin, il ne serait peut-être pas nécessaire d'aller jusque-là. Ce monde n'était sans doute pas encore prêt, mais cela importait peu. Ce serait grandiose, émouvant, et lui, Fenoglio, avait sauvé cette histoire le jour où il avait écrit la première chanson sur le Geai bleu. Finalement, il s'en était bien sorti ! Peut-être Cosimo avait-il été une erreur, mais pour ménager le suspense, il faut bien qu'une histoire tourne mal de temps à autre, non ?

– Tisseur de Mots ! Qu'est-ce que tu fabriques ?

Ivo lui faisait de grands signes impatients. Mais qu'est-ce qu'il s'imaginait, ce garçon ? Qu'un vieil homme pouvait se faufiler à travers ce flot d'enfants comme une anguille ? Despina se retourna et sourit, soulagée, en apercevant Fenoglio qui lui faisait signe. Mais sa petite tête ne tarda pas à disparaître parmi toutes les autres.

– Ivo ! cria Fenoglio. Ivo, fais attention à ta sœur, nom d'une pipe !

Mon Dieu, il avait oublié combien d'enfants vivaient à Ombra ! Et nombreux étaient ceux qui traînaient leurs petites sœurs derrière eux. Fenoglio était le seul homme sur la place du marché ; beaucoup de mères n'étaient pas venues. La plupart des enfants avaient dû s'éclipser discrètement – des ateliers et des boutiques, du travail à la maison ou à l'étable. Certains, en haillons, étaient venus des fermes environnantes. Leurs voix claires résonnaient entre les maisons, tels les gazouillis d'une nuée d'oiseaux. Oiseau de Suie n'avait sûrement encore jamais connu de public aussi excité.

Il était déjà debout sur l'estrade, vêtu de l'habit noir et rouge des cracheurs de feu, mais contrairement à ceux de ses confrères, ses vêtements n'étaient pas confectionnés de pièces et de morceaux, mais taillés dans le velours le plus fin, comme il se devait pour un favori du prince. Son visage perpétuellement souriant brillait sous la graisse qui le protégeait des flammes, mais le feu l'avait tant de fois léché qu'il ressemblait aux masques de cuir de Baptiste. Oiseau de Suie souriait en baissant les yeux vers la mer de petits visages qui se pressaient, avides, contre l'estrade, comme s'il pouvait les délivrer de tous leurs soucis, de la faim et de la tristesse de leurs mères, et du chagrin d'avoir perdu leurs pères.

Fenoglio aperçut Ivo au premier rang. Mais où était Despina ? Despina… il la voyait, juste à côté de son grand frère. Elle lui adressa de grands signes, auxquels il répondit tout en allant rejoindre les mères qui attendaient devant les maisons. Il les entendait parler à voix basse du Geai bleu qui protégerait leurs enfants, maintenant qu'il avait délivré le danseur de feu. Oui. Le soleil brillait de nouveau sur Ombra. L'espoir était revenu et lui, Fenoglio, lui avait donné un nom. Le Geai bleu…

Oiseau de Suie enleva son manteau, un manteau si lourd et si précieux que, pour son prix, on aurait pu nourrir pendant plusieurs mois les enfants qui se pressaient sur la place. Un kobold grimpa sur l'estrade. Il portait des sacs pleins de la poudre d'alchimiste que le cracheur de feu donnait en pâture aux flammes pour qu'elles lui obéissent. Oiseau de Suie avait toujours peur du feu, cela se voyait. Peut-être même en avait-il encore plus peur. Fenoglio, mal à l'aise, l'observa alors qu'il commençait son numéro. Les flammes jaillissaient en sifflant, exhalant leur fumée d'un vert criard qui faisait tousser les enfants, prenant la forme de poings menaçants, de griffes et de gueules grandes ouvertes. Oiseau de Suie avait fait des progrès. Il ne se contentait plus de lancer en l'air quelques torches et de cracher de pauvres petites flammes si minables que chacun chuchotait le nom de Doigt de Poussière dans son dos. Le feu avec lequel il jouait semblait être un tout autre feu. C'était son frère obscur, un cauchemar de flammes, mais les enfants contemplaient ce spectacle diabolique et brillant avec un mélange de peur et de fascination, ils sursautaient quand le feu fonçait sur eux avec des griffes rouges et soupiraient, soulagés, dès qu'il s'évanouissait – même si les traînées de fumée acide leur arrachaient des larmes. Était-ce vrai, ce qu'on racontait ? Que cette fumée brouillait les sens au point qu'on ne distinguait plus la réalité de l'illusion ? « Si c'est le cas, elle ne produit aucun effet sur moi ! pensa Fenoglio en se frottant les yeux. Un pauvre tour de passe-passe, c'est tout ce que je vois ! »

Des larmes coulaient le long de son nez, la suie et la fumée lui piquaient les yeux. Quand il se retourna pour essuyer ses paupières, il vit un garçon déboucher en courant d'une des ruelles qui montaient au château. Il était plus âgé que les enfants assemblés sur la place, assez pour être l'un des soldats imberbes de Violante. Mais il ne portait pas d'uniforme. Curieusement, son visage n'était pas inconnu à Fenoglio. Où l'avait-il déjà vu ?

– Luc ! cria le garçon. Luc ! Sauve-toi ! Sauvez-vous, tous !

Il trébucha, tomba et rampa juste à temps sous un porche avant que le cavalier qui le suivait ne le piétine.

C'était le Fifre, qui retint son cheval. Derrière lui, une douzaine de cuirassiers apparurent. Ils surgirent de partout, de la ruelle des forgerons et des bouchers, de toutes les ruelles qui menaient au château, presque nonchalants sur leurs grands chevaux, aussi cuirassés que leurs cavaliers.

Mais les enfants ne quittaient pas Oiseau de Suie des yeux. Ils n'avaient pas entendu les cris d'alarme du garçon. Ils ne voyaient pas non plus les soldats. Ils avaient encore les yeux rivés sur le feu quand les mères se mirent à crier leurs noms. Lorsque les premiers se retournèrent, il était déjà trop tard. Les cuirassiers repoussaient les mères en pleurs tandis que les soldats, toujours plus nombreux, formaient autour des enfants un cercle de fer.

Les petits se retournèrent, horrifiés. L'admiration s'était muée en panique. Ils se mirent à pleurer. Comment Fenoglio pourrait-il jamais oublier ces pleurs ? Il était là, sans défense, le dos au mur, tandis que cinq cuirassiers les menaçaient de leurs lances, lui et les femmes. Cinq lances suffisaient pour tenir en respect une aussi piètre troupe. Bravant la menace, l'une des femmes se précipita, mais un soldat la renversa avec son cheval. Puis ils refermèrent le cercle d'épées. Sur un signe du Fifre, Oiseau de Suie laissa les flammes s'éteindre et se pencha vers les enfants en souriant.

Ils les poussèrent vers le château, comme un troupeau de moutons. Certains des petits avaient tellement peur qu'ils se faufilèrent entre les pattes des chevaux. Les soldats les abandonnèrent sur le pavé comme des jouets cassés. Fenoglio cria le nom d'Ivo et de Despina mais sa voix se fondit dans toutes les autres, les cris mêlés aux pleurs. Quand les cuirassiers s'éloignèrent, il courut tant bien que mal avec les mères vers les enfants qu'ils avaient laissés derrière eux, ensanglantés, et scruta les visages blêmes, paniqué à l'idée de reconnaître celui de Despina ou d'Ivo. Fenoglio avait l'impression de connaître tous ces visages, ces minuscules visages. Trop jeunes pour la mort, pour la souffrance et l'horreur. Deux Femmes blanches apparurent. Et les mères se penchèrent au-dessus des enfants et leur bouchèrent les oreilles pour qu'ils n'entendent pas les chuchotements des anges de la mort. Trois enfants avaient déjà cessé de vivre, deux garçons et une fille. Ils n'avaient plus besoin des Femmes blanches pour passer de l'autre côté.

Le garçon qui avait tenté en vain de prévenir la foule s'agenouilla auprès d'un des enfants morts. Il leva les yeux vers l'estrade, ses jeunes traits vieillis par la haine. Mais Oiseau de Suie semblait s'être évaporé dans la fumée toxique qui flottait encore en longues traînées au-dessus de la place du marché. Seul le kobold était toujours là, regardant d'un air hébété les femmes penchées sur les corps des enfants. Puis il se mit à ramasser les sacs vides qu'Oiseau de Suie avait laissés derrière lui, avec une extrême lenteur, comme si le temps s'était arrêté.

Quelques femmes avaient suivi les soldats. Les autres étaient accroupies et essuyaient le sang sur le front des enfants blessés, tâtaient leurs petits membres. C'était plus que Fenoglio ne pouvait en supporter. Il se retourna et se dirigea d'un pas chancelant vers la ruelle qui menait à la maison de Minerve. Des femmes venaient au-devant de lui, attirées par les cris. Elles le croisèrent sans s'arrêter. C'était trop ! Trop ! Minerve, elle aussi, accourait. Il bafouilla quelques mots incompréhensibles en montrant le château. Elle suivit les autres femmes.

C'était une belle journée, le soleil chauffait et l'hiver semblait encore loin.

Comment pourrait-il jamais oublier ces pleurs ? Fenoglio s'étonna que ses jambes puissent encore le porter dans l'escalier, avec le poids qu'il avait sur le cœur.

– Cristal de Rose !

Il s'appuya sur son pupitre, chercha du parchemin, du papier, n'importe quoi pour écrire.

– Cristal de Rose ! Bon sang ! Où es-tu passé ?

L'homme de verre risqua un œil hors du nid dans lequel vivaient les fées multicolores d'Orphée. Qu'est-ce qu'il fabriquait là-haut ? Tordait-il leurs cous imbéciles ?

– Si c'est pour m'envoyer espionner chez Orphée, laisse tomber ! s'écria-t-il. Éclat de Fer a jeté par la fenêtre l'homme de verre qu'Orphée s'était procuré pour remplacer son frère ! Il s'est brisé en mille morceaux, au point que les gens ont cru ramasser les débris d'une bouteille de vin !

– Je n'ai pas besoin d'un espion ! lui lança Fenoglio d'une voix étranglée. Taille-moi les plumes ! Remue l'encre, allez, dépêche-toi !

Ah, ces pleurs… Il se laissa tomber sur sa chaise et prit sa tête dans ses mains. Les larmes ruisselaient entre ses doigts, dégoulinaient sur son pupitre. Fenoglio ne se souvenait pas avoir pleuré de la sorte au cours de sa vie. Même lors de la mort de Cosimo, ses yeux étaient restés secs. Ivo ! Despina ! Il entendit l'homme de verre se laisser tomber sur son lit. Il lui avait pourtant défendu de sauter des nids de fées sur le sac de paille ! Tant pis. Qu'il se casse le cou !

Ah, tout ce malheur, il fallait y mettre fin, sinon, son vieux cœur se briserait !

Cristal de Rose se dépêchait de grimper sur son pupitre.

– Voilà ! dit l'homme de verre d'une petite voix en lui tendant la plume qu'il venait de tailler.

Fenoglio essuya ses larmes avec sa manche. Sa main tremblait quand il attrapa la plume. L'homme de verre lui présenta une feuille de papier et s'empressa de remuer l'encre.

– Où sont les enfants ? demanda-t-il. Tu ne voulais pas les accompagner au marché ?

Encore une larme. Elle tomba sur la page blanche et le papier l'absorba, avide. « Oui, cette maudite histoire est ainsi ! pensa Fenoglio. Elle se nourrit de larmes ! » Et si Orphée avait écrit ce qui venait de se passer sur la place du marché ? On racontait qu'il ne sortait pratiquement plus de chez lui depuis que Doigt de Poussière lui avait rendu visite et qu'il jetait maintenant les bouteilles par la fenêtre. Avait-il, dans sa colère, écrit des mots qui tueraient des enfants ?

« Arrête, Fenoglio, ne pense plus à Orphée ! Écris ! Si seulement la page n'était pas aussi vide… »

– Allez, venez, maudits mots ! murmura-t-il. Ce sont des enfants. Des enfants ! Sauvez-les !

– Fenoglio ? (Cristal de Rose le regardait d'un air inquiet.) Où sont Ivo et Despina ? Que s'est-il passé ?

Fenoglio enfouit de nouveau son visage dans ses mains, incapable de répondre. Où trouverait-il les mots qui ouvriraient la porte du château, briseraient les lances et enverraient Oiseau de Suie se consumer dans son propre feu ?

Quand Minerve revint du château sans les enfants, Cristal de Rose apprit ce qui était arrivé. Le Fifre avait de nouveau prononcé un discours.

– Il dit qu'il en a assez d'attendre, raconta Minerve d'une

voix sans timbre. Il nous donne une semaine pour lui livrer le Geai bleu. Sinon, ils enfermeront nos enfants dans les mines.

Puis elle descendit dans la cuisine vide où devaient se trouver encore les bols du petit déjeuner d'Ivo et Despina. Fenoglio, jusque tard dans la nuit, resta assis devant sa feuille blanche sur laquelle on ne voyait que les traces de ses larmes.

31
La réponse du Geai bleu

– Je *veux* me rendre utile, commença Homère.
Mais le Dr Larch refusa d'écouter.
– Alors, tu n'as pas le droit de te voiler la face, dit-il. Tu
n'as pas le droit de détourner les yeux.

John Irving, *L'Œuvre de Dieu, la part du Diable*

Resa, de sa plus belle écriture, traçait des lettres. Comme
à l'époque où, déguisée en homme, elle gagnait sa vie
comme écrivain public sur le marché d'Ombra. L'ancien
homme de verre d'Orphée lui remuait l'encre. Doigt de
Poussière avait emmené Jaspis avec lui au campement des
brigands. Et Farid.

Ceci est la réponse du Geai bleu, écrivait Resa, très pâle.
Mo se tenait à ses côtés.

Dans trois jours, il se constituera prisonnier auprès de Vio-
lante, veuve de Cosimo et mère de l'héritier légitime d'Ombra.
En échange, le Fifre s'engage à libérer les enfants d'Ombra, et à
confirmer sous le sceau de son maître qu'ils ne seront plus jamais
inquiétés. À cette condition et à cette condition seulement, le

Geai bleu sera prêt à restaurer le livre vide qu'il a relié pour Tête de Vipère au château de la Nuit.

Meggie voyait la main de sa mère hésiter par instants. Les brigands l'entouraient et la regardaient. Une femme qui savait écrire… Hormis Baptiste, aucun d'entre eux ne maîtrisait cet art, pas même le Prince noir. Ils avaient tous essayé de dissuader Mo, même Doria, qui avait tenté de prévenir les enfants d'Ombra et avait assisté, impuissant, à leur capture. Luc, son meilleur ami, avait été tué.

Un seul n'était pas intervenu pour persuader Mo de renoncer à son projet, Doigt de Poussière.

C'était presque comme s'il ne lui était rien arrivé. Il n'avait pas changé, sauf son visage, qui n'était plus balafré. Il arborait le même sourire énigmatique, était toujours aussi insaisissable. Un jour là, un autre ailleurs. Comme un esprit. Une pensée qui traversait souvent Meggie – en même temps, elle sentait que Doigt de Poussière était plus vivant que jamais, plus vivant que tous les autres.

Meggie croisa le regard de Mo. La voyait-il vraiment ? Depuis qu'il était revenu de chez les Femmes blanches, il semblait s'identifier plus que jamais au Geai bleu.

S'il se constituait prisonnier, le Fifre le tuerait !

Resa avait fini d'écrire la lettre. Elle regarda Mo comme si elle espérait le voir jeter le parchemin au feu. Mais il lui prit la plume des mains et dessina, au-dessous des mots fatals, une plume et une épée qui formaient une croix, semblable à celles que les paysans illettrés traçaient à la place de leurs noms.

Non. Non !

Resa baissa la tête. Pourquoi ne disait-elle rien ? Pourquoi n'avait-elle plus de larmes pour le supplier de changer d'avis ? Les avait-elle toutes versées durant cette nuit interminable où elle avait attendu en vain son retour au milieu des tombes ? Sa mère savait-elle ce que Mo avait promis aux Femmes blanches pour qu'elles les laissent repartir, lui et Doigt de Poussière ? « Il se peut que je doive repartir bientôt. » C'est tout ce que Mo avait dit à Meggie, et quand elle lui avait demandé, bouleversée : « Repartir ? Où ça ? », il s'était contenté de répondre : « Ne crains rien ! Où que j'aille… je suis allé chez les morts et j'en suis revenu indemne. Rien ne pourrait être plus dangereux, n'est-ce pas ? »

Meggie aurait dû insister, mais elle était tellement heureuse de ne pas l'avoir perdu pour toujours !

– Tu es fou, je te le répète !

Monseigneur avait bu. Le visage congestionné, il rompit si brutalement le silence oppressé que, de peur, l'homme de verre faillit lâcher la plume que Mo lui avait tendue.

– Se jeter dans la gueule du loup dans l'espoir que Nez d'Argent te laissera en paix ! s'exclama-t-il. Il ne tardera pas à te démontrer le contraire. Et même si le Fifre t'accorde la vie sauve, crois-tu encore que la fille de son maître t'aidera à écrire dans ce maudit livre ? La Mort a dû te faire perdre la raison ! La Laide t'échangera contre le trône d'Ombra. Et rien n'empêchera le Fifre d'envoyer les enfants dans les mines !

Parmi les brigands, beaucoup émirent des murmures d'approbation, mais ils se turent quand le Prince noir se rapprocha de Mo.

– Comment délivreras-tu les enfants, Monseigneur ? demanda-t-il d'une voix calme. Moi non plus, ça ne me plaît pas que le Geai bleu franchisse de son plein gré la porte du château d'Ombra, mais s'il ne se constitue pas prisonnier, que se passera-t-il ? Je n'ai pas trouvé de réponse et, crois-moi, je ne pense qu'à ça depuis qu'Oiseau de Suie a fait son numéro ! Est-ce que nous allons attaquer le château, avec la poignée d'hommes dont nous disposons ? Tu veux les guetter quand ils traverseront la Forêt sans chemin avec les enfants ? Combien de cuirassiers les accompagneront ? Cinquante ? Cent ? Combien d'enfants mourront si tu tentes de les délivrer par ce moyen ?

Le Prince noir promena son regard sur les hommes en haillons qui l'entouraient. Beaucoup baissèrent la tête, mais Monseigneur se redressa, l'air buté. La cicatrice qui barrait son cou était rouge comme une égratignure toute fraîche.

– Je te pose encore une fois la question, Monseigneur, reprit le Prince noir à voix basse. Combien d'enfants périraient si nous les délivrions ainsi ? En sauverions-nous même un seul ?

Monseigneur ne répondit pas. Il se contenta de regarder Mo. Puis il cracha, fit demi-tour et s'éloigna d'un pas lourd, sans un mot. Gecko et une douzaine d'hommes le suivirent. Quant à Resa, elle prit le parchemin sans rien dire et le plia de telle sorte que Jaspis puisse apposer le sceau. Son visage était impassible, comme pétrifié – comme celui de Cosimo le Beau dans le caveau d'Ombra, mais ses mains tremblaient tant que Baptiste s'approcha d'elle et plia le parchemin à sa place.

Trois jours. Mo avait passé tout ce temps chez les Femmes blanches, trois jours interminables durant lesquels Meggie avait cru son père mort, irrévocablement cette fois, par la faute de sa mère et celle de Farid. Pendant ces trois jours, elle n'avait pas échangé une parole avec eux. Quand Resa était venue la trouver, elle l'avait chassée, lui avait crié dessus.

– Meggie, pourquoi regardes-tu ta mère ainsi ? lui avait demandé Mo à son retour. Pourquoi ?

« C'est à cause d'elle que les Femmes blanches t'ont emporté », avait-elle voulu répondre, mais elle ne l'avait pas fait. Elle savait qu'elle se montrait injuste mais, entre elle et Resa, un fossé s'était creusé. Quant à Farid, elle ne pouvait pas lui pardonner non plus.

Il se tenait près de Doigt de Poussière : le seul à ne pas être abattu. Évidemment. Qu'est-ce qu'il en avait à faire, Farid, que son père retombe entre les mains du Fifre ? Doigt de Poussière était de retour. Rien d'autre ne comptait. Il avait essayé de se réconcilier avec elle : « Meggie, allez, viens. Ton père est sain et sauf – et il a ramené Doigt de Poussière ! » Oui, il n'y avait que ça qui l'intéressait. Et ce serait toujours ainsi.

Jaspis avait fait couler de la cire à cacheter sur le parchemin. Mo appuya le sceau qu'il avait gravé pour le livre rassemblant les dessins de Resa. Une tête de licorne. Le sceau d'un relieur pour la promesse d'un brigand. Mo donna la lettre à Doigt de Poussière, échangea quelques mots avec Resa et le Prince noir, puis se dirigea vers Meggie.

Quand elle était encore si petite qu'elle lui arrivait tout juste au coude, elle avait souvent glissé sa tête sous son bras quand quelque chose lui faisait peur. Mais il y avait longtemps de ça.

– À quoi ressemble la Mort, Mo ? lui avait-elle demandé quand il était revenu. Tu l'as vraiment vue ?

Le souvenir ne semblait pas effrayer son père, mais son regard était parti loin, très loin…

– Elle prend des formes diverses mais elle a une voix de femme.

– Une voix de femme ? avait répété Meggie, songeuse. Mais Fenoglio ne donnerait jamais un rôle aussi important à une femme !

Et Mo s'était mis à rire et avait répondu :

– Je ne crois pas que Fenoglio ait écrit le rôle de la Mort, Meggie.

Quand il s'arrêta devant elle, elle ne leva pas les yeux.

– Meggie ? (Il lui prit le menton, l'obligeant à le regarder.) Ne prends pas cet air triste, s'il te plaît !

Derrière lui, le Prince noir parlait à Baptiste et à Doria en aparté. Elle pouvait s'imaginer quelles instructions il leur donnait. Il les envoyait à Ombra pour qu'ils fassent savoir aux mères désespérées que le Geai bleu n'abandonnerait pas leurs enfants. « Mais sa fille, si ! » pensa Meggie, certaine que Mo lisait le reproche dans ses yeux.

Sans un mot, il la prit par la main et l'entraîna loin des tentes, des brigands et de Resa, qui était restée près du feu. La jeune femme essuyait ses doigts pour enlever l'encre, les essuyait encore et encore tandis que Jaspis la regardait d'un air compatissant – comme si, avec l'encre, elle pouvait aussi faire disparaître les mots qu'elle avait écrits.

Mo s'arrêta sous un chêne dont les branches surplombaient le campement comme une voûte céleste faite de bois et de feuilles jaunies. Il tenait la main de Meggie dans la sienne et passait son index dessus, comme s'il était surpris qu'elle soit devenue si grande. Les mains de Meggie étaient pourtant bien plus fines que les siennes. Des mains de fille…

– Le Fifre te tuera.

– Non, il ne me tuera pas. Mais si jamais il essayait, je lui montrerais à quel point la lame d'un relieur est acérée. Baptiste va me coudre une cachette à cet usage et, crois-moi, je serai bien content si ce tueur d'enfants me donne l'occasion de l'essayer sur lui.

La haine passa comme une ombre sur son visage. Le Geai bleu.

– Le couteau ne te sera d'aucun secours. Il te tuera quand même.

Elle insistait, stupidement, comme une enfant butée. Mais elle avait tellement peur pour lui !

– Trois enfants sont morts, Meggie. Va trouver Doria et dis-lui de te raconter comment ils les ont traînés à leur suite. Si le Geai bleu ne se rend pas, ils les tueront !

Le Geai bleu. On aurait dit qu'il parlait de quelqu'un d'autre. La prenait-il pour une idiote ?

– Ce n'est pas ton histoire, Mo ! Laisse le Prince noir se charger des enfants !

– Quoi ? Le Fifre les tuera tous s'il essaie de les sauver.

Il y avait tant de colère dans ses yeux ! Pour la première fois, Meggie comprit que Mo ne se rendrait pas seulement au château pour sauver les vivants, mais aussi pour venger les morts. Cette idée lui fit encore plus peur.

– Tu as peut-être raison. C'est peut-être le seul moyen, répondit-elle. Mais laisse-moi au moins venir avec toi ! Pour que je puisse t'aider. Comme au château de la Nuit !

C'était si proche encore. Mo avait-il oublié combien il avait été soulagé de l'avoir à ses côtés ? Que c'était elle qui, avec l'aide de Fenoglio, l'avait sauvé ? Non, sûrement pas.

Mais Meggie n'avait qu'à le regarder pour savoir que cette fois, il irait seul.

– Tu te souviens des histoires de brigands que je te racontais ? demanda-t-il.

– Bien sûr. Elles finissaient toujours mal.

– Et pourquoi ? C'est toujours la même chose. Ils tuent le brigand parce qu'il veut protéger quelqu'un. Pas vrai ?

Oh, il était malin. Avait-il raconté la même chose à sa mère ? « Mais je le connais mieux que Resa, pensa Meggie, et je connais beaucoup plus d'histoires qu'elle. »

– Et le poème sur le bandit de grand chemin ? demanda-t-elle.

Elinor lui avait lu ce poème des centaines de fois. « Ah, Meggie, pourquoi ne lis-tu pas cela pour changer ? l'entendait-elle encore soupirer. Nous n'avons pas besoin de le dire à ton père, mais j'aimerais tellement voir ce bandit galoper à travers ma maison ! »

Mo repoussa une mèche de cheveux sur le front de sa fille.

– Eh bien ? demanda-t-il.

– Sa bien-aimée le met en garde contre les soldats et il est sauvé ! Une fille peut faire pareil pour son père.

– Oh oui ! Les filles sont très fortes pour sauver leurs pères ! Nul ne le sait aussi bien que moi.

Il ne put s'empêcher de sourire. Elle aimait tant son sourire ! Et si elle devait ne jamais le revoir ?

– Mais tu te rappelles sûrement comment ça finit pour la bien-aimée ?

Bien sûr que Meggie s'en souvenait. *Son mousqueton fracassa la lumière de la lune, fracassa sa poitrine dans la lumière de la lune.* Et en fin de compte, les soldats tuèrent le bandit. *Il gisait dans son sang, son jabot de dentelle autour du cou.*

– Meggie…

Elle lui tourna le dos. Elle ne voulait plus le regarder. Elle ne voulait plus avoir peur pour lui. Elle voulait juste être en colère contre lui. Comme elle était en colère contre Farid, contre Resa. Aimer faisait souffrir. Rien d'autre.

– Meggie ! (Mo l'attrapa par les épaules et la ramena vers lui.) Supposons que je n'y aille pas, que dirais-tu de la chanson qu'ils chanteraient alors ? *Un matin, le Geai bleu disparut et on ne le revit pas. Mais les enfants d'Ombra moururent, comme leurs pères, de l'autre côté de la forêt et Tête de Vipère régna, grâce au livre vide que le Geai avait relié, pour l'éternité.*

Oui, il avait raison. C'était une chanson affreuse… mais Meggie en connaissait une autre, pire encore : *Le Geai bleu se rendit au château pour sauver les enfants d'Ombra et y mourut. Le danseur de feu écrivit son nom en lettres de feu dans le ciel pour que les étoiles puissent le murmurer toutes les nuits, mais sa fille ne le revit plus jamais.*

C'est ainsi que ça finirait. Mais Mo entendait une autre chanson.

– Cette fois, Fenoglio ne nous écrira pas une fin heureuse, Meggie ! déclara-t-il. C'est moi qui dois l'écrire, avec des actes, non avec des mots. Le Geai bleu est le seul à pouvoir sauver les enfants. Il est le seul qui puisse écrire les trois mots dans le livre vide.

Elle ne le regardait toujours pas. Elle ne voulait pas entendre ce qu'il disait. Mais Mo continua à parler, à lui faire entendre sa voix qu'elle aimait tant, la voix qui lui chantait des chansons pour l'endormir, consolée, quand elle était malade, et qui lui racontait des histoires sur sa mère disparue.

— Tu dois me promettre une chose, dit-il. Toi et ta mère, il faut que vous preniez garde à vous pendant mon absence. Vous ne pouvez pas rentrer dans l'autre monde. Vous ne pouvez pas vous fier aux mots d'Orphée ! Mais le Prince vous protégera, et l'hercule aussi. Il me l'a promis, sur la tête de son frère et il est certainement un meilleur rempart que moi. Tu m'entends, Meggie ? Quoi qu'il arrive, restez avec les brigands. N'allez pas à Ombra et surtout ne me suivez pas au château de la Nuit, si jamais ils m'emmènent là-bas ! La peur m'empêcherait de penser, si j'apprenais que vous êtes en danger. Promets-le-moi !

Meggie baissa la tête pour qu'il ne puisse lire la réponse dans ses yeux. Non. Non, elle ne lui promettrait rien. Et Resa ne lui avait sûrement rien promis non plus. À moins que… ? Meggie regarda en direction de sa mère, qui paraissait accablée. L'hercule était à ses côtés. Contrairement à Meggie, depuis que Mo était revenu sain et sauf, il avait pardonné à Resa.

— Meggie, écoute-moi !

En temps ordinaire, quand la situation était grave, Mo se mettait à plaisanter mais, sur ce point aussi, il avait changé. Il avait adopté un ton neutre, comme s'il discutait avec elle d'une excursion de l'école.

— Si je ne revenais pas, persuade Fenoglio d'écrire le texte qui vous renverra dans l'autre monde. Il ne peut avoir oublié. Tu le liras, et vous rentrerez tous les trois, Resa, toi… et ton frère.

— Mon frère ? C'est une sœur que je veux.

— Ah, bon ? (Un sourire illumina ses traits.) Ça tombe bien, moi aussi. Ma première fille est trop grande pour que je la prenne dans mes bras.

Ils se regardèrent. Les mots se pressaient sur les lèvres de Meggie, mais pas un seul n'aurait pu exprimer ce qu'elle ressentait.

– Qui va porter la lettre au château ? demanda-t-elle à voix basse.

– Nous ne le savons pas encore, répondit Mo. Ce ne sera pas facile de trouver quelqu'un qui puisse aborder Violante.

Trois jours. Meggie passa ses bras autour de lui et le serra fort, comme quand elle était petite.

– S'il te plaît, Mo ! murmura-t-elle. N'y va pas ! S'il te plaît ! Rentrons ! Resa avait raison !

– Rentrer ! Alors que le suspense est à son comble ? lui chuchota-t-il en retour.

Il n'avait pas tant changé, après tout. Il tournait toujours en dérision le sérieux de l'existence. Comme elle l'aimait !

Mo prit son visage entre ses mains. L'espace d'un instant, Meggie crut lire la peur dans ses yeux. S'inquiétait-il pour elle autant qu'elle craignait pour sa vie ?

– Crois-moi, Meggie ! Je n'irai là-bas que pour te protéger. Un jour, tu comprendras ! Ne savions-nous pas déjà, tous les deux, quand nous étions au château de la Nuit, que je ne reliais le livre vide que pour y inscrire un jour, moi-même, les trois mots ?

Meggie secoua la tête si énergiquement que Mo resserra son étreinte.

– Si, Meggie ! dit-il doucement. Si, nous le savions.

32

Enfin

Dans la nuit où nul ne peut m'épier
Je suis couché seul dans mon nid de chasseur,
relisant des livres
jusqu'à ce qu'il soit temps de dormir.
Voici les collines, voici les forêts,
et mes solitudes constellées d'étoiles
et là-bas les rives de la rivière
où viennent boire les lions rugissants.

Robert Louis Stevenson, *The Land of Story Books*

Darius lisait merveilleusement bien. Même si ses mots n'avaient pas la même sonorité que ceux de Mortimer (ni bien entendu de ce violeur de livres, Orphée). L'art de Darius se rapprochait de celui de Meggie. Il lisait avec l'innocence d'un enfant ; Elinor avait le sentiment de voir pour la première fois le garçon qu'il avait été, un garçon maigre à lunettes, qui dévorait les livres avec la même passion qu'elle sauf que, pour lui, les pages s'animaient.

La voix de Darius n'était pas aussi pleine ni aussi belle que celle de Mortimer, et manquait de l'enthousiasme qui donnait sa puissance à celle d'Orphée. Darius se mettait les mots en bouche, délicatement, comme s'il craignait de les briser ou de les priver de leur sens s'il les prononçait trop fort ou trop énergiquement. Dans la voix de Darius, il y avait toute la tristesse du monde, la magie des faibles, des silencieux, des prudents, et leur connaissance de la cruauté des forts…

La belle sonorité des mots d'Orphée, le jour où elle l'avait entendu lire pour la première fois, avait stupéfié Elinor. Ces mots ne ressemblaient pas à l'imbécile vaniteux qui avait lancé ses livres contre les murs. «Mais c'est parce qu'il les a volés à un autre, Elinor!» pensa-t-elle.

Puis elle cessa de penser.

La langue de Darius ne fourcha pas une seule fois – peut-être parce qu'il ne lisait pas sous le coup de la peur, mais avec amour. Darius ouvrait la porte entre les lettres si doucement qu'Elinor avait la sensation qu'ils se glissaient dans le monde de Fenoglio comme deux enfants dans une pièce défendue. Quand elle sentit un mur dans son dos, elle osa à peine croire à sa réalité. «D'abord, tu crois que c'est un rêve.» N'était-ce pas ce que lui avait dit Resa? «Eh bien, si ceci est un rêve, pensa Elinor, je n'ai pas l'intention de me réveiller!» Ses yeux s'imprégnèrent, avides, des images qui surgissaient devant elle: une place, un puits, des maisons serrées les unes contre les autres comme si elles étaient trop vieilles pour tenir debout toutes seules, des femmes en robe longue (en piteux état pour la plupart), une nuée de moineaux, de pigeons, deux chats maigres, une charrette sur laquelle un vieil homme entassait des immondices… l'odeur était à peine supportable, ce qui n'empêcha pas Elinor de prendre une profonde inspiration.

Ombra ! Elle était à Ombra ! Une femme puisait de l'eau au puits ; elle se retourna et contempla, méfiante, la robe en velours lourd rouge foncé que portait Elinor. Nom d'une pipe ! Elle se l'était procurée dans un magasin de location de costumes, tout comme la blouse que portait Darius. « Moyen Âge », avait-elle demandé, et maintenant, elle avait l'air d'un paon au milieu d'une bande de corneilles !

« Peu importe, Elinor, tu es là ! » Quand elle sentit une main minuscule lui tirer sans ménagement les cheveux, des larmes de bonheur lui montèrent aux yeux. D'un geste sûr, elle attrapa la fée qui tentait de s'échapper avec une mèche de cheveux gris. Oh, comme ces minuscules créatures et leurs battements d'ailes lui avaient manqué ! Mais n'étaient-elles pas bleues ? Celle-ci avait des reflets multicolores comme une bulle de savon. Ravie, Elinor referma les mains sur sa proie et contempla la fée à travers ses doigts. La petite créature avait l'air plutôt endormie. Quel bonheur ! Quand elle lui échappa en plantant ses dents minuscules dans ses pouces, Elinor éclata d'un rire si sonore que deux femmes se montrèrent aux fenêtres.

Elinor ! Elle mit sa main sur sa bouche mais le rire résonnait toujours en elle, comme une poudre pétillante sur sa langue. Oh, elle était si heureuse, si bêtement heureuse ! La dernière fois, elle avait six ans : elle s'était introduite subrepticement dans la bibliothèque de son père pour lire les livres défendus. « Tu devrais peut-être tomber raide morte, Elinor ! pensa-t-elle. Là, juste maintenant. Vivras-tu jamais moment plus beau ? »

Deux hommes en habits de couleur traversèrent la place. Des ménestrels ! Ils n'avaient pas l'air aussi romantiques qu'Elinor se l'était figuré, mais bon… Un kobold les suivait, portant leurs instruments. Son visage poilu, quand il aperçut Elinor, se tordit en une grimace ébahie. D'instinct, elle porta la main à son nez. Était-il arrivé quelque chose à son visage ? Son nez avait toujours été aussi gros, non ?

– Elinor ?

Elle sursauta. Darius ! Pour l'amour du ciel ! Elle l'avait complètement oublié, celui-là. Qu'est-ce qu'il fabriquait sous la charrette de détritus ? L'air décontenancé, il se faufila entre les roues, se releva, et ôta de sa blouse quelques brins de paille pas très propres. Oh, Darius ! C'était bien de lui d'atterrir – parmi tous les endroits qui existaient dans le Monde d'encre – juste sous un tas de détritus ! Il n'avait pas de chance ! Et la tête qu'il faisait ! À croire qu'il était tombé au milieu d'une bande de brigands ! Pauvre Darius… Merveilleux Darius. Il avait toujours à la main la feuille où étaient écrits les mots d'Orphée… mais où était le sac qui contenait tout ce qu'ils avaient voulu emporter ?

« Doucement, Elinor, c'est toi qui devais le porter. » Elle chercha le sac des yeux… et découvrit Cerbère, qui reniflait le pavé d'un air très intéressé.

– Il… il… il serait mort de faim si nous l'avions laissé là-bas, bafouilla Darius tout en brossant sa blouse. Et… et en plus, il… il pourra sûrement nous conduire jusqu'à son maître, qui sait peut-être où se trouvent les autres.

« Pas bête, pensa Elinor. Ça ne me serait jamais venu à l'idée. Mais pourquoi se remet-il à bégayer ? »

– Darius ! Tu as réussi !

Elle l'étreignit avec tant d'élan qu'il faillit en perdre ses lunettes.

– Merci ! Mille fois merci !

– Hé vous, là-bas, d'où vient ce chien ?

Cerbère se blottit contre les jambes d'Elinor, en grognant. Deux soldats étaient plantés devant eux. « Les soldats sont pires que les bandits de grand chemin. » N'était-ce pas ce qu'avait raconté Resa ? Un jour ou l'autre, ils prennent plaisir à tuer. Involontairement, Elinor fit un pas en arrière, mais elle buta contre le mur d'une maison.

– Alors, vous avez perdu votre langue ?

L'un des soldats donna un coup de poing dans le ventre de Darius, qui se plia en deux.

– Qu'est-ce que ça veut dire ? Laissez-le tranquille ! (La voix d'Elinor était loin d'être aussi ferme qu'elle l'avait espéré.) C'est mon chien.

– Ton chien ?

Le soldat qui s'approcha d'elle était borgne. Elinor regardait, fascinée, l'endroit où avait dû se trouver un jour son deuxième œil.

– Seules les princesses peuvent avoir des chiens. Veux-tu nous faire croire que tu en es une ?

Il tira son épée et passa la lame sur la robe d'Elinor.

– Qu'est-ce que c'est que ces habits ? Tu t'imagines que tu ressembles à une dame ? Où habite la couturière qui te les a confectionnés ? Elle mérite la potence.

Son compère se mit à rire.

– Ce sont des habits de comédien, dit-il. C'est une ménestrelle sur le retour !

– Une ménestrelle ? Elle est bien trop laide, rétorqua le borgne en déshabillant Elinor du regard.

Elle lui aurait bien dit ce qu'elle pensait de son apparence physique, mais Darius lui jeta un regard suppliant.

La pointe de l'épée appuya sur son ventre, à croire que le borgne voulait lui dessiner un deuxième nombril. « Baisse les yeux, Elinor ! Pense à ce que t'a dit Resa. Dans ce monde-ci, les femmes baissent les yeux. »

– Je vous en prie ! (Darius se relevait tant bien que mal.) Nous… nous sommes étrangers ! Nous… nous venons de très loin…

– Et vous venez à Ombra ! s'esclaffèrent les soldats. Qui donc, par tout l'argent de Tête de Vipère, vient de son plein gré à Ombra ?

Le borgne dévisagea Darius.

– Regarde-moi ça ! dit-il en lui enlevant ses lunettes. Il porte la même chose qu'Œil Double, celui qui a procuré au Gringalet la licorne et le nain.

Il mit maladroitement les lunettes sur son nez.

– Hé, enlève ça ! s'exclama l'autre en reculant, mal à l'aise.

Le borgne lui fit un clin d'œil à travers les verres épais.

– Je vois tous tes mensonges, ricana-t-il. Tes mensonges les plus noirs !

Avec un rire sonore, il jeta les lunettes aux pieds de Darius.

– D'où que vous veniez, dit-il en tendant la main en direction du collier de Cerbère, vous repartirez sans ce chien. Les chiens appartiennent au prince. Celui-ci est une horrible bête, mais il plaira quand même au Gringalet.

Cerbère enfonça ses crocs si profondément dans la main gantée que le soldat poussa un cri et tomba à genoux. L'autre dégaina son épée, mais le chien d'Orphée n'était pas aussi bête que sa laideur le promettait. Il fit demi-tour, le gant du soldat toujours dans la gueule, et détala.

– Vite, Elinor !

Darius ramassa à la hâte ses lunettes tordues et l'entraîna, tandis que les soldats se lançaient en jurant à la poursuite du chien. Elinor ne se souvenait pas avoir jamais couru aussi vite, et même si elle avait l'impression d'avoir un cœur de jeune fille, ses jambes en revanche étaient celles d'une femme vieille et corpulente.

« Elinor, ce n'est pas ainsi que tu t'étais imaginé tes premières heures à Ombra ! » pensa-t-elle en suivant Darius dans une ruelle si étroite qu'elle eut peur de rester coincée entre les maisons. Mais elle avait beau avoir mal aux pieds et sentir encore la pointe de l'épée de ce mufle de borgne sur son ventre, quelle importance ? Elle avait enfin réussi à passer derrière les lettres ! C'était la seule chose qui comptait. Et l'on ne pouvait guère s'attendre à ce que ce soit ici aussi tranquille que dans sa maison... même si, ces derniers temps, il y avait eu quelques pannes... Quoi qu'il en soit... elle était à Ombra. Enfin ! Dans la seule histoire dont elle voulait connaître le dénouement, parce que tous ceux qu'elle aimait y jouaient un rôle.

« Trop bête que le chien ait disparu ! » se dit-elle en voyant Darius s'arrêter, perplexe, au bout de la ruelle. Le vilain nez de Cerbère leur aurait été bien utile dans ce labyrinthe... sans parler du fait qu'il allait sûrement lui manquer. « Resa, Meggie, Mortimer ! (Elle avait envie de crier leurs noms à travers les ruelles.) Où êtes-vous ? Je suis ici ! »

« Mais *eux* ne sont peut-être plus ici, Elinor ! chuchotait une voix en elle tandis que le ciel inconnu s'assombrissait au-dessus de sa tête. Ils sont peut-être tous trois morts depuis longtemps. Silence, Elinor. » Il n'était pas permis d'avoir une idée pareille. Tout simplement pas permis.

33
Des plantes pour la Laide

L'âme se tait.
Et si jamais elle parle,
elle parle dans les rêves.

Louise Glück, *Child Crying Out*

Violante descendait plusieurs fois par jour dans les cachots où le Gringalet avait fait enfermer les enfants, accompagnée de deux servantes qui lui étaient toujours fidèles et d'un de ses jeunes gardes. Le Fifre les appelait des enfants-soldats, mais son père avait fait en sorte que ces garçons ne soient plus des enfants le jour où il avait fait exécuter leurs pères et leurs frères dans la Forêt sans chemin. Les enfants captifs, eux non plus, ne resteraient pas longtemps des enfants. La peur rend vite adulte.

Chaque matin, les mères se rassemblaient devant le château et suppliaient les gardes de les laisser voir au moins les plus jeunes. Elles apportaient des vêtements, des poupées, de la nourriture, dans l'espoir que quelque chose parviendrait à leurs filles et à leurs fils. Mais les gardes jetaient presque tout, en dépit des efforts de Violante qui envoyait régulièrement ses servantes rassembler ce qui avait été déposé.

Par bonheur, le Fifre la laissait faire. Il n'était pas difficile de berner le Gringalet. Plus bête encore que sa sœur au visage de poupée, il n'avait jamais compris que Violante tirait les fils dans son dos. Mais le Fifre était malin : sa peur du père de Violante et sa propre vanité, seules, le rendaient vulnérable. Dès qu'il était arrivé à Ombra, Violante l'avait flatté. Elle avait feint d'être ravie de sa compagnie ; elle s'était plainte auprès de lui de la faiblesse et de la bêtise du Gringalet, dont elle avait dénoncé les dépenses inconsidérées. Elle avait même donné à Balbulus l'ordre d'enluminer sur son meilleur parchemin les sinistres chansons du Fifre (même si, sous le coup de la colère que lui inspira cet ordre, Balbulus avait cassé trois de ses plus précieux pinceaux).

Quand, sur ordre du Fifre, Oiseau de Suie eut attiré les enfants dans son piège, Violante félicita l'homme au nez d'argent pour sa ruse… et se retira ensuite dans sa chambre. Il devait ignorer qu'elle ne trouvait pas le sommeil à cause des pleurs qu'elle croyait entendre monter des cachots.

Quand son père les avait fait enfermer, elle et sa mère, dans la vieille chambre, elle n'avait que quatre ans, mais sa mère lui avait appris à garder la tête haute. « Tu as un cœur d'homme, Violante », lui avait dit une fois son beau-père. Vieillard triste et bête ! Elle ne savait pas s'il avait voulu la complimenter ou lui exprimer sa désapprobation. Tout ce à quoi elle aspirait appartenait aux hommes : la liberté, le savoir, la force, l'intelligence, le pouvoir… La vengeance, le désir de dominer, l'impatience, étaient-ils des attributs masculins ? Elle avait hérité tout cela de son père.

La Laide.

La tache qui l'avait défigurée s'était estompée mais son

nom lui était resté. Il faisait partie d'elle comme son visage trop pâle et son corps ridiculement frêle. «On devrait vous appeler la Rusée», disait parfois Balbulus. Balbulus la connaissait mieux que personne. Il voyait clair en elle; Violante savait que chaque fois que Balbulus dissimulait un renard dans ses illustrations, c'est à elle qu'il pensait. La Rusée. Oui, elle était rusée. La vue du Fifre lui donnait la nausée mais elle lui souriait, comme son père, avec mépris et une touche de cruauté. Elle portait des chaussures qui la faisaient paraître plus grande (Violante avait toujours maudit sa petite taille), et ne faisait rien pour embellir son visage parce qu'elle était d'avis que les belles femmes sont peut-être désirées mais jamais respectées, et encore moins redoutées. D'ailleurs, si elle avait peint ses lèvres en rouge ou épilé ses sourcils, elle aurait craint d'être ridicule.

Quelques-uns des enfants détenus étaient blessés. Le Fifre avait autorisé Violante à appeler le Chat-huant, mais elle n'avait pas pu le convaincre de les libérer. «Quand nous aurons capturé notre oiseau, car ce sont nos appâts!» avait-il répondu. Violante s'était imaginé la scène : ils traîneraient le Geai bleu au château, ensanglanté comme la licorne que le Gringalet avait fait abattre dans la forêt, trahi par les mères qui pleuraient devant la porte. Cette image était restée, plus nette encore que les illustrations que Balbulus peignait pour elle mais, dans ses rêves, elle voyait une autre scène, où le Geai bleu tuait son père et posait une couronne sur ses cheveux, sur ses cheveux brun souris...

«Le Geai bleu sera bientôt un homme mort, lui avait déclaré Balbulus la veille. Je souhaite seulement qu'il fasse en sorte que sa mort puisse devenir une belle image.»

Violante aurait aimé le gifler, mais sa colère n'avait

jamais impressionné Balbulus. « Prenez garde, Votre Laideur, avait-il murmuré. Les hommes auxquels vous accor-
dez votre amour ne sont jamais les bons. Mais au moins, le
dernier avait du sang bleu. »

Elle aurait dû lui faire arracher la langue pour cette
impudence – son père l'aurait fait –, mais qui d'autre lui
dirait la vérité, quand bien même elle était douloureuse
à entendre ? Brianna n'avait jamais hésité. Mais Brianna
était partie.

Dehors, la nuit tombait. Pour les enfants, c'était la troisième nuit dans le cachot. Violante venait juste de prier
une de ses servantes de lui apporter du vin chaud dans l'espoir que, pour quelques heures au moins, la boisson épicée
lui ferait oublier les petites mains qui s'accrochaient à sa
jupe, quand Vito entra dans sa chambre.

– Votre Altesse !

Le garçon venait d'avoir quinze ans : c'était le fils d'un
forgeron, un forgeron défunt bien entendu, et le plus âgé
de ses soldats.

– Votre ancienne servante est à la porte. Brianna, la fille
de la guérisseuse…

Tullio lança à Violante un regard perplexe. Il avait
pleuré quand elle avait chassé Brianna, à la suite de quoi
elle lui avait interdit l'accès à ses appartements pendant
deux jours.

Brianna. Est-ce d'avoir pensé à elle qui l'avait fait
venir ? Ce nom si familier, elle l'avait probablement prononcé plus souvent que celui de son fils. Pourquoi son
cœur battait-il plus fort ? Avait-il déjà oublié le chagrin
que la visiteuse lui avait causé ? Son père avait raison. Le
cœur était faible et changeant, seul l'amour l'intéressait et

rien n'était pire que de lui obéir. C'est à la raison qu'on devait obéir. Elle consolait des folies du cœur, inventait des chansons satiriques sur l'amour, ce caprice de la nature, éphémère comme les fleurs.

Pourquoi n'obéissait-elle qu'à son cœur ? Son cœur se réjouissait au nom de Brianna, mais sa raison interrogeait : « Que cherche-t-elle ici ? La belle vie lui manque ? En a-t-elle assez de laver le sol chez cet Œil Double qui s'incline si bas devant le Gringalet que son menton vient presque heurter son gros genou ? Ou vient-elle me supplier de la laisser descendre dans le caveau embrasser les lèvres de mon défunt mari ? »

– Brianna apporte des plantes de la part de sa mère, Roxane, pour les enfants prisonniers. Mais elle veut vous les remettre en personne.

Tullio la regarda d'un air suppliant. Il n'avait pas de fierté, mais un cœur fidèle, trop fidèle. Des amis du Gringalet l'avaient encore une fois enfermé avec les chiens la veille. Son propre fils en faisait partie.

– Bon, va la chercher, Tullio !

La voix est traîtresse, mais Violante savait simuler l'indifférence. Une seule fois, elle avait montré ce qu'elle ressentait : quand Cosimo était revenu – et sa honte avait été deux fois plus grande quand il lui avait préféré sa servante. Brianna.

Tullio partit en courant. Violante passa la main dans ses cheveux plats et examina d'un air dubitatif sa robe et le bijou qu'elle portait. C'était l'effet que produisait Brianna. Elle était si belle qu'en sa présence, chacun se sentait gauche, fade et laid. Avant, Violante se cachait derrière la beauté de Brianna pour savourer la déconfiture d'autrui.

Oui, elle avait apprécié que tant de beauté soit à son service – que Brianna l'admire et l'aime… peut-être.

Un sourire béat flottait sur le visage poilu de Tullio quand il introduisit Brianna. Celle-ci s'avança d'un pas hésitant dans la pièce où elle avait passé tant d'heures. On racontait qu'elle portait au cou une pièce marquée à l'effigie de Cosimo et qu'elle l'embrassait si souvent que le visage s'était presque effacé. Mais le chagrin l'avait rendue encore plus belle. Comment était-ce possible ? Comment la justice pouvait-elle régner en ce monde si la beauté n'était pas équitablement répartie ?

Brianna fit une profonde révérence – personne n'avait tant de grâce – et tendit à Violante un panier.

– Ma mère a appris par le Chat-huant que certains enfants sont blessés ou ne veulent pas manger. Ces plantes leur feront peut-être du bien. Elle vous a écrit quels sont leurs effets et comment les leur administrer.

Brianna tira du panier une lettre cachetée et la tendit à Violante en s'inclinant derechef.

Une lettre cachetée pour les instructions d'une guérisseuse ? Violante renvoya la servante qui était en train de faire son lit – elle ne lui faisait pas confiance – et attrapa ses nouveaux verres. Elle les avait fait monter chez l'artisan qui avait travaillé pour Œil Double – en or, bien entendu, et les avait payés avec sa dernière bague. Les verres n'étaient pas des détecteurs de mensonge, comme on le prétendait. Même les lettres de Balbulus n'étaient guère plus nettes qu'à travers le béryl qu'elle utilisait habituellement, mais elle ne voyait plus le monde en rouge et d'un seul œil, même si elle ne pouvait porter ses lunettes longtemps sans fatigue. « Vous lisez trop ! » lui répétait Balbulus. Que pouvait-elle y faire ? Sans les mots, elle mourrait, tout simplement, encore plus vite que sa mère.

La lettre était scellée d'une tête de licorne. À qui donc appartenait ce sceau ? Violante le brisa et se tourna involontairement vers la porte quand elle comprit qui lui écrivait. Brianna suivit son regard. Elle avait vécu assez longtemps au château pour savoir que les murs et les portes avaient des oreilles, mais les mots écrits, heureusement, étaient silencieux. Pourtant, Violante avait l'impression d'entendre la voix du Geai bleu ; elle comprit facilement le sens de la lettre, même s'il était dissimulé.

Les mots écrits parlaient des enfants et annonçaient que le Geai se rendrait en échange de leur liberté. Ils promettaient de restaurer le livre vide de son père à condition que le Fifre libère les prisonniers. Mais les mots cachés tenaient un autre discours, qu'elle seule pouvait lire entre les lignes. Ils révélaient que le Geai bleu acceptait enfin le marché qu'elle lui avait proposé à côté du cercueil de Cosimo.

Il voulait l'aider à tuer son père.

« Ensemble, ce sera très facile. »

Vraiment ? Elle laissa retomber la lettre. Qu'avait-elle pensé en faisant cette promesse au Geai bleu ?

Elle sentit le regard de Brianna et lui tourna le dos. « Réfléchis, Violante ! » Elle se figura ce qui se passerait, scène après scène, image après image, comme si elle feuilletait un des livres de Balbulus.

Dès que le Geai bleu se serait rendu, son père viendrait à Ombra. C'était évident, car il espérait toujours que celui qui avait relié le livre vide serait aussi en mesure de le restaurer. Et comme il n'aurait confié le livre à nul autre, il l'apporterait lui-même au Geai bleu. Il était désespéré, ces pages qui pourrissaient le rendaient fou ; sur le chemin, il réfléchirait à la manière la plus atroce, dans les moindres détails, de faire mourir son ennemi. Mais avant, il serait obligé de confier le livre à cet ennemi.

Quand le Geai bleu aurait le livre vide entre les mains, tout dépendrait d'elle. Combien de secondes faut-il pour écrire trois mots ? Elle devrait faire en sorte qu'il en ait le temps. Trois mots seulement, un instant d'inattention, une plume, un peu d'encre, et ce ne serait pas le Geai bleu, mais son père qui mourrait – alors, Ombra serait à elle.

Violante sentit sa respiration s'accélérer et son propre sang siffler dans ses oreilles. Oui, il était possible de réussir. Mais c'était un plan dangereux, encore plus dangereux pour le Geai bleu que pour elle. « Il réussira ! lui disait sa raison, mais son cœur battait si fort qu'elle en avait le vertige. Et une fois qu'il sera dans le château, comment le protégeras-tu ? Que feront le Fifre et le Gringalet ? »

– Votre Altesse !

La voix de Brianna n'était plus la même. Comme si quelque chose s'était brisé en elle. « J'espère qu'elle dort mal ! se dit Violante. J'espère que sa beauté se fane pendant qu'elle frotte le sol à genoux. » Mais quand elle se retourna et regarda la jeune fille, elle eut envie de la prendre dans ses bras et de rire avec elle comme avant.

– Je dois vous transmettre un autre message. (Brianna ne baissa pas les yeux devant Violante. Elle était toujours aussi fière !) Ces plantes ont un goût très amer. Elles ne feront de l'effet que si vous les employez à bon escient. Dans le pire des cas, elles peuvent même être fatales. Tout cela dépend de vous.

Comme si elle avait besoin de le lui dire ! Mais Brianna

la regardait toujours. « Protégez-le ! disaient ses yeux. Sinon, tout est perdu. » Violante se redressa, raide comme un piquet.

– Je comprends très bien ! dit-elle sèchement. Et je suis certaine que dans trois jours, les enfants iront beaucoup mieux. Tous les maux ont une fin et je vais employer ces plantes avec le soin requis. Transmets mon message. Et maintenant, va-t'en. Tullio te raccompagnera jusqu'à la porte du château.

Brianna s'inclina de nouveau.

– Je vous remercie. Je sais qu'elles sont entre les meilleures mains qui soient, dit-elle en se relevant. Vous avez beaucoup de servantes, poursuivit-elle à voix basse, mais si jamais vous ressentiez de nouveau le désir de ma compagnie, faites-moi appeler, s'il vous plaît ! Vous me manquez.

Elle prononça ces derniers mots d'une voix si basse que Violante eut peine à la comprendre.

« Tu me manques aussi… » Les mots se bousculaient dans la bouche de Violante, mais elle les retint. « Tais-toi, mon cœur, mon cœur stupide et oublieux. »

– Je te remercie, dit-elle, mais je n'ai guère envie d'écouter des chansons en ce moment, dit-elle.

– Non, bien sûr…

Brianna devint presque aussi pâle que le jour où Violante l'avait frappée, lorsqu'elle était allée trouver Cosimo, à son retour, et lui avait menti.

– Mais qui vous fait la lecture ? Qui joue avec Jacopo ?

– Je lis moi-même.

Violante conservait un ton froid et distant, et en était fière, alors que son cœur ressentait tout autre chose.

– En ce qui concerne Jacopo, je ne le vois pas souvent.

Il se promène avec un nez en fer-blanc que le forgeron a confectionné sur son ordre… il s'assied sur les genoux du Fifre et raconte à qui veut l'entendre que s'il s'était trouvé sur la place du marché, il n'aurait pas été assez bête pour se laisser prendre au piège d'Oiseau de Suie.

— Oui, ça lui ressemble.

Brianna passa la main dans ses cheveux, comme si elle se rappelait les nombreuses occasions où Jacopo les avait tirés. Un instant, les deux femmes se turent, au souvenir de celui qui avait été la cause de leur désunion. Brianna porta la main à son cou. Elle portait une pièce de monnaie, en effet.

— Vous le voyez encore parfois ? demanda-t-elle.

— Qui ?

— Cosimo. Moi, je le vois chaque nuit, en rêve. Et parfois, le jour, j'ai la sensation qu'il est derrière moi.

L'idiote. Amoureuse d'un mort. Qu'aimait-elle donc encore en lui ? Sa beauté était désormais la pâture des vers. Qu'aurait-on pu aimer en lui en dehors de sa beauté ? Violante avait enterré son amour en même temps que son époux. Il s'était évaporé, comme l'ivresse après un pichet de vin.

— Tu veux descendre dans le caveau ?

Violante ne pouvait croire que ces paroles soient sorties de sa bouche. Brianna la regarda d'un air incrédule.

— Tullio va te conduire. Mais ne te fais pas d'illusions… tu n'y trouveras que des morts. Dis-moi, Brianna, poursuivit-elle (Violante, la Laide, Violante, la Cruelle), as-tu été déçue que le Geai bleu ramène ton père de chez les morts, et non Cosimo ?

Brianna baissa la tête. Violante n'avait jamais réussi à savoir si elle aimait son père.

– J'aimerais beaucoup descendre dans le caveau, dit-elle doucement. Si vous le permettez.

Violante fit un signe à Tullio qui prit la main de Brianna.

– Trois jours et tout ira bien, dit Violante. L'injustice n'est pas immortelle. Ce n'est pas possible !

La jeune fille hocha la tête d'un air absent, comme si elle n'avait pas entendu.

– Faites-moi appeler, insista-t-elle.

Dès qu'elle eut franchi le seuil de la chambre, Violante regretta de ne pas l'avoir retenue. « Et après ? pensa-t-elle. Est-il un sentiment que tu connaisses mieux que celui-là ? Perdre et regretter les gens – c'est ce que tu as fait toute ta vie. » Elle replia la lettre du Geai bleu et s'approcha de la tapisserie qui était déjà accrochée dans sa chambre la première fois qu'elle y avait dormi, à l'âge de sept ans. Elle représentait une licorne, tissée à une époque où les licornes étaient encore des créatures imaginaires, et non des pièces de gibier que l'on exhibait en trophée dans la ville. Mais même les licornes imaginaires avaient dû mourir. L'innocence ne vivait jamais longtemps, dans aucun monde. Depuis que Violante avait rencontré le Geai bleu, elle l'associait aux licornes. Sur son visage, elle avait vu la même innocence.

« Comment le protégeras-tu, Violante ? Comment ? »

N'était-ce pas la même chose dans toutes les histoires ? Les femmes ne protégeaient pas les licornes. Elles étaient la cause de leur mort.

Les gardes à sa porte avaient l'air fatigués, mais ils se redressèrent dès qu'elle franchit le seuil. Des enfants-soldats. Tous deux avaient un frère, ou une sœur, dans le cachot.

– Réveillez le Fifre ! leur ordonna-t-elle. Dites-lui que j'ai une nouvelle importante pour mon père.

Mon père. Le mot produisait toujours son effet, pourtant, aucun n'avait un goût aussi affreux. Quatre lettres seulement, et elle se sentait petite et faible et si laide que les autres évitaient de la regarder. Elle se souvenait trop bien de son septième anniversaire, le seul jour où son père s'était visiblement réjoui d'avoir une enfant au physique ingrat.

– Donner au superbe fils de son ennemi sa fille la plus laide pour épouse est une forme de vengeance ! avait-il dit à sa mère.

Père. Quand viendrait enfin le jour où elle n'aurait plus personne à appeler ainsi ?

Elle pressa la lettre du Geai bleu contre son cœur.

Bientôt.

34

Brûlés

J'aurais voulu avoir plus de temps pour penser avant qu'elle descende, descende ce long chemin ; ma raison était à bout de souffle, avec toutes ces choses à penser.

Margo Lanagan, *Black Juice*

Ils partiraient au lever du soleil. Le Fifre avait accepté les conditions de Mo : les enfants d'Ombra seraient libérés dès que le Geai bleu aurait tenu sa promesse et se serait rendu à la fille de Tête de Vipère. Quelques brigands voulaient attendre avec les mères, déguisés en femmes, à la porte du château. Doigt de Poussière accompagnerait Mo à Ombra, en guise de mise en garde. Mais le Geai bleu entrerait seul dans le château.

« Ne l'appelle pas ainsi, Meggie ! »

La nuit était déjà bien avancée, mais le Prince noir ne dormait pas ; il était assis près du feu, avec Baptiste et Doigt de Poussière. Ce dernier ne semblait pas avoir besoin de sommeil depuis qu'il était revenu de chez les morts. Farid était assis à côté de lui, bien sûr, et Roxane. Quant à la fille du danseur de feu, elle était retournée s'installer au château d'Ombra. Violante l'avait rappelée à son service le jour où le Fifre avait rendu public son marché avec le Geai bleu.

Mo n'était pas assis près du feu. Il était allé se coucher, avec Resa. Comment pouvait-il dormir ? L'hercule, assis devant la tente, montait la garde : il pouvait encore veiller sur le Geai bleu pendant quelques heures.

– Va dormir, Meggie, lui avait dit Mo en la voyant assise à l'écart, sous les arbres.

Mais elle s'était contentée de secouer la tête.

Il pleuvait : ses vêtements et ses cheveux étaient mouillés. La toile de tente ne la protégerait guère, et elle ne voulait pas se coucher pour écouter la pluie lui raconter comment le Fifre accueillerait son père.

– Meggie ? (Doria s'assit près d'elle dans l'herbe humide. La pluie faisait boucler ses cheveux.) Tu viens avec moi à Ombra ?

Elle hocha la tête. Farid regardait dans leur direction.

– Je m'introduirai au château dès que ton père aura franchi la porte. Je te le promets. Et Doigt de Poussière restera aussi à proximité du château. Nous veillerons sur lui !

– Qu'est-ce que tu racontes ? lança Meggie, plus agressive qu'elle n'aurait voulu. Vous ne pouvez pas le protéger ! Le Fifre le tuera. Tu t'imagines que parce que je suis une fille, tu peux me raconter des histoires pour me consoler ? Je suis allée avec mon père au château de la Nuit, je connais Tête de Vipère. Ils le tueront !

Doria se tut un long moment et elle regretta sa brusquerie. Incapable de prononcer le moindre mot de regret, elle baissa la tête pour qu'il ne voie pas les larmes qu'elle retenait depuis des heures et auxquelles ses paroles avaient ouvert la vanne. « Naturellement ! penserait-il. C'est une fille, elle pleure. »

Elle sentit la main de Doria sur ses cheveux. Il les caressait doucement, comme pour les sécher.

– Il ne le tuera pas, lui murmura-t-il. Le Fifre a bien trop peur de Tête de Vipère !

– Mais il hait mon père ! La haine est parfois plus forte que la peur ! Et si ce n'est pas le Fifre qui le tue, ce sera le Gringalet… ou Tête de Vipère lui-même ! Il ne ressortira jamais de ce château ! Jamais !

Ses mains tremblaient. À croire que toute sa peur était nichée là, entre ses doigts. Mais Doria les serra si fort que le tremblement cessa. Il avait des mains robustes, même si ses doigts n'étaient pas plus longs que les siens. En comparaison, celles de Farid étaient tellement fines !

– Farid dit que tu as guéri ton père, autrefois, quand il était blessé. Il dit que tu l'as guéri avec des mots.

Oui, mais cette fois, elle n'avait pas de mots.

Des mots…

– Qu'est-ce qu'il y a ?

Doria lâcha les mains de Meggie et la fixa, perplexe. Farid regardait toujours dans leur direction, mais la jeune fille l'ignora et embrassa Doria sur la joue.

– Je te remercie, dit-elle en se levant d'un bond.

Il ne comprit pas pourquoi elle le remerciait, bien sûr. Des mots. Les mots d'Orphée ! Comment avait-elle pu les oublier ?

Elle courut dans l'herbe mouillée jusqu'à la tente sous laquelle ses parents dormaient. « Mo va être furieux ! pensat-elle. Mais il vivra ! » N'avait-elle pas déjà donné une suite à cette histoire ? Il était temps de s'y remettre, même

343

si elle ne prenait pas la tournure que Mo voulait lui donner. Le Prince noir devrait s'en charger. Il se débrouillerait pour trouver une issue heureuse, même sans le Geai bleu. Car le Geai bleu devait disparaître, avant que son père ne meure avec lui.

L'hercule s'était assoupi. La tête sur sa poitrine, il ronflait légèrement quand Meggie se faufila sous la tente.

Sa mère ne dormait pas. Elle avait pleuré.

– Il faut que je te parle, chuchota Meggie. S'il te plaît !

Mo dormait profondément. Resa jeta un coup d'œil furtif sur son visage endormi avant de suivre Meggie hors de l'abri. La mère et la fille ne se parlaient plus beaucoup. Resa prit la main de Meggie.

– Ne le dis à personne : j'irai à Ombra, même si ton père ne veut pas. Je souhaite au moins être près de lui quand il entrera au château…

– Il n'entrera pas au château.

La pluie tombait à travers les feuilles jaunies, comme si les arbres pleuraient ; Meggie avait la nostalgie du jardin d'Elinor. Le bruit de la pluie y était si paisible ! Ici, ses murmures étaient porteurs de mort et de danger.

– Je vais lire les mots.

Doigt de Poussière se retourna et, l'espace d'un instant, Meggie eut peur qu'il puisse lire sur son visage. Mais le danseur de feu se détourna et embrassa les cheveux noirs de Roxane.

– Quels mots ?

Resa la regardait sans comprendre.

– Les mots qu'Orphée a écrits pour toi !

« Les mots pour lesquels Mo a failli mourir », voulait-elle ajouter. Maintenant, ils allaient le sauver.

Resa regarda en direction de la tente.

– Je ne les ai plus, répondit-elle. Ton père ne revenait pas… je les ai brûlés.

Non !

– De toute façon, ils n'auraient servi à rien !

Un homme de verre surgit entre les orties mouillées. Son corps fragile avait des reflets vert pâle, comme beaucoup de ceux qui vivaient encore dans la forêt. Il éternua et s'éclipsa, affolé, en découvrant les deux femmes.

Resa prit Meggie par les épaules.

– Il ne voulait pas rentrer, Meggie ! Il avait ordonné à Orphée de n'écrire que pour nous. Ton père veut rester ici, et ni toi ni moi ne pouvons le contraindre à renoncer. Il ne nous le pardonnerait jamais.

Resa voulut dégager les mèches mouillées du front de sa fille, mais Meggie repoussa sa main. Ce n'était pas possible ! Elle mentait ! Jamais Mo ne resterait dans le Monde d'encre sans sa femme et sa fille… à moins que… ?

– Il a peut-être raison. Peut-être que tout va s'arranger, murmura Resa. Et un jour, nous raconterons à Elinor comment ton père a sauvé les enfants d'Ombra.

L'intonation de sa voix était moins optimiste que ses paroles.

– Le Geai bleu…, chuchota-t-elle encore en regardant en direction des hommes assis près du feu. C'est le premier cadeau que m'a fait ton père. Un marque-page en plumes de geai bleu. C'est drôle, non ?

Meggie ne répondit pas. Et Resa caressa une fois encore son visage humide avant de retourner sous la tente.

Brûlés.

Il faisait encore nuit, mais quelques fées dansaient déjà

pour se réchauffer. Mo ne tarderait pas à se mettre en route… et il n'y avait rien qui puisse encore l'en empêcher. Rien.

Baptiste était assis, seul, entre les racines d'un grand chêne. La nuit, les gardes y grimpaient, car des plus hautes branches, on pouvait voir presque jusqu'à Ombra. Il était en train de confectionner un nouveau masque. Meggie aperçut les plumes bleues sur ses genoux et sut qui allait bientôt le porter.

– Baptiste ?

Meggie s'accroupit à côté de lui. La terre était froide et humide, mais la mousse entre les racines aussi confortable que les coussins dans la maison d'Elinor. Il lui sourit, les yeux pleins de compassion. Son regard consolait mieux que les mains de Doria.

– Ah ! La fille du Geai bleu, dit-il de sa voix de bonimenteur. Quel beau spectacle en une heure si sombre ! J'ai cousu à ton père une bonne cachette pour un couteau à la lame tranchante. Un pauvre comédien peut-il encore faire quelque chose pour rendre ton cœur moins lourd ?

Meggie s'efforça de sourire. Elle avait assez pleuré.

– Tu peux me chanter une chanson ? Une de celles que le Tisseur de Mots a écrites sur le Geai bleu ? Il faut qu'il en soit l'auteur ! La plus belle que tu connaisses. Une chanson pleine de force et…

– …d'espoir ? continua Baptiste en souriant. Bien sûr. Moi aussi, c'est une telle chanson que j'ai envie de chanter. Même si, ajouta-t-il d'un air de conspirateur, ton père n'aime pas qu'on l'interprète en sa présence. Mais je vais chanter doucement pour que ma voix ne le réveille pas. Voyons… laquelle sera adaptée à cette sombre nuit ?

Il passa la main, l'air songeur, sur le masque presque achevé qu'il avait posé sur ses genoux.

– Oui, murmura-t-il enfin. Je sais !

Et il se mit à chanter à voix basse :

Prends garde, le Fifre, ta fin est proche.
Regarde comme la vipère se tord
Elle sent que sa mort approche,
Le Geai est le plus fort
Nulle épée ne l'atteint
Il se rit de vos chiens
N'est jamais où vous le croyez
Et s'évapore
Quand vous le maudissez.

C'étaient les mots qu'il lui fallait. Meggie demanda à Baptiste de lui chanter la chanson jusqu'à ce qu'elle puisse répéter chaque vers. Puis elle alla s'asseoir à l'écart, sous les arbres, là où les lueurs du feu dissipaient encore l'obscurité de la nuit, et elle recopia les paroles dans un carnet que Mo avait relié il y a longtemps, dans une autre vie, après une dispute qui lui semblait à présent si incongrue. « Meggie, tu te perdras dans ce Monde d'encre. » N'était-ce pas ce qu'il lui avait dit jadis ? Et maintenant, c'est lui qui ne voulait plus le quitter, qui voulait rester ici, seul, sans elle.

Des mots écrits noir sur blanc. Elle n'avait pas lu à voix haute depuis longtemps, si longtemps. Quand était-ce, la dernière fois ? Quand elle avait fait venir Orphée ? « Souviens-toi, Meggie. Pense aux autres fois, au château de la Nuit, aux mots qui ont agi quand il était blessé… »

Prends garde, le Fifre, ta fin est proche.

Meggie sentait les mots s'alourdir sur sa langue, se mêler à ce qui les entourait…

Regarde comme la vipère se tord
Elle sent que sa mort approche,
Le Geai est le plus fort…

Elle envoyait les mots à Mo dans son sommeil, lui forgeait une cuirasse de mots, une cuirasse impénétrable, même pour le Fifre et son sinistre maître…

Nulle épée ne l'atteint
Il se rit de vos chiens
N'est jamais où vous le croyez
Et s'évapore
Quand vous le maudissez.

Jusqu'au lever du soleil, Meggie relut la chanson de Fenoglio.

35
La strophe suivante

À travers ce monde de dur labeur, hélas !
Je passerai une fois, une seule ;
Si je puis faire preuve de bonté
Si je puis faire une bonne action
Pour un autre qui souffre,
que je le fasse tant que je puis,
sans attendre, car une chose est sûre
Je n'y passerai pas deux fois

Anonymus, *I Shall Not Pass This Way Again*

C'était un matin froid, brumeux et incolore. Ombra semblait s'être drapée de gris. Les femmes s'étaient présentées devant le château dès l'aurore, silencieuses comme le jour lui-même, et maintenant, elles attendaient, toujours sans mot dire.

On n'entendait aucun son, ni rire ni pleurs. Tout n'était que silence. Resa se tenait parmi les mères comme si elle attendait de retrouver son enfant et non de perdre son mari. L'enfant qu'elle portait en son sein meurtri sentait-il le désespoir de sa mère, ce matin-là ? Et s'il devait ne

349

jamais voir son père ? Cette idée avait-elle fait hésiter Mo ? Elle ne lui avait pas demandé.

Meggie était à ses côtés, les yeux secs, si impassible que Resa s'en inquiéta. Doria l'accompagnait. Il portait une robe de servante et un foulard sur ses cheveux bruns : désormais, les garçons de son âge ne passaient pas inaperçus à Ombra. Son frère n'était pas venu. Tous les talents de Baptiste n'auraient pu travestir l'hercule en femme, mais une bonne douzaine de brigands bien rasés, déguisés avec des vêtements volés et la tête couverte d'un foulard avaient réussi à tromper la surveillance des gardes et à s'introduire dans la ville. Même Resa ne les remarquait pas au milieu des femmes. Le Prince noir avait ordonné à ses hommes de rejoindre les mères dès que leurs enfants seraient libres. Ils devaient les convaincre d'emmener, le lendemain, leurs fils et leurs filles dans la forêt – avant que le Fifre ait l'idée de se rétracter et de les envoyer quand même dans les mines. En effet, qui pourrait les délivrer une fois que le Geai bleu serait entre les mains de ses ennemis ?

Le Prince noir n'était pas venu à Ombra, car on le reconnaissait à sa peau noire. Monseigneur, qui n'avait cessé jusqu'au bout de critiquer le projet de Mo, était aussi resté au campement, tout comme Farid et Roxane. Farid avait voulu venir, bien entendu, mais Doigt de Poussière le lui avait défendu. Après ce qui s'était passé sur la montagne aux Vipères, Farid avait résolu de se plier à ses ordres.

Resa regarda de nouveau Meggie. Elle savait que ce jour-là, elle ne pourrait trouver de consolation qu'auprès de sa fille. Meggie était adulte, Resa le comprit à cet instant précis. « Je n'ai besoin de personne », disait son visage.

Il le disait à Doria qui était près d'elle, à sa mère, et peut-être, surtout, à son père.

Un murmure parcourut la foule. Violante venait d'apparaître derrière les créneaux, si pâle que les bruits qui couraient sur elle parurent se confirmer : la fille de Tête de Vipère ne sortait jamais du château de son mari défunt.

Resa n'avait encore jamais vu la Laide. Elle avait entendu parler de la tache qui l'avait toujours défigurée, et qui s'était estompée depuis le retour de Cosimo. En effet, on ne la distinguait presque plus, mais Resa remarqua qu'involontairement Violante protégeait sa joue de sa main en voyant toutes les femmes lever les yeux dans sa direction. La Laide. Ce nom se propageait-il dans la foule, jadis, dès qu'elle apparaissait sur les créneaux ? Quelques femmes le murmurèrent. Resa trouvait que Violante n'était ni laide ni belle. Elle se tenait très droite, comme pour compenser sa petite taille ; entre les deux hommes qui l'encadraient, elle paraissait si jeune et si fragile que Resa sentit la peur étreindre son cœur comme un étau. Le Fifre et le Gringalet. À côté d'eux, Violante avait l'air d'une enfant. Comment cette jeune fille pourrait-elle sauver Mo ?

Un jeune garçon se faufila près de Nez d'Argent. Il portait lui aussi un nez en métal, qui cachait un nez de chair et de sang. Ce devait être Jacopo, le fils de Violante. Mo lui en avait souvent parlé. À voir les regards admiratifs qu'il lançait au héraut de son grand-père, il devait préférer la compagnie du Fifre à celle de sa mère.

Resa fut prise de vertige en voyant Nez d'Argent scruter la foule avec arrogance. Non, Violante ne pouvait pas protéger Mo contre lui. C'était lui le maître d'Ombra, pas elle, ni même le Gringalet, qui regardait ses sujets d'un air de dégoût. Le Fifre, en revanche, avait l'air très content de lui, comme si son heure de gloire avait sonné. « Ne l'avais-je pas dit ? semblaient crier ses yeux moqueurs. Je capture le Geai bleu, et je garde quand même vos enfants ! »

Pourquoi était-elle venue ? Pourquoi s'imposait-elle cela ? Pour se convaincre que ce qu'elle vivait était bien réel ?

La femme à côté d'elle lui attrapa le bras.

– Il arrive ! souffla-t-elle.

De toutes parts les murmures couraient :

– Il arrive ! Il arrive ! et Resa vit que les gardes, sur les tours de guet, faisaient signe au Fifre.

Que croyaient-ils donc ? Qu'il ne tiendrait pas sa promesse ?

Le Gringalet arrangea sa perruque et adressa au Fifre un sourire triomphant, comme s'il avait lui-même rabattu un gibier convoité depuis longtemps, mais le Fifre l'ignora. Il regardait la ruelle qui conduisait à la porte de la ville, les yeux aussi gris que le ciel, et aussi froids. Resa ne se souvenait que trop bien de ces yeux. Elle n'avait pas oublié non plus le sourire qui se dessinait sur les lèvres fines. Dans la forteresse de Capricorne, il arborait le même sourire quand une exécution se préparait.

C'est alors qu'elle vit Mo. Il apparut soudain au bout de la ruelle, sur le cheval noir offert par le Prince après qu'il avait dû abandonner le sien au château d'Ombra. Le masque que Baptiste lui avait confectionné pendait à son cou. Il n'avait plus besoin de le mettre pour être le Geai bleu. Désormais, le relieur et le brigand ne faisaient plus qu'un.

Doigt de Poussière, derrière lui, chevauchait la monture qui avait porté Roxane jusqu'au château de la Nuit – elle, et les mots salvateurs de Fenoglio. Mais pour ce qui allait se produire maintenant, il n'y avait pas de mots. Non ? Le silence terrible qui s'était abattu sur tout n'était-il pas fait de mots ?

« Non, Resa, pensa-t-elle. Cette histoire n'a plus d'auteur. Ce qui arrive maintenant, c'est le Geai bleu qui l'écrit avec sa chair et avec son sang » ; à ce moment-là, tandis qu'il descendait la ruelle, elle-même ne pouvait plus lui donner un autre nom. Le Geai bleu. Hésitantes, les femmes s'écartèrent pour le laisser passer, comme si soudain, le prix qu'il devait payer pour libérer leurs enfants leur paraissait trop élevé. Mais elles ménagèrent quand même un passage juste assez large pour les deux cavaliers. À chaque bruit de sabot, les doigts de Resa se crispaient sur le tissu de sa robe.

« N'était-ce pas le genre d'histoires que tu aimais lire ? se disait la jeune femme, son cœur battant à tout rompre. Cette histoire-là aussi, tu l'aimerais, non ? Le brigand qui délivre les enfants en se rendant à son ennemi… Avoue. Tu aurais aimé chaque mot de cette histoire ! » Sauf que, généralement, les héros n'ont pas de femme. Ni de fille.

Meggie, toujours impassible – à croire que tout cela ne la concernait pas –, ne quittait pas son père des yeux, comme si son regard pouvait le protéger. Mo passa si près d'elles que Resa aurait pu toucher son cheval. Elle chancela et se retint au bras de la femme la plus proche. Sa faiblesse était si grande, la nausée qui lui tordait le ventre si violente qu'elle avait du mal à tenir debout. « Regarde-le, Resa ! C'est pour ça que tu es là. Pour le voir encore une fois. » Avait-il peur ? Cette peur qui l'avait réveillé si souvent, la peur des grilles et des chaînes ? « Resa, laisse la porte ouverte… »

« Doigt de Poussière est avec lui, se répéta-t-elle pour se consoler. Il est juste derrière lui et a laissé toute peur chez les morts. » « Mais Doigt de Poussière ne dépassera pas la porte et, derrière, c'est le Fifre qui l'attend ! » murmurait son cœur, et ses genoux se dérobèrent sous elle. Mais, soudain, elle sentit le bras de Meggie sous le sien, un bras ferme, comme si, des deux, c'était sa fille la plus âgée. Resa blottit son visage contre l'épaule de l'adolescente tandis qu'autour d'elles, les femmes impatientes gardaient les yeux rivés sur les portes fermées du château.

Mo tenait la bride haute à son cheval. Doigt de Poussière le suivait de près, aussi impassible que possible. Elle n'arrivait pas à s'habituer à son visage sans balafres, d'une jeunesse désarmante. Beaucoup de regards étaient tournés vers lui – le danseur de feu que le Geai bleu avait ramené de chez les morts.

– Le Fifre ne peut rien lui faire ! chuchota la femme près de Resa. Non ! Comment pourrait-il retenir le Geai bleu si la Mort n'y est pas parvenue ?

« Le Fifre est peut-être plus cruel que la mort », eut envie de répondre Resa, mais elle se retint et leva les yeux.

– C'est bien lui ! Le Geai bleu en personne !

La voix rauque de Nez d'Argent portait loin dans le silence qui régnait de nouveau sur Ombra.

– Ou prétends-tu toujours être un autre, comme au château de la Nuit ? Quelle tenue miteuse ! On dirait un vulgaire vagabond. Je pensais que, dans l'espoir que nous ne regarderions pas tout de suite derrière le masque, tu enverrais un autre à ta place.

– Je ne te crois pas aussi bête, le Fifre ! (Mo le toisa, méprisant.) Ou comment devrons-nous t'appeler à l'ave-

nir ? Le boucher des enfants, d'après ton nouveau métier ?
Ce surnom te plaît-il ?

Jamais encore Resa n'avait perçu tant de haine dans sa
voix. Cette voix qui pouvait rappeler les morts. Comme ils
l'écoutaient tous ! Et malgré l'hostilité et la colère qui s'y
mêlaient, elle paraissait douce et chaude en comparaison
de celle du Fifre.

– Appelle-moi comme tu veux, relieur ! lança le Fifre en
appuyant ses poings gantés sur le créneau. Côté boucherie,
tu t'y connais aussi, à ce qu'on dit. Mais pourquoi as-tu
amené le bouffeur de feu ? Je ne me souviens pas l'avoir
invité ! Où sont passées ses balafres ? Il les a laissées chez
les morts ?

Le créneau sur lequel s'appuyait le Fifre s'embrasa soudain et les flammes murmurèrent des mots que seul Doigt
de Poussière comprit. Nez d'Argent recula en jurant et
éteignit les étincelles qui couraient sur ses vêtements élégants tandis que le fils de Violante cherchait refuge derrière son dos et regardait, fasciné, le feu qui chuchotait.

– J'ai laissé certaines choses chez les morts, le Fifre. Et
j'en ai rapporté d'autres.

Doigt de Poussière n'élevait pas la voix, mais les flammes
s'éteignirent, comme si elles retournaient dans la pierre
pour y attendre les mots de feu.

– Je suis ici pour te mettre en garde, afin que tu traites
bien ton hôte. Entre-temps, le feu est devenu son ami
comme il est le mien, et je n'ai pas besoin de t'expliquer à
quel point c'est un ami puissant.

Pâle de colère, le Fifre secoua la suie sur ses gants. Le
Gringalet se pencha à son tour au-dessus des créneaux.

– Un hôte ? s'écria-t-il. Est-ce bien le terme approprié

pour un brigand qu'attend déjà le bourreau du château de la Nuit ?

Sa voix rappela à Resa l'oie de Roxane.

Violante l'écarta d'un geste impérieux, comme un domestique indélicat. Elle, si petite !

— Le Geai bleu est mon prisonnier, gouverneur ! C'est ce qui a été convenu. Et il est sous ma protection jusqu'à l'arrivée de mon père.

Elle avait une voix sèche et claire, étonnamment forte pour un corps si frêle ; l'espace d'un instant, Resa reprit espoir. « Elle est peut-être assez puissante pour le protéger ! » se dit-elle, et elle lut le même espoir sur le visage de Meggie.

Mo et le Fifre se dévisageaient toujours. La haine semblait avoir tissé un réseau de fils entre eux. Resa ne put s'empêcher de penser au couteau que Baptiste avait cousu avec tant de soin dans les habits de Mo. Elle ne savait pas si cela lui faisait peur ou la rassurait qu'il l'ait sur lui.

— Bon, disons notre hôte ! leur lança le Fifre. Ce qui veut dire que nous allons lui réserver une hospitalité tout à fait particulière ! Car nous l'attendons depuis très longtemps…

Il leva la main, une main encore couverte de la suie du feu de Doigt de Poussière : les gardes de la porte pointèrent aussitôt leurs lances vers Mo. Des femmes ne purent retenir un cri. Resa crut entendre la voix de Meggie, mais elle-même restait muette de peur. Les sentinelles sur les tours bandèrent leurs arbalètes.

Violante écarta son fils et fit un pas en direction du Fifre. Mais Doigt de Poussière laissa le feu lécher ses doigts comme s'il jouait avec un animal et Mo dégaina son épée (le Fifre savait parfaitement à qui elle avait appartenu).

– Qu'est-ce que ça veut dire ? Libère les enfants, le Fifre ! cria-t-il, et cette fois, sa voix était si glaciale que Resa eut peine à la reconnaître. Laisse-les sortir, à moins que tu ne préfères annoncer à ton maître que sa chair va continuer de pourrir sur ses os parce que tu n'as pu lui amener le Geai bleu que mort ?

Une des femmes éclata en sanglots. Une autre mit la main sur sa bouche. Resa aperçut Minerve, la logeuse de Fenoglio, juste derrière eux. Bien sûr, ses enfants aussi étaient prisonniers. Mais Resa ne voulait pas penser aux enfants de Minerve, ni à ceux des autres femmes. Elle ne voyait que les lances pointées sur la poitrine sans protection de Mo et les arbalètes qui, du haut des remparts, le visaient.

– Le Fifre ! Je te préviens !

C'était la voix de Violante qui, cette fois encore, permit à Resa de respirer.

– Laisse les enfants partir !

Le Gringalet regarda avec convoitise en direction des arbalètes. Un instant, Resa eut peur qu'il ne donne l'ordre de tirer, rien que pour pouvoir jeter la dépouille du Geai bleu aux pieds de Tête de Vipère. Mais le Fifre se pencha et fit un signe aux gardes.

– Ouvrez la porte ! ordonna-t-il d'une voix lasse. Faites sortir les enfants et entrer le Geai bleu !

Resa cacha à nouveau son visage contre l'épaule de sa fille. Meggie, qui montrait le même sang-froid que son père, gardait les yeux rivés sur lui, comme si elle redoutait de le perdre à l'instant où son attention faiblirait.

Les battants de la grande porte pivotèrent avec lenteur. Ils craquèrent, se bloquèrent ; les gardes durent pousser pour l'ouvrir en grand.

Et ils arrivèrent. Les enfants. Si nombreux ! Ils jaillirent comme s'ils attendaient depuis des jours derrière la lourde porte. Les petits trébuchaient, tant ils étaient impatients de sortir de ces murs, et les plus grands les relevaient. La peur marquait leurs visages, une peur bien plus grande qu'eux. Quand ils aperçurent leurs mères, les bambins se mirent à courir. Ils se jetèrent dans les bras grands ouverts, se précipitèrent entre les femmes comme dans une cachette qui les déroberait aux regards. Les plus grands, en revanche, marchaient lentement, d'un pas presque hésitant, vers la liberté. Ils observaient les gardes d'un air méfiant et s'arrêtèrent en reconnaissant les deux hommes qui les attendaient sur leurs chevaux devant la porte du château.

– Le Geai bleu !

Ce n'était qu'un murmure, mais il sortait de nombreuses bouches, toujours plus fort, comme si ce nom était écrit dans le ciel.

– Le Geai bleu. Le Geai bleu.

Les enfants se bousculaient, montraient Mo du doigt… et contemplaient, fascinés, les étincelles qui entouraient Doigt de Poussière comme un essaim de fées minuscules.

– Danseur de feu.

De plus en plus nombreux, ils s'arrêtaient devant les chevaux, entouraient les deux hommes, les touchaient, comme s'ils voulaient s'assurer qu'ils étaient bien faits de chair et de sang, ces hommes qu'ils connaissaient par les chansons que leurs mères leur fredonnaient en secret dans leurs lits.

Mo se pencha. Il fit signe aux enfants de s'écarter et leur dit quelque chose à voix basse. Puis il se retourna une dernière fois vers Doigt de Poussière et dirigea son cheval vers la porte ouverte.

Mais ils le retenaient. Trois enfants lui barraient le passage, deux garçons et une fille. Ils attrapèrent ses rênes : ils ne voulaient pas qu'il disparaisse, comme eux, derrière ces murs. Malgré les appels de leurs mères, il en venait toujours plus, pour lui faire un bouclier contre les lances des gardes et l'empêcher d'avancer.

– Le Geai bleu ! (La voix du Fifre fit sursauter les enfants.) Ou tu entres, ou nous les capturons de nouveau ! Nous en accrocherons une douzaine dans des cages au-dessus de la porte, et les corbeaux les dévoreront !

Les enfants se contentèrent de lever les yeux vers l'homme au nez argenté et le garçon, plus jeune qu'eux, qui se tenait à ses côtés. Mais Mo reprit ses rênes et se fraya un chemin au milieu des enfants, avec précaution, comme si chacun d'entre eux était le sien. Ceux-ci restèrent sans bouger, malgré les appels de leurs mères, et le regardèrent se diriger vers l'immense porte. Tout seul.

Mo se retourna une dernière fois avant de passer devant les gardes, comme s'il sentait que sa femme et sa fille l'avaient suivi. Resa lut la peur sur son visage. Meggie aussi avait vu.

Le Geai bleu passa la porte, qui se referma lentement. Resa entendit le Gringalet crier :

– Désarmez-le !

Et la dernière chose qu'elle vit, ce furent les soldats qui tiraient Mo à bas de son cheval.

36

Une visite inattendue

Dorénavant la terre
Devra se passer de lui.
Mais elle hésite, dans ce lent réveil de la lumière,
Trop enfantine, trop nue, sous le soleil fragile,
Racines sectionnées,
Un grand trou blanc dans sa mémoire.

Ted Hughes, *Poèmes*

C'était si bon de revoir la petite frimousse de Despina !
Même si, fatiguée et triste, elle semblait apeurée comme un
oisillon tombé du nid. Et Ivo… était-il déjà aussi grand
avant que ce salaud d'Oiseau de Suie se soit rendu complice de cet enlèvement ? Il était d'une minceur inquié-
tante… et d'où venait ce sang sur sa blouse ?

– Les rats nous ont mordus, dit-il.

Comme très souvent depuis la mort de son père, il
posait à l'adulte, téméraire et sûr de lui. Mais Fenoglio
lisait la peur dans ses yeux d'enfant. Des rats !

Il était si content qu'il ne pouvait s'empêcher de les
embrasser et de les serrer contre lui. C'est vrai qu'il se par-

donnait beaucoup de choses, et facilement ; pourtant, si son histoire avait tué les enfants de Minerve… il n'était pas sûr qu'il l'aurait supporté. Mais ils vivaient et c'était lui qui avait donné vie à leur sauveur.

– Qu'est-ce qu'ils vont faire de lui ? demanda Despina en se libérant de son étreinte.

Elle leva vers lui ses grands yeux inquiets. Bon sang, ce qu'il y avait de vraiment pénible avec les enfants, c'est qu'ils posaient les questions qu'on évitait soigneusement de se poser soi-même. Et après, ils donnaient les réponses qu'on n'avait pas envie d'entendre !

– Ils vont le tuer ! déclara Ivo, et les yeux de sa petite sœur s'emplirent de larmes.

Comment pouvait-elle pleurer à cause d'un inconnu ? Elle avait vu Mortimer aujourd'hui pour la première fois. « Parce que tes chansons lui ont appris à l'aimer, Fenoglio. Ils l'aiment, et ce jour restera gravé dans leurs cœurs. » Le Geai bleu était désormais aussi immortel que Tête de Vipère. Il l'était même de manière bien plus certaine, car trois mots pouvaient encore tuer Tête de Vipère. Mais les mots maintiendraient Mortimer en vie, même s'il devait mourir entre les murs du château… tous ces mots que l'on chuchotait et chantait déjà dans les ruelles.

Despina essuya ses larmes et regarda Fenoglio dans l'espoir qu'il contredirait son frère. C'est ce qu'il fit – pour elle et pour lui-même.

– Ivo ! lança-t-il d'un ton sévère. Quelles sont ces bêtises ? Tu crois peut-être que le Geai bleu n'avait pas de plan en se constituant prisonnier ? Tu crois qu'en allant trouver le Fifre, il allait se laisser prendre au piège comme un lapin ?

Un sourire de soulagement passa sur les lèvres de Despina et l'ombre du doute effleura le visage d'Ivo.

– Non, bien sûr que non ! déclara Minerve qui n'avait pas encore dit un mot. C'est un renard, pas un lapin ! Il les aura tous.

Et Fenoglio entendit germer dans sa voix ce que ses chansons avaient semé. L'espoir – le Geai bleu l'incarnait toujours, même au cœur de l'obscurité la plus noire.

Minerve redescendit en emmenant les enfants avec elle. Elle allait commencer par les nourrir avec tout ce qu'elle pourrait trouver dans la maison et dans la cour. Fenoglio resta seul avec Cristal de Rose, qui avait remué l'encre sans rien dire pendant que le vieil homme couvrait Despina et Ivo de baisers.

– Il les aura tous ? répéta-t-il de sa voix fluette dès que Minerve eut refermé la porte derrière elle. Et comment ? Tu sais ce que je pense ? C'en est fini du brigand fantastique ! On va assister à une exécution particulièrement peu ragoûtante. Oh, oui ! J'espère seulement qu'elle aura lieu au château de la Nuit. Car personne ne s'inquiète de ce que les cris de douleur peuvent provoquer chez un homme de verre.

« Quel sans-cœur, ce tas de verre ! » Fenoglio lui lança un bouchon, mais Cristal de Rose était habitué à ce genre de projectile et il esquiva le tir. Pourquoi fallait-il qu'il soit tombé sur un homme de verre aussi pessimiste ? Cristal de Rose avait le bras gauche en écharpe. Après le numéro d'Oiseau de Suie, Fenoglio l'avait convaincu d'espionner Orphée une dernière fois, et l'affreux homme de verre de ce dernier avait poussé le pauvre Cristal de Rose par la fenêtre. Par chance, il avait atterri dans une gouttière mais, du coup, Fenoglio ne savait toujours pas si c'était

Orphée qui avait imaginé cette scène de rapt d'enfants. Non ! Il ne pouvait pas avoir écrit ça. Orphée ne pouvait rien faire sans le livre, or – Cristal de Rose avait quand même appris quelque chose – Doigt de Poussière le lui avait repris. Et puis cette scène était bien trop bonne pour Tête de Veau, non ?

« Il les aura tous… » Fenoglio s'approcha de la fenêtre tandis que l'homme de verre arrangeait son attelle d'un air réprobateur. Mortimer avait-il vraiment un plan ? Comment pouvait-il le savoir ? Mortimer n'était pas son personnage, même s'il en jouait le rôle. « Ce qui est fort regrettable ! pensa Fenoglio. Car, s'il était l'un d'entre eux, je saurais ce qui se passe derrière ces maudits murs. »

Il regarda en direction du château, l'air sombre. Pauvre Meggie ! Une fois de plus, elle le rendrait sûrement responsable de ce qui se tramait. Sa mère aussi. Fenoglio ne se souvenait que trop bien du regard suppliant de Resa. « Il faut que tu nous renvoies dans l'autre monde ! Tu nous dois bien ça ! » Il aurait peut-être dû essayer. Que se passerait-il s'ils tuaient Mortimer ? Que ferait-il, lui, Fenoglio ? Resterait-il pour regarder l'immortel Tête de Vipère et Nez d'Argent écrire la fin de son histoire ?

– Bien sûr que c'est ici ! Tu n'as pas entendu ce qu'elle a dit ? En haut de l'escalier. Tu vois un autre escalier, toi ? Pour l'amour du ciel, Darius !

Cristal de Rose en oublia son bras cassé. Une voix de femme. Qui était-ce ?

On frappa, mais avant que Fenoglio ait pu crier « Entrez », la porte s'ouvrit : une femme corpulente se précipita dans la chambre avec une telle impétuosité qu'instinctivement il fit un pas en arrière et se cogna la tête au plafond de la mansarde. Elle portait une robe qui semblait sortir tout droit d'une production théâtrale bon marché.

– Qu'est-ce que je disais ! C'est lui ! déclara-t-elle en le dévisageant d'un air si méprisant que Fenoglio prit conscience du moindre petit trou dans sa blouse.

« Je connais cette femme ! » pensa-t-il. Mais d'où la connaissait-il ?

– Que se passe-t-il ?

Elle lui planta brusquement le doigt dans la poitrine, comme si elle voulait transpercer son vieux cœur. Le type maigre qui était derrière elle, il l'avait déjà vu aussi. Mais bien sûr, à…

– Pourquoi le drapeau de Tête de Vipère est-il hissé sur Ombra ? Quel est ce triste personnage au nez argenté ? Pourquoi ont-ils menacé Mortimer avec leurs lances et depuis quand, pour l'amour du ciel, porte-t-il une épée ?

La bouffeuse de livres. Elinor Loredan. Meggie lui avait assez souvent parlé d'elle. Il avait lui-même eu l'occasion de l'apercevoir à travers un grillage, dans un des chenils, sur la grande place de Capricorne. Et le type intimidé au regard de hibou était le lecteur bègue ! Mais il ne pouvait pas se rappeler son nom. Que faisaient-ils ici ? Délivrait-on maintenant des visas touristiques pour son histoire ?

– J'admets que j'ai été rassurée de voir Mortimer vivant, poursuivit son hôte indésirable. (Lui arrivait-il de reprendre son souffle entre deux phrases ?) Oui, vraiment, Dieu merci, il a l'air indemne, même si ça ne m'a pas plu du tout de le voir entrer comme ça, tout seul, dans le château. Mais où sont Resa et Meggie ? Et qu'en est-il de Mortola, Basta et Orphée, avec sa grosse tête de veau ?

Nom d'une pipe, cette femme était vraiment aussi terrible qu'il se l'était imaginée ! Son compagnon – Darius ! Oui, c'est ainsi qu'il s'appelait – regardait Cristal de Rose d'un air tellement ravi que ce dernier, flatté, passa la main dans ses cheveux de verre rose pâle.

– Silence ! gronda Fenoglio. Pour l'amour du ciel, taisez-vous !

Cette sortie n'eut pas le moindre effet.

– Il leur est arrivé quelque chose ! Avouez ! Pourquoi Mortimer était-il seul ? (Elle lui planta à nouveau le doigt dans la poitrine.) Il est arrivé quelque chose à Meggie et Resa, quelque chose d'horrible... Un géant les a piétinées, elles ont été embrochées...

– Pas le moins du monde ! l'interrompit Fenoglio. Elles sont chez le Prince noir !

– Chez le Prince noir ? répéta-t-elle en ouvrant des yeux ronds comme les lunettes de son compagnon. Oh !

– S'il y a quelqu'un à qui il est arrivé quelque chose d'horrible, c'est Mortimer ! Et c'est pourquoi (Fenoglio attrapa sans ménagement le bras de la femme et l'entraîna vers la porte) vous allez me laisser en paix, par tous les diables, que je puisse réfléchir !

Cela lui cloua le bec, mais pas pour longtemps.

– Quelque chose ? fit-elle.

Cristal de Rose enleva ses mains de sur ses oreilles.

– Qu'est-ce que vous voulez dire par là ? Qui écrit ce qui se passe ici ? C'est bien vous, non ?

Il ne manquait plus que ça ! En plus, elle remuait son gros doigt dans sa plaie la plus douloureuse !

– Pas du tout ! rétorqua-t-il. Cette histoire se raconte toute seule et Mortimer a empêché aujourd'hui qu'elle ne

365

prenne une tournure particulièrement pénible ! Mais cela risque fort de lui coûter la vie et, dans ce cas, je ne peux que vous conseiller d'aller chercher sa femme et sa fille et de retourner avec elles au plus vite d'où vous venez ! Car visiblement, vous avez trouvé une porte !

Ce disant, il ouvrit la sienne, mais la signora Loredan la referma aussitôt.

– Lui coûter la vie ? Qu'est-ce que ça veut dire ?

D'une secousse, elle se libéra. (Seigneur, cette femme avait la force d'un hippopotame !)

– Ça veut dire qu'on va le pendre, ou le décapiter, ou l'écarteler, ou je ne sais quoi d'autre ! Tête de Vipère ne manquera certainement pas d'imagination pour exécuter l'homme qui est son pire ennemi !

– Son pire ennemi ? Mortimer ? s'exclama-t-elle en plissant le front comme si elle se trouvait face à un vieux fou qui ne savait plus ce qu'il disait.

– Il a fait de lui un brigand !

Cristal de Rose. Le misérable traître ! Son doigt de verre désignait Fenoglio, sans la moindre pitié. S'il avait pu, Fenoglio aurait cueilli cet avorton translucide sur son pupitre et l'aurait brisé en deux !

– Il aime les chansons de brigands, susurra Cristal de Rose aux deux visiteurs sur le ton de la confidence, comme s'il les connaissait depuis toujours. Il en est fou : le pauvre père de Meggie s'est laissé prendre à ses belles paroles comme une mouche dans une toile d'araignée !

C'en était trop. Fenoglio fonça sur Cristal de Rose, mais la bouffeuse de livres lui barra le passage.

– Ne vous avisez pas de toucher à ce pauvre être sans défense !

Elle le regardait avec des yeux de bouledogue. Mon Dieu, quelle horrible femme !

– Mortimer, un brigand ! C'est l'homme le plus doux que je connaisse !

– Ah oui ? (Fenoglio se mit à crier si fort que Cristal de Rose se boucha les oreilles, des oreilles ridiculement petites.) Peut-être que l'homme le plus doux devient belliqueux quand il se trouve menacé de mort, séparé de sa femme et enfermé dans un cachot pendant des semaines ? Et ceci n'est pas mon œuvre, contrairement à ce que raconte ce menteur ! Au contraire, sans mon intervention, Mortimer serait sans doute mort depuis longtemps !

– Menacé de mort ? Au cachot ?

La signora Loredan jeta au bègue un regard perplexe.

– Ce doit être une longue histoire, Elinor, dit-il d'une voix douce. Tu devrais peut-être te la faire raconter.

Mais avant que Fenoglio ait pu ajouter un mot, Minerve passa la tête à la porte.

– Fenoglio, dit-elle en jetant un bref coup d'œil aux visiteurs, Despina n'arrive pas à se calmer. Elle s'inquiète pour le Geai bleu et veut que tu lui racontes comment il va s'en sortir.

Il ne manquait plus que ça ! Fenoglio, s'efforçant d'ignorer les grognements moqueurs de Cristal de Rose, poussa un profond soupir. L'abandonner dans la Forêt sans chemin, voilà ce qu'il devrait faire.

– Envoie-la-moi, répondit-il sans avoir la moindre idée de ce qu'il allait pouvoir raconter à la fillette.

Où était le temps où les idées bouillonnaient dans sa tête ? Elles étouffaient désormais, au milieu de tant de malheurs !

– Le Geai bleu ? N'est-ce pas ainsi que ce Nez d'Argent a appelé Mortimer ?

Mon Dieu, il en avait oublié sa visiteuse.

– Sortez ! lui lança-t-il. Sortez de ma chambre, sortez de mon histoire. Il y a déjà beaucoup trop de visiteurs.

Mais cette effrontée s'assit sur la chaise en face de son pupitre, croisa les bras et planta ses pieds par terre comme pour y prendre racine.

– Oh non ! Je veux entendre l'histoire, dit-elle. Toute l'histoire.

C'était de mieux en mieux. Quelle sinistre journée… et elle n'était pas encore finie.

– Tisseur de Mots ?

Despina était devant sa porte, les yeux rouges. Quand elle aperçut les deux inconnus, elle fit un pas en arrière ; Fenoglio se porta à sa rencontre et prit sa petite main dans la sienne.

– Minerve me dit que tu veux que je te parle du Geai bleu ?

Despina hocha la tête, gênée, sans regarder les visiteurs.

– Ça tombe bien. (Fenoglio s'assit sur le lit et prit la fillette sur ses genoux.) Mes deux hôtes veulent aussi que je leur parle de lui. Si nous leur racontions toute l'histoire, qu'en penses-tu ?

Despina hocha la tête.

– Comment il a roulé Tête de Vipère et ramené le danseur de feu de chez les morts ? demanda-t-elle à voix basse.

– Exactement, répondit Fenoglio. Et ensuite, nous trouverons tous les deux la suite de l'histoire. Nous la tisserons, et la chanson avec. Car je suis le Tisseur de Mots, n'est-ce pas ?

Despina acquiesça et le regarda avec tant d'espoir que le cœur de Fenoglio se serra affreusement. Un tisseur qui n'avait plus de fils, pensa-t-il. Mais non, les fils étaient là, c'était juste qu'il n'arrivait plus à les renouer.

La signora Loredan s'était tue. Elle le regardait avec la même attente. La face de hibou le fixait aussi, visiblement impatient d'entendre les mots qui sortiraient de sa bouche. Seul Cristal de Rose lui tourna le dos et continua de remuer l'encre, comme pour lui rappeler depuis combien de temps il ne s'en était pas servi.

– Fenoglio ! dit Despina en passant la main sur son visage ridé. Vas-y !

– Oui, allez-y ! répéta la bouffeuse de livres.

Elinor Loredan. Il ne lui avait toujours pas demandé comment elle était arrivée ici. Comme s'il n'y avait pas déjà assez de femmes dans cette histoire ! Quant au bègue, ce n'était pas un cadeau non plus !

Despina le tira par la manche. D'où venait donc cet espoir qu'il lisait dans ses yeux ? Comment avait-il survécu à la fourberie d'Oiseau de Suie et à la peur, dans le cachot obscur ? « Les enfants… » pensa Fenoglio en serrant la petite main de Despina dans la sienne. Si quelqu'un devait un jour l'aider à retrouver les mots, ce serait sans doute un enfant.

37
Rien qu'une pie

Et dans la période de vaches maigres qui suivit,
quelles aventures connut-elle ?
Oh, elle fut oiseau et magicienne,
maîtresse de l'eau et du feu

Franz Werfel, *Beschwörungen 1918-1921*

La maison de Fenoglio rappelait à Orphée celle dans
laquelle il vivait encore il n'y avait pas si longtemps : une
pauvre masure délabrée et bancale, aux murs et aux
fenêtres moisis qui donnaient sur d'autres maisons tout
aussi vétustes – et il pleuvait à l'intérieur parce que, dans ce
monde-ci, les vitres étaient réservées aux riches ! Minable.

Il avait dû se dissimuler dans les recoins les plus sombres
de l'arrière-cour, où les araignées, horreur, s'introduisaient
dans ses manches en velours. De la crotte de poule salissait
ses élégantes bottes – depuis que Basta avait tué sous ses
yeux un ménestrel, la propriétaire de Fenoglio attaquait
avec sa fourche quiconque se promenait dans sa cour. Voilà
pourquoi il était obligé de se cacher. Mais que pouvait-il

faire d'autre ? Il fallait absolument qu'il sache si Fenoglio s'était remis à écrire !

Si seulement ce bon à rien d'homme de verre revenait ! Sinon, il allait se retrouver dans la boue jusqu'aux genoux. Une poule décharnée passa près de lui et Cerbère se mit à grogner. Orphée s'empressa de lui fermer le museau. Cerbère. Bien sûr qu'il s'était réjoui quand il l'avait trouvé en train de gratter derrière sa porte, mais sa joie avait été de courte durée car, très vite, il s'était demandé comment le chien était arrivé ici. Fenoglio s'était-il remis à écrire ? Doigt de Poussière avait-il apporté le livre au vieil homme ? Tout cela n'avait aucun sens, mais il fallait qu'il en ait le cœur net. Qui, en dehors de Fenoglio, pouvait avoir imaginé l'émouvante scène du Geai bleu devant le château ? Comme ils l'aimaient tous pour son courage ! Même si le Fifre l'avait sans doute déjà tabassé à mort, en franchissant cette maudite porte, le relieur était devenu un dieu. Le Geai bleu en noble héros qui se sacrifie ! C'était de Fenoglio, ça, il en aurait mis sa main au feu !

Orphée avait d'abord envoyé Oss avec l'homme de verre, mais il s'était laissé surprendre par la propriétaire de Fenoglio. Aucun recoin sombre ne pouvait convenir à ce gros tas de chair et Éclat de Fer n'était même pas arrivé jusqu'à l'escalier. Une poule l'avait pourchassé dans la boue et un chat avait failli lui croquer la tête – non, on ne pouvait pas dire que les hommes de verre étaient de parfaits espions malgré leur petite taille ! Cela valait aussi pour les fées qui, elles, oubliaient leur mission avant même de s'envoler. Fenoglio, lui aussi, se servait de son homme de verre pour espionner, mais ce dernier se montrait particulièrement maladroit.

371

Éclat de Fer était plus malin mais, contrairement à l'homme de verre de Fenoglio, il avait le vertige, ce qui excluait le passage par les toits. Et comme il n'avait aucun sens de l'orientation, il valait mieux le déposer devant l'escalier de Fenoglio pour être sûr qu'il ne se perde pas. Mais où était-il passé, bon sang ? Certes, pour un homme de verre, grimper un escalier revenait à escalader une montagne, mais quand même... Dans le réduit derrière lequel se cachait Orphée, une chèvre bêlait – elle devait sentir le chien – et à travers le cuir de ses bottes suintait un liquide dont l'odeur douteuse plaisait beaucoup à Cerbère. Il reniflait la boue avec un tel plaisir qu'Orphée devait sans cesse tirer sur son collier.

Éclat de Fer arrivait enfin. Il sautait de marche en marche, preste comme une souris. Fantastique. Oui, pour un homme de verre, il était coriace. Orphée espérait que ce qu'il avait appris valait la peine d'avoir ruiné ses bottes. Il détacha du collier de Cerbère la chaîne qu'il avait fait fabriquer dans la ruelle des forgerons : le molosse trottina jusqu'à l'escalier et, malgré ses protestations, cueillit l'homme de verre sur la dernière marche. Éclat de Fer prétendait que la bave de chien provoquait des éruptions sur son délicat épiderme, mais comment aurait-il pu s'extraire de la boue, avec ses membres rigides ? Une vieille femme se pencha à sa fenêtre alors que le chien revenait vers Orphée mais, par chance, ce n'était pas Minerve.

– Alors ?

Cerbère laissa tomber l'homme de verre dans les mains tendues d'Orphée. La bave de chien était vraiment quelque chose de dégoûtant...

– Il n'écrit pas ! Pas une ligne ! (Éclat de Fer s'essuya le

372

visage avec sa manche.) Je vous l'ai dit, maître ! Il a bu à en perdre la raison ! Ses doigts tremblent dès qu'il aperçoit une plume !

Orphée leva les yeux vers la chambre de Fenoglio. De la lumière filtrait sous la porte. Éclat de Fer, agile comme une anguille, se glissait toujours à travers l'espace entre le battant et le sol.

– Tu es sûr ? demanda-t-il en accrochant à nouveau la chaîne au collier de Cerbère.

– Absolument sûr ! Et il n'a pas le livre non plus ! En revanche, il a de la visite.

La vieille femme jeta un seau d'eau par la fenêtre. D'eau ou d'autre chose. Cerbère s'était remis à renifler d'un air un peu trop intéressé.

– De la visite ? Ça ne m'intéresse pas. Bon sang, je suis sûr qu'il s'est remis à écrire !

Orphée leva les yeux vers les misérables maisons. À chaque fenêtre brûlait une bougie. Il en brûlait dans tout Ombra. Pour le Geai bleu. Qu'il soit maudit ! Qu'ils soient tous maudits : Fenoglio et Mortimer, sa fille stupide – et Doigt de Poussière. Lui, surtout. Il l'avait trahi, lui avait volé le livre, à lui, Orphée, qui avait mis son cœur à ses pieds pendant tant d'années, l'avait renvoyé dans son histoire et l'avait arraché à la mort ! Comment l'appelaient-ils, maintenant ? L'ombre de feu du Geai bleu. Son ombre ! Bien fait pour lui. Orphée lui aurait accordé une place plus noble que celle d'une ombre dans son histoire, mais maintenant, c'était trop tard. Il leur avait déclaré la guerre, à eux tous. Il leur écrirait une histoire à son goût… dès qu'il aurait récupéré le livre !

Un enfant sortit de la maison, traversa pieds nus la cour

373

boueuse et disparut dans une des étables. Il était temps de décamper. Orphée essuya la bave de chien sur les membres d'Éclat de Fer, le posa sur son épaule et s'éclipsa. Ah, sortir de toute cette crasse – même si les ruelles ne valaient guère mieux.

– Des feuilles blanches, rien que des feuilles blanches, maître ! chuchota Éclat de Fer tandis qu'ils se hâtaient à travers la nuit en direction de la maison d'Orphée. Rien d'autre que quelques phrases raturées… c'est tout, je vous le jure ! Son homme de verre a failli me voir, mais j'ai réussi à me cacher à temps dans la botte de son maître. Vous n'imaginez pas l'odeur !

Orphée n'avait aucun mal à se l'imaginer.

– Je vais dire aux servantes de te savonner.

– Ah, non ! La dernière fois, j'ai roté pendant une heure à cause de l'eau savonneuse et mes pieds ont viré au blanc laiteux !

– Et alors ? Tu crois que je vais laisser un homme de verre qui sent des pieds marcher sur mon parchemin ?

Une sentinelle venait à leur rencontre en titubant. Pourquoi ces types-là étaient-ils toujours saouls ? Orphée mit quelques pièces de monnaie dans la main potelée de l'homme avant qu'il lui vienne à l'idée d'appeler une des patrouilles qui parcouraient la ville jour et nuit depuis que le Geai bleu était prisonnier au château.

– Et le livre ? Tu l'as bien cherché ?

Dans la ruelle des bouchers, deux pancartes vantaient la viande de licorne fraîche. Ridicule. D'où pouvait-elle bien venir ? Orphée tourna dans la ruelle des verriers, bien qu'Éclat de Fer ait toujours détesté cet itinéraire.

– Ce n'était pas facile, expliqua l'homme de verre en

lorgnant d'un air inquiet les réclames «Membres artificiels pour hommes de verre brisés». Comme je vous l'ai dit, il a de la visite et avec tous ces yeux qui traînaient partout, j'ai eu du mal à me faufiler à travers la pièce! J'ai même regardé entre ses vêtements! Il a failli m'enfermer dans son coffre! Mais je n'ai rien trouvé. Le livre n'est pas chez lui, maître, je vous le jure!

– Par la mort et par tous les diables!

Orphée fut pris d'une envie quasi irrépressible de lancer ou de casser quelque chose. Éclat de Fer, habitué à ses sautes d'humeur, s'accrocha par prudence à la manche de son maître.

Qui d'autre que le vieux pouvait avoir le livre? Même si Doigt de Poussière l'avait remis à Mortimer, celui-ci ne l'avait sûrement pas emporté avec lui au cachot. Non, Doigt de Poussière avait dû le garder. Orphée ressentit une vive douleur à l'estomac, comme si l'une des martres de Doigt de Poussière s'attaquait à ses entrailles. Une douleur qu'il connaissait bien : elle le tenaillait chaque fois que quelque chose n'allait pas comme il le voulait. Un ulcère à l'estomac. C'était sûrement ça. «Et après? se dit-il, agacé. Ne rends pas les choses pires qu'elles ne sont, si tu ne veux pas finir chez un de ces barbiers qui saignent tout un chacun!»

Éclat de Fer, inquiet, restait silencieux. Il devait penser au bain d'eau savonneuse qui l'attendait. Mais Cerbère reniflait chaque mur devant lequel il trottinait. Pas étonnant que ce monde plaise à un chien, avec ses odeurs nauséabondes. «Ça aussi, il faudrait que je le change! pensa Orphée. Et je m'inventerais un meilleur espion, pas plus gros qu'une araignée et sûrement pas en verre.»

« Tu n'inventeras plus rien, Orphée, lui susurrait une voix, parce que tu ne peux pas écrire sans le livre ! »

Il accéléra le pas en jurant, tirant Cerbère derrière lui avec impatience… et marcha sur une crotte de chat. De la boue, des déjections… ses bottes étaient fichues : où allait-il trouver l'argent pour en acheter de nouvelles ? Sa dernière tentative pour faire surgir un coffre avait échoué lamentablement. Les pièces d'argent étaient minces comme des feuilles.

Enfin ! Elle était là, devant lui, dans toute sa splendeur. Sa maison. La plus belle de toutes les maisons d'Ombra. Son cœur battait plus vite quand il voyait briller les marches couleur d'albâtre et le blason au-dessus de la porte d'entrée – lui-même parvenait presque à croire qu'il était d'origine princière. En fin de compte, il s'en était plutôt bien tiré. Il faudrait s'en souvenir quand l'envie le prendrait à nouveau de briser des hommes de verre ou de souhaiter à ces maigrichons d'Arabes d'attraper la peste bubonique. Sans parler des cracheurs de feu ingrats !

Orphée se figea. Un oiseau était posé sur l'escalier. Comme s'il voulait y faire son nid ! Il ne s'envola même pas quand Orphée s'approcha, et se contenta de le regarder avec ses yeux ronds et noirs.

Ces horribles bêtes ! Elles faisaient des saletés partout. Et ces battements d'ailes incessants, ces becs pointus, ces plumes pleines de parasites et d'œufs de ver…

Orphée détacha la chaîne de Cerbère.

– Attrape-le !

Cerbère adorait chasser les oiseaux et il lui arrivait même d'en attraper. Mais il recula, la queue entre les pattes, comme si un serpent se dressait sur l'escalier.

– Par tous les diables, qu'est-ce que… ?

L'oiseau secoua la tête et sauta sur la marche inférieure. Cerbère gémit et l'homme de verre, effrayé, s'agrippa au col d'Orphée.

– C'est une pie, maître ! chuchota-t-il à l'oreille d'Orphée. Elles bri… (sa voix tremblait d'effroi)… elles découpent les hommes de verre en morceaux et gardent les débris colorés dans leur nid ! S'il vous plaît, maître, chassez-la !

La pie secoua de nouveau la tête et regarda fixement Orphée. C'était un étrange oiseau, vraiment étrange. Il se baissa et lança une pierre dans sa direction. L'oiseau déploya ses ailes et fit entendre un jacassement.

– Oh, maître, maître, elle veut me découper en morceaux, piailla Éclat de Fer. Les hommes de verre aux membres gris sont rares !

Le jacassement que la pie fit entendre alors ressemblait à un rire.

– Tu as toujours l'air aussi bête, Orphée.

Il reconnut aussitôt la voix. La pie tendit le cou et toussa, comme si elle s'étranglait avec une graine avalée trop vite. Cerbère se réfugia derrière les jambes d'Orphée et Éclat de Fer fut pris de tremblements tels que ses membres tintèrent comme de la vaisselle dans un panier de pique-nique.

La pie se mit à grandir. Ses plumes se transformèrent en habits noirs, en cheveux gris tirés, en doigts qui comptaient à la hâte les graines que le bec de l'oiseau avait crachées sur l'escalier. Mortola avait l'air plus vieille que dans le souvenir d'Orphée, beaucoup plus vieille. Elle avait les épaules voûtées, même quand elle se redressait. Ses doigts

377

étaient crochus comme les serres d'un oiseau, son visage creusé et sa peau avait la couleur du parchemin jauni. Mais ses yeux étaient toujours aussi perçants ; Orphée, comme sous le coup d'une semonce, rentra la tête dans les épaules.

– Comment est-ce possible ? balbutia-t-il. Dans le livre de Fenoglio, il n'est pas question de métamorphoses ! Uniquement d'esprits…

– Fenoglio ! Qu'en sait-il ? s'exclama Mortola en cueillant une plume sur sa robe noire. Tout change de forme en ce monde. Mais pour cela, la plupart doivent d'abord mourir. Cependant, il y a des moyens (elle laissa tomber délicatement dans une bourse en cuir les graines qu'elle avait ramassées) pour être délivré de sa forme habituelle sans devoir passer par les Femmes blanches.

– Vraiment ?

Orphée aurait voulu réfléchir aux possibilités que lui offrait cette histoire, mais Mortola ne lui en laissa pas le temps.

– Tu t'es bien débrouillé en ce monde, pas vrai ? constata-t-elle en levant les yeux vers la maison. Œil Double, le commerçant à la barbe laiteuse venu de l'autre côté de la mer, qui fait le commerce des licornes et des nains et lit dans les yeux du nouveau maître d'Ombra le moindre de ses désirs… Je me suis dit : « Ce doit être ce cher Orphée qui, apparemment, a réussi à se transporter lui-même dans ce monde. » Et tu as même amené ton horrible cabot !

Cerbère montra les dents. Éclat de Fer tremblait toujours. Les hommes de verre étaient vraiment des créatures absurdes. Et Fenoglio qui était fier d'eux !

– Que veux-tu ?

Orphée s'efforçait de garder un ton supérieur et décontracté, car en présence de Mortola il redevenait un petit garçon. Elle lui faisait peur, il devait l'admettre.

Des pas résonnèrent dans la nuit, sans doute une des patrouilles que le Fifre envoyait quadriller Ombra, dans la crainte que le Prince noir invente un moyen de délivrer son noble compagnon de lutte.

– Tu reçois toujours devant ta porte ? gronda Mortola entre ses dents. Dépêche-toi de nous faire entrer !

Orphée dut frapper trois fois le heurtoir de bronze contre le bois avant qu'Oss se décide à leur ouvrir. Le géant fixa Mortola d'un œil endormi.

– Ton armoire à glace, tu l'as ramenée de l'autre monde ou c'est un nouveau ? demanda cette dernière en entrant dans la maison.

– C'est un nouveau, murmura Orphée qui ne savait toujours pas s'il devait interpréter ce retour comme une bonne ou une mauvaise chose.

Ne la croyait-on pas morte ? Mais dans ce monde, on ne pouvait se fier à la mort… ce qui était à la fois rassurant et inquiétant.

Il ne fit pas entrer Mortola dans son bureau mais dans son salon. La vieille inspecta la pièce comme si chaque objet lui avait appartenu. Non, qu'elle soit revenue ne devait pas être bon signe. Qu'est-ce qu'elle lui voulait ? Il ne pouvait se l'imaginer. Mortimer. Elle le poursuivait de son désir de vengeance. Mortola ne renonçait pas facilement à ses plans. Surtout quand il s'agissait de l'assassin de son fils. Mais d'autres s'en chargeraient avant elle.

– Alors c'est lui, le Geai bleu ! lança-t-elle comme si elle exprimait à voix haute les pensées d'Orphée. Combien de chansons ridicules ont-ils encore l'intention de chanter sur lui ? Le fêter comme un sauveur... *nous* l'avons fait venir en ce monde ! Tête de Vipère aurait dû le pourchasser pour avoir abattu ses meilleurs hommes sur la montagne aux Vipères. Mais, au lieu de cela, il a rendu Mortola responsable de l'évasion de Mortimer et de sa propre décrépitude. J'ai tout de suite su que ce devait être le livre vide. Langue Magique est sournois, mais son air innocent les abuse tous et ce n'est pas lui, mais moi, que Tête de Vipère a fait torturer par ses bourreaux afin qu'ils m'extorquent le nom du poison. J'en ressens encore les douleurs, mais je les ai trompés. Je leur ai demandé de m'apporter des graines et des herbes, soi-disant pour préparer un contrepoison ; en fait, je me suis ainsi procuré des ailes pour m'enfuir. Pour trouver le relieur, j'ai écouté le vent et les bavardages sur les marchés : j'ai appris qu'il jouait au brigand et que le Prince noir cherchait une bonne cachette pour lui. C'était une bonne cachette, mais je l'ai trouvée.

Mortola avançait les lèvres en parlant, comme si elle avait encore un bec.

– Quand je l'ai revu, j'ai dû me retenir pour ne pas lui crever les yeux ! « Doucement, Mortola, me suis-je dit. Tu as déjà gâché une belle vengeance par trop de précipitation. Verse quelques baies toxiques dans sa nourriture, qu'il se torde comme un ver et meure assez lentement pour que tu puisses jouir de ta vengeance. » Mais une de ces stupides corneilles a picoré les baies dans son assiette et la fois suivante, c'est l'ours qui m'a attrapée dans sa gueule puante et a arraché deux plumes de ma queue. J'ai encore essayé de l'empoisonner dans le campement où le Prince noir les avait amenés, lui, sa fille et la servante perfide, mais c'est un autre qui a pris l'assiette. « Des champignons, ont-ils bafouillé, il a mangé des champignons toxiques ! »

Mortola se mit à rire, mais Orphée frissonna en voyant ses doigts qui se courbaient comme s'ils s'agrippaient encore à une branche.

– À croire qu'un sort le protège ! Rien ne peut le tuer, ni le poison ni les balles. On dirait que chaque pierre, chaque animal en ce monde, et même les ombres entre les arbres veillent sur lui ! Le Geai bleu ! Même la Mort l'a laissé repartir ! La Mort a accepté son marché avec le danseur de feu ! Oh, oui, impressionnant ! Mais à quel prix ? Même sa femme l'ignore, seule Mortola le sait ! Nul ne prend garde à la pie perchée dans l'arbre, mais elle entend tout – ce que les arbres chuchotent la nuit, ce que les araignées écrivent sur les branches humides avec leurs fils d'argent : que la Mort viendra chercher le Geai bleu et sa fille s'il ne lui livre pas Tête de Vipère avant la fin de l'hiver. Et sa propre fille veut aider le Geai à écrire les trois mots dans le livre vide.

– Quoi ?

Orphée n'avait écouté que d'une oreille. Il était las des tirades interminables de Mortola, de la haine et de la vanité qu'elles exprimaient ; mais la dernière phrase lui fit dresser l'oreille. Violante, l'alliée du Geai bleu ? Oui, c'était plausible. Naturellement ! C'est pour cela que Mortimer s'était livré. Ce modèle de vertu ne s'était pas laissé prendre par pure grandeur d'âme. Le but de ce noble brigand, c'était de tuer ! Orphée se mit à arpenter la pièce pendant que Mortola continuait à proférer ses malédictions, d'une voix si enrouée que ses paroles semblaient à peine humaines.

Violante… Orphée lui avait offert ses services peu après qu'il s'était installé à Ombra, mais elle avait refusé son offre en disant qu'elle avait déjà un poète… pas très aimable.

– Oui, oui, il veut tuer la vipère ! Il s'est introduit au château comme une martre dans un poulailler. Même les fées le racontent dans leurs chansons stupides quand elles dansent, mais la Pie est la seule qui entende !

Mortola se courba. Même sa toux ressemblait à un jacassement. Elle était folle ! Ses pupilles étaient noires et fixes comme celles d'un oiseau. Orphée frissonna.

– Oui, je sais ce qu'il a l'intention de faire ! chuchota-t-elle. Et je me dis : « Mortola, laisse-le vivre, même si cela te ronge. Tue plutôt sa femme ou, encore mieux, sa fille chérie, et va voltiger sur son épaule quand il apprendra la nouvelle, pour entendre son cœur se briser. Mais laisse-le en vie jusqu'à ce que Tête de Vipère lui donne le livre vide, car Tête de Vipère aussi doit mourir, pour toutes les souffrances qu'il a infligées à la mère de Capricorne ! » Et si le Prince argenté est assez bête pour remettre le livre qui peut le tuer à son pire ennemi, tant mieux ! La Pie sera là – et ce n'est pas le Geai bleu, mais Mortola qui écrira les trois mots ! Oh, oui, je les connais aussi… Et la Mort viendra prendre le Geai bleu et Tête de Vipère, et pour me remercier d'un si riche butin, elle me rendra celui qu'avec sa langue magique ce maudit relieur m'a pris… mon fils !

Sapristi ! Orphée avala de travers la gorgée de vin qu'il venait de lamper. La vieille sorcière rêvait toujours du retour de Capricorne ! Mais au fond, pourquoi pas, puisque Cosimo et Doigt de Poussière étaient revenus de chez les morts ? Lui, en revanche, pouvait s'imaginer des développements plus intéressants que le retour du fils incendiaire de Mortola.

– Tu crois vraiment que Tête de Vipère apportera le livre vide à Ombra ?

Il sentait que de grandes choses allaient se produire. Peut-être que tout n'était pas perdu, même si Doigt de Poussière lui avait volé le livre de Fenoglio. Il y avait d'autres moyens de jouer un rôle important dans cette histoire. Tête de Vipère à Ombra ! Cette perspective ouvrait des horizons nouveaux...

– Bien sûr qu'il viendra ! Tête de Vipère surpasse en bêtise sa réputation.

Mortola s'assit dans un des fauteuils destinés à l'élégante clientèle d'Orphée. Le vent s'engouffra dans les fenêtres sans vitres et fit vaciller les bougies que les servantes s'étaient empressées d'apporter. Des ombres dansaient comme des oiseaux noirs sur les murs badigeonnés en blanc.

– Le Prince argenté se laisserait prendre une deuxième fois au jeu du relieur ?

Orphée fut lui-même étonné de la haine qui vibrait dans sa voix. Il constata avec surprise qu'il souhaitait la mort de Mortimer presque autant que Mortola.

– Même Doigt de Poussière lui court après, déclara-t-il. C'est à croire que la Mort lui a fait oublier ce que ce noble héros lui a infligé naguère !

Il ôta ses lunettes et se frotta les yeux comme si, par ce geste, il pouvait effacer de sa mémoire le visage hostile de Doigt de Poussière. Mortimer l'avait ensorcelé avec sa maudite voix et il l'avait monté contre Orphée. Il les ensorcelait tous. Il souhaitait que le Fifre la lui coupe avant de le faire écarteler. Il voulait voir les chiens du Gringalet le déchiqueter, le Fifre le dépecer et couper en morceaux son noble cœur… Ah, si seulement il avait pu écrire cette chanson-là sur le Geai bleu !

La voix de Mortola tira Orphée de ses rêves sanglants :

– On avale ces graines trop facilement ! dit-elle en se recroquevillant dans le fauteuil, les mains enfoncées comme des serres dans les accoudoirs. Il faut les mettre sous la langue, mais ce sont de petites choses glissantes, et quand il en arrive trop dans l'estomac, on peut se métamorphoser en oiseau sans l'avoir voulu.

Elle donna de petits coups de tête, comme l'avait fait la pie, ouvrit la bouche et appuya ses doigts sur ses lèvres incolores.

– Écoute-moi ! Je veux que tu ailles au château dès que Tête de Vipère arrivera à Ombra et que tu le mettes en garde contre sa fille ! Tu lui diras de demander à Balbulus, l'enlumineur, combien de livres sur le Geai bleu elle lui a commandés. Persuade-le que sa fille est fascinée par son pire ennemi et qu'elle fera tout ce qui est en son pouvoir pour le sauver. Dis-le-lui avec les mots les plus beaux que tu puisses trouver. Sers-toi de ta voix, comme Langue Magique essaiera aussi de le faire. Tu te vantes de posséder une voix plus envoûtante que la sienne. Prouve-le !

Mortola eut un haut-le-cœur… et cracha une autre graine dans la paume de sa main.

Oui, elle était folle, mais aussi rusée ; il valait certainement mieux la laisser croire qu'elle pouvait continuer à lui donner des ordres, même si ses haut-le-cœur provoquaient en lui une telle nausée qu'il dut se retenir de lui cracher son vin sur les pieds. Orphée essuya un peu de poussière sur ses manches finement brodées. Ses vêtements, sa maison, ses servantes… Comment la vieille pouvait-elle être assez aveugle pour croire qu'il pourrait redevenir son serviteur ? Comme s'il était venu en ce monde pour exécuter les plans des autres ! Ici, il ne servait que lui-même. Il se l'était juré.

– Ce n'est pas une mauvaise idée ! (Orphée s'efforçait de feindre la soumission.) Mais tu oublies les nobles amis du Geai bleu ! Il ne compte sûrement pas sur le seul soutien de Violante. Le Prince noir…

« … et Doigt de Poussière », ajouta-t-il en son for intérieur. Doigt de Poussière, il s'en chargerait personnellement.

– Le Prince noir… Encore un valeureux idiot ! Mon fils avait déjà eu affaire à lui. (Mortola envoya la graine qu'elle avait crachée rejoindre les autres.) Je vais m'occuper de lui. De lui et de la fille de Langue Magique. Elle est presque aussi dangereuse que son père.

– Qu'est-ce que tu racontes ? s'exclama Orphée en se versant à boire (le vin donne du courage).

Mortola le contempla d'un air méprisant. Oui, elle le prenait toujours pour un imbécile soumis. Tant mieux. Elle frotta ses maigres bras et frissonna, comme si des plumes poussaient à nouveau sur sa peau.

– Et le vieux, qu'est-ce qu'il devient ? Celui qui avait soi-disant écrit à la fille de Langue Magique les mots que je lui ai repris au château de la Nuit ? Est-ce lui qui met tant d'audace au cœur du relieur ?

– Fenoglio n'écrit plus. Mais tu peux le tuer, je n'aurais rien contre. Bien au contraire. Il est d'une insupportable arrogance.

Mortola hocha la tête d'un air distrait.

– Je dois y aller ! dit-elle en se relevant tant bien que mal. On manque d'air chez toi, comme dans un cachot.

Oss était couché en travers de la porte. Il grogna dans son sommeil quand Mortola l'enjamba.

– C'est ton garde du corps ? demanda-t-elle. Tu n'as pas l'air d'avoir beaucoup d'ennemis.

Cette nuit-là, Orphée rêva d'oiseaux, de beaucoup d'oiseaux, mais au lever du jour, alors qu'Ombra émergeait des ombres de la nuit comme un fruit pâle, il s'approcha de la fenêtre de sa chambre avec un sentiment de confiance retrouvée.

– Bonjour, le Geai bleu ! murmura-t-il en regardant les tours du château. J'espère que tu as passé une nuit blanche ! Tu crois sans doute que, dans cette histoire, les rôles sont distribués, mais tu as assez joué les héros. Lever de rideau, deuxième acte : Orphée entre en scène. Dans quel rôle ? Dans celui du méchant, bien sûr. Est-ce que cela n'a pas toujours été le meilleur rôle ?

38
À l'attention du Fifre

Il y avait dans l'air comme une odeur de Temps. [...] À quoi pouvait bien ressembler l'odeur du Temps ? À celle de la poussière, des horloges et des gens. Et si on se demandait quelle sorte de bruit faisait le Temps, ce ne pouvait qu'être celui de l'eau ruisselant dans une grotte obscure, des pleurs, de la terre tombant sur des couvercles de boîtes aux échos caverneux, de la pluie.

Ray Bradbury, *Chroniques martiennes*

Quand le Geai bleu entra à cheval dans le château d'Ombra, Farid n'était pas là.

– Toi, tu restes au campement.

Doigt de Poussière n'avait pas eu besoin d'en dire plus pour que Farid éprouve, comme une main posée sur sa gorge, la peur d'être encore une fois la cause de sa mort. L'hercule attendait avec lui au milieu des tentes – le Prince noir avait refusé de croire qu'il puisse passer pour une femme. Ils restèrent assis là pendant des heures, mais quand Meggie et les autres revinrent, Doigt de Poussière ne les accompagnait pas.

– Où est-il ?

Le Prince noir était le seul à qui Farid pût poser cette question ; pourtant, son visage était si grave que même l'ours ne s'aventurait pas trop près.

– Là où est le Geai bleu, répondit le Prince.

Et devant la mine bouleversée de Farid, il ajouta :

– Pas dans le cachot, mais à proximité. La mort les a réunis, et elle seule les séparera de nouveau.

À proximité.

Farid regarda en direction de la tente sous laquelle dormait Meggie. Il crut l'entendre pleurer mais n'osa pas s'approcher. Meggie ne lui avait toujours pas pardonné d'avoir persuadé son père d'accepter le marché d'Orphée, et Doria était assis devant sa tente. Au goût de Farid, il tournait un peu trop autour de Meggie mais, par chance, il s'y connaissait aussi peu en filles que son frère l'hercule.

Les hommes qui revenaient d'Ombra étaient assis autour du feu, l'air penaud. Certains n'avaient pas encore enlevé leurs habits de femme, mais le Prince noir ne leur laissa pas le temps de noyer leur appréhension dans le vin. Il les envoya à la chasse. S'ils voulaient mettre les enfants d'Ombra à l'abri du Fifre, ils avaient besoin de provisions, de viande séchée et de fourrures chaudes.

Tout cela n'intéressait pas Farid. Il n'appartenait pas plus aux brigands qu'il n'avait appartenu à Orphée. Il n'appartenait même pas à Meggie, mais au seul être dont il devait rester éloigné, de peur d'être cause de sa mort…

La nuit tombait. Les brigands étaient occupés à fumer la viande et à étendre les peaux de bête entre les arbres quand Gwin surgit de la forêt. Tout d'abord, Farid la prit pour Louve, puis il reconnut son museau grisonnant. Oui, c'était bien Gwin. Depuis la mort de Doigt de Poussière, elle regardait Farid comme un ennemi mais, cette nuit-là, elle lui mordit les mollets comme elle en avait l'habitude, autrefois, quand elle voulait jouer avec lui, et glapit jusqu'à ce qu'il la suive.

La martre était rapide, trop rapide pour Farid qui pourtant pouvait semer n'importe qui. Gwin s'arrêtait pour l'attendre, en remuant la queue avec impatience ; Farid courait aussi vite que l'obscurité le lui permettait, car il savait qui lui avait envoyé la martre.

Ils retrouvèrent Doigt de Poussière à l'endroit où les murs du château délimitaient la cité d'Ombra et où la montagne, sur le flanc de laquelle la ville avait été bâtie, était si abrupte qu'on ne pouvait y construire. Ce versant était recouvert de buissons épineux ; le mur aveugle du château s'y dressait, rebutant comme un poing fermé, avec juste quelques fentes grillagées par lesquelles l'air pénétrait dans les cachots – juste assez pour que les prisonniers ne meurent pas étouffés avant leur exécution. Personne ne restait longtemps dans les cachots du château d'Ombra. Les jugements étaient rapides, et les exécutions promptement dépêchées. Pourquoi nourrir des gens que l'on voulait pendre ? Pour le Geai bleu, en revanche, le juge devait venir de l'autre côté de la forêt. Cinq jours, chuchotait-on, Tête de Vipère mettrait cinq jours pour venir à Ombra dans son carrosse tendu de noir, et nul ne pouvait dire si le Geai bleu vivrait ne serait-ce qu'un jour après son arrivée.

Doigt de Poussière était là, adossé au mur, la tête baissée, comme s'il écoutait quelque chose. Les ombres bleues que projetait le château masquaient sa présence aux yeux des gardes qui faisaient les cent pas sur les créneaux. Le danseur de feu ne se retourna que lorsque Gwin sauta sur lui. Farid, inquiet, regarda en direction des gardes avant de s'avancer, mais les soldats ne lui prêtèrent aucune attention. Un homme seul ne pourrait jamais délivrer le Geai bleu. Non. Les soldats du Gringalet se préparaient à affronter des hommes qui viendraient de la forêt voisine, ou qui descendraient le versant dominant le château avec une corde. Pourtant, le Fifre devait bien se douter que même le Prince noir n'oserait pas prendre d'assaut le château d'Ombra !

Au-dessus des tours, le feu d'Oiseau de Suie éclairait le ciel noir de ses reflets verts. Le Gringalet donnait une grande fête. À cette occasion, le Fifre avait ordonné à tous les ménestrels de composer des chansons sur son esprit rusé et sur la défaite du Geai bleu, mais peu lui avaient obéi. La plupart se taisaient : leur silence chantait une autre chanson, sur la tristesse qui régnait à Ombra et sur les larmes des femmes qui avaient, certes, retrouvé leurs enfants, mais perdu l'espoir.

— Alors, que penses-tu du feu d'Oiseau de Suie ? chuchota Doigt de Poussière. Notre ami a fait des progrès, tu ne trouves pas ?

— C'est un minable ! chuchota Farid en retour.

Doigt de Poussière sourit, mais reprit aussitôt son sérieux en levant les yeux vers les murs sans fenêtres.

— Il va bientôt être minuit, dit-il à voix basse. C'est l'heure où le Fifre se plaît à montrer à ses hôtes son sens de l'hospitalité. À coups de poing, de bâton et de botte.

Il passa la main sur la pierre, comme si elle pouvait lui révéler ce qui se passait dans les cellules.

— Il n'est pas encore entré dans son cachot, murmura-t-il, mais cela ne saurait tarder.

– Comment le sais-tu ?

Farid avait parfois l'impression que l'homme revenu de chez les morts n'était pas le même que celui qu'il avait connu.

– Langue Magique, le Geai bleu, peu importe comment tu l'appelles, chuchota-t-il… Depuis que sa voix m'a rappelé à la vie, je sais ce qu'il ressent, comme si la Mort avait cousu nos cœurs ensemble. Et maintenant capture-moi une fée, sinon, le Fifre va le démolir avant que le soleil se lève. Une fée multicolore. Orphée les a créées aussi vaniteuses que lui, ce qui est bien pratique, car quelques compliments suffisent à les convaincre de faire n'importe quoi.

Farid eut tôt fait de trouver ce qu'il cherchait. Les fées d'Orphée étaient partout, et même si elles ne dormaient pas autant que les fées bleues de Fenoglio, c'était un jeu d'enfant, à cette heure de la nuit, d'en cueillir une dans son nid. La fée mordit Farid mais il souffla sur son visage, comme Doigt de Poussière le lui avait appris, jusqu'à ce qu'elle suffoque et en oublie de mordre. Doigt de Poussière lui chuchota quelque chose ; aussitôt, la minuscule créature s'envola vers une des fentes grillagées et disparut à l'intérieur.

– Qu'est-ce que tu lui as dit ?

Le feu perfide d'Oiseau de Suie continuait de dévorer la nuit. Il engloutissait le ciel, les étoiles et la lune, répandant dans l'air une fumée si caustique que Farid en avait les larmes aux yeux.

– Oh, je lui ai juste dit que j'avais promis au Geai bleu de lui envoyer dans son obscur cachot la plus belle de toutes les fées. Pour me remercier, elle lui apprendra que Tête de Vipère arrivera à Ombra dans cinq jours, même si les Femmes de la Forêt sèment des malédictions tout le long de sa route. Quant à nous, nous essaierons d'occuper le Fifre, pour qu'il n'ait pas le temps de frapper ses prisonniers.

Doigt de Poussière leva la main gauche et serra le poing.

– Tu ne m'as même pas demandé pourquoi je t'ai fait venir, dit-il en soufflant doucement dans son poing. Je pensais que tu aimerais voir ça.

Il posa son poing fermé contre le mur du château, et des araignées de flammes surgirent entre ses doigts. Elles grimpèrent aussitôt sur les pierres, toujours plus nombreuses, comme si elles naissaient dans la main du danseur de feu.

– Le Fifre a peur des araignées, murmura-t-il, bien plus que des épées et des couteaux ! Si celles-ci s'introduisent dans ses élégants vêtements, il oubliera peut-être un temps combien il se plaît à tourmenter ses prisonniers la nuit.

Farid serra le poing à son tour.

– Comment fais-tu ?

– Je l'ignore, ce qui veut dire que, hélas, je ne peux pas te l'apprendre. Pareil pour ceci, par exemple…

Doigt de Poussière joignit les mains. Farid l'entendit chuchoter, mais sans comprendre le moindre mot. Il éprouva une pointe de jalousie en voyant un geai bleu embrasé s'envoler des mains de Doigt de Poussière et s'élancer dans le ciel noir avec ses ailes de feu blanc et bleu.

– Montre-moi ! S'il te plaît. Laisse-moi au moins essayer !

Doigt de Poussière le regarda d'un air songeur. Au-dessus d'eux, un des gardes donna l'alarme. Les araignées enflammées avaient atteint les créneaux.

– C'est la mort qui me l'a appris, Farid.

– Et après ? J'ai été mort comme toi, juste moins longtemps.

Doigt de Poussière éclata de rire, si fort que l'un des gardes se pencha et qu'il dut entraîner Farid dans un renfoncement plus sombre.

– Tu as raison, j'avais complètement oublié ! murmurat-il tandis que les sentinelles sur le mur criaient et décochaient en direction du geai de feu leurs flèches qui se consumaient entre ses plumes. Fais comme moi.

Farid recourba ses doigts, très excité – comme chaque fois qu'il apprenait quelque chose de nouveau à propos du feu. Répéter les mots étranges que Doigt de Poussière chuchotait n'avait rien de facile ; le cœur de Farid fit un bond quand il sentit un picotement entre ses doigts. Peu après, il sentit les petits corps enflammés jaillir et grimper sur les pierres, comme une armée d'étincelles. Tout fier, il regarda Doigt de Poussière en souriant. Mais quand il essaya de créer un autre geai bleu, les seules créatures qui s'envolèrent furent de pâles papillons de nuit.

– Ne prends pas cet air déçu ! chuchota Doigt de Poussière tout en lâchant deux autres geais dans la nuit. Il y a beaucoup d'autres choses à apprendre. Mais maintenant, mettons-nous à l'abri du regard de Nez d'Argent.

Ils se faufilèrent entre les arbres. Le château d'Ombra était enveloppé d'une fourrure de feu qui éclipsait celui d'Oiseau de Suie. À présent, le ciel appartenait à Doigt de Poussière. Le Fifre envoya des patrouilles ; Doigt de Poussière fit jaillir des chats et des loups, des serpents qui s'accrochaient aux branches et des papillons de nuit enflammés qui volaient devant le visage des cuirassiers. La forêt semblait elle aussi embrasée, mais d'un feu qui ne brûlait pas. Farid et son maître, comme des ombres dans tout ce rouge, restaient impassibles devant la peur qu'ils semaient.

Finalement, le Fifre fit verser du haut des créneaux de l'eau qui gela aussitôt sur les branches des arbres. Le feu de Doigt de Poussière continua de donner forme à de nouvelles créatures et ne s'éteignit qu'au petit matin, comme un esprit de la nuit. Seuls les geais de feu continuèrent de tournoyer autour d'Ombra, et quand le Gringalet lâcha ses chiens dans la forêt, des lièvres de feu les détournèrent de toute piste. Farid était assis avec Doigt de Poussière au milieu de buissons d'aubépines et de noisetiers et il sentait le bonheur inonder son cœur. C'était si bon de se retrouver là, comme autrefois, quand il veillait sur Doigt de Poussière, la nuit, et le protégeait des mauvais rêves. Mais désormais, le danseur de feu semblait ne plus avoir besoin d'être protégé. « Sauf contre toi, Farid », pensa-t-il, et son bonheur s'éteignit comme les créatures de feu que Doigt de Poussière avait fait naître pour protéger le Geai bleu.

– Qu'est-ce que tu as ?

Doigt de Poussière le dévisageait – peut-être ne lisait-il pas seulement dans les pensées de Langue Magique. Il prit la main de Farid et souffla délicatement jusqu'à ce qu'une femme de feu blanc en jaillisse.

– Elles ne sont pas aussi terribles que tu le penses, et si elles reviennent me chercher, ce ne sera pas à cause de toi. Compris ?

– Que veux-tu dire ? (Le cœur de Farid cessa de battre.) Elles vont revenir te chercher ? Pourquoi ? Bientôt ?

La Femme blanche se transforma en papillon. Elle s'envola et se fondit dans la lumière grise de l'aurore.

– Cela dépend du Geai bleu.

– Quoi ?

Doigt de Poussière bâillonna Farid de la main et écarta

les branches couvertes d'épines. Des soldats étaient postés sous les fenêtres des cachots. Ils scrutaient la forêt, les yeux écarquillés de peur. Oiseau de Suie était avec eux. Il inspectait le mur du château comme s'il pouvait lire sur les pierres comment Doigt de Poussière s'y était pris pendant la nuit.

– Regarde-le ! chuchota Doigt de Poussière. Il hait le feu et le feu le hait.

Mais Farid ne voulait pas parler d'Oiseau de Suie. Il s'agrippa au bras de Doigt de Poussière.

– Il ne faut pas qu'elles reviennent te chercher ! Je t'en prie !

Doigt de Poussière le regarda. Ses yeux avaient changé depuis qu'il était rentré. Toute peur en avait disparu, il ne restait que de la vigilance.

– Je te le répète, cela dépend du Geai bleu. Alors aide-moi à le protéger. Car il va avoir besoin de protection. Cinq jours et cinq nuits entre les mains du Fifre, c'est long. Je pense que nous serons contents de voir Tête de Vipère arriver.

Farid brûlait de poser d'autres questions, mais il comprit que Doigt de Poussière ne lui en dirait pas plus.

– Et la Laide ? Ne pourra-t-elle pas le protéger ?

– Tu le crois, toi ?

Une fée se frayait un chemin au milieu des buissons d'épines. Elle faillit s'arracher les ailes aux branches, mais elle finit par se laisser tomber, épuisée, sur les genoux de Doigt de Poussière. C'était la fée qu'il avait envoyée en messagère. Elle venait transmettre ses remerciements. Non sans mentionner ceci : il lui avait confirmé que, oui, elle était la plus jolie fée qu'il ait jamais rencontrée.

39

Enfants volés

Quand j'étais enfant,
j'étais un écureuil, un geai bleu, un renard
et parlais avec eux dans leur langue
je grimpais dans leurs arbres, creusais leurs tanières
et connaissais le goût
de chaque herbe, de chaque pierre
la signification du soleil
le message de la nuit

Norman H. Russell, *The Message of the Rain*

Il neigeait, des flocons minuscules et glacés ; Meggie se demanda si son père, de son cachot, les voyait aussi. «Non», pensa-t-elle. Les geôles d'Ombra avaient été creusées trop profondément dans le sol. L'idée que Mo rate la première neige du Monde d'encre l'attristait presque autant que de le savoir prisonnier.

«Doigt de Poussière le protège.» Combien de fois le Prince noir lui avait-il répété cette phrase ! Baptiste et Roxane aussi. «Doigt de Poussière le protège.» Mais Meggie ne cessait de penser au Fifre et à la Laide qui, à côté de lui, paraissait si jeune et si fragile.

Tête de Vipère était encore à deux jours de voyage. C'est ce que l'Ortie avait annoncé la veille. Deux jours et tout se déciderait.

Deux jours.

L'hercule attira Meggie près de lui et lui montra deux femmes qui se frayaient un chemin parmi les buissons enneigés. Deux garçons et une fille les suivaient. Depuis que le Geai bleu s'était rendu, les enfants d'Ombra disparaissaient les uns après les autres. Les mères les emmenaient aux champs, à la rivière faire la lessive, chercher du bois dans la forêt… et revenaient sans eux. Les hommes du Prince noir les attendaient à des endroits convenus, au nombre de quatre, dont l'emplacement se transmettait de bouche à oreille : les brigands se faisaient accompagner d'une femme, pour que les petits n'aient pas trop de mal à lâcher la main de leur mère.

Resa les accueillait, avec Baptiste et Gecko, près de l'hospice dont s'occupait le Chat-huant. Roxane et Fléau des Elfes se postaient à l'endroit où les guérisseuses ramassaient l'écorce de chêne. Deux autres femmes prenaient les enfants en charge près de la rivière et Meggie attendait avec Doria et l'hercule près d'une cabane de charbonnier abandonnée, non loin de la route qui menait à Ombra.

Les enfants hésitèrent en apercevant l'hercule mais, quand Doria attrapa des flocons de neige en tirant la langue, la plus jeune, une fillette d'environ cinq ans, se mit à rire.

— Et que se passera-t-il si le Fifre découvre que vous les cachez ? demanda sa mère. Maintenant que le Geai bleu est son prisonnier, il n'a peut-être plus l'intention de les enlever ? Nous risquons gros, nous autres.

397

Meggie eut envie de la frapper.

– Voici la fille du Geai bleu ! dit l'hercule en posant un bras protecteur sur les épaules de Meggie. Alors ne parle pas comme si le sort de son père t'était indifférent ! Sans lui, tu n'aurais peut-être jamais revu ton enfant, tu l'as déjà oublié ? Tête de Vipère a besoin d'enfants pour ses mines et les vôtres sont des proies faciles.

– C'est sa fille ? La sorcière ?

L'autre femme voulut attirer les enfants vers elle, mais la fillette regarda Meggie avec curiosité.

– Tu parles comme les hommes de Tête de Vipère ! lança l'hercule en serrant plus fort l'épaule de Meggie – comme s'il pouvait la protéger contre ces mots. Et maintenant, vous voulez que vos enfants soient à l'abri ou pas ? Vous pouvez aussi les ramener à Ombra en espérant que le Fifre ne frappera pas à vos portes.

– Où les emmenez-vous ? demanda la plus jeune, les larmes aux yeux.

– Si je vous le disais, vous pourriez révéler l'endroit, répondit l'hercule en hissant le plus petit des enfants sur ses épaules comme s'il n'était pas plus lourd qu'une fée.

– Laissez-nous venir avec vous !

– Nous ne pouvons pas vous nourrir tous. Nous aurons déjà assez de mal à nourrir les enfants.

– Et combien de temps les cacherez-vous ?

– Jusqu'à ce que le Geai bleu ait tué Tête de Vipère.

Les femmes regardèrent Meggie.

– Comment serait-ce possible ? murmura la plus âgée.

– Il le tuera, répondit l'hercule d'un ton si confiant que, l'espace d'un instant béni, Meggie cessa d'avoir peur pour Mo.

Mais cela ne dura pas et elle sentit de nouveau la neige sur sa peau, froide comme la fin de toute chose.

Doria prit la fillette sur son dos et sourit à Meggie. Il semblait avoir à cœur de la rassurer. Il lui apportait les dernières baies gelées, des fleurs couvertes de givre – les dernières fleurs de l'année – et, pour la distraire de son chagrin, lui posait d'innombrables questions sur le monde d'où elle venait. Quand il n'était pas près d'elle, il commençait à lui manquer. Quand les femmes, à regret, s'éloignèrent, la fillette se mit à pleurer ; Meggie lui caressa les cheveux et lui raconta que certains flocons de neige étaient de minuscules elfes qui vous embrassaient le visage avec leurs lèvres gelées avant de fondre sur la peau tiède. C'était Baptiste qui lui avait dit cela. L'enfant leva les yeux vers les tourbillons de neige et Meggie continua son histoire, se laissant elle-même consoler par les mots tandis que le monde autour d'elle blanchissait. Elle était revenue à l'époque où Mo lui racontait des histoires, avant de devenir lui-même partie d'une histoire dont Meggie ne pouvait plus affirmer, depuis longtemps, que c'était aussi la sienne.

Peu après, la neige cessa de tomber. Un fin duvet blanc recouvrait encore la terre froide. Douze autres femmes amenèrent leurs enfants à la cabane de charbonnier : sur leurs visages se lisaient la peur et l'inquiétude, car elles n'étaient pas sûres d'agir pour le mieux. Certains enfants ne se retournèrent même pas quand leurs mères partirent. D'autres leur coururent après, et deux petits pleurèrent si fort que leurs mères les ramenèrent à Ombra, où le Fifre les attendait, comme une araignée d'argent. Quand la nuit tomba, il restait dix-neuf enfants sous les arbres encore enneigés, serrés les uns contre les autres comme une couvée de canetons. À côté d'eux, l'hercule avait l'air d'un géant. Doria leur montrait des tours de magie : quand l'un d'entre eux se mettait à pleurer, il faisait sortir des glands de son nez et cueillait des pièces dans ses cheveux. L'hercule imita le chant des oiseaux et fit galoper trois enfants d'un coup sur ses épaules.

Et tandis que l'obscurité s'abattait sur eux, Meggie leur raconta des histoires que Mo lui avait tant de fois répétées qu'à chaque mot, elle croyait entendre sa voix. Quand ils atteignirent le campement des brigands, ils étaient tous à bout de forces. Les enfants grouillaient entre les tentes. Meggie essaya de les compter, mais elle ne tarda pas à renoncer. Comment les brigands allaient-ils pouvoir nourrir tant de bouches quand le Prince noir arrivait à peine à sustenter ses propres hommes ?

Monseigneur et Gecko ne cachaient pas ce qu'ils pensaient de la situation. «Gardes d'enfants ! chuchotait-on dans le campement. Est-ce pour cela que nous nous sommes retirés dans la forêt ?» Monseigneur, Gecko, Fléau des Elfes et Jambe de Bois, Vagabond et Barbe Noire… Ils étaient nombreux à maugréer ainsi. Mais qui était donc cet homme fluet, au visage doux, qui regardait autour de lui comme s'il n'avait encore jamais rien vu ? On aurait dit… Non. Non, ce n'était pas possible.

Meggie se passa la main devant les yeux. La fatigue devait lui donner des hallucinations. Mais soudain, deux bras vigoureux l'entourèrent et la serrèrent si fort qu'elle faillit étouffer.

– Regarde-moi ça ! Tu es presque aussi grande que moi, petite effrontée !

Meggie se retourna.

Elinor.

Que se passait-il ? Devenait-elle folle ? Tout cela n'avait-il été qu'un rêve dont elle venait de s'éveiller ? Les arbres allaient-ils s'évaporer, tout allait-il s'effacer, les brigands, les enfants… et Mo apparaîtrait-il près de son lit en lui demandant si elle avait l'intention de dormir jusqu'au déjeuner ?

Meggie blottit son visage dans la robe d'Elinor. Une robe en velours qui ressemblait à un costume de théâtre. Oui, elle rêvait. Sûrement. Mais qu'est-ce qui était vrai ? « Réveille-toi, Meggie ! Allez. Réveille-toi ! »

L'inconnu lui sourit timidement en maintenant ses lunettes cassées devant son visage. Mais oui, c'était bien Darius ! Elinor la serra à nouveau contre elle et Meggie se mit à pleurer. Elle pleura dans l'étrange robe toutes les larmes qu'elle avait retenues depuis que Mo était parti.

– Oui, je sais, c'est affreux ! disait Elinor en lui caressant les cheveux avec gaucherie. Ma pauvre chérie ! Je lui ai déjà dit ce que je pensais, à cet écrivaillon. Ce vieux fou, pour qui se prend-il ? Mais tu verras, ton père va lui en faire voir, à ce drôle d'oiseau au bec d'argent !

– C'est le Fifre. (Meggie ne put s'empêcher de rire malgré les larmes qui coulaient toujours sur son visage.) Le Fifre, Elinor !

– Peu importe ! Comment veux-tu qu'on retienne tous ces noms saugrenus ? (Elinor regarda autour d'elle.) Ce Fenoglio, on devrait l'écarteler mais, naturellement, il ne voit pas les choses ainsi. Désormais, nous pourrons l'avoir à l'œil et j'en suis bien contente. Il ne voulait pas laisser Minerve venir seule : sans doute ne supportait-il pas l'idée de faire sa cuisine et de raccommoder ses chaussettes lui-même !

– Fenoglio est ici ? demanda Meggie en s'essuyant les yeux.

– Oui, mais où est ta mère ? Je ne l'ai trouvée nulle part !

L'expression de Meggie révélait qu'elle n'était pas en très bons termes avec Resa, mais avant qu'Elinor ait pu l'interroger, Baptiste s'interposa.

– Fille du Geai bleu, tu veux bien me présenter ton amie qui a un si beau costume ? demanda-t-il en s'inclinant devant Elinor. À quelle corporation de ménestrels apparteniez-vous, chère madame ? Laissez-moi deviner. Vous êtes une comédienne. Votre voix doit résonner sur toutes les places de marché !

Elinor le regarda d'un air si ébahi que Meggie s'empressa de lui venir en aide.

– C'est Elinor, Baptiste, la tante de ma mère…

– Ah, une parente du Geai bleu ! s'exclama le brigand en s'inclinant encore plus bas. Cette information devrait retenir Monseigneur de vous tordre le cou. Il est justement en train d'essayer de persuader le Prince noir que vous et cet inconnu – il désigna Darius qui s'approchait d'eux – êtes des espions du Fifre.

Elinor se retourna si brusquement qu'elle donna un coup de coude dans l'estomac de Darius.

– Le Prince noir ?

Quand elle le vit debout avec son ours à côté de Monseigneur, elle rougit comme une jeune fille.

– Oh, il est magnifique ! dit-elle dans un souffle. Et son ours aussi est exactement comme je me l'étais imaginé ! C'est si merveilleux, si incroyable !

Meggie sentit ses larmes se tarir. Elle était heureuse qu'Elinor soit là. Si heureuse !

40
Une nouvelle cage

Westley ferma les yeux. Les douleurs revenaient et il fallait qu'il soit prêt à les affronter. Il devait y préparer son cerveau, garder le contrôle de son esprit pour échapper à leurs efforts car sinon, elles le briseraient.

William Goldman, *La Princesse Bouton-d'Or*

Ce soir-là, ils vinrent plus tôt que d'habitude. La nuit commençait tout juste à tomber. Non qu'il fît jamais clair dans le cachot de Mo, mais l'obscurité de la nuit était différente… et avec elle apparaissait le Fifre. Mo se redressa autant que ses chaînes le lui permettaient et se prépara à supporter les coups de poing et les coups de pied. Si seulement il ne s'était pas senti si bête, si terriblement bête ! Le fou, qui s'était pris de plein gré dans le filet tendu par ses ennemis ! Il n'était plus un brigand, ni un relieur, juste un bouffon.

Dans la prison d'Ombra, les cellules n'étaient pas plus agréables que dans la tour du château de la Nuit. Des trous sombres où l'on pouvait à peine se tenir debout, où suintait la même peur que dans tous les cachots. Oui, la peur était revenue. Elle l'attendait à l'entrée et l'avait presque terrassé quand les hommes du Gringalet lui avaient attaché les mains.

Prisonnier. Sans défense…

« Pense aux enfants, Mortimer ! » Seul le souvenir de leurs visages le calmait quand il se maudissait pour s'être rendu et devait endurer les coups que la nuit apportait avec elle. Le feu de Doigt de Poussière lui procurait un peu de répit mais le Fifre n'en était que plus furieux. Mo avait encore dans l'oreille la voix de la fée qui s'était posée sur son épaule la première nuit. Il voyait toujours les araignées embrasées qui s'étaient glissées dans les habits de soie du Fifre. Mo s'était moqué de lui, de sa terreur manifeste… et l'avait chèrement payé.

« Encore deux jours, Mortimer, deux jours et deux nuits, et Tête de Vipère sera là. » Et alors ? Il était vraiment fou d'espérer qu'il pourrait donner à la mort et à ses filles blafardes ce qu'elles attendaient. Resa comprendrait-elle que c'était aussi à cause de Meggie qu'il s'était rendu au château, si les Femmes blanches venaient la chercher ? Qu'il ne lui avait rien raconté pour éviter que l'angoisse lui brise le cœur ?

Les deux soldats qui entrèrent dans sa cellule avaient le visage et les mains couverts de suie. Ils venaient toujours à deux, mais où était donc leur maître au nez argenté ? Sans un mot, ils tirèrent sur les chaînes de Mo pour le faire lever. Le fer lui entailla la peau.

– Aujourd'hui, une autre cellule a été préparée pour la visite du Fifre ! lui susurrèrent-ils. Une cellule dans laquelle le feu de ton ami ne pourra le trouver !

Ils descendirent toujours plus bas, passant devant des

trous qui empestaient la chair pourrie. Mo crut voir un serpent de feu ramper dans l'obscurité mais, quand il se retourna, un des gardes le frappa.

Le trou dans lequel ils le poussèrent était beaucoup plus grand que le précédent. Les murs étaient couverts de sang séché et l'air était froid et confiné. Le Fifre se fit attendre et, quand il entra enfin dans la cellule, deux autres soldats l'escortaient. Lui aussi avait le visage couvert de suie. Les deux gardes s'écartèrent respectueusement pour laisser passer leur maître. Pourtant, Mo remarqua qu'ils regardaient autour d'eux d'un air inquiet… comme s'ils s'attendaient à voir surgir les araignées embrasées de Doigt de Poussière. Mo sentait que ce dernier le cherchait. Ses pensées tâtonnaient à sa recherche, mais les cachots d'Ombra étaient presque aussi profonds que ceux du château de la Nuit.

Peut-être que ce soir, il ferait usage du couteau que Baptiste avait cousu dans l'ourlet de ses vêtements. Avec ses mains meurtries, il aurait sans doute du mal à le tenir, et plus encore à frapper. Mais c'était rassurant de le savoir là quand la peur et la haine devenaient trop fortes.

– Ton ami le bouffeur de feu se montre de plus en plus téméraire mais, cette nuit, ses tours ne te seront d'aucun secours, le Geai bleu. J'en ai assez !

Sous la suie qui noircissait même son nez d'argent, le visage du Fifre était blanc. L'un des soldats frappa Mo au visage. « Encore deux jours… »

Le Fifre contempla ses gants couverts de suie d'un air dégoûté.

– Tout Ombra se moque de moi. « Regardez le Fifre, chuchotent-ils. Le danseur de feu nargue ses hommes et le Prince noir cache les enfants ! Le Geai bleu va nous sauver. »

Ça suffit ! Quand j'en aurai fini avec toi, ils changeront de discours.

Il s'approcha si près de Mo que son nez faillit lui piquer le visage.

– Alors ? Tu ne veux pas les appeler à l'aide, avec ta langue magique ? Tes amis en haillons, le Prince et son ours, le danseur de feu... ou Violante, peut-être ? Son serviteur poilu m'espionne ; il ne se passe pas une heure où il ne m'explique que pour le père de la Laide, tu n'as de valeur que vivant. Mais il y a belle lurette que son père n'inspire plus la même frayeur. Grâce à toi, d'ailleurs.

Violante. Mo ne l'avait vue qu'une seule fois, quand ils l'avaient mis à bas de son cheval dans la cour. Comment avait-il pu être assez bête pour croire qu'elle pourrait le protéger ! Il était perdu, et Meggie avec lui. Il sentit le désespoir l'envahir, un désespoir si noir qu'il en eut la nausée.

Le Fifre sourit.

– Tu as peur. Ça me plaît. Je devrais écrire une chanson là-dessus. Mais désormais, ils ne chanteront plus que des chansons qui parlent de moi, des chansons sombres, comme je les aime. Très sombres.

Un soldat s'approcha de Mo en ricanant bêtement, son bâton ferré à la main.

– « Il va leur échapper une fois de plus ! » disent-ils. (Le Fifre fit un pas en arrière.) Mais tu ne t'échapperas plus jamais, tu ramperas, le Geai bleu ! Tu ramperas devant moi.

Les deux soldats qui avaient amené Mo le poussèrent contre le mur sanglant tandis que le troisième levait son bâton. Le Fifre passa la main sur son nez en argent.

– Pour le livre, tu as besoin de tes mains, le Geai bleu.

Mais Tête de Vipère ne trouvera rien à redire si on te brise les jambes. Et quand bien même… comme je l'ai dit, Tête de Vipère n'est plus ce qu'il était…

Perdu. Il était perdu. « Mon Dieu, Meggie. » Lui avait-il jamais raconté une histoire aussi sinistre que celle-ci ? « Non, Mo, pas de contes ! disait-elle quand elle était petite. Ils sont bien trop tristes ! »

– Quel dommage que mon père n'ait pu entendre en personne ton petit discours, le Fifre.

Violante n'avait pas élevé la voix, mais le Fifre sursauta comme si elle avait crié.

Le soldat qui ricanait laissa retomber son bâton et les autres reculèrent pour faire place à la fille de Tête de Vipère. Violante était à peine visible dans sa robe noire. Comment pouvait-on l'appeler la Laide ? À ce moment-là, Mo avait l'impression de n'avoir jamais vu visage plus beau. Pourvu que le Fifre ne remarque pas combien ses jambes tremblaient ! Il ne voulait pas lui faire ce plaisir.

Un petit visage poilu surgit à côté de celui de Violante. Tullio. Est-ce lui qui l'avait prévenue ? La Laide était accompagnée d'une demi-douzaine de ses soldats imberbes. Ils avaient l'air jeunes et fragiles à côté des hommes du Fifre, mais leurs jeunes mains portaient des arbalètes, des armes qui inspiraient le respect même aux cuirassiers.

Cependant le Fifre ne tarda pas à se ressaisir.

– Que venez-vous faire ici ? l'apostropha-t-il. Je m'assure simplement que votre précieux prisonnier ne s'échappera pas de nouveau. Il suffit que son ami le danseur de feu fasse de nous la risée du peuple. Cela ne va pas plaire à votre père.

– Et ce que je vais faire maintenant ne va pas te plaire,

répondit Violante d'un ton neutre. Attachez-les, ordonna-t-elle à ses soldats. Enlevez les chaînes du Geai bleu et liez-le de sorte qu'il puisse monter à cheval.

Le Fifre porta la main à son épée, mais trois des soldats de Violante le jetèrent à terre. Mo pouvait ressentir physiquement la haine qu'ils vouaient à Nez d'Argent. Ils auraient aimé le tuer, il le lisait sur leurs visages encore si jeunes – et les hommes du Fifre le voyaient aussi, car ils se laissèrent ligoter sans opposer de résistance.

– Horrible petite vipère ! (La voix nasillarde du Fifre était encore plus étrange quand il criait.) Le Gringalet avait raison ! Tu es de mèche avec la racaille. Que veux-tu ? Le trône d'Ombra, et peut-être celui de ton père par surcroît ?

Le visage de Violante resta aussi impassible que les enluminures de Balbulus.

– Je ne veux qu'une chose, répondit-elle, remettre le Geai bleu intact entre les mains de mon père pour qu'il puisse lui être utile. En échange de ce service, je lui demanderai effectivement le trône d'Ombra. Pourquoi pas ? Il me revient de droit.

Le soldat qui ôta les chaînes de Mo était le même que celui qui lui avait ouvert le sarcophage dans le caveau de Cosimo.

– Pardon ! murmura-t-il en lui attachant les mains.

Il ne serra pas trop fort la corde, mais Mo la sentit s'enfoncer dans ses poignets meurtris. Le Geai bleu ne quittait pas Violante des yeux. Il avait encore en tête la voix rauque de Monseigneur : « Elle te vendra pour le trône d'Ombra. »

– Où veux-tu l'emmener ? demanda le Fifre en crachant au visage du soldat qui le ligotait. Quand bien même tu le cacherais chez les géants, je te trouverais !

– Je n'ai pas l'intention de le cacher, rétorqua Violante négligemment. Je vais l'emmener au château de ma mère. Mon père connaît le chemin. S'il accepte mes conditions, il s'y rendra. Je suis certaine que tu vas le lui dire.

«Elle te vendra.»

Le regard de Violante glissa sur Mo, un regard détaché, comme s'ils ne s'étaient jamais rencontrés. Malgré ses jambes entravées, le Fifre décocha un coup de pied à Mo quand les soldats de Violante le firent sortir de la cellule, mais que représentait un coup de pied comparé au bâton ferré que Nez d'Argent avait prévu pour lui?

– Tu es un homme mort, le Geai bleu! cria-t-il avant que les soldats de Violante le bâillonnent. Mort!

«Pas encore, voulut répondre Mo. Pas encore.»

Une servante attendait devant la porte. Brianna. Ainsi, Violante l'avait reprise à son service! Elle le salua d'un signe de tête, puis suivit sa maîtresse. Trois gardes gisaient sans connaissance dans le couloir. Violante les enjamba et emprunta le couloir jusqu'à un tunnel étroit qui partait sur la gauche. Tullio ouvrait la marche; les soldats le suivaient en silence, Mo entre eux.

Le château de sa mère… Quel que soit le plan de Violante, il lui était reconnaissant de pouvoir se servir encore de ses jambes.

Le tunnel semblait sans fin. Comment la fille de Tête de Vipère connaissait-elle si bien tous les passages secrets de ce château?

– J'ai lu quelque chose sur ce tunnel, expliqua Violante en se tournant vers lui comme si elle avait deviné ses pensées.

Ou parlait-il tout haut sans s'en apercevoir, après toutes ces heures passées seul dans l'obscurité?

– Heureusement, je suis la seule à utiliser la bibliothèque de ce château, poursuivit Violante.

Elle le regardait comme si elle cherchait à deviner s'il lui faisait toujours confiance. Oh oui, elle ressemblait à son père. Comme lui, elle aimait jouer avec la peur et le pouvoir, et constamment mesurer sa force, jusqu'à la mort. Pourquoi lui faisait-il encore confiance, malgré ses mains ligotées ?

Deux autres tunnels bifurquaient dans l'obscurité, aussi étroits que le premier. Violante désigna sans hésiter celui de gauche à Tullio qui la regardait d'un air perplexe. C'était une femme étrange, bien plus vieille que son âge. Tant de froideur, de maîtrise de soi ! « N'oublie jamais de qui elle est la fille. » Le Prince noir le lui avait maintes fois rappelé et Mo comprenait de mieux en mieux sa mise en garde. Il émanait de Violante la même cruauté, la même impatience, la même conviction d'être plus intelligente que la plupart, voire plus importante.

– Votre Altesse ? demanda le soldat derrière Mo. (Ils traitaient tous leur maîtresse avec respect.) Qu'en est-il de votre fils ?

Violante répondit sans se retourner :

– Jacopo reste ici. Il nous trahirait.

Elle avait dit cela avec froideur. Apprend-on à travers ses propres parents à aimer son enfant ? Si oui, il n'était pas étonnant que la fille de Tête de Vipère ne soit pas douée pour cela.

Mo sentit de l'air sur son visage, de l'air qui n'avait pas seulement l'odeur de la terre. Le tunnel s'élargissait. Il entendit un clapotis et, quand ils sortirent à l'air libre, il vit Ombra au-dessus de lui. La neige tombait du ciel noir et la rivière étincelait derrière les buissons dénudés. Des chevaux attendaient sur la rive, sous la garde d'un soldat. Soudain, un garçon surgit et mit un couteau sous la gorge de la sentinelle. Farid. Doigt de Poussière le suivait, des étincelles dans ses cheveux enneigés, les deux martres à ses pieds. Quand les soldats de Violante braquèrent leurs arbalètes sur lui, il se contenta de sourire.

– Où emmenez-vous votre prisonnier, fille de la vipère ? demanda-t-il. Je suis l'ombre qu'il a ramenée de chez les morts et son ombre le suit partout où il va.

Tullio se cacha derrière la robe noire de Violante, comme s'il avait peur que Doigt de Poussière, d'une seconde à l'autre, le transforme en torche vivante. Mais Violante fit signe à ses soldats de baisser leurs arbalètes. Brianna regarda son père, sans mot dire.

– Ce n'est pas mon prisonnier, dit Violante. Mais je ne veux pas que mon père l'apprenne – ses espions sont partout. D'où ses liens. Veux-tu que je te les enlève, le Geai bleu ?

Elle tira un couteau de sous sa cape. Mo échangea un coup d'œil avec Doigt de Poussière. Il était content de le voir. Pourtant, pendant des années, la vue de Doigt de Poussière avait fait naître en lui des sentiments très différents. Mais, depuis qu'ils avaient tous les deux rencontré la Mort, ils avaient l'impression d'être faits de la même chair. De la même histoire. Peut-être n'y avait-il, d'ailleurs, qu'une seule histoire ?

« Ne lui fais pas confiance ! » disait le regard de Doigt de Poussière. Et Mo savait que le danseur de feu lirait sa réponse sur son front sans qu'il ait besoin de la formuler. « Je dois. »

– Je garde les liens, dit-il, et Violante remit son couteau dans les plis de sa robe.

Sur le tissu noir, les flocons de neige se posaient comme de minuscules plumes.

– J'emmène le Geai bleu au château où ma mère a grandi, dit-elle. Là-bas, je pourrai le protéger. Pas ici.

– Le château du Lac ? s'enquit Doigt de Poussière en détachant de sa ceinture une sacoche qu'il tendit à Farid. C'est un long chemin. Au moins quatre jours à cheval.

– Tu as entendu parler de ce château ?

– Comme tout le monde ! Mais il est abandonné depuis des années. Vous le connaissez ?

Violante avança le menton d'un air de défi et, une fois de plus, ressembla à Meggie.

– Non, je n'y suis jamais allée, mais ma mère m'en a parlé et j'ai lu tout ce qui a été écrit sur ce château. Je le connais mieux que si j'y avais vécu.

Doigt de Poussière la regarda sans rien dire, puis il haussa les épaules.

– Si vous le pensez… En tout cas, le Fifre n'y est pas, c'est déjà un avantage. Et il paraît qu'il est facile à défendre, ajouta-t-il en dévisageant les jeunes soldats de Violante comme pour évaluer leur âge. Oui, le Geai bleu y sera sans doute plus en sécurité.

Les flocons de neige qui se posaient sur les mains liées de Mo rafraîchissaient sa peau meurtrie. S'il ne pouvait pas les bouger, au moins la nuit, il ne pourrait bientôt plus s'en servir.

– Et vous êtes certaine que votre père nous rejoindra là-bas ? demanda-t-il à Violante.

Sa voix semblait encore voilée par l'obscurité du cachot.

Violante sourit.

– Oh oui, il te suivra n'importe où. Et il apportera le livre vide.

Le livre vide. La neige tombait comme si elle voulait recouvrir le monde d'un nuage aussi blanc que celui des pages vierges. L'hiver était arrivé. « Tes jours sont comptés, Mortimer. Et ceux de Meggie. Meggie… » Comment pouvait-il tant aimer ce monde ? Pourquoi ses yeux ne se lassaient-ils pas de regarder les arbres au loin, tellement plus grands que ceux auxquels il grimpait quand il était enfant ? Ses yeux cherchaient les fées et les hommes de verre comme s'ils avaient toujours fait partie de son monde… Comment était-ce possible ? « Souviens-toi, Mortimer ! Il était une fois un tout autre monde », susurrait une voix en lui. Mais quelle que soit cette voix, elle parlait en vain. Jusqu'à son propre nom qui lui devenait étranger et irréel ; il savait que s'il s'était trouvé une main qui veuille refermer pour toujours le livre de Fenoglio, il l'aurait retenue.

– Nous n'avons pas de cheval pour toi, danseur de feu.

Il y avait de l'hostilité dans la voix de Violante. Elle n'aimait pas Doigt de Poussière. Comme lui, avant leur expérience commune !

Doigt de Poussière sourit d'un air si moqueur que Violante se contenta de lui lancer un regard glacial.

– Allez-y. Je vous retrouverai.

Quand Mo se remit en selle, il avait déjà disparu, et Farid avec lui. Seules quelques étincelles luisaient encore à sa place dans la neige. Les soldats de Violante avaient l'air effarés, comme s'ils avaient vu un esprit… c'était peut-être le terme qui convenait pour un homme qui était revenu de chez les morts.

Au château, rien ne bougeait encore. Aucune sentinelle ne donna l'alarme quand le premier soldat engagea son cheval dans la rivière. Personne ne cria du haut des remparts que le Geai bleu, une fois de plus, s'était évadé. Ombra dormait et la neige la recouvrait d'un manteau blanc tandis que tournoyait au-dessus des toits le geai de feu de Doigt de Poussière.

41
Images de cendres

> – Mais vous trouvez ça *intéressant*, n'est-ce pas, made-
> moiselle Candy ?
> – Oh, c'est tout à fait intéressant. Et même plus qu'inté-
> ressant. Mais, à partir de maintenant, nous devons être
> de la plus grande prudence, Matilda.
>
> Roald Dahl, *Matilda*

La grotte que Mo et le Prince noir avaient découverte
bien avant la représentation d'Oiseau de Suie était à deux
heures de marche au nord d'Ombra. C'était un long trajet pour des pieds d'enfant et l'hiver était arrivé dans le
Monde d'encre : la pluie tournait de plus en plus souvent
à la neige, des papillons blancs pendaient soudain des
branches dénudées comme des feuilles gelées et les hiboux
aux plumes grises chassaient les fées.

– À cette époque, mes fées dorment ! s'était défendu
Fenoglio en voyant Despina fondre en larmes parce qu'un
hibou avait déchiqueté sous ses yeux deux de ces petites
créatures. Mais les créatures stupides d'Orphée voltigent

dans tous les sens comme si elles n'avaient jamais entendu parler de l'hiver !

Le Prince noir ouvrait la marche, les conduisant d'une colline à l'autre, traversant des maquis et des éboulis, sur des chemins si impraticables que la plupart du temps, il fallait porter les plus jeunes enfants. Meggie ne tarda pas à avoir mal au dos, mais Elinor marchait à grands pas, avide de découvrir le plus vite possible toutes les merveilles de ce monde nouveau – même si elle faisait ce qu'elle pouvait pour cacher son enthousiasme devant son créateur.

Fenoglio cheminait la plupart du temps derrière eux, avec Resa et Darius. La fillette que Resa portait le plus souvent ressemblait tellement à Meggie que, chaque fois qu'elle se retournait vers sa mère, Meggie avait le sentiment de revenir en arrière, à une époque qui n'avait jamais existé. Quand elle était petite, c'était toujours Mo qui la portait. Mais chaque fois qu'elle voyait Resa poser sa joue contre les cheveux de la fillette, Meggie regrettait de ne pas l'avoir connue ainsi, elle aussi. Peut-être qu'alors, elle aurait moins souffert de l'absence de Mo.

Quand, à mi-chemin, Resa se sentit mal, Roxane lui ordonna de déposer son fardeau.

– Sois prudente ! l'entendit dire Meggie. Tu ne voudrais quand même pas devoir raconter à ton mari, à son retour, que tu as perdu son enfant ?

Maintenant, on voyait que Resa était enceinte. Parfois, Meggie avait envie de poser sa main sur son ventre, là où l'autre enfant grandissait, mais elle ne le faisait pas. Quand il avait appris cette grossesse, les yeux de Darius s'étaient embués et Elinor s'était écriée : « Maintenant, tout ne peut que bien finir ! », et elle avait embrassé Resa avec tant de fougue qu'elle avait dû écraser à moitié l'enfant à venir. Meggie cependant se surprenait souvent à penser : « Je n'ai pas besoin de sœur. Je n'ai pas non plus besoin de frère. Je veux juste que mon père revienne ! » Mais lorsque l'un des petits qu'elle avait porté pendant des heures sur son dos lui colla un gros baiser sur la joue pour la remercier, elle ressentit pour la première fois, de manière tout à fait inopinée, une sorte de joie à la perspective de l'enfant à naître et elle s'imagina sentir de petits doigts se glisser dans sa main.

Tous se réjouissaient que Roxane les accompagne. Son fils ne faisait pas partie des enfants que le Fifre et Oiseau de Suie avaient enlevés, mais elle avait quand même emmené Jehan.

Roxane portait de nouveau ses longs cheveux noirs détachés, comme les ménestrelles. Elle souriait aussi plus souvent qu'avant et quand des enfants se mirent à pleurer, sur ce long chemin, Meggie l'entendit chanter pour la première fois, tout doucement, mais cela lui suffit pour comprendre ce que Baptiste lui avait dit un jour : « Quand Roxane chante, elle t'enlève toute la tristesse que tu as au cœur pour en faire de la musique. »

Comment Roxane pouvait-elle être si heureuse malgré l'absence de Doigt de Poussière ? « Parce que maintenant, elle sait qu'il lui reviendra toujours », disait Baptiste. Resa ressentait-elle la même chose ?

Meggie ne vit l'entrée de la grotte qu'au tout dernier instant. De grands pins la dissimulaient, des aubépines et des buissons dont les branches étaient couvertes d'un duvet blanc, long et doux comme des cheveux humains. La peau de Meggie la démangea encore des heures après avoir suivi Doria à travers ce maquis.

La fente qui menait à l'intérieur de la grotte était si étroite que l'hercule dut rentrer la tête et passer sur le côté, mais la grotte elle-même était aussi haute qu'une église et les voix d'enfant résonnaient si haut entre les parois que Meggie pensa qu'on devait les entendre jusqu'à Ombra.

Le Prince noir posta six hommes au-dehors : ils grimpèrent sur les cimes des arbres environnants. Il envoya quatre autres hommes effacer leurs traces. Doria les accompagna, Jaspis juché sur l'une de ses épaules. Après le départ de Farid, l'homme de verre les avait rejoints. C'était une entreprise quasi désespérée que de faire disparaître les traces de tant de petits pieds et Meggie lut sur le visage du Prince qu'il aurait bien aimé emmener les enfants encore plus loin, le plus loin possible du Fifre et du Gringalet.

Le Prince noir avait autorisé une demi-douzaine de femmes à accompagner leurs enfants. Il connaissait assez bien ses hommes pour savoir qu'ils ne valaient pas grand-chose comme substituts maternels. Roxane, Resa et Minerve les aidèrent à rendre la grotte plus habitable. Elles tendirent des draps et des couvertures entre les parois rocheuses, apportèrent des brassées de feuillage séché sur le sol de pierre en guise de matelas, étendirent des fourrures dessus et entassèrent des pierres pour ménager de petites niches séparées aux plus petits. Elles installèrent un foyer pour cuisiner, inspectèrent les ustensiles que les brigands avaient apportés, toujours à l'affût des bruits de l'extérieur, paniquées à l'idée d'entendre soudain des aboiements ou des voix de soldat.

– Regardez-les s'empiffrer, avec leurs petites gueules, grogna Monseigneur la première fois que le Prince noir fit distribuer à manger aux enfants. Nos provisions suffiront pour une petite semaine. Et après ?

– D'ici là, Tête de Vipère sera bel et bien mort, répliqua l'hercule d'un ton provocant.

Monseigneur se contenta de rire, l'air méprisant.

– Ah oui ? Et le Geai bleu tuera en même temps le Fifre ? Mais pour ça, il lui faudra plus que trois mots. Et qu'est-ce que tu fais du Gringalet et des cuirassiers ?

Bonne question, à laquelle personne ne savait répondre.

– Violante les chassera tous une fois que son père sera mort ! déclara Minerve.

Mais la Laide n'inspirait toujours pas confiance à Meggie.

– Il va bien, Meggie ! lui répéta Elinor. Ne prends pas cet air triste. Si j'ai bien compris toute l'histoire, ce qui n'est pas si facile car notre cher écrivain aime bien compliquer les choses, ajouta-t-elle en lorgnant Fenoglio, ils ne toucheront pas un cheveu de la tête de ton père car il est censé restaurer le livre de Tête de Vipère. Ce qu'il ne peut probablement pas faire mais ça, c'est un autre problème. Quoi qu'il en soit, tu vas voir, tout finira bien !

Si seulement Meggie avait pu la croire, comme elle croyait autrefois tout ce que disait Mo. « Tout finira bien, Meggie ! » Il n'avait pas besoin d'en dire plus, elle posait sa tête sur son épaule, certaine qu'il allait tout arranger. Comme il était loin, ce temps-là. Si loin…

Le Prince noir avait envoyé les corneilles apprivoisées de Gecko à Ombra – auprès du Chat-huant et des espions qu'il avait au château – et Resa resta des heures à l'entrée de la grotte à scruter le ciel dans l'espoir d'y voir apparaître les oiseaux aux plumes noires. Mais le seul oiseau que Gecko ramena dans la grotte, le deuxième jour, fut une pie déplumée, et en fin de compte, ce ne furent pas ses corneilles qui leur apportèrent des nouvelles du Geai bleu, mais Farid.

Il tremblait de froid quand une des sentinelles le conduisit auprès du Prince noir et son visage avait perdu cette expression de désarroi qui l'avait marqué quand Doigt de Poussière l'avait chassé. En l'écoutant balbutier ses nouvelles, Meggie saisit la main d'Elinor : Violante emmenait Mo au château de sa mère et Doigt de Poussière les suivrait. Le Fifre avait frappé Mo, l'avait menacé, Violante avait eu peur qu'il le tue.

Resa enfouit son visage dans ses mains et Roxane passa un bras autour de ses épaules.

– Au château de sa mère ? Mais la mère de Violante est morte !

À présent, Elinor connaissait l'histoire de Fenoglio mieux que son auteur. Elle était aussi à l'aise avec les brigands que si elle avait toujours vécu parmi eux ; elle demandait à Baptiste de lui chanter les chansons de ménestrels, à l'hercule de lui montrer comment on parle aux oiseaux et à Jaspis de lui expliquer combien d'espèces d'homme de verre existaient en ce monde. Elinor se prenait constamment les pieds dans l'ourlet de sa drôle de robe, elle avait le front sale et des araignées dans les cheveux, mais elle avait l'air aussi heureuse qu'autrefois, quand elle contemplait un livre particulièrement précieux, ou à l'époque où des fées et des hommes de verre s'étaient installés dans son jardin.

– C'est le château dans lequel sa mère avait grandi. Doigt de Poussière le connaît.

Farid détacha une sacoche de sa ceinture et essuya un peu de suie sur le cuir. Puis il regarda Meggie.

– Nous avons fait surgir des araignées et des loups de feu pour protéger ton père !

Sa voix vibrait de fierté.

– Et pourtant, Violante a cru qu'il n'était pas en sécurité au château !

Le ton de Resa, au contraire, sous-entendait un reproche. « Vous ne pouvez pas le protéger, semblait-elle dire, aucun d'entre vous. Il est seul. »

– Le château du Lac, dit le Prince noir qui ne semblait pas apprécier l'idée de Violante. On chante beaucoup de chansons sur ce château.

– Des chansons sinistres, ajouta Gecko.

La pie déplumée se posa sur son épaule. Elle regardait Meggie comme si elle voulait lui crever les yeux.

– Quel genre de chansons ? demanda Resa, blême de peur.

– Des histoires de fantômes, rien de plus. Des âneries ! s'exclama Fenoglio en se glissant près de Resa, Despina agrippée à lui. Le château du Lac est abandonné depuis longtemps. Alors, les gens racontent des tas d'histoires, mais ce ne sont que des histoires.

– Comme c'est rassurant ! s'exclama Elinor en lançant à Fenoglio un regard qui le fit rougir.

Il était d'humeur exécrable. Depuis qu'ils étaient arrivés dans la grotte, il ne cessait de se plaindre, du froid, des pleurs des enfants, de l'odeur de l'ours. Il passait le plus clair de son temps assis derrière le mur de pierres qu'il avait érigé dans un coin sombre de la grotte, à se disputer avec Cristal de Rose. Ivo et Despina, seuls, pouvaient lui arracher un sourire… et Darius. Dès leur arrivée, il avait rejoint le vieil homme et, tout en l'aidant à ériger son muret, il l'avait timidement interrogé sur le monde qu'il avait créé : «Où habitent les géants ? Est-ce que les nymphes vivent plus longtemps que les hommes ? Quel pays y a-t-il derrière les montagnes ?» Apparemment, Darius posait les bonnes questions car Fenoglio, qui n'avait jamais supporté la curiosité d'Orphée, lui répondait avec patience.

Le château du Lac. Fenoglio secoua la tête quand Meggie s'approcha de lui, désireuse d'en savoir plus sur l'endroit où la Laide emmenait son père.

– C'était un lieu secondaire, Meggie, répondit-il d'un air grognon. Un endroit parmi tant d'autres. Qui fait partie du décor ! Si tu veux en savoir plus, consulte mon livre, à condition que Doigt de Poussière veuille bien te le prêter ! En fait, je trouve que c'est à moi qu'il aurait dû le donner, même s'il ne me porte pas dans son cœur ; car enfin, j'en suis l'auteur, mais bon... Au moins, ce n'est plus Orphée qui le détient !

Le livre. Il y avait longtemps que Doigt de Poussière ne l'avait plus, mais Meggie, sans savoir pourquoi, garda cette information pour elle. C'est sa mère qui détenait le livre. Farid l'avait remis à Resa aussi précipitamment que si Basta pouvait surgir derrière lui et le voler, comme autrefois, dans l'autre monde. «Doigt de Poussière dit que c'est avec toi que le livre sera le plus en sécurité, parce que tu connais le pouvoir des mots, avait-il murmuré. Le Prince noir n'y connaît rien. Mais cache-le bien. Il ne faut pas qu'Orphée le récupère. Même si Doigt de Poussière est presque sûr qu'il ne viendra pas le chercher chez toi.»

Resa avait hésité à accepter et, finalement, elle avait caché le livre là où elle dormait. Le cœur de Meggie se mit à battre plus vite quand elle le tira de sous sa couverture.

Elle n'avait plus eu le livre de Fenoglio entre les mains depuis que Mortola le lui avait donné, sur la grande place des cérémonies de Capricorne, pour qu'elle lise et fasse surgir l'Ombre. C'était une étrange sensation de l'ouvrir dans le monde qu'il évoquait et, un instant, Meggie eut peur que les pages engloutissent tout ce qui l'entourait. Le rocher sur lequel elle était assise, la couverture sous laquelle dormait sa mère, le papillon blanc qui s'était égaré dans la grotte et les enfants qui le poursuivaient en riant… Tout cela était-il vraiment né d'un livre ? Il avait l'air si banal comparé aux merveilles qu'il contait, quelques centaines de pages imprimées au plus, une douzaine d'images, loin d'égaler celles que dessinait Balbulus, un volume en lin vert argenté. Et cependant, Meggie n'eût pas été surprise de voir figurer son propre nom ou celui de sa mère, celui de Farid ou de Mo sur les pages, bien que… non, dans ce monde-ci, son père portait un autre nom.

Meggie n'avait jamais eu l'occasion de lire l'histoire de Fenoglio. Où allait-elle commencer ? Y avait-il une illustration du château du Lac ? Elle feuilletait les pages à la hâte quand elle entendit la voix de Farid.

– Meggie !

Elle s'empressa de refermer le livre, comme si chaque mot qu'il contenait était un secret. Que c'était bête ! Ce livre ne savait rien de tout ce qui lui faisait peur, rien du Geai bleu, pas même de Farid…

Farid. Elle ne pensait plus à lui aussi souvent qu'avant. C'était presque comme si, avec le retour de Doigt de Poussière, le chapitre qui parlait d'eux était terminé, comme si l'histoire effaçait à chaque mot ce qu'elle avait raconté avant.

423

– Doigt de Poussière m'a encore donné quelque chose.

Farid regarda le livre comme si c'était un serpent. Avec réticence, il s'agenouilla à côté d'elle et tira de sa ceinture la sacoche noire de suie que ses doigts avaient tant de fois caressée pendant qu'il faisait son rapport au Prince.

– Il me l'a donnée pour Roxane, dit-il à voix basse tout en dessinant un cercle de cendre sur le sol pierreux. Mais tu as l'air si inquiète…

Il n'acheva pas sa phrase, mais chuchota des mots que seuls lui et Doigt de Poussière connaissaient… Et le feu jaillit soudain de la cendre comme s'il avait attendu qu'on le réveille. Farid l'attira, le flatta et le charma jusqu'à ce que le cœur des flammes devienne blanc comme le papier ; une image apparut alors, à peine perceptible, puis de plus en plus nette.

Des collines, très boisées… des soldats sur un chemin étroit, beaucoup de soldats… deux femmes à cheval au milieu d'eux. Meggie reconnut aussitôt Brianna à ses cheveux. La femme devant elle devait être la Laide et, aux côtés de Doigt de Poussière, Mo. Meggie tendit instinctivement la main vers lui, mais Farid la retint.

– Il a du sang sur le visage, murmura-t-elle.

– Le Fifre.

Farid se remit à parler avec les flammes et l'image grandit, révélant que le chemin se dirigeait vers des montagnes que Meggie n'avait jamais vues, beaucoup plus hautes que les collines d'Ombra. Sur le chemin, il y avait de la neige, ainsi que sur les versants au loin et Meggie vit que Mo soufflait dans ses mains gelées. Dans sa cape bordée de fourrure, il ressemblait à un étranger, à un personnage de conte. «Oui, c'est un personnage de conte», chuchotait une voix en elle. Le Geai bleu… Était-il encore son père ? Le regard de Mo avait-il jamais été aussi sérieux ? La Laide se tourna vers lui – bien sûr que c'était la Laide, qui d'autre ? Ils parlaient, mais le feu ne montrait que des images muettes.

– Tu vois ? Il va bien. Grâce à Doigt de Poussière.

Farid regardait les flammes avec nostalgie, comme s'il pouvait ainsi se transporter aux côtés de son maître. Puis il soupira et souffla doucement sur le brasier, jusqu'à ce qu'il s'obscurcît, comme s'il rougissait des mots doux que le garçon chuchotait.

– Tu vas le suivre ?

Farid secoua la tête.

– Doigt de Poussière veut que je veille sur Roxane.

Meggie sentit un goût amer sur sa langue.

– Qu'est-ce que tu vas faire ? demanda Farid en la regardant.

– Que veux-tu que je fasse ?

« Chuchoter des mots. C'est la seule chose que je puisse faire ! poursuivit-elle en pensée. Ceux que les ménestrels chantent sur le Geai bleu, les mots qui racontent que sa voix amadoue les loups, qu'il est invincible et rapide comme le vent, que les fées le protègent et que les Femmes blanches veillent sur son sommeil. » Des mots. C'était pour elle le seul moyen de protéger Mo et elle les chuchotait jour et nuit, à chaque minute où personne ne la regardait, elle les lui envoyait comme les corneilles que le Prince noir avait dépêchées vers Ombra.

Les flammes s'étaient éteintes et Farid remuait la cendre chaude avec ses doigts quand une ombre tomba sur lui. Doria, tenant deux enfants par la main, se tenait derrière lui.

– Meggie, la femme qui a une grosse voix te cherche.

Les brigands avaient beaucoup de noms pour désigner Elinor. Meggie ne put s'empêcher de sourire, mais Farid lança à Doria un regard sombre. Il remit la cendre dans sa sacoche et se releva.

– Je vais voir Roxane, dit-il avant d'embrasser Meggie sur la bouche, ce qu'il n'avait pas fait depuis des semaines.

Puis il passa près de Doria et s'éloigna sans se retourner.

– Il l'a embrassée ! chuchota un des enfants à Doria, juste assez fort pour que Meggie puisse l'entendre.

C'était une fille et elle rougit quand Meggie croisa son regard, s'empressant de cacher son visage.

– Oui, c'est vrai, murmura Doria à son tour. Mais elle, l'a-t-elle embrassé ?

– Non ! répondit le garçon, tout en contemplant Meggie comme s'il se demandait si c'était agréable de l'embrasser.

– Bien, déclara Doria. Très bien.

42
Audience auprès
de Tête de Vipère

On ne peut pas lire vraiment un livre sans être seul. Mais c'est justement par le biais de cette solitude que l'on acquiert la plus grande intimité avec des gens que l'on n'aurait peut-être jamais rencontrés, soit parce qu'ils sont morts depuis des siècles, soit parce qu'ils parlent des langues que tu ne comprends pas. Et pourtant, ils sont devenus tes amis les plus proches, tes conseillers les plus sages, les magiciens qui t'hypnotisent, les amants dont tu as toujours rêvé.

Antonio Muñoz Molina, *The Power of the Pen*

La colonne de Tête de Vipère atteignit Ombra peu après minuit. Orphée l'apprit aussi vite que le Gringalet car il avait laissé Oss attendre trois nuits sous la potence à la porte de la ville.

Tout était prêt pour le Prince argenté. Le Fifre avait fait tendre de tissu noir toutes les ouvertures du château afin que la nuit y attende son maître, même le jour. Dans la cour s'entassaient les arbres que le Gringalet voulait faire brûler dans les cheminées du château, bien que chacun sût

427

qu'aucun feu ne pouvait venir à bout du froid qui habitait la chair et les os de Tête de Vipère. Le seul qui aurait peut-être pu y remédier s'était évadé des cachots et tout Ombra se demandait comment le Prince argenté allait prendre la nouvelle.

Orphée envoya Oss au château avant l'aube. Car tout le monde savait que Tête de Vipère dormait à peine.

– Dis que je détiens des informations de la plus haute importance pour lui. Dis qu'il s'agit du Geai bleu et de sa fille.

Il répéta ces paroles une demi-douzaine de fois, car il ne se fiait guère aux facultés intellectuelles de son garde du corps, mais Oss s'acquitta de sa mission. Au bout de plus de trois heures – Orphée, pendant ce temps, avait arpenté son bureau sans répit –, il revint lui annoncer que l'audience lui était accordée à la seule condition qu'Orphée se présentât sans attendre au château, car Tête de Vipère devait se reposer avant de se remettre en route.

« Se remettre en route ? Comme ça, il se laisse prendre au jeu de sa fille ! pensa Orphée en s'empressant d'obéir à l'ordre donné. Bien. Dans ce cas, c'est à toi de lui démontrer qu'à ce jeu, il ne peut gagner qu'avec ton aide ! » Il se lécha involontairement les lèvres pour les rendre plus douces – un rôle magistral l'attendait. Jamais encore il n'avait tendu un filet pour une proie aussi magnifique, se murmurait-il. Que le rideau se lève !

Le domestique qui le conduisit jusqu'à la salle du trône par des couloirs tendus de noir ne lui adressa pas la parole. Dans le château, il faisait sombre et étouffant. « Comme en enfer ! » pensa Orphée. La comparaison s'imposait. Ne se plaisait-on pas à comparer Tête de Vipère au diable ?

Oui, il fallait accorder cela à Fenoglio. Ce méchant avait de la classe. À côté de Tête de Vipère, Capricorne était un comédien de second ordre, un cabotin et un amateur, même si Mortola ne voyait sûrement pas les choses ainsi. (Mais qui s'occupait encore de ce qu'elle pensait ?)

Un agréable frisson parcourut les épaules dodues d'Orphée. Tête de Vipère ! Rejeton d'un clan qui cultivait l'art du mal depuis des générations... Il n'était de cruauté que n'ait commise au moins un de ses ancêtres. Sournoiserie, soif de pouvoir, absence de scrupules, telles étaient les qualités premières de la famille. Quelle combinaison ! Oui, Orphée était excité. Il avait les mains moites, comme un garçon à son premier rendez-vous. Il ne cessait de passer la langue sur ses dents comme s'il pouvait ainsi les aiguiser, les préparer aux mots justes. « Croyez-moi ! s'entendait-il dire. Je peux mettre ce monde à vos pieds, je peux vous le tailler sur mesure mais, en échange, vous devez me trouver ce livre. Il est très puissant, encore plus puissant que le livre qui vous a rendu immortel ! »

Le livre... Non, il ne voulait pas penser à la nuit où il l'avait perdu, et encore moins à Doigt de Poussière !

Dans la salle du trône, il ne faisait pas plus clair que dans les couloirs. Quelques bougies brûlaient entre les colonnes et autour du trône. Lors de la dernière visite d'Orphée (autant qu'il s'en souvienne, c'était quand il avait livré le nain au Gringalet), le chemin qui menait jusqu'au trône était bordé d'animaux empaillés, des ours, des loups, des chats tachetés et, naturellement, la licorne qu'il avait offerte au Gringalet, mais tous avaient disparu. Même le Gringalet était assez malin pour comprendre que Tête de Vipère ne serait guère impressionné par ce tableau de chasse, compte tenu des maigres recettes que son beau-frère envoyait au château de la Nuit. Désormais, seule l'obscurité emplissait la grande salle, engloutissant les gardes vêtus de noir, presque invisibles entre les colonnes. On n'apercevait que l'éclat de leurs armes dans les reflets frémissants du feu qui brûlait derrière le trône. Orphée s'efforça de passer devant eux sans avoir l'air impressionné, mais il s'empêtra par deux fois dans l'ourlet de son manteau et, quand il arriva enfin devant le trône, il y découvrit le Gringalet assis à la place de son sombre beau-frère.

Orphée ressentit une cuisante déception. Pour la cacher, il releva la tête et chercha les mots justes, pas trop serviles mais néanmoins flatteurs. Parler avec les puissants était un art auquel il était entraîné. Dans sa vie, il s'était toujours trouvé confronté à des gens qui avaient plus de pouvoir que lui. À commencer par son père, mécontent de ce fils mal-adroit qui préférait les livres au travail dans la boutique de ses parents – ces heures interminables passées devant des étagères poussiéreuses, un sourire aimable aux lèvres, à servir des flots de touristes alors qu'il ne souhaitait qu'une chose : se replonger dans son livre, impatient de retrouver dans le monde des mots le passage auquel il avait été momentanément arraché… Orphée n'aurait pu compter les gifles que lui avait values son amour défendu de la lecture. Une gifle toutes les dix pages environ, ce devait être à peu près le prix, mais il ne lui avait jamais paru trop élevé. Qu'était une gifle pour dix pages d'évasion, dix pages qui l'emportaient loin de tout ce qui le rendait malheureux, dix pages de vraie vie au lieu de la monotonie que les autres appelaient réalité ?

– Votre Majesté !

Orphée s'inclina encore plus bas. Comme le Gringalet avait l'air ridicule sous sa perruque bordée d'argent, avec son cou bien trop frêle perdu dans le lourd col de velours ! Son visage pâle était toujours aussi inexpressif, comme si son créateur avait omis de dessiner les sourcils, se contentant d'ébaucher les yeux et les lèvres.

– Tu veux parler à Tête de Vipère ?

Même sa voix n'avait rien d'impressionnant. Les mauvaises langues disaient qu'il n'avait pas à se forcer pour attirer, en imitant leur cri, les canards qu'il aimait tant tirer en plein vol…

« Comme ce stupide maigrelet transpire ! pensa Orphée en lui adressant un sourire servile. Mais je transpirerais sans doute aussi si j'étais à sa place. » Tête de Vipère était venu à Ombra pour tuer son pire ennemi… et, au lieu de cette satisfaction espérée, on avait dû lui apprendre que son héraut et son beau-frère avaient laissé s'évader le précieux prisonnier. Qu'ils soient tous deux encore en vie était vraiment étonnant.

– Oui, Votre Altesse. Quand il plaira au Prince argenté !

Orphée constata avec délectation que sa voix résonnait avec une solennité particulière dans la salle vide.

– J'ai des informations de la plus haute importance pour lui, ajouta-t-il. À propos de sa fille et du Geai bleu…

Le Gringalet époussetait ses manches avec un ennui ostensible. Une tête vide et parfumée.

– En effet.

Orphée se racla la gorge.

– Vous savez que j'ai des clients importants, des amis influents. Des bruits me viennent aux oreilles qu'on ne

431

colporte pas dans un château, des rumeurs inquiétantes dont je veux informer votre beau-frère.

– Quel genre de choses ?

« Attention, Orphée ! »

– Cela, Votre Altesse (il s'efforçait d'avoir l'air de le déplorer), je souhaiterais le confier personnellement à Tête de Vipère. Car enfin, il s'agit de sa fille.

– Il est actuellement fort peu enclin à parler d'elle ! lança le Gringalet en arrangeant sa perruque. Cette femme laide et sournoise qui enlève mon prisonnier pour usurper le trône d'Ombra, et menace de le tuer si son propre père ne la suit pas comme un petit chien dans la montagne ! Comme si on n'avait déjà pas eu assez de mal à capturer cet arrogant Geai bleu ! Mais je me demande pourquoi je te raconte tout cela. Sans doute parce que tu m'as procuré la licorne. La meilleure chasse de ma vie !

Il regarda Orphée d'un air mélancolique, avec des yeux aussi incolores que son visage.

– Plus la proie est belle, plus grand est le plaisir que l'on prend à la tuer, n'est-ce pas ?

– Voici de sages paroles, Votre Altesse, de sages paroles !

Orphée s'inclina de nouveau. Le Gringalet adorait les courbettes. Il jeta un regard nerveux en direction des gardes avant de se pencher vers son visiteur.

– J'aimerais tant une autre licorne ! chuchota-t-il. Elle m'a procuré un grand succès auprès de mes amis. Tu penses que tu pourrais m'en trouver une autre ? Peut-être encore un peu plus grande ?

Orphée gratifia le Gringalet d'un sourire confiant. Ce bavard maigrelet... Mais bon, toutes les histoires ont besoin de ce genre de personnages. Généralement, ils meurent assez vite. Il fallait espérer que cette règle s'appliquerait au beau-frère de Tête de Vipère.

– Bien entendu, Votre Altesse ! Cela ne devrait pas poser de problème, susurra Orphée, en choisissant soigneusement ses mots, même si cet imbécile princier ne valait sans doute pas qu'il se donne tant de mal. Mais avant, il faut que je parle au Prince argenté. Soyez certain que mes informations sont de la plus haute importance. Quant à vous, ajouta-t-il avec un sourire sournois, le trône d'Ombra vous sera assuré. Accordez-moi une audience auprès de votre beau-frère immortel et le Geai bleu connaîtra enfin la fin qu'il mérite. Violante sera punie pour sa fourberie et, pour fêter votre triomphe, je vous procurerai un Pégase qui impressionnera sûrement encore plus vos amis que la licorne. Vous pourrez le chasser à l'arbalète, et avec des faucons.

Les yeux ternes du Gringalet s'illuminèrent.

– Un Pégase ! répéta-t-il dans un souffle en faisant signe à l'un des gardes d'approcher. Oh, c'est en effet quelque chose de fantastique ! Tu auras ton audience… mais je te donne un conseil, ajouta-t-il en baissant la voix. Ne t'approche pas trop de mon beau-frère. L'odeur qu'il dégage a déjà coûté la vie à deux de mes chiens !

Tête de Vipère se fit attendre encore une heure. Une heure qui passa plus lentement que les plus longues heures de la vie d'Orphée – un vrai calvaire. Le Gringalet exigea d'autres proies, et il lui promit de lui apporter des basilics et des lions à six pattes, tout en préparant dans sa tête les mots justes pour le Prince argenté. Il n'avait pas droit à l'erreur. En effet, le maître du château de la Nuit était connu pour son intelligence aussi bien que pour sa cruauté.

Orphée avait beaucoup réfléchi depuis la visite de Mortola et il était toujours arrivé à la même conclusion : il ne pourrait réaliser son rêve d'influence et de richesse qu'avec Tête de Vipère. Le Prince argenté était l'acteur le plus puissant de cette histoire, même si son corps pourrissait déjà de son vivant. Avec son aide, il pourrait peut-être récupérer le livre qui avait fait de ce monde un jouet si extraordinaire avant que Doigt de Poussière ne le lui subtilise. Sans parler de l'autre livre, qui permettait à son propriétaire de jouer avec ce monde pour l'éternité… «Quelle modestie de ta part, Orphée ! avait-il murmuré quand l'idée avait pris forme pour la première fois dans son esprit. Deux livres, c'est tout ce que tu souhaites ! Rien que deux livres, dont l'un, en mauvais état, n'a que des pages vides ! »

Ah, quelle vie ce pourrait être ! Orphée, le tout-puissant, Orphée, l'immortel, héros du monde qu'il avait tant aimé enfant !

– Il arrive ! Incline-toi !

Le Gringalet fit un tel bond que sa perruque glissa sur son front fuyant. Orphée fut tiré brutalement de ses rêves.

Un lecteur ne voit pas vraiment les personnages d'une histoire. Il les sent. Orphée l'avait compris pour la première fois quand, à tout juste onze ans, il avait essayé de décrire, voire de dessiner, les personnages de ses livres préférés. Quand Tête de Vipère sortit de l'ombre et s'avança vers lui, il ressentit exactement la même chose que le jour où il l'avait rencontré dans le livre de Fenoglio : la peur, l'admiration, la méchanceté qui entouraient le Prince argenté comme un halo noir, une toute-puissance qui coupait le souffle. Mais Orphée se l'était imaginé beaucoup plus grand. Et naturellement, le livre de Fenoglio ne par-

434

lait pas de son visage dévasté, de sa chair bouffie et blanchâtre et de ses mains enflées. Chaque pas semblait lui coûter. Sous les paupières lourdes, les yeux étaient injectés de sang. Même la faible lueur des bougies leur tirait des larmes ; quant à l'odeur qui se dégageait de son corps bouffi, elle donna à Orphée une irrépressible envie de se boucher la bouche et le nez.

Tête de Vipère passa près de lui en soufflant, sans lui accorder le moindre regard. Il ne posa ses yeux rouges sur son visiteur qu'une fois assis sur le trône. Des yeux de reptile, avait écrit Fenoglio. Maintenant, c'étaient des fentes enflammées sous des paupières enflées et les pierres précieuses rouges qui ornaient jadis les narines de Tête de Vipère ressemblaient à des clous enfoncés profondément dans sa chair blanchâtre.

– Tu as quelque chose à me dire à propos de ma fille et du Geai bleu ? (Tous les deux mots, il était obligé de reprendre son souffle, mais cela ne rendait pas sa voix moins menaçante pour autant.) Quoi ? Que Violante aime le pouvoir autant que moi et que c'est pour cette raison qu'elle me l'a volé ? C'est ça ce que tu veux me raconter ? Dans ce cas, tu peux faire tes adieux à ta langue, car je vais te l'arracher. En effet, je n'apprécie pas qu'on me fasse perdre mon temps, même si le temps dont je dispose est infini.

Lui arracher la langue… Orphée déglutit. Ce n'était vraiment pas une pensée agréable, mais… pour le moment, il l'avait encore. Même si l'odeur fétide qui venait du trône le laissait presque sans voix.

– Ma langue pourrait vous être très utile, Votre Majesté, répondit-il en avalant sa salive. Mais vous êtes libre, bien sûr, de l'arracher quand vous voulez.

Tête de Vipère grimaça un sourire. La douleur creusait de fines rides autour de ses lèvres.

– Voici une proposition bien alléchante. Je vois que tu prends mes paroles au sérieux. Bien, qu'as-tu à me dire ?

« Le rideau est levé, Orphée ! À toi de jouer ! »

– Votre fille Violante (Orphée laissa le nom traîner en longueur avant de continuer) ne veut pas seulement le trône d'Ombra. Elle veut aussi le vôtre. C'est pourquoi elle projette de vous tuer.

Le Gringalet porta la main à sa poitrine comme pour contredire ceux qui racontaient qu'il avait une perdrix morte à la place du cœur. Mais Tête de Vipère se contenta de regarder Orphée de ses yeux injectés de sang.

– Ta langue est en grand péril, dit-il. Violante ne peut pas me tuer. L'as-tu oublié ?

Orphée sentit la sueur couler le long de son nez. Derrière Tête de Vipère, le feu crépitait, à croire qu'il appelait Doigt de Poussière. Mon Dieu, il avait si peur ! Mais n'avait-il pas toujours peur ? « Regarde-le droit dans les yeux, Orphée, et fie-toi à ta voix ! »

Ces yeux étaient terribles. Ils le scrutaient, le dépeçaient. Et les doigts boudinés étaient posés comme de la chair morte sur les accoudoirs.

– Oh si, elle le peut. Si le Geai bleu lui a révélé les trois mots.

Sa voix était étonnamment posée, en effet. « Bien… très bien, Orphée. »

– Ah, les trois mots… Tu en as donc entendu parler. Eh bien, tu as raison. Elle pourrait les lui arracher sous la torture. Même si je le crois capable de se taire très longtemps… et de lui donner à tout moment de fausses informations.

– Votre fille n'a pas besoin de torturer le Geai bleu. Elle est son alliée.

« Oui ! »

Orphée vit à sa grimace que le Prince argenté n'avait pas encore eu cette idée. Oh, comme ce jeu l'amusait ! C'était exactement le rôle qu'il avait envie de jouer. Comme des mouches sur du papier adhésif, ils allaient tous finir par se laisser prendre à sa langue rusée.

Tête de Vipère resta un long moment silencieux – un moment qui sembla interminable à Orphée.

– Intéressant, dit-il enfin. La mère de Violante avait un faible pour les ménestrels. Un brigand lui aurait sûrement plu. Mais Violante n'est pas comme sa mère. Elle est comme moi. Même si elle n'aime pas qu'on dise cela.

– Oh, je n'en doute pas, Votre Majesté !

Orphée donna à sa voix une intonation de servilité calculée.

– Mais alors pourquoi l'enlumineur de ce château n'illustre-t-il depuis plus d'un an que des chansons sur le Geai bleu ? Votre fille a vendu ses bijoux pour pouvoir payer les couleurs. Elle est possédée par ce brigand, il habite toutes ses pensées ! Demandez à Balbulus ! Demandez-lui combien de temps elle passe dans la bibliothèque à regarder les images que Balbulus a dessinées ! Et demandez-lui comment il est possible que le Geai bleu se soit déjà évadé deux fois de ce château au cours des dernières semaines !

– Je ne peux pas. (La voix de Tête de Vipère semblait taillée sur mesure pour cette salle tendue de noir.) Le Fifre est en train de chasser Balbulus de la ville après lui avoir coupé la main droite.

Orphée resta un moment sans voix. La main droite ! Instinctivement, il pressa sa propre main droite.

– Pourquoi... heu... Pourquoi cela, si je puis me permettre, Votre Altesse ? demanda-t-il d'une voix moins sonore.

– Pourquoi ? Parce que ma fille attache beaucoup d'importance à son art et que son moignon lui démontrera suffisamment, je l'espère, l'étendue de ma colère. Car Balbulus va se réfugier auprès d'elle ; où pourrait-il aller ?

– En effet. C'est très malin de votre part, déclara Orphée en remuant machinalement les doigts comme pour s'assurer qu'ils étaient toujours là.

Il n'avait plus de mots, son cerveau était vide comme une feuille de papier vierge et sa langue un tuyau de plume séché.

– Tu veux que je te dise une chose ? (Tête de Vipère passa sa langue sur ses lèvres éclatées.) Ce que ma fille a fait me plaît ! Je ne peux pas le tolérer, mais ça me plaît. Elle n'aime pas qu'on lui donne des ordres. Ni le Fifre ni mon beau-frère tueur de perdrix ne l'ont compris, ajouta-t-il en lançant au Gringalet un regard dégoûté. En ce qui concerne le Geai bleu, il est fort possible que Violante se fasse passer auprès de lui pour sa protectrice. Elle est maligne. Elle sait aussi bien que moi que les héros sont malléables. Il suffit de leur donner le sentiment d'être du côté du droit et de la justice et ils vous suivent comme un agneau à l'abattoir. Mais en fin de compte, Violante me livrera le noble brigand. En échange de la couronne d'Ombra. Et qui sait... peut-être la lui accorderai-je ?

Le Gringalet regardait droit devant lui, comme s'il n'avait pas entendu les dernières paroles de son maître et beau-frère. Mais Tête de Vipère se renversa sur son trône en passant les mains sur ses cuisses boudinées.

– Je pense que ta langue m'appartient, Œil Double, dit-il. Encore quelques mots avant que tu deviennes muet comme une carpe ?

Le Gringalet eut un sourire mauvais et les lèvres d'Orphée se mirent à trembler comme si elles sentaient déjà la pince. Non. Non, ce n'était pas possible. Il n'avait pas trouvé l'accès à cette histoire pour finir mendiant sans langue dans les ruelles d'Ombra !

Il gratifia Tête de Vipère, du moins l'espéra-t-il, d'un sourire énigmatique et croisa les mains derrière son dos. Orphée savait que cette position avait quelque chose d'imposant, il l'avait souvent étudiée devant le miroir mais, maintenant, il fallait qu'il trouve des mots, des mots qui feraient des cercles dans cette histoire, comme les cailloux qu'on lance dans une eau immobile.

Quand il se remit à parler, ce fut d'une voix feutrée. Un mot pèse plus lourd quand on le prononce à voix basse.

– Bien, ce sont mes dernières paroles, Votre Altesse, mais soyez assuré que ce seront aussi les dernières paroles dont vous vous souviendrez quand les Femmes blanches s'empareront de vous. Je vous jure sur ma langue que votre fille a projeté de vous tuer. Elle vous hait et vous sous-estimez son faible romantique pour le Geai bleu. Elle veut le trône pour lui... et pour elle. C'est la seule raison pour laquelle elle l'a délivré. Les brigands et les filles de prince ont toujours constitué un mélange dangereux.

Ces paroles emplirent la salle obscure comme si elles avaient une ombre. Et le regard sombre de Tête de Vipère se posa sur Orphée comme pour l'empoisonner avec sa méchanceté.

– Mais c'est ridicule !

La voix du Gringalet résonna comme celle d'un enfant vexé.

– Violante est encore une enfant, et laide de surcroît. Jamais elle n'oserait se soulever contre vous !

– Bien sûr qu'elle oserait !

Pour la première fois, la voix de Tête de Vipère devint forte et le Gringalet serra ses lèvres fines.

– Contrairement à mes autres filles, Violante n'a pas peur. Laide, mais sans peur. Et très maligne… comme lui, là.

Et il tourna de nouveau vers Orphée un regard voilé de douleur.

– Tu es une vipère comme moi, n'est-ce pas ? Ce n'est pas du sang qui coule dans nos veines, c'est du poison. Cela nous ronge, mais ce n'est mortel que pour les autres. Il coule aussi dans les veines de Violante et c'est pourquoi elle trahira le Geai bleu, quels que soient ses projets…

Tête de Vipère se mit à rire et à tousser en même temps. Il n'arrivait plus à reprendre sa respiration et soufflait comme si de l'eau emplissait ses poumons, mais quand le Gringalet se pencha vers lui, inquiet, il le repoussa avec rudesse.

– Qu'est-ce que tu veux ? lui lança-t-il. Je suis immortel. Tu l'as oublié ?

Et il se remit à rire en soufflant et en râlant. Puis les yeux de reptile se posèrent à nouveau sur Orphée.

– Tu me plais, vipère au visage laiteux. Avec toi, je me sens en famille, bien plus qu'avec celui-ci, ajouta-t-il en écartant le Gringalet d'un geste impatient. Mais il a une jolie sœur, alors il faut prendre le frère par-dessus le marché. As-tu une sœur, toi aussi ? Ou peux-tu m'être utile autrement ?

440

« Oh, ça marche, Orphée. Ça marche ! Tu vas bientôt pouvoir tirer tes fils dans la trame de cette histoire. Quelle couleur choisiras-tu ? Or ? Noir ? Ou peut-être rouge sang ? »

– Oh, je peux… (Orphée contempla ses ongles d'un air ennuyé. Ce geste-là faisait aussi de l'effet, il l'avait vérifié dans le miroir.) Je peux vous être utile de nombreuses manières. Demandez à votre beau-frère. Je réalise des rêves. Je vous apporte ce que vous souhaitez sur un plateau.

« Attention, Orphée, tu n'as pas encore récupéré le livre. Qu'est-ce que tu promets ? »

– Ah. Tu es un magicien ?

Le mépris dans la voix de Tête de Vipère était un avertissement.

– Non, je ne dirais pas ça, répliqua Orphée aussitôt. Disons que mon art est noir. Noir comme de l'encre.

De l'encre ! Mais bien sûr, Orphée ! Pourquoi n'y avait-il pas pensé plus tôt ? Doigt de Poussière lui avait subtilisé le livre, c'est vrai, mais Fenoglio en avait écrit d'autres ! Pourquoi les mots du vieux n'agiraient-ils pas même s'ils ne provenaient pas de *Cœur d'encre* ? Où étaient les chansons sur le Geai bleu que Violante était censée avoir soigneusement rassemblées ? Ne racontait-on pas qu'elle avait demandé à Balbulus de lui en remplir des livres entiers ?

– Noir ? La couleur me plaît.

Tête de Vipère se redressa en soufflant.

– Beau-frère, donne un cheval à la petite vipère. Je vais l'emmener. La route est longue jusqu'au château du Lac et il pourra peut-être me distraire en chemin.

Orphée s'inclina si profondément qu'il faillit tomber.

– Quel honneur ! balbutia-t-il. (Il fallait toujours donner aux puissants le sentiment qu'en leur présence, on

441

avait la langue lourde.) Mais puis-je demander à Votre Grâce une faveur, en toute humilité ?

Le Gringalet lui lança un regard méfiant. Pourvu que cet idiot n'ait pas échangé depuis longtemps les livres de chansons de brigands de Fenoglio contre quelques tonneaux de vin ! Il lui écrirait des mots qui lui donneraient la peste !

– Je suis un grand ami des beaux livres, poursuivit Orphée sans quitter le Gringalet des yeux. Et j'ai entendu dire des choses magnifiques sur la bibliothèque de ce château. J'aimerais tellement jeter un coup d'œil sur les livres et peut-être en emporter un ou deux pour le trajet ! Qui sait, peut-être pourrai-je même vous distraire avec leur contenu !

Tête de Vipère haussa les épaules d'un air ennuyé.

– Pourquoi pas ? Si par la même occasion tu me calcules la valeur, en bon argent, de ceux que mon beau-frère n'a pas encore échangés contre du vin.

Le Gringalet baissa la tête mais Orphée avait vu son regard haineux.

– Bien entendu, répondit Orphée en s'inclinant aussi bas que possible.

Tête de Vipère descendit les marches du trône et s'arrêta devant lui, le souffle court.

– Pour ton estimation, tu devrais tenir compte du fait que les livres que Balbulus a enluminés sont à présent des raretés ! lança-t-il. Car sans sa main, il ne pourra plus produire de nouvelles œuvres, ce qui donne plus de valeur encore à celles qui existent, n'est-ce pas ?

Orphée réprima un haut-le-cœur quand l'haleine fétide l'assaillit, mais réussit quand même à ébaucher un sourire admiratif.

– Comme c'est intelligent de votre part, Votre Majesté ! répondit-il. Le châtiment idéal. Puis-je vous demander quelle punition vous envisagez pour le Geai bleu ? Il serait peut-être judicieux de le priver en premier lieu de sa langue, puisqu'ils sont tous sous le charme de sa voix ?

Mais Tête de Vipère secoua la tête.

– Oh, non. J'ai mieux pour le Geai bleu. Je le ferai écorcher vif pour faire de sa peau du parchemin. Et je veux l'entendre crier !

– Naturellement, murmura Orphée. Voilà qui est vraiment bien trouvé pour un relieur ! Puis-je vous suggérer d'écrire une mise en garde à l'attention de vos ennemis sur ce parchemin très particulier et de le faire afficher sur les marchés ? Je vous fournirai volontiers les mots adéquats. Dans mon métier, il faut savoir manier les mots.

– Tu m'as l'air d'être un homme plein de talents, dit Tête de Vipère en le dévisageant d'un air amusé.

« Maintenant, Orphée. Même si tu trouves les chansons de Fenoglio dans la bibliothèque… ce livre est irremplaçable. Parle-lui de *Cœur d'encre* ! »

– Je vous certifie que tous mes talents sont à votre service, Majesté ! balbutia-t-il. Mais pour pouvoir les mettre en œuvre pleinement, j'aurais besoin de récupérer quelque chose que l'on m'a volé.

– Vraiment ? Et de quoi s'agit-il ?

– D'un livre, Votre Grâce ! Le cracheur de feu me l'a volé, mais je crois qu'il a agi sur ordre du Geai bleu. Il sait certainement où il se trouve. Si vous pouviez le lui demander dès que ce sera en votre pouvoir…

– Un livre ? Est-ce que par hasard le Geai bleu t'en a relié un ?

– Oh, non. Non ! s'exclama Orphée avec un geste méprisant. Il n'a rien à voir avec ce livre. Son pouvoir ne provient pas d'un relieur, mais des mots qu'il contient. Avec ces mots-là, Majesté, on peut recréer ce monde et soumettre à son gré ceux qui y vivent.

– Vraiment ? Les arbres porteraient des fruits d'argent ? Ce pourrait être toujours la nuit si je le voulais ?

Comme il le regardait… tel un serpent devant une souris. « Prends garde à ce que tu dis, Orphée ! »

– Oui, acquiesça-t-il avec empressement. C'est grâce à ce livre que j'ai pu procurer la licorne à votre beau-frère. Et un nain.

Tête de Vipère lança au Gringalet un regard moqueur.

– Oui, cela ressemble bien aux désirs de mon cher beau-frère. Les miens seraient légèrement différents.

Il observa Orphée d'un air bienveillant. Visiblement, Tête de Vipère avait reconnu que le même cœur battait dans leur poitrine, noir de jalousie et de vanité, amoureux de sa propre sournoiserie et plein de mépris pour ceux dont le cœur était régi par d'autres sentiments. Oh, oui, Orphée connaissait les sentiments qui habitaient son cœur et il ne craignait qu'une chose, que les yeux injectés de sang puissent découvrir ce qu'il ne voulait pas s'avouer : la jalousie qu'il ressentait devant l'innocence des autres et la nostalgie d'un cœur pur.

– Et qu'en est-il de la chair qui pourrit ? demanda Tête de Vipère en passant ses doigts boudinés sur son visage. Pourras-tu aussi la guérir avec ce livre ou ai-je encore besoin du Geai bleu pour cela ?

Orphée hésita.

– Ah, je vois, tu n'es pas certain. (Tête de Vipère fit la

grimace ; ses yeux sombres de reptile disparaissaient presque sous les bourrelets de chair.) Et tu es assez malin pour ne rien promettre que tu ne puisses tenir. Bien, je vais revenir à tes autres promesses et te donner l'occasion de réclamer au Geai bleu le livre que l'on t'a volé.

Orphée inclina la tête.

– Je vous remercie, Votre Grâce !

Les choses allaient pour le mieux…

– Altesse !

Le Gringalet s'empressa de descendre les marches du trône. Sa voix ressemblait à celle d'un canard et Orphée s'imagina une scène où, à la place d'un sanglier ou de sa fantastique licorne, on exhiberait, tel un gibier exotique, le Gringalet à travers les ruelles d'Ombra, sa perruque bordée d'argent couverte de sang et de poussière. Mais comparé à la licorne, ce serait un spectacle bien pitoyable.

Orphée échangea un regard furtif avec Tête de Vipère et, l'espace d'un instant, il eut l'impression qu'ils avaient la même idée.

– Vous devriez vous reposer maintenant, dit le Gringalet avec une sollicitude visiblement exagérée. Vous avez fait un long voyage et un autre vous attend.

– Me reposer ? Comment pourrais-je me reposer quand toi et le Fifre avez laissé s'évader l'homme qui a fait de moi un tas de chair pourrie ? Ma peau est enflammée. Mes os sont de glace. Mes yeux me piquent comme si le moindre rayon de soleil était une aiguille. Je me reposerai quand ce maudit livre cessera de m'empoisonner et que celui qui l'a relié sera mort. Il ne se passe pas une nuit, beau-frère, tu peux le demander à ta sœur, où je n'arpente ma chambre, incapable de trouver le sommeil, en m'imaginant qu'il gémit, crie et me supplie de lui accorder une mort rapide… mais je lui réserverai autant de supplices que ce livre assassin a de pages. Il le maudira plus souvent que moi, et comprendra très vite que la robe de ma fille n'est pas une protection efficace contre Tête de Vipère !

Une nouvelle quinte de toux le secoua et, l'espace d'un instant, les mains boudinées s'agrippèrent au bras d'Orphée. Sa chair était blanche comme celle d'un poisson mort. « Elle a aussi la même odeur, songea Orphée. Et pourtant, il est toujours le maître de cette histoire. »

– Grand-père !

Le garçon surgit de l'obscurité comme s'il était resté tout le temps caché dans l'ombre. Des livres s'empilaient sur son petit bras.

– Jacopo ! (Tête de Vipère se retourna si soudainement que son petit-fils s'immobilisa aussitôt.) Combien de fois devrai-je te dire que même un prince ne s'introduit pas dans la salle du trône sans être annoncé ?

– J'étais là avant vous ! (Jacopo leva le menton et appuya les livres contre sa poitrine comme s'ils pouvaient le protéger contre la colère du vieillard.) Je viens souvent lire ici, derrière la statue de mon arrière-grand-père.

Il montra du doigt l'effigie d'un homme très corpulent, qui se trouvait entre les colonnes.

– Dans le noir ?

– Dans le noir, on voit mieux les images que les mots font surgir dans la tête. Et Oiseau de Suie m'a donné ça, ajouta-t-il en montrant des allumettes à son grand-père.

Tête de Vipère plissa le front et se pencha vers Jacopo.

– Tant que je serai ici, tu ne liras pas dans la salle du trône. Je ne veux même pas te voir passer la tête par la porte. Tu restes dans ta chambre ou je te fais enfermer avec les chiens comme Tullio, compris ? Par les armes de ma maison, tu ressembles de plus en plus à ton père. Tu ne pourrais pas au moins te couper les cheveux ?

Jacopo soutint un moment le regard des yeux rouges, mais il finit par baisser la tête, fit demi-tour sans rien ajouter et sortit de la pièce, serrant toujours les livres contre sa poitrine, comme un bouclier.

– Il ressemble de plus en plus à Cosimo ! constata le Gringalet. Mais il a l'orgueil de sa mère.

– Non, il a le mien, constata Tête de Vipère. Une qualité très utile quand il montera sur le trône.

Le Gringalet lança à Jacopo un regard inquiet. Mais Tête de Vipère brandit son poing enflé devant sa poitrine.

– Rassemble tes hommes ! lui lança-t-il. J'ai du travail.

– Du travail ? répéta le Gringalet en haussant les sourcils, surpris, des sourcils bordés d'argent comme sa perruque.

– Oui. Cette fois, ce n'est pas une licorne que tu vas chasser, mais des enfants. À moins que tu ne préfères laisser le Prince noir cacher dans la forêt les gamins d'Ombra pendant que toi et le Fifre passez votre temps à vous faire ridiculiser par ma fille ?

Vexé, le Gringalet fit la moue.

– Nous devions préparer votre arrivée, cher beau-frère, et nous lancer à la recherche du Geai bleu…

– Ce qui ne vous a guère réussi, l'interrompit sèchement Tête de Vipère. Heureusement que ma fille nous a dit où nous pouvions le trouver ! Pendant que je vais capturer l'oiseau que vous avez eu la générosité de laisser s'envoler, tu vas me chercher et me ramener les enfants… avec ce lanceur de couteau qui se pare du titre de prince, pour qu'il puisse me voir écorcher vif le Geai bleu. Sa peau doit être, je le crains, trop noire pour le parchemin ; il faudra que je trouve une autre idée. Mais heureusement, je n'en manque pas pour ce genre de choses. Toi non plus, à ce qu'on dit ?

Le Gringalet rougit, visiblement flatté, même si la perspective de pourchasser des enfants dans la forêt semblait moins l'exciter que la chasse à la licorne, peut-être parce que c'était un gibier qu'on ne mangerait pas.

– Bien.

Tête de Vipère tourna le dos à son beau-frère et se dirigea d'un pas incertain vers la porte de la salle.

– Envoie-moi Oiseau de Suie et le Fifre ! cria-t-il en sortant. Il devrait en avoir fini avec les mains à trancher. Et dis aux servantes que Jacopo m'accompagne au château du Lac. Personne n'espionne mieux sa mère que lui, même si elle ne l'aime pas particulièrement.

Le Gringalet le suivit des yeux, impassible.

– À vos ordres, murmura-t-il d'une petite voix.

Mais Tête de Vipère se retourna encore une fois, alors que les domestiques s'empressaient de lui ouvrir la lourde porte.

– Quant à toi, Face de Lait… (Orphée ne put s'empêcher de sursauter.) Je pars au lever du soleil. Mon beau-frère te dira où me rejoindre. Emporte une tente et un domestique. Mais gare à toi si tu m'ennuies. De ta peau aussi, on peut faire du parchemin.

– Votre Majesté…

Orphée, dont les jambes tremblaient, réussit à s'incliner encore une fois. Avait-il jamais joué jeu plus dangereux ? « Mais tout va bien se passer, pensa-t-il. Tu verras, Orphée.

Cette histoire est la tienne. Elle a été écrite pour toi. Personne ne l'aime davantage, personne ne la comprend mieux, et surtout pas le vieux fou qui en est l'auteur ! »

Tête de Vipère était parti depuis longtemps, mais Orphée était toujours là, grisé par les perspectives qui s'ouvraient à lui.

– Alors, comme ça, vous êtes un magicien. (Le Gringalet le regardait comme s'il venait de voir une chenille se métamorphoser sous ses yeux en papillon noir.) C'est pour ça que la licorne a été si facile à chasser ? Ce n'était pas une vraie ?

– Oh, si, c'était une vraie, répliqua Orphée avec un sourire condescendant.

« Elle était de la même nature que toi », ajouta-t-il pour lui-même. Ce Gringalet était vraiment un triste personnage. Dès qu'il aurait retrouvé l'usage des mots, il lui écrirait une fin ridicule à souhait. Pourquoi ne pas le faire déchiqueter par ses propres chiens ? Non. Il avait mieux à proposer. Il le ferait s'étrangler avec un os de poulet, lors d'un festin… son visage saupoudré d'argent s'écraserait dans un grand plat de pudding au sang. Oui. Orphée ne put s'empêcher de sourire.

– Vous n'allez plus sourire longtemps ! jeta le Gringalet. Car mon beau-frère n'aime guère qu'on déçoive ses attentes.

– Oh, je suis certain que vous êtes bien placé pour le savoir, répliqua Orphée. Et maintenant, montrez-moi la bibliothèque.

43

Quatre baies

J'aimerais aussi être un sage.
Dans les vieux livres il est écrit ce que c'est qu'être sage :
Se tenir hors des luttes du monde et sans peur
Passer le peu de temps,
Réussir à ne pas employer la violence
Rendre le bien pour le mal,

Bertolt Brecht, *À ceux qui naîtront après nous*

La martre était pire que l'ours. Elle l'observait, criaillait
son nom à l'oreille du garçon (qui, heureusement, ne comprenait rien) et la pourchassait. Mais à un moment donné,
la martre suivit le garçon dehors et l'ours releva juste la
tête quand elle sautilla vers l'assiette de soupe qu'une des
femmes avait préparée pour son maître. Rien de plus facile
que de mettre du poison dans la soupe. Le Prince noir se
disputait une fois de plus avec Monseigneur et tournait le
dos à Mortola quand elle fit tomber les baies rouge foncé
dans l'assiette. Cinq baies minuscules, il n'en fallait pas
plus pour envoyer le roi des brigands dans un autre
royaume, un royaume dans lequel son ours ne pourrait pas

le suivre. Mais juste au moment où son bec s'ouvrait pour lâcher la cinquième baie, l'horrible martre se précipita sur elle comme si elle avait deviné ses intentions. La baie roula plus loin et Mortola pria le diable que quatre baies suffisent à tuer le Prince noir.

Le Prince noir. Un autre imbécile sentimental, à qui la vue du premier infirme venu devait briser le cœur. Il ne l'aiderait jamais à obtenir le livre grâce auquel on pouvait marchander avec la mort, non, pas lui. Mais heureusement, ce genre d'hommes était aussi rare que les corbeaux blancs et la plupart mouraient jeunes. Ces hommes n'aspiraient à rien de ce qui faisait battre plus vite le cœur de certains : les richesses, le pouvoir, la célébrité… Non, tout cela n'intéressait pas le Prince noir. Ce qui faisait battre son cœur, c'était la justice. La pitié. L'amour. Comme si la vie ne l'avait pas aussi mal traité que les autres ! Des coups, des souffrances, la faim, il avait connu tout cela. D'où venait alors la pitié qui l'habitait ? D'où venait donc la chaleur de son cœur stupide, le rire sur son visage sombre ? Il ne voyait pas le monde tel qu'il était, voilà l'explication, ni le monde ni les hommes pour lesquels il ressentait tant de pitié. Car sinon, comment pouvait-on se battre, et même mourir, pour ce monde ?

Non. Si quelqu'un pouvait l'aider à obtenir le livre vide avant que le Geai bleu écrive dedans et s'affranchisse de la mort, c'était Monseigneur. Il était tout à fait du goût de Mortola. Monseigneur voyait les hommes tels qu'ils étaient : avides et lâches, égoïstes et sournois. La seule injustice qui l'avait poussé à devenir un brigand, il l'avait subie. Mortola savait tout de lui. Un administrateur du Prince insatiable lui avait pris sa ferme, comme faisaient les puissants quand ils avaient envie de quelque chose. C'est uniquement pour cette raison qu'il était allé vivre dans la forêt. Oui, avec Monseigneur, on pouvait parler. Mortola savait exactement comment le gagner à sa cause une fois que le Prince noir serait éliminé.

« Que faites-vous encore tous ici, Monseigneur ? lui chuchoterait-elle. Il y a des choses plus importantes que de garder des petits morveux. Le Geai bleu sait bien pourquoi il vous les a laissés ! Il veut vous livrer ! Tuez-le avant qu'il fasse cause commune avec la fille de Tête de Vipère. Qu'est-ce qu'il vous a fait croire ? Qu'il veut écrire dans le livre vide pour tuer Tête de Vipère ? Sornettes ! Ce qu'il veut, c'est l'immortalité pour lui-même ! Et il y a encore une chose qu'il ne vous a pas racontée. Le livre vide ne protège pas seulement son propriétaire contre la mort, il le rend aussi immensément riche ! »

Oh, oui. Mortola savait déjà que les yeux de Monseigneur brilleraient à cette idée. Il ne comprenait pas ce qui poussait le Geai bleu à agir comme il le faisait, il ne comprendrait pas davantage qu'elle convoite le livre pour racheter son fils à la Mort. Mais pour de l'or et de l'argent, il se mettrait aussitôt en route. Dès que le Prince noir ne pourrait plus le retenir. Heureusement, les baies avaient un effet rapide.

Gecko l'appela en lui tendant sa main remplie de miettes de pain, comme s'il n'y avait rien de plus délicieux. Quel idiot ! Il s'imaginait connaître les oiseaux. Cela dit, c'était possible… car la pie n'était pas un oiseau ordinaire. Mortola émit un petit rire rauque qui, sortant de son bec pointu, sonna bizarrement. L'hercule leva la tête et regarda le rocher saillant sur lequel elle était posée. Oui, il comprenait les oiseaux et leur langage. Il fallait se méfier de lui.

– Ach, kek kek, kra, krakhhh ! jacassa la pie en elle, celle qui ne pensait à rien d'autre qu'à des vers, à des objets brillants et à l'éclat de ses plumes noires. Ils sont tous bêtes, bêtes, si bêtes. Mais je suis intelligente. Viens, vieille femme, allons retrouver le Geai bleu et lui crever les yeux. Ce sera amusant.

Il devenait de plus en plus difficile de faire tenir tranquilles les ailes de la pie quand elle voulait les déployer. Mortola devait secouer la tête de l'oiseau de plus en plus fort pour lui conserver des pensées humaines. Parfois, elle ne savait plus très bien si c'étaient les siennes ou celles de la pie. Il lui arrivait de voir des plumes sortir de sa peau, même sans les graines. Elle en avait trop avalé, et maintenant le poison se diffusait dans tout son corps, disséminant l'oiseau dans son sang. « Qu'importe ! Tu trouveras bien un moyen de la faire disparaître, Mortola. Mais d'abord, il faut que le relieur soit mort et ton fils revenu à la vie ! » Son visage… comment était-il ? Elle n'arrivait presque plus à se souvenir.

Le Prince noir se disputait encore avec Monseigneur, comme cela leur arrivait constamment ces derniers temps. « Mange ! Vas-tu enfin manger, espèce de fou ! » Deux autres brigands vinrent se joindre à eux, le comédien piqué de variole qui ne quittait guère le Prince et Gecko, qui avait la même vision du monde que Monseigneur. Une des femmes s'approcha d'eux, apporta au comédien une assiette de soupe et désigna du doigt celle qu'elle avait préparée pour le Prince.

« Oui, écoute-la ! Assieds-toi ! Mange ! » Mortola avança

la tête. Elle sentait son corps humain secouer ses plumes, chercher à se déployer, à s'étirer. La veille, des enfants avaient failli la surprendre en train de se métamorphoser. De petits voyous bruyants et stupides. Elle n'avait jamais aimé les enfants... à l'exception de son propre fils, et même lui, elle ne lui avait pas montré qu'elle l'aimait. L'amour gâtait la personnalité. Il rendait tendre, confiant...

Il mangeait enfin. « Bon appétit, Prince ! » L'ours trottina à côté de son maître et renifla l'assiette. « Dégage, sale bête. Laisse-le manger. » Quatre baies. Cinq vaudraient mieux mais quatre devraient suffire. C'était tellement pratique, les arbres sur lesquels ces fruits poussaient étaient très banals. Il y en avait deux à quelques mètres au-dessous de la grotte. Resa ne cessait de mettre les enfants en garde contre ces baies : elle avait souvent vu Mortola les ramasser, quand l'hiver avait fait disparaître toutes les autres plantes toxiques. Le Prince noir porta l'assiette à sa bouche et la vida. Bien. Il n'allait pas tarder à sentir la mort pénétrer dans ses entrailles.

Mortola poussa un cri de triomphe et déploya ses ailes. Gecko lui tendit de nouveau sa main pleine de miettes de pain quand elle passa au-dessus de sa tête. L'imbécile ! Oui, l'oiseau avait raison. Ils étaient tous bêtes, tellement bêtes. Mais c'était bien comme ça.

Les femmes commencèrent à servir la soupe aux enfants ; la fille de Langue Magique se trouvait assez loin dans la file. Ce qui lui laissait le temps de cueillir quelques baies pour elle. Largement le temps.

44

La main de la Mort

Nous ne savons rien de ce partir, qui ne
nous fait point part. N'avons pas de raison
de montrer de l'admiration, ou de l'amour,
ou de la haine à la mort que la bouche de masque

Rainer Maria Rilke, *Expérience de la mort*

Minerve faisait de bonnes soupes. Meggie en avait souvent mangé quand elle habitait chez Fenoglio et l'odeur qui montait de la marmite fumante était si délicieuse que l'espace d'un instant, elle se sentit chez elle dans la grande grotte fraîche.

– Je t'en prie, Meggie, mange quelque chose ! avait imploré Resa. Je n'ai pas plus d'appétit que toi, mais cela n'aidera sûrement pas ton père que tu te laisses mourir de faim.

Non, sans doute pas. Quand, très tôt le matin, elle avait demandé à Farid de faire surgir pour elle des images de feu, les flammes étaient restées opaques.

– On ne peut pas les forcer ! avait murmuré Farid, vexé, en remettant les cendres dans la sacoche. Les flammes veulent jouer, il faut donc leur faire croire qu'on n'attend rien d'elles. Mais comment puis-je y arriver si tu les regardes comme si c'était une question de vie ou de mort ?

Mais de quoi d'autre était-il question ? Même le Prince noir s'inquiétait pour Mo. Il avait décidé de suivre Violante, avec quelques hommes, au château du Lac, et se mettrait en route dès le lendemain. Mais il ne voulait pas emmener Meggie, ni Resa.

– Bien entendu, avait murmuré cette dernière, vexée. C'est un monde d'hommes.

Meggie prit la cuillère en bois que Doria avait sculptée (une très jolie cuillère), et remua sa soupe d'un air morose. Jaspis la regarda avec envie. Les hommes de verre aiment la nourriture des humains, même si elle ne leur réussit pas. Malgré le retour de Farid, Jaspis passait de plus en plus de temps avec Doria, ce qui ne surprenait pas Meggie. Depuis que Doigt de Poussière l'avait renvoyé, Farid n'était pas bavard, c'était le moins qu'on puisse dire. Il passait le plus clair de son temps à explorer les montagnes environnantes ou à essayer de faire surgir des images de feu.

Jusque-là, Roxane n'avait regardé dans les flammes qu'une seule fois.

– Je te remercie, avait-elle dit à Farid avec une certaine froideur. Mais je préfère écouter mon cœur. Il me dit généralement si Doigt de Poussière va bien.

– J'avais prévenu Doigt de Poussière ! gronda Farid. Pourquoi m'a-t-il envoyé auprès d'elle ? Elle n'a pas besoin de moi. Elle me ferait disparaître par magie si elle le pouvait !

Doria tendit sa cuillère à Jaspis.

– Ne lui donne rien ! dit Meggie. Ça ne lui réussit pas. Tu peux le lui demander !

Elle aimait beaucoup Jaspis. Il était plus gentil que Cristal de Rose, qui n'arrêtait pas de se plaindre et de se disputer avec Fenoglio.

– Elle a raison, murmura Jaspis, morose.

Ses narines se dilatèrent, comme s'il voulait au moins s'imprégner tout entier de l'odeur défendue. Les enfants qui étaient assis autour de Meggie se mirent à rire. Ils aimaient tous l'homme de verre, et Doria devait souvent le mettre à l'abri de leurs petites mains. Ils aimaient aussi beaucoup la martre, mais Louve donnait des coups de dents et feulait quand l'amour des enfants se faisait trop envahissant. L'homme de verre, en revanche, ne pouvait guère se défendre contre leurs petits doigts.

La soupe sentait vraiment bon. Meggie plongea sa cuillère dans l'assiette… et sursauta quand la pie que Gecko avait adoptée vint se poser sur son épaule. L'oiseau semblait faire partie de la grotte aussi bien que Louve et l'ours, mais Resa ne l'aimait pas.

– Va-t'en ! lança-t-elle en la chassant de l'épaule de Meggie.

L'oiseau se mit à jacasser et fit mine d'attaquer la jeune femme à coups de bec. Meggie eut tellement peur qu'elle renversa la soupe bouillante sur ses mains.

– Excuse-moi, dit Resa en lui tamponnant les doigts avec l'ourlet de sa robe, je ne supporte pas cet oiseau. Sans doute parce qu'il me fait penser à Mortola.

La Pie… bien sûr. Il y avait longtemps que Meggie ne pensait plus à la mère de Capricorne mais, contrairement à Resa, elle n'avait pas assisté à la scène où Mortola avait tiré sur Mo.

– Ce n'est qu'un oiseau, fit-elle, et elle rejoignit aussitôt son père par la pensée.

Elle n'avait trouvé dans le livre de Fenoglio que quelques mots sur le château du Lac : *Au cœur des montagnes, au milieu d'un lac… un pont interminable au-dessus de l'eau noire.* Mo était-il en train de passer sur ce pont à cheval ? Et si sa mère et elle suivaient tout simplement le Prince noir ? « Tu m'entends, Meggie ? Quoi qu'il arrive, ne me suivez pas ! Promets-le-moi. »

Resa montra l'assiette sur ses genoux.

– Meggie, s'il te plaît ! Mange.

Mais Meggie se tourna vers Roxane qui se frayait un passage au milieu des enfants. Son beau visage était très pâle ; depuis le retour de Doigt de Poussière, jamais elle n'avait été aussi pâle. Resa se redressa, inquiète.

– Que se passe-t-il ? demanda-t-elle en attrapant le bras de Roxane. Il y a du nouveau ? Vous avez des nouvelles de Mo ? Tu dois me le dire !

Mais Roxane secoua la tête.

– Le Prince… (La peur perçait dans sa voix.) Il ne va pas bien mais je ne sais pas ce que c'est. Il a de terribles crampes d'estomac. J'ai quelques racines qui lui feront peut-être du bien.

Elle allait poursuivre son chemin, mais Resa la retint.

– Des crampes d'estomac ? Où est-il ?

Meggie entendit de loin les pleurs de l'ours. Elles passèrent devant l'hercule, qui avait l'air d'un enfant désespéré. Baptiste était là, lui aussi, et Jambe de Bois, et Fléau des Elfes… Le Prince noir était allongé sur le sol. Minerve, agenouillée près de lui, essayait de lui faire boire quelque chose, mais il se tordait de douleur, les mains sur le ventre, le souffle court. La sueur perlait sur son front.

– L'ours, tais-toi ! murmura-t-il.

Les mots franchissaient avec difficulté le seuil de ses lèvres, qu'il avait mordues au sang. Mais l'ours continua à pleurer et à écumer comme s'il y allait de sa vie.

– Laissez-moi passer !

Resa écarta Minerve et prit le visage du Prince dans ses mains.

– Regarde-moi ! lui ordonna-t-elle. Je t'en prie, regarde-moi !

Elle essuya la sueur de son front et le regarda dans les yeux. Roxane revenait avec des racines ; la pie se posa sur l'épaule de Gecko.

Resa la fixa.

– L'hercule ! dit-elle si bas que seule Meggie l'entendit. Capture cet oiseau.

La pie hochait la tête, pendant que le Prince se tordait de douleur dans les bras de Minerve. L'hercule, les yeux brouillés de larmes, acquiesça. Mais, quand il fit un pas en direction de Gecko, la pie s'envola et alla se poser sur une roche en saillie, juste sous la voûte.

Roxane s'agenouilla à côté de Resa.

– Il a perdu connaissance, dit Minerve. Regardez, il respire à peine !

– J'ai déjà vu ces symptômes, dit Resa d'une voix tremblante. Les baies qui les provoquent sont rouge foncé et à peine plus grosses qu'une tête d'épingle. Mortola les utilisait volontiers, car elles se mélangent facilement à la nourriture et entraînent la mort après d'atroces douleurs. Il y a en contrebas de la grotte deux des arbres sur lesquelles elles poussent ! J'ai tout de suite mis les enfants en garde contre ces baies.

Elle regarda de nouveau en direction de la pie.

– Existe-t-il un contrepoison ?

Roxane se releva. Le Prince noir gisait, comme mort, et l'ours le poussait avec son museau en gémissant comme un être humain.

– Oui, une fleur avec des pétales blancs minuscules qui sentent la charogne.

Son regard était toujours posé sur l'oiseau.

– Les racines atténuent l'effet des baies.

– Qu'est-ce qu'il a ?

Fenoglio, bouleversé, se frayait un chemin au milieu des femmes. Elinor l'accompagnait. Ils avaient passé la matinée à se disputer au sujet du bon et du moins bon de son histoire. Mais dès que quelqu'un s'approchait, ils baissaient le ton, comme deux conspirateurs. Comme si les enfants, ou les brigands, avaient pu comprendre de quoi ils parlaient !

Quand elle vit le Prince inerte, Elinor mit la main sur sa bouche, horrifiée.

– Empoisonné ! (L'hercule se leva, le poing serré. Il était cramoisi, comme quand il avait bu. Il attrapa le cou frêle de Gecko et le secoua comme une poupée de chiffons.) C'est toi ? lança-t-il, ou Monseigneur ? Parle. De toute manière, tu vas le cracher ! Je te briserai les os, pour que tu te tordes de douleur comme lui !

– Laisse-le ! intervint Roxane. Cela n'aidera pas le Prince !

L'hercule lâcha Gecko et éclata en sanglots. Minerve passa le bras autour de ses épaules. Resa ne quittait toujours pas la pie des yeux.

– La plante que tu décris me fait penser au bouton-des-morts, dit Roxane tandis que Gecko se frottait le cou en toussant et en couvrant l'hercule de jurons obscènes. Elle est très rare. Y a-t-il autre chose ?

Le Prince noir revenait à lui. Il essaya de se redresser, mais s'effondra en gémissant. Baptiste tomba à genoux près de lui et implora Roxane du regard. L'hercule tourna lui aussi ses yeux embués de larmes vers elle, l'air suppliant.

– Ne me regardez pas comme ça !

Meggie perçut le désespoir dans sa voix.

– Je ne peux rien faire pour lui ! Essaie de lui donner une racine vomitive, recommanda-t-elle à Minerve. De mon côté, je vais aller voir si je trouve des racines de boutons-des-morts, même si ça n'a guère de sens.

– Les vomitifs n'arrangeront rien, au contraire, dit Resa d'une voix blanche. Crois-moi, je sais de quoi je parle.

Le Prince noir haletait de douleur. Il enfouit son visage dans le flanc de Baptiste et, soudain, son corps se relâcha comme s'il avait perdu le combat contre la souffrance. Roxane s'agenouilla aussitôt près de lui, posa son oreille sur sa poitrine et ses doigts sur sa bouche. Meggie sentit le goût des larmes sur ses lèvres ; l'hercule éclata en sanglots.

– Il respire encore, dit Roxane. Mais sa vie ne tient qu'à un fil.

Gecko s'éclipsa, sans doute pour faire son rapport à Monseigneur. Elinor chuchota quelque chose à l'oreille de Fenoglio. Il fit mine de se détourner, agacé, mais Elinor ne renonça pas à le convaincre.

– Ne dis pas ça ! l'entendit chuchoter Meggie. Bien sûr que tu le peux ! Tu ne veux quand même pas le laisser mourir ?

Meggie n'était pas la seule à avoir entendu ces dernières paroles. L'hercule s'essuya les yeux, bouleversé. L'ours gémit de plus belle en enfouissant son museau contre la hanche de son maître. Quant à Fenoglio, il était toujours là, à regarder le Prince inconscient. Puis il fit un pas hésitant en direction de Roxane.

– Cette… heu… fleur, Roxane…

Elinor s'approcha de lui comme pour s'assurer que les mots justes sortaient de sa bouche. Fenoglio lui lança un coup d'œil furieux.

– Quoi ? demanda Roxane en se tournant vers lui.

– Donne-moi plus de détails à son sujet. Où pousse-t-elle ? Quelle est sa taille ?

– Elle aime les endroits humides et ombragés… mais pourquoi poses-tu la question ? Je l'ai déjà dit, elle a gelé il y a longtemps.

– Des pétales blancs, minuscules. Un coin ombragé et humide.

Fenoglio passa la main sur son visage fatigué. Puis il fit volte-face et saisit le bras de Meggie.

– Viens avec moi ! Nous n'avons pas de temps à perdre. Humide et ombragé, murmura-t-il en entraînant Meggie derrière lui. Très bien… donc, si elles poussent devant l'entrée d'une grotte de kobolds, protégée par la vapeur chaude qui en sort parce que des kobolds y hibernent… oui, c'est plausible. Oui !

La grotte était presque vide. Les femmes avaient emmené les enfants à l'extérieur pour qu'ils n'entendent pas les cris de douleur du Prince. Seuls les brigands étaient assis là, silencieux, en petits groupes, et se jetaient des coups d'œil à la dérobée comme s'ils se demandaient lequel d'entre eux avait essayé de tuer leur chef.

Monseigneur était assis avec Gecko à l'entrée ; il regarda Meggie d'un air si mauvais qu'elle détourna aussitôt les yeux.

Mais Fenoglio soutint son regard.

– Je me demande si c'est Monseigneur ! chuchota-t-il à Meggie. Oui, je me le demande vraiment.

– Si quelqu'un peut le savoir, c'est toi ! lui chuchota Elinor qui les avait suivis. C'est bien toi qui as inventé cet affreux personnage, non ?

Fenoglio sursauta comme si un insecte l'avait piqué.

– Écoute-moi, Loredan ! Jusque-là, j'ai fait preuve de patience avec toi parce que tu es la tante de Meggie…

– La grand-tante, corrigea Elinor, imperturbable.

– Quoi qu'il en soit, je ne t'ai pas invitée dans cette histoire, alors épargne-moi tes commentaires sur mes personnages !

– Ah bon ? (La voix d'Elinor résonna dans la grotte.) Et qu'en serait-il si je t'avais épargné mon autre commentaire ? Ton cerveau noyé dans les brumes du vin n'aurait jamais eu l'idée d'écrire quelque chose pour faire surgir…

Fenoglio lui ferma brutalement la bouche.

– Combien de fois devrai-je te le dire ? lui lança-t-il. Pas un mot sur mon écriture, compris ? Je n'ai nullement envie de finir écartelé pour sorcellerie à cause d'une bonne femme stupide.

– Fenoglio ! (Meggie l'entraîna loin d'Elinor.) Le Prince noir ! Il est en train de mourir !

Il la fixa comme s'il trouvait cette intervention tout à fait déplacée, puis il lui fit signe de le suivre jusqu'à sa couchette. Impassible, il poussa une gourde de vin et attrapa sous un baluchon de vêtements des feuilles de papier sur lesquelles, à la grande surprise de Meggie, des phrases étaient déjà tracées.

– Mais où est passé ce maudit Cristal de Rose ? maugréa-t-il en tirant une feuille vierge du tas. Sans doute à traîner avec Jaspis. Il suffit d'en mettre deux de leur espèce ensemble pour qu'ils oublient leur travail et s'en aillent lutiner les femmes de verre sauvages. S'ils s'imaginent qu'elles vont accorder ne serait-ce qu'un regard à un bon à rien qui rosit à leur vue !

Il repoussa négligemment les feuilles noircies. Tant de mots. Depuis combien de temps s'était-il remis à écrire ? Meggie essaya de lire les premières lignes.

– Ce ne sont que des idées, marmonna Fenoglio en suivant son regard. Sur la manière dont tout cela pourrait bien finir. Le rôle que joue ton père...

Le cœur de Meggie s'emballa, mais Elinor la devança.

– Alors comme ça, c'est toi qui as écrit tout ça sur Mortimer : qu'il se rend de son plein gré, est maintenant en route pour le château du Lac, et que ma nièce passe ses nuits à pleurer toutes les larmes de son corps !

– Non, ce n'est pas moi ! rétorqua Fenoglio, furieux, en s'empressant de remettre les feuilles sous ses vêtements. Ce n'est pas moi non plus qui ai écrit sa conversation avec la mort, même si c'est un passage de l'histoire qui me plaît. Je le répète, ce ne sont que des idées ! D'inutiles gribouillages qui ne mènent à rien ! Comme ce que je vais faire maintenant, sans doute. N'empêche, je vais essayer. Si vous voulez bien enfin vous taire ! À moins que vous préfériez continuer à parler jusqu'à ce que le Prince noir ait un pied dans la tombe ?

Quand Fenoglio trempa sa plume dans l'encre, Meggie entendit un léger bruit derrière elle ; Cristal de Rose apparut, l'air gêné, derrière la pierre sur laquelle se trouvaient les ustensiles d'écriture de Fenoglio. Le suivant, une femme de verre sauvage pointa son visage pâle. Elle passa sans un mot devant Fenoglio et Meggie et disparut.

– Je n'y crois pas ! gronda le vieil homme d'une voix si tonitruante que Cristal de Rose se boucha les oreilles. Le Prince noir lutte contre la mort et toi, pendant ce temps-là, tu t'amuses avec une sauvage ?

– Le Prince ? (Cristal de Rose avait l'air si bouleversé que Fenoglio se calma aussitôt.) Mais, mais...

– Au lieu de bafouiller, tu ferais mieux de remuer l'encre ! Et si tu as l'intention de dire quelque chose de spirituel du genre : « Mais le Prince est un homme si bon », sache que cela n'a jamais empêché personne de mourir, ni dans ce monde, ni dans l'autre. Je me trompe ?

Et il plongea la plume avec énergie dans l'encre, éclaboussant au passage le visage de Cristal de Rose. Meggie remarqua que les doigts du vieil homme tremblaient.

– Allez, Fenoglio ! murmura-t-il. Ce n'est qu'une fleur. Tu vas y arriver !

Cristal de Rose l'observait d'un air inquiet, mais Fenoglio avait les yeux rivés sur la feuille blanche. Il la fixait comme un torero fixe le taureau.

– Elles poussent à l'entrée de la grotte des kobolds, qui se trouve là où Fléau des Elfes tend ses collets ! murmura-t-il. Et elles sentent si mauvais que les fées font un grand détour pour les éviter. Mais les papillons de nuit les adorent, les papillons de nuit dont les ailes grises sont ornées de motifs qui ressemblent à de minuscules têtes de mort qu'un homme de verre aurait peintes. Tu les vois, Fenoglio ? Oui !

Il prit la plume, hésita... et se mit à écrire.

Des mots nouveaux. Meggie croyait entendre l'histoire reprendre sa respiration. Enfin de quoi se nourrir, après tout ce temps durant lequel Orphée lui avait donné pour seule nourriture les mots usagés de Fenoglio !

– Tu vois ! Il suffit de le pousser. C'est un vieillard paresseux ! lui chuchota Elinor. Mais il peut encore écrire, bien sûr, même s'il ne veut pas le croire lui-même. C'est quelque chose que l'on n'oublie pas. Est-ce que tu désapprends la lecture ?

« Je ne sais pas », avait envie de répondre Meggie. Mais elle se tut. Sa langue attendait les mots de Fenoglio. Des mots salvateurs. Comme quand elle avait lu pour Mo.

– Pourquoi l'ours pleure-t-il comme ça ?

Meggie sentit les mains de Farid se poser sur ses épaules. Il avait dû se retirer dans un endroit isolé pour faire jaillir le feu sans être surpris par les enfants mais, à son air désolé, elle vit que cette fois encore les flammes n'avaient rien révélé.

– Oh, non, pas lui ! s'exclama Fenoglio, excédé. Darius et moi n'avons pas entassé toutes ces pierres pour que le premier venu déboule dans ma chambre à coucher ! J'ai besoin de calme ! C'est une question de vie ou de mort !

– De vie ou de mort ? répéta Farid en regardant Meggie d'un air inquiet.

– Le Prince noir… il… il…

Elinor essayait de se maîtriser, mais sa voix tremblait.

– Plus un mot ! lança Fenoglio sans lever les yeux. Cristal de Rose ! Du sable !

– Du sable ? Où pourrais-je en trouver ? s'écria l'homme de verre.

– Tu n'es vraiment bon à rien ! Pourquoi crois-tu que je t'ai emmené dans cette contrée reculée ? Pour que tu te croies en vacances et passes ton temps à faire la cour aux femmes de verre vertes ?

466

Fenoglio souffla sur l'encre encore humide et tendit à Meggie, d'un air incertain, la feuille qu'il venait d'écrire.

– Maintenant, à toi de les faire pousser, Meggie ! Les dernières fleurs médicinales, réchauffées par l'haleine des kobolds endormis et cueillies avant les gelées de l'hiver.

Meggie regarda le papier. Elle était revenue, la mélodie qu'elle avait entendue pour la dernière fois quand elle avait fait venir Orphée en ce monde. Oui. Les mots avaient recommencé à obéir à Fenoglio. Et elle allait leur apprendre à respirer.

45

Écrit et pas écrit

Les personnages ont leur vie propre et leur logique
propre,
Il faut agir en conséquence

Isaac Bashevis Singer, *Vice to Writers*

Roxane trouva les plantes à l'endroit indiqué par Fenoglio : à l'entrée d'une grotte de kobolds, là où Fléau des Elfes tendait ses collets. Et Meggie, tenant Despina par la main, vit les mots qu'elle venait de lire se faire réalité :

Les feuilles et les fleurs défiaient le vent froid, à croire que c'étaient des fées qui les avaient plantées pour rêver de l'été à leur vue. Mais les fleurs exhalaient une odeur de décomposition et de mort, d'où leur nom : boutons-des-morts. On les mettait sur les tombes pour amadouer les Femmes blanches.

Roxane chassa les papillons de nuit posés sur les feuilles, arracha deux plantes et en laissa deux autres pour ne pas fâcher les elfes. Puis elle revint en toute hâte dans la grotte où les Femmes blanches rôdaient déjà près du Prince noir, elle râpa les racines et les fit bouillir, comme Resa le lui avait indiqué, et fit boire l'infusion au Prince. Il était extrêmement faible, mais il arriva ce que tous n'osaient espérer : l'infusion atténua l'effet du poison, l'anesthésia et lui rendit sa force vitale.

Et les Femmes blanches disparurent, comme si la Mort les avait appelées ailleurs.

Les dernières phrases avaient été faciles à lire, mais des heures passèrent, des heures terribles, avant qu'elles deviennent réalité. Le poison ne s'avouait pas si facilement vaincu, et les Femmes blanches allaient et venaient. Roxane répandait sur le sol les plantes qui les chassaient, comme l'Ortie le lui avait appris, mais les visages blafards revenaient, à peine visibles devant les murs gris de la grotte. Soudain, Meggie eut le sentiment qu'elles ne regardaient pas seulement le Prince. Elles la regardaient, *elle*.

«Ne nous connaissons-nous pas ? semblaient dire leurs yeux. Ta voix n'a-t-elle pas protégé l'homme qui a été nôtre par deux fois ?» Meggie ne répondit à leurs regards qu'une fraction de seconde, mais elle comprit aussitôt la nostalgie que Mo avait évoquée : la nostalgie d'un lieu qui se trouve au-delà des mots. Elle fit un pas en direction des Femmes blanches, elle voulait sentir leurs mains froides sur son cœur battant, les laisser effacer toute peur et toute souffrance, mais d'autres mains la retinrent, chaudes et fermes.

– Meggie, ne les regarde pas, pour l'amour du ciel! lui chuchota Elinor. Viens à l'air frais. Tu es déjà aussi pâle que ces créatures !

Sans écouter ses protestations, elle entraîna Meggie à l'extérieur, là où les brigands s'étaient rassemblés et où les enfants jouaient sous les arbres, comme s'ils avaient oublié ce qui se passait dans la grotte. L'herbe était blanche de givre, blanche comme les femmes qui attendaient le Prince noir, mais leur envoûtement cessa dès que Meggie entendit le rire des enfants. Ils se lançaient des pommes de pin et criaient quand la martre essayait de leur sauter dessus. La vie semblait tellement plus forte que la mort, et l'instant d'après, la mort prenait le dessus. Comme les marées…

Resa elle aussi se tenait devant la grotte, les bras serrés autour des épaules, frissonnant malgré la cape en peau de lapin que l'hercule avait posée sur son dos.

– Vous avez vu Monseigneur, demanda-t-elle à Elinor, ou Gecko et sa pie ?

Baptiste s'approcha d'eux. Il avait l'air totalement épuisé. C'était la première fois qu'il n'était pas aux côtés du Prince.

– Ils sont partis, dit-il. Monseigneur, Gecko et dix autres. Ils sont partis sur les traces du Geai bleu dès qu'il a été clair que le Prince ne pourrait pas le suivre !

– Mais Monseigneur hait Mo ! (Resa avait parlé d'une voix si forte que quelques brigands se retournèrent vers elle et que les enfants interrompirent leur jeu.) Pourquoi voudrait-il l'aider ?

– Je crains qu'il n'ait pas l'intention de l'aider, répondit Baptiste à voix basse. Il a raconté aux autres que le Geai bleu nous avait trahis et qu'il avait passé un marché pour son propre compte avec Violante. Et aussi que ton mari ne nous avait pas dit toute la vérité sur le livre vide.

– Quelle vérité ? demanda Resa d'une voix blanche.

– Monseigneur prétend que le livre n'accorde pas l'immortalité mais la richesse, murmura Baptiste. Or pour la plupart de nos hommes, l'argent compte par-dessus tout. Ils trahiraient leur mère pour un livre pareil. Pourquoi le Geai bleu ne ferait-il pas de même ?

– Mais c'est un mensonge ! Le livre rend immortel, rien de plus.

Meggie avait haussé le ton mais peu lui importait qu'ils l'entendent, tous ceux qui parlaient de son père à voix basse.

Fléau des Elfes se tourna vers elle, un sourire mauvais sur son visage allongé.

– Ah bon ? Et comment le sais-tu, petite sorcière ? Ton père ne t'avait-il pas caché que le livre ferait pourrir la chair de Tête de Vipère sur ses os ?

– Et après ? jeta Elinor en passant autour des épaules de Meggie un bras protecteur. En tout cas, il y a une chose qu'elle sait, c'est que son père est plus digne de confiance qu'un empoisonneur. Car qui d'autre que votre vénéré Monseigneur peut avoir empoisonné le Prince ?

Un murmure de protestation s'éleva parmi les brigands et Baptiste entraîna Elinor à l'écart.

– Fais attention à ce que tu dis ! Tous les amis de Monseigneur ne sont pas partis avec lui. Et si vous voulez mon avis, le poison, ça ne lui ressemble pas. Un couteau, oui, mais le poison…

– Mais alors, qui est le coupable ? rétorqua Elinor.

Resa leva les yeux vers le ciel gris comme si la réponse y était inscrite.

– Gecko a emmené sa pie ? demanda-t-elle.

Baptiste hocha la tête.

– Oui, et c'est une bonne chose. Les enfants en avaient peur.

– À juste titre, ajouta Resa en regardant de nouveau le ciel.

Puis elle se tourna vers Baptiste.

– Qu'est-ce que Monseigneur a l'intention de faire ? Dis-le-moi !

Baptiste se contenta de hausser les épaules d'un air las.

– Je ne sais pas. Il va peut-être essayer de voler le livre avant que Tête de Vipère arrive au château du Lac. À moins qu'il ne s'y rende directement, pour s'en emparer une fois que le Geai bleu y aura écrit les trois mots. Quoi qu'il fasse, nous n'y pouvons rien. Les enfants ont besoin de nous, ainsi que le Prince, tant qu'il ne va pas mieux. N'oublie pas que Doigt de Poussière est avec le Geai bleu. Monseigneur aura du fil à retordre ! Et maintenant, excuse-moi, je dois retourner auprès du Prince.

« *Monseigneur aura du fil à retordre*. Certes, mais qu'arrivera-t-il s'il vole le livre vide en chemin, et que Tête de Vipère, une fois au château du Lac, conclut que le Geai bleu ne peut plus l'aider ? Ne s'empressera-t-il pas de tuer Mo ? Et même si Mo avait encore l'occasion d'écrire les trois mots sur les pages blanches... que se passera-t-il si Monseigneur l'empoisonne pour s'emparer du livre, aussi sournoisement qu'il a, c'est probable, empoisonné le Prince ? »

« Et que se passera-t-il si... » Les questions empêchaient Meggie de trouver le sommeil, même si autour d'elle, tout le monde dormait depuis longtemps. Aussi finit-elle par se lever pour se rendre au chevet du Prince noir.

Il dormait. Les Femmes blanches avaient disparu, mais son visage sombre était toujours gris, comme si leurs mains avaient blanchi sa peau. Minerve et Roxane se relayaient près de sa couche. Fenoglio aussi, comme s'il devait veiller sur ses mots pour qu'ils restent efficaces.

Fenoglio... Fenoglio pouvait de nouveau écrire !

Qu'avait-il écrit sur les feuilles qu'il cachait sous ses vêtements ?

– Pourquoi as-tu inventé le Geai bleu pour tes chansons de brigands, au lieu de te contenter d'écrire sur le Prince noir ? lui avait demandé Meggie un jour.

– Parce que le Prince était fatigué, avait répondu Fenoglio. Le Prince noir avait autant besoin du Geai bleu que les pauvres qui chuchotent son nom la nuit, pleins d'espoir. De plus, le Prince faisait depuis trop longtemps partie de ce monde pour croire qu'on puisse vraiment le changer. Et ses hommes n'ont jamais douté qu'il soit de chair et de sang, comme eux. En ce qui concerne ton père, ils n'en sont pas tout à fait sûrs, tu comprends ?

Oh, oui, Meggie comprenait ! Mais Mo était fait de chair et de sang et Monseigneur n'en doutait pas. Quand elle revint vers ceux qui dormaient, elle vit Darius qui, d'une voix douce, racontait une histoire à deux enfants assis sur ses genoux. Les petits le réveillaient souvent la nuit, car ses histoires savaient chasser les mauvais rêves. Darius acceptait son sort avec patience. Le Monde d'encre lui plaisait, même s'il lui faisait sans doute plus peur qu'à Elinor, mais serait-il capable de le changer si Fenoglio l'en priait ? Accepterait-il de lire si Meggie, par exemple, refusait de le faire ?

Qu'y avait-il sur les feuilles que Fenoglio s'était empressé de cacher à sa vue et à celle d'Elinor ? Quoi donc ?

« Va voir, Meggie. De toute manière, tu ne peux pas dormir. »

Quand elle passa derrière le mur qui dissimulait la couchette de Fenoglio, elle entendit le léger ronflement de Cristal de Rose. Son maître était assis au chevet du Prince noir, mais l'homme de verre était couché sur les vêtements qui dissimulaient les feuilles. Meggie le souleva avec précaution, surprise comme toujours de la froideur de ses membres transparents, et le posa sur l'oreiller que Fenoglio avait apporté avec lui d'Ombra. Oui. Les feuilles étaient toujours où il les avait cachées. Plus d'une douzaine, couvertes de mots écrits à la hâte – des bribes de phrase, des questions, des idées esquissées, qui n'auraient sans doute de sens que pour leur auteur : *L'épée ou la plume ? Qui aime Violante ? Attention au Fifre… qui écrit les trois mots ?* Meggie ne put tout déchiffrer, mais le titre fit battre son cœur : *La Chanson du Geai bleu.*

– Ce ne sont que des idées, Meggie, comme je te l'ai dit. Rien que des questions et des idées.

La voix de Fenoglio la fit sursauter et elle manqua faire tomber les feuilles sur Cristal de Rose endormi.

– Le Prince va mieux, dit le vieil homme comme si elle était venue dans son coin pour entendre cette nouvelle. On dirait que, pour changer, mes mots parviennent à garder quelqu'un en vie au lieu de le faire mourir. Mais peut-être est-il en vie parce que cette histoire pense qu'il peut encore lui être utile. Comment le savoir ?

Il s'assit en soupirant près de Meggie et lui prit doucement les feuilles des mains.

– Tes mots ont déjà sauvé Mo, dit-elle.

– Oui, peut-être. (Fenoglio passa la main sur l'encre sèche comme s'il pouvait ainsi enlever aux mots tout pouvoir nocif.) N'empêche que depuis, tu te méfies d'eux autant que moi, non ?

Il avait raison. Elle avait appris à aimer les mots, mais aussi à s'en défier.

– Pourquoi *La Chanson du Geai bleu*? demanda-t-elle doucement. Tu ne peux plus écrire de chansons sur lui! C'est mon père. Invente un autre héros. Tu trouveras sûrement. Mais laisse Mo redevenir lui-même : Mo, tout simplement.

Fenoglio la regarda d'un air pensif.

– Es-tu certaine que ton père le veuille? Ou est-ce que ça t'est égal?

– Bien sûr que non! lança Meggie si fort qu'elle réveilla Cristal de Rose, qui regarda autour de lui d'un air perdu avant de se rendormir. Mais Mo ne veut sûrement pas que tu l'enfermes dans tes mots comme une araignée dans sa toile. Tu le changes!

– Pas du tout! C'est ton père qui a décidé lui-même de devenir le Geai bleu! Je n'ai fait qu'écrire quelques chansons et tu ne les as jamais lues à voix haute! Comment auraient-elles pu changer quoi que ce soit?

Meggie baissa la tête.

– Oh, non! s'exclama Fenoglio, incrédule. Tu l'as fait?

– Après la reddition de Mo. Pour le protéger, pour le rendre plus fort, invincible! Je les lis tous les jours.

– Voyez-vous ça! Eh bien, il ne nous reste plus qu'à espérer que ces mots soient aussi efficaces que ceux que j'ai écrits pour le Prince noir.

Fenoglio l'étreignit affectueusement, comme il l'avait fait si souvent quand ils étaient tous deux prisonniers de Capricorne… dans un autre monde, dans une autre histoire. À moins que ce ne soit la même?

– Meggie, dit-il à voix basse, tu pourrais lire à l'avenir mes chansons douze fois par jour… nous savons bien tous les deux que ce n'est pas à cause d'elles que ton père est le

Geai bleu. Si je l'avais choisi comme modèle pour le Fifre, crois-tu qu'il serait devenu un assassin ? Bien sûr que non ! Ton père est comme le Prince noir ! Il est du côté des faibles. Ce n'est pas moi qui lui ai donné ce trait de caractère, il a toujours été ainsi ! Ce n'est pas à cause de mes mots que ton père s'est rendu au château d'Ombra, mais à cause des enfants qui dorment dehors. Tu as peut-être raison. Il se peut que cette histoire le change, mais lui aussi, il la modifie ! Il continue à l'écrire, Meggie, à travers ce qu'il fait, et non pas à cause de ce que j'écris. Même si des mots justes pourraient parfois l'aider…

– Protège-le, Fenoglio ! murmura Meggie. Monseigneur est à ses trousses et il le hait.

Il la regarda, surpris.

– Qu'est-ce que tu veux dire par là ? Tu veux que j'écrive quelque chose sur lui ? Mon Dieu, comme si ce n'était déjà pas assez compliqué quand je devais m'occuper uniquement de mes personnages !

« Que tu n'as pas hésité à faire mourir », pensa Meggie, mais elle se tut. Car Fenoglio avait sauvé le Prince noir… Il avait eu peur pour lui. Qu'aurait dit Doigt de Poussière de cet élan subit de compassion ?

Cristal de Rose se mit à ronfler.

– Tu entends ? demanda Fenoglio. Peux-tu me dire comment une créature aussi ridiculement petite peut ronfler aussi fort ? Parfois, la nuit, j'ai envie de le fourrer dans l'encrier pour être enfin tranquille !

– Tu es un affreux vieillard ! (Meggie prit les feuilles écrites et passa le doigt sur les mots jetés à la hâte sur le papier.) Qu'est-ce que tout ça veut dire ? *La plume ou l'épée ? Qui écrit les trois mots ? Qui aime Violante ?*

476

– Ce sont quelques questions dont les réponses vont déterminer la suite de l'histoire. Une bonne histoire se cache derrière un enchevêtrement de questions qu'il n'est pas facile de démêler. En plus, cette histoire-ci ne se laisse pas manœuvrer comme on veut mais (Fenoglio baissa la voix, comme pour écouter ce que disait l'histoire), si on lui pose les bonnes questions, elle vous chuchote tous ses secrets à l'oreille. Une histoire comme celle-ci est très bavarde.

Il se mit à lire à haute voix :

– *La plume ou l'épée ?* Une question très importante. Mais je ne connais pas encore la réponse. Ce sera peut-être les deux. Quoi qu'il en soit… *qui écrira les trois mots ?* Oui, qui ? Ton père s'est laissé prendre dans ce dessein, mais qui sait… *Tête de Vipère se laissera-t-il prendre au piège de sa fille ?* Violante est-elle aussi maligne qu'elle croit, et : *qui aime la Laide ?* Je crains qu'elle ne soit tombée amoureuse de ton père. Depuis longtemps déjà. Longtemps avant de l'avoir rencontré.

– Quoi ? s'exclama Meggie, stupéfaite. Qu'est-ce que tu racontes ? Violante est à peine plus vieille que moi, ou que Brianna !

– Pas du tout ! Peut-être pas en âge, mais elle a vécu tant de choses qu'elle est au moins trois fois plus vieille que toi. Et comme beaucoup de filles de princes elle a une idée très romantique des brigands. Pourquoi crois-tu qu'elle a demandé à Balbulus d'enluminer toutes mes chansons sur le Geai bleu ? Et le voilà qui arrive, en chair et en os ! C'est romantique, non ?

– Tu es horrible !

La voix choquée de Meggie tira à nouveau Cristal de Rose de son sommeil.

477

– Comment ça ? Je t'explique simplement tout ce dont je dois tenir compte si je veux essayer de donner à cette histoire une fin heureuse, bien qu'elle poursuive peut-être, depuis longtemps, un autre objectif. Et si j'avais raison ? Imagine que Violante aime le Geai bleu et que ton père la repousse ? Le protégera-t-elle quand même contre Tête de Vipère ? Quel rôle jouera Doigt de Poussière ? Le Fifre remarquera-t-il quel jeu joue Violante ? Des questions, rien que des questions ! Crois-moi, cette histoire est un labyrinthe ! Il semble qu'il y ait de nombreuses voies, mais une seule est la bonne, et à chaque faux pas, une mauvaise surprise nous attend. Mais cette fois, je me suis préparé. Cette fois, je verrai les pièges qu'elle me tend, Meggie… et je trouverai la bonne issue. Mais il faut que je pose des questions ! Par exemple : où est Mortola ? Une question qui ne me laisse aucun répit. Et, par le diable de l'encre, que devient Orphée ? Des questions, toujours plus de questions… Mais Fenoglio a repris les choses en main ! Et il a sauvé le Prince noir !

Toutes les rides de son visage s'épanouirent de fierté.

Quel affreux vieillard !

46
Le château du Lac

Il y a en elle quelque chose qui se dérobe aux mots.

John Steinbeck, *Voyage avec Charley*

Ils montaient vers le nord, toujours plus loin. Le matin du deuxième jour, Violante ordonna de défaire les liens de Mo ; un garde lui avait chuchoté que le Geai bleu ne pourrait bientôt plus faire usage de ses mains. Plus de cinquante soldats les avaient attendus à moins d'une lieue d'Ombra. Guère plus âgés que Farid, ils semblaient résolus et suivraient Violante jusqu'au bout du monde.

À mesure qu'ils avançaient, les forêts se faisaient plus sombres et les vallées plus profondes. Les collines devenaient des montagnes et certains cols étaient déjà tellement enneigés qu'ils durent mettre pied à terre. Les montagnes qu'ils traversaient semblaient inhabitées. Mo aperçut de rares villages dans le lointain, parfois une ferme isolée ou une cabane de charbonnier. À croire que Fenoglio avait oublié de peupler cette partie de son monde.

Doigt de Poussière les avait rejoints dès leur première halte : apparemment, suivre les traces que les soldats de

479

Violante effaçaient avec tant de soin sur leur passage avait été pour lui un jeu d'enfant. Les soldats l'observèrent avec un respect mêlé de peur. Ils avaient regardé Mo ainsi. Le Geai bleu… Le danseur de feu… Bien sûr, ils connaissaient les chansons et leurs yeux demandaient : « Êtes-vous faits de la même chair que nous ? »

Mo connaissait la réponse en ce qui le concernait, même s'il se demandait parfois si de l'encre ne coulait pas dans ses veines à la place du sang. Mais Doigt de Poussière ? Il n'était sûr de rien. Les chevaux reculaient à son approche, même si, d'un murmure, il parvenait à les calmer. Il dormait et mangeait à peine et plongeait les mains dans le feu comme si c'était de l'eau. Mais quand il parlait de Roxane ou de Farid, ses paroles exprimaient un amour bien humain, et quand il regardait sa fille, à la dérobée, comme s'il avait honte, son regard était celui d'un père mortel.

Traverser à cheval le Monde d'encre, qui se déployait devant eux comme un papier plié avec art, était agréable. À chaque lieue parcourue, Mo doutait un peu plus que ce monde soit né uniquement de la plume de Fenoglio. Le vieil homme n'était-il pas plutôt un simple intermédiaire, qui n'avait fait que raconter un fragment minuscule d'une histoire dont ils étaient sortis depuis longtemps ? Des montagnes inconnues bordaient l'horizon, Ombra était à des lieues et la Forêt sans chemin semblait aussi loin que le jardin d'Elinor. Quant au château de la Nuit, ce n'était plus qu'un mauvais rêve…

– Tu es déjà venu dans ces montagnes ? demanda-t-il une fois à Doigt de Poussière.

La plupart du temps, le danseur de feu chevauchait à ses côtés sans rien dire. Parfois, Mo croyait pouvoir entendre ses pensées. «Roxane», chuchotaient-elles. Et les yeux de Doigt de Poussière se tournaient de nouveau vers sa fille qui, à côté de Violante, n'accordait pas le moindre regard à son père.

– Non, je ne crois pas, répondit Doigt de Poussière.

Chaque fois que Mo adressait la parole à son compagnon, il avait l'impression de le faire revenir d'un endroit où les mots n'existaient pas. Doigt de Poussière n'en parlait pas et Mo ne demandait rien. Il savait ce que l'autre ressentait. Les Femmes blanches les avaient touchés tous les deux et elles avaient semé dans leurs cœurs la nostalgie de ce lieu, une nostalgie perpétuelle, muette, douce et amère à la fois.

Doigt de Poussière regarda derrière lui comme s'il cherchait des yeux un paysage familier.

– Je ne suis jamais monté vers le nord avant. Les montagnes me faisaient peur, dit-il en souriant, comme s'il se moquait de son ancien moi. (Connaissait-il si peu le monde, pour avoir peur de quelques montagnes ?) J'ai toujours été attiré par la mer, la mer et le sud.

Puis il se tut. Doigt de Poussière n'avait jamais été très bavard, et son séjour au royaume des morts n'avait rien arrangé. Mo le laissa à son silence et se demanda une fois de plus si le Prince noir avait déjà appris son évasion de la bouche de Farid, et comment Meggie et Resa avaient pris la nouvelle. C'était si dur pour lui de les laisser toujours plus loin derrière lui, à chaque pas de son cheval, même s'il était persuadé qu'elles étaient plus en sécurité ainsi. «Ne pense pas à elles ! s'ordonna-t-il. Ne te demande pas quand et si tu les reverras. Dis-toi que le Geai bleu n'a jamais eu ni femme ni fille. Juste pour un temps… »

Violante se retourna sur sa selle comme pour s'assurer que le Geai bleu ne lui avait pas échappé. Brianna lui chuchota quelque chose et Violante sourit. La Laide avait un beau sourire qui trahissait sa jeunesse, même si les occasions de le voir étaient rares.

Ils grimpaient sur un versant très boisé. Les rayons du soleil traversaient les arbres presque dénudés et malgré la neige qui, un peu plus haut, recouvrait la mousse et les racines, une odeur d'automne, de feuilles moisies et de fleurs tardives flottait dans l'air. Des fées, engourdies par l'hiver qui approchait, voltigeaient dans l'herbe jaunie et raidie par la gelée, des traces de kobold coupaient le chemin et, sous les buissons qui poussaient sur le versant en amont, Mo crut entendre des pas furtifs d'hommes de verre sauvages. Un des soldats de Violante fredonnait une chanson ; au son de cette voix jeune, Mo eut le sentiment que tout ce qu'il avait laissé derrière lui s'estompait, son inquiétude pour Resa et Meggie, le Prince noir, les enfants menacés, et même son marché avec la Mort. Il n'y avait plus que ce chemin, cet interminable chemin qui grimpait en lacets dans les montagnes inconnues, et l'irrépressible envie qu'il avait au cœur de s'enfoncer toujours plus profondément dans ce monde troublant. Comment était le château où les emmenait Violante ? Et y avait-il vraiment des géants dans les montagnes ? Où finissait le chemin ? Avait-il une fin ? « Pas pour le Geai bleu », murmurait une voix en lui. L'espace d'un instant, son cœur se remit à battre, sans peur et jeune comme le cœur d'un garçon de dix ans…

Il sentit le regard de Doigt de Poussière.

– Mon monde te plaît.

– Oui. Oui, il me plaît.

Mo entendit lui-même le sentiment de culpabilité qui perçait dans sa voix.

Doigt de Poussière éclata d'un rire sonore, inhabituel. Il était si différent sans ses balafres… à croire que les Femmes blanches n'avaient pas guéri que son visage, mais aussi son cœur.

– Et tu as honte! dit-il. Pourquoi? Parce que tu crois toujours que tout cela n'est fait que de mots? C'est quand même drôle! À te voir, on pourrait croire que tu fais partie de ce monde au même titre que moi. Es-tu certain que quelqu'un ne t'avait pas expédié dans l'autre monde en lisant, comme moi?

Mo n'aurait su dire si cette idée lui plaisait ou non.

– Oui, pratiquement certain.

Une feuille poussée par le vent voltigea devant sa poitrine. Des membres minuscules s'y accrochaient; un visage effrayé apparut, marron clair comme la feuille. Apparemment, les hommes des feuilles d'Orphée s'étaient propagés rapidement. L'étrange créature mordit le doigt de Mo quand il essaya de l'attraper et un coup de vent l'emporta.

– Tu les as vues aussi hier soir?

Doigt de Poussière se retourna sur sa selle. Le soldat qui le suivait évita son regard. Il n'y a pas de pays plus étranger que celui des morts.

– Qui?

Pour toute réponse, Doigt de Poussière le regarda d'un air moqueur.

Il y en avait eu deux. Deux Femmes blanches. Peu avant le lever du jour, entre les arbres.

– À ton avis, pourquoi nous suivent-elles? Pour nous rappeler que nous leur appartenons?

483

Doigt de Poussière haussa les épaules comme si la réponse n'avait pas d'importance.

– Je les vois chaque fois que je ferme les yeux. « Doigt de Poussière ! murmurent-elles. Tu nous manques. Ton cœur connaît-il la souffrance de nouveau ? Sens-tu le poids du temps ? Veux-tu que nous t'en délivrions ? Que nous te fassions oublier ? » « Non ! Laissez-moi ressentir encore un temps les choses. Qui sait, vous viendrez peut-être me chercher bientôt. Moi, ajouta-t-il en regardant Mo, et le Geai bleu. »

Au-dessus d'eux surgirent des nuages sombres, qui semblaient avoir guetté les voyageurs derrière les montagnes, et la nervosité gagna les chevaux. Mais Doigt de Poussière les calma en leur murmurant quelques mots.

– Qu'est-ce qu'elles te chuchotent ? demanda-t-il à Mo en le regardant comme s'il connaissait déjà la réponse.

– Oh ! (Il n'était pas facile de parler des Femmes blanches. À chaque essai, elles tentaient de vous fermer la bouche.) En général, elles sont là, simplement… on dirait qu'elles m'attendent. Et quand elles parlent, c'est toujours pour dire la même chose : « Seule la Mort te rendra immortel, Geai bleu. »

Il n'avait encore jamais raconté cela à personne, ni au Prince noir, ni à Resa, ni à Meggie. À quoi bon ? Cela n'aurait pu que leur faire peur. Mais Doigt de Poussière connaissait les Femmes blanches, et celle qu'elles servaient.

– Immortel, répéta-t-il. C'est le genre de choses qu'elles aiment dire, et elles ont sans doute raison. Mais toi, pour l'immortalité, tu es pressé ?

Mo n'eut pas le temps de répondre. Violante dirigeait son cheval vers eux. Ils étaient arrivés sur la crête d'une

484

montagne. En contrebas scintillait un lac dans lequel se reflétait un château. Il semblait flotter sur les vagues, comme un fruit de pierre, loin de la rive… Ses murs étaient plus sombres que les sapins qui poussaient sur les versants des montagnes qui l'entouraient et un pont interminable, étroit comme un ruban de pierre et soutenu par d'innombrables piliers, menait au-dessus de l'eau jusqu'à la rive où se dressaient deux tours de guet en ruine au milieu de cabanes abandonnées.

– Le pont imprenable ! murmura un soldat – et ce murmure portait en lui toutes les histoires qu'il avait entendues sur cet endroit.

La neige se remit à tomber, de minuscules flocons mouillés que le lac sombre semblait engloutir, et les jeunes soldats de Violante contemplèrent dans un silence pesant le but peu engageant de leur voyage. Le visage de leur maîtresse, en revanche, s'illumina comme celui d'une jeune fille.

– Qu'en dis-tu, le Geai bleu ? demanda-t-elle à Mo en chaussant ses lunettes cerclées d'or. Regarde ! Ma mère m'a tellement décrit ce château que j'ai l'impression d'y avoir grandi ! Je voudrais que ces verres soient encore meilleurs, ajouta-t-elle avec impatience. Mais je vois déjà d'ici combien il est beau !

Beau ? Mo aurait jugé le mot « sinistre » plus approprié, mais pour la fille de Tête de Vipère, c'était une seule et même chose.

– Tu comprends pourquoi je t'ai amené ici ? demanda Violante. Personne ne peut prendre ce château. Même les géants n'ont pas pu en venir à bout quand ils ont investi cette vallée. Le lac est trop profond et le pont juste assez large pour un cavalier !

485

Le chemin qui descendait jusqu'à la rive était si escarpé qu'ils durent mettre pied à terre. Sous les sapins serrés les uns contre les autres, il faisait si sombre qu'on eût dit que les aiguilles absorbaient toute la lumière du jour. Mo sentit son cœur redevenir lourd. Mais Violante avançait avec une telle impatience qu'ils avaient tous du mal à la suivre entre les arbres.

– Les esprits de la nuit ! murmura Doigt de Poussière quand le silence au milieu des arbres devint aussi noir que les aiguilles qui jonchaient le sol. Les lutins noirs, les capes rouges… il y a ici tout ce qui ferait trembler Farid. Espérons que ce château est vraiment inhabité.

Quand ils atteignirent enfin la rive du lac, une nappe de brouillard flottait au-dessus de l'eau et le château ainsi que le pont émergeaient de cette brume blanche comme s'ils venaient de surgir du néant… des excroissances de pierre sorties des profondeurs des eaux. Les cabanes sur la rive avaient l'air beaucoup plus réelles même si, à l'évidence, elles n'étaient plus habitées depuis longtemps. Mo dirigea son cheval vers une des tours de guet. La porte avait brûlé, l'intérieur était noir de suie.

Violante s'approcha de lui.

– Un neveu de mon grand-père a été le dernier à essayer de prendre ce château. Il n'est jamais arrivé de l'autre côté. Mon grand-père élevait dans le lac des poissons prédateurs. Il paraît qu'ils étaient plus grands que des chevaux et très friands de chair humaine. Le lac garde ce château mieux que ne le ferait n'importe quelle armée. La garnison n'a jamais été importante, mais mon grand-père a toujours veillé à ce que les provisions soient suffisantes en cas de siège. Il y avait du bétail, et il a fait planter des légumes et des arbres fruitiers dans les cours intérieures. Ma mère m'a raconté que, malgré ces précautions, elle devait manger du poisson très souvent...

Violante se mit à rire. Mo regarda l'eau sombre avec un sentiment de malaise. Il avait l'impression de voir flotter entre les écharpes de brouillard les soldats morts qui avaient tenté de prendre le château imprenable. Le lac était l'image même du Monde d'encre, beau et terrible à la fois. La surface était lisse comme du verre, mais la rive marécageuse, et des essaims d'insectes qui n'avaient apparemment pas peur de l'hiver bourdonnaient entre les roseaux couverts de gelée blanche.

– Pourquoi votre grand-père vivait-il dans un endroit aussi retiré ?

– Parce qu'il en avait assez des hommes. Est-ce si surprenant ?

Violante, émerveillée, semblait ne pas en croire ses yeux : enfin, elle voyait ce qu'elle ne connaissait qu'à travers des mots ! Souvent, ce sont les mots ou les images qui nous racontent d'abord ce dont nous rêvons.

– Les appartements de ma mère se trouvaient dans la tour gauche. Quand mon grand-père a fait construire le château, les géants venaient encore ici.

Violante parlait d'un ton lent et rêveur, comme une somnambule.

– En dehors des villes, ce lac était jadis le seul endroit où l'on était à l'abri des géants – même eux ne pouvaient pas le traverser. Mais ils aimaient se mirer dans son eau : c'est pourquoi on l'appelait le « miroir des géants ». Ma mère avait peur d'eux. Quand elle entendait des pas, elle se cachait sous le lit mais elle s'était toujours demandé quelle était leur véritable taille. Une fois, elle avait alors cinq ans, un géant est arrivé sur la rive avec son enfant ; elle a voulu courir vers eux, mais une des bonnes l'a rattrapée à l'entrée du pont. Pour la punir, mon grand-père l'a fait enfermer trois jours et trois nuits dans la tour.

Violante montra du doigt celle qui se dressait comme une aiguille au milieu des autres.

– Cette tour est le seul endroit du château dont ma mère n'aimait pas parler. Il y avait sur les murs des tableaux qui représentaient des esprits de la nuit et des monstres du lac, des loups, des serpents et des brigands qui tuaient les voyageurs… Mon grand-père les avait fait peindre pour montrer à ses filles combien le monde était dangereux de l'autre côté du lac. Les géants aimaient capturer des humains pour s'en servir comme jouets. Surtout des enfants. Tu en as entendu parler ?

– Je l'ai lu quelque part, répondit Mo.

La joie qui vibrait dans la voix de la Laide le toucha ; pour la première fois, il se demanda comment il se pouvait que le livre qui lui avait raconté tant de choses sur les elfes de feu et les géants parle si peu de la fille de Tête de Vipère. Pour Fenoglio, Violante n'était qu'un personnage secondaire, une fille laide et malheureuse, rien de plus. Peut-être y avait-il là une leçon : on pouvait faire d'un petit rôle un grand, à condition de bien le jouer.

Violante semblait avoir oublié qui se tenait à ses côtés. Elle semblait avoir tout oublié, y compris son projet de meurtre. Elle regardait le château avec une immense nostalgie, comme si elle espérait voir à tout moment sa mère apparaître sur les créneaux. Puis elle se retourna brusquement.

– Quatre d'entre vous restent aux tours de guet, ordonna-t-elle à ses soldats. Les autres viennent avec moi. Mais avancez lentement si vous ne voulez pas que le bruit des sabots attire les poissons. Ma mère m'a raconté qu'ils ont déjà arraché du pont des douzaines de soldats.

Un murmure inquiet s'éleva parmi ses soldats. Craintifs comme les enfants qu'ils étaient encore ! Violante les ignora. Elle jeta sur son bras la traîne de sa robe, noire comme tout ce que Mo l'avait vue porter, et laissa Brianna l'aider à remonter à cheval.

– Vous allez voir, dit-elle. Je connais ce château mieux que si j'y avais vécu. J'ai étudié tous les livres qui le concernent. Je connais son plan et tous ses secrets.

– Votre père est-il déjà venu ici ?

Doigt de Poussière posa la question que Mo venait de formuler en pensée.

Violante prit les rênes.

– Une seule fois, répondit-elle sans regarder Doigt de Poussière. Quand il a demandé ma mère en mariage. C'était il y a très longtemps. Mais il n'aura pas oublié que ce château est imprenable.

Elle fit tourner son cheval.

– Viens, Brianna ! dit-elle en se dirigeant vers le pont.

Mais au moment de s'engager sur le chemin de pierre, sa monture prit peur. Sans dire un mot, Doigt de Poussière s'avança vers elle, lui prit les rênes des mains et conduisit son cheval sur le pont. Les soldats le suivirent et les bruits de sabots résonnèrent au-dessus de l'eau.

Mo fermait la marche. Le monde entier semblait soudain n'être plus fait que d'eau. Le brouillard l'entourait et le château flottait devant lui sur le lac comme un rêve sinistre : des tours, des créneaux, des ponts, des encorbellements, des murs sans fenêtres, rongés par le vent et l'eau. Le pont était interminable et la porte, à l'autre extrémité, semblait inaccessible jusqu'à ce qu'enfin elle se mette à grandir à chaque pas de son cheval. Les tours et les murs emplissaient le ciel comme un chant menaçant et Mo vit des ombres sombres glisser sur l'eau, tels des chiens de garde qui auraient flairé leur arrivée.

« À quoi ressemblait le château, Mo ? entendit-il Meggie lui demander. Décris-le-moi ! »

Que répondrait-il ? Il leva les yeux vers les tours innombrables, comme s'il en poussait une nouvelle par an, vers le labyrinthe d'encorbellements et de ponts et vers le griffon au-dessus de la porte.

« Il ne laissait pas présager d'un heureux dénouement, Meggie, s'entendit-il répondre, mais plutôt d'une aventure dont on ne revient pas. »

47
Le rôle des femmes

Lampe du soir, ma calme confidente,
mon cœur n'est point par toi dévoilé ;
(on s'y perdrait peut-être ;) mais sa pente
du côté sud est doucement éclairée.

C'est encore toi, ô lampe d'étudiant,
qui veux que le liseur de temps en temps
s'arrête, étonné, et se dérange
sur son bouquin, te regardant.

Rainer Maria Rilke, *Vergers*

Des vêtements d'homme. Resa les avait volés à Fléau des Elfes pendant son sommeil : quelques pantalons et une chemise longue et chaude. Ils devaient être toute sa fierté. Rares étaient les brigands qui possédaient d'autres vêtements que ceux qu'ils portaient mais, dans les jours à venir, elle en aurait plus besoin que Fléau des Elfes.

Resa n'avait pas porté de vêtements d'homme depuis l'époque lointaine où elle avait vécu dans le Monde d'encre, et pourtant, quand elle enfila le pantalon rugueux, le souvenir lui revint, aussi net que si c'était la veille. Elle se souvenait du couteau qui lui égratignait la peau du crâne quand elle se coupait les cheveux, et de sa gorge irritée quand elle essayait de prendre une voix grave. Cette fois, il lui suffirait de relever ses cheveux ; elle n'aurait sans doute pas besoin de se faire passer pour un homme, mais le pantalon serait bien plus commode sur les chemins impraticables qu'elle allait devoir emprunter si elle voulait suivre Mo.

– Promets-le-moi ! (Jamais il ne lui avait demandé quelque chose avec tant d'insistance.) Promets-moi que vous resterez cachées quoi qu'il arrive, quoi que vous entendiez. Et si jamais tout échouait (quelle habile périphrase pour dire : si jamais je mourais), il faut que Meggie essaie de vous renvoyer dans l'autre monde.

Dans l'autre monde. Et où ça ? Dans la maison d'Elinor où le moindre recoin le lui rappellerait, où il avait son atelier dans le jardin ? Sans parler du fait qu'Elinor se trouvait maintenant de ce côté des mots. Mais cela, Mo l'ignorait, tout comme il ignorait qu'elle avait brûlé les mots d'Orphée.

Non. Sans lui, il n'y aurait pas de retour dans l'autre monde. Si Mo mourait dans le Monde d'encre, elle y mourrait aussi… en espérant que les Femmes blanches l'emportent au même endroit que lui.

« Quelles sombres pensées, Resa ! » se dit-elle en posant la main sur son ventre. Il était loin le temps où Meggie y grandissait, mais ses doigts avaient gardé le souvenir des jours où elle caressait vainement son ventre, jusqu'au moment où elle avait senti soudain le corps menu sous sa peau. C'était un moment unique, et elle rêvait de sentir de nouveau les petits coups de pied sous ses côtes, de sentir l'enfant se tourner et s'étirer. Cela ne tarderait plus. Si seulement elle n'avait pas dû trembler ainsi pour son père !

– Viens. Nous allons le chercher et le mettre en garde contre la Pie et Monseigneur ! chuchota-t-elle à l'enfant qu'elle portait. Nous avons été assez longtemps spectateurs. Maintenant, nous allons participer, même si Fenoglio n'a pas prévu de rôle pour nous.

Elle n'avait parlé de son plan qu'à Roxane. Ni Elinor, ni Meggie n'étaient au courant. Elles auraient voulu la suivre. Mais il fallait qu'elle y aille seule. Meggie serait encore une fois furieuse contre elle. Elle ne lui avait pas pardonné tout à fait son escapade chez Orphée, ni la nuit au cimetière. Meggie ne pardonnait facilement qu'à son père. Elle ne lui en voulait jamais longtemps.

Resa tira le livre de Fenoglio de sous sa couverture. Elle avait demandé à Baptiste de lui confectionner une sacoche en cuir pour l'y cacher, sans lui dire bien sûr qu'il était lui-même, selon toute probabilité, né des pages de ce volume. « C'est un drôle de livre, avait-il déclaré. Quel écrivain peut tracer des lettres aussi laides ? Et cette couverture ? Le relieur a-t-il manqué de cuir ? »

Elle ne savait pas trop ce que Doigt de Poussière aurait pensé de son projet. Elle était touchée qu'il lui ait confié le livre. Mais maintenant, elle devait s'en servir à bon escient.

Resa regarda du côté de sa fille. Meggie dormait à côté de Farid ; à peine un mètre plus loin, Doria était étendu, endormi lui aussi, le visage tourné vers Meggie. L'ancien homme de verre d'Orphée était couché près de lui, et la main du garçon le recouvrait comme une couverture. Que Meggie avait l'air jeune dans son sommeil ! Elle faillit se pencher sur elle et lui dégager les cheveux du front. Quand elle pensait à toutes ces années passées loin d'elle, cela lui faisait toujours mal, si mal ! « Dépêche-toi, Resa ! Dehors, le jour se lève déjà. » Ils n'allaient pas tarder à se réveiller et ils ne la laisseraient plus partir.

Elinor marmonnait quelque chose dans son sommeil quand elle se glissa près d'elle, et la sentinelle, à l'entrée de la grotte, la regarda passer derrière le mur que Fenoglio avait érigé comme pour tenir à distance le monde dont il était l'auteur. Lui et son homme de verre ronflaient à qui mieux mieux, tels un ours et un grillon. Les doigts minuscules de Cristal de Rose étaient noirs d'encre et il était couché à côté d'une feuille couverte de mots récemment écrits, mais presque tous raturés.

Resa posa la sacoche qui contenait le livre à côté du tuyau dont Fenoglio se servait pour tirer son vin, bien qu'Elinor ne manquât pas une occasion de le réprimander à ce propos. Elle glissa la lettre qu'elle lui avait écrite entre les pages de sorte qu'elle dépasse de la sacoche, bien en vue, comme une main blanche.

Fenoglio (elle avait mis longtemps à trouver les mots justes et n'était toujours pas certaine d'y être arrivée), *je rends Cœur d'encre à celui qui en est l'auteur. Ton propre livre pourra peut-être te révéler comment cette histoire doit finir et te murmurer les mots qui protégeront le père de Meggie. Pendant ce temps, je vais essayer de contribuer à ma manière à ce que la chanson du Geai bleu n'ait pas une triste conclusion.*

Resa

Quand elle sortit de la grotte, le ciel rougissait et le froid était très vif. Sous les arbres, Jambe de Bois montait la garde. Il la regarda d'un air méfiant alors qu'elle prenait la

494

direction du nord. Peut-être ne l'avait-il pas reconnue dans ses vêtements d'homme. Un peu de pain, une gourde d'eau, un couteau et une boussole qu'Elinor avait emportée, c'est tout ce qu'elle avait sur elle. Ce n'était pas la première fois qu'elle devait se débrouiller toute seule dans ce monde. Elle n'était pas loin de la grotte quand elle entendit derrière elle des pas lourds.

– Resa ! s'exclama l'hercule avec l'air vexé d'un enfant qui surprend sa sœur à fuguer. Où vas-tu ?

Comme s'il ne le savait pas !

– Tu ne peux pas le suivre ! Je lui ai promis de veiller sur toi, et sur ta fille.

Il la retint. Quand l'hercule empoignait quelqu'un, on ne pouvait lui échapper.

– Laisse-moi partir ! lui lança-t-elle. Il n'est pas au courant pour Monseigneur ! Il faut que je le prévienne ! Tu peux veiller sur Meggie.

– Doria s'en chargera. Il n'a jamais couvé une fille ainsi. Et Baptiste est encore là. (Il la tenait toujours.) C'est un long chemin jusqu'au château du Lac. Très long et très dangereux.

– Roxane me l'a expliqué.

– Et alors ? Elle t'a parlé des esprits de la nuit ? Des capes rouges, des lutins noirs ?

– Il y en avait aussi autour de la forteresse de Capricorne. Et ses hommes étaient encore pires. Rentre, je peux me débrouiller toute seule.

– Bien sûr. Tu peux aussi te mesurer à Monseigneur et au Fifre ! (Il lui prit sa gourde.) Le Geai bleu me tuera s'il te voit !

Le Geai bleu. Et si, au château, elle ne retrouvait que

lui, et non son mari ? Mo comprendrait peut-être qu'elle l'ait suivi, mais pas le Geai bleu…

– Allons-y !

L'hercule se mit en marche. Sa force n'avait d'égal que son obstination. Quand il s'était mis quelque chose en tête, même le Prince noir ne pouvait le faire renoncer, aussi Resa n'essaya-t-elle même pas. Ça lui ferait du bien d'avoir de la compagnie, beaucoup de bien. Elle ne s'était pas trouvée souvent seule dans les forêts du Monde d'encre et elle n'en avait pas gardé un bon souvenir.

– L'hercule ? demanda-t-elle quand ils furent loin de la grotte où dormait sa fille. Tu l'aimais, toi, la pie qui a rejoint Gecko ?

– Ce n'était pas une pie, répondit-il. Elle avait une voix de femme, mais je n'ai rien dit, les autres m'auraient encore pris pour un fou.

48
Attendre

Nous ne cesserons pas notre exploration
Et le terme de notre quête
Sera d'arriver là d'où nous étions partis
Et de savoir le lieu pour la première fois.

Thomas S. Eliot, *Poésie*

Le château du Lac était une huître fermée au monde. Pas une fenêtre ne donnait sur les montagnes environnantes, ni sur le lac qui venait lécher ses murs sombres. Une fois qu'on avait franchi la porte d'entrée, il n'y avait plus que le château : ses cours sombres et étroites, les passages clos en pierre qui reliaient les tours entre elles et les murs couverts de peintures ne ressemblant à rien de ce qu'il y avait aux alentours. On y voyait des jardins, des collines douces, peuplées de licornes, de dragons et de paons, et un ciel éternellement bleu dans lequel flottaient des nuages blancs. Il y avait des peintures partout, dans les appartements, dans les couloirs, sur les murs des cours. On les voyait de n'importe quelle fenêtre et, à l'intérieur du château, il y en avait beaucoup. Des paysages imaginaires.

Mais avec l'air humide qui montait du lac, la couleur des pierres s'effritait et, par endroits, c'était comme si quelqu'un avait essayé d'effacer du mur les peintures mensongères.

Pour avoir une vue sur le monde qui entourait le château, le lac immense et les montagnes environnantes sans être gêné par les murs, les encorbellements et les toits, il fallait monter en haut des tours. Sur les créneaux, Mo sentait le ciel au-dessus de lui et pouvait contempler ce monde qui le fascinait tant qu'il s'y enfonçait toujours plus profondément, même s'il n'était peut-être pas plus réel que les peintures sur les murs. Violante, en revanche, ne voulait voir que les appartements dans lesquels sa mère avait joué jadis. Elle évoluait dans le château du Lac comme si elle était enfin chez elle, passait la main sur les meubles gris de poussière, inspectait la vaisselle en terre couverte de toiles d'araignée et contemplait attentivement les tableaux qui semblaient lui parler de sa mère.

– C'était la pièce dans laquelle elle et ses sœurs étudiaient. Voici leurs pupitres. Leur précepteur était affreux ! Et voici la chambre de ma grand-mère ! Ici, il y avait les chiens et là-bas les pigeons qui leur servaient de messagers.

En la suivant, Mo avait la sensation que ce monde fictif était exactement ce que les yeux fragiles de Violante voulaient voir. Elle se sentait peut-être plus en sécurité dans un monde qui ressemblait aux livres de Balbulus, un monde pensé et maîtrisable, un monde intemporel et immuable, familier dans ses moindres recoins. Meggie aurait-elle aimé voir des licornes peintes devant sa fenêtre, des collines éternellement vertes et toujours les mêmes nuages ? Non. Meggie, comme lui, serait montée en haut des tours.

– Votre mère vous a-t-elle dit si elle était vraiment heureuse ici ?

Sa voix exprimait le doute, et Violante l'entendit. Aussitôt, la douceur enfantine qui la transfigurait disparut et la fille de Tête de Vipère resurgit.

– Naturellement ! Elle était très heureuse, jusqu'à ce que mon père force mon grand-père à la lui donner en mariage et l'emmène au château de la Nuit !

Elle le regarda d'un air de défi, comme si elle pouvait ainsi le contraindre à la croire… et à aimer ce château.

Il y avait derrière ces murs un endroit qui faisait oublier le monde extérieur. Mo le découvrit en se promenant seul, à la recherche d'un lieu où il n'aurait plus le sentiment d'être prisonnier, même si c'était cette fois une prison aux murs somptueusement décorés. Il entra dans une salle de la tour de l'aile ouest du château qui avait tant de fenêtres que les murs semblaient être en dentelle, et fut ébloui par la lumière. Au plafond, les reflets de l'eau du lac dansaient et dehors, les montagnes semblaient se donner en spectacle. La vue était d'une beauté à couper le souffle, mais c'était une beauté un peu sinistre et instinctivement, Mo chercha des traces de vie humaine sur les versants sombres des montagnes. Il s'emplit les poumons de l'air froid du dehors et en se tournant vers le sud, où, quelque part derrière les montagnes, se trouvait Ombra, il s'aperçut qu'il n'était pas seul. Doigt de Poussière était assis à l'une des fenêtres, cheveux au vent, le visage offert aux rayons du soleil d'hiver.

– Les ménestrels l'appellent la salle aux Mille Fenêtres, dit-il sans se retourner.

Mo se demanda depuis combien de temps il était là.

– On raconte que la mère de Violante et ses sœurs avaient une mauvaise vue parce que leur père ne les laissait pas regarder au loin, par crainte de ce qu'elles pourraient y voir. Mais bientôt, la lumière du jour les blessa. Elles n'arrivaient même plus à voir distinctement les tableaux sur les murs de leurs appartements. Un jour, un barbier qui était venu ici avec des ménestrels expliqua au grand-père de Violante que ses filles deviendraient aveugles s'il ne les autorisait pas à regarder de temps en temps le monde réel. C'est comme cela que le Prince du sel – on l'appelait ainsi parce qu'il avait fait fortune dans ce commerce – a fait percer ces fenêtres et ordonné à ses filles de regarder dehors une heure par jour. Mais pendant qu'elles se tenaient là, un ménestrel devait leur parler des horreurs du monde, de la cruauté des hommes, des épidémies et des loups pour qu'elles n'aient pas envie de sortir et de quitter leur père.

– Une drôle d'histoire, dit Mo.

Il s'approcha de Doigt de Poussière et ressentit sa nostalgie de Roxane, comme si c'était la sienne.

– Maintenant, ce n'est plus qu'une histoire, ajouta Doigt de Poussière. Mais tout ça est arrivé, ici même.

Il souffla doucement dans l'air frais et trois filles de feu apparurent à côté d'eux. Serrées les unes contre les autres, elles regardaient les montagnes bleues, bleues comme la nostalgie.

– On raconte qu'elles ont plusieurs fois essayé de s'enfuir, avec les ménestrels que leur père tolérait au château uniquement parce qu'ils apportaient des nouvelles des autres cours. Mais les jeunes filles et les ménestrels ne dépassaient jamais les premiers arbres. Leur père les faisait arrêter, on ramenait ses filles au château, on ligotait les ménestrels là-bas (Doigt de Poussière montra du doigt un rocher sur la rive), et les jeunes filles devaient rester à la fenêtre (les silhouettes de feu mimaient son récit), gelées et tremblantes de peur jusqu'à ce que les géants emportent les ménestrels.

Mo ne pouvait détacher son regard des filles de feu. Les flammes révélaient leur peur et leur solitude de manière aussi saisissante que les pinceaux de Balbulus. Non. Contrairement à ce que racontait sa fille, la mère de Violante n'avait pas été heureuse dans ce château.

— Mais qu'est-ce qu'il fait là ?

Violante avait surgi soudain derrière eux. Brianna et Tullio l'accompagnaient.

Doigt de Poussière fit claquer ses doigts ; les flammes perdirent leur forme et s'enroulèrent autour des fenêtres comme des plantes embrasées.

— N'ayez aucune crainte. Il ne restera qu'un peu de suie sur les pierres mais, en attendant, ajouta-t-il en se tournant vers Brianna qui regardait les flammes, fascinée, c'est très beau, non ?

Oui, c'était très beau. Le feu ornait le contour des fenêtres de feuilles rouges et de fleurs dorées. Tullio fit machinalement un pas dans leur direction, mais Violante le tira sans ménagement vers elle.

— Éteins ça, danseur de feu ! ordonna-t-elle à Doigt de Poussière. Immédiatement.

Il obéit en haussant les épaules. Un murmure et le feu s'éteignit. La colère de Violante n'impressionnait pas Doigt de Poussière et cela effrayait la fille de Tête de Vipère. Mo le lisait dans ses yeux.

— C'était pourtant beau, vous ne trouvez pas ? demanda-t-il en passant le doigt sur le rebord noir de suie.

501

Il avait l'impression de voir encore les trois jeunes filles à la fenêtre.

– Le feu n'est jamais beau, rétorqua Violante d'un air méprisant. As-tu déjà vu des hommes mourir dans le feu ? Ils se consument longtemps.

De toute évidence, elle savait de quoi elle parlait. À quel âge avait-elle vu son premier bûcher, à quel âge son premier pendu ? Jusqu'à quel point un enfant pouvait-il supporter le côté noir des choses avant qu'il ne devienne pour toujours une part de lui-même ?

– Suis-moi, le Geai bleu ! dit Violante en se tournant vers lui, je veux te montrer quelque chose. À toi seul ! Brianna, va chercher de l'eau et nettoie la suie.

Brianna s'exécuta sans un mot, en lançant au passage un regard furtif à son père. Mais Doigt de Poussière retint Mo au moment où il s'apprêtait à suivre la Laide.

– Prends garde à toi ! lui chuchota-t-il, les filles de prince ont un faible pour les bateleurs et les brigands.

– Le Geai bleu ! lança Violante d'une voix impatiente. Qu'est-ce que tu fais ?

Et Doigt de Poussière esquissa un cœur de feu sur le sol sale.

Violante attendait dans l'escalier sombre de la tour. Fuyait-elle les fenêtres ? Peut-être sentait-elle toujours sur sa joue la tache qui lui avait valu son surnom cruel, et aimait-elle l'ombre pour cette raison. Les mots tendres avec lesquels Meggie avait grandi avaient une tout autre résonance : ma belle, ma douce, mon enfant chérie… Meggie avait toujours eu la certitude que sa seule vue l'emplissait d'amour. La mère de Violante avait probablement éprouvé le même amour envers sa fille, mais les autres l'avaient regardée avec dégoût ou, dans le meilleur des cas, avec pitié. Où l'enfant qu'elle avait été jadis se cachait-elle pour ne pas voir les regards hostiles, où se terrait-elle pour échapper à la souffrance? Son cœur lui avait-il appris à mépriser tous ceux qui pouvaient présenter au monde un beau visage? «Pauvre fille de Tête de Vipère», pensa Mo en la voyant dans l'escalier sombre, si seule dans son cœur amer… Non. Doigt de Poussière se trompait. Violante n'aimait rien ni personne, pas même elle.

Elle dévala l'escalier comme pour échapper à son ombre. Elle marchait toujours vite, pleine d'impatience, relevant sa robe longue comme si elle maudissait à chaque pas les tenues que les femmes portaient en ce monde.

– Viens, il faut que je te montre quelque chose. Ma mère m'a toujours raconté que la bibliothèque de ce château se trouvait dans l'aile septentrionale, près des tableaux des licornes. J'ignore quand et où elle a été déplacée mais regarde toi-même… La salle de garde du donjon, l'appartement du scribe, celui des femmes, chuchotait-elle en marchant, le pont de la tour nord, le pont de la tour sud, la cour des oiseaux, la cour des chiens…

Elle évoluait à travers le château comme si elle en connaissait chaque pierre. Combien de fois s'était-elle plongée dans les livres qui le décrivaient? Mo entendit le clapotis du lac quand elle le fit passer au-dessus d'une cour dans laquelle se trouvaient des cages vides, d'énormes cages ornées de magnifiques ferronneries comme si, pour les oiseaux, les barreaux étaient censés remplacer les arbres. Il entendait l'eau cogner contre les pierres, mais les murs qui entouraient la cour étaient couverts de peintures représentant des hêtres et des chênes dont les branches étaient chargées d'oiseaux : des moineaux, des alouettes, des pigeons sauvages, des rossignols à côté de faucons, des becs-croisés et des rouges-gorges, des pics et des colibris qui plongeaient leur bec dans des fleurs rouges. Le geai bleu côtoyait une hirondelle.

– Ma mère et ses sœurs adoraient les oiseaux. Mon grand-père n'en avait pas seulement fait peindre sur les murs, il avait aussi fait venir de pays lointains des oiseaux vivants qu'il enfermait dans les cages. En hiver, il les faisait recouvrir, mais ma mère se glissait à l'intérieur. Il lui arrivait de passer là des heures, jusqu'à ce que les bonnes viennent la chercher et enlèvent les plumes d'oiseau posées sur ses cheveux.

Elle continua, toujours aussi pressée. Encore un passage, une autre cour. Des chenils, des scènes de chasse sur les murs et, dominant le tout, le bruit des vagues, si proche et si lointain. « Bien sûr que la mère de Violante aimait les oiseaux, pensa Mo. Elle aurait voulu avoir des ailes, comme eux. Ses sœurs et elle devaient rêver de s'envoler quand elles escaladaient les cages, imaginant que leurs vêtements luxueux se couvraient de plumes. »

Penser à ces trois jeunes filles pesait sur son cœur, et pourtant, il aurait tant aimé montrer à Meggie les cages et les oiseaux peints, les licornes et les dragons et la salle aux Mille Fenêtres ! Oui, même le pont imprenable qui, quand on le regardait d'en haut, semblait flotter au-dessus du lac. « Tu raconteras tout cela à Meggie », se dit-il, comme si les mots pouvaient devenir réalité s'il les prononçait avec une conviction suffisante.

Encore un escalier, un pont de pierre couvert comme un tunnel entre les deux tours. La porte devant laquelle s'arrêta Violante était peinte en noir, comme toutes les portes du château. Le bois avait travaillé et elle dut pousser le battant d'un coup d'épaule pour l'ouvrir.

– C'est affreux ! s'exclama-t-elle.

Mo ne pouvait pas distinguer grand-chose dans la pièce tout en longueur. Seules deux fenêtres étroites laissaient entrer un peu d'air et de lumière, mais l'odeur seule l'aurait renseigné. Les livres s'entassaient devant les murs humides comme du bois de chauffage et l'air froid sentait le moisi. Il se recouvrit le nez et la bouche.

– Regarde ! (Violante attrapa le premier livre venu et le lui tendit ; elle avait les larmes aux yeux.) Ils sont tous comme ça !

Mo lui prit le livre des mains et essaya de l'ouvrir, mais les pages collées n'étaient plus qu'une masse noirâtre, informe, qui dégageait une pénétrante odeur de moisissure. Le moisi formait, sur la tranche, une sorte de mousse. Les couvertures étaient rongées. Ce n'était plus un livre, mais le cadavre d'un livre et, l'espace d'un instant, Mo pensa avec dégoût qu'il avait condamné au même sort le livre relié pour Tête de Vipère. Ressemblait-il maintenant à celui-ci ? C'était peu probable, sinon Tête de Vipère serait mort depuis longtemps et les Femmes blanches ne tendraient pas les mains à Meggie.

– J'en ai consulté beaucoup. Ils sont pratiquement tous dans le même état ! Comment est-ce possible ?

Mo reposa le volume endommagé à côté des autres.

– Quel que soit l'endroit où se trouvait la bibliothèque à l'origine, je crains qu'il n'y ait dans ce château aucun endroit sûr pour des livres. Votre grand-père a essayé d'oublier la présence du lac dehors, mais il existe bel et bien.

505

L'air est tellement humide que les livres ont commencé à pourrir et comme personne ne savait comment les sauver, on les a relégués dans cette pièce dans l'espoir qu'ils sécheraient mieux ici que dans la bibliothèque. Grave erreur. Ils devaient valoir une fortune.

Violante serra les lèvres et passa la main sur les couvertures rongées comme si elle caressait pour la dernière fois la fourrure d'un animal mort.

– Ma mère me les avait décrits avec plus de précision que tout le reste ! Heureusement, elle en a emporté beaucoup avec elle au château de la Nuit. Et moi, je les ai apportés à Ombra, pour la plupart. Dès mon arrivée, j'ai demandé à mon beau-père d'aller chercher les autres livres. Déjà à l'époque, le château était abandonné depuis des années. Mais qui écoute une petite fille de huit ans ? « Oublie les livres et le château dans lequel ils se trouvent, se contentait-il de répondre chaque fois que je le lui demandais. Le château du Lac n'est pas un endroit où j'enverrais mes hommes, pas même pour les plus beaux livres du monde. Tu n'as pas entendu parler des poissons que ton grand-père élevait dans le lac, ni du perpétuel brouillard ? Sans parler des géants ! » Comme si les géants n'avaient pas disparu depuis longtemps de ces montagnes ! Il était si bête ! Un imbécile ignorant et goinfre !

La colère prenait le pas sur la tristesse.

Mo regarda autour de lui. L'idée de tous les trésors qui se cachaient jadis entre toutes ces couvertures endommagées lui donnait la nausée, plus encore que l'odeur de moisi.

– Tu ne peux plus rien faire pour eux, n'est-ce pas ?

Il secoua la tête.

– Non. Il n'y a aucun remède contre la moisissure. Bien

506

que vous prétendiez que votre père en avait trouvé un. Vous ne savez pas ce que c'était, par hasard ?

– Oh, si ! mais ça ne te plaira pas. (Violante prit un des livres endommagés dans ses mains. Elle pouvait encore l'ouvrir mais les feuilles se désagrégeaient sous ses doigts.) Il a plongé le livre vide dans du sang de fée. On raconte que si ça n'avait pas marché, il aurait essayé avec du sang humain.

Mo avait l'impression de voir les pages vides qu'il avait découpées au château de la Nuit absorber le sang.

– C'est horrible ! dit-il.

Visiblement, Violante trouvait amusant qu'une atrocité aussi ridicule puisse l'impressionner autant.

– On raconte que mon père a mélangé le sang de fée avec du sang d'elfe, pour que les pages sèchent plus vite, ajouta-t-elle, impassible. Leur sang est très chaud, le savais-tu ? Brûlant comme du feu liquide.

– Vraiment ? commenta Mo d'un air dégoûté. J'espère que vous n'avez pas l'intention d'essayer d'appliquer ce remède à vos livres. Cela ne servirait à rien, croyez-moi.

– Si tu le dis.

S'imagina-t-il la déception dans sa voix ? Il se détourna. Il ne voulait plus voir les livres morts. Pas plus qu'il ne voulait penser aux pages imbibées de sang. En quittant la pièce, il aperçut Doigt de Poussière qui semblait sortir d'une peinture sur le mur du couloir. Comme si, cette fois encore, il surgissait d'un livre.

– Nous avons de la visite, Langue Magique, dit-il. Mais pas celle que nous attendions.

– Langue Magique ? répéta Violante en apparaissant dans l'embrasure de la porte. Pourquoi l'appelles-tu ainsi ?

– Oh, c'est une longue histoire, répondit Doigt de Poussière en lui adressant un sourire auquel elle ne répondit pas. Croyez-moi, c'est un nom qui lui va au moins aussi bien que celui que vous lui donnez. Et il le porte depuis bien plus longtemps.

– Vraiment ? (Violante le regardait avec une hostilité à peine dissimulée.) L'appelle-t-on ainsi au royaume des morts ?

Doigt de Poussière se détourna et passa le doigt sur l'oiseau moqueur doré posé sur les branches peintes d'un rosier sauvage.

– Non. Au royaume des morts, il n'a pas de nom. Là-bas, tous sont égaux. Les saltimbanques et les princes. Vous apprendrez cela un jour, vous aussi.

Le visage de Violante se figea et, de nouveau, elle ressembla à son père.

– Mon mari aussi est revenu de chez les morts. Mais il n'a jamais dit que les saltimbanques y occupaient une place de choix.

– Vous a-t-il confié quoi que ce soit ? répliqua Doigt de Poussière en regardant Violante dans les yeux au point de la faire pâlir. Je pourrais vous raconter une longue histoire sur votre mari. Je pourrais vous dire que je l'ai vu deux fois dans le royaume des morts. Mais je pense que vous devez aller accueillir votre hôte. Il ne va pas particulièrement bien.

– Qui est-ce ?

Doigt de Poussière écrivit le nom avec un pinceau de feu.

– Balbulus ? dit Violante en le regardant d'un air incrédule.

– Oui, répondit Doigt de Poussière. Et le Fifre a inscrit sur son corps la colère de votre père.

49
Des maîtres nouveaux
et anciens

– Aucun problème ! cria Mmais la huppe. Toute histoire qui vaut quelque chose peut accepter d'être un peu secouée !

Salman Rushdie, *Haroun et la mer des histoires*

Il avait les fesses en compote, et la sensation qu'il ne pourrait plus jamais s'asseoir. Maudite chevauchée ! C'était une chose de traverser les ruelles d'Ombra à cheval, la tête haute, récoltant des regards envieux. Mais c'en était une autre de suivre pendant des heures, dans la nuit la plus noire, le carrosse de Tête de Vipère sur des chemins cahoteux où l'on risquait à chaque instant de se rompre le cou.

Car le nouveau maître d'Orphée ne voyageait que de nuit. Dès que le jour se levait, il faisait monter la tente noire dans laquelle il se réfugiait pendant la journée, et il attendait que le soleil se couche pour transporter dans le carrosse qui l'attendait son corps putride. Deux chevaux le tiraient, noirs comme le velours dont le carrosse était tendu. Orphée avait jeté un coup d'œil furtif à l'intérieur quand ils avaient fait halte pour la première fois. Sur les coussins, les armes de Tête de Vipère étaient brodées avec des fils d'argent et ils avaient l'air beaucoup plus moelleux que la selle sur laquelle il était assis depuis des jours et des jours. Oui, un carrosse comme celui-ci lui aurait bien plu mais il devait suivre sur son cheval, avec Jacopo, l'affreux rejeton de Violante, qui n'arrêtait pas de réclamer à boire ou à manger et vénérait le Fifre au point de porter lui-même un nez en fer-blanc. Orphée s'étonnait, d'ailleurs, que le Fifre ne les ait pas suivis. Mais il est vrai qu'il avait laissé s'échapper le Geai bleu. Tête de Vipère l'avait sans doute renvoyé au château de la Nuit pour le punir. Mais pourquoi, pour l'amour du ciel, l'escorte de son maître se réduisait-elle à quatre douzaines de cuirassiers ? Orphée les avait comptés deux fois, mais il parvenait toujours au même résultat. Tête de Vipère considérait-il que cette poignée de soldats suffisait contre les enfants-soldats de Violante, ou faisait-il toujours confiance à sa fille ? Si oui, cela voulait dire que le Prince argenté était beaucoup plus bête qu'on ne le racontait, ou que la putréfaction avait commencé d'attaquer son cerveau. En ce cas, Mortimer joue-rait une fois de plus le rôle du héros et lui, Orphée, aurait parié sur le mauvais cheval. Une idée particulièrement affreuse, qu'il s'efforçait autant que possible d'écarter.

Le lourd carrosse avançait si lentement qu'Oss marchait au pas à côté des chevaux. Ils avaient dû laisser Cerbère à Ombra. Tête de Vipère considérait lui aussi les chiens comme un privilège de la noblesse… Oui, il était vraiment temps de récrire les règles de ce monde !

– Comme des escargots ! grommela un des cuirassiers derrière lui. (Par les enfers, ces types empestaient comme s'ils voulaient concurrencer les émanations fétides de leur maître!) Quand on arrivera à ce maudit château, le Geai bleu se sera encore une fois envolé. Vous allez voir!

Ces idiots de cuirassiers. Ils n'avaient toujours pas compris que le Geai bleu s'était rendu au château d'Ombra avec un projet qui ne s'était pas encore réalisé.

Ils s'arrêtaient enfin. Ses pauvres os allaient trouver un soulagement! Le ciel était noir, mais le Poucet avait dû découvrir une fée qui, malgré le froid, dansait déjà sans se décourager pour faire poindre le jour.

Le Poucet… Le nouveau garde du corps de Tête de Vipère était très inquiétant. Squelettique, il semblait revenir de chez les morts et sur sa pomme d'Adam était tatoué le blason de son maître, une vipère qui se tortillait sur sa peau quand il parlait, comme si elle était vivante. Un spectacle particulièrement angoissant, mais heureusement, le Poucet ne parlait pas beaucoup. Son surnom ne lui venait pas de sa taille. Il était même un peu plus grand qu'Orphée, mais en ce monde, personne ne devait connaître le conte qui portait le même nom. Non. Ce qui avait valu son surnom à ce petit Poucet-là, c'étaient les atrocités qu'il pouvait commettre avec son pouce.

Dans le livre de Fenoglio, Orphée n'avait rien lu sur lui. Ce devait donc être un de ces personnages que – à en croire son auteur – cette histoire générait d'elle-même, comme un marécage les larves de moustiques. Le Poucet s'habillait comme un paysan, mais il avait un meilleur coup d'épée que le Fifre et on disait de son odorat qu'il était inexistant. Ainsi, il pouvait se trouver à proximité de Tête de Vipère sans avoir la nausée. «Quelle chance!» pensa Orphée en se laissant glisser de son cheval avec un soupir de soulagement.

– Bouchonne-le et étrille-le ! lança-t-il rudement à Oss. Et dépêche-toi de monter ma tente.

Depuis qu'il avait vu le Poucet, il trouvait son garde du corps terriblement balourd.

La tente d'Orphée n'était pas grande. On y tenait à peine debout et elle était si étroite qu'il pouvait tout juste tourner sur lui-même sans risquer de la faire tomber, mais il n'avait rien pu faire surgir de mieux, même après avoir parcouru tous ses livres pour trouver un modèle plus élégant. Ses livres… oui, désormais, ils lui appartenaient. Personne n'avait empêché Orphée de les emporter.

Des livres. Il avait été tellement excité en entrant dans la bibliothèque du Prince insatiable ! Il était certain d'y trouver au moins un livre de Fenoglio. Et sur le premier pupitre, il avait en effet trouvé un livre de chansons sur le Geai bleu. Ses doigts tremblaient en enlevant la chaîne du volume (il n'avait pas eu de mal à ouvrir les serrures, c'était sa spécialité). « Maintenant, Mortimer, je te tiens ! s'était-il dit. Je vais te pétrir à ma convenance, comme de la pâte à pain. Tu ne sauras plus qui tu es ni où tu es quand je prononcerai ton nom de brigand ! » Mais sa déception n'en avait été que plus vive quand il avait lu les premières phrases ! Oh, ces sonorités disgracieuses, ces rimes faciles ! Non, Fenoglio ne pouvait être l'auteur d'aucune de ces chansons. Où étaient les siennes ? « Violante les a emportées, imbécile ! s'était-il dit. Tu n'aurais pas pu y penser ? »

La déception était toujours vive. Mais qui disait qu'en ce monde, seul le vieux fou pouvait insuffler de la vie aux mots ? Au fond, tous les livres n'étaient-ils pas de la même famille ? En fin de compte, c'étaient toujours les mêmes lettres, mais elles s'agençaient d'une autre manière. Ce qui

512

revenait à dire, en somme, que tout livre était contenu dans n'importe quel autre !

Quoi qu'il en soit, ce qu'avait lu Orphée durant ces heures interminables passées sur son cheval n'était, hélas, guère prometteur. Il n'y avait apparemment dans ce monde aucun écrivain digne de ce nom, du moins pas dans la bibliothèque du Prince insatiable. Quelle collection minable de beaux mots ennuyeux, quelle langue de bois ! Et les personnages ! Même sa voix ne leur donnerait pas vie. À l'origine, Orphée avait eu l'intention d'impressionner Tête de Vipère, lors d'une halte, en lui faisant une démonstration de son talent, mais il n'avait encore rien trouvé à se mettre sous la dent !

Bien entendu, la tente de Tête de Vipère était déjà montée. Le Poucet envoyait toujours des domestiques devant pour que son maître puisse s'installer sitôt descendu de son carrosse. C'était un palais en tissu, les pans noirs étaient brodés de serpents argentés qui brillaient au clair de lune comme si des milliers d'escargots y avaient rampé.

« Et s'il te fait appeler tout de suite, Orphée ? Ne lui as-tu pas promis de le distraire ? » Il n'avait pas oublié les sarcasmes du Gringalet : « Mon beau-frère n'apprécie pas du tout qu'on déçoive ses attentes. »

Orphée frissonna. Morose, il alla s'asseoir sous un arbre et attrapa un autre livre dans les sacoches de sa selle tandis qu'Oss s'acharnait toujours à monter la tente. Des histoires pour enfants ! Il ne manquait plus que ça. Bon sang de bon sang de bon sang… ! Mais… une seconde ! Ce style ne lui était pas inconnu ! Le cœur d'Orphée se mit à battre plus vite. Fenoglio, oui ! C'étaient des mots à lui. Sans aucun doute.

– Ce livre est à moi !

De petits doigts reprirent le livre des mains d'Orphée. Jacopo était devant lui, les lèvres retroussées, les sourcils froncés, comme il avait dû voir faire son grand-père. Il ne portait pas son nez en fer-blanc. Sans doute en avait-il assez. Orphée réprima difficilement l'envie d'arracher le volume des mains enfantines. « Ce ne serait pas malin. Sois gentil avec le petit monstre, Orphée ! »

– Jacopo ! s'exclama-t-il en arborant un large sourire, légèrement obséquieux, tel qu'un fils de prince les apprécie, même s'il s'agit d'un prince mort. C'est votre livre ? Dans ce cas, vous savez certainement qui a écrit ces histoires, n'est-ce pas ?

Jacopo lui lança un regard sombre.

– Le visage de tortue.

Le visage de tortue ? Quel nom bien trouvé pour Fenoglio !

– Vous aimez ses histoires ?

Jacopo haussa les épaules.

– Je préfère les chansons du Geai bleu, mais ma mère ne veut pas me les donner.

– Ah, ce n'est pas gentil.

Orphée ne quittait pas des yeux le livre que Jacopo serrait contre sa poitrine d'un air possessif. Il sentit ses paumes devenir moites d'envie. Les mots de Fenoglio – et s'ils se révélaient aussi efficaces que ceux de *Cœur d'encre* ?

– Que diriez-vous, prince… (Ah, qu'il aurait aimé tordre le petit cou de ce stupide rejeton de prince !) Que diriez-vous si je vous lisais des histoires de brigands et qu'en échange, vous me prêtiez ce livre ?

– Tu sais raconter des histoires ? Je croyais que tu vendais des licornes et des nains ?

– Ça aussi !

« Et toi, je vais te faire embrocher par une de ces licornes si tu ne me donnes pas immédiatement ce livre », pensa Orphée en dissimulant ses sombres pensées derrière un sourire encore plus large.

– Qu'est-ce que tu veux faire de ce livre ? C'est pour les enfants. Uniquement pour les enfants.

Ce sale petit arrogant qui avait toujours le dernier mot !

– Je voudrais regarder les illustrations.

Jacopo ouvrit le livre et feuilleta les pages de parchemin.

– Elles sont ennuyeuses. Il n'y a que des animaux, des fées et des kobolds. J'ai horreur des kobolds. Ils empestent et ressemblent à Tullio, répondit-il en regardant Orphée. Qu'est-ce que tu me donnes si je te le prête ? Tu as de l'argent ?

De l'argent. C'était de famille. Même si, en grandissant, il ressemblait plus à son défunt père qu'à son grand-père.

– Naturellement.

Orphée fouilla dans la sacoche qui pendait à sa ceinture. « Attends un peu, petit prince, pensa-t-il. Si ce livre a le pouvoir que je pense, je te réserve quelques mauvaises surprises. »

Jacopo tendit la main et Orphée y fit tomber une pièce à l'effigie de son grand-père. La petite main resta ouverte, exigeante.

– J'en veux trois.

Orphée émit un grognement agacé et Jacopo serra le livre encore plus fort contre sa poitrine.

« Petit bâtard cupide. » Orphée fit tomber encore deux pièces dans la main enfantine que Jacopo s'empressa de refermer.

– C'est une pièce par jour.

– Par jour ?

Oss venait vers eux de son pas lourd. Ses orteils dépassaient de ses bottes. Avec ses pieds d'éléphant, il lui en fallait toujours de nouvelles. Et puis zut ! Il n'avait qu'à marcher pieds nus pendant un moment.

– Maître ? Votre tente est prête.

Jacopo fourra les pièces dans sa bourse et tendit le livre à Orphée d'un air condescendant.

– Trois pièces, trois jours ! déclara Orphée en lui prenant le volume des mains. Et maintenant, file avant que je ne change d'avis.

Jacopo rentra la tête dans les épaules, mais se souvint l'instant d'après de qui il était le petit-fils.

– Comment oses-tu me parler ainsi, Œil Double ? criat-il d'une voix stridente en marchant sur le pied d'Orphée si fort que celui-ci poussa un cri.

Les soldats assis sous les arbres, transis, se mirent à ricaner et Jacopo s'éloigna, semblable à une miniature de Tête de Vipère. Orphée sentit le sang lui monter aux joues.

– Quel garde du corps tu fais ! lança-t-il à Oss. Tu ne peux même pas me protéger contre un môme de six ans ?

Et il se dirigea vers sa tente en boitillant. Oss avait allumé une lampe à huile et étendu une peau d'ours sur le sol froid de la forêt, mais dès qu'il franchit l'entrée étroite, Orphée ne put s'empêcher de regretter sa maison.

– Tout ça à cause de Mortimer et de ses jeux de brigand à la noix ! maugréa-t-il d'humeur massacrante, tout en s'asseyant sur la fourrure. Je vais l'envoyer en enfer et Doigt de Poussière avec. De toute manière, ils sont devenus inséparables, à ce qu'on dit. Et si en ce monde, l'enfer n'existe

516

pas, eh bien, tu vas faire en sorte qu'il y en ait un, Orphée. Avec un feu que même Doigt de Poussière n'appréciera pas !

Écrire. Avide, il ouvrit le livre qu'il avait marchandé avec ce sale gosse cupide. Des ours, des kobolds, des fées... Le gamin avait raison, c'étaient des histoires pour les enfants. Il ne serait pas facile d'en tirer quelque chose d'intéressant pour Tête de Vipère, or il n'allait sûrement pas tarder à le convoquer. Qui d'autre que lui pouvait le distraire de ses insomnies ?

Toujours plus de kobolds. Le vieux semblait avoir un faible pour eux. Une histoire sentimentale sur une femme de verre amoureuse... une nymphe qui s'amourachait d'un prince n'intéresserait même pas Jacopo. Est-ce qu'il était au moins une fois question d'un brigand ? Ou d'un Geai bleu qui jasait ? Oui, ce serait une idée : arriver dans la tente de Tête de Vipère et lui lire quelques mots sur l'ennemi qu'il poursuivait sans succès depuis si longtemps déjà. Mais il n'y avait là que des pics et des rossignols, et même un moineau qui parlait, mais pas de geai. Zut de zut ! Les trois pièces de monnaie n'avaient pas été un bon placement. *Pince-nez...* hum, voilà au moins quelque chose qui évoquait une créature avec laquelle on pouvait se venger du garçon. Mais, une seconde ! *« Là où la forêt était la plus noire »*, Orphée formait les mots avec les lèvres, en silence, *« et où même les kobolds ne s'aventuraient pas pour aller chercher des champignons... »*

– Ce camp n'est vraiment pas un endroit agréable, maître ! (Éclat de Fer avait surgi soudain près de lui. Il faisait plutôt grise mine.) Combien de temps pensez-vous que va durer ce voyage ?

L'homme de verre était de plus en plus gris. Peut-être les

517

disputes avec son traître de frère lui manquaient-elles. À moins que les cloportes et les papillons de nuit qu'il attrapait et ingurgitait sans arrêt avec un plaisir évident lui aient donné ce teint plombé.

– Ne me dérange pas, lui lança Orphée. Tu ne vois pas que je suis en train de lire ? Et qu'est-ce que c'est que cette patte qui colle encore à ta veste ? Ne t'ai-je pas défendu de manger des insectes ? Tu veux que je t'envoie dans la forêt retrouver tes congénères sauvages ?

– Non. Vraiment pas ! Je ne dirai plus un mot, Votre Grâce… et je ne mangerai plus d'insectes ! s'écria Éclat de Fer en s'inclinant trois fois de suite. (Ah, Orphée adorait sa soumission.) Encore une question. Est-ce le livre qu'on vous a volé ?

– Non, malheureusement, ce n'est que son petit frère ! répondit-il sans lever les yeux. Et maintenant, tais-toi !

« … *là où même les kobolds ne s'aventuraient pas pour aller chercher des champignons*, continua-t-il à lire, *vivait la plus noire de toutes les ombres, l'être le plus innommable. Les siens l'appelaient l'esprit de la nuit, mais autrefois, il portait un nom d'homme, car les esprits de la nuit sont des âmes d'hommes dont les Femmes blanches n'ont pas lavé le cœur de toute méchanceté et pour cette raison, les renvoient…* »

Orphée leva la tête.

– Tiens, tiens, voilà une histoire vraiment glauque ! murmura-t-il. Qu'est-ce qui lui a pris, au vieux ? Le petit monstre l'avait peut-être tellement énervé qu'il a voulu lui chanter une berceuse très particulière ! Ça pourrait presque plaire au grand-père de Jacopo. Oui. (Il se pencha de nouveau sur les pages sur lesquelles Balbulus avait peint une ombre dont les doigts noirs se glissaient entre les lettres.)

Oh, oui, c'est fantastique ! murmura-t-il. Éclat de Fer, apporte-moi une plume et du papier, et plus vite que ça, ou je te donne en pâture à un des chevaux.

L'homme de verre s'empressa d'obéir et Orphée se mit au travail. Une moitié de phrase volée par-ci, quelques mots par-là, des bribes cueillies sur la page suivante pour faire le lien… les mots de Fenoglio. Plus légers que dans *Cœur d'encre* – on croyait presque entendre le vieil homme rire sous cape – mais la musique était la même. Pourquoi les mots de cette histoire seraient-ils moins savoureux que ceux de l'autre livre, qu'on lui avait odieusement subtilisé ?

– Oui, oui. C'est tout à fait lui, ça se sent ! murmura Orphée tandis que le papier absorbait l'encre. Mais ça manque encore un peu de couleur…

Il feuilleta de nouveau les pages enluminées, en quête de mots justes quand, soudain, l'homme de verre poussa un cri strident et se réfugia derrière sa main.

Une pie était posée à l'entrée de la tente. Éclat de Fer s'agrippa à la manche d'Orphée, apeuré. (Il n'était vraiment courageux que quand il avait affaire à des espèces plus petites que lui !) Orphée pria pour qu'il s'agisse d'une pie ordinaire, mais cet espoir s'envola dès qu'elle ouvrit le bec.

– Déguerpis ! souffla-t-elle à l'homme de verre et Éclat de Fer sortit sur ses fragiles pattes d'araignée, malgré les hommes de Tête de Vipère qui le bombardaient de glands et de noisettes de fée.

Mortola. Orphée se doutait bien qu'elle allait réapparaître tôt ou tard. Mais n'aurait-ce pas pu être plus tard ? « Une pie ! pensa-t-il en la voyant sautiller vers lui. Si je pouvais me métamorphoser en animal, j'aurais sûrement une meilleure idée. » Elle était toute déplumée ! Elle avait dû se faire chasser par une martre ou un renard. Quel dommage qu'on ne l'ait pas dévorée…

– Que fais-tu ici ? l'apostropha-t-elle. T'ai-je demandé d'offrir tes services à Tête de Vipère ?

Elle avait l'air complètement folle, et sa voix brutale, sortant de ce bec jaune, ne l'impressionnait plus. « Ton histoire est finie, Mortola ! pensa Orphée. Finie. Tandis que la mienne ne fait que commencer… »

– Qu'est-ce que tu as à me regarder comme ça ? A-t-il cru ce que tu lui as raconté sur le Geai bleu et sa fille ? Eh bien, parle !

Avec nervosité, elle picora au passage un insecte qui s'était égaré dans la tente et l'écrasa si bruyamment qu'Orphée en eut la nausée.

– Oh, oui. Oui ! répondit-il, agacé. Bien sûr qu'il m'a cru. J'ai été très convaincant.

– Bien.

La Pie voltigea sur les livres qu'Orphée avait volés dans la bibliothèque du château et regarda du haut de la pile ce qu'il avait écrit.

– Qu'est-ce que c'est ? Tête de Vipère t'a aussi commandé une licorne ? demanda-t-elle.

– Oh, non. Non. Ce n'est rien. Juste… euh… une histoire que je dois écrire pour son sale rejeton, expliqua Orphée en posant négligemment la main sur les mots.

– Et le livre vide ? demanda Mortola en passant son bec sur ses plumes ébouriffées. Tu as découvert où Tête de Vipère le cache ? Il doit l'avoir avec lui !

– Bien sûr que non ! Tu t'imagines qu'il se promène avec le livre sous le bras ?

Cette fois, Orphée n'essaya même pas de dissimuler son mépris et Mortola lui donna un tel coup de bec sur la main qu'il poussa un cri.

– Ne me parle pas sur ce ton, Face de Lune ! Il doit le cacher quelque part. Essaie de savoir où, maintenant que tu es là. Je ne peux pas m'occuper de tout.

– Ah bon ! Et de quoi t'es-tu occupée, jusque-là ?

« Tords-lui son petit cou, Orphée ! pensa-t-il en essuyant le sang sur la paume de sa main. Comme le faisait ton père avec les poules et les pigeons. »

– Comment oses-tu ? (La Pie voulut lui donner un autre coup de bec mais, cette fois, Orphée retira sa main à temps.) Tu t'imagines que je suis restée sur ma branche à me tourner les pouces ? J'ai éliminé le Prince noir et j'ai fait en sorte que, désormais, ses hommes travaillent pour mon compte et non pour celui du Geai bleu.

– Vraiment ? Le Prince est mort ?

Orphée s'efforça de rester impassible. Fenoglio allait avoir de la peine. Le vieux était si fier de son personnage !

– Et les enfants qu'il a volés, demanda-t-il, où sont-ils ?

– Dans une grotte. Au nord d'Ombra. Les Femmes de la Forêt l'appellent la chambre des Géants. Quelques brigands et des femmes sont restés auprès d'eux. Pas malin, comme cachette ! Mais puisque Tête de Vipère a trouvé bon de charger son beau-frère de se lancer à leur recherche, bien qu'on lui ait assuré que même les petits lapins n'ont pas peur de lui, les enfants doivent y être à l'abri pour un moment.

Intéressant ! Voilà des nouvelles avec lesquelles il allait pouvoir convaincre Tête de Vipère de son utilité !

– Et la femme et la fille du Geai bleu ? Elles sont encore là-bas ?

– Et comment ! criailla Mortola comme si elle avait une graine coincée dans le gosier. J'ai voulu envoyer la petite sorcière rejoindre le Prince noir, mais sa mère m'a chassée. Elle sait trop de choses sur moi, beaucoup trop !

De mieux en mieux !

Mais Mortola devina ses pensées.

– Ne prends pas cet air bête et satisfait ! Et ne t'imagine pas que tu vas aller raconter ça à Tête de Vipère ! Ces deux-là sont pour moi. Je ne les donnerai pas au Prince argenté pour qu'il les laisse filer une fois de plus. Compris ?

– Bien sûr ! Je serai muet comme une tombe ! répondit Orphée en prenant aussitôt un air innocent. Et les autres, les brigands qui voulaient t'aider ?

– Ils vous suivent. Ils tendront un piège à la vipère cette nuit même. Ils s'imaginent que c'est leur idée, mais c'est moi qui l'ai introduite dans leurs têtes stupides ! Où pourraient-ils s'emparer du livre plus facilement qu'en pleine forêt ? Monseigneur a déjà tendu des centaines d'embuscades de ce genre et, cette fois, le Fifre n'est pas là. Cet idiot de Tête de Vipère, qui laisse son meilleur chien de garde derrière lui, pour le punir d'avoir laissé échapper le Geai bleu ! Une erreur qui va se retourner contre lui… dès demain. Mortola échangera peut-être son cadavre contre la vie de son fils. Je regrette seulement de ne pas pouvoir être là quand les Femmes blanches viendront chercher le relieur, mais tant pis. Cette fois, elles ne le laisseront pas repartir ! Qui sait ? La Mort sera peut-être même si contente d'avoir Tête de Vipère et le Geai bleu qu'elle oubliera le livre vide. Ainsi, Mortola pourra y inscrire le nom de son fils et n'aura plus jamais à trembler pour lui !

Elle parlait à un rythme de plus en plus saccadé, comme

522

si elle avait peur que les mots ne l'étouffent si elle ne les crachait pas assez vite.

– Cache-toi dans les buissons quand ils attaqueront ! lui lança-t-elle. Je ne veux pas que Monseigneur te tue par mégarde. Je peux avoir encore besoin de toi, au cas où cet idiot échouerait !

« Orphée, elle te fait encore confiance ! » Il se retint de rire. Mortola avait-elle perdu la raison ? Ne pensait-elle qu'aux vers et aux insectes ? « Ce n'est pas bon pour elle, mais c'est très bon pour moi… »

– Parfait, parfait, dit-il tandis que son cerveau réfléchissait fébrilement à l'usage qu'il pouvait faire de toutes ces informations. Une seule chose était claire pour lui : si jamais le livre vide tombait entre les mains de Mortola, il aurait perdu la partie. La Mort viendrait chercher Tête de Vipère, Mortola écrirait le nom de son fils dans le livre vide et il ne serait même pas en mesure de récupérer le livre que Doigt de Poussière lui avait volé, sans parler de l'éternité. La seule chose qui lui resterait, ce seraient les histoires que Fenoglio avait écrites pour un enfant gâté. Non ! Il n'avait pas le choix. Il devait miser sur Tête de Vipère.

– Qu'est-ce que tu as à me regarder comme ça, avec tes yeux ronds comme la lune ?

La voix de Mortola ressemblait de plus en plus à un jacassement.

– Maître ! s'écria Oss en passant la tête dans la tente, l'air préoccupé. Tête de Vipère veut vous voir. Il paraît qu'il est d'une humeur massacrante.

– J'arrive.

Orphée se précipita vers la sortie et manqua de marcher

sur la queue de la Pie. Elle s'écarta avec un jacassement de colère.

– Quelle horrible bête ! grommela Oss en lui donnant un coup de botte. Vous devriez la chasser, maître, ma mère dit que les pies sont des réincarnations de voleurs.

– Je ne l'aime pas non plus, lui chuchota Orphée. Tu sais quoi ? Tords-lui le cou quand je serai sorti.

Oss grimaça un sourire mauvais. Il aimait ce genre de mission. Finalement, ce n'était pas un si mauvais garde du corps.

Orphée se passa encore une fois la main dans les cheveux (des cheveux de vieillard, disait-on, car personne à Ombra n'avait les cheveux de ce blond filasse) et se dirigea vers la tente de Tête de Vipère. Il ne pourrait pas faire surgir le Geai bleu pour lui ; quant aux possibilités ouvertes par le livre de Jacopo, il faudrait attendre que son audience auprès du Prince argenté soit terminée, mais grâce à Mortola, il avait désormais autre chose à lui offrir.

Sous les arbres, la tente de Tête de Vipère était noire comme si la nuit y avait oublié une part d'elle-même. Peu importait ! «La nuit t'est plus favorable que le jour», se dit Orphée quand le Poucet, impassible, souleva les pans de tissu sombre. N'était-il pas plus facile de rêver le monde à son propre goût dans l'obscurité et le silence ? Peut-être devrait-il faire en sorte qu'il fasse toujours nuit en ce monde une fois qu'il aurait récupéré *Cœur d'encre*…

– Votre Altesse ! murmura Orphée en s'inclinant très bas quand il vit le visage de Tête de Vipère émerger de l'obscurité comme une lune difforme. J'ai des nouvelles pour vous, que je viens de glaner au gré du vent. Je crois qu'elles vont vous plaire…

50
Un vieil homme paresseux

Aussi longtemps que je serai cet homme de rien
Dans cette existence de rien, je n'aspirerai à rencontrer
Qu'une femme insignifiante : l'esprit, la beauté ?

Ted Hughes, *Poèmes*

Elle revenait à la charge ! Elinor Loredan. Un nom qu'il aurait pu inventer ! Fenoglio remonta en jurant la couverture sur sa tête. Comme s'il ne lui suffisait pas de savoir tout mieux que tout le monde, d'être bas-bleu et têtue comme une bourrique, il fallait aussi qu'elle soit une lève-tôt ! Le jour devait tout juste commencer à poindre.

– Tu ne m'as pas l'air très inspiré ! lança-t-elle en regardant le papier blanc posé par terre à côté de lui.

Elle paraissait terriblement enjouée.

– Je croyais que les plus doux baisers des muses se recevaient au lever du jour ? Je crois que j'ai lu ça quelque part !

Elle devait s'y connaître, celle-là, en matière de baisers ! Et il avait bien mérité de dormir (déjà qu'il était impossible de trouver autre chose que de la piquette dans cette maudite grotte). C'est bien lui qui avait sauvé le Prince noir, non ? Certes, il n'était pas encore bien solide et ne mangeait guère, comme ne cessait de le répéter Minerve, mais il vivait. Il était même retourné à la chasse, bien que Roxane le lui eût défendu. Il fallait bien nourrir les enfants, tâche difficile en cette saison, et les petits étaient toujours affamés – quand ils ne leur demandaient pas, à lui ou à Darius, de leur raconter une histoire, à Farid de leur montrer des tours avec le feu ou à Meggie de leur fredonner les chansons du Geai bleu, qu'elle chantait maintenant mieux que Baptiste.

« Oui, je devrais peut-être m'y remettre, pensa Fenoglio en tournant ostensiblement le dos à la signora Loredan. Et faire surgir un peu plus de gibier, facile à chasser, dodu et savoureux… »

– Fenoglio !

Elle tirait sur sa couverture ! Ce n'était pas croyable ! Cristal de Rose sortit la tête de la poche dans laquelle il dormait depuis quelque temps et se frotta les yeux, tout ensommeillé.

– Bonjour, Cristal de Rose. Prépare du papier et taille les plumes.

Quel ton ! On aurait dit une infirmière ! Fenoglio s'assit en soupirant. Il était vraiment trop vieux pour dormir par terre dans une grotte humide !

– C'est *mon* homme de verre et il ne fait que ce que *je* lui dis ! grommela-t-il mais avant qu'il ait eu le temps de se retourner, Cristal de Rose s'était levé d'un bond, un sourire obséquieux sur ses lèvres rose pâle.

Par tous les diables de l'encre, qu'est-ce que ça voulait dire ? Ce traître à la tête de verre ! Avec quel zèle il obéis-

526

sait ! Quand c'était lui qui lui demandait quelque chose, il était loin de se montrer aussi empressé.

– Parfait ! susurra la signora Loredan. Je te remercie, Cristal de Rose.

« Elinor. Je lui aurais donné un autre prénom, pensa Fenoglio, transi, en s'efforçant d'enfiler ses bottes. Un truc plus belliqueux… Penthésilée, ou Boadicée, ou… comment s'appelaient ces Amazones ? Quel froid dans cette grotte ! Tu ne pourrais pas changer un peu le temps, Fenoglio ? » Le pouvait-il ?

En le voyant souffler dans ses mains, sa visiteuse inopinée lui tendit un bol plein d'un liquide bouillant.

– Tiens. Ce n'est pas particulièrement bon, mais c'est chaud. Du café à base d'écorce d'arbre. Ah, Cristal de Rose est un homme de verre vraiment délicieux ! lui chuchota-t-elle sur le ton de la confidence. Jaspis aussi est très gentil, mais tellement timide… Et ces cheveux roses !

Flatté, Cristal de Rose se passa la main dans les cheveux. Les hommes de verre avaient l'oreille fine, comme les hiboux (c'est pourquoi ils étaient particulièrement aptes à espionner, malgré la fragilité de leurs membres). Fenoglio eut envie de fourrer ce petit nabot vaniteux dans sa gourde de vin vide, qu'il disparaisse enfin !

Il avala une gorgée du bouillon – pouah ! c'était vraiment imbuvable –, se leva et plongea son visage dans la cuvette d'eau que Minerve lui préparait le soir. Se l'imaginait-il ou y avait-il vraiment une légère couche de glace dessus ?

– Tu ne comprends vraiment rien à l'écriture, Loredan ! maugréa-t-il. (Oui, Loredan. Désormais, il l'appellerait ainsi ! Ça lui allait beaucoup mieux que le prénom fleuri d'Elinor.) Premièrement, le petit matin est le moment le moins propice parce que le cerveau est comme une éponge humide. Et deuxièmement, un véritable écrivain commence par regarder droit devant lui en attendant la bonne idée.

– Eh bien, pour ça, on peut dire que tu es fort ! (Elle ne manquait pas de repartie.) Il est vrai que tu prétends aussi que se verser de l'eau-de-vie ou de l'hydromel dans le gosier favorise le flux de la pensée…

Cristal de Rose ne venait-il pas d'acquiescer ? Il allait l'envoyer dans la forêt où ses cousins sauvages lui apprendraient à manger des escargots et des insectes.

– Alors, Loredan, tu sais sûrement depuis longtemps comment finira cette histoire ! Laisse-moi deviner : j'imagine qu'un moineau transi t'a soufflé le dénouement hier, quand tu étais assise à l'entrée de la grotte à te délecter du spectacle de ma forêt et de mes fées !

Sapristi, il y avait encore un trou dans son pantalon ! Et Baptiste n'avait presque plus de fil à coudre.

– Tisseur de Mots ? (Despina apparut derrière le mur qui lui permettait d'oublier, durant quelques précieux instants, où il était.) Tu veux ton petit déjeuner ?

Ah, que Minerve était bonne ! Elle s'occupait de lui comme s'ils étaient encore dans sa maison à Ombra. Fenoglio soupira. Le bon vieux temps…

– Non merci, Despina, répondit-il en jetant un coup d'œil oblique sur son autre visiteuse. Dis à ta mère que malheureusement, on m'a coupé l'appétit au réveil.

Despina échangea avec Elinor un regard de connivence. Elle se moquait de lui – avec bienveillance, mais… Nom d'une pipe ! Les enfants de Minerve étaient-ils déjà du côté de Loredan ?

– Cela fait déjà deux jours que Resa est partie, sans parler de Monseigneur. Veux-tu me dire pourquoi elle t'a laissé le livre si tu passes tes journées à dormir ou à boire du rouge avec Baptiste ?

Mon Dieu, que le monde aurait été beau si cette voix n'avait pas constamment résonné à son oreille !

– Tu dois à Mortimer quelques mots pour lui venir en aide. Qui d'autre peut le secourir ? Le Prince noir est trop faible et la pauvre Meggie n'attend que ça, que tu lui donnes quelque chose à lire. Mais non. « Il fait trop froid, le vin est mauvais, les enfants font trop de bruit, comment peut-on écrire dans des conditions pareilles ? » Quand il s'agit de gémir, là, tu trouves les mots !

Tiens ! Cristal de Rose acquiesçait de nouveau ! « Je vais lui mettre de la soupe dans son sable, pensa Fenoglio, assez de soupe pour qu'il se torde de douleur comme le Prince noir, mais lui, je n'écrirai pas un mot pour lui venir en aide, sacré nom d'une pipe ! »

– Fenoglio ! Tu m'écoutes ?

Elle le regardait d'un air de reproche, comme une institutrice qui réclame les devoirs manquants !

Le livre. Oui. Resa l'avait laissé là. Et alors ? Que pouvait-il en faire ? Il lui rappelait simplement combien il lui était facile d'écrire quand il ne craignait pas de voir le moindre mot jeté sur le papier devenir réalité !

– Ça ne peut pas être si difficile ! Mortimer t'a déjà mâché le travail ! Il va faire croire à Tête de Vipère qu'il peut restaurer le livre, Violante va distraire son père et Mortimer écrira les trois mots. Il y aura peut-être un duel avec le Fifre – c'est le genre de choses qui plaît toujours aux lecteurs –, le danseur de feu devrait aussi avoir son rôle à jouer (même si je ne l'aime pas) et, oui ! Tu pourrais aussi donner un rôle à Resa. Elle pourrait retenir ce répugnant Monseigneur… je ne sais pas comment, mais tu vas bien avoir une idée…

– Silence ! gronda Fenoglio d'une voix si tonitruante que Cristal de Rose s'aplatit derrière l'encrier. C'est absurde, mais typique. Les lecteurs et leurs idées ! Mo se joue de Tête de Vipère avec l'aide de Violante, écrit les trois mots, Tête de Vipère meurt, le Geai bleu est sauvé et Violante règne sur Ombra – parfait. J'ai essayé d'écrire ça hier soir. Ça ne fonctionne pas ! Des mots sans vie ! Cette histoire n'aime pas les solutions de facilité. Elle poursuit un autre but, je le sens. Mais lequel ? J'ai intégré le Fifre, j'ai donné une place assez importante à Doigt de Poussière, mais… il manque quelque chose ! Il manque quelqu'un ! Quelqu'un qui viendra contrecarrer les plans de Mortimer. Monseigneur ? Non, il est trop bête. Mais alors qui ? Oiseau de Suie ?

Elinor ouvrit de grands yeux. Enfin. Elle commençait à comprendre ! Mais elle retrouva aussitôt son air obstiné. Encore heureux qu'elle ne se mette pas à taper du pied comme une enfant. En fait, c'était une enfant déguisée en grosse bonne femme.

– Mais c'est idiot ! C'est bien toi l'auteur, et personne d'autre !

– Ah bon ? Alors, tu peux me dire pourquoi Cosimo est mort ? Est-ce que j'ai écrit que Mortimer relie le livre de telle sorte que le corps de Tête de Vipère pourrisse de son vivant ? Non. Était-ce mon idée que Monseigneur soit jaloux de lui et que la Laide veuille soudain tuer son père ? Pas du tout. J'ai semé les graines de cette histoire, mais elle pousse comme elle veut et tout le monde me demande de prévoir quelles fleurs elle va donner !

Seigneur ! Ce regard incrédule ! Comme s'il lui racontait des bobards… Puis elle avança le menton (un menton assez imposant), ce qui n'était jamais bon signe.

– Des excuses ! Voilà ce que c'est ! En réalité, tu n'as pas d'idées et Resa est en route pour le château. Que va-t-il se passer si Tête de Vipère arrive avant elle ? S'il se méfie de sa fille et que Mortimer soit mort avant que…

– Et si Mortola est revenue, comme le prétend Resa ? l'interrompit sèchement Fenoglio. Et si Monseigneur tue Mortimer parce qu'il est jaloux du Geai bleu ? Et si Violante livre Mortimer à son père parce qu'elle ne supporte pas d'être une fois de plus éconduite par un homme ? Et que devient le Fifre, et le sale gosse de Violante, et, et, et… ?

Sa voix résonna si fort que Cristal de Rose se cacha sous sa couverture.

– Arrête de crier comme ça ! (Pour une fois, la voix de la signora Loredan était réduite à un murmure.) La tête du pauvre Cristal de Rose va éclater.

– Ça ne risque pas, il a la tête vide comme une coquille d'escargot. Mais la mienne, elle, doit s'occuper de questions difficiles, des questions de vie ou de mort. Et on s'apitoie sur mon homme de verre alors qu'on vient me tirer du lit quand je n'ai pratiquement pas dormi de la nuit, pour découvrir enfin quelle tournure veut prendre cette histoire !

Cette fois, il avait réussi à lui clouer le bec. Elle mordillait sa lèvre inférieure d'une manière singulièrement féminine et époussetait, perdue dans ses pensées, la robe que Minerve lui avait donnée. Sa robe était toujours pleine de feuillages, de bardanes et de crottes de lapin, car elle passait le plus clair de son temps à se promener dans la forêt. Elinor Loredan aimait ce monde-ci, oui, elle l'aimait vraiment, même si elle ne l'aurait avoué pour rien au monde… et elle le comprenait presque aussi bien que lui.

– Et… que dirais-tu de nous faire gagner au moins un peu de temps ? dit-elle d'une voix incertaine. Le temps de réfléchir, d'écrire ! Le temps que Resa essaie de mettre Mortimer en garde contre la Pie et Monseigneur. Le carrosse de Tête de Vipère pourrait perdre une roue. Car il paraît qu'il voyage en carrosse. Non ?

Sapristi. Ce n'était pas bête. Pourquoi n'y avait-il pas pensé ?

– Je peux essayer, marmonna-t-il.

– Parfait, fit-elle en souriant, soulagée. (Elle avait retrouvé son assurance.) Je vais demander à Minerve de te préparer un thé plus savoureux, dit-elle en se retournant. Le thé est sûrement plus propice à la réflexion que le vin. Et sois gentil avec Cristal de Rose.

L'homme de verre lui sourit de la manière la plus abjecte qui soit et Fenoglio lui donna un petit coup de pied qui le fit basculer sur le dos.

– Remue l'encre, espèce de traître sournois ! lui lança-t-il tandis que l'homme de verre se relevait, vexé.

Minerve apporta le thé. Elle y avait ajouté un peu de citron. Devant la grotte, les enfants riaient comme si tout était pour le mieux dans le meilleur des mondes.

« Fais en sorte que tout s'arrange, Fenoglio ! se dit-il. Loredan a raison. Tu es toujours l'auteur de cette histoire. Tête de Vipère est en route pour le château du Lac où l'attend Mortimer. Le Geai bleu se prépare pour sa plus belle chanson. Écris-la-lui ! Finis de rédiger pour Mortimer le rôle qu'il jouera avec autant de conviction que s'il était né avec le nom que tu lui as donné. Les mots t'obéissent de nouveau. Tu as le livre. Orphée est oublié. C'est toujours ton histoire. Fais en sorte qu'elle finisse bien ! »

Oui. Il y arriverait. Et il réduirait enfin au silence la signora Loredan, qui lui témoignerait alors le respect qu'elle lui devait. Mais d'abord, il fallait retarder Tête de Vipère (et oublier que l'idée venait d'elle). Dehors, les enfants jouaient. Cristal de Rose faisait des messes basses avec Jaspis, assis au milieu des plumes qu'il venait de tailler et Jaspis le regardait avec de grands yeux. Minerve apporta la soupe et Elinor jeta un coup d'œil par-dessus le mur, comme s'il ne pouvait pas la voir. Mais Fenoglio n'y prit bientôt plus garde. Les mots l'emportaient, comme autrefois, le laissaient chevaucher sur leurs dos noirs d'encre, le rendaient aveugle et sourd à tout ce qui l'entourait. Bientôt, il n'entendit plus que le bruit des roues du carrosse sur la terre gelée et les craquements du bois peint en noir. Les hommes de verre durent se mettre à deux pour tremper les plumes dans l'encre, tant les mots lui venaient vite. Des mots magnifiques. Les mots de Fenoglio… Ah, il avait complètement oublié à quel point les lettres pouvaient le griser. Aucun vin ne pouvait rivaliser avec elles…

– Tisseur de Mots !

Fenoglio releva la tête, agacé. Il était au cœur des montagnes, sur le chemin qui menait au château du Lac : il sentait, comme si c'était la sienne, la chair boursouflée de Tête de Vipère…

Baptiste se tenait devant lui, la mine inquiète ; les

montagnes disparurent. Fenoglio était revenu dans la grotte, entouré de brigands et d'enfants affamés. Que se passait-il ? Le Prince noir n'allait quand même pas plus mal ?

– Doria vient de rentrer. Il est mort de fatigue, il a couru toute la nuit. Il dit que le Gringalet est en route, qu'il est au courant, pour la grotte. Personne ne sait qui l'a informé, déclara Baptiste en se frottant les joues. Ils ont des chiens. Doria dit qu'ils seront là ce soir. Ce qui veut dire que nous devons partir.

– Partir ? Mais où ?

Où pouvaient-ils aller avec tous ces enfants que, pour la plupart, l'absence de leurs mères rendait fous ? Fenoglio vit à la mine de Baptiste que les brigands non plus ne connaissaient pas la réponse à cette question.

Eh bien ! Que disait Mme Loredan, elle qui était si maligne ? Comment pouvait-il écrire dans ces conditions ?

– Dis au Prince que j'arrive.

Baptiste hocha la tête et fit demi-tour. Despina se faufila jusqu'à lui. Son petit visage était inquiet. Les enfants sentent tout de suite quand quelque chose ne va pas. Ils ont l'habitude de deviner ce qu'on ne leur dit pas.

– Viens ici !

Pendant que Cristal de Rose éventait les mots fraîchement écrits avec une feuille d'érable, Fenoglio prit Despina sur ses genoux et caressa ses cheveux. Les enfants… il pardonnait un certain nombre de choses à ses méchants mais, depuis que le Fifre chassait les enfants, il ne voulait qu'une chose : lui écrire une fin, et une fin sanglante. Que ne l'avait-il fait plus tôt ! Mais maintenant, cela devrait attendre, comme *La Chanson du Geai bleu*. Où se réfugier avec les enfants ? « Réfléchis, Fenoglio. Réfléchis ! » Désespéré, il frotta son front ridé. Ciel, à force de penser, on finissait par avoir de vrais sillons sur le visage !

– Cristal de Rose ! Va chercher Meggie. Dis-lui qu'il faut qu'elle lise ce que j'ai écrit, même si ce n'est pas terminé. Ça devrait suffire !

L'homme de verre se précipita, renversant sur son passage le vin que Baptiste avait apporté ; la couverture de Fenoglio se teinta de rouge. Le livre ! Inquiet, il le tira de sous la laine mouillée. *Cœur d'encre*. Le titre lui plaisait toujours. Qu'arriverait-il si ces feuilles étaient humides ? Son monde commencerait-il à pourrir ? Mais le papier était sec, à l'exception d'un coin de la jaquette. Fenoglio l'essuya avec sa manche.

– Qu'est-ce que c'est ?

Despina lui prit le livre des mains. Évidemment ! Où aurait-elle pu voir un livre au cours de sa vie ? Elle n'avait pas grandi dans un château, ni dans la maison d'un riche commerçant.

– C'est un objet qui contient des histoires, dit Fenoglio.

Il entendit Fléau des Elfes rassembler les enfants, les voix affolées des femmes, les premiers pleurs. Despina prêta l'oreille, inquiète, puis reporta son attention sur le livre.

– Des histoires ? répéta-t-elle en tournant les pages comme si elle s'attendait à en voir tomber les mots. Lesquelles ? Tu nous les as déjà racontées ?

– Pas celles-ci.

Avec délicatesse, Fenoglio lui prit le livre des mains et regarda la page à laquelle elle l'avait ouvert. Ses propres mots lui faisaient face : il y avait si longtemps qu'il les avait écrits qu'ils semblaient, pour lui, ceux d'un autre.

– C'est quoi cette histoire ? Tu me la racontes ?

Fenoglio regarda ces mots d'une autre époque, écrits par un Fenoglio qui n'existait plus, un Fenoglio au cœur bien plus jeune que le sien, bien plus insouciant – et moins vaniteux, aurait sans doute ajouté la signora Loredan : *Au nord d'Ombra, il y avait des choses merveilleuses. Pratiquement aucun de ses habitants ne les avait vues mais les chansons des ménestrels en parlaient et quand, l'espace de quelques précieux instants, les paysans voulaient s'évader de leur dur labeur dans les champs, ils s'imaginaient qu'ils étaient au bord du lac dont on racontait que les géants s'y miraient comme dans un miroir, et ils se figuraient que les nymphes qui étaient censées y vivre surgissaient de l'eau et les emportaient dans des châteaux de perles et de nacre. Quand la sueur ruisselait sur leurs visages, ils chantaient à voix basse les chansons qui parlaient de montagnes d'un blanc immaculé et de nids que les hommes avaient construits dans un arbre immense quand les géants avaient commencé à enlever leurs enfants.*

Des nids… un arbre imposant… enlever leurs enfants… Mais bien sûr ! Fenoglio attrapa Jaspis et le mit sur l'épaule de Despina.

– Jaspis va te ramener auprès de ta mère, dit-il en se levant précipitamment. Il faut que j'aille voir le Prince.

« La signora Loredan a raison, Fenoglio ! pensa-t-il en se frayant un passage au milieu des enfants affolés, des mères en pleurs, des brigands perplexes. Tu es un vieux fou dont le cerveau abruti par le vin ne connaît même plus ses propres histoires ! Orphée doit en savoir plus sur ton monde que toi ! »

Mais son moi vaniteux, qui devait loger entre son front et son sternum, le contredit sur-le-champ : « Comment pourrais-tu te souvenir de toutes tes histoires, Fenoglio ? murmurait-il. Il y en a tellement ! Tu as une imagination débordante. »

Oui. Oui. Il était un vieux vaniteux. Il le reconnaissait, mais il avait aussi toutes les raisons de l'être.

51

Des soutiens inefficaces

On ne sait jamais qu'on part – quand on part –
On plaisante, on ferme la porte
Le Destin, qui suit, derrière nous la verrouille
Et jamais plus on n'aborde.

Emily Dickinson, *Quatrains et autres poèmes brefs*

Mortola était perchée dans un if toxique, entourée d'aiguilles presque aussi noires que ses plumes. Son aile gauche lui faisait mal. Les doigts boudinés du domestique d'Orphée avaient failli la briser, mais son bec l'avait sauvée. Elle avait piqué au sang son affreux nez, mais elle ne savait même plus comment elle avait réussi à sortir de la grotte. Depuis, elle ne pouvait plus voler que sur de courtes distances mais, ce qui était encore pire, elle ne pouvait plus se débarrasser de ses plumes, bien qu'elle n'ait plus avalé de graines depuis longtemps. Depuis quand n'avait-elle plus été une femme ? Deux jours, trois ? La Pie ne comptait plus les jours. Elle ne pensait plus qu'aux insectes et aux vers (oh, des vers pâles et dodus !), à l'hiver et au vent, aux puces dans ses plumes.

538

Le dernier à l'avoir vue sous sa forme humaine était Monseigneur. Elle lui avait suggéré d'attaquer Tête de Vipère dans la forêt, et il le ferait; mais en remerciement de ses bons conseils, il l'avait traitée de sale sorcière et avait essayé de la capturer pour que ses hommes puissent la tuer. Elle l'avait mordu à la main et avait criaillé jusqu'à ce qu'ils reculent; cachée dans un buisson, elle avait avalé les graines, puis volé vers Orphée... tout ça pour être brutalisée par son domestique! «Crève-lui les yeux! Crève-leur les yeux à tous! Griffe leurs visages imbéciles!»

Mortola poussa un cri plaintif et les brigands levèrent les yeux vers elle, comme si c'était leur mort qu'elle annonçait. Ils ne comprenaient pas que la pie était la vieille femme qu'ils avaient voulu tuer quelques jours plus tôt. Ils ne comprenaient rien. Que feraient-ils avec le livre, sans son aide, si jamais il tombait entre leurs mains sales? Ils étaient aussi bêtes que les vers pâles qu'elle picorait sur le sol. S'imaginaient-ils qu'il leur suffirait de secouer le volume ou de taper sur les pages en décomposition pour que pleuve l'or qu'elle leur avait promis? Non. Ils ne pensaient sans doute rien du tout, assis entre les arbres, attendant que la nuit tombe pour se faufiler sur le chemin qu'emprunterait le carrosse noir. Dans quelques heures, ils attaqueraient Tête de Vipère, et que faisaient-ils? Ils buvaient le schnaps qu'ils avaient volé à un quelconque charbonnier, rêvaient de richesses futures et fanfaronnaient sur la manière dont ils tueraient d'abord Tête de Vipère, puis le Geai bleu. «Et les trois mots, qu'en faites-vous? aurait voulu leur crier la pie de sa branche. Lequel de vous, bande d'idiots, peut les écrire dans le livre vide?»

Mais Monseigneur y avait pensé.

– Une fois que nous aurons le livre, bredouillait-il sous son arbre, nous capturerons le Geai bleu et nous l'obligerons à y écrire les trois mots. Quand Tête de Vipère sera mort et que nous nagerons dans l'or, nous le tuerons, car j'en ai par-dessus la tête d'entendre toutes ces chansons idiotes à sa gloire.

– Désormais, c'est sur nous qu'on chantera des chansons, ajouta Gecko tout en fourrant dans le bec de la corneille juchée sur son épaule un morceau de pain trempé dans le schnaps. (La corneille était la seule à lever constamment les yeux vers Mortola.) Nous serons plus célèbres qu'eux tous réunis ! Plus célèbres que le Geai bleu, plus célèbres que le Prince noir, plus célèbres que Renard Ardent et ses incendiaires. Plus célèbres que… comment s'appelait son ancien maître, déjà ?

– Capricorne.

Le nom s'enfonça dans le cœur de Mortola comme une aiguille incandescente et elle se pencha sur sa branche tandis que la nostalgie de son fils l'étreignait. Revoir ne serait-ce qu'une fois son visage, lui apporter encore une fois à manger, couper ses cheveux décolorés… Elle poussa un cri strident : sa douleur et sa haine résonnèrent dans la vallée où les brigands voulaient tendre une embuscade au seigneur du château de la Nuit.

Son fils. Son fils ! Si délicieusement cruel. Mortola s'arracha les plumes de la poitrine, comme si elle pouvait ainsi apaiser la douleur de son cœur.

Mort. Perdu. Son meurtrier jouait le brigand au grand cœur, et tous ces imbéciles qui tremblaient jadis devant son fils chantaient maintenant ses louanges ! Quand elle avait tiré sur lui, sa chemise s'était colorée de rouge, la vie le quittait déjà… mais il avait fallu que la petite sorcière le sauve. N'était-elle pas encore en train de chuchoter dans un coin ? « Je vais leur cribler le visage de coups de bec, à ces deux-là, que la servante traîtresse ne puisse plus les reconnaître… Resa… Elle t'a vue, Mortola, oui, c'est vrai, mais que peut-elle faire ? Il est parti sans elle et elle joue le jeu que jouent toutes les femmes en ce monde, le jeu de l'attent… Une chenille ! »

Elle se précipita sur le corps poilu. « Chenille ! chenille ! chenille ! » criait une voix en elle. Maudite cervelle d'oiseau ! À quoi pensait-elle donc ? Ah oui, à tuer. À se venger. Un sentiment que l'oiseau connaissait aussi. Elle sentit ses plumes se hérisser, son bec attaquer le bois comme si c'était la chair du Geai bleu.

Un vent froid se leva, secouant les branches toujours vertes de l'arbre. Des gouttes de pluie tombèrent sur les plumes de Mortola. Il était temps de s'envoler, de redescendre sous les chênes noirs qui la mettraient à l'abri des brigands, et d'essayer encore une fois de se débarrasser de cette carcasse d'oiseau pour retrouver enfin forme humaine. Mais l'oiseau pensa : « Non ! Il est temps de mettre son bec dans ses plumes, temps de se laisser bercer par le bruissement des branches et de s'endormir. » Pas question ! Elle se hérissa, secoua la petite tête idiote, se remémora un nom. Mortola. Mortola. La mère de Capricorne…

Mais que se passait-il ? La corneille, sur les épaules de Gecko, s'agitait, déployait ses ailes. Monseigneur se releva péniblement, tira son épée et cria aux autres d'en faire autant. Mais ils étaient déjà là, les hommes de Tête de Vipère, entre les arbres. Leur chef avait un visage maigre de rapace, des yeux inexpressifs comme ceux d'un mort.

Il planta presque en passant son épée dans la poitrine du premier brigand. Trois soldats se précipitèrent sur Monseigneur. Il les éventra, malgré sa main endolorie par les dents de Mortola mais, autour de lui, ses hommes tombaient comme des mouches.

Oh, oui, on chanterait des chansons sur eux, des chansons satiriques sur ces idiots qui s'étaient imaginé pouvoir tromper Tête de Vipère aussi facilement que n'importe quel riche commerçant.

Mortola poussa un cri plaintif tandis qu'au pied de l'arbre les épées embrochaient les corps. Non, ceux-là ne lui étaient d'aucun soutien. Il ne lui restait plus qu'Orphée, avec son pouvoir sur les mots et sa voix de velours.

Le visage de rapace essuya son épée sur le manteau d'un cadavre et regarda autour de lui. D'instinct, Mortola se recroquevilla, mais la Pie regarda avec avidité les armes rutilantes, les anneaux et les boucles de ceinture. Comme tout cela irait bien dans son nid, et refléterait pour elle les étoiles du firmament !

Il n'y avait plus un brigand debout. Même Monseigneur était maintenant à genoux. Le visage de rapace fit un signe à ses hommes : ils le traînèrent jusqu'à lui. « Maintenant, tu vas mourir, imbécile ! pensa Mortola, amère. Et la vieille femme que tu voulais tuer va te regarder agoniser ! »

Le visage de rapace posa une question à Monseigneur, le frappa, reposa une question. Mortola pencha la tête pour mieux entendre et s'envola quelques branches plus bas, à l'abri des aiguilles de pin.

– Quand nous sommes partis, il était mourant.

Monseigneur parlait d'une voix rauque de peur, mais non sans défi. Le Prince noir. Ils parlaient de lui. « C'est

542

moi, avait envie de crier Mortola. C'est moi, Mortola, qui l'ai empoisonné ! Demandez à Tête de Vipère s'il se souvient de moi ! » Elle voltigea encore un peu plus bas. Le meurtrier maigrelet ne parlait-il pas d'enfants ? Il connaissait l'existence de la grotte ? Comment ça ? Oh, si seulement sa pauvre tête avait encore été en mesure de penser !

L'un des soldats leva son épée, mais le vautour lui ordonna de la remettre au fourreau. Il recula et fit signe à ses hommes de faire de même. Monseigneur, toujours agenouillé au milieu des corps inertes de ses compagnons, releva la tête, surpris. Mais la Pie, qui s'apprêtait à descendre en piqué pour arracher les anneaux des doigts sans vie et les boutons argentés des vestes, s'immobilisa sur sa branche et fut prise d'un spasme d'effroi, tandis que dans sa petite tête d'oiseau retentissait le mot mort, mort, mort !

Et il apparut, telle une ombre noire entre les arbres, le souffle court comme celui d'un gros chien, sans forme et pourtant vaguement humain – un esprit de la nuit. Au lieu de lancer ses habituels jurons, Monseigneur se mit à supplier, et le visage de rapace le regarda de ses yeux morts pendant que ses hommes battaient en retraite derrière les arbres. L'esprit de la nuit plana sur Monseigneur et ce fut comme si la nuit ouvrait une gueule hérissée de mille dents… lui réservant la plus atroce des morts.

« Et après ? Qu'il dégage ! pensa Mortola alors même que son corps tremblait de toutes ses plumes. Qu'il dégage, cet imbécile ! Il ne m'a servi à rien ! Maintenant, c'est à Orphée de m'aider. Orphée… »

Orphée… Bizarre, ce nom prenait forme dès qu'elle le pensait.

Non, ce n'était pas possible ! Ce n'était pas Orphée ! Pourtant, elle le voyait apparaître entre les arbres – et l'esprit de la nuit s'aplatissait comme un chien devant son sourire stupide.

« Qui a parlé des brigands à Tête de Vipère, Mortola ? Qui ? »

Orphée fixa les arbres de ses yeux vitreux. Puis il leva la main, une main pâle et ronde, et désigna la Pie qui se tapit en voyant le doigt pointé vers elle. « Envole-toi, Mortola ! Envole-toi ! » La flèche l'atteignit en plein vol et la douleur expulsa l'oiseau. Elle n'avait plus d'ailes quand elle tomba, tomba, tomba, à travers l'air froid et, quand elle s'écrasa sur le sol, les os qui se brisèrent étaient des os humains. La dernière chose qu'elle vit, ce fut le sourire d'Orphée.

52
Les morts dans la forêt

Tout l'après-midi, ce fut le soir,
la neige tombait
et il y avait plus de neige encore dans l'air.
Le merle était
dans les bras du cèdre.

Wallace Stevens,
Thirteen Ways of Looking at a Blackbird

Plus loin, toujours plus loin. Resa avait la nausée mais elle ne disait rien. Chaque fois que l'hercule se tournait vers elle, elle lui souriait – il ne devait pas ralentir pour la ménager. Monseigneur avait plus d'une demi-journée d'avance sur eux ; quant à la Pie, elle s'efforçait de ne pas y penser.

« Avance, Resa. Avance. Ce n'est qu'une petite nausée. Mâche les feuilles que Roxane t'a données et avance. » La forêt qu'ils traversaient depuis plusieurs jours était plus sombre que la Forêt sans chemin. Jamais encore elle n'était venue dans cette contrée. Elle avait le sentiment d'ouvrir un nouveau chapitre, un chapitre encore jamais lu. « Les ménestrels l'appellent la Forêt de la nuit éternelle, lui avait expliqué l'hercule tandis qu'ils traversaient une gorge si sombre qu'elle distinguait à peine sa main devant ses yeux, bien qu'il fît grand jour. Mais les Femmes de la Forêt l'ont baptisée la Forêt barbue à cause des lichens médicinaux qui poussent sur les arbres. » Oui, elle préférait ce nom-là. Avec le gel, de nombreux arbres ressemblaient vraiment à de vieux géants barbus.

L'hercule savait lire les traces, mais Resa elle-même aurait pu suivre celles que Monseigneur et ses hommes avaient laissées derrière eux. Par endroits, les empreintes de pas avaient gelé, comme si le temps s'était arrêté ; à d'autres, la pluie les avait effacées, un peu comme si elle avait aussi gommé les hommes qui les avaient faites. Les brigands ne s'étaient pas donné la peine de les faire disparaître. Pour quoi faire ? C'étaient eux, les poursuivants.

Il pleuvait beaucoup. Durant la nuit, la pluie tournait souvent à la grêle mais, par chance, les sapins étaient assez nombreux pour offrir un abri. Quand le soleil se couchait, le froid devenait glacial et Resa était bien contente d'avoir le manteau doublé de fourrure que lui avait donné l'hercule. Grâce à lui, elle pouvait dormir la nuit malgré le froid, et elle lui devait aussi la couverture en mousse qu'il avait découpée dans l'écorce barbue des arbres.

« Continue, Resa, continue. La Pie vole vite et Monseigneur sait manier le couteau. » Un oiseau à la voix rauque cria dans les arbres au-dessus d'elle et elle leva les yeux, alarmée ; mais ce n'était qu'une corneille.

– Couark !

L'hercule répondit à l'oiseau noir par un croassement

(même les hiboux s'entretenaient avec lui) et s'immobilisa brusquement.

– Qu'est-ce que ça veut dire ? marmonna-t-il en grattant son crâne rasé.

Resa s'arrêta près de lui, inquiète.

– Qu'est-ce qu'il y a ? Tu t'es trompé de chemin ?

– Moi ? Jamais de la vie et dans aucune forêt ! Surtout pas celle-ci !

L'hercule se baissa et examina les traces sur le feuillage gelé.

– Mon cousin m'a appris à braconner, à parler avec les oiseaux et à confectionner des couvertures avec la barbe des arbres. Il m'a aussi montré le château du Lac. Non, c'est Monseigneur qui s'est trompé de chemin, pas moi. Il s'écarte bien trop vers l'ouest !

– Ton cousin ? (Resa le dévisagea avec curiosité.) Il est aussi chez les brigands ?

L'hercule secoua la tête.

– Il est allé rejoindre les incendiaires, dit-il sans regarder Resa. Il a disparu en même temps que Capricorne et on ne l'a jamais revu. C'était un grand type affreux, mais j'ai toujours été plus fort que lui, même quand nous étions enfants. Je me demande souvent où il peut bien être. C'était un incendiaire, certes, mais c'était aussi mon cousin, tu comprends.

Grand et affreux… Resa se remémora les hommes de Capricorne. Nez Aplati ? « La voix de Mo l'a expédié chez les morts, l'hercule, songea-t-elle. Continuerais-tu à le protéger si tu le savais ? Oui, sans doute. »

– Je voudrais bien savoir pourquoi il s'écarte du chemin, dit-elle. Suivons Monseigneur.

Ils ne tardèrent pas à le trouver, dans une clairière

entourée de feuillages bruns. Les morts gisaient là, au milieu des feuilles, et les corbeaux picoraient déjà leur chair. Resa les chassa, et recula, effrayée, en reconnaissant le cadavre de Monseigneur.

– Que lui est-il arrivé ?

– Un esprit de la nuit ! répondit l'hercule d'une voix à peine perceptible.

– Un esprit de la nuit ? Mais ils ne tuent que quand ils ont peur. Je l'ai déjà vu !

– Oui, si on les retient. Mais, quand on les laisse faire, ils dévorent aussi leur victime…

Mo lui avait offert un jour la dépouille d'une libellule. Tous les membres avaient laissé leur empreinte sous la peau vide. De Monseigneur, il ne restait plus grand-chose et Resa vomit à côté des cadavres.

– Ça ne me plaît pas, déclara l'hercule en examinant le feuillage imbibé de sang. On dirait presque que ceux qui les ont tués sont restés pour regarder l'esprit de la nuit les dévorer… Les accompagnait-il, comme l'ours avec le Prince ?

Il regarda autour de lui, mais tout était tranquille. Seuls les corbeaux attendaient dans les arbres.

L'hercule couvrit le visage sans vie de Gecko avec son manteau.

– Je vais suivre les traces. Je veux savoir d'où venaient les meurtriers.

– Ce n'est pas la peine.

Resa se pencha sur l'un des brigands et souleva sa main gauche. Le pouce manquait.

– Ton petit frère m'a raconté que Tête de Vipère a un nouveau garde du corps. On l'appelle le Poucet. Il était tortionnaire au château de la Nuit jusqu'à ce que son maître le fasse monter en grade. Il est connu pour couper le pouce de tous les hommes qu'il tue ; avec les os, il fait fabriquer de petits fifres pour se moquer du Fifre... Il paraît qu'il en a une belle collection.

Monseigneur, désormais, n'était plus un souci pour Resa, pourtant, elle se mit à trembler.

– Elle ne pourra pas le protéger, murmura-t-elle. Non, Violante ne peut pas protéger Mo. Elle va le tuer !

L'hercule l'aida à se relever et la prit timidement dans ses bras.

– Que veux-tu qu'on fasse ? lui demanda-t-il. Qu'on rentre ?

Resa secoua la tête. Ils avaient un esprit de la nuit avec eux. Un esprit de la nuit... Elle regarda autour d'elle.

– La Pie, dit-elle. Où est la Pie ? Appelle-la.

– Je t'ai déjà dit qu'elle ne parlait pas comme un oiseau ! s'exclama l'hercule, mais il obéit et imita le cri de la pie.

Il n'obtint pas de réponse mais, au moment où il allait recommencer, Resa découvrit le corps de la femme morte.

Mortola gisait à l'écart des autres. Une flèche sortait de sa poitrine. Resa s'était imaginé à maintes reprises ce qu'elle ressentirait en se trouvant enfin devant le cadavre de celle qu'elle avait dû servir si longtemps. Elle avait souvent eu envie de tuer Mortola, et maintenant elle ne ressentait rien. Il y avait des plumes noires dans la neige près du corps et les ongles de sa main gauche ressemblaient toujours à des griffes d'oiseau. Resa se pencha et prit la bourse qui était accrochée à la ceinture de Mortola. Elle contenait encore de minuscules graines noires – d'autres étaient toujours collées aux lèvres livides de Mortola.

– Qui est-ce ? demanda l'hercule en regardant la vieille femme d'un air perplexe.

– L'empoisonneuse de Capricorne. Tu as sûrement entendu parler d'elle, non ?

L'hercule hocha la tête et recula instinctivement d'un pas. Resa attacha la bourse à sa ceinture.

– Quand j'étais encore à son service (elle ne put s'empêcher de sourire devant le regard ahuri de l'hercule), on racontait que Mortola avait découvert une plante dont les graines permettaient de se métamorphoser. Les autres servantes l'appelaient la *petite mort* et chuchotaient que, si on en prenait trop souvent, on devenait fou. Elles m'ont montré la plante – on peut aussi s'en servir pour tuer –, mais je n'ai jamais cru à cet autre pouvoir. Manifestement, j'avais tort.

Resa ramassa une des plumes noires et la déposa sur la poitrine meurtrie de Mortola.

– On disait jadis que Mortola avait renoncé à faire usage de la *petite mort* parce qu'un renard avait failli la dévorer quand elle s'était métamorphosée en oiseau. Mais le jour où j'ai vu la pie dans la grotte, j'ai tout de suite pensé que c'était elle.

Elle se releva. L'hercule pointa le doigt sur la bourse à sa ceinture.

– Ce qui veut dire que tu ferais mieux de laisser ces graines ici.

– Tu crois ? demanda Resa. Oui, peut-être. Viens, partons d'ici. Il va bientôt faire nuit.

53
Des nids humains

Regarde :
Privés de mélodie et de sens
Ils se sont enfuis dans la nuit, les mots.
Encore humides et lourds de sommeil,
ils nagent dans une rivière sinueuse
Et se transforment en mépris.

Carlos Drummond de Andrade,
Action poétique

Malgré les bottes qu'elle avait emportées depuis l'autre monde, Meggie avait les pieds si froids qu'elle ne sentait presque plus ses orteils. La marche interminable des derniers jours leur avait fait comprendre combien la grotte les avait abrités avant l'arrivée de l'hiver… et à quel point leurs vêtements étaient légers. Mais la pluie était encore pire que le froid. Des gouttes tombaient des arbres, transformant la terre en une boue qui gelait le soir. Une fillette s'était déjà foulé le pied et avait trouvé refuge dans les bras d'Elinor. Ils n'étaient pas assez nombreux pour porter les plus jeunes, car Monseigneur avait emmené plusieurs hommes avec lui, Resa et l'hercule manquaient aussi.

Le Prince noir portait trois enfants à lui tout seul, deux dans les bras et un sur son dos, mais comme il ne mangeait toujours pas beaucoup, Roxane l'obligeait souvent à se reposer. Meggie enfouit son visage dans les cheveux du garçon qui s'accrochait à son cou. Beppe. Il lui rappelait les petits-enfants de Fenoglio. Beppe ne pesait guère. Cela faisait déjà un certain nombre de jours que les enfants ne mangeaient pas à leur faim, mais après toutes ces heures passées dans la gadoue à le porter, l'enfant lui semblait aussi lourd qu'un adulte. « Meggie, chante encore ! » lui répétait-il, et elle chantait, d'une voix douce et lasse, *La Chanson du Geai bleu*. Elle en oubliait presque que c'était la chanson de son père. Quand ses yeux se fermaient, elle voyait le château que Farid lui avait montré à travers les flammes : une excroissance de pierres sombres qui se reflétait dans l'eau. Elle avait cherché Mo entre les murs sombres, mais en vain.

Depuis que Resa était partie, elle se sentait encore plus seule. Malgré Elinor, malgré Fenoglio, malgré les enfants et surtout malgré Farid. Mais de ce sentiment d'abandon que seul Doria lui faisait oublier par moments, un autre était né… le sentiment de devoir protéger ceux-là mêmes qui partageaient son sort, sans père ni mère, en fuite dans un monde qui leur était tout aussi étranger qu'à elle – bien que les enfants n'en aient pas connu d'autre. Fenoglio aussi n'avait écrit que sur ce monde, mais ses mots étaient devenus les seuls indicateurs qu'ils pouvaient suivre.

Fenoglio marchait en tête avec le Prince noir. Il portait Despina sur son dos, bien qu'elle fût plus grande que certains enfants qui devaient aller à pied. Son frère marchait devant eux avec les plus âgés. Ils gambadaient entre les arbres, sans paraître sentir la fatigue. Le Prince noir les rappelait souvent et leur ordonnait de porter, à leur tour, les plus petits. Doria et Farid avaient pris une telle avance que Meggie les avait perdus de vue depuis presque une heure. Ils cherchaient l'arbre que Fenoglio avait décrit au Prince noir. Il avait tellement insisté que celui-ci avait fini par se laisser convaincre et donné le signal du départ. Après tout, qu'auraient-ils pu espérer de mieux ?

– C'est encore loin ?

Meggie entendit Despina poser, une fois encore, la question.

– Plus très loin, répondit Fenoglio.

Mais le savait-il vraiment ? Meggie était là quand il avait parlé des nids au Prince noir. « On dirait des nids de fées géants, mais des humains y habitaient, Prince ! Beaucoup d'humains. Quand les géants sont venus de plus en plus souvent chercher leurs enfants, ils ont construit les nids dans un arbre, si haut que même les plus grands parmi les géants ne pouvaient l'atteindre. »

– Ce qui prouve que, quand on introduit des géants dans une histoire, il vaut mieux les créer d'une taille raisonnable ! avait-il murmuré à Meggie.

– Des nids humains ? avait-elle répété. C'est toi qui les as imaginés ?

– Bien sûr que non ! avait rétorqué Fenoglio, vexé. Je ne t'ai pas demandé de lire pour les faire surgir ! Non, ce monde est assez bien conçu pour qu'on puisse s'y débrouiller sans inventer de nouveaux détails à tort et à travers, même si Orphée, cet imbécile, est d'un autre avis. J'espère qu'il mendie dans les rues d'Ombra, pour le punir d'avoir rendu mes fées multicolores !

– Beppe, tu vas marcher un peu, d'accord ? dit Meggie en posant le garçon par terre.

Elle prit dans ses bras une fillette qui titubait de fatigue.

« C'est encore loin ? » Que de fois elle avait posé cette question à Mo, au cours d'interminables voyages en voiture au bout desquels les attendaient des livres à restaurer ! « Plus très loin, Meggie ! » Elle croyait entendre sa voix et un instant, sous le coup de la fatigue, elle eut soudain l'impression qu'il lui posait sa veste sur les épaules pour la réchauffer, mais ce n'était qu'une branche qui avait effleuré son dos. Elle glissa sur le feuillage humide qui tapissait le sol et seule la main de Roxane l'empêcha de tomber.

– Attention, Meggie !

L'espace d'un instant, le visage de la jeune femme sembla plus familier à Meggie que celui de sa mère.

– Nous avons trouvé l'arbre !

Doria avait surgi si soudainement devant eux qu'il avait fait peur aux plus petits. Il était trempé et tremblait de froid, mais son visage rayonnait ; depuis combien de temps ne l'avait-elle pas vu ainsi ?

– Farid est resté là-bas. Il veut grimper en haut de l'arbre pour voir si les nids sont encore habitables ! (Doria écarta les bras.) Ils sont immenses ! Nous allons devoir trouver un moyen pour hisser les petits jusqu'en haut, mais j'ai déjà une idée !

Meggie ne l'avait encore jamais entendu parler aussi vite et prononcer autant de paroles. Une des petites filles courut vers lui. Doria la prit dans ses bras et la fit tourner en riant.

– Le Gringalet ne nous trouvera jamais là-haut ! s'écria-

554

t-il. Maintenant, il ne nous reste plus qu'à apprendre à voler et nous serons libres comme les oiseaux dans les airs !

Les enfants, excités, se mirent à parler tous en même temps, jusqu'à ce que le Prince noir lève la main.

– Où l'arbre se trouve-t-il ? demanda-t-il d'une voix que la fatigue rendait pâteuse.

Parfois, Meggie avait peur que le poison ait détruit quelque chose en lui, qu'il ait jeté une ombre sur sa lumière intérieure.

– Juste devant ! répondit Doria en montrant les arbres dégoulinants de pluie.

Les pieds les plus fatigués se remirent soudain en marche.

– Silence ! ordonna le Prince noir aux enfants.

Mais ils continuèrent à crier : ils étaient trop excités pour obéir. Leurs voix claires résonnaient dans la forêt.

– Ne te l'avais-je pas dit ? lança Fenoglio en surgissant près de Meggie.

Dans ses yeux brillait cette lueur de fierté si facile à faire renaître.

– Oui, tu l'avais dit, répondit Elinor, devançant Meggie.

Engoncée dans ses vêtements mouillés, elle était manifestement de mauvaise humeur.

– Mais je ne les ai pas encore vus, ces nids fabuleux, et je dois avouer que la perspective de me retrouver en haut d'un arbre par ce temps ne me réjouit guère.

Fenoglio ignora Elinor.

– Meggie, murmura-t-il. Rappelle-moi comment s'appelle ce garçon. Tu sais, le frère de l'hercule.

– Doria ?

Doria tourna la tête ; Meggie lui sourit. Elle aimait la façon dont il la regardait. Son regard lui réchauffait le cœur, mais d'une autre manière que Farid… d'une tout autre manière.

– Doria, murmura Fenoglio. Doria. J'ai déjà entendu ce nom.

– Ça n'a rien d'étonnant, fit remarquer Elinor d'un ton sarcastique. Les Dorias étaient une célèbre famille de nobles italiens.

Fenoglio lui lança un coup d'œil des moins sympathiques, mais il n'eut pas le temps de rétorquer.

– Les voilà !

La voix d'Ivo résonnait si haut dans le crépuscule que Minerve, d'instinct, lui mit la main sur la bouche.

Ils étaient là, en effet. Des nids humains, tels que Fenoglio les avait décrits dans son livre. Il avait lu le passage à Meggie : *D'immenses nids dans la cime d'un arbre gigantesque, dont les branches toujours vertes montaient si haut dans le ciel que son faîte semblait se perdre dans les nuages*. Les nids étaient ronds comme ceux des fées, mais Meggie crut discerner entre eux des ponts, des filets de liane, des échelles. Les enfants se pressaient autour du Prince noir et levaient les yeux vers le ciel, émerveillés, comme s'il les avait emmenés dans un château dans les nuages. Mais le plus heureux de tous, c'était Fenoglio.

– Ils sont fantastiques, non ? s'exclama-t-il.

– En tout cas, ils sont très hauts, ça, c'est sûr !

Elinor n'avait pas l'air emballée.

– C'est le but de la chose ! répondit Fenoglio sèchement.

Minerve et les autres femmes n'avaient pas l'air ravies non plus.

– Où sont passés ceux qui habitaient là ? demanda Despina. Ils sont tombés ?

– Bien sûr que non ! répliqua Fenoglio, agacé.

Meggie vit à son air qu'il n'en avait pas la moindre idée.

– Je suppose qu'ils ont dû avoir la nostalgie de la terre ! déclara Jaspis de sa petite voix.

Les deux hommes de verre s'étaient réfugiés dans les poches profondes de Darius. Il était le seul à posséder des vêtements à peu près appropriés pour l'hiver, mais il partageait volontiers son manteau avec les enfants. Il les laissait se glisser sous le tissu chaud, comme des poussins sous les ailes d'une poule.

Le Prince noir leva les yeux vers ces étranges habitations, examina l'arbre auquel il fallait grimper… et se tut.

– Nous pouvons hisser les enfants dans des filets, suggéra Doria. Et utiliser les lianes comme cordes. Farid et moi avons essayé. Elles tiendront.

– Il n'y a pas meilleure cachette !

C'était la voix de Farid. Agile comme un écureuil, il descendit le long du tronc, comme s'il n'avait pas vécu autrefois dans le désert, mais dans les arbres.

– Même les chiens du Gringalet ne pourront pas flairer notre piste, et de là-haut, nous serons en mesure de nous défendre !

– Souhaitons qu'ils ne nous trouveront pas là-haut, dit le Prince noir, mais de toute manière, nous n'avons pas le temps de construire un abri sous terre. J'espère que nous pourrons tenir jusqu'à ce que…

Tous se tournèrent vers lui. Jusqu'à ce que… oui, jusqu'à quand ?

– Jusqu'à ce que le Geai bleu ait tué Tête de Vipère ! s'écria un des enfants avec tant de conviction que le Prince ne put s'empêcher de sourire.

– Oui, exactement. Jusqu'à ce que le Geai bleu ait tué Tête de Vipère.

– Et le Fifre ! ajouta un garçon.

– Oh oui, bien sûr.

Baptiste et le Prince noir échangèrent un regard où se mêlaient l'espoir et l'inquiétude.

– Il les tuera, et après, il se mariera avec la Laide. Ils seront heureux et régneront sur Ombra jusqu'à la fin de leur vie !

Despina arborait un sourire radieux, comme si la cérémonie du mariage se déroulait devant ses yeux.

– Oh, non, non ! s'exclama Fenoglio, bouleversé. (Il semblait craindre que ces paroles ne deviennent réalité d'un moment à l'autre.) Le Geai bleu a une femme, Despina. Tu as oublié la maman de Meggie ?

La fillette regarda cette dernière d'un air inquiet et mit sa main devant sa bouche, mais Meggie lui caressa simplement les cheveux.

– Ce serait quand même une belle histoire, lui chuchota-t-elle.

– Commencez à tendre la corde jusqu'en haut de l'arbre, ordonna le Prince noir à Baptiste, et demandez à Doria comment il compte hisser les filets. Vous autres, grimpez jusqu'à la cime et vérifiez l'état des nids.

Meggie leva les yeux vers l'enchevêtrement de branches. Elle n'avait encore jamais vu un arbre comme celui-ci. Son écorce était marron-roux, rugueuse comme celle d'un chêne et le tronc ne se ramifiait que très haut, mais une multitude de pousses offraient ensuite des appuis pour les pieds et les doigts. Par endroits, des champignons géants formaient des plateformes. Dans le tronc, des cavernes gigantesques, des crevasses pleines de plumes témoignaient que les nids n'avaient pas été occupés que par des hommes. « Je devrais peut-être demander à Doria s'il peut vraiment me confectionner des ailes », pensa Meggie, et soudain, elle repensa à la pie dont sa mère avait eu si peur. Pourquoi Resa ne l'avait-elle pas emmenée avec elle ? « Parce qu'elle te prend toujours pour une petite fille, Meggie ! » pensa-t-elle.

– Meggie ?

Des doigts froids se glissèrent dans sa main. Elinor avait baptisé cette petite fille l'elfe de feu, à cause de ses cheveux roux, roux comme si Doigt de Poussière y avait semé des étincelles. Quel âge avait-elle ? Quatre ans ? Cinq ans ? Beaucoup d'enfants ne connaissaient pas leur âge exact.

– Beppe dit que là-haut, il y a des oiseaux qui dévorent les enfants.

– C'est absurde. Comment pourrait-il le savoir ? Tu crois que Beppe est déjà monté là-haut ?

L'elfe sourit, soulagée, et lança à Beppe un regard réprobateur. Mais son inquiétude revint quand elle entendit, avec Meggie dont elle ne lâchait pas la main, le rapport de Farid au Prince noir.

– Les nids sont tellement grands qu'on pourrait y dormir à cinq ou à six ! (Il semblait avoir oublié pour un instant que, malgré le retour de Doigt de Poussière, il était toujours seul.) Beaucoup de ponts sont pourris, mais là-haut, il y a assez de lianes et de bois pour les réparer.

– Nous n'avons presque pas d'outils, objecta Doria. Nous devons commencer par en fabriquer, avec nos couteaux et nos épées.

Les brigands regardèrent leurs ceinturons d'un air perplexe.

– La cime est si épaisse qu'elle protège assez bien du vent, mais par endroits, il y a des brèches, poursuivit Farid. Sans doute des points d'observation pour les sentinelles. Nous allons matelasser les nids, comme les fées.

– Il vaudrait peut-être mieux que certains d'entre nous restent ici, suggéra Fléau des Elfes. Nous serons obligés de chasser et…

– Vous pouvez chasser là-haut ! l'interrompit Farid. Il n'y a pas que des nuées d'oiseaux ; j'ai vu aussi de gros écureuils et des bêtes avec des doigts crochus qui font penser aux lapins. Et aussi des chats sauvages…

Les femmes se regardèrent, inquiètes.

– … et des chauves-souris et des kobolds avec des queues très longues, poursuivit Farid. Tout un monde ! Il y a des grottes et des branches si larges qu'on peut se promener dessus. Il y pousse des fleurs et des champignons. C'est fantastique. Merveilleux !

Fenoglio sourit de tout son visage ridé, comme un roi qu'on féliciterait pour la magnificence de son royaume, et Elinor elle-même, pour la première fois, leva avec envie les yeux vers la cime de l'arbre. Certains enfants voulaient monter sans plus attendre, mais les femmes les retinrent.

– Vous allez d'abord ramasser des feuilles, et de la mousse et des plumes d'oiseau, tout ce que vous pouvez trouver pour tapisser les nids.

Le soleil était déjà très bas quand les brigands commencèrent à tendre les cordes, à tresser des filets et à construire des plateformes en bois que l'on pourrait hisser le long du grand tronc. Baptiste retourna avec quelques hommes effacer les traces ; Meggie vit que le Prince noir regardait son ours d'un air soucieux. Comment ferait-il pour le hisser en

haut de l'arbre ? Et les chevaux ? Tant de questions restaient en suspens… et il n'était même pas certain qu'ils
aient vraiment semé le Gringalet.

– Meggie ?

Elle était en train d'aider Minerve à nouer un filet de
lianes pour les provisions quand Fenoglio, arborant un air
de conspirateur, l'entraîna à l'écart. Ils s'arrêtèrent près des
racines imposantes de l'arbre.

– Tu ne me croiras pas ! lui chuchota-t-il. Et surtout
n'en parle pas à Loredan. Elle dirait que je suis devenu fou !

– De quoi ne dois-je pas lui parler ? demanda Meggie,
perplexe.

– Eh bien, ce garçon, tu sais, celui qui te mange des
yeux, t'apporte des fleurs et rend Farid vert de jalousie.
Dori…

La cime de l'arbre rougeoyait dans la lumière du soleil
couchant, et les nids étaient suspendus aux branches
comme des fruits noirs.

Meggie se détourna, gênée.

– Qu'est-ce qu'il a ?

Fenoglio regarda autour de lui comme s'il craignait de
voir apparaître Elinor.

– Meggie, dit-il en baissant la voix, je crois que c'est un
des personnages que j'ai inventés, comme Doigt de Poussière et le Prince noir !

– Qu'est-ce que tu racontes ? chuchota-t-elle à son tour.
Doria n'était pas né quand tu as écrit ce livre !

– Oui, oui, je sais. C'est ce qui est troublant ! Tous ces
enfants ! (Fenoglio montra d'un geste ample les enfants qui
cherchaient de la mousse et des plumes, comme on le leur
avait demandé.) Mon histoire en pond comme une poule

561

pond des œufs, sans mon concours. Elle est féconde. Mais ce garçon…

Fenoglio baissa encore le ton comme si Doria pouvait l'entendre, bien qu'il fût agenouillé sur le sol avec Baptiste à une certaine distance, en train de transformer des couteaux en machettes et en scies.

– Meggie, c'est vraiment fou! J'ai écrit une histoire sur lui, mais le personnage qui portait son nom était adulte! Plus étrange encore, cette histoire n'a jamais été imprimée! Elle doit se trouver dans un des tiroirs de mon ancien bureau, à moins que mes petits-enfants n'en aient fait des boulettes de papier pour bombarder les chats!

– Mais c'est impossible. Ce ne peut pas être le même! s'exclama Meggie en risquant un coup d'œil vers Doria. (Elle aimait tant le regarder!) Et quel est le sujet de cette histoire? Que fait ce Doria adulte?

– Il construit des châteaux et des murs d'enceinte. Il a même inventé une machine à voler, une pendule qui mesure le temps et… (il fixa Meggie) une presse pour un célèbre relieur.

– Vraiment?

Meggie eut soudain chaud au cœur, comme autrefois, quand Mo lui avait raconté une histoire particulièrement belle. Pour un célèbre relieur. L'espace d'un instant, elle oublia Doria pour ne plus penser qu'à son père. Fenoglio avait peut-être écrit depuis longtemps les mots qui garderaient Mo en vie? «Fais que le relieur soit Mo!» supplia-t-elle en son for intérieur.

– Je l'ai surnommé Doria le Magicien, lui chuchota Fenoglio. Mais il fait de la magie avec ses mains, comme ton père. Et encore mieux… Ce Doria a une femme qui, à ce que l'on dit, vient d'un pays lointain et lui souffle souvent ses idées. N'est-ce pas étrange ?

– Qu'est-ce que ça a d'étrange ?

Meggie se sentit rougir, juste au moment où Farid regardait dans sa direction.

– Tu lui as donné un nom ? demanda-t-elle.

Fenoglio s'éclaircit la voix, gêné.

– Tu sais bien qu'avec mes personnages féminins, je suis parfois négligent. Je n'ai pas trouvé de nom pour elle. C'est simplement… sa femme.

Meggie ne put s'empêcher de sourire. Oui. Ça ressemblait bien à Fenoglio.

– Doria a deux doigts raides à la main gauche. Comment peut-il être aussi habile ?

– Mais les doigts raides, c'est encore moi ! s'exclama Fenoglio, oubliant toute prudence.

Doria leva la tête et regarda dans leur direction, mais par chance le Prince noir s'approcha de lui.

– Son père lui a cassé les doigts, poursuivit Fenoglio à voix basse. Il était ivre. Il voulait frapper la sœur de Doria et le garçon a essayé de la protéger.

Meggie s'appuya contre le tronc de l'arbre. Elle avait l'impression d'entendre son cœur battre dans son dos, un immense cœur en bois. Tout cela était un rêve, rien qu'un rêve.

– Comment s'appelait sa sœur ? demanda-t-elle. Susa ?

– Je n'en sais rien, répondit Fenoglio. Je ne peux pas me souvenir de tout. Elle n'a peut-être pas de nom, comme sa femme. En tout cas, il sera d'autant plus célèbre par la suite qu'il réalise toutes ces constructions merveilleuses avec ses doigts raides !

– Je comprends ! murmura Meggie. (Elle se surprit à imaginer comment serait Doria adulte.) C'est une belle histoire.

– Je sais, dit Fenoglio en s'appuyant avec un soupir de satisfaction contre le tronc d'arbre qu'il avait décrit dans un livre des années auparavant. Mais tu ne lui parles pas de tout ça, bien sûr.

– Bien sûr que non. Tu as d'autres histoires de ce genre dans tes tiroirs ? Est-ce que tu sais aussi ce que vont devenir les enfants de Minerve, ou Beppe et l'elfe de feu ?

Fenoglio n'eut pas le temps de répondre.

– Eh bien, on ne s'embête pas ici ! (Elinor était devant eux, les bras chargés de mousse.) Meggie, dis-lui, toi ! Tu as déjà vu quelqu'un d'aussi paresseux ? Tout le monde travaille et lui, il est là à se prélasser !

– Ah, bon, et Meggie alors ? rétorqua Fenoglio, furieux. Tu oublies que vous autres n'auriez rien à faire si le monsieur qui se prélasse n'avait pas créé cet arbre et les nids dans sa cime !

Elinor ne fut pas le moins du monde impressionnée par cet argument.

– Sauf que nous allons sans doute nous casser le cou en tombant de ces maudits nids, répondit-elle. Et je ne suis pas vraiment certaine que ce soit beaucoup mieux que les mines.

– Calme-toi, Loredan. De toute façon, le Fifre ne t'emmènera pas dans les mines ! répliqua Fenoglio. Tu resterais coincée dans la première galerie !

Meggie les laissa se disputer. Des lumières commençaient à danser entre les arbres. Elle les prit d'abord pour des vers luisants, mais quand certains se posèrent sur sa manche, elle vit que c'étaient de minuscules papillons qui brillaient comme si la lumière de la lune y était prisonnière. « Un nouveau chapitre, songea-t-elle en levant les yeux vers les nids. Un nouvel endroit. Fenoglio me fait des révélations sur l'avenir de Doria, mais ce que son histoire raconte sur mon père, il l'ignore. »

Pourquoi Resa ne l'avait-elle pas emmenée ?

« Parce que ta mère est futée ! lui avait dit Fenoglio. Qui d'autre que toi pourrait lire, si jamais je trouvais enfin les mots justes ? Darius ? Non, Meggie, tu es la conteuse de cette histoire. Si tu veux porter secours à ton père, ta place est à mes côtés. Et Mortimer serait certainement de mon avis ! »

Oui, sans doute.

Un papillon de nuit se posa sur sa main, brillant comme un anneau à son doigt. « Ce Doria a une femme qui, à ce que l'on dit, vient d'un pays lointain et lui souffle souvent ses idées. » C'était vraiment étrange.

54

Des murmures blancs

Viens que je te chante à l'oreille,
Les jours dansants ne sont plus
Qui portaient soie et satin.
Accroupis-toi sur la pierre,
Enveloppe ce sale corps
Dans un haillon aussi sale.
Je porte le soleil dans ma coupe d'or,
La lune en un sac d'argent.

W. B. Yeats, *Les jours dansants ne sont plus*

Du haut des créneaux de la tour, Doigt de Poussière regardait le lac aux eaux noires comme la nuit, où le reflet du château flottait dans une mer d'étoiles. Le vent sur son visage désormais sans balafres était froid car les montagnes alentour étaient couvertes de neige et Doigt de Poussière savourait la vie comme s'il la goûtait pour la première fois. La nostalgie qu'elle portait en elle, et le désir. Tout ce qu'elle avait d'amer et de doux, même si c'était pour un temps, juste pour un temps, gagné et perdu, perdu et retrouvé.

Même l'obscurité des arbres le grisait. Le grisait de bonheur. La nuit les enveloppait de ténèbres, comme pour prouver définitivement que ce monde n'était qu'un monde d'encre. La neige sur les sommets des montagnes n'avait-elle pas l'air d'être de papier ?

Quand bien même…

Au-dessus de lui, la lune dessinait un trou d'argent dans la nuit, que les étoiles entouraient comme des elfes de feu. Doigt de Poussière essaya de se souvenir : avait-il vu la lune dans le royaume des morts ? Peut-être. Pourquoi la mort donnait-elle à la vie un goût beaucoup plus doux ? Pourquoi le cœur ne pouvait-il aimer que ce qu'il risquait de perdre ? Pourquoi ? Pourquoi…

Les Femmes blanches connaissaient quelques-unes des réponses, mais elles ne les lui avaient pas toutes confiées. « Plus tard, avaient-elles murmuré en le laissant partir. Une autre fois. Tu reviendras souvent. Et tu repartiras souvent. »

Assise près de lui sur les créneaux, Gwin écoutait, nerveuse, le clapotis de l'eau. La martre n'aimait pas le château. Derrière eux, Langue Magique bougeait dans son sommeil. Sans se concerter, ils avaient tous deux décidé de passer la nuit derrière les créneaux de la tour, malgré le froid. Doigt de Poussière n'aimait pas dormir dans des lieux clos et Langue Magique semblait partager son avis. Peut-être dormait-il ici pour éviter Violante, qui arpentait jour et nuit les pièces aux murs couverts de peintures, inlassablement, comme si elle cherchait sa mère défunte ou pouvait ainsi hâter l'arrivée de son père. Une fille avait-elle jamais été si impatiente de tuer son père ?

Violante n'était pas la seule à ne pas trouver le sommeil.

L'enlumineur était assis dans la pièce aux livres morts et essayait d'apprendre à sa main gauche ce que la droite avait réalisé avec tant de maîtrise. Il restait assis, des heures et des heures, au pupitre que Brianna avait nettoyé pour lui, contraignant ses doigts malhabiles à dessiner des feuilles et des vrilles, des oiseaux et des visages minuscules, tandis que le moignon de son bras inutile maintenait le parchemin qu'il avait eu la sagesse d'apporter.

– Tu veux que j'aille te chercher un homme de verre dans la forêt ? lui avait proposé Doigt de Poussière, mais Balbulus s'était contenté de secouer la tête.

– Je ne travaille pas avec des hommes de verre, ils aiment trop laisser des traces de pied sur mes dessins ! avait-il répondu, l'air renfrogné.

Le sommeil de Langue Magique était agité : il ne pouvait trouver de repos et cette nuit semblait encore pire que les nuits précédentes. Elles devaient être revenues. Quand les Femmes blanches s'introduisaient dans les rêves, on ne les voyait pas. Elles hantaient souvent ceux de Langue Magique, plus que les siens… Elles semblaient vouloir s'assurer que le Geai bleu ne les oubliait pas, elles et le marché qu'il avait conclu avec leur maîtresse, la Grande Transmutatrice, qui faisait faner et fleurir, pousser et se gâter les êtres et les choses.

Elles venaient s'asseoir près de lui et posaient leurs mains aux doigts glacés sur son cœur. Doigt de Poussière le sentait comme si c'était le sien. «Le Geai bleu !» Il avait l'impression de les entendre murmurer ; il frissonnait de peur et d'envie. «Laissez-le dormir, pensait-il. Laissez-le se reposer de la peur que le jour lui apporte, peur pour lui, peur pour sa fille, peur de s'être trompé… Laissez-le.»

Il s'approcha de Langue Magique et posa à son tour la main sur son cœur. Mo se réveilla, tout pâle. Oui, elles étaient venues le voir.

Doigt de Poussière fit danser le feu sur ses doigts. Il connaissait le froid que ces visiteuses laissaient derrière elles. C'était un froid clair et pur comme la neige, mais qui glaçait le cœur. Et en même temps l'embrasait.

– Que t'ont-elles murmuré cette fois-ci ? Le Geai bleu, l'immortalité est imminente ?

Langue Magique repoussa la fourrure sous laquelle il dormait. Ses mains tremblaient comme s'il les avait plongées dans l'eau froide. Doigt de Poussière attisa le feu et appuya sa main sur la poitrine de son compagnon.

– C'est mieux ?

Langue Magique hocha la tête. Il n'écarta pas sa main, qui était pourtant brûlante.

« Elles t'ont versé du feu dans les veines avant de te ressusciter ? » avait demandé Farid à Doigt de Poussière. « Peut-être », avait-il répondu. Cette idée lui plaisait.

– Comme elles doivent t'aimer ! dit Doigt de Poussière quand Langue Magique se leva, abruti de sommeil. Dommage qu'elles oublient parfois que leur amour mène inexorablement à la mort.

– Oh, oui, elles l'oublient. Merci de m'avoir réveillé.

Langue Magique s'approcha des créneaux et regarda l'obscurité de la nuit.

– Il arrive, le Geai bleu. Voilà ce qu'elles ont chuchoté cette fois. Il arrive, mais (il se retourna et regarda Doigt de Poussière) le Fifre lui ouvre la route. Que veulent-elles dire ?

– Quoi qu'il en soit, répondit Doigt de Poussière en

éteignant le feu, le Fifre devra passer sur le pont comme son maître ; nous le verrons donc approcher.

Doigt de Poussière était lui-même surpris de pouvoir prononcer le nom du Fifre sans peur. Mais la peur était un sentiment qu'il avait laissé pour toujours chez les morts.

Le vent creusait des vagues sur le lac. Les soldats de Violante allaient et venaient sur le pont ; Doigt de Poussière croyait entendre les pas de leur infatigable maîtresse monter jusqu'aux créneaux. Les pas de Violante… et la plume de Balbulus, qui grattait le parchemin.

– Fais apparaître Resa pour moi, le pria Langue Magique. Comme tu as fait surgir du feu la mère de Violante et ses sœurs.

Doigt de Poussière hésita.

– Allez, insista son ami. Je sais que son visage t'est presque aussi familier qu'à moi.

« J'ai tout raconté à Mo. » C'est ce que lui avait murmuré Resa dans le cachot du château de la Nuit. Elle n'avait pas menti. Bien sûr que non, Doigt de Poussière. Elle ne sait pas mentir, pas plus que l'homme qu'elle aime.

Il dessina les contours d'une silhouette dans la nuit et les flammes la remplirent. Instinctivement, Langue Magique tendit la main, mais la retira aussitôt sous la morsure du feu.

– Et Meggie ?

Il y avait tant d'amour sur son visage ! Non, il n'avait pas changé, quoi qu'on en dise. Il était comme un livre ouvert, avec son cœur brûlant et une voix qui pouvait faire surgir ce qu'il voulait… comme Doigt de Poussière avec le feu.

Les flammes recréèrent la silhouette de Meggie et l'emplirent de vie avec tant de chaleur, de vérité que son père se détourna brusquement car ses mains voulaient, cette fois encore, se tendre vers l'image de feu.

– À toi.

Doigt de Poussière laissa les silhouettes embrasées danser derrière les créneaux.

– Moi ?

– Oui. Parle-moi de Roxane. Fais honneur à ton nom, Langue Magique.

Le Geai bleu sourit et s'adossa contre les créneaux.

– Roxane ? C'est facile, dit-il doucement. Fenoglio a écrit des choses magnifiques sur elle.

Quand il se mit à parler, Doigt de Poussière fut saisi par le son de sa voix, chaude comme une main sur son cœur. Il sentait les mots sur sa peau, il croyait sentir les mains de Roxane.

– *Doigt de Poussière n'avait jamais vu une femme aussi belle. Elle avait des cheveux aussi noirs que la nuit qu'il aimait. Il y avait dans ses yeux l'obscurité des sous-bois, les plumes des corbeaux, le souffle du feu. Sa peau lui rappelait le clair de lune sur les ailes des fées…*

Doigt de Poussière ferma les yeux et entendit Roxane respirer près de lui. Il voulait que Langue Magique continue, jusqu'à ce que les mots se fassent chair et sang, mais les mots de Fenoglio furent bientôt épuisés et Roxane disparut.

– Que devient Brianna ?

Quand Langue Magique prononça son nom, Doigt de Poussière crut voir sa fille debout dans la nuit, mais elle détournait son visage – c'est ce qu'elle faisait, la plupart du temps, quand il s'approchait d'elle.

— Ta fille est là, mais tu oses à peine la regarder. Tu veux que je te montre Brianna ?

— Oui, dit Doigt de Poussière doucement. Oui, montre-la-moi.

Langue Magique s'éclaircit la voix, comme pour s'assurer de son pouvoir.

— Dans le livre de Fenoglio, il n'y a rien sur ta fille, hormis son nom et quelques mots à propos de l'enfant qu'elle a été. Je ne peux donc rien dire d'autre que ce que tout le monde voit.

Le cœur de Doigt de Poussière se serra ; il semblait redouter les mots qui allaient venir. Sa fille. Sa fille qui lui était étrangère.

— Brianna a hérité la beauté de sa mère, mais tous ceux qui la rencontrent pensent aussitôt à toi. (Langue Magique agençait soigneusement ses mots, comme s'il les cueillait un par un dans la nuit, comme s'il assemblait des étoiles pour décrire le visage de Brianna.) Il y a du feu dans ses cheveux et dans son cœur, et quand elle se regarde dans un miroir, elle pense à son père.

« Et elle m'en veut d'être revenu de chez les morts sans avoir ramené Cosimo, pensa Doigt de Poussière. Tais-toi, avait-il envie de dire à Langue Magique, oublie ma fille. Parle-moi de Roxane, encore. » Mais il ne dit rien et Langue Magique continua.

— Brianna est bien plus adulte que Meggie, mais parfois on dirait une enfant perdue que sa propre beauté inquiète. Elle a la grâce de sa mère et sa belle voix. Même l'ours du Prince écoute quand Brianna chante, mais ses chansons sont tristes et racontent que l'on perd un jour ceux qu'on aime.

Doigt de Poussière sentit des larmes couler sur son visage. Il avait oublié cette sensation, des larmes fraîches sur sa peau. Il les essuya de ses doigts brûlants. Mais Langue Magique parlait toujours, d'une voix aussi douce que s'il évoquait sa propre fille.

– Elle te regarde quand elle croit que tu ne le remarques pas. Elle te suit des yeux comme si elle se cherchait elle-même dans ton visage. Et elle veut sans doute que nous lui racontions notre voyage chez les morts… et que nous lui disions si nous y avons vu Cosimo.

– Je l'ai vu deux fois, dit Doigt de Poussière à voix basse. Et je suppose qu'elle serait heureuse de m'échanger contre lui.

Il se détourna et regarda en direction du lac.

– Qu'y a-t-il ? demanda Langue Magique.

Doigt de Poussière tendit le bras. Un serpent de feu traversait la nuit. Des torches. L'attente prenait fin. Les gardes sur le pont s'agitèrent. L'un d'eux courut au château pour apporter la nouvelle à Violante.

Tête de Vipère arrivait.

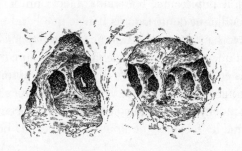

55
Au mauvais moment

La création coassait ses voix –
C'était cortège
De plaintes et de lamentations

Ted Hughes, *Poèmes*

Doigt de Poussière vit les torches dans la forêt. Évidemment.
Tête de Vipère redoutait le jour. Zut, l'encre était encore trop
épaisse.

– Cristal de Rose !

Fenoglio enleva les plumes d'oiseau posées sur sa manche
et regarda autour de lui. Des murs en branches habilement
tressées, le pupitre que lui avait confectionné Doria, son
lit de feuilles et de mousse, la bougie que Farid rallumait
chaque fois que le vent l'éteignait… mais pas de Cristal de
Rose.

Jaspis et lui n'avaient sans doute pas perdu tout espoir
de rencontrer des femmes de verre. Farid avait eu la bêtise
de leur raconter qu'il en avait vu au moins deux. « Aussi
belles que les fées », avait ajouté cet imbécile ! Et depuis,

les deux hommes de verre ne cessaient de grimper aux branches, avec tant d'empressement qu'ils allaient bien finir par se casser le cou. Ces stupides créatures.

Mais peu importait. Fenoglio replongea sa plume dans l'encre trop épaisse. Ça irait comme ça, il le fallait. Pour écrire, il adorait cet endroit. Il dominait son monde de si haut qu'il l'avait vraiment à ses pieds, même si l'homme de verre était tout le temps parti et les nuits horriblement froides. En aucun autre lieu il n'avait éprouvé ce sentiment que les mots venaient d'eux-mêmes.

Oui. Là-haut, à la cime d'un arbre, il écrirait sa meilleure chanson sur le Geai bleu. Quel endroit pouvait mieux s'y prêter ? La dernière image que les flammes de Farid avaient montrée était rassurante : Doigt de Poussière derrière les créneaux du château, Mortimer endormi… Ce qui voulait dire que Tête de Vipère n'était pas encore arrivé. « Comment l'aurait-il pu, Fenoglio ? se dit-il, satisfait. Tu lui as fait casser une roue dans la forêt la plus sombre. Le Prince argenté a dû perdre au moins deux jours. » Ça lui laissait assez de temps pour écrire, à présent que les mots s'étaient remis à l'aimer !

– Cristal de Rose !

« S'il faut que je l'appelle encore une fois, se dit Fenoglio, c'est moi qui vais le balancer du haut de cet arbre. »

– Je ne suis pas sourd, au contraire, j'entends mieux que toi.

L'homme de verre surgit si soudainement de l'ombre que Fenoglio fit une grosse tache sur le papier, juste sur le nom de Tête de Vipère. Pourvu que ce soit un bon présage ! Cristal de Rose trempa une branche fine dans l'encre et se mit à remuer sans prononcer un mot d'excuse, sans expliquer d'où il venait. «Concentre-toi, Fenoglio. Oublie l'homme de verre. Écris.»

Et les mots lui vinrent. Très facilement. Tête de Vipère retournait au château où il avait demandé jadis la main de la mère de Violante, et son immortalité était un lourd fardeau car il tenait le livre vide entre ses mains enflées... Ses tortionnaires n'auraient pas pu trouver mieux. Mais il n'en avait plus pour longtemps, sa fille allait lui livrer l'homme qui était à l'origine de son supplice. Ah, que la vengeance serait douce, une fois que le Geai bleu aurait trouvé un remède pour le livre et pour sa chair en putréfaction... «Oui, rêve de vengeance, Prince argenté! songea Fenoglio tout en écrivant les pensées les plus noires de Tête de Vipère. Ne pense à rien d'autre... et surtout pas que tu n'as jamais fait confiance à ta fille!»

– Oui, en tout cas, il écrit!

Ces mots n'avaient été que murmurés, mais le visage de Tête de Vipère qui, une seconde plus tôt, était si net que Fenoglio aurait pu tendre la main vers lui, disparut, cédant la place à celui de la signora Loredan. Meggie l'accompagnait. Pourquoi ne dormait-elle pas? Fenoglio n'était nullement surpris que sa folle de tante se promène dans les branches au milieu de la nuit et tourmente les papillons de nuit, mais Meggie... elle devait être morte de fatigue après avoir insisté pour grimper elle-même à l'arbre avec Doria au lieu de se laisser hisser comme les enfants!

– Oui, il écrit, bougonna-t-il. Et il aurait sans doute fini depuis longtemps s'il n'était pas constamment dérangé!

– Qu'est-ce que ça veut dire, constamment? rétorqua Loredan.

Elle était de nouveau prête à mordre! Et qu'elle était

donc ridicule dans ses trois robes superposées ! Un miracle qu'elle ait pu en trouver autant à sa taille ! Avec le tissu de l'horrible vêtement qu'elle portait en arrivant dans son monde, Baptiste avait confectionné des vestes pour les enfants.

– Elinor !

Meggie essaya de l'interrompre, mais quand elle était partie, personne ne pouvait l'arrêter. Fenoglio avait au moins appris ça.

– Il a dit constamment ! reprit-elle en faisant tomber de la cire de sa bougie sur le papier. Est-ce qu'il veille jour et nuit à ce que les enfants ne tombent pas de ces fichus nids ? Escalade-t-il sans arrêt ce maudit arbre pour leur apporter à manger ? Consolide-t-il les parois pour que nous ne succombions pas tous au premier coup de vent, ou fait-il le guet ? Non, mais il est constamment dérangé !

Et clac. Encore une goutte de cire. Avec quel aplomb elle se penchait sur les mots qu'il venait d'écrire !

– Ça n'a pas l'air mal, dit-elle à Meggie, comme s'il s'était évaporé sous ses yeux. Non, vraiment.

Incroyable !

Et maintenant, c'était au tour de Cristal de Rose de se pencher sur son texte, son front plissé dessinant comme des rides à la surface de l'eau.

– Tu veux peut-être donner aussi ton avis avant que je me remette à écrire ? lui lança Fenoglio. D'autres souhaits ? Que j'invente un homme de verre héroïque ou une grosse bonne femme qui sait tout mieux que tout le monde et rend Tête de Vipère tellement fou qu'il se livre de lui-même aux Femmes blanches ? Ce serait une solution, non ?

Meggie s'approcha de lui et lui posa la main sur l'épaule.

– Tu ne sais pas combien de temps il te faut encore, n'est-ce pas ?

Elle avait l'air découragé et semblait avoir oublié qu'elle avait déjà modifié plusieurs fois le cours de cette histoire.

– Je n'en ai plus pour longtemps ! lui assura Fenoglio en s'efforçant d'avoir l'air confiant. Les mots me viennent. Ils…

Il se tut. Le long cri rauque d'un faucon se fit entendre. À plusieurs reprises. Le signal d'alarme des sentinelles. Oh, non !

Le nid dans lequel Fenoglio s'était installé était accroché sur une branche plus large que toutes les ruelles d'Ombra. Ce qui ne l'empêchait pas d'avoir le vertige chaque fois qu'il descendait l'échelle que Doria lui avait construite pour qu'il ne soit pas obligé de se laisser glisser le long d'une corde qui se balance sans arrêt. Le Prince noir avait fait tendre partout des cordes que les brigands avaient tressées avec des lianes et des écorces. Et l'arbre lui-même avait tant de racines aériennes et de branches que les mains trouvaient toujours un point d'appui. Mais tout cela ne pouvait faire oublier le vide sous les branches glissantes. « Tu n'es pas un écureuil, Fenoglio ! pensait-il en regardant en bas, agrippé à quelques lianes. Mais pour un vieillard, tu ne te débrouilles pas mal du tout. »

– Ils remontent la corde !

Contrairement à lui et contre toute attente, la signora Loredan était très agile sur les voies aériennes en bois.

– Je le vois bien ! maugréa Fenoglio. Ils remontent toutes les cordes. Ça ne laisse présager rien de bon.

Farid descendit les rejoindre. Il était souvent avec les sentinelles que le Prince noir avait postées près de la

578

cime de l'arbre. Mais comment un être humain pouvait-il être aussi agile ? Le garçon l'était presque autant que sa martre.

– On voit des torches. Elles se rapprochent ! lança-t-il, hors d'haleine. Vous entendez les chiens ? (Il regarda Fenoglio d'un air accusateur.) Je croyais que personne ne connaissait cet arbre ! Qu'on l'avait oublié, lui et les nids.

Des reproches. Bien sûr. Quand quelque chose tourne mal, c'est toujours Fenoglio le fautif !

– Et alors ? Les chiens trouvent aussi les endroits oubliés ! rétorqua-t-il. Demande-toi plutôt qui a effacé nos traces ! Où est le Prince noir ?

– En bas. Avec son ours. Il veut le cacher. Cet idiot ne veut pas se laisser hisser !

Fenoglio tendit l'oreille. Effectivement, il entendait des chiens. Sacré nom d'une pipe !

– Et après ! (La signora faisait comme si tout ça ne l'atteignait pas, évidemment.) Ils ne peuvent pas venir vous chercher là-haut, pas vrai ? Un arbre comme celui-ci doit être facile à défendre !

– Mais ils peuvent nous assiéger et nous laisser mourir de faim.

Farid semblait connaître ce genre de situation ; Elinor Loredan perdit de sa superbe. Et maintenant, vers qui se tournait-elle ?

– Ah, oui, je redeviens le sauveur, n'est-ce pas ? (Fenoglio imita sa voix.) Allez, écris quelque chose, Fenoglio ! Ce ne doit pas être si difficile !

Les enfants descendirent des nids dans lesquels ils dormaient. Ils se mirent à courir sur les branches comme si c'étaient des chemins de terre et regardèrent en contrebas, apeurés. Comme de mignons petits insectes dans un arbre gigantesque. Les pauvres petits.

Despina se précipita sur Fenoglio.

– Ils ne peuvent pas grimper jusqu'ici, hein ?

Son frère se contenta de le dévisager sans rien dire.

– Bien sûr que non, dit Fenoglio malgré le regard sceptique d'Ivo.

Ivo était de plus en plus souvent avec Jehan, le fils de Roxane. Ils s'entendaient très bien. Ils savaient tous deux trop de choses sur le monde pour leur âge.

Farid attrapa le bras de Meggie.

– Baptiste dit qu'il faut emmener les enfants dans les nids les plus hauts. Tu m'aides ?

Elle hocha la tête, bien entendu ; elle aimait toujours bien trop le garçon – mais Fenoglio la retint.

– Meggie reste ici. Je pourrais avoir besoin d'elle.

Farid sut aussitôt de quoi il parlait. Fenoglio vit passer dans ses yeux noirs un Cosimo ressuscité qui traversait Ombra à cheval et les morts qui gisaient entre les arbres dans la Forêt sans chemin.

– Nous n'avons plus besoin de tes mots ! lança Farid. S'ils essaient de grimper, je ferai s'abattre sur eux une pluie de feu !

Du feu ? Dans une forêt, il n'était pas de mot plus inquiétant !

– Je vais peut-être avoir une meilleure idée, dit Fenoglio.

Il sentit le regard désespéré de Meggie. « Et mon père ? » demandaient ses yeux. Oui. Et son père ? Quels mots étaient les plus urgents ?

Des enfants se mirent à pleurer. Fenoglio distingua au-dessous de lui les torches dont avait parlé Farid. Elles éclairaient la nuit comme des elfes de feu, mais en beaucoup plus menaçant.

Farid entraîna Despina et Ivo à sa suite. Les autres enfants le suivirent. Darius les rejoignit en courant, ses cheveux épars ébouriffés par le sommeil, et attrapa les petites mains qui se tendaient vers lui. Il se tourna vers Elinor, inquiet, mais elle l'ignora et regarda en bas, l'air sombre, en serrant les poings.

– Ils n'ont qu'à venir ! lança-t-elle d'une voix tremblante. J'espère que l'ours ne fera qu'une bouchée de ces chasseurs d'enfants !

Quelle folle ! Mais elle exprimait tout haut ce que Fenoglio pensait tout bas.

Meggie l'observait toujours.

– Qu'est-ce que tu as à me regarder comme ça ? Que veux-tu que je fasse, Meggie ? demanda-t-il. Cette histoire se déroule à deux endroits en même temps. Lequel a le besoin le plus urgent de mon intervention ? Je n'ai pas deux têtes, moi…

Il s'interrompit. La signora Loredan déversait un flot d'insultes sur les assaillants.

– Tueurs d'enfants ! Vermines ! Espèces de cafards cuirassés ! On devrait vous écraser !

– Qu'est-ce que tu viens de dire ?

Fenoglio l'avait apostrophée plus rudement qu'il n'aurait voulu.

Elinor se tourna vers lui, stupéfaite.

Écraser… ! Fenoglio examina les torches en dessous d'eux.

– Oui, murmura-t-il. Oui, ce n'est pas sans risque, mais tant pis…

Il se précipita vers l'échelle qui menait à son nid. Le nid où les mots lui venaient. Oui, maintenant, c'est là qu'était sa place. Naturellement, Loredan le suivit.

– Tu as une idée ?

Oui. Et il ne lui dirait sûrement pas que c'était à elle qu'il la devait.

– En effet. J'ai une idée. Meggie, tiens-toi prête.

Cristal de Rose lui tendit la plume. Il avait peur. Fenoglio le lut sur son visage rougi. À moins qu'il n'ait encore mis le nez dans son vin ? Les deux hommes de verre se nourrissaient d'écorce râpée, comme leurs congénères sauvages, et le rose pâle de Cristal de Rose se teintait peu à peu de vert. Une combinaison pas très flatteuse.

Fenoglio installa une feuille blanche sur l'écritoire que Doria lui avait confectionné avec tant de talent. Sapristi, il n'avait jamais aimé écrire deux histoires en même temps !

– Fenoglio ! Et mon père ? demanda Meggie en s'accroupissant près de lui.

Comme elle avait l'air désespéré !

– Il a encore le temps, répondit-il en trempant sa plume dans l'encre. Si tu t'inquiètes, demande à Farid d'interroger le feu, mais crois-moi : une roue de carrosse ne se répare pas si vite que ça. Tête de Vipère n'arrivera pas au château avant au moins deux ou trois jours ! Et je te promets que, dès que j'aurai fini avec ça, je me remets au travail pour le Geai bleu. Mais ne prends pas cet air malheureux ! Comment veux-tu l'aider si le Gringalet nous mitraille pour nous faire tomber de cet arbre ? Et maintenant, donne-moi le livre, tu sais lequel !

Il savait exactement où il devait chercher. Il les avait

décrits tout au début. Dans le troisième ou le quatrième chapitre.

– Alors, tu vas parler ? (La voix de Loredan tremblait d'impatience.) Qu'est-ce que tu veux faire ?

Elle s'approcha pour jeter un coup d'œil sur le livre, mais Fenoglio le lui referma sous le nez.

– Silence ! gronda-t-il bien que cela ne changeât rien au bruit qui venait de l'extérieur.

Le Gringalet était-il déjà là ? « Écris, Fenoglio. »

Il ferma les yeux. Il le voyait devant lui. Très distinctement. Quel suspense ! Avec une mission pareille, c'était tellement plus excitant d'écrire !

– Alors, ça…

– Elinor, tais-toi ! entendit-il.

C'était Meggie.

Et les mots lui vinrent. Oh, oui, ce nid était un bon endroit pour écrire.

56
Feu et obscurité

Qu'était-ce que le Bien, qu'était-ce que le Mal ? Quelle différence y avait-il entre agir et ne pas agir ? Si je devais renaître, pensa le vieux roi, j'irais m'enterrer dans un monastère, par peur de commettre un acte qui pourrait mener à l'affliction.

T. H. White, *La Quête du roi Arthur :*
La Chandelle dans le vent

–Vous en avez compté combien ?

– Presque cinquante.

Les enfants-soldats de Violante s'efforçaient de ne pas montrer qu'ils avaient peur, et une fois de plus, Mo se demanda s'ils s'étaient déjà battus ou s'ils ne connaissaient la guerre qu'à travers la mort de leurs frères et de leurs pères.

– Pas plus ? Mais il me fait vraiment confiance ! s'exclama Violante.

Le triomphe perçait dans sa voix. La fille de Tête de Vipère ne faisait aucun cas de la peur. C'était un des sentiments qu'elle dissimulait avec brio, un parmi tant d'autres ; Mo lut le mépris dans ses yeux quand elle remarqua que ses jeunes soldats étaient effrayés. La peur se lisait aussi sur le visage de Brianna, et même sur les traits poilus de Tullio.

– Le Gringalet l'accompagne ?

Les garçons – Mo ne pouvait toujours pas se résoudre à les appeler autrement – secouèrent la tête.

– Et le Fifre ? Lui, il l'a sûrement emmené, non ?

De nouveau, ils firent un signe de dénégation. Mo échangea un coup d'œil surpris avec Doigt de Poussière.

– À vos places ! ordonna Violante. Nous en avons assez souvent discuté. Vous ne laissez pas mon père franchir le pont. Il peut envoyer un messager, pas plus. Nous le ferons attendre deux jours, peut-être trois. C'est comme ça qu'il procède avec ses ennemis.

– Ça ne va pas lui plaire !

Doigt de Poussière avait dit cela à voix basse, presque incidemment.

– Ce n'est pas fait non plus pour lui plaire. Et maintenant, que tout le monde s'en aille. Je veux parler seule avec le Geai bleu, déclara-t-elle en lançant à Doigt de Poussière un regard impérieux. Toute seule.

D'abord, Doigt de Poussière ne bougea pas. Puis, sur un signe de Mo, il fit demi-tour et sortit sans un bruit, comme s'il était vraiment son ombre.

Violante s'approcha de la fenêtre. Ils étaient dans les appartements où avait habité sa mère. Aux murs, des licornes broutaient paisiblement au milieu de chats tachetés comme ceux que Mo avait souvent vus dans la Forêt sans chemin et, de la fenêtre, on voyait la cour des oiseaux, les cages vides et les peintures de rossignols qui avaient pâli à la lumière du jour. Tête de Vipère semblait loin, très loin, dans un autre monde.

– Alors, comme ça, il n'a pas amené le Fifre, reprit Violante. Tant mieux. Il a dû le renvoyer au château de la Nuit pour le punir de t'avoir laissé t'échapper.

– Vous le croyez vraiment ? demanda Mo en contemplant les licornes sur les murs, qui lui rappelaient d'autres scènes, des scènes de chasse où leur fourrure blanche était transpercée de lances. Ce n'est pas ce que m'ont raconté les Femmes blanches.

Il les entendait encore lui murmurer : « Le Fifre lui ouvre le chemin. »

– Vraiment. Peu importe… si par hasard il est là, il faudra le tuer aussi. Nous pouvons laisser les autres s'enfuir, mais pas le Fifre.

Violante lui tournait toujours le dos. Était-elle si sûre d'elle ?

– Je vais devoir te faire ligoter. Sinon, mon père ne croira pas que tu es mon prisonnier.

– Je sais. Laissez Doigt de Poussière s'en charger. Il sait faire en sorte qu'on puisse se libérer facilement.

« C'est un garçon dont ma fille est amoureuse qui le lui a appris », continua Mo en pensée. Où était Meggie, maintenant ? Avec sa mère, pensa-t-il. Et avec le Prince noir. En sécurité.

– Quand mon père sera mort (Violante prononça le mot avec prudence, elle n'était peut-être pas tout à fait aussi sûre de son fait qu'elle en avait l'air), le Gringalet ne me laissera sûrement pas accéder au trône d'Ombra sans se battre. Il ira probablement chercher du renfort auprès de sa sœur au château de la Nuit. J'espère que nous serons toujours des alliés.

Pour la première fois, elle le regarda.

Que pouvait-il lui répondre ? « Non. Quand votre père sera mort, je partirai » ? Le ferait-il ?

Violante lui tourna à nouveau le dos avant de poser la question suivante :

– Tu as une femme ?

– Oui.

« Les filles de prince ont un faible pour les bateleurs et les brigands. »

– Renvoie-la. Je te fais prince d'Ombra.

Mo crut entendre Doigt de Poussière s'esclaffer.

– Je ne suis pas un prince, Votre Grâce, répondit-il. Je suis un brigand… et un relieur. Deux rôles. C'est déjà beaucoup pour un seul homme.

Elle se retourna et le regarda comme si elle ne pouvait croire qu'il fût sérieux. Si seulement il avait pu lire sur son visage ! Mais le masque que portait Violante était plus impénétrable que ceux que Baptiste fabriquait pour ses farces.

– Tu ne veux même pas réfléchir à ma proposition ?

– Comme je l'ai dit : deux rôles suffisent, répéta Mo.

Le temps d'un éclair, le visage de Violante ressembla tellement à celui de son père que son cœur se serra.

– Bon. Comme tu veux, dit-elle. Mais je t'en reparlerai quand tout ça sera terminé.

Elle regarda par la fenêtre.

– J'ai donné l'ordre à mes soldats de t'enfermer dans la tour qu'on appelle l'aiguille. Pas question de te mettre dans les trous sordides qui servaient de cachots à mon grand-père. Ils sont conçus de telle sorte que le lac les remplisse d'eau, juste assez pour que le prisonnier ne se noie pas.

Elle lui jeta un coup d'œil, comme pour voir si cette idée lui faisait peur. « Oui, pensa Mo, elle me fait peur. Et après ? »

– Je vais recevoir mon père dans la salle aux Mille Fenêtres, poursuivit Violante. Là où il a demandé la main de ma mère. Je te ferai amener dès que je serai sûre qu'il a le livre vide avec lui.

Cette manière qu'elle avait de croiser ses mains ! Comme une écolière qui récite une leçon devant la classe. Il l'aimait toujours bien. Elle l'émouvait. Il voulait la protéger contre toutes les souffrances passées et le côté obscur de son cœur, même s'il savait que personne ne le pouvait. Le cœur de Violante était une chambre fermée à clé, avec des tableaux sombres aux murs.

– Tu feindras d'être en mesure de restaurer le livre vide, comme promis. Je ferai tout préparer – Balbulus m'a dit ce qu'il te fallait – et quand tu te mettras au travail, je détournerai l'attention de mon père pour que tu puisses y écrire les trois mots. Je vais le provoquer. En général, c'est ce qui marche le mieux pour le détourner de quelque chose. Il a un caractère méchant. Si nous avons de la chance, il ne remarquera même pas que tu poses la plume sur le papier. Il paraît qu'il a un nouveau garde du corps, ce pourrait être un problème. Mais mes hommes se chargeront de lui.

« Mes hommes. Ce sont des enfants », pensa Mo. Heureusement, Doigt de Poussière était là. À peine avait-il pensé à lui qu'il entra dans la pièce.

– Que veux-tu ? l'apostropha Violante.

Doigt de Poussière ne lui répondit pas.

– Dehors, tout est étrangement calme, chuchota-t-il à Mo. Tête de Vipère ne semble pas prendre mal qu'on le fasse attendre. Ça ne me plaît pas.

Il se dirigea vers la porte et regarda dans le couloir.

– Où sont les gardes ? demanda-t-il à Violante.

– Où veux-tu qu'ils soient ? Je les ai envoyés sur le pont. Mais deux de mes hommes sont dans la cour. Il est temps que tu joues au prisonnier, le Geai bleu. Encore un rôle, tu vois ? Il arrive qu'on en ait plus de deux.

Elle s'approcha de la fenêtre et appela les gardes, mais seul le silence lui répondit. Mo le sentit aussitôt. Il sentit que l'histoire prenait une nouvelle tournure. Le temps lui parut soudain plus pesant et une angoisse étrange le saisit. Comme s'il était sur une scène et avait raté son entrée.

– Où sont-ils ?

Violante fit volte-face ; l'espace d'un instant, elle eut l'air presque aussi jeune et aussi apeurée que ses soldats. Elle alla à la porte et les appela encore une fois. Mais personne ne répondit. Que le silence.

– Reste tout près de moi ! chuchota Doigt de Poussière à Mo. Quoi qu'il arrive. Le feu est parfois un meilleur protecteur que l'épée.

Violante écoutait toujours les bruits extérieurs. Des pas se rapprochaient, des pas incertains, irréguliers. Violante s'éloigna de la porte, comme si elle avait peur de ce qu'il y avait derrière. Le soldat qui s'écroula à ses pieds était couvert de sang, de son propre sang. C'était le garçon qui avait fait sortir Mo du sarcophage. Savait-il maintenant ce que c'était que tuer ?

Il bafouilla quelques mots que Mo ne comprit qu'en se penchant vers lui :

– Le Fifre… ils sont partout.

Le garçon murmura encore des paroles que Mo ne put comprendre. Il mourut avec, sur les lèvres, ces mots incompréhensibles, et son propre sang.

– Existe-t-il une autre entrée dont vous ne nous avez pas

parlé ? demanda Doigt de Poussière en attrapant sans ménagement le bras de Violante.

– Non, balbutia-t-elle. Non !

Elle se libéra de son emprise comme si c'était lui qui avait tué le jeune garçon. Mo la prit par la main et l'entraîna dans le couloir, loin des voix qui résonnaient soudain à travers tout le château. Mais leur fuite s'acheva dès le couloir suivant. Doigt de Poussière chassa la martre quand des soldats leur barrèrent le passage, des soldats couverts de sang qui, eux, n'étaient plus des enfants depuis longtemps. Ils pointèrent leurs arbalètes sur eux et les poussèrent dans la salle où la mère de Violante et ses sœurs avaient appris à danser devant une douzaine de miroirs. Des miroirs dans lesquels maintenant se reflétait le Fifre.

– Tiens donc, le prisonnier n'a pas de chaînes ? Quelle légèreté, Votre Laideur.

Nez d'Argent se tenait toujours droit comme un coq. Mais Mo fut moins surpris de le voir, lui, que l'homme qui se tenait à ses côtés. Orphée. Il ne s'attendait pas à le retrouver là. Il l'avait oublié, dès le moment où Doigt de Poussière lui avait appris qu'il lui avait dérobé le livre et les mots qu'il contenait. « Tu es un idiot, Mortimer. » Ses pensées devaient se lire sur son visage, comme toujours, et Orphée se délectait de sa surprise.

– Comment es-tu arrivé au château ?

Violante repoussa les hommes qui la retenaient et se dirigea vers le Fifre comme s'il n'était qu'un hôte importun. Ses soldats s'écartèrent pour la laisser passer. Ils semblaient avoir oublié qui était leur maître. La fille de Tête de Vipère – c'était un titre, même quand on vous appelait la Laide.

Mais cela n'impressionnait pas le Fifre.

– Votre père a eu vent de l'existence d'un passage plus confortable que le pont exposé aux courants d'air, répondit-il d'une voix nonchalante. Il s'est dit que vous ne le connaissiez pas et qu'il n'y aurait donc pas de sentinelles. Ce devait être le secret le mieux gardé de votre grand-père, mais votre mère l'a montré à votre père quand elle a quitté en douce le château avec lui. Une histoire romantique, n'est-ce pas ?

– Tu mens !

Violante regarda autour d'elle comme un animal traqué, mais la seule chose qu'elle vit fut son image dans le miroir, à côté de celle du Fifre.

– Ah, oui ? Vos hommes le savent mieux que vous. Je ne les ai pas fait tous tuer. Les jeunes font d'excellents soldats car ils se croient immortels.

Il fit un pas en direction de Mo.

– J'étais si impatient de te revoir, le Geai bleu. « Envoyez-moi devant, ai-je demandé à Tête de Vipère, que je puisse capturer pour vous l'oiseau qui m'a échappé. Je vais me faufiler près de lui comme un chat, par des chemins détournés, et l'attraper alors que c'est votre arrivée qu'il guette. »

Mo ne l'écoutait pas. Il lisait les pensées de Doigt de Poussière dans son cœur. « Maintenant, le Geai bleu ! » chuchotèrent-elles et, quand un serpent de feu grimpa en rampant le long des jambes du soldat sur sa droite, il donna un coup de coude dans la poitrine de celui qui se tenait derrière lui. Le feu se propagea sur le sol, montrant des dents de flammes et embrasant les vêtements des gardes. Ils reculèrent en criant tandis que le feu traçait un cercle protecteur autour des prisonniers. Deux soldats levèrent leur arbalète mais le Fifre les arrêta. Il savait que son maître ne lui pardonnerait pas de lui livrer le Geai bleu mort. Il était pâle de colère, mais Orphée souriait.

– Très impressionnant, oui vraiment !

Il s'approcha du feu et scruta les flammes avec une attention extrême, comme s'il voulait découvrir par quel nom Doigt de Poussière les appelait. Mais son regard s'arrêta sur le danseur de feu lui-même.

– Tu pourrais certainement sauver le relieur à toi tout seul, en effet, dit-il d'une voix douce, mais pour son malheur, tu as fait de moi ton ennemi. Erreur impardonnable ! Je ne suis pas venu ici avec le Fifre. Je suis maintenant au service de son maître. Il attend la nuit pour présenter ses hommages au Geai bleu et m'a envoyé en éclaireur pour préparer son arrivée. Ce qui veut dire, entre autres, que je dois accomplir la triste mission d'expédier définitivement le danseur de feu chez les morts.

Le regret dans sa voix semblait presque sincère et Mo se souvint du jour où, dans la bibliothèque d'Elinor, Orphée avait marchandé avec Mortola la vie de Doigt de Poussière.

– Assez parlé. Fais-le disparaître, Œil Double, lui lança le Fifre avec impatience pendant que ses hommes arrachaient leurs vêtements en flammes. Je veux capturer le Geai bleu maintenant !

– Oui, oui, une seconde ! lui répondit Orphée, énervé. Je veux d'abord ma part !

Il s'approcha si près du feu que son visage pâle rougit.

– À qui as-tu donné le livre de Fenoglio ? demanda-t-il à Doigt de Poussière à travers les flammes. À lui ?

Il se contenta de faire un signe de tête en direction de Mo.

– Peut-être, répondit Doigt de Poussière… et il sourit.

Orphée se mordit les lèvres, comme un enfant au bord des larmes.

– C'est ça, souris ! dit-il d'une voix blanche. Moque-toi ! Mais tu vas bientôt regretter ce que tu m'as fait.

– Comment ? demanda Doigt de Poussière, aussi impassible que si les soldats ne braquaient pas leurs arbalètes sur eux. Comment veux-tu faire peur à quelqu'un qui a déjà connu la mort ?

Ce fut le tour d'Orphée de sourire et Mo regretta de ne pas avoir d'épée, même si ça ne lui aurait été d'aucun secours.

– Le Fifre, que fait cet homme ici ? Depuis quand est-il au service de mon pè… ?

Mais Violante s'étrangla en voyant l'ombre d'Orphée bouger comme un animal tiré de son sommeil. L'ombre grandit, haletant comme un gros chien. On ne distinguait aucun visage dans cette forme noire qui respirait et se brouillait, seulement des yeux, des yeux vitreux et mauvais. Mo sentit la peur de Doigt de Poussière et le feu diminua comme si cette forme sombre lui coupait le souffle.

– Je n'ai pas besoin de t'expliquer ce qu'est un esprit de la nuit, dit Orphée d'une voix de velours. Les ménestrels disent que ce sont des morts que les Femmes blanches ont renvoyés parce qu'elles ne pouvaient pas nettoyer les taches les plus sombres de leur âme. Elles les condamnent à errer, sans corps, poussés par leur propre noirceur, dans un monde qui n'est plus le leur, jusqu'à ce qu'ils s'éteignent, avalés par l'air qu'ils ne peuvent respirer, brûlés par le soleil contre lequel aucun corps ne les protège. Mais en attendant, ils ont faim, très faim.

Il recula d'un pas.

– Vas-y, attrape-le, mon gentil chien. Attrape le danseur de feu, car il m'a brisé le cœur.

Mo se rapprocha de Doigt de Poussière, mais celui-ci le repoussa.

– Éloigne-toi, le Geai bleu ! lui lança-t-il. Cette créature est pire que la Mort !

Les flammes autour de lui moururent et l'esprit de la nuit entra en haletant dans le cercle de suie. Doigt de Poussière ne l'évita pas. Il ne bougea pas quand les mains informes se tendirent vers lui et que la vie en lui s'éteignit. Comme les flammes. Quand il tomba, Mo eut l'impression que son cœur cessait de battre. Mais l'esprit de la nuit se pencha sur le corps inanimé de Doigt de Poussière et le renifla comme un chien craintif. Mo se souvint alors que Baptiste lui avait raconté un jour que les esprits de la nuit ne s'intéressent qu'à la chair vivante, qu'ils évitent les défunts car ils ont peur d'être emportés avec eux dans le royaume des morts auquel ils viennent d'échapper.

– Qu'est-ce que ça veut dire ? s'exclama Orphée d'une voix d'enfant déçu. Pourquoi cela a-t-il été si vite ? Je voulais jouir plus longtemps du spectacle de son agonie !

– Capturez le Geai bleu ! s'écria le Fifre. Dépêchez-vous !

Mais ses soldats étaient fascinés par l'esprit de la nuit. Il s'était retourné et regardait maintenant Mo de ses yeux vitreux.

– Orphée ! Rappelle-le ! (Le Fifre en bafouillait presque.) Le Geai ! Nous avons encore besoin de lui !

L'esprit de la nuit soupira, sa bouche semblait chercher

ses mots – si tant est qu'il eût une bouche. Un fragment de seconde, Mo crut distinguer un visage dans la forme noire. Le mal suintait à travers sa peau, recouvrant son cœur comme du moisi. Ses jambes fléchirent et il eut du mal à reprendre son souffle. Oui, Doigt de Poussière avait eu raison, cette chose était pire que la mort.

– En arrière, le chien! (En entendant la voix d'Orphée, l'esprit de la nuit se figea.) Celui-là, c'est pour plus tard.

Mo tomba à genoux, près du corps sans vie de Doigt de Poussière. Il voulait s'allonger à côté de lui, comme lui cesser de respirer, de sentir, mais les soldats le relevèrent avec brutalité et lui lièrent les mains. Il ne sentait plus rien mais il avait du mal à respirer.

Quand le Fifre s'approcha de lui, il le vit à travers un voile.

– Quelque part, dans ce château, il doit y avoir une cour pleine de cages pour les oiseaux. Enfermez-le dans une d'entre elles.

Il donna à son prisonnier un coup de coude dans l'estomac, mais Mo ne sentit qu'une seule chose : il pouvait recommencer à respirer depuis que l'esprit de la nuit se fondait de nouveau dans l'ombre d'Orphée.

– Arrêtez! Le Geai bleu est toujours mon prisonnier!

Violante barra le passage aux soldats qui entraînaient Mo, mais le Fifre l'écarta sans ménagement.

– Il n'a jamais été votre prisonnier, dit-il. Vous prenez votre père pour un imbécile?

« Emmenez-la dans sa chambre, ordonna-t-il à un des soldats. Et jetez le corps du danseur de feu devant la cage du Geai bleu. Car on ne doit pas séparer l'ombre de son maître, n'est-ce pas?

Devant la porte gisait un autre soldat de Violante, son jeune visage pétrifié à la vue de la mort. Des soldats morts, il y en avait partout. Le château du Lac appartenait désormais à Tête de Vipère et, avec lui, le Geai bleu. Voilà donc comment finissait la chanson.

« Quelle fin horrible ! (Mo croyait entendre la voix de Meggie.) Je ne veux pas de ce livre, Mo. Tu n'en as pas un autre ? »

57
Trop tard ?

– Raton, dit Taupe, je ne peux pas aller au lit, dormir et ne rien faire, même s'il ne semble pas y avoir grand espoir.

Kenneth Grahame, *Le Vent dans les saules*

Le lac. Quand elle vit l'eau scintiller entre les arbres, Resa voulut se précipiter, mais l'hercule la retint en montrant du doigt, sans rien dire, les tentes installées le long de la rive. La tente noire ne pouvait être que celle de Tête de Vipère et Resa, sentant ses forces l'abandonner, s'appuya contre un des arbres qui poussaient sur les versants escarpés. Ils arrivaient trop tard. Tête de Vipère avait été plus rapide. Et maintenant ?

Elle regarda le château au milieu du lac – un fruit noir que le Prince argenté voulait cueillir. Les murs sombres avaient l'air menaçants... et inaccessibles. Mo était-il vraiment là-bas ? Et quand bien même ? Tête de Vipère y était aussi. Et le pont qui traversait le lac était gardé par une douzaine de soldats. « Et maintenant, Resa ? »

– Ce qui est certain, c'est que nous ne pouvons pas

prendre le pont, chuchota l'hercule. Attends-moi ici. Je vais voir, il y a peut-être un bateau quelque part.

Resa n'était pas venue pour attendre. Il n'était guère aisé de se frayer un chemin sur la pente raide et il y avait des soldats partout entre les arbres, mais ils regardaient tous en direction du château. L'hercule l'entraîna loin des tentes, vers la rive orientale du lac où des arbres poussaient jusqu'au bord de l'eau. Ils pourraient peut-être traverser à la nage à la faveur de la nuit ? Mais il ferait froid, trop froid, et l'on racontait des histoires sinistres sur l'eau de ce lac et ses habitants. Resa posa sa main sur son ventre en suivant l'hercule. Elle avait la sensation que l'enfant s'était caché au plus profond d'elle-même.

Soudain, son compagnon lui prit le bras et lui montra des rochers qui émergeaient du lac. Deux soldats apparurent tout à coup entre ces rochers, comme s'ils sortaient de l'eau. Quand ils grimpèrent sur la rive, Resa vit qu'à quelques pas des chevaux attendaient sous les sapins.

– Qu'est-ce que ça veut dire ? chuchota l'hercule en voyant d'autres soldats surgir au même endroit. Y a-t-il un autre chemin qui mène au château ? Je vais aller voir. Mais cette fois, reste ici, je t'en prie ! J'ai promis au Geai bleu de veiller sur vous. Il me casserait la figure s'il savait que tu es ici.

– Ça, non ! murmura Resa pour toute réponse, mais elle resta où elle était et l'hercule s'éclipsa tandis qu'elle le suivait des yeux, transie de froid.

L'eau du lac clapotait devant ses bottes et elle crut distinguer sous la surface des visages aplatis, comme des motifs incrustés sur le dos d'une raie. Elle recula en frissonnant… et entendit des pas derrière elle.

– Hé, toi là-bas !

Elle sursauta en apercevant un soldat entre les arbres, l'épée à la main. «Sauve-toi, Resa!»

Elle fut plus rapide que lui – ses armes et sa lourde cuirasse le gênaient –, mais il appela un autre soldat à la rescousse, lequel avait une arbalète. «Plus vite, Resa!» D'arbre en arbre, se cacher et courir, comme font les enfants. Comme elle aurait joué avec Meggie si elle avait été là quand elle était petite. Toutes ces années perdues…

Une flèche se planta dans un arbre voisin. Une autre se ficha dans la terre devant elle. «Ne me suis pas, Resa! Je t'en prie! Il faut que je sache que tu seras là quand je reviendrai.» «Ah, Mo! C'est tellement plus difficile d'attendre, toujours attendre!» Elle s'accroupit derrière un arbre et tira son couteau. Ils se rapprochaient, non? «Sauve-toi, Resa.» Mais ses jambes étaient paralysées par la peur. À bout de souffle, elle se glissa derrière l'arbre suivant… et sentit une grande main se poser sur sa bouche.

– Crie-leur que tu te rends! chuchota l'hercule. Mais ne va pas vers eux. Laisse-les approcher.

Resa hocha la tête et rangea le couteau. Les deux soldats lui crièrent quelque chose. La peur lui donnait la nausée quand elle tendit le bras derrière l'arbre, les priant d'une voix tremblante de ne pas tirer. Elle attendit que l'hercule se soit éloigné en rampant – pour sa taille, il était remarquablement agile – avant de sortir de sa cachette, les bras en l'air. Les yeux sous les casques s'écarquillèrent en reconnaissant une femme. Leur sourire ne laissait rien présager de bon, même s'ils avaient baissé leur arme, mais avant que l'un des deux ne s'empare d'elle, l'hercule surgit et passa un bras autour du cou de chacun d'eux. Quand il les tua, Resa détourna les yeux et vomit dans l'herbe humide, la main appuyée sur son ventre, craignant d'avoir communiqué sa terreur à son enfant.

– Ils sont partout! dit l'hercule en la relevant. (Il saignait à l'épaule et sa chemise se teintait de rouge.) L'un d'entre eux avait un couteau. «Fais attention s'ils ont un couteau, Lazaro!» dit toujours Doria. Il est bien plus malin que moi, le petit.

Il vacilla, et Resa dut le soutenir. Ils s'enfoncèrent en trébuchant à travers les arbres.

– Le Fifre est là aussi, lui chuchota l'hercule. Ce sont ses hommes que nous avons vus dans les rochers. Apparemment, il y a un passage sous le lac. Et hélas, j'ai des nouvelles encore plus mauvaises.

Il regarda autour de lui. Des voix montaient de la rive. Et s'ils trouvaient le corps des soldats? L'hercule entraîna la jeune femme plus loin, vers un trou dans la terre d'où montait une odeur de kobold. Resa se glissa à l'intérieur et entendit un sanglot. L'hercule la suivit en soupirant. Une boule de poils était accroupie dans l'obscurité. D'abord, Resa pensa que c'était vraiment un kobold, puis elle se souvint de la description que Meggie lui avait faite du domestique de Violante. Comment s'appelait-il déjà? Tullio.

Elle prit la main poilue. Le page de Violante la regarda, les yeux écarquillés de peur.

– Que s'est-il passé? Je suis la femme du Geai bleu! Je t'en prie! Est-il encore vivant?

Il la fixait de ses yeux noirs et ronds comme ceux d'un animal.

– Ils sont tous morts, murmura-t-il. (Le cœur de Resa s'affola.) Il y a du sang partout! Ils ont enfermé Violante dans sa chambre et le Geai bleu…

Que lui était-il arrivé ? Non, elle ne voulait pas l'entendre. Resa ferma les yeux comme si elle pouvait ainsi se transporter dans la maison d'Elinor, et traverser le jardin paisible pour se rendre dans l'atelier de Mo…

– … le Fifre l'a enfermé dans une cage.

– Ce qui veut dire qu'il est vivant ?

Tullio hocha la tête et les battements de son cœur ralentirent.

– Ils ont encore besoin de lui !

Naturellement. Comment avait-elle pu l'oublier ?

– Mais l'esprit de la nuit a dévoré le danseur de feu !

Non. Ce n'était pas possible. Resa prit son visage dans ses mains.

– Est-ce que Tête de Vipère est déjà au château ? demanda l'hercule.

Tullio secoua la tête et se remit à sangloter. L'hercule regarda Resa.

– Dans ce cas, il va s'y rendre cette nuit. Et le Geai bleu va le tuer.

C'était comme une conjuration.

– Comment ? (Resa découpa une bande du tissu de sa blouse et banda sa blessure qui saignait toujours abondamment.) Comment pourrait-il écrire les mots si Violante ne peut plus l'aider et si Doigt de Poussière est…

Elle ne prononça pas le mot « mort » comme si, ainsi, il perdait de sa véracité.

Des pas se firent entendre, mais ils s'éloignèrent. Resa détacha la bourse de Mortola qu'elle portait à la ceinture.

– Non, Lazaro ! dit-elle doucement. (C'était la première fois qu'elle l'appelait par son nom.) Le Geai bleu ne va pas tuer Tête de Vipère. Ce sont eux qui vont le tuer dès que

Tête de Vipère aura compris que Mo ne peut pas restaurer le livre vide. Et ça ne tardera pas.

Elle mit quelques-unes des minuscules graines dans sa main. Des graines qui apprenaient ce que seule la mort était en mesure de faire : prendre une autre forme.

– Qu'est-ce que tu fais ? demanda l'hercule en essayant de lui prendre la bourse des mains, mais Resa la tenait fermement.

– Il faut les mettre sous la langue et veiller à ne pas les avaler, chuchota-t-elle. Si cela se produit trop souvent, l'animal que l'on est devenu prend le dessus et l'on oublie qui on était avant. Capricorne avait un chien dont on disait qu'il avait été un de ses hommes jusqu'à ce que Mortola teste sur lui l'effet de ses graines. Un jour, le chien l'a attaquée et ils l'ont tué. À l'époque, je croyais que c'était juste une histoire destinée à faire peur aux servantes.

Elle remit les graines dans la bourse, à l'exception de quatre. Quatre graines minuscules, presque rondes comme les graines de pavot, mais plus claires.

– Retourne à la grotte et emmène Tullio ! dit-elle à l'hercule. Raconte au Prince noir ce que nous avons vu. Raconte-lui aussi ce qui est arrivé à Monseigneur. Et veille sur Meggie !

Elle avait l'air si malheureuse !

– Tu ne peux pas m'aider, Lazaro ! murmura-t-elle. Ni moi ni le Geai bleu. Va et protège notre fille. Et console Roxane. Ou plutôt non, il vaut peut-être mieux que tu ne lui dises rien. Je le ferai moi-même.

Elle suça les graines qu'elle avait dans la main.

– On ne sait jamais quel animal on devient, murmura-t-elle, mais j'espère qu'il aura des ailes.

58
De l'aide des montagnes lointaines

Il pense aux jours anciens où tout fut créé. Cela faisait si longtemps ! À l'époque, ses frères et lui avaient tué le monstre géant Ymer et avec son cadavre, ils avaient créé le monde. Avec son sang, ils avaient fait la mer, avec sa chair la terre, avec ses os les montagnes et les écueils, et les arbres et l'herbe étaient nés de ses cheveux.

Tor Age Bringsværd, *The Wild Gods*

Meggie attendait… pendant que les cris résonnaient à ses oreilles. Pendant que Farid éteignait le feu noir d'Oiseau de Suie avec des flammes blanches. Pendant que Darius calmait les enfants en leur racontant des histoires, forçant le ton de sa voix douce pour couvrir les bruits de lutte et qu'Elinor aidait à couper les cordes que le Gringalet envoyait dans l'arbre au bout de flèches.

Oui, Meggie attendait et chantait d'une voix douce les chansons que Baptiste lui avait apprises, toutes les chansons porteuses d'espoir et de lumière, de provocation et de courage, tandis qu'au pied de l'arbre, les brigands luttaient pour leur vie et celle des enfants et que chaque cri rappelait à Meggie la bataille dans la forêt, au cœur de laquelle Farid était mort. Mais cette fois, elle avait peur pour deux garçons.

Ses yeux ne savaient pas lequel ils devaient chercher en premier, Farid ou Doria, des cheveux noirs ou bruns. Par moments, elle ne les voyait plus ni l'un ni l'autre, car ils se déplaçaient très vite dans les branches, suivant le feu qu'Oiseau de Suie crachait dans l'arbre immense comme du goudron en fusion. Doria l'éteignait avec des bouts de tissu et des nattes pendant que, d'en haut, Farid narguait Oiseau de Suie et envoyait ses flammes se poser comme des colombes sur le feu meurtrier jusqu'à ce qu'elles l'étouffent de leurs ailes embrasées. Il avait tant appris de Doigt de Poussière ! Farid n'était plus un apprenti depuis longtemps et Meggie voyait la jalousie déformer le visage tanné d'Oiseau de Suie pendant que le Gringalet, juché sur son cheval entre les arbres, contemplait les combattants d'un air aussi impassible que s'il regardait son chien déchirer un cerf.

Les brigands continuaient de défendre l'arbre malgré leur infériorité flagrante. Mais pour combien de temps encore ? Qu'attendait-il, celui que Fenoglio avait appelé à la rescousse ? Pour Cosimo, tout avait été très vite !

Personne ne savait ce que Meggie avait lu quelques heures auparavant, excepté Fenoglio et les deux hommes de verre qui l'avaient écoutée bouche bée. Ils n'avaient même pas eu la possibilité de le dire à Elinor, tant l'attaque du Gringalet avait été soudaine et violente.

— Laisse-lui le temps ! avait dit Fenoglio à Meggie quand elle avait reposé la feuille. Il vient de loin. Je ne pouvais pas faire autrement !

À condition qu'il arrive avant qu'ils soient tous morts… Le Prince noir saignait déjà à l'épaule. Presque tous les brigands étaient blessés. Ce serait trop tard. Trop tard.

Meggie vit Doria éviter de justesse une flèche, Roxane consoler les enfants, Elinor et Minerve tenter désespérément de couper une autre corde avant que les hommes du Gringalet ne se mettent à grimper. Quand allait-il venir ? Quand ?

Et soudain, elle sentit ce que Fenoglio avait décrit : un tremblement, perceptible jusque dans les plus hautes branches de l'arbre. Tous le sentirent. Les combattants s'immobilisèrent et regardèrent autour d'eux, affolés. La terre tremblait sous ses pas.

— Et tu es certain qu'il se montrera pacifique ? lui avait demandé Meggie, inquiète.

— Naturellement ! avait rétorqué Fenoglio, vexé.

Mais Meggie ne pouvait s'empêcher de penser à Cosimo, qui n'était pas devenu tout à fait tel que Fenoglio se l'était figuré. À moins que ? Qui pouvait parier sur ce qui se passait dans la tête du vieil homme ? Elinor était peut-être celle qui le devinait le mieux.

Le tremblement s'intensifia. Des branches cassèrent, de jeunes arbres. Des nuées d'oiseaux s'envolèrent et les cris qui montaient d'en bas devinrent soudain des cris d'horreur quand le géant surgit du sous-bois. Non, il n'était pas aussi grand que l'arbre.

— Bien sûr ! s'exclama Fenoglio. Bien sûr qu'ils ne sont pas aussi grands. Ce serait idiot ! Ne vous ai-je pas raconté que ces nids avaient été construits pour mettre leurs occupants à l'abri des géants ? Alors ! Il ne vous atteindra pas, aucun d'entre vous, mais le Gringalet partira en courant en le voyant, c'est sûr. Aussi vite que ses jambes maigrelettes pourront le porter !

C'est en effet ce que fit le Gringalet. Même s'il partit non pas en courant, mais à cheval. Il fut le premier à s'enfuir. De peur, Oiseau de Suie se brûla à ses propres flammes et les brigands ne s'arrêtèrent que parce que le Prince noir le leur ordonna. Ce fut Elinor qui fit descendre la première corde pour les hommes et houspilla les autres femmes qui regardaient le géant, pétrifiées.

– Lancez des cordes ! l'entendit crier Meggie. Dépêchez-vous. À moins que vous ne vouliez qu'il les piétine !

Courageuse Elinor.

Les brigands se mirent à grimper tandis que les cris des soldats résonnaient de plus en plus loin dans la forêt. Mais le géant s'arrêta et leva les yeux vers les enfants qui le regardaient avec un mélange d'émerveillement et d'horreur.

– Ils aiment les enfants humains, c'est ça le problème, avait chuchoté Fenoglio à Meggie avant qu'elle commence à lire. Ils ont envie de les attraper, comme des papillons ou des hamsters. Mais j'ai essayé d'en faire surgir un qui soit trop paresseux pour faire cet effort. Même si, en contrepartie, ce n'est pas un spécimen très futé !

Le géant avait-il l'air intelligent ? Meggie n'aurait su le dire. Elle se l'était imaginé autrement. Ses membres imposants n'avaient rien de lourdaud. Non. Il ne se déplaçait pas moins vite que l'hercule et, l'espace d'un instant, alors qu'il était simplement debout entre les arbres, Meggie eut l'impression que c'était lui, et non pas les brigands, qui avait la taille adaptée à cette forêt. Il avait des yeux inquiétants, plus ronds que des yeux d'homme, un peu comme ceux d'un caméléon. Cela valait aussi pour sa peau. Le géant était nu, comme les fées et les elfes, et sa peau changeait de couleur à chaque mouvement. Marron clair comme l'écorce de l'arbre, maintenant, elle se tachetait peu à peu de rouge, comme les dernières baies suspendues à hauteur de ses genoux dans un buisson d'aubépines dénudé. Même ses cheveux changeaient de couleur : ils étaient verts, puis pâles comme le ciel. Ainsi, il devenait presque invisible entre les arbres. Comme si c'était de l'air qui se déplaçait, comme si le vent avait pris forme, ou l'esprit de la forêt.

– Ah ! Le voilà enfin ! Fantastique ! (Fenoglio surgit si soudainement derrière Meggie qu'elle faillit tomber de la branche sur laquelle elle s'était postée.) Oui, nous sommes les meilleurs ! Je n'ai rien contre ton père mais je crois que c'est toi, la véritable experte. Tu es encore assez jeune pour voir des images d'une parfaite netteté derrière les mots – comme seuls les enfants en ont le pouvoir. Ce qui doit être aussi la raison pour laquelle ce géant ne ressemble pas du tout à celui que je m'étais imaginé.

– Mais moi aussi, je me l'étais imaginé autrement, chuchota Meggie, comme si elle craignait d'attirer sur elle l'attention du géant.

– Vraiment ? Hum. (Fenoglio fit un pas prudent en avant.) Peu importe. Je me demande ce qu'en pense la signora Loredan. Oui, vraiment.

Doria, assis dans la cime de l'arbre, ne quittait pas le géant des yeux. Farid lui aussi avait l'air fasciné ; Meggie ne l'avait jamais vu ainsi, sauf quand Doigt de Poussière lui montrait un nouveau numéro. Louve, assise sur ses genoux, montrait les dents, l'air inquiète.

– Et les mots pour mon père ?

Elle avait recommencé ! Elle avait continué à écrire l'histoire avec sa voix et les mots de Fenoglio. Et comme chaque fois, elle était à la fois épuisée et fière… mais avait peur de ce qu'elle avait fait.

– Les mots pour ton père ? Non. Mais j'y travaille encore ! (Fenoglio frotta son front ridé comme pour tirer encore quelques idées de leur sommeil.) Malheureusement, un géant ne pourra guère venir au secours de ton père. Mais fais-moi confiance. Cette nuit, je vais en finir. Quand Tête de Vipère atteindra le château, Violante l'accueillera avec mes mots et à nous deux, nous ferons en sorte que cette histoire finisse bien. Ah, il est vraiment magnifique !

Fenoglio se pencha pour mieux voir sa créature.

– Même si je me demande d'où lui viennent ces yeux de caméléon. Je n'ai vraiment rien écrit là-dessus. Mais qu'importe… il a l'air… intéressant. Oui, vraiment. Je devrais peut-être en inventer d'autres de son espèce. Quel dommage qu'ils se cachent dans les montagnes !

Les brigands n'avaient pas l'air de son avis. Ils grimpaient à la corde à toute vitesse, comme si les hommes du Gringalet étaient à leurs trousses. Seul le Prince noir restait au pied de l'arbre, avec son ours.

– Qu'est-ce que le Prince fait encore en bas ? demanda Fenoglio en se penchant tellement que, d'instinct, Meggie attrapa sa blouse. Au nom du ciel, qu'il laisse son maudit ours tout seul ! Ces géants n'ont pas une bonne vue. Il va le piétiner si jamais il butte sur quelque chose !

Meggie essaya de retenir le vieil homme.

– Le Prince noir ne laissera jamais son ours seul ! Tu le sais bien !

– Mais il le faut !

Elle n'avait jamais vu Fenoglio aussi inquiet. Manifestement, il préférait le Prince à la plupart de ses personnages.

– Allez, dépêche-toi ! lui cria-t-il. Prince !

Mais le Prince noir continua ses tentatives pour convaincre l'ours de se laisser hisser, comme s'il avait affaire à un enfant têtu, tandis que le géant ne quittait pas les enfants des yeux. Quand il tendit la main dans leur direction, des femmes se mirent à crier. Elles tirèrent les enfants en arrière, mais le géant avait beau insister, les énormes doigts ne pouvaient atteindre les nids, comme Fenoglio l'avait prévu.

– Du travail sur mesure ! chuchota-t-il. Tu vois ça, Meggie ?

Cette fois, apparemment, il avait pensé à tout. Le géant avait l'air déçu. Il tendit encore une fois la main et fit un pas de côté. Son talon ne manqua le Prince noir que de peu. L'ours se mit à grogner et se dressa sur ses pattes arrière… Et le géant regarda, surpris, ce qui bougeait entre ses pieds.

– Oh, non ! balbutia Fenoglio. Non ! Non ! Non ! cria-t-il du haut de sa branche à sa créature. Pas lui ! Laisse le Prince tranquille ! Tu n'es pas là pour ça ! Va poursuivre le Gringalet ! Attrape ses hommes. Dépêche-toi !

Le géant leva la tête et chercha des yeux l'auteur de ces hurlements, puis il se pencha et cueillit le Prince et l'ours, sans ménagement, comme faisait Elinor avec les chenilles qui s'attaquaient à ses roses.

– Non ! s'exclama Fenoglio. Que se passe-t-il ? Qu'est-ce que j'ai encore fait de travers ? Il va lui briser les os !

Les brigands étaient suspendus à leurs cordes, pétrifiés.

L'un d'eux lança son couteau dans la main du géant. Celui-ci n'en fit pas plus de cas que d'une épine et l'arracha avec ses dents puis laissa retomber le Prince noir comme un vieux jouet. Meggie sursauta quand le brigand heurta le sol et demeura inerte. Elle entendit Elinor crier. Mais le géant donna des coups en direction des hommes suspendus aux cordes : il semblait se défendre contre un essaim d'abeilles.

Tout le monde criait. Baptiste se précipita vers une corde pour porter secours au Prince. Farid et Doria le suivirent, et même Elinor, tandis que Roxane les regardait, horrifiée, serrant dans ses bras deux enfants en larmes. Mais dans sa colère et son désarroi, Fenoglio se mit à secouer les cordes qui pendaient des branches.

– Non ! cria-t-il de nouveau au géant. Non, ce n'est pas possible !

Et, soudain, une des cordes cassa et il fut projeté dans le vide. Meggie essaya de le rattraper, mais c'était trop tard. Fenoglio tomba, son visage ridé exprimant la surprise, et le géant le cueillit dans sa chute comme un fruit mûr.

Les enfants ne criaient plus. Même les femmes et les brigands n'émirent aucun son quand le géant s'assit au pied de l'arbre pour examiner sa prise. Il reposa l'ours par terre mais, quand son regard tomba sur le Prince inanimé, il s'empara de lui. L'ours se précipita au secours de son maître en grognant, mais le géant se contenta de le repousser de la main. Puis il se redressa, leva une dernière fois les yeux vers les enfants et s'éloigna, Fenoglio dans la main droite et le Prince noir dans la gauche.

59
Les anges du Geai

Je te le demande : que ferais-tu si tu étais à ma place ? Dis-le-moi. Je t'en prie.
Mais tu es bien loin de tout ça. Tes doigts feuillettent les pages, l'une après l'autre, qui pourraient d'une manière ou d'une autre relier ma vie à la tienne. Tes yeux sont en sécurité. Cette histoire n'est qu'un chapitre de plus dans ton cerveau. Tandis que pour moi, elle est ici et maintenant.

Markus Zusak, *Le Joker*

La première fois qu'Orphée avait vu Violante, c'était à une fête donnée par le Gringalet : il s'était imaginé alors comment ce serait de régner à ses côtés sur Ombra. Toutes les servantes de la fille de Tête de Vipère la surpassaient en beauté, mais Violante avait quelque chose dont elles étaient dépourvues : l'orgueil, l'ambition et le goût du pouvoir. Tout cela plaisait à Orphée et quand le Fifre le conduisit dans la salle aux Mille Fenêtres, son cœur se mit à battre, bien qu'elle gardât la tête haute, alors qu'elle avait tout misé sur une carte et tout perdu.

Elle les balaya tous du regard comme si c'étaient eux les perdants, son père, le Poucet, le Fifre. Elle se contenta d'effleurer Orphée du regard. Comment aurait-elle pu connaître le rôle déterminant qu'il jouait désormais dans cette histoire ? S'il n'était pas intervenu, Tête de Vipère serait encore embourbé avec son carrosse à la roue cassée. Comme ils l'avaient tous regardé ! Même le Poucet l'avait considéré avec respect.

La salle aux Mille Fenêtres n'avait plus de fenêtres. Le Poucet les avait toutes tendues de tissu noir et la pièce n'était plus éclairée que par une demi-douzaine de torches, juste assez pour qu'il puisse voir le visage de son pire ennemi.

Quand ils poussèrent Mortimer dans la pièce, le masque d'orgueil de Violante se fissura, mais elle se ressaisit aussitôt. Orphée constata avec satisfaction qu'ils n'avaient pas ménagé le Geai bleu ; cependant, il pouvait encore tenir debout et le Fifre avait dû veiller à ce que ses mains restent intactes. Ils auraient déjà pu lui couper la langue, pensa Orphée, pour que cessent enfin les sempiternelles louanges sur la beauté de sa voix. Mais il se souvint que Mortimer devait encore lui dire où se trouvait le livre de Fenoglio, puisque Doigt de Poussière avait refusé de le faire.

La lumière des torches n'éclairait que Mortimer. Tête de Vipère était assis dans l'obscurité. Manifestement, il ne voulait pas donner à son prisonnier la satisfaction de voir son corps bouffi. Mais même sans le voir, on le sentait.

– Alors, le Geai bleu ? Ma fille t'avait présenté notre deuxième rencontre autrement ? Probablement.

Tête de Vipère avait le souffle court d'un vieil homme.

– J'ai été très content que Violante me propose ce château comme point de rencontre, bien que le chemin jusqu'ici ne soit guère aisé. Ce château m'a déjà rendu heureux, même si ce bonheur fut de courte durée. Et je savais pertinemment que sa mère ne lui avait pas parlé du passage secret. Elle lui a raconté beaucoup de choses sur ce château, mais presque rien ne relève du réel.

Violante resta impassible.

– Je ne sais pas de quoi tu parles, père, dit-elle.

Elle s'efforçait de ne pas regarder en direction de Mortimer ! C'était touchant.

– Non, tu ne sais rien du tout. C'est bien ça le problème, rétorqua Tête de Vipère en riant. Je vous ai assez souvent fait espionner. Toutes ces histoires sur son enfance heureuse, tous ces mensonges pour faire rêver sa vilaine petite fille d'un endroit si différent du château dans lequel elle avait réellement grandi ! La réalité se distingue généralement de ce que nous en racontons, mais toi, tu as toujours confondu les mots et la vérité. Exactement comme ta mère, tu n'as jamais pu faire la différence entre ce que tu souhaites et ce qui est réel, n'est-ce pas ?

Violante ne répondit pas. Elle se tenait très droite, comme toujours, et scrutait l'obscurité dans laquelle se cachait son père.

– Quand j'ai rencontré ta mère, dans cette salle, poursuivit Tête de Vipère d'une voix rauque, la seule chose qu'elle voulait, c'était partir d'ici. Elle aurait essayé de s'enfuir si son père lui en avait donné l'occasion. T'a-t-elle raconté qu'une de ses sœurs s'est tuée en essayant de passer par une de ces fenêtres ? Non ? Ou qu'elle-même a failli être noyée par les nixes quand elle a tenté de traverser le lac à la nage ? Sans doute que non. Au lieu de ça, elle t'a fait croire que j'avais contraint son père à me la donner en mariage et que je l'ai emmenée loin d'ici contre sa volonté. Qui sait, peut-être même qu'à la fin, elle aussi a cru cette histoire.

– Tu mens. (Violante s'efforçait de paraître calme.) Je ne veux plus rien entendre.

– Tu vas pourtant devoir m'écouter, répliqua Tête de Vipère, impassible. Il serait temps que tu cesses de te dissimuler la réalité en te réfugiant derrière de belles histoires. Ton grand-père adorait faire disparaître les prétendants de ta mère. C'est pourquoi elle m'a montré le tunnel par lequel le Fifre a pu s'introduire dans le château en passant inaperçu. Elle était très amoureuse de moi à l'époque, même si ce n'est pas ce qu'elle t'a dit.

– Pourquoi me racontes-tu tous ces mensonges ? demanda Violante, la tête haute mais la voix tremblante. Ce n'est pas ma mère qui t'a montré le tunnel, ce doit être un de tes espions. Et elle ne t'a jamais aimé.

– Tu peux croire ce que tu veux. Je suppose que tu ne sais pas grand-chose de l'amour.

Tête de Vipère se mit à tousser et se releva péniblement de son siège. Violante recula quand il apparut à la lumière des torches.

– Oui, regarde bien ce que ton noble brigand a fait de moi, lança-t-il en se dirigeant lentement vers Mortimer.

Marcher le faisait de plus en plus souffrir. Orphée avait souvent eu l'occasion de s'en apercevoir durant ce voyage interminable jusqu'à ce sinistre château, mais le Prince argenté se tenait toujours aussi droit que sa fille.

– Mais ne parlons pas du passé, reprit-il en s'approchant si près de Mortimer que celui-ci put prendre toute la mesure des émanations fétides qu'il dégageait, parlons plutôt de la manière dont ma fille s'est imaginé ce marché. Convaincs-moi que cela a un sens de ne pas te dépecer sur-le-champ et d'en faire autant avec ta femme et ta fille ! Tu les crois sans doute en sécurité cette fois, puisque tu les as confiées au Prince noir, mais je sais où se trouve la grotte dans laquelle ils se cachent. Mon bon à rien de beau-frère a dû les capturer et doit être en train de les ramener à Ombra.

Mortimer accusa le coup. « Devine qui a parlé de la grotte à Tête de Vipère, noble brigand ! » pensa Orphée en grimaçant un large sourire quand Mo se tourna vers lui.

– Alors ! (Tête de Vipère donna un coup de son poing ganté dans la poitrine de Mo, juste à l'endroit où Mortola l'avait blessé.) Comment ça se présente ? Es-tu en mesure de réparer les dégâts que tu as toi-même causés ? Peux-tu restaurer le livre avec lequel tu m'as si perfidement trompé ?

Mortimer n'hésita qu'un instant.

– Certainement, répondit-il. Si tu me le donnes.

Eh bien ! Sa voix restait impressionnante, même dans cette situation désespérée, Orphée était bien obligé de l'admettre (même si elle n'égalait pas la sienne !). Mais Tête de Vipère ne se laissa pas abuser une seconde fois. Il frappa Mortimer en plein visage, si violemment que Mo tomba à genoux.

– Tu crois vraiment que tu vas encore te moquer de moi ? lui lança-t-il. Tu me prends pour un imbécile ? Personne ne peut restaurer ce livre ! Des douzaines de tes confrères sont morts pour me le démontrer. Il est fichu, ce qui revient à dire que ma chair va pourrir pour l'éternité et que je serai toujours tenté d'écrire moi-même les trois mots qui mettront fin à tout cela. Mais j'ai eu une meilleure idée et, pour ça, j'ai encore besoin de tes services. C'est pourquoi je suis reconnaissant à ma fille d'avoir pris ainsi soin de toi. Car je sais combien mon héraut (il se tourna vers le Fifre) a le sang chaud.

Le Fifre voulut répondre, mais Tête de Vipère leva la main avec impatience et se tourna de nouveau vers Mortimer.

– Quelle idée ?

La célèbre voix avait des intonations rauques. Le Geai bleu commençait-il à avoir peur ? Orphée se sentait comme un jeune garçon en train de lire avec un plaisir extrême un passage particulièrement excitant. « J'espère qu'il est terrifié, se dit-il. Et j'espère que c'est un des derniers chapitres dans lesquels il joue un rôle. »

Mortimer fit une grimace quand le Fifre appuya la lame de son couteau sur son flanc. « Oui, une chose est claire, dans cette histoire, tu n'as pas choisi les bons ennemis, pensa Orphée. Ni les bons amis. » Mais ils étaient comme ça, les bons héros. Bêtes.

– Quelle idée ? répéta Tête de Vipère en grattant sa peau irritée. Tu vas me relier un nouveau livre ! Mais cette fois, tu ne resteras pas une seconde sans surveillance. Et quand ce livre me protégera de nouveau contre la mort avec des pages d'une blancheur irréprochable, c'est ton nom que nous inscrirons dans l'autre… afin que tu sentes à ton tour, un certain temps, ce que c'est que de pourrir vivant. Et ensuite, je le réduirai en morceaux, une page après l'autre, et je te regarderai : ta chair se déchirera, et tu imploreras les Femmes blanches de venir te délivrer. Tu ne trouves pas que c'est une solution satisfaisante pour tout le monde ?

« Ah, ah, un nouveau livre. Pas bête, pensa Orphée.

Mais ce serait encore bien mieux d'inscrire mon nom sur les pages toutes neuves ! Arrête de rêver, Orphée ! »

Le Fifre mit le couteau sous la gorge de Mortimer.

– Alors, le Geai bleu, on attend ta réponse ? Tu veux que je te l'épelle avec mon couteau ?

Mortimer se taisait.

– Réponds ! lui lança le Fifre. Tu préfères que je le fasse pour toi ? Il n'y a qu'une réponse, de toute façon.

Mortimer resta muet, mais Violante répondit à sa place :

– Pourquoi t'aiderait-il si tu as de toute manière l'intention de le tuer ? demanda-t-elle à son père.

Tête de Vipère haussa ses lourdes épaules.

– Je pourrais lui réserver une mort moins atroce, ou envoyer sa femme et sa fille dans les mines au lieu de les tuer. Nous avons déjà passé un marché avec ces deux-là.

– Sauf que, cette fois, elles ne sont pas entre vos mains.

La voix de Mortimer semblait venir de loin, de très loin. « Il va dire non ! pensa Orphée, surpris. Quel fou. »

– Pas encore, mais bientôt.

Le Fifre promena son couteau sur la poitrine de Mortimer et dessina un cœur avec la pointe de la lame, là où battait son cœur.

– Orphée nous a décrit très précisément où ils se cachent. Tu as entendu. Le Gringalet doit être en train de les ramener à Ombra.

C'était la deuxième fois que Mortimer regardait Orphée et la haine dans ses yeux était plus douce encore que les petits gâteaux qu'Oss allait lui acheter tous les vendredis au marché d'Ombra. À l'avenir, Oss ne lui rendrait plus ce service. L'esprit de la nuit l'avait malencontreusement dévoré quand il avait surgi des mots de Fenoglio – il lui avait fallu un petit moment pour le dompter – mais il n'était pas difficile de trouver un nouveau garde du corps.

– Tu peux te mettre tout de suite au travail. Ta noble protectrice s'est déjà procuré pratiquement tout ce dont tu as besoin ! lança le Fifre, mauvais. (Cette fois, le sang gicla quand il appuya son couteau sur la gorge de Mortimer.) Elle voulait nous faire avaler jusque dans les moindres détails qu'elle t'avait laissé la vie uniquement pour que tu puisses restaurer le livre. Quelle comédie ! Mais elle a toujours eu un faible pour les saltimbanques.

Mortimer ignorait le Fifre, à croire qu'il était invisible pour lui. Il ne regardait que Tête de Vipère.

– Non, dit-il. (Le mot résonna lourdement dans la pièce obscure.) Je ne relierai pas de livre pour toi. Une deuxième fois, la mort ne me le pardonnerait pas.

Violante fit un pas vers Mortimer, mais il l'ignora.

– Ne l'écoute pas ! dit-elle à son père. Il va le faire. Laisse-lui juste un peu de temps.

Oh, elle tenait donc au Geai bleu ! Orphée fronça les sourcils. Une raison de plus pour envoyer Mortimer au diable.

Tête de Vipère regarda sa fille d'un air pensif.

– Pourquoi tiens-tu à ce qu'il le fasse ?

– C'est que tu… (Pour la première fois, la voix de Violante avait perdu de son assurance.) Il va te guérir.

– Et alors ? poursuivit le Prince argenté, le souffle de plus en plus court. Tu veux me voir mort. Ne nie pas ! Ça me plaît ! Cela prouve que c'est bien mon sang qui coule dans tes veines. Parfois, je me dis que c'est toi que je devrais mettre sur le trône d'Ombra. Tu serais sans doute bien meilleure que mon beau-frère saupoudré d'argent.

– Bien sûr que je serais meilleure ! Je t'enverrais six fois plus d'argent au château de la Nuit, je ne le gaspillerais pas en fêtes et en chasses. Mais en échange, laisse-moi me charger du Geai bleu quand il aura fait ce que tu attends de lui.

Impressionnant. Elle continuait à poser des conditions. « Oh, oui, elle me plaît, pensa Orphée. Elle me plaît beaucoup. Il faut juste lui faire passer son faible pour les relieurs sans foi ni loi. Mais après… que de possibilités ! »

À l'évidence, sa fille plaisait aussi de plus en plus à Tête de Vipère. Il s'esclaffait – Orphée ne l'avait jamais entendu rire ainsi.

– Regardez-moi ça, s'écria-t-il. Elle marchande avec moi, alors qu'elle n'a rien à m'offrir ! Emmène-la dans sa chambre, ordonna-t-il à un de ses soldats, mais fais bien attention à elle. Et envoie Jacopo la rejoindre. Un fils doit être avec sa mère. Quant à toi, ajouta-t-il en se tournant vers Mortimer, accepte enfin mon marché ou je vais charger mon garde du corps de te l'arracher, ça oui !

Vexé, le Fifre laissa retomber son couteau quand le Poucet sortit de l'ombre. Violante lui lança un regard inquiet et se rebiffa quand le soldat l'entraîna hors de la pièce, mais Mortimer se taisait toujours.

– Votre Altesse !

Orphée fit un pas respectueux en avant. (Il espérait du moins qu'il serait perçu ainsi.)

– Laissez-moi le lui arracher !

Un murmure, un nom (il suffit de les appeler par leur nom, comme les chiens), et l'esprit de la nuit surgit de l'ombre d'Orphée.

– Surtout pas ! s'exclama le Fifre. Pour que le Geai finisse comme le danseur de feu ! Non !

– Tu n'as pas entendu ? Je m'en charge, lança le Poucet en ôtant ses gants noirs.

Orphée sentit sur sa langue le goût amer de la déception. Quelle occasion de démontrer son utilité à Tête de Vipère ! Si seulement il avait eu le livre pour chasser le Fifre de ce monde, et le Poucet avec !

– Maître, je vous en prie, écoutez-moi ! (Il s'avança vers Tête de Vipère.) Puis-je suggérer qu'on profite de cette procédure pas particulièrement agréable pour arracher au prisonnier une autre réponse ? Vous vous souvenez du livre dont je vous ai parlé, le livre qui peut transformer le monde à votre guise ? Exigez de lui qu'il révèle sa cachette !

Mais Tête de Vipère lui tourna le dos.

– Plus tard ! dit-il en se laissant retomber, avec un soupir, dans l'ombre du fauteuil qui le cachait aux regards des autres. Pour le moment, il est question d'un seul livre, celui dont les pages sont blanches. Commence, le Poucet ! ordonna-t-il d'une voix essoufflée. Mais fais attention à ses mains.

Quand Orphée sentit le froid sur son visage, il pensa d'abord que c'était le vent de la nuit qui traversait les tentures des fenêtres. Mais soudain, il les vit, à côté du Geai bleu, aussi blanches et effrayantes que dans le cimetière des ménestrels. Elles entourèrent Mortimer, semblables à des anges dépourvus d'ailes, avec des membres de brume, des visages blancs comme des os blanchis. Le Fifre recula si brusquement qu'il trébucha et se coupa avec son propre couteau. Même le visage du Poucet perdit son masque d'indifférence. Et les soldats qui encadraient Mortimer s'écartèrent comme des enfants apeurés.

Ce n'était pas possible ! Pourquoi le protégeaient-elles ?

Pour le remercier de les avoir déjà plusieurs fois nourries ? De leur avoir enlevé Doigt de Poussière ? Orphée sentit que, derrière lui, l'esprit de la nuit se couchait comme un chien battu. Comment cela ? Avait-il peur d'elles, lui aussi ? Non. Non, sacré nom d'une pipe. Il fallait vraiment récrire ce monde ! Et il allait le faire. Il trouverait bien un moyen.

Que chuchotaient-elles ?

La lumière blafarde que propageaient les filles de la Mort chassa les ombres dans lesquelles se cachait Tête de Vipère et Orphée vit le Prince argenté chercher son souffle dans son coin en tremblant, ses mains levées pour protéger ses yeux. Il craignait toujours autant les Femmes blanches, bien qu'il ait tué d'innombrables hommes au château de la Nuit pour démontrer le contraire. Mensonges que tout cela. Dans sa chair immortelle, Tête de Vipère était transi de peur.

Tandis que Mortimer, au milieu des anges de la mort de Fenoglio, souriait, comme s'ils étaient une part de lui-même.

60
Mère et fils

L'odeur de la terre humide et des jeunes pousses m'enveloppe, légère, glissante, avec un goût acide comme de
l'écorce d'arbre. Ça sent la jeunesse ; ça sent la peine de
cœur.

Margaret Atwood, *Le Tueur aveugle*

Tête de Vipère fit enfermer Violante dans l'ancienne
chambre de sa mère. Il savait parfaitement que tous les
mensonges qu'elle lui avait racontés n'en résonneraient
que plus fort à ses oreilles. La mère et le père… cela avait
toujours correspondu au Bien et au Mal, à la Vérité et au
Mensonge, à l'Amour et à la Haine. C'était si facile ! Mais
cela aussi, son père le lui avait ravi. Violante chercha en
elle la fierté et la force qui l'avaient toujours aidée à se
redresser, mais ne trouva plus qu'une petite fille laide avec
des espoirs piétinés et, au cœur, l'image ternie de sa mère.

Elle appuya son front contre la porte verrouillée et
écouta, s'attendant à entendre les cris du Geai bleu, mais
elle ne perçut que les voix des gardes derrière sa porte.
Pourquoi n'avait-il pas dit oui ? Croyait-il qu'elle pourrait

encore le protéger ? Le Poucet allait lui apprendre autre chose. Elle ne put s'empêcher de penser au ménestrel que son père avait fait écarteler parce qu'il avait chanté pour sa mère, au domestique qu'il avait laissé mourir de faim dans une cage devant leur fenêtre parce qu'il leur avait apporté des livres. Elles lui avaient donné à manger du parchemin. Comment avait-elle pu promettre au Geai bleu de le protéger alors que tous ceux qui étaient de son côté l'avaient payé de leur vie ?

— Le Poucet va lui découper la peau en bandes. (La voix de Jacopo lui parvenait à peine.) Ils disent qu'il est si habile qu'on n'en meurt pas. Il paraît qu'il s'est exercé sur des morts !

— Tais-toi !

Elle se retenait de le frapper, de gifler son visage pâle. Il ressemblait de plus en plus à Cosimo, mais il aurait mille fois préféré ressembler à son grand-père.

— D'ici, tu ne peux rien entendre. Ils vont l'emmener dans la cave où sont les trous qui servaient de cachots. J'y suis allé. Tout y est encore, c'est rouillé mais ça peut encore servir : les chaînes, les couteaux, les vis et les pointes en fer…

Violante le regarda et se tut. Elle s'approcha de la fenêtre, mais la cage dans laquelle ils avaient d'abord enfermé le Geai bleu était vide. Seul le danseur de feu gisait toujours là, sans vie. Bizarre que les corbeaux ne s'approchent pas de lui. Comme s'ils avaient peur.

Jacopo prit l'assiette qu'une servante lui avait apportée et se mit à picorer d'un air boudeur. Quel âge avait-il ? Elle avait oublié. Depuis que le Fifre s'était moqué de lui, il ne portait plus son nez en fer-blanc, c'était déjà ça.

– Il te plaît.

– Qui ?

– Le Geai bleu.

– Il est meilleur qu'eux tous réunis.

Elle tendit de nouveau l'oreille. Pourquoi n'avait-il pas dit oui ? Elle aurait peut-être pu le sauver.

– Si le Geai bleu fait encore un livre, est-ce que grand-père empestera toujours autant ? Je crois que oui. Je crois qu'un de ces jours, il va tomber mort. Il a déjà presque l'air d'un mort.

Quelle indifférence dans sa voix ! Quelques mois plus tôt, Jacopo encensait encore son père. Tous les enfants étaient-ils ainsi ? Comment aurait-elle pu le savoir ? Elle n'en avait qu'un. Les enfants… Violante les voyait toujours franchir en courant la porte du château d'Ombra pour se jeter dans les bras de leur mère. Valaient-ils que le Geai bleu meure pour eux ?

– Je ne peux plus voir grand-père ! s'exclama Jacopo en mettant sa main devant ses yeux avec un frisson. S'il meurt, c'est moi qui serai le roi, n'est-ce pas ?

Sa voix juvénile était si froide qu'elle impressionna Violante… et lui fit peur.

– Non, ce ne sera pas toi. Pas depuis que ton père l'a attaqué. C'est son fils à lui qui deviendra roi du château de la Nuit et d'Ombra.

– Mais c'est encore un bébé.

– Et alors ? En attendant, c'est sa mère qui gouvernera à sa place. Et le Gringalet.

« Mais ton grand-père est toujours immortel, poursuivit Violante en son for intérieur, et personne n'a l'air d'y pouvoir grand-chose. Pour l'éternité. »

Jacopo poussa son assiette de côté et se dirigea vers Brianna. Elle brodait le portrait d'un chevalier qui ressemblait étrangement à Cosimo, bien que Brianna affirmât que c'était le héros d'un vieux conte. Sa compagnie faisait du bien à Violante, même si elle était devenue encore plus taciturne depuis que l'esprit de la nuit avait tué son père. Peut-être l'avait-elle aimé. La plupart des filles aiment leur père.

– Brianna ! s'écria Jacopo en l'attrapant par sa magnifique chevelure. Fais-moi la lecture. Allez. Je m'ennuie.

– Tu sais lire tout seul et très bien même, répondit-elle en dégageant ses cheveux de ses doigts avant de se remettre à broder.

– Je vais chercher l'esprit de la nuit ! (La voix de Jacopo était stridente, comme chaque fois que quelque chose n'allait pas comme il voulait.) Pour qu'il te dévore, comme ton père. Ah, non, il ne l'a pas dévoré. Son corps est toujours dans la cour, et ce sont les corbeaux qui le picorent.

Brianna ne leva même pas la tête, mais Violante vit que ses mains tremblaient si fort qu'elle se piqua le doigt.

– Jacopo !

Son fils se tourna vers elle et, une fraction de seconde, Violante eut l'impression que ses yeux la suppliaient. « Secoue-moi ! Bats-moi ! Punis-moi ! disaient-ils. Ou prends-moi dans tes bras. Je déteste ce château. Je veux m'en aller. »

Elle n'avait pas voulu d'enfant. Elle ne savait pas s'y prendre avec eux. Mais le père de Cosimo voulait un petit-fils. Que pouvait-elle faire d'un enfant ? Son propre cœur meurtri l'occupait suffisamment. Si au moins elle avait eu une fille ! Le Geai bleu en avait une, lui. Tous disaient qu'il l'aimait beaucoup. Pour elle, il céderait peut-être et accepterait de relier un deuxième livre pour son père. À condition que le Gringalet capture sa fille. Et après ? Elle ne voulait pas penser à sa femme. Peut-être qu'elle mourrait. Le Gringalet était enclin à se montrer cruel avec ses proies.

– Lis ! Lis-moi une histoire !

Jacopo était toujours debout devant Brianna. Il lui arracha sa broderie des mains, si rudement qu'elle se piqua à nouveau.

– Ça ressemble à mon père.

– Pas du tout ! s'exclama Brianna en lançant un regard furtif vers Violante.

– Si ! Pourquoi ne demandes-tu pas au Geai bleu de le ramener de chez les morts ? Comme il l'a fait pour ton père ?

Avant, Brianna l'aurait frappé, mais la mort de Cosimo avait brisé quelque chose en elle. Elle était devenue plus souple, comme l'intérieur d'une moule, douce et meurtrie. Néanmoins, sa compagnie valait mieux que la solitude et Violante s'endormait beaucoup mieux quand Brianna chantait pour elle le soir.

Dehors, quelqu'un tira le verrou. Qu'est-ce que ça voulait dire ? Venaient-ils lui dire que le Fifre avait fini par tuer le Geai bleu ? Que le Poucet l'avait brisé comme tant d'autres avant lui ? « Et quand bien même il l'aurait fait, Violante ? pensa-t-elle. Qu'est-ce que ça peut te faire ? Tu as déjà le cœur brisé. »

Mais c'était Œil Double. Orphée ou la face de lune, comme l'appelait le Fifre, méprisant. Violante n'arrivait toujours pas à comprendre qu'il ait pu prendre si vite cette place auprès de son père. Peut-être à cause de sa voix.

Elle était presque aussi belle que celle du Geai bleu, mais il y avait quelque chose en elle qui faisait frissonner Violante.

– Votre Altesse !

Son visiteur s'inclina si bas que son obséquiosité frôlait le sarcasme.

– Le Geai bleu a-t-il donné à mon père la réponse qu'il attendait ?

– Non, hélas, mais il est encore vivant, si c'est ce que vous voulez savoir.

Il avait un regard tellement innocent derrière ses lunettes rondes ! Violante les avait copiées mais, contrairement à lui, elle ne les portait pas constamment, préférant parfois voir le monde à travers un voile.

– Où est-il ?

– Ah, vous avez vu la cage vide. Eh bien, j'ai suggéré à Tête de Vipère un autre lieu de séjour pour le Geai bleu. Vous avez sûrement entendu parler des trous dans lesquels votre grand-père avait coutume de jeter ses prisonniers. Je suis certain que là-bas, notre noble brigand ne refusera pas longtemps d'exaucer les vœux de votre père. Mais venons-en à ce qui m'amène.

Il avait un sourire mielleux. Qu'attendait-il d'elle ?

– Votre Altesse… (Sa voix glissa sur la peau de Violante comme une des pattes de lièvre dont se servait Balbulus pour lisser le parchemin.) Je suis comme vous un grand ami des livres. J'ai appris, hélas, que la bibliothèque de ce château est en piteux état, mais il paraît que vous avez emporté quelques volumes. Vous serait-il possible de m'en prêter un ou deux ? Je vous témoignerai ma reconnaissance, bien entendu, autant qu'il me sera possible.

– Et mon livre, qu'en as-tu fait ? s'interposa Jacopo en croisant les bras, comme aimait à faire son grand-père avant que ses bras n'aient enflé au point de rendre ce geste trop douloureux. Tu ne me l'as toujours pas rendu. Tu me dois (il compta sur ses petits doigts) douze pièces.

Le regard que lui lança Orphée n'était ni chaud ni mielleux. Contrairement à sa voix.

– Mais naturellement. Vous faites bien de me le rappeler, prince. Venez dans ma chambre et je vous donnerai les pièces et le livre. Mais maintenant, s'il vous plaît, laissez-moi parler avec votre mère !

Et en souriant, comme pour s'excuser, il se tourna de nouveau vers Violante.

– Alors ? demanda-t-il sur le ton de la confidence. M'en prêteriez-vous un, Votre Altesse ? J'ai entendu des merveilles à propos de vos livres et je puis vous assurer que j'en prendrai grand soin.

– Elle n'en a que deux, répondit Jacopo en montrant le coffre près du lit, et ils sont tous les deux sur le Ge...

Violante lui mit la main sur la bouche, mais Orphée faisait déjà un pas en direction du coffre.

– Je suis désolée, dit-elle en lui barrant le chemin, mais je tiens trop à ces livres pour m'en séparer. Et comme vous le savez certainement, mon père a fait en sorte que Balbulus ne puisse plus m'en faire d'autres.

Orphée fit mine de ne pas l'entendre. Il avait les yeux rivés sur le coffre.

– Puis-je au moins jeter un coup d'œil ?

– Ne les lui donnez pas !

Orphée n'avait visiblement pas remarqué la présence de Brianna. Son visage se figea quand il entendit sa voix derrière lui et il serra soudain le poing. Brianna se redressa et répondit avec impassibilité à son regard hostile.

– Il fait de drôles de choses avec les livres et les mots qu'ils contiennent, dit-elle. Et il hait le Geai bleu. Mon père a raconté qu'il voulait le vendre à la Mort.

– Pauvre idiote ! bredouilla Orphée en ajustant ses lunettes avec une nervosité manifeste. C'était ma servante, comme vous devez le savoir, et je l'ai surprise à voler. C'est sûrement pour cette raison qu'elle raconte de pareilles choses sur moi.

Brianna rougit comme s'il lui avait jeté de l'eau bouillante au visage, mais Violante vint à son secours.

– Brianna ne volerait jamais, dit-elle. Et maintenant, allez-vous-en. Je ne peux pas vous donner ces livres.

– Ah, elle ne volerait jamais ? (Orphée s'appliquait à retrouver sa voix de velours.) Mais, si je ne m'abuse, elle vous a bien volé votre mari ?

– Les voilà !

Avant que Violante ait pu réagir, Jacopo avait surgi devant Orphée, ses livres à la main.

– Lequel veux-tu ? Son préféré, c'est le plus gros. Mais cette fois, tu dois payer plus que pour mon livre !

Violante essaya de lui reprendre les volumes, mais Jacopo était plus fort qu'elle ne le pensait et Orphée s'empressa d'ouvrir la porte.

– Vite ! Prenez ces livres ! ordonna-t-il au soldat qui montait la garde derrière la porte.

Le soldat n'eut pas de mal à arracher les livres des mains de Jacopo. Orphée les ouvrit, lut quelques lignes dans l'un, puis dans l'autre, et adressa à Violante un sourire triomphant.

– Oui, c'est exactement la lecture qu'il me faut, dit-il. Je vous les rendrai dès qu'ils auront rempli leur mission. Mais ceux-là, murmura-t-il à Jacopo en lui pinçant rudement la joue, je les prends gratuitement, cupide rejeton d'un prince mort ! Et ma dette concernant l'autre livre, je vous conseille de l'oublier, à moins que vous ne vouliez faire la connaissance de mon esprit de la nuit ? Vous en avez sûrement entendu parler !

Jacopo le fixa avec un mélange de crainte et de haine. Orphée sortit avec une révérence.

– Je ne vous remercierai jamais assez, Votre Altesse, dit-il en partant. Vous ne vous imaginez pas combien je suis heureux d'avoir ces livres en ma possession. Et maintenant, le Geai bleu va très certainement donner à votre père la réponse qu'il attend.

Quand le soldat poussa le verrou, Jacopo se mordit nerveusement les lèvres, comme à son habitude quand il était contrarié. Violante le gifla si violemment qu'il trébucha contre son lit et tomba. Il se mit à pleurer, sans bruit, la regardant avec des yeux de chien battu. Brianna l'aida à se relever et essuya ses larmes avec sa robe.

– Qu'est-ce qu'Œil Double va faire de ces livres ?

Violante tremblait de tous ses membres. Elle avait un nouvel ennemi.

– Je ne sais pas, répondit Brianna. Je sais seulement que mon père lui en a volé un avec lequel il avait fait beaucoup de mal.

Beaucoup de mal.

« Et maintenant, le Geai bleu va très certainement donner à votre père la réponse qu'il attend. »

61
Vêtu et dévêtu

Archimède termina son moineau, s'essuya poliment le bec sur la branche et regarda la Verrue bien en face. La lumière fleurissait ses grands yeux ronds en leur prêtant le velouté incarnat d'une grappe de raisin, comme l'a si bien exprimé un célèbre écrivain.

« Maintenant que tu as appris à voler, dit-elle, Merlin veut que tu essaies l'oie sauvage. »

T. H. White, *La Quête du roi Arthur :*
Excalibur, l'Épée dans la pierre

C'était facile de voler, si facile. Cela venait avec le corps, avec chaque plume et chaque petit os. Oui, les graines avaient métamorphosé Resa en oiseau, avec des crampes douloureuses qui avaient fait une peur bleue à l'hercule, mais elle ne s'était pas transformée en pie, comme Mortola. « Une hirondelle ! » avait murmuré Lazaro quand elle était venue se poser sur sa main, tout étourdie de découvrir un monde transformé, tellement plus gros !

– Les hirondelles sont de gentils oiseaux, dit-il, très gentils. Ça te va bien.

Il avait caressé ses ailes avec une grande douceur, et elle avait trouvé cela tellement bizarre qu'elle n'avait pu lui sourire plus longtemps avec son bec. Mais elle pouvait parler, avec sa voix humaine, ce qui n'avait fait qu'effrayer encore plus le pauvre Tullio.

Les plumes tenaient bien chaud et les gardes sur la rive du lac ne levèrent même pas les yeux quand elle passa au-dessus de leurs têtes. Apparemment, ils n'avaient pas encore trouvé les hommes que Lazaro avait tués. Le blason sur leurs capes grises rappelait à Resa les cachots du château de la Nuit. « Oublie-les, pensa-t-elle en se laissant porter par le vent. C'est du passé. Mais tu peux peut-être encore modifier le cours des événements à venir. » Ou la vie n'était-elle en fin de compte qu'un enchevêtrement de fils tendus par le destin, auquel on ne pouvait échapper ? « Ne pense pas, Resa, vole ! »

Où était-il ? Où était Mo ?

« Le Fifre l'a enfermé dans une cage. » Tullio n'avait pas pu lui dire où avec exactitude. « Dans une cour, avait-il bredouillé, dans une cour avec des peintures d'oiseaux. » Resa avait entendu parler des murs peints du château. Mais de l'extérieur, ils étaient presque noirs, construits avec la pierre sombre que l'on trouvait tout autour sur la rive. Elle était contente de ne pas devoir prendre le pont. Il grouillait de soldats. Il pleuvait et, au-dessous d'elle, les gouttes dessinaient des cercles sans fin sur l'eau. Mais son corps était léger, et c'était une sensation extraordinaire de voler. Elle voyait son reflet sur l'eau. Il filait au-dessus des vagues comme une flèche, et bientôt, les tours se dressèrent devant elle, les murs fortifiés, les toits d'ardoise et, au milieu, des cours sombres creusant des trous béants dans le motif de pierre. Elle vit des arbres dénudés, des chenils, un puits, un jardin gelé, et des soldats partout. Des cages…

Elle ne tarda pas à les trouver. Mais d'abord, elle aperçut Doigt de Poussière, son corps jeté sur le pavé gris comme un tas de vieux vêtements. «Mon Dieu.» Elle aurait voulu ne jamais le revoir ainsi. Il y avait un enfant près de lui, qui regardait le corps inerte comme s'il s'attendait à le voir bouger… comme il l'avait déjà fait une fois, si les chansons du Geai bleu ne mentaient pas. «Elles ne mentent pas, aurait-elle aimé lui crier de là-haut. J'ai senti la chaleur de ses mains. Je l'ai vu sourire de nouveau et embrasser sa femme.» Mais quand elle le vit, gisant là, ce fut pour elle comme s'il n'avait plus bougé depuis le moment où il était mort dans la mine. Quant aux cages, elle ne les vit qu'en volant plus bas et en plongeant sous un des toits d'ardoise. Elles étaient vides. Mo n'était nulle part. Des cages vides et un corps vide… Elle eut envie de se laisser tomber comme une pierre, de s'écraser sur le pavé et de rester là, inerte, comme Doigt de Poussière.

L'enfant se retourna. C'était le garçon qu'elle avait vu debout derrière les créneaux d'Ombra. Le fils de Violante. Même Meggie, qui prenait avec tant de tendresse tous les enfants sur ses genoux, ne le mentionnait qu'avec dégoût. Il leva un instant les yeux vers Resa, comme s'il voyait la femme derrière les plumes, puis se pencha à nouveau sur le corps de Doigt de Poussière, toucha son visage figé… et se releva quand quelqu'un l'appela par son nom.

La voix étouffée était reconnaissable entre mille.

Le Fifre.

Resa se posa sur le faîte d'un toit.

– Dépêche-toi, ton grand-père veut te voir !

Le Fifre attrapa le garçon par le cou et le poussa sans ménagement vers l'escalier le plus proche.

– Pourquoi ?

La voix de Jacopo était une pâle imitation de la voix de son grand-père, un peu ridicule, mais c'était aussi la voix d'un petit garçon, perdu au milieu de tous ces grands, sans père… et sans mère, d'après ce que Roxane lui avait raconté de l'indifférence de Violante.

– À ton avis ? Il ne doit pas se languir de ta compagnie d'enfant jamais content. (Le Fifre poussa Jacopo pour le faire avancer.) Il veut savoir ce que ta mère te raconte quand tu es tout seul avec elle dans la chambre.

– Elle ne me parle pas.

– Oh, ce n'est pas bien. Qu'allons-nous faire de toi si tu ne vaux rien comme espion ? Peut-être te donner en pâture à l'esprit de la nuit ? Il n'a pas mangé depuis longtemps et, s'il ne tient qu'à ton grand-père, il n'est pas près de goûter au Geai bleu.

L'esprit de la nuit. Ainsi, Tullio n'avait pas menti. Dès que les voix se turent, Resa descendit vers Doigt de Poussière. Mais l'hirondelle ne pouvait pas plus pleurer que sourire. « Suis le Fifre, Resa, se dit-elle, posée sur le pavé mouillé, cherche Mo. Pour le danseur de feu, tu ne peux plus rien faire. » Elle était juste reconnaissante que l'esprit de la nuit ne l'ait pas dévoré, comme Monseigneur. Sa joue était si froide quand elle y appuya sa tête d'oiseau !

– Comment t'es-tu procuré cette jolie robe de plumes, Resa ?

Le murmure venait du néant, de la pluie, de l'air humide, de la pierre peinte, pas des lèvres froides. Mais c'était la voix de Doigt de Poussière, rauque et douce à la fois, familière pour toujours. Resa tourna brusquement sa tête d'oiseau… et l'entendit rire doucement.

– Ne t'es-tu pas déjà retournée ainsi pour me voir, jadis, dans les cachots du château de la Nuit ? J'étais aussi invisible, si je me souviens bien, mais c'est bien plus amusant. Même si ce plaisir ne peut durer bien longtemps. Je crains que, si je laisse ainsi mon corps à l'abandon, il ne m'aille bientôt plus et, dans ce cas, même la voix de ton mari ne pourra plus me faire revenir. Sans parler du fait que, sans l'aide de la chair, on oublie vite qui on est. Je dois avouer que je l'avais presque oublié… jusqu'à ce que je te voie.

Quand le mort se mit à bouger, ce fut comme si un dormeur se réveillait. Doigt de Poussière dégagea ses cheveux mouillés de son visage et baissa les yeux vers le reste de son corps, comme pour se persuader qu'il lui allait encore. C'est exactement ce qu'avait rêvé Resa la nuit qui avait suivi sa mort, mais à l'époque, il ne s'était pas réveillé. Jusqu'à ce que Mo s'en charge.

Mo. Elle se posa sur le bras de Doigt de Poussière, mais quand elle ouvrit le bec, il mit un doigt sur ses lèvres pour la mettre en garde. Il siffla doucement pour appeler Gwin, puis regarda en direction de l'escalier que le Fifre avait pris avec Jacopo, des fenêtres sur sa gauche et de la tour à encorbellement qui projetait son ombre sur eux.

– Les fées parlent d'une plante qui change les hommes en animaux et les animaux en hommes ! murmura-t-il. Mais elles disent aussi que c'est très dangereux. Depuis combien de temps portes-tu ces plumes ?

– Environ deux heures.

– Alors, il est temps que tu t'en débarrasses. Par chance, ce château possède un grand nombre de pièces oubliées, que j'ai toutes explorées avant que le Fifre arrive.

Il tendit la main et Resa s'agrippa à sa peau qui avait retrouvé sa chaleur. Il vivait ! Vraiment ?

– J'ai rapporté de mon séjour chez les morts des dons très utiles ! murmura Doigt de Poussière en s'engageant avec elle dans un couloir couvert de peintures représentant des poissons et des nymphes, comme si le lac les avait engloutis. Je peux me dévêtir de ce corps comme je le ferais d'un vêtement, donner une âme au feu et mieux lire dans le cœur de ton mari que les lettres que tu t'es donné tant de mal à m'apprendre.

Il poussa une porte. La pièce n'était éclairée par aucune fenêtre, mais Doigt de Poussière chuchota et des étincelles recouvrirent les murs d'une tenture de feu. Mais quand Resa cracha les graines qu'elle avait glissées sous sa langue, il en manquait deux et, durant quelques secondes affreuses, elle craignit de devoir rester oiseau pour toujours. Heureusement, son corps se souvenait. Quand elle eut retrouvé ses membres de femme, elle passa instinctivement une main sur son corps, se demandant si les graines agissaient sur l'enfant qu'elle portait en elle. À cette idée, la peur lui tordit l'estomac.

Doigt de Poussière ramassa une plume d'hirondelle à ses pieds et la contempla d'un air pensif.

– Roxane va bien, dit Resa.

Il sourit.

– Je sais.

Il avait l'air de tout savoir. Elle ne lui parla donc pas de Monseigneur, ni de Mortola ou du Prince noir qui avait failli mourir. Et Doigt de Poussière ne lui demanda pas pourquoi elle avait suivi Mo.

– Qu'en est-il de l'esprit de la nuit ?

Prononcer ce nom suffisait à l'effrayer.

– J'ai réussi à échapper à temps à ses doigts noirs, répondit-il en se passant la main sur le visage comme pour effacer une ombre. Heureusement, les morts ne l'intéressent pas.

– D'où vient-il ?

– C'est Orphée qui l'a amené. Il le suit comme un chien.

– Orphée ?

Ce n'était pas possible ! Orphée était à Ombra, noyant sa rancœur dans le vin et s'apitoyant sur lui-même depuis que Doigt de Poussière lui avait volé le livre !

– Oui, Orphée. Je ne sais pas comment il a fait, mais il est désormais au service de Tête de Vipère. Et il vient de faire enfermer ton mari dans un des trous qui servent de cachots sous le château.

Au-dessus d'eux, des pas se firent entendre, puis s'éloignèrent de nouveau.

– Conduis-moi jusqu'à lui !

– Tu ne peux pas. Les trous sont profonds et bien gardés. Mais je vais peut-être y arriver tout seul ; à deux, nous nous ferions trop remarquer. S'ils s'aperçoivent que le danseur de feu est revenu une fois encore de chez les morts, le château grouillera de soldats.

« Tu ne peux pas… Attends ici, Resa… C'est trop dangereux. » Elle n'en pouvait plus d'entendre ça.

– Comment va-t-il ? demanda-t-elle. Tu dis que tu peux lire dans son cœur… Un oiseau se remarquera moins que toi.

Et avant qu'il pût l'en empêcher, elle mit les graines dans sa bouche.

62
Noir

Toi, une fois encore, ô *toi* que j'ai connue
et qui pour moi est fleur dont je ne sais le nom,
je voudrais t'évoquer, qu'ils te voient, disparue,
belle compagne ainsi du cri irrépressible.

Rainer Maria Rilke, *Sonnets à Orphée*

Le trou dans lequel ils le jetèrent était pire que la tour
du château de la Nuit et les oubliettes d'Ombra. Ils l'avaient
descendu accroché à une chaîne, mains liées, toujours plus
profondément, jusqu'à ce que l'obscurité l'aveuglât. Et d'en
haut, le Fifre lui avait décrit d'une voix nasillarde comment il amènerait Meggie et Resa et les tuerait sous ses
yeux. Comme si cela changeait quelque chose ! Meggie
était perdue. La mort viendrait la prendre, elle aussi. Mais
s'il refusait de relier un autre livre pour Tête de Vipère,
peut-être la grande transmutatrice épargnerait-elle au
moins Resa et l'enfant à naître. « De l'encre, Mortimer, de
l'encre noire, voilà ce qui t'entoure. » Il était difficile de res-

pirer dans ce néant humide. Mais que cette histoire lui échappe enfin le remplissait d'une étrange sérénité. Il en avait tellement assez…

Il se laissa tomber à genoux. La pierre froide était comme le fond d'un puits. Enfant, il avait toujours eu peur de tomber dans un puits et d'y mourir de faim, seul et sans défense. Il frissonna et pensa au feu de Doigt de Poussière, à sa lumière et à sa chaleur. Mais Doigt de Poussière était mort. Éliminé par l'esprit de la nuit d'Orphée. Mo crut l'entendre respirer près de lui, si distinctement qu'il chercha des yeux rouges dans tout ce noir. Mais il n'y avait rien, n'est-ce pas ?

Il entendit des pas et leva les yeux.

– Alors, comment te sens-tu là-dessous ?

Orphée était au bord du trou. La lumière de sa torche n'éclairait pas jusqu'au fond, le trou était trop profond, mais sans le vouloir, Mo se tapit dans l'obscurité. « Comme un animal pris au piège, Mortimer. »

– Oh, tu ne me parles plus ? Remarque, ça se comprend.

Orphée arborait un sourire satisfait ; la main de Mo se dirigea vers l'endroit où se trouvait le couteau, le couteau que Baptiste avait si soigneusement caché et que le Poucet n'avait pas trouvé. Il s'imaginait en train de l'enfoncer dans le corps bouffi de Tête de Camembert. Sans arrêt. Les images que faisait naître sa haine étaient si sanglantes qu'il en eut la nausée.

– Je suis venu te raconter la suite de cette histoire. Car tu continues peut-être à penser que tu y joues toujours le rôle principal.

Mo ferma les yeux et s'adossa contre le mur humide. « Laisse-le parler, Mortimer. Pense à Resa, pense à Meggie. »

Ou plutôt non. Comment Orphée avait-il eu vent de la grotte ?

« Tout est perdu, chuchotait une voix en lui. Tout. » La sérénité qu'il avait ressentie depuis que les Femmes blanches l'avaient entouré avait disparu. « Revenez, aurait-il voulu leur murmurer. Je vous en prie ! Protégez-moi ! » Mais elles ne venaient pas. Des mots lui rongeaient le cœur. Mais d'où venaient-ils ? « Tout est perdu. Arrête, Mortimer ! » Mais les mots continuaient de le ronger et il se tordait comme sous le coup d'une douleur physique.

– Tu ne dis rien ! Tu les sens déjà ?

Orphée riait, heureux comme un enfant.

– Je savais que ça marcherait. Je l'ai su dès que j'ai écrit la première chanson. Oui, j'ai récupéré le livre, Mortimer. J'en ai même trois, tous contiennent les mots de Fenoglio, et deux d'entre eux ne parlent que du Geai bleu. Violante me les a apportés ici au château. N'est-ce pas gentil de sa part ? J'ai dû les agencer autrement, bien entendu. Fenoglio est très gentil avec le Geai bleu, mais j'ai pu corriger ça.

Les chansons que Fenoglio avait écrites sur le Geai bleu. Toutes proprement recopiées par Balbulus. Mo ferma les yeux.

– Pour l'eau, en revanche, ce n'est pas moi ! lui cria Orphée. Tête de Vipère a fait ouvrir les vannes du lac. Tu ne vas pas te noyer, elle ne monte pas si haut, mais ça n'est pas agréable.

Au même moment, Mo sentit l'eau lui monter le long des jambes, comme si l'obscurité s'était liquéfiée, si froide et noire qu'il en eut le souffle coupé.

– Non, l'eau n'est pas mon idée, poursuivit Orphée d'une voix lasse. Je te connais désormais trop bien pour croire que ce genre de peur pourrait te faire changer d'avis. Têtu comme tu l'es, tu dois t'imaginer être en mesure d'amadouer la Mort, même si tu n'as pas rempli ton contrat. Oui, je suis au courant, je suis au courant de tout… d'une manière ou d'une autre, je vais te faire passer ton obstination. Je vais te faire oublier ta noble vaillance et ta vertu! Je vais te faire tout oublier, hormis la peur, car même les Femmes blanches ne pourront pas te protéger contre mes paroles.

Mo aurait voulu le tuer. De ses mains nues. «Mais tes mains sont attachées, Mortimer.»

– J'ai d'abord voulu écrire quelque chose sur ta femme et ta fille, puis je me suis dit : «Non, Orphée, sinon, il ne sentira pas lui-même les mots!»

Face de Lune savourait chacun de ses mots. Comme s'il avait rêvé de cet instant. «Lui là-haut et moi dans un trou noir, pensa Mo, fait comme un rat qu'il peut tuer d'une seconde à l'autre.»

– Non! poursuivit Orphée. «Il faut qu'il ressente dans sa chair le pouvoir des mots, me suis-je dit. Montre-lui que désormais tu peux jouer avec le Geai bleu comme le chat avec la souris. Sauf que tes griffes, ce sont tes mots!»

Et Mo sentit les griffes. Comme si l'eau s'infiltrait à travers sa peau, jusqu'à son cœur. Si noire. Puis vint la douleur. Aussi violente que si Mortola avait tiré sur lui une deuxième fois, si réelle qu'il pressa ses mains contre sa poitrine et crut sentir son propre sang couler entre ses doigts. Il le vit, bien que l'obscurité le rendît aveugle, sur sa chemise et sur ses mains, et sentit ses forces le quitter, comme autrefois. Il avait du mal à se tenir debout et dut s'adosser contre le mur pour ne pas glisser dans l'eau qui lui arrivait déjà à la taille. «Resa. Oh, mon Dieu. Resa, aide-moi.»

Le désespoir le secouait comme un enfant. L'abattement et une colère désespérée.

– Au début, je me suis demandé ce qui ferait le plus d'effet. (La voix d'Orphée se frayait un chemin à travers sa souffrance comme un couteau à la pointe émoussée.) Devais-je t'envoyer des visiteurs déplaisants venus des profondeurs du lac ? J'ai là le livre que Fenoglio a écrit pour Jacopo. On y trouve des créatures assez horribles. Mais j'ai opté pour une autre solution, infiniment plus intéressante ! J'ai décidé de te faire devenir fou ! Avec des fantômes issus de ton propre cerveau, avec de vieilles angoisses, de vieilles colères et de vieilles douleurs, toutes enfouies dans ton cœur de héros, enfouies mais pas oubliées. « Fais-les remonter, Orphée ! me suis-je dit, ajoutes-y les images dont il a toujours eu peur : une femme morte, un enfant mort. Envoie-lui tout ça dans le noir, dans le silence. Envoie-lui la colère, fais-le rêver de tuer, qu'il se noie dans sa propre colère. Comment se sent un héros qui tremble de peur, sachant que la peur ne vient que de lui-même ? Comment se sent le Geai bleu quand il rêve de batailles sanglantes ? Comment se sent-on quand on doute de sa propre raison ? Oui, Orphée, me suis-je dit, si tu veux le briser, c'est par ce moyen-là que tu y parviendras. Fais-le se perdre lui-même, fais-le pleurer comme un chien enragé, fais-le se prendre au piège de sa propre peur. Lâche les furies qui le détruiront. »

Pendant qu'Orphée parlait, Mo ressentait ce qu'il décrivait et il comprenait que tous ces mots avaient été lus depuis longtemps par la langue d'Orphée qui avait autant de pouvoir que la sienne.

Oh, oui, il existait une nouvelle chanson sur le Geai bleu : elle racontait comment il perdait la raison dans un trou noir et humide et se noyait presque dans son propre désespoir, comment il finissait par implorer sa grâce et reliait encore une fois un livre vide pour Tête de Vipère, les mains encore tremblantes de toutes ces heures passées dans le noir.

L'eau ne montait plus mais Mo sentit quelque chose grimper le long de ses jambes. « Respire, Mortimer, respire tranquillement. Empêche les mots de passer, ne les laisse pas t'atteindre. Tu le peux. » Mais comment, s'il avait de nouveau la poitrine criblée de balles, si son sang se mêlait à l'eau et si tout en lui criait vengeance ? Il se sentit soudain brûlant, comme autrefois, brûlant et glacé. Il se mordit les lèvres pour qu'Orphée ne l'entende pas gémir et appuya la main sur son cœur. « Tu le sens, il n'y a pas de sang. Et Meggie n'est pas morte, même si tu le vois aussi distinctement qu'Orphée l'a écrit. Non, non, non ! » Mais les mots chuchotaient : « Oui ! » Et il avait la sensation de se briser en mille morceaux.

– Garde, lance ta torche dans le trou ! Je veux le voir.

La torche tomba. Elle éblouit Mo et flotta un instant devant lui sur l'eau noire avant de s'éteindre.

– Tu les sens ! Tu sens chaque mot, pas vrai ?

Orphée l'observait d'en haut comme un enfant regarde, fasciné, se tortiller un ver au bout de son hameçon. Oh, il avait envie de plonger sa tête dans l'eau jusqu'à ce qu'il cesse de respirer. « Arrête, Mortimer. Que fait-il avec toi ? Défends-toi. » Mais comment ? Il voulait se laisser glisser dans l'eau, juste pour échapper aux mots, mais il savait que, même là, ils l'attendaient.

– Je reviens dans une heure ! lui cria Orphée. Naturellement, je n'ai pas pu m'empêcher de faire surgir dans l'eau quelques horribles créatures pour toi, mais ne t'inquiète pas, elles ne te tueront pas. Qui sait, elles te feront peut-être même oublier un instant les fantômes qui te hantent. Le Geai bleu… Oui, il faut choisir avec soin le rôle que l'on joue. Fais-moi appeler dès que tu admettras que ta noble vaillance n'a rien à faire ici. Et je t'écrirai sur-le-champ des mots salvateurs, tels que… « et quand le matin vint, la folie quitta le Geai bleu. »…

Orphée se mit à rire. Et partit. Le laissa seul avec l'eau, le noir et les mots.

« Relie le livre pour Tête de Vipère. » La phrase s'inscrivait dans la tête de Mo, comme une calligraphie. « Relie encore un livre vide et tout rentrera dans l'ordre. »

La douleur déchira de nouveau sa poitrine, si violemment qu'il poussa un cri. Il vit la pince du Poucet sur ses doigts, le Gringalet tirer Meggie par les cheveux, les chiens mordre Resa, se mit à trembler de fièvre… ou était-ce de froid ? « Tout ça n'est que dans ta tête, Mortimer ! » Il se cogna le front contre la pierre. Si seulement il pouvait voir autre chose que les images d'Orphée ! S'il avait pu sentir autre chose que ce que les mots lui inspiraient ! « Appuie les mains sur la pierre, allez, plonge ton visage dans l'eau, frappe ta chair avec tes poings, cela seul est réel, rien d'autre. Vraiment ? » Mo éclata en sanglots et pressa ses mains liées contre son front. Il entendit un battement d'ailes au-dessus de lui. Des étincelles surgissaient du noir. L'obscurité s'éclaira, comme si on lui ôtait un bandeau. Doigt de Poussière ? Non. Doigt de Poussière était mort. Même si son cœur ne pouvait le croire.

« Le Geai bleu meurt, chuchotait une voix en lui, le Geai bleu devient fou. » Et de nouveau, il entendit un bat-

644

tement d'ailes. Naturellement. La Mort venait le voir et, cette fois, elle n'envoyait pas les Femmes blanches le protéger. Cette fois, elle venait le chercher elle-même, parce qu'il avait échoué. Lui d'abord, et ensuite Meggie… Mais cela valait peut-être mieux que les mots d'Orphée.

Tout était noir, si noir, malgré les étincelles. Oui, il les voyait encore. D'où venaient-elles ? Il entendit de nouveau le battement d'ailes et, soudain, il sentit une présence près de lui. Une main se posa sur son front et lui caressa le visage. D'une manière qui lui était si familière.

– Que t'arrive-t-il ? Mo !

Resa. Ce n'était pas possible. Orphée faisait-il apparaître son visage pour la noyer ensuite sous ses yeux ? Elle avait l'air si réelle ! Il ne pensait pas qu'Orphée pût écrire si bien. Et ses mains étaient si chaudes !

– Que lui arrive-t-il ?

La voix de Doigt de Poussière. Mo leva les yeux et le vit à l'endroit même où s'était tenu Orphée. Folie. Il était prisonnier d'un rêve, jusqu'à ce qu'Orphée l'en délivre.

– Mo ! (Resa prit son visage entre ses mains. Ce n'était qu'un rêve. Mais qu'importait ? C'était si bon de la revoir. Il sanglota de soulagement et elle le retint.) Il faut que tu sortes de là !

Elle ne pouvait pas être réelle.

– Mo, écoute-moi. Il faut que tu sortes d'ici.

– Ce n'est pas possible que tu sois là.

Il avait la langue lourde, comme empâtée par la fièvre.

– Si, c'est possible.

– Doigt de Poussière est mort.

Resa… Elle était si différente avec les cheveux relevés. Quelque chose passa entre eux. Des piquants sortaient de l'eau et Resa recula, effrayée. Il l'attira vers elle et frappa ce qui nageait là. Comme en rêve. Doigt de Poussière lança une corde. Elle n'était pas assez longue mais, sur un murmure de lui, elle commença à grandir, tressée avec des fibres de feu. Mo l'attrapa et la relâcha.

– Je ne peux pas partir. (L'eau qui emplissait le trou lui apparaissait rouge comme le sang depuis que les étincelles s'y reflétaient.) Je ne peux pas.

– Qu'est-ce que tu racontes ?

Resa mit la corde de feu dans ses mains humides.

– La Mort. Meggie. (Au milieu de toute cette obscurité, les mots lui manquaient.) Il faut que je trouve le livre, Resa.

Elle lui mit de nouveau la corde dans les mains. Elle était brûlante. Ils allaient devoir se dépêcher de grimper pour ne pas se brûler. Il commença son ascension et sentit l'obscurité lui coller au corps comme un drap noir. Doigt de Poussière l'aida à se hisser sur le bord. Deux gardes gisaient à côté du trou, morts ou inconscients.

Doigt de Poussière le regarda. Il lut dans son cœur.

– Ce sont des images atroces, dit-il.

– Noires comme l'encre. (Sa voix était terriblement rauque.) Souvenirs d'Orphée.

Les mots étaient toujours là. Douleur. Désespoir. Haine. Colère. Tout cela semblait emplir son cœur à chaque inspiration. Comme si le trou noir était en lui. Il attrapa l'épée de l'un des gardes et attira Resa contre lui. Il sentit combien elle tremblait sous ces vêtements étrangers. Elle était peut-être vraiment là. Mais comment était-elle venue ? Et pourquoi Doigt de Poussière ne gisait-il plus, mort, devant les cages ? « Et si ce n'étaient que les images d'Orphée ? pensa-t-il tout en suivant Doigt de Poussière. S'il ne me donnait cette illusion que pour mieux me renvoyer au plus profond du trou noir ? Orphée. Tue-le, Mortimer, lui et ses mots. » La haine qu'il ressentait lui faisait presque encore plus peur que le noir tant elle était incontrôlable et sanglante.

Doigt de Poussière marchait devant, aussi vite que s'il connaissait parfaitement les lieux. Des escaliers, des entrées, d'interminables couloirs, il ne marquait pas la moindre hésitation, comme si les pierres lui montraient le chemin et, où qu'il aille, des étincelles surgissaient des murs, se propageaient et donnaient à l'obscurité des reflets dorés. Par trois fois, ils tombèrent sur des soldats. Mo tuait avec délectation, comme si c'était Orphée qu'il exécutait. Doigt de Poussière dut l'entraîner plus loin et il lut la peur sur le visage de Resa. Il agrippa sa main comme quelqu'un qui se noie. Et sentit en lui l'obscurité.

63

Ah, Fenoglio!

Ainsi s'achève le testament du poète,
et comme il quitte ce monde,
faites-lui vos adieux et remerciez Dieu
nous voilà débarrassés, au suivant.
Pour que la douzaine soit complète sous la terre
Comme le veut la bonne vieille coutume.
Égaux dans la vie et dans la mort,
pour un vaurien que personne ne pleure.

Paul Zech, d'après François Villon

Dans la main d'un géant. De son géant! Pas mal, vraiment. Aucune raison d'être malheureux. Si seulement le Prince noir avait eu l'air un peu plus vivant! « Si, si, si, Fenoglio! pensa-t-il. Si tu avais fini d'écrire les mots pour Mortimer! Si seulement tu avais eu une idée de la manière dont cette histoire pouvait continuer… »

Les énormes doigts le tenaient avec fermeté et précaution à la fois, ils semblaient avoir l'habitude de porter de petits hommes. Non que cette éventualité fût particulièrement rassurante. Fenoglio n'avait vraiment pas envie de

648

finir comme jouet d'un enfant de géant. Sans aucun doute, cela serait une très mauvaise fin. Mais est-ce que quelqu'un lui demanderait son avis ? Non.

« Ce qui nous renvoie à la question primordiale, se dit Fenoglio dont l'estomac avait, à force d'être ainsi balancé, doucement mais sûrement, la sensation d'avoir trop mangé de pieds de porc farcis cuisinés par Minerve. Oui, la question primordiale. »

Quelqu'un d'autre que lui intervenait-il dans le cours de cette histoire ? Y avait-il, quelque part dans les collines qu'il avait lui-même soigneusement décrites, un scribouillard qui l'avait précipité dans la main de ce géant ? À moins que cet usurpateur ne se trouve dans l'autre monde et écrive de là-bas, comme lui jadis quand il avait couché sur papier l'histoire de *Cœur d'encre*.

« Quelle idée ! Et toi là-dedans, Fenoglio, que deviendrais-tu ? » pensa-t-il, vexé et en même temps perturbé, comme chaque fois qu'il se posait la question. Non, il n'était pas suspendu à des fils comme la marionnette avec laquelle Baptiste se produisait parfois sur les marchés (même si elle lui ressemblait un peu). Non, non, non. Pas de fils pour Fenoglio, que ce soient les fils des mots ou du destin. Il aimait diriger lui-même sa vie et se refusait à toute ingérence – même s'il admettait qu'il jouait volontiers le rôle du marionnettiste. Une chose était certaine : son histoire lui avait échappé. Personne ne l'écrivait. Elle s'écrivait toute seule ! Et c'est elle qui avait eu cette idée saugrenue !

Fenoglio jeta un autre coup d'œil vers le bas, même si cela lui retournait l'estomac. C'était haut, certes, mais en quoi est-ce que ça l'inquiétait, lui qui était tombé de l'arbre comme un fruit trop mûr ? Le spectacle du Prince noir lui donnait bien plus matière à s'inquiéter. Il avait l'air terriblement mort, suspendu à l'autre main du géant.

Quelle honte. Tout ce mal qu'il s'était donné pour le maintenir en vie – les mots, les plantes dans la neige, les soins de Roxane – tout ça en vain !

– Bon sang de bon sang !

Il avait juré si fort que le géant le mit devant ses yeux. Il ne manquait plus que ça ! Fallait-il lui sourire ? Pouvait-on lui parler ? « Mais si tu ne connais pas la réponse, Fenoglio, qui la connaîtra, vieil imbécile ? »

Le géant s'arrêta. Il le regardait toujours. Il avait entrouvert ses doigts et Fenoglio en profita pour étirer ses vieux membres.

Des mots, il fallait trouver des mots, et bien sûr, comme toujours, les mots justes. C'était peut-être une bénédiction d'être muet et de ne pas compter du tout sur les mots !

– Heu… (Quelle entrée en matière déplorable, Fenoglio !) heu, comment t'appelles-tu ?

Pour l'amour de Dieu !

Le géant lui souffla dans la figure et dit quelque chose. Oui, sans aucun doute, c'étaient des mots, mais Fenoglio ne les comprenait pas. Comment était-ce possible ? Comme il le regardait ! Il avait le même air que l'aîné de ses petits-enfants quand il avait trouvé le gros insecte noir dans sa cuisine. Ravi et inquiet à la fois. Mais l'insecte s'était mis à gigoter et Pipo l'avait lâché, effrayé, et l'avait écrasé. « Alors, tiens-toi tranquille, Fenoglio ! Ne gigote pas, surtout pas, même si tes vieux os te font mal. » Mon Dieu, ces doigts… Chacun de ses doigts était aussi long que son bras !

Le géant semblait avoir perdu momentanément tout intérêt pour lui. Il observait son autre proie avec une inquiétude manifeste. Puis il se mit à secouer le Prince noir comme une montre arrêtée et soupira en voyant qu'il ne réagissait pas. Il poussa encore un profond soupir, se laissa tomber à genoux – ce qui était très surprenant pour sa taille –, contempla le visage noir d'un air désolé et finit par déposer avec précaution le Prince sur la mousse épaisse qui poussait sous les arbres. Exactement comme le faisaient les petits-enfants de Fenoglio avec les oiseaux morts qu'ils arrachaient à leur chat. Ils avaient le même air en couchant les petits corps au milieu des roses.

Le géant ne confectionna pas pour le Prince noir une croix avec des branches, comme le faisait Pipo pour chaque animal mort. Il ne l'enterra pas non plus. Il le recouvrit de feuilles sèches, très délicatement, comme s'il ne voulait pas troubler son sommeil. Puis il se releva, contempla Fenoglio – pour s'assurer que lui au moins respirait encore ? – et poursuivit sa route. Chacun de ses pas était aussi long qu'une douzaine de pas humains, peut-être plus. Où aller ? « Loin de tous, Fenoglio, très loin ! »

Il sentit les imposants doigts se refermer sur lui, puis – il n'en croyait pas ses oreilles ! – le géant se mit à fredonner une chanson, la même que celle que Roxane chantait aux enfants le soir. Les géants chantaient-ils les mêmes chansons que les hommes ? Peu importait… visiblement, il était content de lui et du monde, bien que son jouet au visage noir fût cassé. Peut-être même se proposait-il d'offrir à son fils l'autre drôle de créature qui lui était tombée du ciel dans la main. « Mon Dieu. » Fenoglio frissonna. Et si l'enfant allait lui arracher les membres comme les enfants faisaient parfois avec les insectes ?

« Idiot ! se dit-il. Vieil idiot présomptueux ! Loredan a

raison. La mégalomanie est ton trait de caractère dominant ! Comment as-tu pu croire que des mots puissent contrôler un géant ? Encore un pas, et encore un… Adieu, Ombra. » Il ne saurait sans doute jamais ce que les enfants étaient devenus… ni Mortimer. Fenoglio ferma les yeux. Et soudain, il crut entendre les voix aiguës et insistantes de ses petits-enfants : « Grand-père, fais le mort pour nous. » Naturellement ! Rien de plus facile. Combien de fois ne s'était-il pas allongé sur le canapé sans bouger, même quand leurs doigts menus lui chatouillaient le ventre ou s'enfonçaient dans ses joues ridées ? Faire le mort.

Fenoglio poussa un soupir profond, se fit tout mou et figea son regard.

Et le géant s'arrêta. Il le contempla d'un air désolé. « Respire doucement, Fenoglio ; l'idéal serait de ne plus respirer. Mais ta vieille tête stupide va sûrement éclater ! »

Le géant lui souffla dans la figure. Il faillit éternuer. Ses petits-enfants faisaient de même, mais leurs bouches étaient nettement moins grandes et leur haleine moins pénétrante. « Ne bouge plus, Fenoglio ! »

Ne plus bouger.

L'imposant visage se mua en un masque de déception. La large poitrine émit un profond soupir. Une pichenette avec l'index, quelques paroles incompréhensibles, et le géant s'agenouilla. Fenoglio eut le vertige en se sentant descendre, mais il continua de faire le mort. Désemparé, le géant regarda autour de lui, comme si quelqu'un pouvait ramener son jouet à la vie. Quelques flocons se mirent à tomber du ciel gris – il commençait à faire plus froid – et se posèrent sur les gros bras. Ils étaient verts comme la mousse environnante, gris comme l'écorce des arbres et puis, quand la neige se mit à tomber plus fort, blancs. Le géant soupira et marmonna quelques mots. Il avait l'air vraiment très déçu. Puis il déposa doucement Fenoglio, lui fit encore une pichenette pour s'assurer qu'il était bien mort – « ne bouge pas, Fenoglio ! » – et étala sur son visage une poignée de feuilles de chêne sèches, remplies de cloportes et d'autres hôtes de la forêt aux multiples pattes qui se cherchèrent une nouvelle cachette dans ses vêtements. « Fais le mort, Fenoglio ! Pipo ne t'a-t-il pas mis une chenille sur le visage une fois ? Tu n'as pas bougé, à sa grande déception… »

Il ne bougea pas, même quand quelque chose de très poilu lui grimpa sur le nez. Il attendit que les pas s'éloignent, que la terre sous lui cesse de vibrer comme un tambour. Celui qu'il avait appelé à l'aide s'en alla, le laissant seul avec toutes les autres créatures. Et maintenant ?

Tout redevint silencieux. Les vibrations n'étaient plus qu'un murmure dans le lointain. Fenoglio enleva les feuilles sèches sur son visage et sa poitrine et s'assit en gémissant. Il avait les jambes lourdes, mais elles le portaient encore. Mais où ? « Sur les traces du géant, Fenoglio, évidemment ! Elles devraient te ramener directement aux nids. Tu devrais pouvoir les lire tout seul ! »

Là. La dernière trace de pas. Oh, que ses côtes lui faisaient mal ! Ne s'en était-il pas cassé une ? Dans ce cas, il devrait à son tour faire appel aux bons soins de Roxane. Ce qui n'était pas une perspective désagréable.

Mais elle n'était pas seule à l'attendre à son retour : il y avait aussi la signora Loredan, avec sa langue bien pendue. Oh, oui, elle aurait sûrement son mot à dire sur son expérience avec le géant. Et le Gringalet…

Sans le vouloir, Fenoglio pressa le pas, malgré ses côtes endolories. Et s'ils étaient revenus et les avaient tous fait descendre de leur arbre, Loredan et les enfants, Meggie et Minerve, Roxane et tous les autres… Ah, que ne leur avait-il envoyé la peste, au Gringalet et à ses hommes ? Ce qui était terrible dans l'écriture, c'était que les possibilités étaient infinies. Comment savoir laquelle était la bonne ? « Mais avoue, Fenoglio, un géant, c'était très tentant ! » Surtout que la peste ne les aurait sûrement pas arrêtés au pied de l'arbre.

Il s'immobilisa et tendit l'oreille, redoutant que le monstre ne revienne. « Le monstre, Fenoglio ? Mais que t'a-t-il fait, ce géant ? T'a-t-il arraché la tête ou une jambe ? Alors ? »

Ce qui était arrivé au Prince noir était un accident. Mais où se trouvait donc l'endroit où il gisait ? Sous les arbres, tout était identique et les pas du géant étaient si grands qu'entre chaque empreinte, on pouvait se perdre. Fenoglio leva les yeux vers le ciel. Des flocons de neige se posèrent sur son front. Le soir commençait à tomber ! Il ne manquait plus que ça ! Il se remémora aussitôt toutes les créatures nocturnes dont il avait peuplé son monde. Il ne souhaitait en rencontrer aucune.

Là ! Qu'est-ce que c'était ? Des pas ! Il recula, s'adossa à un arbre.

– Tisseur de Mots !

Un homme s'approchait. Baptiste ? Fenoglio fut si heureux de revoir son visage piqué de variole ! Soudain, il n'y eut pas de monde plus beau que le sien !

– Tu es vivant ? s'exclama Baptiste. Nous croyions déjà que le géant t'avait dévoré !

– Le Prince noir…

Fenoglio était surpris de voir à quel point il avait de la peine.

Baptiste l'attira vers lui.

– Je sais. L'ours l'a trouvé.

– Il est… ?

Baptiste sourit.

– Non, il est tout aussi vivant que toi. Mais je ne suis pas certain qu'il soit indemne. Apparemment, la Mort ne veut pas de lui ! D'abord le poison, puis un géant… peut-être que pour les Femmes blanches, il est trop noir ! Mais maintenant, il faut nous dépêcher de retourner dans les nids. Je redoute le retour du Gringalet. Il a sûrement aussi peur de son beau-frère que du géant !

Le Prince noir était sous l'arbre au pied duquel le géant l'avait enseveli, adossé au tronc et l'ours lui léchait tendrement le visage. Il avait encore dans les cheveux et sur ses vêtements les feuilles dont l'avait recouvert le géant avec sollicitude. Il était vivant ! Gêné, Fenoglio sentit une larme couler sur sa joue. Il se retint de lui sauter au cou.

– Tisseur de Mots ! Comment t'es-tu tiré d'affaire ?

Le brigand avait l'air de souffrir et, quand il voulut se lever, Baptiste le retint doucement.

– Oh, c'est toi qui m'as montré comment, Prince ! répondit Fenoglio d'une voix rauque. Ce géant n'avait visiblement d'intérêt que pour les jouets vivants.

– Une chance pour nous, n'est-ce pas ? répondit le Prince en fermant les yeux.

« Il mérite mieux que toutes ces souffrances et ces luttes », pensa Fenoglio.

Quelque chose craqua dans le sous-bois. Effrayé, Fenoglio sursauta, mais ce n'était que Farid, accompagné de deux brigands : ils portaient une civière faite de branches. Le garçon lui fit un signe mais, visiblement, il n'était pas aussi content de le revoir que les autres. Son regard noir était dépourvu de bienveillance. Oui, Farid savait bien trop de choses sur Fenoglio et sur le rôle qu'il jouait dans ce monde. « Ne me regarde pas avec cet air lourd de reproche, voulait-il lui lancer. Qu'aurions-nous pu faire d'autre ? » Meggie aussi avait trouvé que c'était une bonne idée, même si… il devait bien l'avouer, elle avait émis quelques doutes.

– Je ne comprends pas d'où est sorti ce géant ! déclara Baptiste. Déjà quand j'étais petit, les géants n'existaient plus guère que dans les contes. Je ne connais pas un ménestrel qui en ait déjà vu un, en dehors de Doigt de Poussière, et il s'aventurait toujours beaucoup plus loin dans les montagnes que nous !

Farid tourna le dos à Fenoglio sans mot dire et coupa encore quelques branches pour la civière. L'ours aurait sûrement voulu porter son maître sur son dos poilu. Baptiste eut du mal à le retenir quand ils hissèrent le Prince noir sur la civière, mais son maître lui dit quelques mots à voix basse et l'animal se résigna à trottiner à côté de lui.

« Alors ! Qu'est-ce que tu attends, Fenoglio ? Suis-les, se dit-il, en emboîtant le pas à Baptiste malgré ses jambes endolories. On ne va pas te porter, toi. Et prie pour que le Gringalet ne soit pas revenu ! »

64
Lumière

Mais ce n'étaient que des terreurs nocturnes, des fantômes de l'esprit qui déambulent dans la nuit.

Washington Irving, *La Légende de Sleepy Hollow*

Le feu était partout. Il courait le long des murs, léchait les plafonds, jaillissait de la pierre, apportant autant de lumière que si le soleil s'était levé soudain dans le château plongé dans l'obscurité pour consumer sa chair bouffie.

Tête de Vipère criait sur le Fifre à en perdre la voix. Il frappa du poing sa poitrine osseuse et voulut lui enfoncer son nez d'argent au plus profond de la chair saine qu'il lui enviait tant.

Le danseur de feu était revenu de chez les morts pour la deuxième fois et le Geai bleu s'était évadé d'un de ces trous dont son beau-père disait toujours qu'aucun prisonnier n'en était jamais sorti vivant. « Envolé ! murmuraient ses soldats. Il s'est envolé, et maintenant, il erre à travers le château comme un loup affamé. Il va nous tuer tous ! »

Les deux soldats qui avaient gardé le trou n'étaient pas morts et il avait chargé le Poucet de s'occuper d'eux, mais le Geai en avait déjà tué six autres, et à chaque cadavre qu'ils trouvaient, les murmures se faisaient plus sonores ! Ils s'enfuyaient, ses soldats, sur le pont, dans le passage sous le lac, ils n'avaient plus qu'une chose en tête : quitter ce château hanté qui appartenait désormais au danseur de feu et au Geai bleu. Certains avaient même sauté dans le lac et n'avaient plus refait surface. Les autres tremblaient comme une horde d'enfants paniqués, tandis que les murs et leurs peintures brûlaient et que la lumière consumait son cerveau et sa peau.

– Amenez-moi Œil Double ! hurla-t-il, et le Poucet traîna Orphée jusque dans sa chambre.

Jacopo en profita pour se glisser dans la pièce, comme un ver surgi de terre.

– Éteins le feu ! (La gorge de Tête de Vipère lui faisait mal comme si les étincelles étaient venues s'y nicher.) Éteins-le immédiatement et ramène-moi le Geai bleu, ou je t'arrache ta langue de lèche-bottes ! Est-ce pour ça que tu m'as persuadé de le mettre dans ce trou ? Pour qu'il puisse s'échapper ?

Les yeux bleu délavé étaient flous derrière les verres – des verres comme ceux que portait sa fille –, et sa voix sournoise semblait avoir baigné dans de l'huile. Même si la peur y grinçait.

– J'avais bien dit au Fifre de poster plus de deux gardes au bord du trou… (Un serpent sournois, bien plus malin que Nez d'Argent, tant d'innocence feinte, difficile à cerner même pour lui…) Encore quelques heures et le Geai vous aurait supplié de le laisser relier le livre. Demandez aux gardes. Ils l'ont entendu se tordre comme un ver accroché à l'hameçon, gémir et soupirer.

– Les gardes sont morts. Je les ai livrés au Poucet pour qu'on entende leurs cris dans tout le château.

Le Poucet ajusta ses gants noirs.

– Œil Double dit vrai. Les gardes n'ont pas cessé de bredouiller que le Geai était au plus mal dans le trou. Ils l'ont entendu crier et soupirer et se sont assurés à plusieurs reprises qu'il était encore en vie. Je voudrais bien savoir comment tu as fait ça. (L'espace d'un instant, ses yeux de rapace se posèrent sur Orphée.) Il paraît que le Geai a murmuré un nom plusieurs fois…

Tête de Vipère mit ses mains devant ses yeux irrités.

– Quel nom ? Celui de sa fille ?

– Non, c'était un autre nom, répondit le Poucet.

– Resa. Celui de sa femme, Votre Altesse.

Orphée grimaça un sourire – soumis ou suffisant, Tête de Vipère n'en était pas certain. Le Fifre lui lança un regard haineux.

– Les hommes ne tarderont pas à capturer sa femme. Et sa fille !

– Et à quoi cela me servira-t-il ?

Tête de Vipère enfonça ses poings dans ses yeux, mais le feu était toujours là. La douleur le découpait en tranches, en tranches nauséabondes et celui à qui il devait cela se moquait de lui pour la deuxième fois. Il lui fallait le livre ! Un nouveau livre qui guérirait sa chair. Elle pendait sur ses os comme de la boue, de la boue lourde, humide et fétide.

Le Geai bleu.

– Emmène deux de ceux qui ont tenté de fuir sur le pont, que tous puissent les voir, lança-t-il, et va chercher ton chien, dit-il à Orphée. Il doit avoir faim.

Les hommes crièrent comme des bêtes quand l'ombre

659

noire les dévora et Tête de Vipère s'imagina que les cris qui résonnaient jusque dans sa chambre étaient ceux du Geai bleu. Il lui était redevable de beaucoup de cris.

Orphée écouta, le sourire aux lèvres, et l'esprit de la nuit revint, comme un chien fidèle repu. Il se fondit en haletant dans l'ombre d'Orphée et sa noirceur fit même frissonner Tête de Vipère. Orphée quant à lui ajusta ses lunettes d'un air satisfait. À la lueur des étincelles, les verres ronds avaient des reflets jaunes. Œil Double.

– Je vais vous ramener le Geai bleu, dit-il, et Tête de Vipère sentit que l'assurance de sa voix de velours l'amadouait à nouveau. Il ne vous a pas échappé, malgré les apparences. Je l'ai attaché avec des chaînes invisibles. Je les ai moi-même forgées avec ma magie noire, ces chaînes lui pèsent et font remonter en lui d'anciennes douleurs. Il sait que c'est moi qui lui envoie ces souffrances et qu'elles ne cesseront pas tant que je vivrai. Il va donc essayer de me tuer. Demande au Poucet de surveiller ma chambre et le Geai bleu lui tombera dans les bras. Ce n'est plus notre problème. C'est celui du danseur de feu !

Tête de Vipère fut surpris de voir tant de haine sur le visage blême. Cette forme de haine si intense qui se substitue généralement à l'amour.

– Bon. Il est revenu encore une fois de chez les morts ! (La haine d'Orphée collait à chaque mot et alourdissait sa langue.) Et il se comporte en seigneur de ce château, mais suivez mon conseil et son feu s'éteindra bientôt !

– De quel conseil s'agit-il ?

Orphée sourit.

– Envoyez le Poucet chez votre fille. Qu'il la jette dans un de ces trous et fasse courir le bruit qu'elle a aidé le Geai bleu à s'enfuir ! Que cesse enfin la rumeur stupide qui fait trembler de peur vos soldats ! Et faites enfermer sa jolie servante dans la cage où était détenu le Geai bleu. Dites au Poucet de ne pas la traiter avec trop d'égards.

Le feu se reflétait dans les verres devant les yeux d'Orphée et Tête de Vipère ressentit un instant ce qu'il n'avait encore jamais ressenti… la peur d'un autre homme. C'était un sentiment intéressant. Comme un picotement dans la nuque, un léger poids sur l'estomac…

– C'est exactement ce que j'avais l'intention de faire, dit-il, et il lut dans les yeux délavés qu'Orphée savait qu'il mentait.

« Je vais devoir le tuer, pensa Tête de Vipère. Dès que le nouveau livre sera relié. » Aucun homme n'avait le droit d'être plus malin que son maître. Surtout pas quand il était le maître d'un chien aussi dangereux.

65
Rendu visible

C'était inutile. Le cerveau avait sa propre nourriture et s'en engraissait, et l'imagination, rendue grotesque par la terreur, déformée et tordue comme un être vivant qu'on torture, dansait, tel un hideux pantin sur une scène, et grimaçait derrière des masques animés.

Oscar Wilde, *Le Portrait de Dorian Gray*

–Tu dois partir ! Dans ce château, tu es en danger partout !

Doigt de Poussière le lui répétait inlassablement, mais Mo secouait la tête.

– Il faut que je trouve le livre vide.

– Laisse-moi le chercher. J'y inscrirai les trois mots. Je sais assez bien écrire pour ça !

– Non. Ce n'est pas ce qui était convenu. Imagine qu'elle vienne quand même chercher Meggie ? C'est moi qui ai relié le livre, c'est moi qui dois le faire disparaître. Et d'ailleurs, Tête de Vipère souhaite ta mort autant que la mienne.

– Il suffit que je me glisse hors de ma peau.

– La dernière fois, tu as failli ne pas y revenir.

Comme ils étaient proches tout à coup ! Comme les deux faces d'une même pièce de monnaie, comme les deux visages d'un même homme.

– De quel accord parlez-vous ?

Ils regardèrent Resa comme s'ils souhaitaient tous les deux qu'elle fût loin, très loin. Mo était pâle, mais ses yeux étaient noirs de colère et il ne cessait de passer la main sur son ancienne blessure. Que lui avaient-ils donc fait dans cet horrible trou ?

Dans la chambre où ils se cachaient, la poussière s'était déposée en neige fine. Le crépi du plafond était si humide que, par endroits, il s'était détaché. Le château du Lac était malade. Peut-être même agonisant, mais sur les murs, les moutons côtoyaient toujours les loups et rêvaient d'un monde qui n'existait pas. La chambre avait deux fenêtres. Dans la cour au-dessous, il y avait un arbre mort.

Des murs, des chemins de ronde, des tours, des ponts... Un piège de pierre... Resa eut envie d'avoir de nouveau des ailes. Sa peau la démangeait, comme si les tiges des plumes ne demandaient qu'à la traverser.

– Mo, de quel marché s'agit-il ?

Elle se glissa entre les deux hommes, exigeant de partager leur complicité.

Quand il le lui dit, elle se mit à pleurer. Elle comprenait enfin. Qu'il reste ou qu'il s'enfuie, il était prisonnier de la Mort. Prisonnier d'un piège de pierre et d'encre. Et sa fille avec lui. Il la prit dans ses bras, mais il n'était pas là. Il était toujours dans le trou, se noyant dans la haine et la peur. Son cœur battait si fort qu'elle eut peur qu'il se brise dans sa poitrine.

– Je vais le tuer ! l'entendit-elle dire alors qu'elle pleurait contre son épaule. Il y a longtemps que j'aurais dû le faire. Et après, j'irai chercher le livre.

Elle ne savait que trop bien de qui il parlait. Orphée. Il l'écarta et prit son épée. Elle était pleine de sang, mais il essuya la lame sur sa manche. Il portait toujours ses habits noirs de relieur, même si ce costume n'était plus d'actualité pour lui. Il se dirigea vers la porte d'un pas résolu, mais Doigt de Poussière l'arrêta.

– Qu'est-ce qui te prend ? dit-il. Orphée a lu les mots, mais c'est toi qui leur donnes vie !

Il leva les mains et le feu écrivit des mots dans l'air, des mots terribles qui ne parlaient tous que d'un seul homme : le Geai bleu. Mo tendit la main comme pour les effacer, mais ils lui brûlèrent les doigts, tout autant que le cœur.

– Orphée n'attend que ça, que tu ailles le chercher ! dit Doigt de Poussière. Il va te servir à Tête de Vipère sur un plateau d'encre. Défends-toi ! Ce n'est pas agréable de lire des mots qui décident de votre destin. Je suis bien placé pour le savoir, mais en ce qui me concerne, ils ne sont pas devenus réalité. Les mots n'ont que le pouvoir qu'on veut bien leur donner. C'est moi qui vais aller trouver Orphée, pas toi. Je ne suis pas expert en l'art de tuer. Mourir ne m'a même pas appris ça, mais je peux lui voler les livres dont il se sert pour trouver les mots justes. Et quand tu auras les idées plus claires, nous irons ensemble chercher le livre vide.

– Et si les soldats trouvent Mo avant ?

Resa ne quittait pas des yeux les mots embrasés. Doigt de Poussière passa la main sur la peinture qui s'estompait sur les murs de la chambre et le loup se mit à bouger.

– Je vous laisse un chien de garde, pas aussi terrible que celui d'Orphée, mais si les soldats arrivent, il se mettra à hurler et j'espère qu'il les retiendra juste assez pour vous laisser le temps de trouver une autre cachette. Le feu va apprendre aux hommes de Tête de Vipère à avoir peur de toutes les ombres.

Le loup bondit du mur avec sa fourrure embrasée et suivit Doigt de Poussière dehors. Mais les mots étaient toujours là et Resa les relut :

Mais quand le Geai bleu refusa de se plier aux exigences de Tête de Vipère, le seul qui put le conseiller fut l'étranger, celui qui était venu de loin. Il comprit que le Geai bleu ne pourrait être brisé que par un homme, et cet homme, c'était lui. Et il réveilla en lui tout ce que le Geai bleu se cachait à lui-même : la peur qui lui ôtait la peur, la colère qui le rendait invincible. Il le fit jeter dans l'obscurité où il le laissa lutter avec lui-même – avec la douleur qui l'habitait encore, qui n'était ni oubliée ni guérie, avec toute la peur que les liens et les chaînes avaient fait naître en lui et la colère que la peur avait semée en lui. Il peignit dans son cœur des images horribles, des images…

Resa ne lut pas plus loin. C'étaient des mots terribles. Mais le feu avait gravé les dernières phrases dans sa mémoire.

Et le Geai bleu, brisé par les zones d'ombre en lui, supplia Tête de Vipère de le laisser lui relier un deuxième livre, encore plus beau que le premier. Mais, dès qu'il eut le livre entre les mains, le Prince argenté le fit mourir dans les souffrances les plus atroces et les ménestrels chantèrent la dernière chanson du Geai bleu.

Mo avait tourné le dos aux mots. Il était là, au milieu de la poussière accumulée comme de la neige grise pendant des années et des années et regardait ses mains, semblant ne plus savoir si elles faisaient ce qu'il leur ordonnait ou obéissaient aux mots qui se consumaient derrière lui.

– Mo ?

Resa l'embrassa. Elle savait que ce qu'elle allait faire ne lui plairait pas. Il la regarda d'un air sombre et absent.

– Je vais chercher le livre vide. Je le trouverai et inscrirai dedans les trois mots pour toi.

« Pour que Tête de Vipère meure avant que les mots d'Orphée ne deviennent réalité, poursuivit-elle en pensée, et avant que le nom que t'a donné Fenoglio ne te tue. »

Et elle mit les graines dans sa bouche. Quand il comprit ce qu'elle venait de dire, Mo voulut l'arrêter, mais elle les avait déjà sous la langue.

– Non, Resa !

Elle s'envola et traversa les lettres de feu. La chaleur lui brûla la poitrine.

– Resa !

Non. Cette fois, c'est lui qui allait devoir attendre. « Reste où tu es, pensa-t-elle. Je t'en prie, Mo. »

66
De l'amour travesti en haine

> D'où vient cet amour ? Je l'ignore ; il s'est emparé de moi
> comme un voleur dans l'obscurité [...]. Je pouvais seule-
> ment espérer que mes crimes soient si monstrueux et que
> mon amour n'apparaisse pas plus gros qu'une graine de
> moutarde dans leur ombre. Et j'aurais aimé avoir commis
> de plus grands crimes encore pour mieux cacher mon
> amour... Mais la graine de moutarde avait pris racine,
> elle se développait, et la petite pousse verte écartelait
> mon cœur.
>
> Philip Pullman, *Le Miroir d'ambre*

Tête de Vipère voulait du sang de fée, une pleine cuve,
pour y baigner sa peau qui le démangeait. Orphée était en
train d'écrire une histoire avec des nids de fées dans les
cerisiers dénudés qui poussaient sous ses fenêtres quand il
entendit des pas furtifs. Il reposa sa plume si brusquement
qu'elle aspergea d'encre les pieds gris d'Éclat de Fer. Le
Geai bleu !

Orphée crut sentir déjà l'épée entre ses omoplates : car
enfin, c'était bien lui qui avec ses mots avait semé en Mo

667

l'envie de tuer, qui lui avait insufflé la fureur et la rage. Comment avait-il pu tromper la vigilance des gardes ? Il y en avait trois derrière la porte et, dans la pièce voisine, le Poucet veillait. Mais quand Orphée se retourna, l'homme qu'il avait devant lui n'était pas Mortimer, mais Doigt de Poussière.

Que faisait-il ici ? Pourquoi n'était-il pas devant la cage dans laquelle sanglotait sa fille, et pourquoi ne se laissait-il pas dévorer par l'esprit de la nuit ?

Doigt de Poussière. Un an plus tôt, la perspective de le voir devant lui aurait rendu Orphée fou de joie – dans la chambre sinistre où il logeait alors, entouré de livres qui parlaient tous de la nostalgie qu'il avait au cœur sans pouvoir l'assouvir, de la nostalgie d'un monde à sa dévotion, du désir d'échapper à la grisaille de sa vie, de devenir l'Orphée qui sommeillait en lui, que les autres, ceux qui se moquaient de lui, ne voyaient pas… Nostalgie n'était sans doute pas le mot juste. Il était trop doux, trop docile, trop résigné à son sort. Ce qui le poussait, c'était la convoitise, la convoitise de tout ce qu'il ne possédait pas.

Oh, oui. Qu'il eût été heureux alors de voir Doigt de Poussière ! Mais maintenant, le sentiment qui faisait battre son cœur était tout autre : la haine qu'il ressentait désormais avait, certes, un arrière-goût d'amour, mais ne le rendait pas plus docile pour autant. Et soudain, Orphée vit dans ce livre l'occasion d'une vengeance si parfaite qu'il ne put s'empêcher de sourire.

– Tiens, tiens, mon ami d'enfance ! Mon ami infidèle. (Orphée glissa le livre de Violante sous le parchemin dont il se servait. Éclat de Fer s'accroupit derrière l'encrier, apeuré. La peur. Pas toujours un sentiment négatif. Ce pouvait être parfois très stimulant.) Je suppose que tu es ici pour me dérober des livres ? poursuivit-il. Cela ne sera d'aucun secours au Geai bleu. Les mots ont été lus et il leur obéira. C'est le prix à payer quand on fait sienne une histoire. Mais parlons de toi. As-tu vu ta fille ces derniers temps ?

Il n'était pas au courant ! Ah. L'amour. Oui, contre l'amour, même le cœur sans peur que Doigt de Poussière avait ramené de chez les morts ne pouvait rien.

– Tu devrais aller la voir. Elle sanglote à vous fendre le cœur et s'arrache ses beaux cheveux.

Le regard qu'il lui lança ! « Je te tiens ! pensa Orphée. Je vous ai tous les deux à l'hameçon, toi et le Geai bleu. »

– Mon chien noir surveille ta fille, ajouta-t-il, et chaque mot avait un goût de vin épicé. Elle doit avoir très peur, mais je lui ai ordonné de ne pas s'attaquer tout de suite à sa chair exquise, ni à son âme.

Oui, la peur pouvait quand même saisir Doigt de Poussière. Son visage lisse avait pâli. Il regarda l'ombre d'Orphée, mais l'esprit de la nuit n'en surgissait pas : il était devant la cage dans laquelle Brianna pleurait et appelait son père.

– S'il la touche, je te tue. Je ne suis pas expert en la matière mais pour toi, j'apprendrai !

Sans ses cicatrices, le visage de Doigt de Poussière était beaucoup plus vulnérable. Des étincelles recouvraient ses vêtements et ses cheveux.

Orphée devait admettre qu'il était toujours son personnage préféré. Quoi qu'il fasse et bien qu'il l'eût souvent trahi, cela ne changeait rien. Son cœur l'aimait, comme un chien aime son maître. Raison de plus pour éliminer définitivement le danseur de feu de cette histoire, même si c'était terriblement dommage. Il n'était venu le trouver que pour protéger le Geai bleu ; à peine croyable ! Tant de grandeur d'âme ne lui ressemblait pas ! Non. Il était temps de faire jouer au danseur de feu un rôle qui lui siérait mieux.

– Tu peux obtenir la libération de ta fille ! déclara Orphée en savourant chaque mot.

Quelle douce vengeance ! La martre juchée sur l'épaule de Doigt de Poussière montra les dents. L'horrible bête.

Doigt de Poussière caressa son pelage marron.

– Et comment ?

Orphée se redressa.

– Eh bien… d'abord, éteins immédiatement les illuminations que tu as introduites si habilement dans ce château.

Les étincelles sur les murs s'enflammèrent, comme si elles voulaient s'emparer de lui, puis s'éteignirent. Elles ne continuèrent à briller que sur les cheveux et les vêtements de Doigt de Poussière. Quelle arme terrible pouvait être l'amour ! Y avait-il poignard plus acéré ? Le moment était venu de l'enfoncer dans son cœur infidèle.

– Ta fille se morfond dans la cage où était enfermé le Geai bleu, reprit Orphée. Évidemment, avec ses cheveux de feu, elle est beaucoup plus belle. Comme un oiseau rare et précieux…

Les étincelles enveloppaient Doigt de Poussière d'un voile de brume rouge.

– Amène-nous l'oiseau dont la place est dans cette cage. Amène-nous le Geai bleu, et ta fille si belle sera libre. Si tu refuses, je donnerai sa chair et son âme en pâture à mon chien noir. Ne me regarde pas comme ça ! Autant que je

670

sache, tu as déjà joué le rôle du traître. Je voulais t'en écrire un meilleur, mais tu n'as pas voulu en entendre parler.

Doigt de Poussière le regardait toujours sans rien dire.

– Tu m'as volé le livre ! (Orphée en perdait sa voix, les mots avaient un goût si amer !) Tu as pris le parti du relieur, alors qu'il t'avait arraché à ton histoire, au lieu de m'être fidèle, à moi qui t'avais ramené dans ton monde ! C'était cruel, très cruel. (Il eut soudain les larmes aux yeux.) Qu'est-ce que tu croyais ? Que j'allais accepter cette trahison sans broncher ? Non. En fait, je voulais seulement te renvoyer chez les morts, sans âme, vide comme un insecte auquel on aurait retiré sa substance, mais cette vengeance-là me plaît encore mieux. Je vais faire de toi un traître. Comme cela va faire mal au noble cœur du relieur !

Les flammes dansèrent de nouveau sur les murs. Elles surgirent du sol et calcinèrent les bottes d'Orphée. Éclat de Fer gémit de peur et enfouit sa tête dans ses bras de verre. La colère de Doigt de Poussière était contenue dans les flammes, elle irradiait sur son visage et retombait du plafond en une pluie d'étincelles.

– Éloigne ton feu de moi ! lui cria Orphée. Je suis le seul qui puisse commander à l'esprit de la nuit, et c'est ta fille qu'il dévorera en premier quand il aura faim. Ce qui ne saurait tarder. Je veux que tu dessines une trace de feu qui mène à l'endroit où se cache le Geai bleu et je serai celui qui la montrera à Tête de Vipère. Compris ?

Les flammes sur les murs s'éteignirent pour la deuxième fois, ainsi que les bougies sur le pupitre, et la chambre d'Orphée fut plongée dans l'obscurité. Seul Doigt de Poussière était encore enveloppé d'étincelles, comme si le feu était en lui.

Pourquoi son regard le remplissait-il encore de honte ? Pourquoi ressentait-il encore de l'amour ? Orphée ferma les yeux et, quand il les rouvrit, Doigt de Poussière avait disparu.

Quand Orphée sortit de la pièce, il vit les gardes s'approcher, leurs visages grimaçant de peur.

– Nous avons vu le Geai bleu ! bafouillèrent-ils. Il était fait de feu et, soudain, il est parti en fumée. Le Poucet est allé prévenir Tête de Vipère.

Les imbéciles. Il les donnerait tous en pâture à l'esprit de la nuit. « Ne t'énerve pas, Orphée. Tu vas bientôt livrer le vrai Geai bleu à Tête de Vipère. Et ton esprit de la nuit dévorera aussi le danseur de feu. »

– Va dire au Prince argenté d'envoyer des hommes dans la cour sous ma fenêtre, ordonna-t-il au garde. Ils y trouveront assez de nids de fées pour lui remplir de sang une baignoire.

Puis il revint dans sa chambre et lut à voix haute pour faire surgir les nids. Mais à travers les lettres, Doigt de Poussière le regardait, comme s'il vivait derrière chacune d'entre elles. Comme si elles ne parlaient toutes que de lui.

67

L'autre nom

J'écris ton nom. Deux syllabes. Deux voyelles. Ton nom te fait grandir, est plus grand que toi. Tu reposes dans un coin, tu dors, ton nom te réveille. Je l'écris. Tu ne pourrais t'appeler autrement. Ton nom, c'est toi tout entier, c'est le goût que tu as, ton odeur. Si on t'appelle par un autre nom, tu disparais. Je l'écris. Ton nom.

Susan Sontag, *La Scène de la lettre*

Le château du Lac avait été construit pour mettre à l'abri du monde des enfants malheureux, mais plus il errait à travers les couloirs, plus Mo avait le sentiment que le château n'était là que pour le noyer dans l'obscurité de ses murs peints. Le loup de feu de Doigt de Poussière ouvrait la marche, il semblait connaître le chemin et Mo le suivait. Il tua quatre autres soldats. Le château appartenait au danseur de feu et au Geai bleu, il le lisait sur leurs visages et la colère qu'Orphée attisait en lui le faisait se cogner si souvent que ses vêtements noirs étaient imbibés de sang. Noir. Les mots d'Orphée avaient rendu son cœur noir.

« Au lieu de les tuer, tu aurais dû leur demander le chemin ! » pensa-t-il, amer, en se baissant pour passer sous l'arc d'un portail. Une nuée de pigeons s'envola. Pas d'hirondelles. Pas une seule. Où était Resa ? Où pouvait-elle bien être ? Dans la chambre de Tête de Vipère, en quête du livre qu'il avait relié jadis pour la sauver ? Une hirondelle passa, fendant l'air – sous l'effet des mots d'Orphée, les pas de Mo étaient de plomb.

Là-bas. N'était-ce pas la tour dans laquelle Tête de Vipère s'était réfugié ? Doigt de Poussière l'avait décrite ainsi. Deux autres soldats… Affolés, ils reculèrent en le voyant. « Tue-les vite, Mo, avant qu'ils ne se mettent à crier. » Du sang. Du sang rouge comme le feu. Le rouge n'avait-il pas été sa couleur préférée ? Maintenant, rien que de la voir, il en avait la nausée. Il enjamba les morts, déroba à l'un d'entre eux sa cape gris argent, mit le casque de l'autre sur sa tête. Peut-être pourrait-il ainsi éviter d'en tuer d'autres.

Le couloir suivant lui parut familier : il n'y avait pas de gardes. Le loup continua, mais Mo s'arrêta devant la porte et la poussa.

Les livres morts. La bibliothèque perdue. Il baissa son épée et entra. Les étincelles de Doigt de Poussière brillaient là aussi. Elles dissipaient en se consumant l'odeur de moisi et de pourri qui flottait dans l'air.

Des livres. Il posa son épée sanglante contre le mur, caressa les dos tachés des ouvrages et sentit que le poids des mots sur ses épaules s'allégeait. Il n'était plus le Geai bleu, ni Langue Magique, il était juste Mortimer. Sur lui, Orphée n'avait rien écrit. Mortimer Folchart. Relieur.

Mo prit un livre dans sa main. Le pauvre. Il était perdu.

Il en attrapa un autre, et encore un autre… et entendit un froissement. Aussitôt, il tendit la main vers son épée et les mots d'Orphée surgirent de nouveau dans son cœur.

Des piles de livres tombèrent. Un bras apparut entre les cadavres imprimés. Puis un deuxième, sans main. Balbulus.

– Ah, c'est toi qu'ils cherchent ! (L'enlumineur se redressa ; les doigts de sa main gauche étaient maculés d'encre.) Depuis que je me suis réfugié ici pour échapper au Fifre, aucun soldat n'a franchi cette porte. L'odeur pestilentielle doit les en éloigner. Mais aujourd'hui, deux sont passés. Comment leur as-tu échappé ? Ils ont dû te surveiller mieux que moi, évidemment !

– Avec du feu et des plumes, répondit Mo en appuyant son épée contre le mur.

Il ne voulait pas se souvenir. Il voulait oublier le Geai bleu, juste pour quelques instants, et entre le parchemin et les couvertures de cuir, trouver du bonheur au lieu de tant de malheur.

Balbulus suivit son regard. Il devait lire la nostalgie dans ses yeux.

– J'ai trouvé quelques livres qui ne sont pas en trop mauvais état. Tu veux les voir ?

Mo tendit l'oreille. Dehors, le loup était tranquille ; il crut entendre des voix, mais non, elles s'éloignaient.

Seulement quelques instants.

Balbulus lui donna un livre à peine plus gros que sa main. Il avait quelques trous, sans doute causés par des rongeurs, mais le moisi l'avait épargné. La reliure était très bien faite. Ses doigts feuilletèrent avec bonheur les pages manuscrites, retrouvant une sensation qui leur avait tellement manqué ! Et ses yeux étaient si avides de mots, de ceux qui l'avaient transporté dans ce monde au lieu de l'enfermer et de le manipuler. Ses mains avaient la nostalgie d'un couteau pour découper du papier, et non de la chair.

– Qu'est-ce que c'est ? murmura Balbulus.

L'obscurité tombait dans la pièce. Le feu sur les murs s'était éteint et Mo ne voyait presque plus le livre qu'il avait dans la main.

– Langue Magique ?

Il se retourna.

Doigt de Poussière était dans l'embrasure de la porte – une ombre bordée de feu.

– J'ai vu Orphée.

Il n'avait plus la même voix. La sérénité que la mort lui avait donnée avait disparu, cédant le pas à l'ancien désespoir qu'ils avaient tous deux presque oublié.

– Que s'est-il passé ?

Doigt de Poussière fit surgir le feu de l'obscurité et au milieu, une cage, une cage dans laquelle une jeune fille pleurait. Brianna. Mo lut sur le visage de Doigt de Poussière la peur que lui-même avait souvent ressentie. La chair de sa chair. Son enfant. Un mot si fort. Le plus fort de tous.

Doigt de Poussière n'eut qu'à le regarder pour que Mo lise dans ses yeux le rôle que jouerait l'esprit de la nuit qui gardait sa fille et le prix à payer pour la libérer.

– Alors ? (Mo tendit l'oreille.) Les soldats sont-ils déjà dehors ?

– Je n'ai pas encore tracé la voie.

Mo ressentit la peur de Doigt de Poussière comme si c'était Meggie qui se trouvait dans la cage, comme si c'étaient ses pleurs qui montaient du feu.

– Qu'est-ce que tu attends ? Conduis-les ! dit-il. Il est temps que mes mains se remettent à relier un livre, même s'il ne pourra jamais être fini. Laisse-les capturer le relieur, pas le Geai bleu. Ils ne remarqueront pas la différence. Et je vais envoyer le Geai bleu loin, très loin… laisse-le dormir dans le trou, avec les mots d'Orphée.

Doigt de Poussière souffla dans l'obscurité et à la place de la cage, le feu forma le signe que Mo avait imprimé sur la reliure de tant de livres : une tête de licorne.

– Si tu le veux, dit-il à voix basse, mais si tu reprends le rôle du relieur, quel sera le mien ?

– Celui du sauveur de ta fille, répondit Mo. Du sauveur de ma femme. Resa est partie chercher le livre vide. Aide-la à le trouver et apporte-le-moi.

« Pour que je puisse y écrire la fin de cette histoire », pensa-t-il. Il suffisait de trois mots. Et soudain, il eut une idée qui le fit sourire dans l'obscurité. Sur Resa, Orphée n'avait rien écrit, pas le moindre mot. Qui d'autre avait-il oublié ?

68
Retour

Retour
Qui que tu sois, si solitaire que tu sois,
Le monde s'offre à ton imagination,
il t'appelle, avec les cris de l'oie sauvage,
criards et excitants –
annonçant sans cesse ta place
dans la famille des choses.

Mary Oliver, *Wild Geese*

Roxane s'était remise à chanter. Pour les enfants que la peur du Gringalet empêchait de dormir. Et tout ce que Meggie avait entendu dire à propos de sa voix était vrai. Même l'arbre semblait l'écouter, les oiseaux dans ses branches les plus lointaines, les animaux qui vivaient entre ses racines et les étoiles dans le ciel sombre. La voix de Roxane était réconfortante, même si elle chantait souvent des chansons tristes et si Meggie percevait dans chaque parole sa nostalgie de Doigt de Poussière.

Entendre parler de nostalgie console, quand son propre cœur en déborde. La nostalgie d'un sommeil sans peur et de jours insouciants, de terre ferme sous les pieds, d'un ventre plein, des ruelles d'Ombra, de sa mère… et de son père.

Meggie leva les yeux vers le nid dans lequel Fenoglio avait écrit. Elle ne savait plus pour qui elle devait le plus s'inquiéter : pour Fenoglio et le Prince noir, pour Farid qui avait suivi le géant avec Baptiste ou pour Doria qui était déjà redescendu de l'arbre, malgré l'interdiction des brigands, afin de vérifier si le Gringalet était bien parti. Quant à ses parents, elle s'efforçait de ne pas y penser, mais soudain, la voix de Roxane fredonna la chanson sur le Geai bleu que Meggie préférait entre toutes, parce qu'elle racontait qu'il avait été prisonnier avec sa fille au château de la Nuit. Il y avait d'autres chansons plus héroïques, mais celle-ci parlait aussi de son père et c'était son père qui lui manquait. « Mo ? aurait-elle tant aimé lui dire en posant sa tête sur son épaule. Tu crois que le géant va ramener Fenoglio à ses enfants ? Tu crois qu'il va piétiner Farid et Baptiste s'ils essaient de sauver le Prince ? Tu crois qu'on peut aimer deux garçons à la fois ? Tu as vu Resa ? Et comment vas-tu, Mo ? Comment vas-tu ? »

– Est-ce que le Geai bleu a déjà tué Tête de Vipère ? avait demandé la veille un des enfants à Elinor. Il va bientôt venir à notre secours ?

– Sûrement ! avait-elle répondu en lançant un bref coup d'œil à Meggie. Sûrement…

– Le garçon n'est toujours pas rentré ! entendit-elle Fléau des Elfes dire à Jambe de Bois. Tu crois qu'il faut que j'aille voir où il est ?

– Pour quoi faire ? répondit le bandit d'une voix étouffée. Il reviendra quand il pourra et, s'il ne revient pas, c'est qu'ils l'auront capturé. Je suis certain qu'ils se cachent quelque part là-dessous. J'espère seulement que Baptiste va faire attention à eux.

– Comment veux-tu qu'il fasse attention ? demanda Fléau des Elfes en riant jaune. Avec le géant derrière lui, le Gringalet devant et le Prince probablement mort ! Nous allons bientôt devoir entonner notre dernière chanson, et elle sera loin d'être aussi belle que celles que chante Roxane.

Meggie cacha son visage dans ses mains. « Ne pense pas, Meggie. Ne pense pas. Écoute Roxane. Rêve que tout finira bien. Qu'ils vont tous revenir sains et saufs : Mo, Resa, Fenoglio, le Prince noir, Farid – et Doria. Que fait le Gringalet avec les prisonniers ? Non, Meggie, ne pense pas, ne pose pas de questions. »

Des voix lui parvinrent d'en bas. Elle se pencha et scruta l'obscurité. Était-ce la voix de Baptiste ? Elle vit le feu, juste une petite flamme mais qui éclairait. C'était Fenoglio ! Près de lui, le Prince noir était couché sur une civière.

– Farid ? appela-t-elle d'en haut.

– Silence ! souffla Fléau des Elfes.

Les brigands firent descendre des cordes et un filet pour le Prince.

– Vite ! Baptiste ! (La voix de Roxane n'était plus la même quand elle ne chantait pas.) Ils arrivent !

Elle n'avait pas besoin d'en dire plus. On entendait des chevaux hennir entre les arbres, des branches se casser sous le poids des bottes. Les brigands lancèrent encore des cordes, certains se laissèrent glisser le long du tronc. Des flèches fendirent l'obscurité. Des hommes surgissaient de partout comme des insectes argentés. « Vous verrez, ils attendent que Baptiste revienne ! Avec le Prince ! » N'était-ce pas ce que Doria leur avait dit ? N'était-ce pas pour cela qu'il était redescendu ? Et qu'il n'était pas revenu…

Farid alluma le feu. Baptiste et lui se mirent devant le Prince pour le protéger. L'ours était aussi avec lui.

– Qu'est-ce qui se passe encore ? (Elinor s'agenouilla à côté de Meggie, les cheveux hérissés, comme sous l'effet de la peur.) Je m'étais endormie, c'est à peine croyable !

Meggie ne répondit pas. Que pouvait-elle faire ? Elle se releva, marcha en équilibre sur une branche jusqu'à la fourche de l'arbre où Roxane et les autres femmes étaient accroupies. Il n'y avait plus que deux brigands avec elles. Tous les autres s'étaient laissés glisser le long du tronc mais il était haut, si terriblement haut ! Une pluie de flèches s'abattit sur eux. Deux hommes tombèrent dans le vide en criant et les femmes bouchèrent les yeux et les oreilles des enfants.

– Où est-il ? demanda Elinor en se penchant tellement que Roxane la tira rudement en arrière. Où est-il ? cria-t-elle encore. Dites-le-moi ! Le vieux fou est-il encore vivant ?

Fenoglio leva les yeux, comme s'il avait entendu sa voix, son vieux visage ridé bouleversé de peur. Autour de lui, les hommes se battaient. L'un d'entre eux tomba à ses pieds, mort, et il prit son épée.

– Non, mais regarde-moi ça ! s'exclama Elinor. Qu'est-ce qu'il croit ? Qu'il peut jouer au héros dans sa maudite histoire ?

« Il faut que je descende, pensa Meggie, que je soutienne Farid, que je cherche Doria ! » Où était-il ? Gisait-il, mort, entre les arbres ? « Non, Meggie. Fenoglio a écrit sur lui des choses formidables ! Il ne peut pas être mort. Quand même… » Elle se dirigea vers les cordes, mais Fléau des Elfes la retint.

– Monte ! lui lança-t-il. Toutes les femmes et tous les enfants, le plus haut possible !

– Ah oui ? Et qu'est-ce qu'on va faire là-haut ? s'interposa Elinor. Attendre qu'ils nous cueillent ?

Il ne répondit pas à sa question.

– Ils ont le Prince ! s'écria Minerve avec tant de désespoir que tous sursautèrent.

Des femmes éclatèrent en sanglots. Oui, ils avaient le Prince noir. Ils le tirèrent de sa civière. L'ours gisait près de lui, une flèche plantée dans sa fourrure. Baptiste aussi était prisonnier. Où était Farid ?

Là où était le feu. Farid le faisait surgir et s'embraser, mais Oiseau de Suie était là aussi, son visage tanné comme une tache au-dessus de ses vêtements noir et rouge. Le feu dévorait le feu, les flammes léchaient le tronc. Meggie croyait entendre gémir l'arbre. D'autres arbres, plus petits, avaient déjà pris feu. Les enfants pleuraient, c'était un spectacle déchirant.

« Ah, Fenoglio, se dit Meggie, nous n'avons pas de chance avec nos sauveurs. D'abord Cosimo et maintenant le géant ! »

Le géant.

Son visage apparut soudain entre les arbres, comme si le mot seul l'avait fait surgir. Sa peau était noire comme la nuit et les étoiles se reflétaient sur son front. D'un pied, il éteignit le feu qui rongeait les racines de l'arbre aux nids. Son autre pied faillit écraser Farid et Oiseau de Suie ; Meggie poussa un cri qui résonna jusque dans ses propres oreilles.

682

– Oui, oui, il est de retour ! entendit-elle crier Fenoglio.

Il trébucha contre les énormes pieds et grimpa sur un des orteils comme sur un radeau. Mais le géant regardait en direction des enfants en pleurs, il semblait chercher quelque chose qu'il ne trouvait pas.

Les hommes du Gringalet abandonnèrent leurs prisonniers et détalèrent comme des lapins, leur maître à leur tête, sur son cheval blanc comme neige. Seul Oiseau de Suie resta sur place avec une petite bande et envoya son feu sur le géant. Celui-ci regarda les flammes, surpris, et recula quand elles lui brûlèrent les orteils.

– Non, s'il te plaît ! cria Meggie d'en haut. Ne t'en va pas. Aide-nous !

Et soudain, elle vit Farid, debout sur l'épaule du géant, qui faisait pleuvoir des flocons de feu dans la nuit. Telles des bardanes embrasées, ils se prirent dans les vêtements d'Oiseau de Suie et de ses hommes, qui finirent par se jeter à terre et se rouler sur les feuilles sèches. Mais le géant, avec un coup d'œil stupéfait, cueillit Farid sur son épaule comme un papillon et le posa dans sa main. Que ses doigts étaient gros ! Terriblement gros. Et que Farid paraissait petit en comparaison !

Oiseau de Suie et ses hommes tapaient sur leurs vêtements enflammés. Le géant les observait, agacé. Il semblait ne pas supporter leurs cris. Il se frotta l'oreille, referma sa main sur Farid comme sur une proie précieuse et, de l'autre, balaya d'un geste les hommes qui criaient, les chassant de la forêt comme un enfant chasse une araignée sur ses habits. Puis il mit de nouveau la main à son oreille et leva les yeux vers la cime de l'arbre. Comme s'il se souvenait soudain de la raison de son retour !

– Roxane !

C'était la voix de Darius que Meggie entendit résonner dans l'arbre, hésitante et ferme à la fois.

– Roxane ! Je crois que c'est pour toi qu'il est revenu ! Chante !

69
Dans la chambre
de Tête de Vipère

Et il y a tant d'histoires à raconter, trop, tant de vies, d'événements, de miracles, de lieux, de rumeurs, tous entrelacés, une telle imbrication de l'improbable et du terrestre !

Salman Rushdie, *Les Enfants de minuit*

Resa suivit en voltigeant un des domestiques qui portaient les seaux d'eau sanguinolente dans la chambre de Tête de Vipère. Celui-ci était dans une baignoire en argent, le corps rouge jusqu'au cou, haletant et jurant, et c'était un spectacle si effrayant que Resa eut encore plus peur pour Mo. Quelle vengeance pouvait être à la hauteur d'une telle souffrance ?

Le Poucet regarda autour de lui quand elle vint se poser sur l'armoire près de la porte, mais elle se dissimula à temps. Sa petite taille avait des avantages. Les étincelles de Doigt de Poussière brillaient sur les murs. Trois soldats essayaient de les éteindre avec des chiffons mouillés pendant que Tête de Vipère passait sa main couverte de sang sur ses yeux endoloris. Près de la baignoire, son petit-fils croisait les bras comme s'il pouvait ainsi se cuirasser contre l'humeur massacrante de son grand-père. Un petit bonhomme maigre, beau comme son père et fin comme sa mère ! Mais s'il avait cherché à l'imiter dans chacun de ses gestes, contrairement à Violante, Jacopo n'avait aucune ressemblance avec son grand-père.

– Elle ne l'a pas aidé.

Il avança le menton, copiant inconsciemment sa mère.

– Ah bon ? Et qui d'autre que ta mère aurait pu secourir le Geai bleu ?

Un domestique versa un seau sur le dos de Tête de Vipère. Resa eut un haut-le-cœur en voyant le sang couler sur le cou blême. Jacopo observait lui aussi son grand-père avec un mélange de peur et de dégoût… et s'empressa de détourner les yeux quand celui-ci le remarqua.

– Oui, tu peux me regarder ! lança-t-il à son petit-fils. Ta mère a aidé l'homme qui m'a infligé cela !

– Non, ce n'est pas elle. Le Geai bleu s'est envolé ! Ils racontent tous qu'il peut voler. Et qu'il est invincible.

Tête de Vipère, la respiration sifflante, se mit à rire.

– Invincible ? Je vais te montrer s'il est invincible quand je l'aurai capturé. Je te donnerai un couteau et tu pourras le constater par toi-même.

– Mais tu ne vas pas le capturer.

Tête de Vipère frappa l'eau sanguinolente de la main et la blouse claire de Jacopo se colora de rouge.

– Fais attention. Tu ressembles de plus en plus à ta mère.

Jacopo sembla se demander si c'était une bonne ou une mauvaise chose.

Où était le livre vide ? Resa regarda autour d'elle. Des coffres, des vêtements jetés sur une chaise, le lit défait.

Tête de Vipère dormait mal. Où le cachait-il ? Sa vie dépendait de ce livre, sa vie immortelle. Resa cherchait des yeux un étui, peut-être un tissu précieux dans lequel il serait enveloppé, même s'il sentait mauvais et pourrissait… Mais soudain, la pièce fut plongée dans l'obscurité, une obscurité si totale qu'on ne percevait plus que les bruits : le clapotis de l'eau sanguinolente, la respiration des soldats, la voix effrayée de Jacopo.

– Qu'est-ce qui se passe ?

Les étincelles de Doigt de Poussière s'étaient éteintes aussi soudainement qu'elles avaient jailli des murs quand il les avait emmenés, elle et Mo, loin des trous noirs. Resa sentit son cœur d'oiseau battre plus fort. Que s'était-il passé ? Il allait se produire quelque chose : rien de bon, sans doute.

Un soldat alluma une torche et mit la main devant la flamme pour ne pas éblouir son maître.

– Enfin !

Tête de Vipère eut l'air soulagé et surpris à la fois. Il fit signe à ses domestiques qui versèrent le contenu de leurs seaux sur sa peau irritée. Où avaient-ils pu capturer toutes ces fées ? Normalement, elles dormaient.

La porte s'ouvrit, comme pour répondre à sa question, et Orphée entra.

– Alors ? demanda-t-il en s'inclinant bien bas. Avez-vous eu assez de fées, Votre Altesse, ou dois-je continuer à en fait surgir ?

– Ça suffit pour le moment. (Tête de Vipère puisa l'eau rouge dans ses mains en coupe et y plongea son visage.) Le feu s'est éteint, tu y es pour quelque chose ?

– Si j'y suis pour quelque chose ?

Orphée sourit d'un air si suffisant que Resa eut envie de déchiqueter son visage livide avec son bec.

– On peut le dire ! J'ai persuadé le danseur de feu de changer de bord.

Non. Ce n'était pas possible. Il mentait.

L'oiseau en elle happa une mouche au vol et Jacopo leva les yeux vers elle. « Rentre la tête, Resa, même s'il fait sombre. » Si seulement les plumes sur sa poitrine et sa gorge n'avaient pas été si blanches !

– Bien. Mais j'espère que tu ne lui as pas promis de récompense ! (Tête de Vipère s'immergea dans l'eau sanguinolente.) Il a fait de moi la risée de mes hommes. Je veux le voir mort, et cette fois irrévocablement. Mais nous verrons ça plus tard. Qu'en est-il du Geai bleu ?

– Le danseur de feu nous conduira jusqu'à lui. Sans contrepartie (les paroles qu'il prononçait étaient déjà assez horribles, mais la beauté de la voix d'Orphée les rendait encore plus affreuses), il dessinera une trace de feu qui nous conduira jusqu'à lui. Les soldats n'auront qu'à la suivre.

Non. Non. Resa se mit à trembler. Il ne l'avait pas trahi encore une fois. Non. Un cri réprimé lui échappa et Jacopo leva de nouveau les yeux vers elle. Mais même s'il la voyait, ce n'était qu'une hirondelle tremblante, égarée dans le monde sinistre des hommes.

– Tout est prêt pour que le Geai bleu se mette au travail sans tarder ? demanda Orphée. Plus vite il aura fini, plus vite vous pourrez le tuer.

« Oh, Meggie, quel monstre as-tu fait venir en ce monde ? » pensa Resa, désespérée. Avec ses verres de lunettes brillants et sa belle voix mielleuse, Orphée lui apparaissait comme un démon.

Tête de Vipère sortit en gémissant de la baignoire, couvert de sang comme un nouveau-né. Instinctivement, Jacopo recula, mais son grand-père lui fit signe d'approcher.

— Maître, vous devez vous baigner plus longtemps pour que le sang agisse, dit un des domestiques.

— Plus tard, répliqua-t-il avec impatience. T'imagines-tu que je vais rester dans la baignoire quand ils vont m'amener mon pire ennemi ? Donne-moi les serviettes ! lança-t-il à Jacopo. Dépêche-toi, si tu ne veux pas que je jette ta mère dans un de ces trous noirs ! Ai-je dit que tu lui ressemblais ? Non. C'est à ton père que tu ressembles, de plus en plus.

Jacopo lui tendit les serviettes, le regard sombre.

— Mes vêtements !

Les domestiques se précipitèrent sur les coffres et Resa se cacha de nouveau dans l'obscurité, mais la voix d'Orphée la suivit comme un parfum funeste.

— Votre Grâce, je, heu… (Il s'éclaircit la voix.) J'ai tenu ma promesse. Le Geai bleu sera bientôt votre prisonnier et reliera un nouveau livre pour vous. Je pense que j'ai mérité une récompense.

— Vraiment ? (Les domestiques de Tête de Vipère passèrent ses vêtements noirs sur sa peau rouge sang.) Et à quoi as-tu pensé ?

— Eh bien, vous vous souvenez du livre dont je vous ai parlé ? J'aimerais le récupérer et je suis certain que vous pourriez le retrouver pour moi. Si jamais ce n'était pas possible (cet air content de lui qu'il arborait en passant la main dans ses cheveux blond délavé !), je vous demanderais comme récompense la main de votre fille.

Orphée.

Resa pensa au jour où elle l'avait vu pour la première

fois, dans la maison d'Elinor, avec Mortola et Basta. À l'époque, elle avait été frappée de constater à quel point il était différent des hommes dont Mortola s'entourait. Étrangement inoffensif, presque innocent, avec son visage enfantin. Qu'elle avait été bête ! Il était pire que les autres, bien pire.

– Votre Altesse (c'était la voix du Fifre. Resa ne l'avait pas entendu entrer), nous avons capturé le Geai bleu. Lui, et l'enlumineur. Voulez-vous que nous fassions entrer d'abord le Geai ?

– Tu ne veux pas nous raconter comment tu l'as capturé ? susurra Orphée. Tu l'as senti avec ton nez argenté ?

Le Fifre répondit d'une voix saccadée, comme si chaque mot lui brûlait la langue.

– Le danseur de feu l'a trahi. Avec une trace de flammes.

Resa voulut cracher les graines pour pouvoir pleurer. Mais Orphée se mit à rire, content comme un enfant.

– Et qui t'a parlé de la trace ? Allez, raconte !

Le Fifre mit un moment avant de répondre.

– Toi, qui d'autre ? dit-il enfin d'une voix rauque. Mais je finirai bien par trouver par quel sortilège tu as pu faire ça.

– En tout cas, il l'a fait ! dit Tête de Vipère. Alors que toi, tu as laissé échapper deux fois le Geai. Emmenez-le dans la salle aux Mille Fenêtres. Enchaînez-le à la table où il doit relier le livre et surveillez chacun de ses gestes. Si ce livre me rend malade comme l'autre, je t'arracherai le cœur de mes propres mains, le Fifre, et crois-moi, un cœur, ça ne se remplace pas aussi facilement qu'un nez !

Des pensées d'oiseau obscurcirent l'esprit de Resa. Cela lui fit peur mais, sans ailes, comment pourrait-elle retrouver Mo ? « Et même si tu peux voler jusqu'à lui, Resa, après ? Tu veux crever les yeux du Fifre pour qu'il ne voie pas le Geai bleu s'envoler ? Sauve-toi, Resa, tout est perdu. Sauve ton enfant à naître si tu ne peux sauver son père. Retourne auprès de Meggie. » Une peur aviaire l'assaillit, une peur aviaire et une douleur humaine… à moins que ce ne fût l'inverse ? Était-elle en train de devenir folle, comme Mortola ?

Elle resta ainsi, tremblante, attendant que la chambre se vide, que Tête de Vipère parte voir son prisonnier. « Pourquoi Doigt de Poussière l'a-t-il trahi ? pensa-t-elle. Pourquoi ? Qu'est-ce qu'Orphée lui a promis ? Qu'est-ce qui peut être plus précieux que la vie que Mo lui a rendue ? »

Tête de Vipère, Orphée, le Fifre, les soldats, deux domestiques avec des coussins pour soutenir la chair endolorie de leur maître – Resa les vit tous partir mais, quand elle se pencha pour observer la pièce, se croyant seule, elle découvrit Jacopo qui la regardait.

Un des domestiques revint chercher le manteau de Tête de Vipère.

– Tu vois l'oiseau là-haut ? demanda Jacopo. Attrape-le-moi !

Mais le domestique le poussa sans ménagement hors de la pièce.

– Ici, tu n'as pas la parole ! Va voir ta mère. Là où elle est, elle doit sûrement avoir besoin de compagnie !

Jacopo se débattit, mais le domestique l'entraîna vers la porte qu'il referma ensuite… avant de revenir vers l'armoire. Resa recula. Elle l'entendit pousser quelque chose devant l'armoire. « Attaque-le au visage, Resa ! » Mais après, où aller ? La porte était fermée, la fenêtre bouchée. Le domestique lança le manteau noir dans sa direction.

Elle s'envola, se cogna contre la porte, contre les murs, l'entendit jurer. Où aller ? Elle vola vers le lustre accroché au plafond mais un projectile l'atteignit à l'aile. Une chaussure. Elle eut mal, très mal, et tomba.

– Je vais te tordre le cou ! Qui sait, tu es peut-être bonne à manger. Sûrement meilleure que ce que notre maître nous donne.

Des mains la saisirent. Elle essaya de se délivrer, mais son aile lui faisait mal et les doigts ne la lâchaient pas. Elle essaya désespérément de leur donner des coups de bec.

– Lâche-la.

Le domestique se retourna, troublé. Doigt de Poussière le renversa, le feu le suivait. Le feu du traître. Gwin regarda l'hirondelle avec avidité, mais Doigt de Poussière la chassa. Quand il l'attrapa, Resa essaya de donner des coups de bec dans sa main mais elle était à bout de forces. Il la ramassa délicatement et caressa ses plumes.

– Ton aile est cassée ? Tu peux la bouger ?

L'oiseau en elle lui faisait confiance, comme toutes les bêtes sauvages, mais son cœur de femme se souvenait des paroles du Fifre.

– Pourquoi as-tu trahi Mo ?

– Parce qu'il le voulait. Crache les graines, Resa ! Tu n'as pas oublié que tu es un être humain ?

« Je voudrais peut-être l'oublier », pensa-t-elle. Pourtant, elle obéit et cracha les graines dans sa main. Cette fois, il n'en manquait pas, mais elle continuait de sentir l'oiseau en elle. Petit et grand, grand et petit, peau et plumes, peau sans plumes… Elle se caressa les bras, sentit ses doigts de nouveau, sans griffes, sentit des larmes dans ses yeux. Des larmes humaines.

– Tu as vu où il cache le livre vide ?

Elle secoua la tête. Son cœur était si heureux de pouvoir l'aimer encore.

– Il faut qu'on le trouve, Resa, chuchota Doigt de Poussière. Ton mari va relier un nouveau livre pour Tête de Vipère : ainsi, il oubliera le Geai bleu et les mots d'Orphée ne pourront plus l'atteindre. Mais il ne faut pas qu'il achève ce livre, jamais. Tu comprends ?

Oui, elle comprenait. Ils cherchèrent partout, à la lueur du feu, dans des draps humides, des vêtements et des bottes, soulevèrent des épées, des pots, des assiettes en argent et des coussins brodés. Même dans l'eau sanguinolente. Quand ils entendirent des pas dehors, Doigt de Poussière traîna le domestique inanimé dans un coin et ils se cachèrent derrière l'armoire sur laquelle s'était perchée Resa. La chambre avait paru immense à l'oiseau mais, maintenant, elle lui semblait trop petite pour respirer. Doigt de Poussière se mit devant Resa pour la protéger, mais les domestiques qui entrèrent étaient trop occupés à vider la baignoire sanguinolente de leur maître. Ils jurèrent en emportant les serviettes mouillées et noyèrent dans des sarcasmes le dégoût que leur inspirait la chair pourrissante de leur maître. Puis ils emportèrent la baignoire, les laissant seuls.

Chercher… dans le moindre recoin, dans chaque coffre, dans le lit défait et dessous. Chercher le livre.

70
Des mots brûlants

> Elle bouillait en regardant les pages remplies à ras bord de paragraphes et de mots.
> Bande de salauds, pensa-t-elle.
> Délicieux salauds délicieux, pensa-t-elle.
> Ne me faites pas plaisir.
> Je vous prie, ne me remplissez pas et laissez-moi croire que quelque chose de bon peut sortir de tout ça.
>
> Markus Zusak, *La Voleuse de livres*

Farid trouva Doria. Quand ils le transportèrent jusqu'à l'arbre, Meggie crut d'abord que le géant l'avait piétiné, comme les hommes du Gringalet qui gisaient sur l'herbe gelée, telles des poupées cassées.

– Non, ce n'est pas le géant, dit Roxane quand ils déposèrent Doria à côté des autres blessés, du Prince noir et de Jambe de Bois, de Bombyx et de Hérisson. C'est l'œuvre des hommes.

Roxane avait décrété qu'un des nids inférieurs servirait d'infirmerie. Heureusement, il n'y avait que deux morts parmi les brigands. Le Gringalet, en revanche, avait perdu beaucoup d'hommes. Même la peur de son beau-frère ne le ferait pas revenir une deuxième fois.

Oiseau de Suie était mort lui aussi. Il gisait dans l'herbe, la nuque brisée, fixant le ciel de ses yeux vides. Entre les arbres, les loups guettaient, attirés par l'odeur du sang. Mais ils n'osaient pas approcher : le géant dormait profondément, roulé en boule au pied de l'arbre aux nids comme un enfant, comme si le chant de Roxane l'avait envoyé pour toujours au royaume des rêves.

Doria ne se réveilla pas quand Minerve banda sa tête ensanglantée et Meggie s'assit près de lui pendant que Roxane s'occupait des autres blessés. Hérisson était au plus mal, mais les blessures des autres guériraient. Par chance, le Prince noir n'avait que de petites fractures. Il voulait descendre retrouver son ours mais Roxane le lui avait défendu et Baptiste devait lui assurer régulièrement que l'ours était parti chasser les lapins de neige après que Roxane avait réussi à extraire la flèche qui avait traversé son épaule poilue. Doria, lui, ne bougeait pas. Il était allongé, ses cheveux bruns pleins de sang.

– Tu crois qu'il va se réveiller ? demanda Meggie quand Roxane se pencha sur lui.

– Je ne sais pas. Parle-lui. Quelquefois, ça les fait revenir.

Parle-lui. Que pouvait-elle raconter à Doria ? « Farid dit que là-bas, il y a des calèches qui roulent toutes seules, sans être tirées par des chevaux, et de la musique qui sort d'une minuscule boîte noire. » Il lui posait toujours des questions sur l'autre monde, alors Meggie se mit à lui parler à voix basse de calèches sans chevaux et de machines volantes, de bateaux sans voiles et d'appareils qui pouvaient transporter les voix d'un point à l'autre de la terre. Elinor vint voir comment elle allait, Fenoglio s'assit un moment à côté d'elle, même Farid vint lui tenir la main tandis qu'elle tenait celle de Doria, et pour la première fois, Meggie se sentit aussi proche de lui que le jour où, avec Doigt de Poussière, ils avaient suivi ses parents prisonniers. Peut-on aimer deux garçons à la fois ?

– Farid, dit alors Fenoglio, allons voir ce que le feu peut nous raconter sur le Geai bleu, puis nous mettrons un terme à cette histoire, et elle finira bien.

– Nous devrions peut-être envoyer le géant au secours du Geai bleu ! lança Bombyx.

Roxane lui avait extrait une flèche du bras et il avait la langue lourde du vin qu'elle lui avait donné à boire pour calmer sa douleur. Le Gringalet avait laissé derrière lui tout un tas de gourdes de vin, de provisions et de couvertures, d'armes et de chevaux sans cavaliers.

– As-tu oublié où se trouve le Geai bleu ? demanda le Prince noir. (Meggie était si contente qu'il soit encore en vie !) Même un géant ne peut traverser le lac noir. Même si, autrefois, ils aimaient se mirer dans son eau.

Non, ce ne serait pas si simple.

– Viens, Meggie, allons consulter le feu, dit Farid, mais elle hésita à lâcher la main de Doria.

– Vas-y. Je reste là, l'encouragea Minerve.

Et Fenoglio murmura :

– Ne t'inquiète pas comme ça ! Bien sûr que le garçon va se réveiller ! Tu as oublié ce que je t'ai raconté ? Son histoire ne fait que commencer !

Doria était si pâle qu'elle avait du mal à le croire.

La branche sur laquelle Farid s'accroupit pour appeler le feu était aussi large que la route qui passait devant le portail d'Elinor. Meggie s'accroupit à côté de lui ; Fenoglio jeta un coup d'œil méfiant en direction des enfants qui, assis dans les branches au-dessus d'eux, observaient le géant.

– Essayez un peu pour voir ! leur cria-t-il en apercevant les pommes de pin dans leurs mains. Le premier qui en lance une sur le géant aura affaire à moi. C'est lui que je lancerai derrière !

– Ils vont bien finir par en lancer une, et alors ? demanda Farid en saupoudrant de cendres, avec précaution, l'écorce de l'arbre. (Il avait beau faire attention de les rassembler après chaque utilisation, il n'en restait plus beaucoup.) Que fera le géant quand il se réveillera ?

– Comment veux-tu que je le sache ? grommela Fenoglio en jetant un coup d'œil légèrement inquiet en contrebas. J'espère que la pauvre Roxane ne va pas devoir passer le reste de sa vie à chanter des chansons pour l'endormir.

Le Prince noir vint les rejoindre, soutenu par Baptiste. Il s'assit près de Meggie sans rien dire. Ce jour-là, le feu semblait endormi. Farid avait beau l'attirer et le flatter, les flammes mirent un temps fou à surgir des cendres. Le géant commençait à fredonner dans son sommeil. Louve sauta sur les genoux de Farid, un oiseau mort dans la gueule et soudain, les images apparurent : Doigt de Poussière dans une cour, entouré de grandes cages. Dans l'une d'entre elles, une jeune fille pleurait. Brianna. Il y avait une silhouette noire entre elle et son père.

– L'esprit de la nuit ! chuchota Baptiste.

Meggie le regarda, horrifiée. L'image se fondit en une fumée grisâtre et une autre surgit au milieu des flammes. Farid prit la main de Meggie et Baptiste jura à voix basse. Mo. Il était enchaîné à une table. Le Fifre était à côté de lui. Et Tête de Vipère. Son visage bouffi était encore plus affreux que celui que Meggie avait vu dans ses pires cauchemars. Sur la table, il y avait du cuir et du papier vierge.

– Il relie encore un livre vide ! murmura Meggie. Qu'est-ce que ça veut dire ?

Elle regarda Fenoglio, affolée.

– Meggie !

Farid attira son attention sur le feu. Des lettres montaient des flammes, des lettres enflammées qui formaient des mots.

– Par tous les diables, qu'est-ce que c'est ? s'écria Fenoglio. Qui a écrit ça ?

Les mots s'envolèrent et se consumèrent entre les branches avant qu'ils aient pu les lire. Mais le feu donna à Fenoglio la réponse à sa question : un visage rond, pâle, apparut au milieu des flammes, avec des lunettes rondes comme une deuxième paire d'yeux.

– Orphée ! murmura Farid.

Les flammes diminuèrent, retournèrent dans leurs cendres comme si c'étaient leur nid, mais quelques mots de feu flottaient encore dans l'air. *Geai bleu… Peur… brisé… mourir…*

– Qu'est-ce que ça veut dire ? demanda le Prince noir.

– C'est une longue histoire, Prince ! répondit Fenoglio d'une voix lasse. Et je crains que l'homme qui en a écrit la fin ne soit pas le bon.

71
Le relieur

Le véritable auteur n'a jamais été ni l'une ni l'autre : un poing vaut plus que la somme de ses doigts.

Margaret Atwood, *Le Tueur aveugle*

Plier. Couper. Le papier était bon, meilleur que la dernière fois. Du bout des doigts, Mo tâtait la surface blanche des fibres, suivait les bords, en quête de souvenirs. Et ils surgirent soudain, remplissant son cœur de mille images, de mille et mille jours oubliés. L'odeur de colle le renvoyait à tous ces endroits où il s'était trouvé seul avec un livre endommagé, et les gestes familiers faisaient renaître en lui la satisfaction qu'il ressentait jadis chaque fois qu'il redonnait vie à un livre et arrachait sa beauté, au moins pour un moment, aux griffes acérées du temps. Il avait oublié le bonheur que procurait la sensation de ses mains faisant bien leur travail. Plier, couper, faire passer le fil à travers le papier. Mortimer. Il était redevenu Mortimer, le relieur pour qui la lame d'un couteau ne devait pas être acérée pour mieux tuer, Mo que les mots ne menaçaient pas parce qu'il se contentait de leur tailler de nouveaux habits.

– Tu prends ton temps, le Geai bleu.

La voix du Fifre le ramena dans la salle aux Mille Fenêtres.

« Défends-toi, Mortimer. Imagine-toi que Nez d'Argent est toujours dans son livre, qu'il n'est rien d'autre qu'une voix qui aspire à surgir des lettres. Le Geai bleu n'est pas ici. Les mots d'Orphée doivent le chercher ailleurs. »

– Tu sais que tu vas mourir quand tu auras fini. C'est pour ça que tu es si lent, n'est-ce pas ?

Le Fifre frappa Mo dans le dos de son poing ganté, si rudement qu'il faillit se couper les doigts. Alors, il redevint le Geai bleu et s'imagina que la lame qui coupait le papier s'enfonçait dans la poitrine du Fifre.

Mo s'obligea à reposer le couteau et attrapa une autre feuille, cherchant un apaisement dans tout ce blanc.

Le Fifre avait raison. Il prenait son temps, non qu'il eût peur de mourir, mais parce que ce livre ne devait jamais être achevé ; chacun de ses gestes avait pour seul but de faire revenir celui que les mots d'Orphée ne pourraient atteindre. Mo ne les sentait presque plus. Tout le désespoir, toute la colère qui, dans le trou noir, s'étaient infiltrés en son cœur… ils avaient presque disparu, comme si ses mains les avaient effacés. Mais qu'arriverait-il si Doigt de Poussière et Resa ne trouvaient pas l'autre livre ? Si l'esprit de la nuit dévorait Brianna et son père ? Resterait-il éternellement dans cette salle à relier des pages vides ? « Pas éternellement, Mo. Tu n'es pas immortel. Heureusement. »

Le Fifre le tuerait. Il n'attendait que ça, depuis qu'ils s'étaient rencontrés pour la première fois, au château de la Nuit. « Et les ménestrels chanteront la mort du Geai bleu, pas celle de Mortimer Folchart. » Mais qu'adviendrait-il de

Resa et de son enfant à naître ? Et de Meggie ? « Ne pense pas, Mortimer. Coupe, plie, broche. Donne-toi du temps… même si tu ne sais pas encore ce que tu en feras. Si tu meurs, Resa s'envolera et ira retrouver Meggie. Meggie… »

« Je vous en prie ! – son cœur suppliait les Femmes blanches – laissez vivre ma fille. Je vous suivrai, mais laissez Meggie ici. Sa vie ne fait que commencer, même si elle ne sait pas encore dans quel monde elle va vivre. »

Couper, plier, brocher – le visage de Meggie se dessinait en filigrane sur le papier vide. Il croyait presque la voir près de lui, la sentir, comme autrefois dans la chambre où avait vécu la mère de Violante. Violante… Ils l'avaient jetée dans un de ces trous. Mo savait exactement ce qui lui ferait le plus peur : que l'obscurité lui enlève le peu de vue qui lui restait. Elle l'émouvait, la fille de Tête de Vipère, et il aurait bien voulu l'aider, mais désormais, le Geai bleu devait dormir.

Ils avaient allumé quatre torches. Elles ne donnaient pas beaucoup de lumière, mais c'était mieux que rien. Les chaînes ne lui facilitaient pas la tâche. À chaque mouvement, leur cliquetis lui rappelait qu'il n'était pas dans son atelier dans le jardin d'Elinor.

La porte s'ouvrit.

– Eh bien ! (La voix d'Orphée résonnait dans la salle vide.) Ce rôle te convient beaucoup mieux ! Comment ce vieux fou de Fenoglio a-t-il pu avoir l'idée de faire d'un relieur un brigand ?

Avec un sourire triomphant, il s'arrêta devant lui, juste assez loin pour que le couteau ne puisse pas l'atteindre. Oh oui, Orphée pensait à ce genre de choses. Son souffle avait conservé sa suavité.

– Tu aurais dû savoir que Doigt de Poussière te trahirait un jour ou l'autre. Il trahit tout le monde. Crois-moi, je sais de quoi je parle. C'est le rôle qu'il joue le mieux. Mais tu ne pouvais sans doute pas choisir ton assistant.

Mo attrapa le cuir prévu pour la reliure. Il avait des reflets rouges, comme celui du premier livre.

– Oh, tu ne me parles plus ! Ça se comprend.

Orphée n'avait jamais eu l'air aussi heureux.

– Laisse-le travailler, Œil Double ! À moins que tu ne veuilles que j'aille raconter à Tête de Vipère qu'il doit rester encore un peu plus longtemps dans sa peau irritée parce que tu as envie de faire un brin de causette ?

La voix du Fifre était encore plus rageuse que de coutume. Orphée ne se faisait pas que des amis.

– N'oublie pas que c'est à moi que ton maître devra d'être bientôt délivré de cette peau, le Fifre ! répliqua-t-il d'une voix lasse. Ta force de persuasion n'a guère impressionné notre ami relieur, si mes souvenirs sont exacts.

Ah, ils se disputaient la meilleure place auprès de Tête de Vipère. Pour le moment, Orphée devait avoir les meilleurs atouts, mais cela pouvait changer.

– Qu'est-ce que tu racontes là, Orphée ? l'interrompit Mo sans lever les yeux de son travail. (La vengeance avait un goût sucré.) Tête de Vipère doit être reconnaissant. Ce sont ses hommes qui m'ont capturé. J'ai été imprudent. Je leur suis tombé dans les bras. Tu n'avais rien à voir avec ça.

– Quoi ?

Orphée ajusta nerveusement ses lunettes.

– C'est exactement ce que je vais raconter à Tête de Vipère dès qu'il se réveillera.

Mo découpa le cuir tout en s'imaginant qu'il découpait le filet qu'Orphée avait tissé autour de lui.

Le Fifre plissa les yeux comme pour mieux voir quel jeu jouait le Geai bleu. « Le Geai bleu n'est pas là, le Fifre, pensa Mo. Mais comment pourrais-tu le comprendre ? »

– Garde-t'en, relieur ! (Orphée fit un pas hésitant vers lui, il en bafouillait.) Si tu te sers de ta langue magique pour propager des mensonges sur moi, je te la ferai couper sur-le-champ !

– Ah oui ? Et par qui ?

Mo regarda le Fifre.

– Je ne veux pas voir ma fille dans ce château, dit-il à voix basse. Je veux que personne ne la cherche si le Geai bleu meurt.

Le Fifre lui rendit son regard… et sourit.

– Promis. Le Geai bleu n'a pas de fille, dit-il. Et il gardera sa langue. Aussi longtemps qu'elle prononcera les mots justes.

Orphée se mordit les lèvres si fort qu'elles devinrent presque aussi pâles que sa peau. Puis il s'approcha de Mo.

– Je vais écrire de nouveaux mots ! lui souffla-t-il dans l'oreille. Des mots qui t'obligeront à te tordre comme un ver pris à l'hameçon !

– Écris ce que tu veux ! répliqua Mo en continuant de découper le cuir.

Les mots n'auraient pas d'effet sur le relieur.

72
Tant de larmes

[…] depuis le début du temps,
Enfant, je pensais
Que la douleur voulait dire que je n'étais pas aimée.
Or elle voulait dire que j'aimais.

Louise Glück, First Memory

Elle pleurait ! Jacopo n'avait jamais entendu sa mère pleurer. Pas même quand ils avaient ramené le corps de son père, tué dans la forêt. Lui non plus n'avait pas pleuré, mais c'était autre chose.

Devait-il l'appeler ? Il s'agenouilla au bord du trou et scruta l'obscurité. Il ne pouvait pas la voir, seulement l'entendre. Ça lui faisait peur. Sa mère ne pleurait pas. Sa mère était toujours forte, toujours fière. Elle ne le prenait pas dans ses bras comme Brianna. Brianna le cajolait même quand il s'était montré cruel envers elle ! « Parce que tu ressembles à ton père, disaient les servantes dans la cuisine. Brianna était amoureuse de ton père ! » Elle était toujours amoureuse de lui. Dans la bourse qu'elle portait à la ceinture, elle conservait une pièce à son effigie qu'elle embrassait parfois, et elle écrivait son nom sur les murs. Elle l'écrivait dans l'air et dans la poussière. Elle était si bête !

Les sanglots qui montaient du trou étaient de plus en plus forts et Jacopo se boucha les oreilles. C'était comme si, là-dessous, sa mère se brisait en petits morceaux, en morceaux minuscules qu'on ne pourrait plus jamais assembler. Mais il voulait la garder !

« Ton grand-père va t'emmener avec lui au château de la Nuit, disaient les serviteurs. Pour que tu joues avec son fils. »

Jacopo ne voulait pas aller au château de la Nuit. Il voulait rentrer à Ombra. C'était son château. Et puis, son grand-père lui faisait peur. Il empestait, soufflait comme un bœuf, sa peau était si spongieuse qu'on avait peur d'y faire des trous en y enfonçant les doigts !

Là-dessous, tout devait être trempé de larmes. Jacopo avait l'impression qu'elle allait finir par s'y noyer ! Pas étonnant qu'elle soit si triste. Dans l'obscurité, sa mère ne pouvait pas lire et, sans livres, elle était malheureuse. Elle n'aimait rien tant que les livres. Pas même lui, mais ça lui était égal. Il ne voulait pas qu'elle épouse Œil Double. Il le détestait. Sa voix était comme du sucre fondu sur la peau.

Il aimait le Geai bleu. Et le danseur de feu. Mais ils seraient bientôt morts tous les deux. Orphée donnerait le danseur de feu en pâture à l'esprit de la nuit, quant au Geai bleu, il le dépècerait dès que le livre serait fini. Son grand-père l'avait déjà fait assister au dépeçage d'un homme. Jacopo avait enfoui ses cris dans le coin le plus secret de son cœur, mais il les entendait encore parfois.

Sa mère ne pleurait plus. Était-elle morte de chagrin ?

Les gardes ne lui prêtèrent aucune attention quand il se pencha au-dessus du trou noir.

– Mère !

Il avait du mal à prononcer ce mot. Il ne l'appelait jamais ainsi. Il l'appelait la Laide. Mais elle avait pleuré…

– Jacopo ?

Elle était encore en vie.

– Est-ce que le Geai bleu est mort ?

– Pas encore, il relie le livre.

– Où est Brianna ?

– Dans la cage.

Il était jaloux de Brianna. Elle l'aimait plus que lui. Brianna avait le droit de dormir chez sa mère et elle parlait beaucoup plus souvent avec elle qu'avec lui. Mais Brianna le consolait aussi quand il s'était fait mal ou quand les hommes du Gringalet se moquaient de lui à cause de son père mort. Et elle était très belle.

– Tu sais ce qu'ils veulent faire de moi ?

La voix de sa mère était différente. Elle avait peur ! Il ne l'avait encore jamais vue trembler de frayeur. Si seulement il avait pu la délivrer, comme le danseur de feu avait fait avec le Geai bleu !

– Orphée…, commença-t-il, mais un des gardes l'attrapa par le cou et le releva.

– Assez bavardé ! dit-il. File.

Jacopo essaya vainement de se libérer.

– Laissez-la sortir ! cria-t-il aux soldats en frappant de ses poings contre la poitrine cuirassée. Laissez-la sortir ! Tout de suite !

Mais le soldat se contenta de rire.

– Écoutez-moi ça ! lança-t-il à l'autre garde. Fais attention de ne pas te retrouver toi aussi dans le trou, petit nain. Ton grand-père a un fils maintenant et le petit-fils ne compte guère, surtout si le rejeton est de Cosimo et que sa mère est maintenant avec le Geai bleu.

Il poussa Jacopo si rudement qu'il le fit tomber. Le garçon regretta de ne pas pouvoir faire surgir des flammes de ses mains, comme le danseur de feu. Il aurait voulu les tuer avec une épée – le Geai bleu avait exécuté ainsi bon nombre d'entre eux.

– Jacopo ? entendit-il crier sa mère mais, quand il voulut retourner vers le trou, les soldats lui barrèrent le passage.

– Déguerpis ! lui lança l'un d'eux. Ou je dis à Œil Double de te donner en pâture à l'esprit de la nuit. Ta chair doit être plus tendre que celle du relieur qu'on lui réserve.

Jacopo lui donna un coup de pied dans le genou, aussi fort qu'il put, et se sauva avant que l'autre garde ne l'attrape.

Les couloirs qu'il emprunta étaient si sombres qu'il y vit des milliers de monstres. C'était mieux quand le feu brûlait sur les murs, bien mieux. Où aller ? Dans la chambre où ils avaient enfermé sa mère ? Non, il y avait des insectes qui s'introduisaient dans le nez et dans les oreilles. C'est Orphée qui les lui avait envoyés. Il le lui avait lui-même dit, et ça l'avait fait rire. Jacopo avait dû changer trois fois de vêtements pour s'en débarrasser, mais il les sentait encore, partout. Vers la cage où se trouvait Brianna ? Non, là-bas, il y avait l'esprit de la nuit. Jacopo s'accroupit sur le sol de pierre et cacha sa tête dans ses mains. Il aurait voulu qu'ils aillent tous au diable, Orphée, le Fifre et son grand-père. Il voulait devenir comme le Geai bleu et le Prince noir... et les tuer tous. Tous. Pour leur faire passer l'envie de rire. Et il monterait sur le trône d'Ombra et attaquerait le château de la Nuit, comme son père autrefois. Mais lui, il le prendrait et emporterait tout l'argent à Ombra, et les ménestrels écriraient des chansons sur lui. Il les laisserait faire leurs numéros tous les jours au château, rien que pour lui, et le danseur de feu écrirait son nom dans le ciel, et sa mère s'inclinerait devant lui, et il épouserait une femme aussi belle que Brianna…

Il voyait tout cela très clairement, assis dans l'obscurité qui protégeait les yeux de son grand-père, aussi clairement que les illustrations que Balbulus avait peintes pour lui.

Un livre sur lui. Jacopo. Un livre, aussi magnifique que celui sur le Geai bleu. Pas vide et pourri comme…

Jacopo leva la tête.

… le livre vide.

Oui. Pourquoi pas ? Ça leur ferait sûrement passer l'envie de rire.

Jacopo se redressa. Ce serait très facile. Il fallait juste que son grand-père ne remarque pas trop tôt qu'il avait disparu. Le mieux serait de l'échanger contre un autre. Mais lequel ?

Il serra ses mains sur ses genoux tremblants.

Orphée lui avait subtilisé ses livres, et ceux de sa mère avaient aussi disparu. Mais il y en avait d'autres dans ce château, des livres malades comme celui de son grand-père, dans la pièce où ils avaient capturé le Geai bleu.

C'était un long trajet ; Jacopo s'égara plusieurs fois, mais l'odeur de moisi l'aida à s'orienter – c'était la même odeur que celle qui entourait son grand-père – et aussi la trace de suie, à peine perceptible à la lueur de sa torche, avec laquelle le danseur de feu avait trahi le Geai bleu. Pourquoi avait-il fait cela ? Pour l'argent, comme Oiseau de Suie ? Que voulait-il s'acheter ? Un château ? Une femme ? Un cheval ?

«Fie-toi encore moins à tes amis qu'à tes ennemis, Jacopo! lui avait toujours dit son grand-père. Les amis, ça n'existe pas. Pas pour un prince.»

Avant, son grand-père parlait souvent avec lui, plus maintenant. «Maintenant, il a un fils, Jacopo.»

Il attrapa un livre pas trop gros – le livre vide ne l'était pas tellement non plus – et le glissa sous sa blouse.

Deux hommes montaient la garde devant la chambre de son grand-père, ce qui voulait dire qu'il n'était plus auprès du Geai bleu. Il l'avait peut-être déjà tué? Non. Le nouveau livre n'était sûrement pas terminé. Cela prenait beaucoup de temps, Balbulus le lui avait dit. Mais quand ce serait fini, son grand-père torturerait le Geai bleu et donnerait sa mère en mariage à Œil Double… ou bien il la laisserait pourrir dans le trou. Et lui, il l'emmènerait au château de la Nuit.

Jacopo arrangea ses vêtements et essuya ses larmes. Il n'avait même pas remarqué qu'il pleurait. Les larmes brouillaient tout, les gardes et le feu de leurs torches. C'était bête, les larmes.

– Je veux voir mon grand-père!

Ils le regardèrent en ricanant. Le Geai bleu les tuerait. Tous.

– Il dort. Dégage.

– Ce n'est pas possible qu'il dorme, imbéciles! (La voix de Jacopo se fit stridente. Quelques mois plus tôt, il aurait tapé du pied mais, depuis, il avait appris que ce n'était pas très efficace.) C'est le Poucet qui m'envoie. Je lui apporte ses remèdes pour dormir.

Les gardes échangèrent un regard incertain. Heureusement, il était beaucoup plus malin qu'eux.

– Bon, alors, entre ! grommela l'un d'eux. Mais gare à toi si tu vas lui pleurnicher dans les oreilles à cause de ta mère. Car c'est moi qui t'enverrai la retrouver dans le trou, compris ?

« Tu es un homme mort ! pensa Jacopo en passant près de lui. Mort. Mort. Mort. Tu ne le sais pas encore ? » Comme ça faisait du bien d'y penser !

– Que veux-tu ?

Son grand-père était assis sur son lit. Deux domestiques essuyaient le sang de fée sur ses jambes. Le sirop de pavot qu'il prenait pour dormir faisait gonfler ses paupières. Pourquoi ne dormirait-il pas ? Le Geai bleu était prisonnier et lui reliait un nouveau livre.

– Qu'est-ce que tu vas faire du Geai bleu quand il aura fini ?

Jacopo savait exactement quelles histoires son grand-père aimait raconter.

Tête de Vipère se mit à rire et fit signe aux domestiques de se retirer. Ils se dirigèrent vers la porte avec moult révérences.

– Tu vas peut-être finir par être comme moi, malgré ta ressemblance avec ton père. (Tête de Vipère se laissa retomber sur le côté en gémissant.) Toi, tu commencerais par lui faire quoi ?

Il avait la langue aussi lourde que les paupières.

– Je ne sais pas. Lui arracher les ongles ?

Jacopo s'approcha du lit. Il était là, le coussin que Tête de Vipère portait toujours avec lui. Pour soutenir sa chair malade, disait-il. Mais Jacopo l'avait souvent vu glisser sa main sous le lourd tissu pour toucher le cuir du bout des doigts. Il avait même pu jeter un coup d'œil furtif sur la reliure imbibée de sang. Personne ne faisait attention à ce qu'un enfant regardait. Pas même Tête de Vipère qui ne se fiait qu'à lui-même.

– Les ongles ? Oh. C'est douloureux, en effet. J'espère que mon fils aura les mêmes idées que toi quand il aura ton âge. Quoique… a-t-on besoin d'un fils quand on est immortel ? Je me le demande souvent. Et d'une femme ? Ou de filles… ?

Ces dernières paroles étaient presque inaudibles. Tête de Vipère ouvrit la bouche et se mit à ronfler. Ses paupières de reptile se fermèrent, sa main gauche s'agrippa au coussin dans lequel sa mort se cachait. Mais Jacopo avait les mains fines. Elles n'étaient pas du tout comme celles de son grand-père. Il dénoua délicatement les rubans qui fermaient la housse du coussin, glissa les doigts à l'intérieur et en tira le livre. Le livre vide. En fait, on aurait dû l'appeler le livre rouge. Son grand-père tourna la tête en râlant. Jacopo sortit de sous sa blouse celui qu'il avait pris dans la bibliothèque des livres malades et l'échangea avec son jumeau rouge.

– Mon grand-père dort, dit-il aux gardes en sortant de la chambre. Gare à vous si vous le réveillez : il vous fera arracher les ongles !

73
L'esprit de la nuit

Que peut craindre celui qui ne craint pas la mort ?

Friedrich Schiller, *Les Brigands*

Resa s'était envolée rejoindre Langue Magique dans la salle aux Mille Fenêtres.

– Resa ! L'oiseau ne te quittera plus, l'avait avertie Doigt de Poussière, mais elle avait quand même mis les graines dans sa bouche.

Il avait eu du mal à la faire sortir de la chambre avant le retour du Prince argenté. Le désespoir qu'il lisait sur son visage lui avait brisé le cœur. Ils n'avaient pas trouvé le livre vide et savaient tous les deux ce que cela signifiait : ce ne serait pas Tête de Vipère, mais le Geai bleu qui allait mourir, par la main du Fifre ou du Poucet ou par celle des Femmes blanches, parce qu'il n'avait pas pu payer le prix que la Mort avait exigé en échange de sa vie.

Resa s'était envolée rejoindre Langue Magique pour qu'il ne meure pas seul. Ou espérait-elle encore un miracle ? Peut-être. Doigt de Poussière lui avait raconté que la Mort devait aussi venir le prendre… et après, leur fille.

– Si tu ne trouves pas le livre, lui avait murmuré Langue Magique avant qu'il ne l'envoie dessiner la trace de feu pour le Fifre, essayons au moins de sauver nos filles.

« Nos filles »… Doigt de Poussière savait où trouver Brianna, mais comment protéger Meggie du Fifre, et surtout des Femmes blanches ?

Bien entendu, les hommes du Fifre avaient essayé de mettre la main sur lui après la capture du Geai bleu, mais il n'avait pas eu grand mal à leur échapper. Ils étaient toujours à sa recherche, mais l'obscurité dans le château, si elle soulageait les yeux de Tête de Vipère, dissimulait aussi ses ennemis.

Orphée semblait persuadé que son chien noir suffisait pour garder Brianna. Deux torches brûlaient près de la cage où elle était recroquevillée comme un oiseau pris au piège. Mais il n'y avait pas de soldats pour la surveiller. Le véritable garde guettait quelque part dans l'ombre, là où la lumière des torches ne pénétrait pas.

Comment Orphée avait-il pu l'apprivoiser ?

– N'oublie pas qu'il l'a fait surgir d'un livre, lui avait fait remarquer Langue Magique. Et c'était un livre pour enfants, ce qui ne veut pas dire que Fenoglio ait rendu l'esprit de la nuit plus inoffensif pour autant. Mais il est né de mots et je suis certain qu'Orphée s'est aussi servi de mots pour le rendre si docile. Il suffit d'agencer quelques mots autrement, de tourner les phrases de manière légèrement différente et le monstre de la nuit peut se transformer en chien soumis.

« Langue Magique, avait pensé Doigt de Poussière, as-tu oublié qu'en ce monde, tout n'est fait que de mots ? » Il ne savait qu'une chose : cet esprit de la nuit n'était pas moins dangereux que ceux qu'on rencontrait dans la Forêt sans chemin, il était plus sinistre. Contrairement à ses congénères, on ne s'en débarrassait pas avec de la poussière de fée ou le feu. Le chien d'Orphée était d'une nature plus obscure. « Quel dommage que tu n'aies pas demandé son nom aux Femmes blanches, Doigt de Poussière ! » pensa-t-il en se faufilant en direction des cages. Ne dit-on pas dans les chansons que c'est la seule manière d'éliminer un esprit de la nuit ? Car il devait le supprimer pour qu'Orphée ne puisse pas le rappeler. « Oublie les chansons, Doigt de Poussière, se dit-il en regardant tout autour de lui. Écris ta propre chanson, le Geai bleu aussi devrait le faire. »

Il murmura quelque chose et les torches se rallumèrent comme pour le saluer, lasses de l'obscurité qui les entourait. Et Brianna leva la tête. Comme elle était belle ! Aussi belle que sa mère.

Doigt de Poussière regarda de nouveau autour de lui, s'attendant à voir surgir quelque chose du noir. Où était-il ?

Il entendit une sorte de hennissement, sentit une haleine froide, haletante comme celle d'un gros chien. Sur sa gauche, les ombres grandirent, devinrent plus noires que la nuit la plus profonde. Son cœur s'emballa. Ah. La peur était toujours là, même s'il la ressentait rarement.

Brianna se releva et recula, effrayée, jusqu'à ce que son dos heurte les barreaux. Derrière elle, sur le mur gris, un paon faisait la roue.

– Va-t'en, murmura-t-elle. Je t'en prie ! Il va te manger !

S'en aller. Une idée tentante. Mais il avait eu deux filles. Il ne lui en restait qu'une et il voulait la garder, pas pour toujours mais peut-être pour quelques années. Un temps précieux. Le temps… qu'était-ce donc ?

Il se mit à faire froid derrière lui, affreusement froid. Doigt de Poussière appela les flammes et s'enveloppa dans leur chaleur, mais le feu s'inclina devant le froid, il s'éteignit et le laissa seul avec l'ombre.

– Va-t'en, je t'en supplie, l'implora Brianna, et l'amour qu'il perçut dans sa voix, l'amour qu'elle cachait si bien, le réchauffa plus que ne l'eût fait le feu.

Il appela une fois encore les flammes, d'une voix plus sévère, leur rappela qu'ils étaient inséparables. Elles surgirent timidement du sol, tremblantes, comme si un vent froid les traversait, mais elles brûlaient, et l'esprit de la nuit recula sans le quitter des yeux.

Oui, ce que les chansons racontaient sur ce monstre et les siens était vrai. Qu'ils n'étaient faits que de la noirceur des âmes, du mal pour lequel il n'y avait ni pardon ni oubli, jusqu'à ce qu'ils disparaissent, se consumant eux-mêmes, emportant avec eux tout ce qu'ils avaient été.

Les yeux ne le lâchaient pas, des yeux rouges au milieu de tout ce noir, des yeux à la fois hébétés et mauvais, perdus en eux-mêmes, sans passé ni lendemain, sans lumière ni chaleur, prisonniers de leur propre froid, de la méchanceté transie. Doigt de Poussière sentit le feu l'envelopper comme une fourrure. Il lui brûlait presque la peau, c'était sa protection contre les yeux hébétés et la gueule avide, qui s'ouvrit et cria si fort que Brianna tomba à genoux en se bouchant les oreilles.

L'esprit de la nuit tendit une main noire vers le feu, l'y plongea. Doigt de Poussière perçut un sifflement et crut reconnaître dans tout ce noir un visage. Un visage qu'il n'avait jamais oublié. Était-ce possible ? Orphée l'avait-il vu aussi et apprivoisé ainsi son plus sinistre chien… en l'appelant par son nom oublié ? Ou ne lui avait-il donné ce nom que maintenant, avait-il fait revenir avec l'esprit de la nuit celui que Langue Magique avait envoyé dans le royaume des morts ?

Derrière lui, Brianna pleurait. Doigt de Poussière la sentait trembler à travers les barreaux, mais lui ne sentait plus la peur. Il était juste reconnaissant. Reconnaissant pour ce moment. Reconnaissant de cette seconde rencontre. En espérant que ce soit la dernière.

— Comme on se retrouve ! dit-il à voix basse et, dans son dos, les pleurs de Brianna cessèrent. Tu te souviens, dans toute cette obscurité ? Tu te souviens du couteau et du dos du garçon, si mince, si démuni ? Tu te souviens du bruit qu'a fait mon cœur en se brisant ?

L'esprit de la nuit le fixait toujours. Doigt de Poussière fit un pas vers lui, vêtu de flammes, de flammes qui étaient de plus en plus brûlantes, nourries de toute la douleur qu'il faisait remonter, de tout le désespoir.

— Disparais, Basta ! s'écria-t-il en prononçant le nom si fort qu'il résonna au plus profond des ténèbres. Disparais, jusqu'à la fin des temps.

Le visage devint plus distinct, le visage de renard dont il avait eu si peur naguère, et Doigt de Poussière fit s'enfoncer les flammes au cœur du froid, au cœur de la noirceur, comme des épées qui écrivaient toutes le nom de Basta, et l'esprit de la nuit cria de nouveau, assailli par ses souvenirs. Il cria, cria, jusqu'à ce que sa silhouette se dissolve comme de l'encre. Elle se fondit dans les ombres, partit en fumée. Le froid resta mais le feu ne tarda pas à le chasser et Doigt de Poussière tomba à genoux, sentant la douleur le quitter, la douleur qui avait survécu même à la mort et il souhaita

716

que Farid fût à ses côtés. Il le souhaita si fort que, l'espace d'un instant, il en oublia où il était.

– Père ?

Le murmure de Brianna lui parvint à travers le feu.

L'avait-elle jamais appelé ainsi ? Oui, autrefois. Mais était-il le même alors ?

Sous ses mains brûlantes, les barreaux de la cage se tordirent. Il n'osait toucher Brianna, tant il sentait le feu en lui. Des pas se rapprochaient, des pas lourds, pressés. Les cris de l'esprit de la nuit avaient attiré leur attention. Mais l'obscurité avala Doigt de Poussière et Brianna avant que les soldats n'atteignent les cages… et cherchent en vain le gardien noir.

74
L'autre côté

Elle arracha une page du livre et la déchira en deux.
Puis un chapitre.
Bientôt, il n'y eut plus entre ses jambes et tout autour
d'elle que des bribes de mots… À quoi servaient les mots ?
Puis elle le dit à voix haute, dans la pièce aux lueurs
orange.
« À quoi servent les mots ? »

Markus Zusak, *La Voleuse de livres*

Le Prince noir était encore avec Roxane. Elle devait
poser une attelle sur sa jambe blessée pour qu'il puisse marcher. Marcher jusqu'au château du Lac. « Nous avons le
temps », lui avait dit Meggie, malgré l'impatience dont elle
brûlait. Pour ce livre vide, Mo aurait besoin d'autant de
temps qu'au château de la Nuit.

Le Prince noir voulait se porter au secours du Geai bleu
avec presque tous ses hommes. Mais sans Elinor et sans
Meggie. « Ton père m'a fait promettre de vous garder en
lieu sûr, toi et ta mère, lui avait-il dit. Pour ta mère, je n'ai

pas pu tenir ma promesse. Je veux au moins te protéger. Ne lui as-tu pas fait la même promesse ? »

Non. Elle ne l'avait pas fait. C'est pourquoi elle allait partir avec eux. Même si ça lui brisait le cœur de laisser Doria seul. Il n'était toujours pas réveillé, mais Darius parlerait avec lui. Et Elinor. Et de toute façon, elle allait revenir. Non ?

Farid l'accompagnerait. Il pourrait appeler le feu s'il faisait trop froid en route ; elle avait déjà dérobé un peu de viande séchée et rempli d'eau une gourde de Baptiste. Comment le Prince noir pouvait-il croire qu'elle resterait après avoir vu les mots de feu ? Comment pouvait-il croire qu'elle laisserait mourir son père comme s'il s'agissait d'une autre histoire ?

– Meggie ! Le Prince noir ne sait rien des mots ! lui avait dit Fenoglio. Pas plus qu'il ne sait ce que fait Orphée !

Fenoglio, lui, le savait et il ne voulait pas la laisser partir non plus. « Tu veux qu'il t'arrive la même chose qu'à ta mère ? Personne ne sait où elle est ! Non, il faut que tu restes ici. Nous serons plus utiles à ton père ainsi. Je vais écrire jour et nuit, je te le promets. Mais si tu ne restes pas ici pour lire, à quoi cela servira-t-il ? »

Rester ici. Attendre. Non. Elle en avait assez. Elle partirait en cachette, comme Resa, et elle ne se perdrait pas… Elle avait trop longtemps attendu. Si jamais Fenoglio avait encore une idée, ce serait Darius qui lirait – il aurait sûrement pu faire surgir le géant à sa place – et les enfants avaient encore Baptiste et Elinor, Roxane et Fenoglio pour veiller sur eux. Mais Mo était seul, si seul. Il avait besoin d'elle. Il avait toujours eu besoin d'elle.

Elinor ronflait doucement. Darius dormait près d'elle, entre les enfants de Minerve. Meggie fit le moins de bruit possible, elle rassembla sa veste, ses chaussures, son sac à dos qui lui rappelait toujours l'autre monde.

– Tu es prête ? demanda Farid. Il va bientôt faire jour !

Meggie hocha la tête… et se retourna en voyant Farid fixer soudain un point derrière elle, les yeux écarquillés comme ceux d'un enfant.

Une Femme blanche se dressait à côté des dormeurs. Elle regardait Meggie. Elle tenait un morceau de craie à la main et tendit à Farid l'une des bougies qu'Elinor avait rapportées d'Ombra en lui faisant signe d'approcher. Farid se dirigea vers elle comme un somnambule et alluma la mèche en murmurant quelque chose. La Femme blanche plongea la craie dans la flamme et se mit à écrire, prenant une feuille de papier sur laquelle Meggie avait essayé en vain de composer une fin heureuse pour son père quand le géant avait emmené Fenoglio… La Femme blanche écrivait, écrivait. Pendant que Minerve chuchotait dans son sommeil le nom de son mari et qu'Elinor se tournait de l'autre côté, pendant que Despina passait le bras autour de son frère et que le vent s'engouffrait dans le treillis du nid, éteignant presque la flamme. Puis elle se redressa, regarda encore une fois Meggie et disparut, comme emportée par le vent.

Farid respira, soulagé, et posa son visage sur les cheveux de Meggie. Mais elle le repoussa avec douceur et se pencha sur la feuille.

– Tu peux lire ? chuchota Farid.

Meggie hocha la tête.

– Va trouver le Prince noir et dis-lui qu'il peut ménager sa jambe, murmura-t-elle. Nous restons tous ici. La chanson sur le Geai bleu est écrite.

75
Le livre

Il n'était pas facile de demander à ses mains de travailler lentement quand elles aimaient tant ce qu'elles faisaient. Mo avait les yeux irrités par le manque de lumière. Les lourdes chaînes meurtrissaient ses chevilles mais, curieusement, il était heureux, comme si ce n'était pas la mort de Tête de Vipère qu'il reliait dans un livre, mais le temps lui-même et avec lui tous les soucis d'avenir, la douleur du passé – jusqu'à ce qu'il n'y ait plus que le présent, ce moment où ses mains caressaient le papier et le cuir.

– Dès que j'aurai délivré Brianna, je viendrai à ton secours avec le feu.

C'est ce que lui avait promis Doigt de Poussière avant de le laisser seul pour jouer encore au traître.

– Et le livre vide, avait-il ajouté, je te l'apporterai aussi !

Or, ce n'était pas Doigt de Poussière, mais Resa qui était venue. Quand l'hirondelle était entrée dans la pièce, le cœur de Mo avait presque cessé de battre. Un des gardes avait braqué son arbalète sur elle, mais elle avait évité la flèche et Mo avait ramassé une plume brune sur son épaule. « Ils n'ont pas trouvé le livre. » Ce fut sa première pensée quand l'hirondelle se posa sur une poutre au-dessus de lui. Peu importe… il était heureux qu'elle soit là.

Le Fifre était appuyé contre une colonne et suivait des yeux chacun de ses mouvements. Avait-il l'intention de tenir ainsi deux semaines sans dormir ? Ou s'imaginait-il qu'on reliait un livre comme celui-ci en un jour ?

Mo posa le couteau et frotta ses yeux fatigués. L'hirondelle déploya ses ailes comme pour lui faire signe, et Mo s'empressa de baisser la tête pour ne pas attirer l'attention du Fifre sur elle. Mais il la releva en entendant Nez d'Argent proférer un juron.

Le feu jaillissait des murs.

Cela ne pouvait vouloir dire qu'une chose : Brianna était libre.

– Qu'est-ce qui te fait sourire, le Geai bleu ?

Le Fifre s'approcha et lui donna dans l'estomac un coup de poing si violent que Mo se courba en deux. L'hirondelle se mit à crier.

– Tu crois que ton ami le danseur de feu va revenir se faire pardonner de t'avoir trahi ? lui susurra Nez d'Argent. Ne te réjouis pas trop vite ! Cette fois, je vais le décapiter. On verra si, sans tête, il revient encore de chez les morts.

Comme le Geai bleu aurait aimé enfoncer son couteau de relieur dans sa poitrine sans cœur ! Mais une fois encore, Mo s'interposa. « Qu'est-ce que tu attends encore ? Le livre vide ?

demandait le Geai bleu. Vous ne le trouverez jamais ! »
« Mais alors, pourquoi me battre ? répondait Mo. Sans le
livre, je suis mort et ma fille aussi. »

Meggie. Dans cette angoisse, le relieur et le Geai bleu
ne faisaient qu'un. La porte s'ouvrit et une frêle silhouette
se glissa dans la salle que le feu éclairait. Jacopo. À petits
pas, il s'approcha de Mo. Voulait-il donner des nouvelles
de sa mère au Geai bleu ? Ou son grand-père l'avait-il
chargé de venir voir où en était le nouveau livre ?

Le fils de Violante vint se mettre tout près de Mo, mais
c'est le Fifre qu'il regardait.

– Il a bientôt fini ? demanda-t-il.

– Si tu ne l'empêches pas de travailler, répondit Nez
d'Argent en se dirigeant vers la table sur laquelle les servantes avaient déposé du vin et une assiette de viande
froide.

Jacopo mit la main sous sa blouse et en tira le livre. Il
l'avait enveloppé dans un morceau de tissu rouge.

– Je veux que le Geai bleu répare ce livre pour moi. C'est
mon livre préféré.

Il l'ouvrit ; Mo en eut le souffle coupé. Des pages imbibées de sang !

Jacopo le regarda.

– Ton livre préféré ? Il est là pour s'occuper d'un livre,
un seul. Et maintenant, file ! (Le Fifre se remplit un gobe-
let de vin.) Va dans la cuisine leur dire de m'apporter
encore du vin et de la viande.

– Il faut qu'il y jette un coup d'œil ! (Jacopo avait pris
son air buté.) Grand-père m'y a autorisé. Tu peux le lui
demander !

Il tendit un crayon à Mo, un morceau de craie facile à

dissimuler dans la main. C'était mieux que le couteau, bien mieux. Le Fifre fourra un morceau de viande dans sa bouche et avala une gorgée de vin pour la faire descendre.

– Tu mens, dit-il. Est-ce que ton grand-père t'a dit ce que je faisais aux menteurs ?

– Non, tu fais quoi ? demanda Jacopo en avançant le menton, comme sa mère.

Il fit un pas vers Nez d'Argent.

Le Fifre essuya ses mains grasses avec un chiffon d'un blanc immaculé et sourit. Mo serra le morceau de craie et ouvrit le livre vide.

– Je commence par leur couper la langue, dit le Fifre.

Jacopo fit encore un pas vers lui.

– Ah, bon ?

Cœur.

À chaque lettre, les doigts de Mo tremblaient.

– Oui, sans langue, on a du mal à mentir, fit remarquer le Fifre. Quoique… attends, je connais un mendiant muet qui m'a menti effrontément. Il parlait avec les doigts !

– Et après ?

Le Fifre se mit à rire.

– Je les lui ai coupés. Un par un.

« Lève les yeux, Mo, sinon, il va remarquer que tu écris. »

Sang.

Encore un mot. Un seul.

Le Fifre regarda dans sa direction. Il regarda le livre ouvert. Mo referma sa main sur le morceau de craie.

L'hirondelle déploya ses ailes. Elle voulait l'aider. « Non, Resa ! » Mais l'oiseau s'élança et vola au-dessus de la tête du Fifre.

– J'ai déjà vu cet oiseau ! s'exclama Jacopo. Dans la chambre de mon grand-père.

– Vraiment ?

Le Fifre regarda la corniche sur laquelle s'était posée l'hirondelle et attrapa l'arbalète d'un des soldats.

« Non ! Resa, envole-toi ! »

Plus qu'un mot, mais Mo ne voyait rien d'autre que le petit oiseau.

Le Fifre tira et l'hirondelle s'envola. La flèche la manqua ; l'oiseau vola droit sur le visage du Fifre.

« Écris, Mo ! » Il appuya le morceau de craie sur le papier imbibé de sang.

Le Fifre essaya de frapper l'hirondelle. Son nez argenté glissa.

Mort.

76
Nuit blanche

> Le pauvre empereur ne pouvait presque pas respirer, il
> lui semblait avoir un poids sur la poitrine, il ouvrit les
> yeux, et vit que c'était la mort qui s'était assise sur sa poi-
> trine [...] et çà et là, dans les plis des grandes tentures de
> velours, perçaient d'étranges têtes, les unes hideuses, les
> autres d'une douceur délicieuse : c'étaient les bonnes et
> les mauvaises actions de l'empereur, qui le regardaient, en
> ce moment où la mort pesait sur son cœur.
>
> Hans Christian Andersen, *Le Rossignol*

Tête de Vipère avait froid. Il avait froid même en dor-
mant, même s'il serrait son coussin sur sa poitrine meurtrie, le coussin dans lequel était caché le livre qui le protégeait contre le froid éternel. Même les rêves lourds de sirop
de pavot ne pouvaient le réchauffer, les rêves des supplices
qu'il voulait infliger au Geai bleu. Jadis, dans ce château,
il ne rêvait que d'amour. Mais tout cela ne s'accordait-il
pas parfaitement ? L'amour qu'il avait connu ici ne l'avait-
il pas fait autant souffrir que sa chair pourrissante ?

Il avait tellement froid ! Même ses rêves semblaient

recouverts de givre. Des rêves de supplices. Des rêves d'amour. Il ouvrit les yeux : les peintures murales le fixaient avec les yeux de la mère de Violante. Maudit sirop de pavot. Maudit château. Et pourquoi le feu était-il revenu ? Tête de Vipère soupira et mit les mains sur ses yeux, mais les étincelles le brûlaient, même sous ses paupières.

Rouge. Rouge et or. Une lumière vive comme des lames de couteau, et à travers le feu lui parvenaient des murmures, les murmures qu'il avait entendus pour la première fois à côté d'un agonisant. Il regarda en tremblant à travers ses doigts boudinés. Non. Non, ce n'était pas possible. C'était le pavot qui lui brouillait la vue, rien de plus. Il en vit quatre autour de son lit, blanches comme neige, non, plus blanches encore, et elles chuchotaient le nom qu'on lui avait donné à la naissance. Encore et encore, comme pour lui rappeler qu'il n'avait pas toujours porté une peau de serpent.

C'était le sirop, le sirop de pavot. Tête de Vipère glissa une main tremblante à l'intérieur du coussin, voulut attraper le livre, le brandir devant elles, mais elles tendirent leurs doigts blancs vers sa poitrine.

Comme elles le regardaient ! Avec les yeux de tous les morts qu'il leur avait envoyés.

Puis elles chuchotèrent encore une fois son nom.

Et son cœur cessa de battre.

77

Enfin terminée

Comme l'hirondelle filait d'un plongeon à travers le chant
d'une vieille dans sa caverne
Comme le martinet coupait le souffle d'une violette d'un
coup d'aile

Ted Hughes, *Poèmes*

La Femme blanche apparut dès que Mo eut refermé
le livre imprégné de sang. À sa vue, le Fifre oublia l'hirondelle et le fils de Violante, et se cacha sous la table où Mo
était enchaîné. Mais cette fille de la Mort ne venait pas
chercher le Geai bleu. Elle venait le délivrer. Resa lut le
soulagement sur le visage de Mo.

À ce moment-là, il oublia tout. Resa le vit aussi. L'espace
d'un instant, il espéra peut-être que l'histoire soit enfin
terminée. Or, le Fifre n'était pas mort avec son maître. Il
eut peur, mais la Femme blanche disparut, emportant la
peur avec elle. Resa déploya encore une fois ses ailes. Elle
vola vers le Fifre tout en crachant les graines pour avoir de
nouveau des mains pour aider, des pieds pour marcher.
Mais l'oiseau en elle ne voulait pas disparaître et, quand

elle se posa près des deux hommes sur les dalles, elle avait encore des griffes. Avant qu'elle ait pu réaliser à quel danger elle exposait le prisonnier, le Fifre avait enroulé autour de sa main les chaînes fixées à la table. Il tira sur la chaîne et Mo tomba à genoux, tenant dans sa main le couteau avec lequel il avait découpé le papier. Mais que pouvait le couteau d'un relieur contre une épée ou une arbalète ?

Resa voltigeait autour de la table, désespérée. Elle essaya de cracher de nouveau, dans l'espoir qu'une graine était peut-être restée coincée sous sa langue, mais elle demeurait prisonnière de ses plumes.

Le Fifre tira une seconde fois sur les chaînes de Mo.

– Ton ange blanc n'est pas resté longtemps à tes côtés, railla-t-il. Pourquoi ne t'a-t-il pas ôté tes chaînes ? Mais ne t'inquiète pas. Nous te laisserons tellement de temps pour mourir que tes amies blanches ne tarderont pas à revenir. Et maintenant, remets-toi au travail !

Mo se releva péniblement.

– Pour quoi faire ? demanda-t-il en tendant au Fifre le livre vide. Ton maître n'aura plus besoin d'un second livre. C'est uniquement pour ça que la Femme blanche est passée. J'ai écrit les trois mots dans le livre. Tu peux vérifier toi-même. Tête de Vipère est mort.

Le Fifre regarda le livre rouge sang, puis jeta un coup d'œil sous la table où Jacopo, tel un animal traqué, s'était réfugié.

– Vraiment ? dit-il en tirant son épée. Eh bien, si c'est comme ça… je n'ai rien contre l'immortalité ! Alors, je ne te le répéterai pas, remets-toi au travail !

Des murmures s'élevèrent du côté des soldats.

– Silence ! leur cria le Fifre et, désignant l'un d'entre

eux de sa main gantée, il ajouta : Toi ! Va voir Tête de Vipère et dis-lui que le Geai bleu prétend qu'il est mort.

Le soldat partit en courant. Les autres le suivirent du regard, les yeux écarquillés. Mais le Fifre dirigea la pointe de son épée sur la poitrine de Mo.

– Tu ne travailles toujours pas !

Mo recula, autant que le permettaient les chaînes, le couteau à la main.

– Il n'y aura pas d'autre livre. Pas d'autre avec des pages blanches. Jacopo ! Sors de là. Va voir ta mère et dis-lui que tout va s'arranger.

Jacopo sortit de sous la table et s'enfuit. Le Fifre ne lui prêta aucune attention.

– Quand Tête de Vipère a eu son fils, je lui ai conseillé de se débarrasser du petit bâtard de Cosimo, dit-il en regardant le livre vide. Mais il n'a rien voulu entendre. Pas malin.

Le soldat qu'il avait envoyé dans la chambre de Tête de Vipère surgit dans la pièce obscure, hors d'haleine.

– Le Geai dit vrai ! bafouilla-t-il. Tête de Vipère est mort. Les Femmes blanches sont partout.

Les autres soldats baissèrent leurs arbalètes.

– Rentrons à Ombra, maître ! balbutia l'un d'eux. Ce château est ensorcelé. Nous pouvons emmener le Geai bleu !

– Bonne idée, répondit le Fifre.

Et il sourit.

Non.

Resa fondit sur lui et, de son bec, arracha le sourire sur ses lèvres. Était-ce l'oiseau qui faisait cela… ou elle ? Elle entendit Mo crier quand le Fifre la frappa de son épée. La lame s'enfonça profondément dans son aile. Elle tomba et soudain retrouva forme humaine, comme s'il avait tué l'oiseau. Le Fifre la suivit des yeux, interloqué, mais quand il leva son épée, Mo lui planta son couteau dans le cœur, à travers le tissu précieux que Nez d'Argent affectionnait tant. L'homme le regarda d'un air incrédule, et mourut.

Ses soldats étaient encore là. Mo s'empara de l'épée du Fifre et essaya de les repousser. Mais ils étaient nombreux et lui toujours enchaîné à la table. Il fut bientôt couvert de sang, sa poitrine, ses mains et ses bras. Mais était-ce bien son sang ?

Ils allaient le tuer, et Resa serait une fois de plus spectatrice, comme si souvent dans cette histoire. Mais, soudain, le feu vint dévorer les chaînes et Doigt de Poussière apparut, protecteur, au-dessus d'elle, sa martre sur l'épaule. À côté de lui se tenait Jacopo, dont le visage ressemblait tant aux statues de son père défunt.

– Elle est morte ? l'entendit-elle demander tandis que les soldats s'enfuyaient en criant.

– Non, répondit Doigt de Poussière. Elle a juste le bras blessé.

– Mais c'était un oiseau ! s'exclama Jacopo.

– Oui. (C'était la voix de Mo.) Comme dans une bonne histoire, non ?

Le silence était revenu dans la grande salle. Plus de luttes, plus de cris, seul le feu qui crépitait et conversait avec Doigt de Poussière.

Mo s'agenouilla près d'elle ; il était ensanglanté, mais il vivait, et elle avait de nouveau une main pour prendre la sienne. Tout était bien.

78

La mauvaise carte

Comme Orphée je joue
sur les cordes de la vie la mort.

Ingeborg Bachmann,
Dire l'obscur

Orphée lisait, comme en transe. Il l'entendait lui-même. Il lisait trop fort et trop vite. Sa langue semblait vouloir enfoncer les mots, comme des lames, dans le corps du relieur. Il lui avait écrit des supplices horribles, pour se venger du sourire moqueur du Fifre, qui le hantait. Il le rabaissait tellement, lui qui se sentait si grand ! Mais le Geai bleu, au moins, n'aurait bientôt plus le cœur à sourire.

Éclat de Fer remua l'encre et le regarda d'un air soucieux. La colère devait se lire sur son front, inscrite en petites perles de sueur.

« Orphée, concentre-toi ! » Il essaya de nouveau. Certains mots étaient à peine lisibles, les lettres se bousculaient, ivres sans doute de la colère qui l'habitait. Pourquoi

732

avait-il l'impression de parler dans le vide ? Pourquoi les mots avaient-ils soudain le goût des cailloux qu'il jetait dans un puits où leur écho se perdait dans l'obscurité ? Quelque chose clochait. Il ne s'était encore jamais senti ainsi en lisant.

– Éclat de Fer ! lança-t-il à l'homme de verre. Va dans la salle aux Mille Fenêtres et vois où en est le Geai bleu. Il devrait se tordre de douleur, comme un chien empoisonné !

L'homme laissa tomber le morceau de bois avec lequel il remuait l'encre et le regarda, paniqué.

– Mais… maître, je ne connais pas le chemin.

– Ne te fais pas plus bête que tu n'es, sinon je vais demander à l'esprit de la nuit s'il n'a pas envie de dévorer un homme de verre pour changer. Tu prends à droite et ensuite toujours tout droit. Demande aux gardes !

La mine déconfite, Éclat de Fer se mit en route. Stupide créature ! Fenoglio aurait pu trouver des assistants moins risibles pour les écrivains. Mais c'était le problème de ce monde… il avait quelque chose d'enfantin. Pourquoi avait-il tant aimé ce livre quand il était enfant ? Pour cette raison justement ! Mais maintenant qu'il était adulte, il était temps que ce monde le devienne aussi.

Encore une phrase… et de nouveau l'étrange sensation que les mots se perdaient dans le néant avant même qu'il les ait prononcés. Ivre de colère, il attrapait l'encrier pour le lancer contre le mur quand des cris lui parvinrent. Orphée reposa l'encrier sur la table et tendit l'oreille. Que se passait-il ? Il ouvrit la porte et inspecta le couloir. Devant la chambre de Tête de Vipère, les gardes avaient disparu ; deux domestiques passèrent près de lui en courant, aussi excités que des poules sans tête ! Mais qu'est-ce que ça voulait dire, nom d'un chien ? Et pourquoi le feu de Doigt de Poussière brûlait-il de nouveau sur les murs ?

Orphée s'engagea dans le couloir et s'arrêta devant la chambre de Tête de Vipère. La porte était ouverte et le Prince argenté gisait, mort, sur son lit, ses yeux écarquillés laissant deviner sans peine qui il avait vu en dernier.

Orphée regarda autour de lui avant de s'approcher du lit mais, bien entendu, les Femmes blanches avaient disparu. Elles avaient obtenu ce qu'elles attendaient depuis si longtemps. Mais comment ? Comment ?

— Tu vas devoir te trouver un nouveau maître, Œil Double !

Le Poucet sortit de derrière le rideau du lit, un sourire de rapace aux lèvres. Orphée aperçut sur sa main décharnée l'anneau avec lequel Tête de Vipère avait signé son arrêt de mort. Le Poucet portait aussi son épée.

— J'espère qu'on pourra faire disparaître cette odeur pestilentielle, chuchota-t-il à Orphée d'un air complice tout en jetant sur ses épaules le lourd manteau de velours de son maître.

Puis il sortit de la pièce et suivit le couloir dans lequel chuchotait le feu de Doigt de Poussière. Orphée resta seul et sentit les larmes lui monter aux yeux. Tout était perdu ! Il avait misé sur la mauvaise carte, avait supporté en vain la puanteur du prince pourrissant, s'était incliné en vain devant lui et avait perdu son temps dans ce sinistre château ! Ce n'était pas lui, mais Fenoglio qui avait écrit la dernière chanson. Qui d'autre ? Et le Geai bleu était sans doute redevenu le héros et lui le salaud. Non, pire ! Il était le perdant, le bouffon !

Il cracha sur le visage figé de Tête de Vipère et retourna dans sa chambre où les mots inutiles l'attendaient sur sa table. Tremblant de colère, il saisit l'encrier et le versa sur ce qu'il avait écrit.

– Maître, maître, vous êtes au courant ?

L'homme de verre arrivait devant la porte, hors d'haleine. Avec ses jambes d'araignée, il était rapide. Il fallait l'admettre.

– Oui, Tête de Vipère est mort, je sais. Et le Geai bleu ?

– Ils se battent ! Lui et le Fifre.

– Ah. Nez d'Argent va peut-être finir par l'embrocher. Ce serait déjà ça !

Orphée rassembla ses affaires et les fourra dans le sac en cuir fin qu'il avait apporté d'Ombra : des plumes, du parchemin, un encrier vide, le chandelier en argent que Tête de Vipère lui avait donné, et naturellement les trois livres. Celui de Jacopo et les deux sur le Geai bleu. Il ne s'avouait pas encore vaincu. Oh, non.

Il attrapa l'homme de verre et le glissa dans la sacoche qu'il portait à sa ceinture.

– Qu'est-ce que vous allez faire, maître ? demanda Éclat de Fer, inquiet.

– Nous appelons l'esprit de la nuit et nous quittons ce château !

– L'esprit de la nuit a disparu, maître ! Ils disent que le danseur de feu l'a fait s'évanouir en fumée !

Bon sang de bon sang. Bien sûr. C'est pour ça que le feu brûlait de nouveau ! Doigt de Poussière avait reconnu l'esprit de la nuit. Il avait découvert qui respirait au cœur de l'obscurité ! « Bon, et après, Orphée ? Tu feras surgir un nouvel esprit de la nuit du livre de Jacopo. Ce n'est pas si difficile. Il suffit de lui donner, cette fois, un nom que Doigt de Poussière ne connaît pas ! »

Il tendit l'oreille. Aucun bruit dans le couloir. Rien. Les rats quittaient le navire en perdition. Tête de Vipère était seul dans la mort. Orphée, en toute hâte, retourna dans la chambre où gisait le cadavre bouffi et déroba l'argent qui s'y trouvait encore. Mais le Poucet avait déjà presque tout emporté. Puis, avec l'homme de verre qui gémissait dans sa sacoche, il emprunta le tunnel qu'avait pris le Fifre pour accéder au château. L'eau suintait sur les murs de pierre, comme si le couloir était planté, telle une épine, dans la chair humide du lac.

Les gardes chargés de surveiller la sortie sur la rive du lac s'étaient enfuis ; il ne restait que quelques soldats morts entre les rochers. Manifestement, sous le coup de la panique, ils s'étaient entre-tués. Orphée attrapa l'épée d'un cadavre mais, constatant son poids, la rejeta. Il subtilisa le poignard qu'un mort portait à la ceinture et jeta sa cape grossière sur ses épaules. Elle était affreuse, mais elle tenait chaud.

– Où voulez-vous aller maintenant, maître ? demanda Éclat de Fer d'une petite voix. Rentrer à Ombra ?

– Qu'est-ce que tu veux qu'on fasse à Ombra ? se contenta de répondre Orphée en levant les yeux vers les versants sombres qui masquaient la route du nord.

Le nord… Il n'avait aucune idée de ce qui l'attendait là-bas. Fenoglio n'avait rien dit là-dessus, ni sur maintes autres choses à propos de son monde, et c'est justement pour cette raison qu'il voulait aller vers le nord. Avec leurs sommets enneigés et leurs versants désertiques, les montagnes n'étaient guère engageantes, mais maintenant qu'Ombra allait tomber entre les mains de Violante et du Geai bleu, c'était la meilleure solution. Que le maudit relieur aille au diable, dans l'enfer le plus brûlant qu'un homme puisse concevoir ! Quant à Doigt de Poussière, qu'il gèle dans les glaces éternelles jusqu'à ce que ses doigts de traître tombent !

Orphée regarda une dernière fois en direction du pont avant de se mettre en route vers les arbres. C'est alors qu'il les vit, les soldats du Prince argenté, qui s'enfuyaient. Que fuyaient-ils donc ? Deux hommes et leurs anges gardiens blancs. Et le cadavre bouffi de leur maître.

– Maître, maître, vous ne pourriez pas me mettre sur votre épaule ? Et si je tombe de votre sacoche ? gémit l'homme de verre.

– Eh bien, je chercherai un autre homme de verre ! répliqua Orphée.

Vers le nord. Dans un pays vierge. « Oui ! pensa-t-il en attaquant péniblement le versant abrupt. C'est peut-être le seul lieu, en ce monde, qui obéira à mes mots. »

79
Le départ

- Raconte-moi une histoire, dit Alba, en se collant à moi comme une montagne de nouilles froides.
Je passai mon bras autour d'elle.
- Quel genre d'histoire ?
- Une belle histoire. Celle de toi et maman quand j'étais petite.
- Hum… il était une fois…
- C'était quand ?
- Tous les temps en un. Il y a longtemps et juste maintenant.

Audrey Niffenegger, *The Time Traveller's Wife*

L'épée du Fifre s'était enfoncée profondément dans le bras de Resa, mais Brianna avait beaucoup appris de sa mère, même si elle préférait chanter pour la Laide plutôt que d'aller cueillir des plantes dans des champs rocailleux.

- Ce sera bientôt guéri, dit-elle en bandant le bras blessé.
Mais l'oiseau ne quitterait plus jamais Resa. Langue Magique le savait, Doigt de Poussière aussi.

Le Fifre avait fait son possible pour envoyer le Geai bleu rejoindre son maître dans la mort. Il l'avait blessé à l'épaule et au bras gauche, mais en fin de compte c'est lui qui avait suivi Tête de Vipère. Doigt de Poussière livra son cadavre aux flammes, avec celui de son maître.

Violante se tenait à côté de Langue Magique, toute pâle, tandis que Tête de Vipère et le Fifre se consumaient. Elle avait l'air plus jeune, comme si elle avait perdu quelques années dans le trou où son père l'avait fait jeter, l'air perdu, comme une enfant. Et quand elle finit par tourner le dos au feu qui dévorait son père, Doigt de Poussière la vit pour la première fois passer le bras autour du cou de son fils, son drôle de fils que personne n'aimait bien qu'il les eût tous sauvés. Pas même Langue Magique, malgré son cœur tendre (Doigt de Poussière le lisait sur son visage), et il en avait honte.

Des enfants-soldats de Violante, il en restait douze. Ils les retrouvèrent dans les trous des cachots, mais les soldats de Tête de Vipère avaient tous disparu, ainsi que les Femmes blanches. Sur la rive du lac, il ne restait que les tentes abandonnées, le carrosse noir et des chevaux sans cavaliers. Jacopo prétendit que les poissons prédateurs de son grand-père avaient surgi à la surface du lac et dévoré les hommes qui fuyaient sur le pont. Ni Langue Magique ni Violante ne le crurent, mais Doigt de Poussière trouva des écailles brillantes sur les pierres humides, de la grosseur d'une feuille de tilleul. Puis ils quittèrent le château du Lac par le tunnel qu'avait emprunté le Fifre.

Quand ils ressortirent à l'air libre de l'autre côté, il neigeait et le château disparaissait derrière eux dans un tourbillon de flocons, noyé dans le blanc. Autour d'eux, le monde était plongé dans le silence le plus total, comme s'il avait épuisé tous les mots, comme si, désormais, tout ce qu'il y avait à raconter en ce monde l'avait été. Doigt de Poussière retrouva les traces d'Orphée dans la vase gelée de la rive et Langue Magique leva les yeux vers les arbres entre lesquels elles se perdaient. Entendait-il encore la voix d'Orphée ?

– Je voudrais qu'il soit mort, dit-il à voix basse.

– Voici un vœu pieux, répliqua Doigt de Poussière. Il est trop tard pour le réaliser.

Après la mort du Fifre, il avait cherché Orphée, mais sa chambre était vide, tout comme celle du Poucet. Le monde était si clair par ce matin froid. Ils avaient tous le cœur léger. Mais l'obscurité demeurait quelque part, elle continuerait à raconter sa part de cette histoire.

Ils attrapèrent des chevaux que les hommes de Tête de Vipère avaient laissés derrière eux. Langue Magique était pressé, malgré ses blessures qui l'affaiblissaient. « Sauvons au moins nos filles. »

– Le Prince noir aura veillé sur Meggie, lui dit Doigt de Poussière mais l'inquiétude subsistait sur son visage tandis qu'ils se dirigeaient toujours plus loin vers le sud.

Ils étaient silencieux, chacun plongé dans ses pensées et ses souvenirs. Seul Jacopo élevait parfois la voix, sa voix claire et toujours exigeante : « J'ai faim », « J'ai soif », « Quand arriverons-nous ? », « Tu crois que le Gringalet a tué les enfants et les brigands ? » Sa mère lui répondait d'une voix un peu absente. Le château du Lac avait créé un lien entre eux, fait de peur partagée et de sombres souvenirs ; grâce à Jacopo, elle avait vu se réaliser le souhait qu'elle avait formé en se rendant au château du Lac. Tête de Vipère était mort. Mais Doigt de Poussière était certain que Violante sentirait toute sa vie la présence de son père comme une ombre derrière elle… et sans doute la Laide le savait-elle aussi.

Langue Magique emmena aussi le Geai bleu avec lui. Il

semblait chevaucher près de lui et, une fois de plus, Doigt de Poussière se demanda s'ils n'étaient pas les deux faces du même homme. Quelle que fût la réponse, le relieur aimait ce monde tout autant que le brigand.

La première nuit où ils s'arrêtèrent pour se reposer sous un arbre qui fit pleuvoir sur eux des duvets de fleurs jaunes de ses branches dénudées, l'hirondelle revint, bien que Resa ait dispersé les dernières graines dans le lac. Elle se métamorphosa dans son sommeil et s'envola vers les branches fleuries, où le clair de lune colora ses plumes de reflets d'argent. Quand il la vit perchée là-haut, Doigt de Poussière réveilla Langue Magique et ils attendirent ensemble sous l'arbre jusqu'à ce que l'hirondelle revienne avec le matin et retrouve entre eux sa forme humaine.

– Que va devenir notre enfant ? demanda-t-elle, affolée.

Et Langue Magique répondit :

– Il rêvera de voler.

De même que le relieur rêvait du brigand et le brigand du relieur et le danseur de feu des flammes et de la ménestrelle qui savait danser comme elles. Peut-être qu'en fin de compte, ce monde n'était fait que de rêves et qu'un vieil homme avait juste trouvé les mots pour les faire vivre.

Quand ils arrivèrent à la grotte, elle était vide. Resa éclata en sanglots, mais Doigt de Poussière découvrit devant l'entrée le signe de l'hercule, un oiseau peint à la suie sur les rochers et, enterré dessous, un message que Doria avait laissé à son grand frère. Doigt de Poussière avait déjà entendu parler de l'arbre aux nids que Doria décrivait, mais ne l'avait encore jamais vu.

Ils mirent deux jours à trouver l'arbre et Doigt de Poussière fut le premier à voir le géant. Il attrapa les rênes de

Langue Magique et Resa mit la main sur sa bouche, affolée. Violante le regardait avec de grands yeux, fascinée comme une enfant.

Il tenait Roxane dans sa main, comme si elle aussi était devenue un oiseau. Brianna pâlit en voyant sa mère entre les énormes doigts ; Doigt de Poussière descendit de cheval et se dirigea vers le géant.

Le Prince noir était debout entre les gigantesques jambes, l'ours à ses côtés. Le Prince vint au-devant de Doigt de Poussière en boitant : il avait un air heureux qu'on ne lui avait pas vu depuis longtemps.

– Où est Meggie ? demanda Langue Magique en étreignant le Prince.

Baptiste montra du doigt la cime de l'arbre. Même au plus profond de la Forêt sans chemin, Doigt de Poussière n'avait jamais vu un arbre pareil et il voulait grimper sans plus attendre vers les nids et les branches couvertes de fleurs de glace sur lesquelles les femmes et les enfants étaient assis, tels des oiseaux.

La voix de Meggie cria le nom de son père et Langue Magique courut au-devant d'elle quand elle se laissa glisser à une corde le long du tronc, comme si elle avait toujours vécu dans les arbres. Doigt de Poussière se retourna et leva les yeux vers Roxane. Elle chuchota quelque chose au géant et il la déposa délicatement à terre, comme s'il avait peur de la casser. Il ne voulait plus jamais oublier son nom. Il demanderait au feu de lui graver les lettres dans le cœur pour que même les Femmes blanches ne puissent l'effacer. Roxane. Doigt de Poussière la serra dans ses bras, et le géant baissa vers eux des yeux dans lesquels semblaient se refléter toutes les couleurs du monde.

– Regarde autour de toi, lui murmura Roxane.

Et Doigt de Poussière vit Langue Magique prendre sa fille dans ses bras et essuyer ses larmes. Il vit la bouffeuse de livres courir vers Resa – mais par toutes les fées de ce monde, d'où sortait-elle donc, celle-là ? –, il vit Tullio enfouir son visage poilu dans la robe de Violante, l'hercule que Langue Magique serrait à l'étouffer… et…

Farid.

Il enfonçait ses doigts de pied dans la neige fraîche. Il ne portait toujours pas de chaussures et il avait grandi, non ?

Doigt de Poussière se dirigea vers lui.

– Je vois que tu as bien veillé sur Roxane, dit-il. Est-ce que le feu t'a obéi en mon absence ?

– Il m'obéit toujours ! (Oh, oui, il avait grandi.) Je me suis battu contre Oiseau de Suie.

– Tiens donc !

– Mon feu a dévoré le sien.

– Vraiment ?

– Oui ! Je suis monté sur le géant et j'ai fait pleuvoir le feu sur Oiseau de Suie. Et pour finir, le géant lui a tordu le cou.

Doigt de Poussière ne put s'empêcher de sourire et Farid lui rendit son sourire.

– Tu dois… tu dois repartir ? demanda-t-il d'un air bouleversé, comme si les Femmes blanches l'attendaient déjà.

– Non, répondit-il en souriant de nouveau. Non, pas pour un certain temps.

Farid. Il demanderait au feu de lui graver aussi son nom dans le cœur. Roxane. Brianna. Farid.

Et Gwin, naturellement.

80
Ombra

Et si un jour, la route qui n'avait jamais réservé de surprises
durant toutes ces années, se décidait à ne plus nous ramener
à la maison, mais à faire des zigzags aussi naturellement que
la queue d'un cerf-volant !
Et si sa peau goudronnée
n'était qu'un long rouleau souple de tissu
qui se secoue et se déroule et prend
la forme des contours de ce qui est dessous !
Et si elle choisissait d'elle-même de s'engager dans une nouvelle direction,
de prendre un virage sans visibilité,
de franchir des collines sans savoir
ce qui se cache de l'autre côté ! Qui ne rêverait pas
de la suivre, à ses risques et périls ? Qui ne voudrait connaître
la fin de l'histoire, ou encore où mène la route ?

Sheenagh Pugh, *What If This Road*

Quand le Prince noir ramena les enfants à Ombra, les
créneaux du mur d'enceinte de la ville étaient couverts de
neige, mais les femmes l'accueillirent en lui jetant des
fleurs qu'elles avaient confectionnées en cousant entre eux

744

des morceaux de vieux vêtements. Le blason du lion flottait de nouveau sur les tours du château ; désormais, il posait ses pattes sur un livre aux pages vides et sa crinière était de feu. Le Gringalet avait disparu. Il n'avait pas fui le géant en se réfugiant à Ombra mais s'était rendu directement au château de la Nuit, dans les bras de sa sœur, tandis qu'à la faveur de l'obscurité, Violante revenait prendre possession de la ville et la préparer pour le retour des enfants.

Meggie était sur la place devant la porte du château avec Elinor, Darius et Fenoglio quand les mères serrèrent dans leurs bras leurs filles et leurs fils et que Violante, du haut des créneaux, remercia le Prince noir et le Geai bleu de les avoir sauvés.

– Tu sais quoi, Meggie ? lui chuchota Fenoglio pendant que Violante faisait distribuer aux femmes les provisions de la cuisine du château. Peut-être que la Laide va tomber amoureuse du Prince noir ? Car enfin, avant ton père, c'était lui le Geai bleu et, de toute manière, Violante était plus amoureuse du personnage que de l'homme.

Ah, Fenoglio ! Il était redevenu lui-même. Le géant lui avait redonné toute sa confiance en lui, même si ce dernier était retourné depuis longtemps dans ses montagnes.

Le Geai bleu n'était pas rentré à Ombra avec eux. Mo était resté avec Resa à la ferme où ils avaient vécu.

– Le Geai bleu retourne d'où il est venu, avait-il expliqué au Prince, dans les chansons des ménestrels.

Ils les chantaient déjà tous partout, racontant comment le Geai bleu et le danseur de feu étaient venus seuls à bout de Tête de Vipère, du Fifre et de tous leurs hommes…

– Baptiste, s'il te plaît, lui avait demandé Mo, écris au

moins une chanson qui raconte la véritable histoire. Une qui parle de ceux qui sont venus en aide au Geai bleu et au danseur de feu. Parle de l'hirondelle… et du garçon !

Baptiste avait promis à Mo de lui écrire cette chanson, mais Fenoglio s'était contenté de secouer la tête.

– Non, Meggie, personne ne chantera cette chanson. Les gens n'aiment pas que leurs héros aient besoin d'aide, et les femmes et les enfants sont particulièrement mal vus dans ce rôle.

Il avait sûrement raison. Ce ne serait pas toujours facile pour Violante sur le trône d'Ombra même si, ce jour-là, tous les habitants l'acclamaient. Jacopo était au côté de sa mère. Il ressemblait de plus en plus à son père, mais aux yeux de Meggie, il rappelait néanmoins son sinistre grand-père. Son cœur frissonnait d'effroi à l'idée que Jacopo ait livré de sang-froid son grand-père à la Mort, même si Mo lui devait son salut.

Au-delà de la forêt régnait la veuve de Tête de Vipère, et elle aussi avait un fils à qui reviendrait le trône. Meggie savait que Violante s'attendait à une guerre, mais personne ne voulait y penser. Ce jour-là appartenait aux enfants revenus. Il n'en manquait aucun et les chansons des ménestrels parlaient du feu de Farid, de l'arbre aux nids et du géant qui avait surgi si mystérieusement, juste au bon moment, des montagnes.

– Je vais le regretter, avait murmuré Elinor, quand il avait disparu entre les arbres.

Meggie ressentait la même chose. Elle n'oublierait jamais comment le Monde d'encre s'était reflété sur sa peau et comment il s'en était allé, d'un pas léger. Tant de douceur dans cet énorme corps…

– Meggie ! (Farid se frayait un passage entre les femmes et les enfants.) Où est Langue Magique ?

– Avec ma mère, répondit-elle, et elle fut surprise de ne pas sentir son cœur battre plus fort en le voyant.

Que lui arrivait-il ?

Farid plissa le front.

– Oui, oui, dit-il. Doigt de Poussière est aussi allé retrouver sa ménestrelle. Il l'embrasse si souvent qu'on croirait que ses lèvres ont un goût de miel.

Oh, Farid ! Il était toujours jaloux de Roxane.

– Je crois que je vais partir un peu, dit-il.

– Partir ? Mais où ça ?

Derrière Meggie, Elinor et Fenoglio commencèrent à se disputer, à propos d'un détail qui, selon Elinor, manquait à l'apparence du château. Ils aimaient se disputer tous les deux et ils en avaient souvent l'occasion car ils étaient devenus voisins. Le sac dans lequel Elinor avait mis toutes sortes de choses utiles dans le Monde d'encre, y compris ses couverts en argent, était resté dans sa maison de l'autre monde (« J'étais tellement excitée, c'est normal d'oublier quelque chose ! »), mais heureusement, elle portait sur elle le bijou de famille des Loredan, et Cristal de Rose l'avait tellement bien vendu (« Meggie, tu n'imagines pas à quel point cet homme de verre est doué pour les affaires ! ») qu'elle était désormais la fière propriétaire d'une maison dans la ruelle de Minerve.

– Où ça ? (Farid fit jaillir une fleur de feu entre ses doigts et la déposa sur la robe de Meggie.) Je crois que je vais aller de village en village, comme Doigt de Poussière autrefois.

Meggie regarda la fleur embrasée. Les flammes se fanèrent comme les pétales d'une vraie fleur et il ne resta bientôt plus sur sa robe qu'une petite tache de cendres. Farid. Avant, son nom suffisait à faire battre son cœur, et maintenant qu'il lui parlait de ses projets, des places de marché où il voulait aller faire son numéro et des villages dans les montagnes au-delà de la Forêt sans chemin, elle l'écoutait à peine. Mais quand elle aperçut l'hercule parmi les femmes, son cœur s'emballa. Quelques enfants avaient grimpé sur ses épaules, comme ils le faisaient souvent dans la grotte, mais elle ne découvrit pas près de lui le visage qu'elle cherchait. Déçue, elle laissa son regard errer plus loin et rougit quand Doria surgit devant elle. Farid se tut brusquement et toisa l'autre garçon, comme il ne le faisait qu'avec Roxane. La cicatrice sur le front de Doria était aussi grande que l'index de Meggie.

— Un coup de fléau d'armes, pas vraiment bien ajusté, avait dit Roxane. Comme les blessures à la tête saignent beaucoup, ils l'ont cru mort.

Roxane l'avait soigné longtemps, mais Fenoglio était toujours persuadé que Doria devait son salut à l'histoire qu'il avait écrite autrefois sur son avenir.

— Et de toute manière, même si tu veux attribuer son salut à Roxane, qui a inventé Roxane, hein ?

Oui, il était bien redevenu lui-même.

— Doria ! Comment vas-tu ?

Meggie tendit instinctivement la main et la passa sur la cicatrice. Farid lui lança un drôle de regard.

— Bien. Ma tête est comme neuve. (Doria tira quelque chose de derrière son dos.) Ils ressemblent à ça ?

Subjuguée, Meggie regarda le tout petit avion en bois qu'il avait construit.

— C'est comme ça que tu les as décrites, non ? Les machines volantes ?

— Mais tu étais inconscient !

Il sourit et porta la main à son front.

— Les mots sont là, malgré tout. Je les entends toujours. Mais je ne sais pas comment ça peut marcher avec la musique. Tu sais, ces petites boîtes dont sort de la musique…

Meggie ne put s'empêcher de sourire.

— Oh, oui, une radio. Non, ça ne peut pas marcher. Je ne sais pas comment t'expliquer ça…

Farid la regardait toujours. Et soudain, il lui prit la main.

— Nous revenons tout de suite, dit-il à Doria, et il entraîna Meggie sous un porche. Langue Magique sait comment tu le regardes ?

— Qui ?

— Qui ! (Il se passa le doigt sur le front comme s'il reproduisait la cicatrice de Doria.) Écoute, dit-il en lui dégageant une mèche du visage. Tu ne veux pas venir avec moi ? Nous pourrions aller de village en village, comme quand nous avions suivi ton père et ta mère avec Doigt de Poussière. Tu te souviens ?

Comment pouvait-il lui demander ça ? Meggie regarda derrière lui. Doria était à côté de Fenoglio et d'Elinor. Fenoglio examinait l'avion.

— Je suis désolée, Farid, répondit-elle en enlevant doucement sa main de sur son épaule. Mais je ne veux pas partir.

— Pourquoi ?

Il essaya de l'embrasser, mais Meggie se détourna. Malgré les larmes qui lui montaient aux yeux. « Tu te souviens ? »

— Bonne chance ! dit-elle en l'embrassant sur la joue.

Il avait toujours les plus beaux yeux qu'elle ait jamais vus chez un garçon, mais désormais, son cœur battait pour un autre.

81

Plus tard

Presque cinq mois plus tard, un enfant naîtra dans la ferme isolée où le Prince noir avait caché le Geai bleu. Ce sera un garçon, aux cheveux bruns comme son père, mais avec les yeux de sa mère et de sa sœur. Il croira que toutes les forêts sont remplies de fées, qu'un homme de verre dort sur chaque table (à condition qu'il y ait un parchemin dessus), qu'on écrit les livres à la main et que l'enlumineur le plus célèbre peint de la main gauche parce que sa main droite est en cuir. Il croira que, sur tous les marchés, des saltimbanques crachent le feu et jouent des farces, que les femmes portent des robes longues et qu'il y a des soldats postés aux portes des villes.

Et il aura une tante nommée Elinor qui lui racontera qu'il existe un monde complètement différent. Un monde dans lequel il n'y a ni fées ni hommes de verre, mais des animaux qui portent leurs petits dans une poche sur leur ventre, des oiseaux qui battent des ailes si vite qu'on croirait entendre voler un bourdon, des voitures qui roulent toutes seules, sans chevaux, et des images qui bougent. Elinor lui racontera qu'il y a longtemps, un homme affreux nommé Orphée a fait venir par magie ses parents en ce

750

monde et que, pour échapper à son père et au danseur de feu, cet Orphée a dû fuir dans les montagnes du Nord, où elle espère qu'il est mort de froid. Elle lui racontera que, dans cet autre monde, même les hommes les plus puissants ne portent pas d'épée, mais qu'il y a des armes bien plus terribles. (Son père possède une très belle épée, elle est dans son atelier, enveloppée dans un morceau de tissu. Il la cache pour que son fils ne la voie pas mais parfois, le garçon soulève en secret le tissu et passe les doigts sur la lame nue.) Oui, Elinor lui racontera des choses incroyables sur ce monde, elle prétendra même que les hommes ont construit des calèches qui peuvent voler mais ça, il ne le croira pas, bien que Doria ait construit à sa sœur des ailes avec lesquelles Meggie plane vraiment du mur de la ville jusqu'à la rivière.

Il s'est quand même moqué d'elle car lui, il sait voler, mieux que Meggie. En effet, la nuit, des ailes lui poussent et il s'envole avec sa mère jusqu'à la cime des arbres. Mais peut-être n'est-ce qu'un rêve. Il rêve presque toutes les nuits, mais les calèches volantes, il aimerait bien les voir, et les animaux avec leur poche sur le ventre, et les images qui bougent, et la maison dont lui parle toujours Elinor, la maison pleine de livres qui n'ont pas été écrits à la main et qui sont tristes parce qu'ils l'attendent.

« Un jour, nous irons les voir ensemble », dit souvent Elinor, et Darius hoche la tête, Darius qui raconte lui aussi de merveilleuses histoires, des histoires de tapis volants et de génies dans des bouteilles. « Un jour, nous irons tous les trois et je te montrerai tout ça. »

Et le garçon va dans l'atelier dans lequel son père taille aux livres des habits de cuir, des livres dont, souvent, le célèbre Balbulus a peint lui-même les illustrations, et il dit : « Mo ! » Il appelle toujours son père ainsi, il ne sait pas pourquoi, peut-être parce que sa sœur l'appelle comme ça. « Quand est-ce que nous irons dans l'autre monde, celui d'où tu viens ? »

Et son père le prend sur ses genoux, passe la main dans ses cheveux bruns et dit, comme Elinor : « Un jour, sûrement. Mais pour cela, il faut trouver les mots justes, car eux seuls ouvrent les portes qui séparent les mondes, et celui qui pourrait nous les écrire est un vieux paresseux. Malheureusement, il a de moins en moins de mémoire. »

Puis il lui parle du Prince noir et de son ours, des géants qu'ils doivent encore aller voir et des nouveaux tours que le danseur de feu a appris aux flammes. Et le garçon lit dans les yeux de son père qu'il est très heureux, et que l'autre monde ne lui manque pas. Pas plus qu'à sa sœur. Ou à sa mère.

Et il pense qu'il devra peut-être s'y rendre seul un jour. Ou avec Elinor. Et qu'il devra découvrir quel est le vieil homme dont parle son père, car il y en a beaucoup à Ombra. C'est peut-être celui qui possède deux hommes de verre, qui écrit des chansons pour les ménestrels et pour Violante que tous nomment Violante la Bonne et préfèrent de beaucoup à son fils. Baptiste l'appelle le Tisseur de Mots ; Meggie va le voir de temps en temps. La prochaine fois, il l'accompagnera peut-être et il lui demandera quels sont les mots qui ouvrent les portes. Car il doit être excitant, cet autre monde, bien plus excitant que le sien…

Personnages et lieux

Arbres creux : où repose Doigt de Poussière, veillé par les Femmes blanches.

Balbulus : enlumineur au château d'Ombra.

Baptiste : ménestrel, comédien, fabricant de masques.

Barbe Noire : brigand.

Basta : homme de Capricorne, habile à manier le couteau.

Brianna : fille de Doigt de Poussière et de Roxane. Domestique de Violante ; servante d'Orphée.

Campement secret : campement des brigands ; c'est là que Mo sera soigné.

Capricorne : chef d'une bande d'incendiaires, de maîtres chanteurs, de destructeurs des volumes de *Cœur d'encre*.

Cerbère : chien d'Orphée.

Château de la Nuit : château de Tête de Vipère.

Château du Lac : demeure natale de la mère de Violante ; théâtre de la scène finale.

Cimetière des ménestrels : lieu où Mo appelle les Femmes blanches.

Cockerell : un des hommes de Capricorne.

Cœur d'encre : livre de Fenoglio ; les derniers exemplaires sont la proie convoitée de Capricorne et d'Orphée.

Colosse : *Voir* Sucre d'Orge.

Cosimo : Cosimo le Beau, fils du Prince insatiable ; époux de Violante.

Cristal de Rose : homme de verre de Fenoglio.

Danseur de feu : *Voir* Doigt de Poussière.

Danseur de Nuage : saltimbanque, ancien funambule, ami de Doigt de Poussière.

Darius : ancien lecteur de Capricorne, bibliothécaire d'Elinor.

Despina : fille de Minerve.

Doigt de Poussière : saltimbanque, cracheur de feu, passe d'un monde dans l'autre.

Doria : brigand, frère cadet de l'hercule, ami de Luc.

Éclat de Fer : homme de verre d'Orphée.

Elinor : Elinor Loredan, tante de Resa, grand-tante de Meggie.

Elster : *Voir* Mortola.

Face de Lune : *Voir* Orphée.

Farid : surgi des *Mille et Une Nuits* dans le tome 1, disciple de Doigt de Poussière.

Femmes blanches : servantes de la Mort.

Femmes de la Forêt : guérisseuses.

Fenoglio : inventeur du Monde d'encre, auteur du livre *Cœur d'encre*.

Fléau des Elfes : brigand.

Folchart : nom de famille de Mo, Meggie et Resa.

Forêt sans chemin : forêt au sud d'Ombra, lieu où Meggie et Farid arrivent dans le Monde d'encre.

Forteresse de Capricorne : cachette des brigands et des incendiaires de Capricorne dans la Forêt sans chemin ; c'est là que Mo et Resa arrivent dans le Monde d'encre et que Mortola blesse Mo.

Fulvio : homme de Capricorne.

Gecko : brigand.

Gros Lard : *Voir* Oss.

Gwin : martre à cornes de Doigt de Poussière.

Hérisson : brigand.

Hospice : hôpital du Chat-huant à l'ombre du château de la Nuit, refuge.

Ivo : fils de Minerve.

Jacopo : fils de Violante et de Cosimo, petit-fils de Tête de Vipère.

Jambe de Bois : brigand.

Jaspis : homme de verre d'Orphée.

Jehan : fils de Roxane.

L'hercule : brigand, un des plus fidèles compagnons du Prince noir.

L'Ortie : guérisseuse.

L'ours : fidèle compagnon du Prince noir.

La Laide : *Voir* Violante.

Langue Magique : *Voir* Mo.

Lazaro : prénom de l'hercule.

Le Balafreur : compagnon d'armes de Capricorne et de Tête de Vipère.

Le Chat-huant : barbier-guérisseur, fondateur de l'hospice à l'ombre du château de la Nuit et plus tard à Ombra.

Le Fifre : ancien ménestrel de Capricorne, héraut de Tête de Vipère.

Le Geai bleu : brigand légendaire, inventé par Fenoglio. Surnom et rôle de Mo.

Le Gringalet : beau-frère de Tête de Vipère, gouverneur d'Ombra.

Le Peuple bariolé : les saltimbanques du Monde d'encre,

bateleurs, magiciens, funambules, cracheurs de feu, lanceurs de couteaux…

Le Poucet : garde du corps de Tête de Vipère.

Le Prince argenté : *Voir* Tête de Vipère.

Le Prince des soupirs : *Voir* Le Prince insatiable.

Le Prince du sel : grand-père maternel de Violante.

Le Prince insatiable : règne sur le château et les terres d'Ombra, père de Cosimo le Beau, beau-père de Violante.

Le Prince noir : roi des saltimbanques, chef des brigands, maître de l'ours.

Livre vide : livre que Mo a relié pour Tête de Vipère, garant de son immortalité.

Loredan : *Voir* Elinor.

Louve : martre à cornes de Doigt de Poussière et de Farid.

Luc : brigand ; ami de Doria.

Meggie : fille de Mo et de Resa, lectrice.

Mina : ménestrelle.

Minerve : propriétaire du logement de Fenoglio, mère de Despina et d'Ivo.

Mo : Mortimer Folchart, relieur, mari de Resa, père de Meggie, appelé aussi Langue Magique et à l'occasion le Geai bleu.

Monseigneur : brigand.

Mortola : mère de Capricorne. Dans le tome 1, Resa est à son service.

Moulin aux souris : lieu où la mort que Fenoglio avait conçue pour Doigt de Poussière a failli se réaliser.

Nez Aplati : homme de Capricorne.

Nez d'Argent : *Voir* Le Fifre.

Œil Double : *Voir* Orphée.

Oiseau de Suie : ménestrel, cracheur de feu.

Ombra : château et ville d'Ombra, un des lieux principaux de l'action.

Orphée : poète et lecteur.

Oss : garde du corps d'Orphée.

Paula : petite-fille de Fenoglio.

Pipo : petit-fils de Fenoglio.

Renard Ardent : un des hommes de Capricorne, successeur de Capricorne, héraut de Tête de Vipère.

Resa : Theresa Folchart, femme de Mo, mère de Meggie.

Rico : petit-fils de Fenoglio.

Rosanna : fille cadette de Doigt de Poussière et de Roxane.

Roxane : femme de Doigt de Poussière, ancienne ménestrelle, guérisseuse.

Sucre d'Orge : domestique de Mortola, domestique d'Orphée.

Tadeo : bibliothécaire au château de la Nuit.

Terrier du blaireau : refuge des brigands.

Tête de Camembert : *Voir* Orphée.

Tête de Veau : *Voir* Orphée.

Tête de Vipère : le Prince le plus cruel du Monde d'encre, père de Violante.

Tisseur de Mots : *Voir* Fenoglio.

Tullio : page du Prince insatiable et de Violante.

Violante : Violante la Laide, fille de Tête de Vipère, veuve de Cosimo, mère de Jacopo.

Vito : un des soldats de Violante.

Table des matières

Retrouvez les deux premiers volumes
de la trilogie

———————

dans la collection

CŒUR D'ENCRE

n° 1527

Meggie, douze ans, vit seule avec son père, Mo. Comme lui, elle a une passion pour les livres. Mais pourquoi Mo ne lit-il plus d'histoires à voix haute ? Ses livres auraient-ils un secret ? Leurs mots auraient-ils un secret ? Un soir, un étrange personnage frappe à leur porte. Alors commence pour Meggie et Mo une extraordinaire aventure, encore plus folle que celles que racontent les livres. Et leur vie va changer pour toujours.

SANG D'ENCRE

n° 1535

Meggie et ses parents savourent leurs retrouvailles lorsque Farid apporte une nouvelle bouleversante : prêt à tout pour revoir les fées et sa famille, Doigt de Poussière a regagné le Monde d'encre, ignorant qu'un grand danger l'attend. Farid et Meggie décident de partir à sa recherche. C'est le début d'un voyage incroyable... et terrifiant.

Découvrez un extrait
de la nouvelle saga
de Cornelia Funke :

Cavalier du dragon

Chapitre 1
Mauvaises nouvelles

Dans la vallée des dragons, tout était calme. Le brouillard qui montait de la mer restait en suspens à flanc de montagne. Des oiseaux gazouillaient timidement dans la brume humide et le soleil se cachait derrière les nuages.

Un rat apparut, dévalant la pente. Soudain il fit la culbute, roula sur les rochers couverts de mousse et se releva.

– Ne l'avais-je pas dit ? grommela le rat. Ne leur avais-je pas dit ?

Il leva son nez pointu, renifla et tendit l'oreille avant de se diriger vers un groupe de sapins rabougris, au pied de la plus haute montagne.

– Avant l'hiver, murmura le rat, avant l'hiver déjà, je l'avais senti, mais non, ils ne voulaient pas me croire. Ils se sentent en sécurité ici. En sécurité ! Tu parles !

Sous les sapins, il faisait sombre, si sombre que l'on distinguait à peine, dans la roche, la fissure dans laquelle s'engouffrait le brouillard.

– Ils ne savent rien, maugréa le rat. C'est bien le problème. Ils ne savent rien du monde. Rien de rien.

Il prit soin de regarder une dernière fois autour de lui avant de disparaître dans la fissure derrière laquelle se cachait une vaste grotte. Le rat se précipita à l'intérieur mais il n'alla pas loin. Quelqu'un l'avait attrapé par la queue et le soulevait de terre.

– Salut, le rat ! Qu'est-ce que tu fais ici ?

Il essaya de se dégager de l'emprise des doigts poilus qui l'agrippaient mais ne réussit à attraper que quelques poils de kobold. Furieux, il les recracha.

– Fleur de soufre ! s'écria-t-il. Lâche-moi immédiatement, croqueuse de champignons sans cervelle ! Je n'ai pas de temps à perdre avec tes blagues de kobold.

– Pas de temps à perdre ? répéta Fleur de soufre en posant le rat au creux de sa patte.

C'était une jeune kobolde, pas plus grande qu'un enfant humain, avec un pelage tacheté et des yeux clairs de chat.

– Comment ça, le rat ? poursuivit-elle. Qu'as-tu donc de si important à faire ? Tu as besoin d'un dragon pour te protéger des chats affamés ?

– Il ne s'agit pas de chats ! lança le rat, furieux.

Il n'aimait pas les kobolds. Mais les dragons adoraient ces créatures au visage poilu. Quand ils ne pouvaient pas dormir, ils écoutaient leurs drôles de petites chansons. Et quand ils étaient tristes, nul ne savait mieux les consoler que ces kobolds insolents et bons à rien.

– Si tu veux le savoir, j'ai de mauvaises nouvelles, de très mauvaises nouvelles, grogna le rat. Mais je les communiquerai à Lóng et à personne d'autre ; en tout cas pas à toi.

– De mauvaises nouvelles ? Oh, pauvre mulot ! Allez, raconte !

Fleur de soufre se gratta le ventre.

– Pose-moi par terre ! gronda le rat.

– Si tu y tiens !

Fleur de soufre soupira et déposa le rat sur le sol rocheux de la grotte.

– Mais il dort encore, ajouta-t-elle.

– Eh bien, je vais le réveiller ! lança le rat en se dirigeant vers le fond de la grotte, où brûlait un feu bleuté qui chassait l'humidité et l'obscurité du ventre de la montagne.

Derrière les flammes, en boule, la tête posée sur ses pattes, le dragon dormait. Sa grande queue dentelée s'enroulait autour du feu. Les flammes faisaient briller ses écailles et projetaient son ombre sur le mur de la grotte. Le rat courut jusqu'à lui, grimpa sur sa patte et lui tira l'oreille.

– Lóng ! appela-t-il. Lóng, réveille-toi. Ils arrivent !

Encore tout endormi, le dragon leva la tête et ouvrit les yeux.

– Ah ! C'est toi, le rat ! murmura-t-il d'une voix légèrement rauque. Le soleil est déjà couché ?

– Non, mais il faut quand même que tu te lèves ! Il faut que tu réveilles les autres !

Le rat sauta par terre et se mit à trottiner nerveusement devant Lóng, de long en large.

– Je vous avais prévenus mais vous n'avez pas voulu m'écouter.

– De quoi parle-t-il ? demanda le dragon à Fleur de soufre, qui s'était assise près du feu et rongeait une racine.

– Aucune idée ! répondit-elle tout en mâchouillant. Depuis tout à l'heure, il tient des propos incohérents. Il faut dire qu'il n'y a guère de place dans une petite tête comme la sienne.

– Ah oui ! s'exclama le rat, furieux, en reprenant son souffle. Je je…

– Ne l'écoute pas, le rat ! Elle est de mauvaise humeur parce que son poil est mouillé à cause du brouillard.

Lóng se releva, s'étira et s'ébroua.

– Tu parles ! rétorqua le rat en lançant à Fleur de soufre un regard mauvais. Les kobolds sont toujours de mauvaise humeur. Je me suis levé aux aurores pour venir vous prévenir. Et pour tout remerciement, qu'est-ce que j'entends ? Les âneries de cette boule de poils.

– Nous prévenir de quoi, je me demande ! s'exclama Fleur de soufre en jetant sa racine rongée contre la paroi de la grotte. Sale mulot puant ! Si tu ne te décides pas à parler clairement, je fais un nœud avec ta queue !

– Fleur de soufre !

Exaspéré, Lóng donna un coup de patte dans le feu. Des étincelles bleues retombèrent en pluie sur la fourrure de la jeune kobolde avant de s'éteindre comme de minuscules étoiles filantes.

– C'est bon ! C'est bon ! marmonna-t-elle. Mais ce rat est trop agaçant, à tourner toujours autour du pot.

– Eh bien, maintenant, vous allez m'écouter!

Le rat se dressa de toute sa hauteur, mit ses deux pattes sur ses hanches et montra les dents.

– Les hooommes arriiivent! siffla-t-il d'une voix stridente qui résonna dans toute la grotte. Les hommes arrivent! Tu comprends ce que ça veut dire, avec ta petite tête poilue de fouineuse herbivore? Ils viennent *ici*!

Il y eut soudain un silence de mort.

Fleur de soufre et Lóng étaient comme pétrifiés. Seul le rat tremblait encore de colère. Les poils de sa moustache frémissaient et sa queue balayait le sol de la grotte.

Lóng fut le premier à réagir.

– Les hommes? demanda-t-il en se penchant vers le rat et en lui tendant sa patte.

Le rat grimpa dessus d'un air offensé. Lóng le hissa à hauteur de ses yeux.

– Tu es sûr? demanda-t-il.

– Absolument sûr, répondit le rat.

Lóng baissa la tête.

– Cela devait arriver, murmura-t-il. Ils sont partout. Je crois qu'il y en a de plus en plus.

Abasourdie, Fleur de soufre ne bougeait toujours pas. Soudain, elle se releva et cracha dans le feu.

– C'est impossible! s'exclama-t-elle. Ici, il n'y a rien de ce qu'ils aiment. Rien de rien!

– Que tu crois! rétorqua le rat en se penchant tellement qu'il faillit tomber de la patte de Lóng. Tu dis des bêtises. Tu as déjà été toi-même chez les hommes. Il n'y a rien qu'ils n'aiment pas. Rien qu'ils ne veuillent avoir. Tu l'as déjà oublié?

– C'est bon, c'est bon! maugréa Fleur de soufre. Tu as raison. Ils sont avides. Ils veulent toujours tout pour eux.

– C'est ça! Ils veulent tout! approuva le rat. Et je vous le dis, ils arrivent.

Le feu du dragon vacilla et l'obscurité engloutit les flammes comme un animal noir. Il n'y avait qu'une chose qui puisse éteindre si vite le feu de Lóng : la tristesse. Le dragon souffla doucement sur le sol de pierre et les flammes se ravivèrent.

– Ce sont en effet de bien mauvaises nouvelles, dit Lóng.

Il fit sauter le rat sur son épaule et se dirigea lentement vers la sortie de la grotte.

– Viens, Fleur de soufre, ajouta-t-il. Nous devons réveiller les autres.

– Ils vont être contents! marmonna Fleur de soufre en se lissant le poil.

Et elle suivit Lóng dans le brouillard.

Cornelia Funke

L'auteur

Cornelia Funke est née à Dorsten, en Allemagne, en 1958. Après ses études, elle passe trois ans comme travailleur social pour un projet éducatif auprès d'enfants en difficulté. Elle suit alors des cours d'illustration à Hambourg et devient illustratrice de jeux de société et de livres pour la jeunesse. Comme ces derniers ne lui conviennent pas, elle commence à écrire ses propres histoires pour les jeunes lecteurs. Elle est aujourd'hui en Allemagne l'écrivain pour la jeunesse le plus connu et le plus apprécié. Son œuvre a été récompensée par de nombreux prix et rencontre aussi un grand succès en Grande-Bretagne et aux États-Unis. Elle a été traduite en trente-cinq langues. Cornelia Funke vit à Beverly Hills, Los Angeles.

Du même auteur chez Gallimard Jeunesse

Cœur d'encre
1. Cœur d'encre
2. Sang d'encre
3. Mort d'encre

Références des citations

ANONYMUS, *I Shall Not Pass This Way Again*,
traduction de Marie-Claude Auger. Page 349

ANDERSEN Hans Christian, *Le Rossignol* in *La Petite Sirène
et autres contes*,
traduction de P.-G. La Chesnais, © Le Mercure de France, 1987.
Page 726

ARMSTRONG Alan, *Whittington*,
traduction de Marie-Claude Auger. Page 721

ATWOOD Margaret, *Le Tueur aveugle*,
traduction de Michèle Albaret-Maatsch,
© Éditions Robert Laffont, 2002. Pages 622, 699

BACHMANN Ingeborg, *Dire l'obscur*,
traduction de Françoise Rétif. Page 732

BELLOW Saul, *Le Faiseur de pluie*,
traduction de Jean Rosenthal, © Éditions Gallimard, 1961.
Page 276

BERRY Wendell, *The Peace of Wild Things (The selected poems
of Wendell Berry)*,
traduction de Marie-Claude Auger. Page 227

BRADBURY Ray, *Rencontre nocturne* in *Chroniques martiennes*,
traduction de Jacques Chambon et Henri Robillot,
© Denoël, 1997. Page 387

BRECHT Bertold, *À ceux qui naîtront après nous*
(Anthologie de la poésie allemande),
traduction de Jean-Pierre Lefebvre, © Éditions Gallimard, 1993.
Page 450

BRINGSVÆRD Tor Age, *The Wild Gods*,
traduction de Marie-Claude Auger. Pages 250, 603

CAUSLEY Charles, *I Am The Song*,
traduction de Marie-Claude Auger.
Page 8

CHAUCER Geoffrey, *Les Contes de Canterbury*,
traduction d'André Crépin, © Éditions Gallimard, 2000.
Page 89

COLLINS Billy, *On Turning Ten*,
traduction de Marie-Claude Auger. Page 43

DAHL Roald, *Matilda*,
traduction de Henri Robillot, © Gallimard Jeunesse, 1998.
Page 415

DICKINSON Emily, *Quatrains et autres poèmes brefs*,
traduction de Claire Malroux, © Éditions Gallimard, 2000.
Pages 138, 538

DRUMMOND DE ANDRADE Carlos, *Action poétique*,
traduction de Marie-Claude Auger.
Page 551

ELIOT Thomas Stearns, *Poésie,*
traduction de Pierre Leyris, © Éditions du Seuil, 1969, 1976.
Page 497

ENDE Michael, *Jim Bouton et les Terribles 13,*
traduction de Jean-Claude Mourlevat,
© Bayard Éditions Jeunesse, 2005.
Page 242

GLÜCK Louise, *Child Crying Out et First Memory (Ararat)
et Lament (Vita Nova),*
traduction de Marie-Claude Auger.
Pages 128, 329, 704

GOLDMAN William, *La Princesse Bouton-d'Or*
traduction de Marie-Claude Auger. Page 403

GOWDY Barbara, *L'Os blanc,*
traduction de Marie-Claude Auger. Page 272

GRAHAME Kenneth, *Le Vent dans les saules,*
traduction de Jacques Parson, © Éditions Gallimard, 1967.
Page 597

GREENE Graham, *Advice to Writers,*
traduction de Marie-Claude Auger.
Page 181

HAAVIKKO Paavo, *Les arbres respirent doucement,*
traduction de Marie-Claude Auger. Page 198

HUGHES Ted, *Poèmes,*
Traduction de Valérie Rouzeau et Jacques Darras,
© Éditions Gallimard, 2009. Pages 360, 525, 574, 728

HUIDOBRO Vicente, *Art poétique* in *Ombre de la mémoire*
(Anthologie de la poésie hispano-américaine),
traduction de Jean-Luc Lacarrière, © Éditions Gallimard, 2009,
© Succession Vicente Huidobro. Page 144

IRVING John, *L'Œuvre de Dieu, la part du Diable*,
traduction de Françoise et Guy Cesaril, © Éditions de l'Olivier,
1986, collec. Points, 2000. Pages 235, 311

IRVING Washington, *La Légende de Sleepy Hollow*,
traduction de Marie-Claude Auger. Page 657

LALÍC Ivan V., *Places We Love* (*Staying Alive Reals Poems
for Unreal Times*), traduction de Marie-Claude Auger. Page 175

LANAGAN Margo, *Black Juice*,
traduction de Marie-Claude Auger. Page 341

MAHON Derek, *Vies* (Collected Poems)
traduction de Marie-Claude Auger. Page 286

MUÑOZ MOLINA Antonio, « *The Power of the Pen :
Does Writing Change Anything,* » in *Issue 7 of PEN America :
A Journal for Writers & Readers*.
traduction de Marie-Claude Auger. Page 427

NIFFENEGGER Audrey, *The Time Traveller's Wife*,
traduction de Marie-Claude Auger. Pages 259, 738

NIX Garth, *Sabriël*, traduction de Frédérique Le Boucher,
© Hachette Livre, 2009. Page 220

NOYCE Alfred, *The Highwayman* (*le bandit de grand chemin*),
traduction de Marie-Claude Auger. Page 15

OLIVER Mary, *Wild Geese (Staying Alive Reals Poems for Unreal Times)*, traduction de Marie-Claude Auger. Page 678

PEAKE Mervyn, *La Trilogie de Gormenghast : Titus d'enfer*, traduction de Patrick Reumaux, © Phébus, 1998.
Page 109

PERGAUD Louis, *La Guerre des boutons*,
© Mercure de France, 1912. Page 56

PUGH Sheenagh, *What If This Road (Id's Hospit)*,
traduction de Marie-Claude Auger. Page 744

PULLMAN Philip, À *la croisée des mondes : Le Miroir d'ambre*,
traduction de Jean Esch, © Philip Pullman, 1995,
© Gallimard jeunesse, 1998.
Publié avec l'aimable autorisation de AP Watt.
Page 667

RILKE Rainer Maria,
• *Vergers*. Pages 9, 491
• *Sonnets à Orphée*, Pages 160, 638
Traduction de Jean-Pierre Lefebvre et Maurice Regnaut,
© Éditions Gallimard, 1994.
• *Expérience de la mort* (Anthologie de la poésie allemande),
traduction de Jean-Pierre Lefebvre, © Éditions Gallimard, 1993.
Page 455

RIMBAUD Arthur, *Les Poètes de sept ans*. Pages 28, 207

RUSHDIE Salman,
• *Haroun et la mer des histoires*,
traduction de Jean-Michel Desbuis,
© Christian Bourgois Éditeur, 1991. Page 509

• *Les Enfants de minuit*,
traduction de Jean Guiloineau, © Éditions Stock, 1983, 1987.
Page 685

RUSSELL Norman H., *The Message of the Rain*
(A Child's Anthology of poetry),
traduction de Marie-Claude Auger. Page 396

SCHILLER Friedrich, *Les Brigands*. Page 712

SHAKESPEARE William, *Macbeth*,
traduction d'Yves Bonnefoy, © Le Mercure de France, 1983.
Page 301

SINGER Isaac Bashevis, *Vice to Writers*,
traduction de Marie-Claude Auger. Page 468

SONTAG Susan, *La Scène de la lettre*,
traduction de Marie-Claude Auger. Page 673

STEINBECK John, *Voyage avec Charley*,
traduction de Marie-Claude Auger. Page 479

STEVENS Wallace, *Thirteen Ways of Looking at a Blackbird*,
traduction de Marie-Claude Auger. Page 545

STEVENSON Robert Louis, *The Land of Story Books*,
traduction de Marie-Claude Auger.
Page 322

STEWART Paul, *Chroniques du bout du monde, T III :*
Minuit sur Sanctaphrax,
traduction de Jacqueline Odin, © Milan, 2008.
Page 105

WERFEL Franz, *Beschwörungen 1918-1921*,
traduction de Marie-Claude Auger. Page 370

WHITE T. H., *La Quête du roi Arthur*,
traduction de Monique et Hugues Lebailly
• *Excalibur, l'Épée dans la pierre*, © Joëlle Losfeld, 1997.
Page 631
• *La Sorcière de la forêt*, © Joëlle Losfeld, 1998. Page 157
• *La Chandelle dans le vent*, © Éditions Gallimard, 2009.
Page 584

WILDE Oscar,
• *Le Portrait de Dorian Gray*,
traduction de Jean Gattégno, © Gallimard, 1992. Page 662
• *Le Prince heureux*,
traduction de Léo Lack, © Le Mercure de France, 1963.
Page 74

YEATS W. B., *Quarante-cinq poèmes*,
traduction d'Yves Bonnefoy, © Éditions Herman, 1989,
© Éditions Gallimard, 1993. Page 566

ZECH Paul, d'après François Villon. Page 648

ZUSAK Markus,
• *La Voleuse de livres*,
traduction de Marie-Claude Auger. Pages 264, 694, 718
• *Le Joker*, traduction de Marie-Claude Auger. Page 611

*Nous remercions les auteurs et éditeurs qui ont bien voulu
nous autoriser à reproduire textes ou fragments de textes
dont ils gardent l'entier copyright (texte original ou traduction).
Nous avons par ailleurs recherché en vain
les héritiers ou éditeurs de certains auteurs.*

Le papier de cet ouvrage est composé de fibres naturelles,
renouvelables, recyclables et fabriquées à partir de bois
provenant de forêts gérées durablement.

Mise en pages : Maryline Gatepaille

Loi n° 49-956 du 16 juillet 1949
sur les publications destinées à la jeunesse
ISBN : 978-2-07-509428-3
Numéro d'édition : 325395
Dépôt légal : octobre 2018

Imprimé en Espagne par Novoprint (Barcelone)